EL GRAN VERDE

ALTO KHETARA

TONIS

BUBAS

BAJO KHETARA

SU ROSTRO ES EL SOL

MICHELLE JABÈS CORPORA

SU ROSTRO ES EL SOL

EL TRONO DE KHETARA 1

Traducción de
Jorge Rizzo

MOLINO

Papel certificado por el Forest Stewardship Council®

Título original: *His face is the sun*

Primera edición: octubre de 2025

© 2025, Michelle Jabès Corpora, LLC
© 2025, Penguin Random House Grupo Editorial, S. A. U.
Travessera de Gràcia, 47-49. 08021 Barcelona
© 2025, Jorge Rizzo Tortuero, por la traducción
© 2025, Sourcebooks, por el diseño de la cubierta y del interior
Adaptación de la cubierta de Penguin Random House Grupo Editorial,
basada en el diseño de Erin Fitzsimmons / Sourcebooks
Ilustración de la cubierta y de los bordes: Tom Roberts
Diseño del interior: Laura Boren / Sourcebooks
Mapa de las guardas y cabeceras: Gerralt Landman
Imágenes de la portada: © Maryna Poliashenko / Getty Images, Maksym Dehil / Getty Images, vkulieva / Getty Images

Penguin Random House Grupo Editorial apoya la protección de la propiedad intelectual. La propiedad intelectual estimula la creatividad, defiende la diversidad en el ámbito de las ideas y el conocimiento, promueve la libre expresión y favorece una cultura viva. Gracias por comprar una edición autorizada de este libro y por respetar las leyes de propiedad intelectual al no reproducir ni distribuir ninguna parte de esta obra por ningún medio sin permiso. Al hacerlo está respaldando a los autores y permitiendo que PRHGE continúe publicando libros para todos los lectores. Ninguna parte de este libro puede ser utilizada o reproducida con el propósito de entrenar tecnologías o sistemas de inteligencia artificial. PRHGE se reserva expresamente la reproducción, la extracción y el uso de esta obra y de cualquiera de sus elementos para fines de minería de textos y datos y el uso a medios de lectura mecánica u otros medios que resulten adecuados (art. 67.3 del Real Decreto Ley 24/2021). Diríjase a CEDRO (Centro Español de Derechos Reprográficos, http://www.cedro.org) si necesita reproducir algún fragmento de esta obra.
En caso de necesidad, contacte con: seguridadproductos@penguinrandomhouse.com

Printed in Spain – Impreso en España

ISBN: 978-84-272-4945-5
Depósito legal: B-12.212-2025

Compuesto en Fotoletra, S. L.
Impreso en Rodesa
Villatuerta (Navarra)

MO 4 9 4 5 5

PARA MI PADRE:

Las historias sobre su vida en Egipto
son el motivo de la existencia de este libro.

Y PARA THOTH:

Gracias por las palabras.
Gracias por la sabiduría.
Gracias por la magia.

PRÓLOGO
GARRAS

La captura de la noche le había llenado la panza, y ahora la gata atravesaba silenciosamente el reluciente suelo del palacio, mojándolo con sus huellas. Agitó el rabo, irritada. La tormenta había caído de pronto cuando ella estaba de caza por el jardín y la había pillado en pleno ataque a su presa. Sí, el ratón le había saciado el apetito, pero ahora tenía todo el pelaje empapado. Era lo peor que le había pasado nunca, salvo aquella vez que se cayó al río, o cuando uno de los pequeños *nunus* la había tirado del rabo.

En el exterior, la tormenta seguía repiqueteando contra los muros del palacio, con un ruido que le recordaba en cierto modo el murmullo del *khamasin* soplando entre los papiros. Por tercera vez, la gata se paró a sacudirse del morro a la cola, muy molesta con aquella incomodidad. Por el pasillo corría un aire húmedo que hacía bailar la llama de las antorchas, creando la impresión de que los reyes pintados en las paredes con vivos colores amarillos, ocre, ámbar y malaquita se movían espontáneamente, cazando y adorando a los dioses.

La gata recordó a varios de los faraones pintados: el del ceño fruncido y orejas grandes, que tenía la voz de una gallina pintada; el que coronaron cuando aún era un niño y que no vivió lo suficiente para llegar a convertirse en un hombre. A los dos los había conocido: había agachado las orejas ante los chillidos del primero y había aceptado bocaditos de carne que el segundo le pasaba por debajo de la mesa.

Después de ellos llegó el penúltimo rey, representado con el brazo alzado, blandiendo su arma, sometiendo al enemigo, que se postraba ante él. Durante su reinado, el palacio siempre estaba lleno de gente y había mucho ruido. En aquella época le habían pisado el rabo más de una vez, y todo el mundo estaba demasiado ocupado como para hacerle caso a ella. Pero ese también había desaparecido.

El nuevo rey no llevaba demasiado tiempo en el trono, pero a la gata ya le gustaba más que su predecesor. Se había agachado a acariciarla una vez y, a menudo, dejaba platos con restos de comida para que el servicio los limpiara.

Y ella estaba encantada de colaborar en la limpieza.

A veces se preguntaba si no habría vivido demasiado. Cada vez que el palacio se llenaba con la llegada de un nuevo rey, su servicio y su familia, ella se preguntaba si, con toda aquella emoción, no se habría olvidado de morirse. Por otra parte, nadie parecía quejarse de su presencia continuada. Al contrario, la trataban como si fuera una diosa. Incluso hacían una fiesta en su honor cada año. Había música y baile por las calles, y los criados le llevaban grandes bandejas de carne humeante para que la probara.

La verdad es que aquello estaba muy bien.

Una vez olisqueó una guirnalda de flores frescas que un sacerdote le había puesto en torno al cuello y pensó: «Quizá sí sea una diosa». Tras tantos años de veneración, resultaba fácil creérselo.

Se detuvo un momento a contemplar su propia imagen en la pared del pasillo. La gata sabía que era ella porque la habían pintado con su collar de cuentas doradas favorito. En el retrato aparecía representada cazando un pájaro en las marismas, apoyada en las patas traseras, con la boca abierta para atrapar el ave y morderla.

«Se me parece bastante —pensó—. Noble. Imponente. Pero ¿de verdad tengo las franjas tan oscuras? ¿Los dientes tan afilados?».

Quizá el tiempo se hubiera cobrado un precio, a fin de cuentas.

La gata suspiró. Estaba mojada, cansada y tenía frío. Daba la impresión de que los ratones se volvían más rápidos cada año. ¿Y no le habían dado ya los diferentes reyes todo lo que podía ofrecer aquel lugar? ¿De qué servía ser una diosa agotada en un mundo tan tedioso?

Sintió cierta autocompasión, pero siguió adelante en busca de un lugar donde lamerse el pelo para quitarse el agua de la lluvia.

Ya había girado en dirección a las dependencias del servicio cuando un grito profundo y agudo resonó por el pasillo. El sonido cesó por un momento, como para coger aliento, y luego volvió a oírse con la misma intensidad de antes.

La gata irguió las orejas y escuchó. No veía la hora de acomodarse entre las piernas de alguna doncella, su lugar preferido para descansar por la noche. Pero ese sonido... la llamaba. Sucumbiendo a su naturaleza curiosa, avanzó sigilosamente hacia el lugar de donde procedía el terrible lamento.

Siguió los chillidos hasta un portal del que colgaba una vaporosa cortina de tela a través de la cual se veía la luz del fuego. En el interior, otras voces preocupadas se unieron al grito inicial. La gata se coló por debajo, sin tocar apenas la cortina.

En el interior de la cámara, el calor era opresivo y el aire estaba cargado del olor salado del sudor. Había una mesa y una cama baja pintada de dorado. En el centro de la estancia, una mujer desnuda estaba en cuclillas, apoyada sobre dos grandes ladrillos situados en paralelo a sus caderas. La piel cobriza le brillaba por el sudor. Estaba flanqueada por doncellas vestidas con blancas túnicas que le secaban la frente mientras ella gritaba, emitiendo aquel sonido inhumano. La barriga le colgaba entre las piernas, redonda e inmensa como la luna.

Una de las doncellas asentía rítmicamente, murmurando:

—Haz que su corazón sea fuerte y protege al niño. Haz que su corazón sea fuerte y protege al niño...

La otra joven guardaba silencio y desviaba alternativamente la mirada de su señora a la puerta. Era una joven robusta, y sus gruesas manos cubiertas de callos tenían agarradas las de la reina con una fuerza inquebrantable.

La mujer desnuda calló por fin y la asistente respiró hondo.

—Vuestros vapores se han enfriado, mi reina —dijo, señalando el plato de agua situado entre los ladrillos de parto—. ¿Queréis que vaya a buscar más agua caliente? Quizá eso alivie vuestro sufrimiento.

La reina jadeó. Una gota de sudor le colgaba de la punta de la nariz.

—Lo único que aliviará mi sufrimiento es la llegada de mi enfermera —replicó con un gruñido—. ¿Dónde está, Nebet? ¿Dónde están los sacerdotes? Es de mal augurio que un niño nazca sin oír las palabras de los dioses, pero no puedo esperar mucho más.

Nebet parecía angustiada.

—No lo sé, mi reina. Nunca había visto una tormenta así. Ni siquiera en la temporada de crecidas. Quizá haya pillado de lleno a la enfermera y al resto, y por eso llegan tarde…

—¿Tarde? —gimió la reina en el momento en que arreciaban los dolores del parto—. ¿Al nacimiento de un rey? ¡Lo mismo les daría estar muertos!

Contrajo el rostro en un gesto agónico y se puso a gritar otra vez. Nebet y la otra asistente hicieron una mueca de dolor y la agarraron de los brazos con más fuerza, esperando que la contracción pasara pronto.

Cuando consiguió hablar de nuevo, la reina ordenó, jadeando:

—¡Abrid la cortina! ¡Me falta el aire!

—Pero ¡la tormenta…! —protestó la otra asistente.

—¡No me importa la tormenta! —espetó la reina—. ¡Abridla ya!

—Sí, reina Bintanat.

La joven se fue corriendo hasta la ventana, dejando que Nebet cargara sola con el peso de la reina. Corrió la cortina hacia un lado para permitir la entrada de una brisa húmeda que atravesó la estancia. La reina suspiró, aliviada, y se apoyó pesadamente en Nebet, que tuvo que hacer un esfuerzo para aguantar su peso hasta que la otra joven volvió a su puesto.

—Ah…, qué gusto —murmuró la reina.

La gata, que estaba junto a la cama, alzó el rosado morro para olisquear. Detectaba algo extraño. Algo más allá del olor a arena y a piedra, a brotes verdes que se abrían paso a través de la tierra negra. Era un olor a humo, a fuego, cargado de miel y vino, enebro y mirra. Lo traía el viento del oeste desde algún sitio desconocido.

—Reina Bintanat… —dijo Nebet, titubeante, después de agacharse a mirar entre las piernas de la mujer.

—¿Qué? ¿Qué pasa? —respondió la reina, cerrando los ojos de agotamiento.

—Me temo que ya veo la cabeza del bebé. No nos queda tiempo.

La reina apretó los dientes.

—No. —En su voz se reflejaba su desesperación—. No puede suceder así. No está bien. Un rey necesita sus bendiciones… ¡Necesita el nombre que le dan los dioses! ¿Dónde están, Nebet?

Nebet se giró a mirar de nuevo hacia la puerta y entornó los párpados, buscando con la mirada, como si así pudiera conseguir que entrara un salvador, por pura fuerza de voluntad.

Otra ráfaga de brisa penetró en la cámara, levantando la cortina de la puerta, que se hinchó en el pasillo. En ese momento entraron en la estancia tres mujeres. Dos eran altas y esbeltas —una de tez oscura, la otra clara— y llevaban el cabello teñido de azul, como dictaba la moda. La tercera era baja y tenía la piel curtida por el sol, cubierta de manchas y verrugas. Las tres mujeres llevaban largos vestidos blancos, cinturones de turquesa y lapislázuli, y tocados de cuentas sobre las trenzas.

La reina Bintanat levantó la cabeza de golpe para mirarlas, primero con gesto de alivio, luego de confusión.

—¿Quiénes sois vosotras? ¿Cómo os atrevéis a entrar en esta cámara sin mi permiso?

—Calmaos, mi señora —dijo la más baja con voz grave y rasposa. El pecho derecho le asomaba por el escote del vestido y se balanceó suavemente al acercarse a la reina—. Hemos venido a ayudar.

La reina estaba cada vez más confundida.

—¿Ayudar? ¿Os ha enviado la enfermera?

La mujer de piel clara sonrió, entrecerrando los párpados de sus ojos azules como la flor de loto.

—Nos han enviado, sí.

La reina las miró una por una, aún desconfiada.

—No tenéis aspecto de enfermeras…

—Mi hermana y yo somos madres de muchos hijos —añadió la de piel morena. A pesar de la diferencia en el color de los ojos (los suyos eran negros como la obsidiana), las dos mujeres se parecían mucho—. Y nuestra compañera ha asistido a innumerables partos. No somos más que simples bailarinas, mi señora, y venimos desde lejos a visitaros; pero, si confiáis en nosotras, os ayudaremos a traer a vuestros hijos a este mundo.

—¿Hijos? —preguntó la reina, sorprendida por el uso del plural.

La más baja asintió.

—No uno, sino tres.

La reina abrió la boca, quizá para replicar, pero lo que le salió fue un profundo gemido.

—Otra vez —se lamentó—. Está yendo demasiado rápido. —El dolor acalló cualquier protesta que hubiera podido presentar—. Sí, ayudadme —les rogó—. ¡Por los dioses, ayudadme!

Sin una palabra más, las tres mujeres pasaron a la acción con gráciles movimientos, haciendo gala de una gran soltura: la de piel clara se situó ante la reina, la de piel oscura detrás, como una sombra, y la más baja se colocó debajo, extendiendo las curtidas manos entre las piernas de la parturienta. Nebet y la otra asistente dieron un paso atrás, con los ojos como platos, intimidadas por las tres extrañas bailarinas.

La reina sintió una nueva oleada de dolor que no cesaba, y la mujer más baja le ordenó, con una voz que era como un graznido:

—¡Empujad!

La reina se agarró a los brazos de la mujer de piel clara, cerró los ojos con fuerza y chilló.

Las hermanas, situadas delante y detrás, se balancearon sin soltarla, susurrando palabras ininteligibles.

—¡Empujad!

La reina, jadeante, cogió aire y volvió a chillar. Al momento, entre las manos de la mujer más baja apareció un bultito que se puso a llorar con ganas. Sacándose una punta de sílex afilado del cinturón, la mujer más baja cortó el cordón y le entregó el bebé aún mojado a la de piel oscura. El niño no dejaba de llorar.

—Es un chico —dijo ella, observando al bebé con aquellos ojos brillantes y oscuros como la noche—. Meriamón: aquel cuyo rostro es el sol.

Las doncellas se miraron la una a la otra, atónitas. ¿No solo asistían al parto, sino que además ponían nombre al bebé? Todo el mundo sabía que ese honor estaba reservado al gran sacerdote de Amón. ¿Quiénes eran esas mujeres para cometer una herejía así con tanto descaro?

Pero la reina, que aún tenía contracciones, no protestó.

—El dolor... ¿Por qué no ha cesado?

La mujer más baja volvió a alargar las manos bajo las piernas de la reina.

—Porque aún no habéis acabado, mi señora. Otra vez..., ¡empujad!

La reina gruñó e hizo fuerza, clavando los dedos de los pies en los ladrillos que tenía debajo. Al cabo de un momento apareció otro bebé en las moteadas manos de la mujer más baja, que cortó el cordón y le pasó el segundo hijo de la reina a la hermana de piel clara.

—Una niña —dijo esta, sonriendo al ver que la bebé hacía gorgoritos—. Sitamón, la que conoce todos los nombres.

La reina se quedó inerte y se dejó caer. Las dos doncellas fueron corriendo a su lado y la agarraron de los hombros. Querían llevarla a la cama, pero la mujer baja las frenó.

—Aún no —dijo con brusquedad—. Queda uno.

La reina Bintanat levantó la mirada y negó con la cabeza.

—El dolor ya ha desaparecido. ¿Cómo puede haber otro?

La mujer se encogió de hombros.

—Quizá este cargue con el dolor sobre sus propios hombros —dijo. A regañadientes, la reina volvió a colocarse sobre los ladrillos de parto y recuperó la posición anterior—. Por favor, mi señora. Empujad.

Aún atónita, la reina Bintanat cerró los ojos y tensó el cuerpo. La mujer extendió los brazos justo a tiempo para recoger otro bebé, más pequeño que los otros dos. El niño no emitió sonido alguno mientras le cortaba el cordón umbilical.

—¿Está bien? —preguntó la reina, mirando hacia abajo con impaciencia. La mujer baja recogió al pequeño entre sus brazos y le dio el dedo para que chupara. Con la otra mano le acarició la carita, muy seria.

—Está bien. Otro niño sano. Bakenamón, el que tiene el corazón oculto.

La reina suspiró con fuerza y sonrió, satisfecha. En el exterior, la fuerte lluvia estaba limpiando la faz de la tierra con un murmullo que parecía el susurro de una madre.

Cuando, al cabo de un rato, la enfermera y los sacerdotes entraron en la cámara deshaciéndose en disculpas, empapados y con el cabello y las ropas enmarañados, se encontraron a la reina metida en la cama con un bebé mamando de cada pecho. Meriamón chupaba con ganas, mientras que Sitamón lo hacía más tranquila, alargando sus pequeñas manitas hacia la temblorosa llama de la antorcha. El tercer bebé, Bakenamón, observaba desde los brazos de la doncella, esperando pacientemente su turno. Todos los bebés llevaban un collar hecho con unde cordón de lino con cuentas de cornalina y oro ensartadas.

Las dos doncellas estaban muy ocupadas recogiendo las telas sucias y cerrando las cortinas para evitar la entrada de la lluvia, que había amainado hasta convertirse en una bruma diáfana. Nebet tenía los ojos bien abiertos y la mirada perdida, como si hubiera presenciado algo sagrado e inexplicable.

Las bailarinas habían desaparecido en la oscuridad de la noche.

La tan esperada enfermera estaba ahora de pie frente a la cama, acongojada, con el gesto de un perro esperando a recibir un azote.

—Mi reina... —balbució—. Intentamos llegar antes al palacio, os lo juro. El camino del templo estaba inundado, y yo...

—Esas mujeres que me has enviado, las bailarinas —la interrumpió la reina, con un tono de voz inusualmente plácido—. Eran buenas. Raras..., pero buenas.

La enfermera, que no las había enviado, parpadeó, pero aprovechó la ocasión y bajó la cabeza.

—Me alegro de que os gustaran, reina Bintanat.

Algo había aplacado la ira de la reina, y no sería ella quien cuestionara el motivo.

—Dile al rey que venga a ver a sus hijos —le ordenó la reina Bintanat—. Sin duda le alegrará ver que son tantos. Hoy los dioses nos han bendecido.

—Desde luego, mi reina.

Y, con una reverencia final, la enfermera se alejó a toda prisa por el pasillo con el viento a la espalda.

La gata lo observó todo con interés, mirando fijamente con sus ojos dorados. Estaba calentita y seca, y toda aquella actividad la tenía muy entretenida. «Quizá aún tenga cosas que ver antes de morir —pensó—. Quizá valga la pena quedarse un poco más».

Rodeando el charco de sangre del parto que aún cubría los azulejos, encontró un montón de telas descartadas, las amasó con las patas hasta darles la forma requerida, se acomodó y se puso a lamerse el pelo con su áspera lengua rosada.

1
SITA

Sitamón estaba tumbada boca abajo al borde del estanque, observando los peces. Había una docena más o menos, de tamaños diversos, algunos no mayores que su mano y otros tan largos como su brazo, y flotaban perezosamente en las cristalinas aguas verde azulado del estanque. Sita pasaba la punta de los dedos por la superficie del agua, y los voraces peces acudían a chupárselos con sus redondeadas bocas.

No le importaba demasiado si lo hacían porque ya la conocían, tras tantos años de visitas diarias al jardín de recreo, o si era porque pensaban que era comida. Estar allí, tendida entre las aromáticas flores de loto, las mandrágoras y las amapolas, con las piernas y los hombros desnudos al sol del mediodía, era uno de los pasatiempos preferidos de Sita. A esa hora del día, era un lugar de serena contemplación que le permitía huir del ajetreo de la vida del palacio. Del cuello le colgaba su amuleto de cornalina tallada en forma de nudo de Isis, casi en contacto con el agua. Cuando la gran sacerdotisa había ido a visitarla desde Bubas, para su decimotercer cumpleaños, y se lo regaló, Sita pensó que era un ankh, pero la mujer había chasqueado la lengua y le había dicho que no.

—¿Ves los brazos? —le había dicho—. Van hacia abajo. Es un

nudo de tela, no una cruz. Tela manchada de rojo con la primera sangre de la femineidad, un umbral que cruzarás muy pronto, princesita. Con este amuleto, la sangre de Isis, los hechizos de Isis y las palabras mágicas de Isis te protegerán de quienes quieran hacerte daño. No te lo quites nunca.

Habían pasado cuatro años desde aquel día. Y Sita no se lo había quitado nunca.

Pensando que sería un trocito de jugosa carne, probablemente, uno de los peces intentó darle un mordisquito al amuleto, hasta que Sita se lo metió de nuevo bajo el vestido. Los demás peces, que ya habían perdido interés en sus dedos, empezaron a alejarse. Cuando se fueron y la superficie del agua se calmó de nuevo, Sita vio su reflejo en la superficie. La suave brisa le había enredado el cabello, así que levantó una mano para alisárselo.

Su larga melena negra era su mayor orgullo, tan espesa que podía negarse a ponerse extensiones sin que su madre le discutiera. Seguía el estilo tradicional para las chicas de su edad, con dos trenzas que le caían sobre los hombros y el resto recogido en una anilla dorada, sobre la espalda. Una de sus doncellas le había entretejido en el pelo hilo de oro y cuentas de cornalina, que tintineaban suavemente al entrechocar cuando se movía. Al principio se quejó del ruido que hacían, diciendo que se sentía como uno de los gatos del palacio, que siempre se sabía dónde estaban por el sonido que emitían sus collares de cuentas al caminar. Pero, ahora que veía el reflejo de la luz del sol en su enjoyada melena, tenía que admitir que el efecto era realmente bonito.

Había adquirido conciencia de su belleza cuando era pequeña, más por el modo en que la trataban los demás que por observación directa. Ella no se veía más guapa que cualquiera de las jóvenes doncellas del palacio. Si se aplicaran sus refinados aceites para la piel y se pusieran túnicas de lino y joyas, todas ellas tendrían su mismo atractivo. A veces se había lamentado de sus rasgos duros, de su nariz aguileña, de sus gruesas cejas, de su barbilla fuerte. Pero en los últimos años había cambiado su perspectiva sobre el asunto al darse cuenta de cómo reaccionaban los hombres jóvenes ante su presencia.

El respeto y la deferencia eran los mismos de antes. Pero había algo más. Algo nuevo. Era el mismo modo en que la gata de rayas de palacio miraba a los pajarillos que revoloteaban por el jardín.

Hambre.

Al principio, aquel cambio la había sorprendido. La obligaba a mirar a aquellos hombres —a algunos de los cuales conocía desde que eran niños— con nuevos ojos. Y la obligaba a verse a sí misma también con nuevos ojos. Quizá su llamativo aspecto no fuera en absoluto una desventaja, sino un valor. Una vez que se dio cuenta de ello, enseguida apareció también en ella esa hambre, y no veía la hora de saciarla.

Desgraciadamente, eso no resultaba nada fácil. Sita casi nunca salía del palacio, salvo para eventos oficiales, y no podía tener un encuentro amoroso con ninguno de los hombres que había allí, ni siquiera un jugueteo, sin que aquello tuviera graves consecuencias políticas.

Con ninguno de ellos, salvo con los criados.

Y los guardias.

Uno de los patos del estanque graznó y batió las alas, creando unas ondas que se transmitieron sobre las aguas. Sita contuvo el aliento y se quedó completamente inmóvil, escuchando.

A lo lejos oyó la risita de una mujer.

Sita bajó aún más el cuerpo, pegándose al suelo, con el corazón desbocado.

No era la única que sabía que el jardín ofrecía privacidad a aquella hora del día. Y aunque le gustaba contemplar los peces, ese no era el verdadero motivo por el que iba allí.

Miró por una abertura entre los rosales que bordeaban el estanque, desde donde tenía una vista perfecta del sicomoro que crecía junto al muro del jardín. Aparecieron dos figuras —una doncella y un guardia— que escrutaban el jardín para asegurarse de que estaban solos.

Sita sonrió, oculta entre las flores de loto.

Satisfecha, la doncella se giró de nuevo hacia su compañero y le rodeó el cuello con los brazos.

—Te he echado de menos —dijo.

Era delgada y de cintura fina, pero tenía los brazos y los hombros fuertes de cargar las bandejas de comida y bebida que le servía al rey.

El hombre sonrió, con una mirada voraz en los ojos que Sita reconoció enseguida. Tenía el torso desnudo y llevaba una *shenti*, una falda blanca plisada que le llegaba justo por encima de la rodilla. Al costado se veía la hoja curva de un *khopesh* dentro de su funda, y al cuello llevaba un collar con el ojo de Horus.

—¿Qué es lo que has echado de menos? —murmuró, comiéndosela con la mirada.

—Tus caricias —dijo ella con timidez.

—¿Y qué más? —preguntó él, con la boca apoyada en el hueco bajo su garganta.

—Tus labios —respondió ella, con los ojos cerrados y la cabeza girada.

—Siento haberte hecho esperar tanto —dijo él con voz ronca, pasando una mano bajo los pliegues de su vestido, buscando lo que había debajo.

Sita observó con la boca entreabierta, sintiendo un calor delicioso que le invadía el vientre. Entre las ramas del árbol de sicomoro había dos monos de rabo largo que también parecían observar la escena.

—Rápido —dijo la joven—. No tenemos mucho tiempo.

—Como desees —respondió el guardia, apoyándola de espaldas en la áspera corteza del árbol y acercando su cuerpo. Los monos protestaron, pero no parecía que los amantes se dieran cuenta de ello.

Sita se ruborizó. Sabía que debería apartar la mirada, pero no podía. Tenía la vista fija en ellos, hipnotizada por el balanceo de sus caderas, el modo en que él arqueaba la espalda y el hecho de que ella tuviera que taparse la boca para evitar gritar. Se quedó mirando, con el cuerpo echado hacia delante, y se le escapó un leve gemido que se elevó por el aire como una voluta de humo.

Se llevó una mano a la boca. «¡Idiota! —se regañó mentalmente—. ¿Es que no tienes sentido común?». Observó atentamente a la pareja, rezando a los dioses para que no la hubieran oído.

Horrorizada, constató que la doncella y el guardia habían parado.

—¿Has oído algo? —preguntó la muchacha.

Sita se murió de vergüenza pensando en la posibilidad de que la pillaran espiando. Sí, claro, ella era la hija del rey y ellos simples criados, pero sabía cómo funcionaban las cosas en palacio. Esa chica solo tenía que hacerle un comentario a una de sus amigas de la cocina y muy pronto lo sabrían todas las criadas, y luego las concubinas de menor rango y sus comadres, y antes de que se pusiera el sol ya lo sabría su madre. La reina Bintanat no vería con buenos ojos que su hija tuviera una afición tan poco digna.

«Han sido los monos —pensó, lanzando la idea a la brisa con la esperanza de que uno de los amantes se la apropiara—. Solo los monos, nada más».

—Viene alguien —dijo el guardia, alarmado—. Sal por la entrada del jardinero. Me aseguraré de que no te vean.

Sita estaba confundida. Si no la habían oído a ella, ¿qué era lo que habían oído? Vio a la joven darle un beso apresurado en la mejilla al guardia y, luego, desaparecer tras los rosales. Estaba a punto de alejarse sigilosamente ella también cuando oyó pasos en el camino de piedras, seguidos de una voz familiar.

—¡Femi! ¿Tú por aquí? ¿Disfrutando de los placeres del jardín?

El guardia se aclaró la garganta.

—Pues sí, mi reina —respondió.

Sita se quedó lívida.

«¡De todas las personas que hay en palacio... tenía que ser mi madre!», pensó.

Se asomó sobre los rosales y vio a la reina Bintanat, resplandeciente como una amapola con su largo vestido rojo con un cinturón dorado. El vestido tenía dos anchos tirantes que le cubrían los pechos; encima de los tirantes llevaba un amplio collar de lapislázuli y obsidiana en forma de buitre, con las alas abiertas sobre sus anchos hombros. Una delicada redecilla cubría la peluca favorita de su madre, que le había regalado un emisario extranjero muchos años antes. Sita lo recordaba porque era el que había traído las primeras granadas al reino, unas frutas de las que ahora tenían grandes cultivos en Tonis y en los jardines del Templo de Amón. Sita las había probado por primera vez cuando aún era una niña, y todavía consideraba que eran lo más delicioso que había comido en su vida.

El emisario, como tantos otros, había comentado que Sita y su hermano debían de haber heredado el atractivo de su madre. Al verse ahora tenía que darle la razón, aunque esperaba que a ella el tiempo la tratara mejor que a la reina, que había sido una mujer de rostro alargado y cuerpo elegante, pero que últimamente era todo huesos, como si se hubiera marchitado.

Los dos monos escogieron aquel momento para bajar de la rama a la carrera y cruzarse en el camino de la reina, que se sobresaltó ligeramente y torció los labios pintados de ocre, aunque enseguida recobró la compostura. Con un suspiro se quitó una mota de suciedad invisible del vestido y volvió a centrar su atención en Femi. El cabello negro y tieso del guardia, que llevaba tan corto como la mayoría de los guardias del palacio, brillaba por efecto del sudor.

—Estoy buscando a la princesa —le dijo la reina—. Sé que por las tardes le gusta venir aquí. Debería estar preparándose para la fiesta de esta noche, no retozando en la tierra como los monos.

Femi negó con la cabeza.

—Mis disculpas, reina Bintanat, pero no la he visto —respondió, violento, con una pierna cruzada por delante de la otra. Daba la impresión de que estaba deseando que la tierra se lo tragara.

La reina resopló, irritada.

—He buscado por todas partes. Tiene que estar aquí. ¡Sitaaa!

Aquel último grito alcanzó un tono que hizo que los monos huyeran de nuevo a esconderse entre las ramas de su árbol.

Sita intentó pensar a toda prisa, consciente de que debía responder antes de que fuera demasiado tarde para actuar. ¿Qué se suponía que debía hacer? Apenas tenía unos segundos para considerarlo, así que se dio la vuelta, poniéndose boca arriba, agarró con fuerza su amuleto, le dedicó una breve oración a Isis y levantó la espalda del suelo.

Tanto Femi como la reina la vieron enseguida.

—¡Ahí estás! —exclamó la reina, exasperada.

Femi se quedó mirándola, mortificado.

—Princesa Sitamón… —dijo con voz débil, bajando la cabeza como deferencia.

—Ah, hola, madre. Femi —dijo Sita, bostezando ostentosamente y estirando los brazos antes de ponerse en pie—. ¡Qué sueño! Mi tutor hoy me ha hecho recitar pasajes de *La historia de Sinuhé*, y tanta lectura me ha dejado agotada.

La reina Bintanat puso los ojos en blanco.

—Voy a tener que hablar con ese hombre. No sé por qué insiste en hacerte perder el tiempo con historias tontas cuando deberías centrarte en la política y los impuestos. La hija de un rey debería saber de esas cosas.

«Sin embargo, a mí me encantan esas historias», pensó Sita. Sin duda resultaban más entretenidas que los impuestos. Pero sabía que no le convenía discutir.

—Sí, madre —se limitó a decir.

La reina le hizo un gesto para que se acercara.

—Ahora ven; tus doncellas te están esperando. Pensaba que estarías emocionada con la celebración de la Fiesta de Bastet... y te encuentro ahí, durmiendo, en lugar de estar preparándote.

—¡Y estoy emocionada! —replicó Sita.

—¡Los gatos del palacio están más preparados que tú! —prosiguió su madre, como si ella no hubiera dicho nada—. Agh, y hueles a pescado. Diles a tus doncellas que te pongan un poco de aceite de palisandro en el baño, y en el pelo...

Sita se dispuso a seguir a su madre y a salir del jardín, pero la mirada inquisidora de Femi la hizo detenerse.

—¿Lo hacéis a menudo...? ¿Eso de dormir en el jardín de recreo, princesa? —le preguntó él.

—Oh, sí, constantemente —respondió Sita con picardía—. Y siempre tengo unos sueños de lo más vívido —añadió, echándole una mirada provocadora.

El guardia tragó saliva. Abrió la boca como si quisiera preguntar algo más, pero luego miró hacia la reina Bintanat, que se estaba alejando, y la cerró.

Sita contuvo una sonrisa, encantada de haber sido capaz de revertir la situación de aquel modo. Apenas un momento antes estaba aterrada por cómo podía afectar aquello a su reputación, pero ahora era el pobre Femi el que se preocupaba por la suya. Era la ocasión perfecta para convencerlo de que estaba de su lado, que sus secretos estaban seguros con ella, que podía confiar en ella...

—¿Vas a asistir a la Fiesta de Bastet esta noche? —le preguntó, esforzándose mucho por fingir naturalidad.

—Sí —respondió Femi—. Todos los guardias estaremos allí para velar por la seguridad de los participantes.

—Entonces debiste de asistir a la fiesta anterior —dijo Sita, echando una mirada a su madre, que se había detenido a hablar con una de las concubinas, que parecía estar asediándola a preguntas—. Y a las dos anteriores a esa, desde que te incorporaste a la guardia, hace cuatro estaciones.

Aquello último lo dijo sin pensar, y lo lamentó inmediatamente. «¿Por qué ibas a saber cuánto tiempo hace que está aquí? ¡Va a parecer que llevas la cuenta!».

Femi sonrió, como si supiera que ahora tenía la sartén por el mango.

—Vaya, pues sí, así es —dijo—. Qué detalle que os acordéis.

Sita se humedeció los labios. ¿Por qué estaba actuando como una tonta con aquel hombre? Él no era nada, un simple criado. Un arma de defensa. Podría tenerlo si lo quisiera. Solo tenía que pedirlo…

«Pero tú no lo quieres así. Quieres que venga a ti. Quieres jugar tus bazas, como hacen todos».

—¿Y cómo fue? —le preguntó.

—¿La Fiesta de Bastet?

—Sí.

Femi esbozó una sonrisa y meneó la cabeza. Luego la observó con aquellos ojos verdes y grandes.

—Como un sueño del que no quieres despertarte.

Sita parpadeó y sintió el calor en las mejillas.

¿Era él el que estaba ganando la partida o ella? Sita no lo tenía claro… y tampoco le importaba.

—¡Sitaaa! —la llamó su madre.

—Debo… debo irme —balbució ella.

—Desde luego, mi princesa —dijo Femi, bajando la cabeza.

—Quizá… —añadió ella, avanzando hacia la reina, pero sin dejar de mirar a Femi—. ¿Te veré allí?

—Quizá sí —respondió él.

El guardia aún tenía la cabeza gacha, así que no podía verle la cara, pero, por su tono, Sita habría jurado que estaba sonriendo.

Salió del recinto del jardín sin prestar mucha atención a su madre, que repasaba una lista más de preparativos. Volvía a sentir aquellas mariposas en el estómago. Había oído suficientes cuchicheos de las criadas para saber que Femi era uno de sus favoritos. El guardia tenía encuentros ocasionales con varias de ellas, pero era lo bastante honorable como para guardarse los detalles para sí.

Tras oír aquellos comentarios había empezado a prestarle más atención, y se fijaba en él cuando lo veía de guardia o riendo con otros guardias. Un día, cuando salía de su dormitorio para encontrarse con su tutor, lo vio mirándola con aquel gesto de hambre que ya había visto antes.

Así era como había empezado el juego.

Después de aquello, no tardó mucho en descubrir su costumbre de llevar chicas al jardín de recreo por las tardes. Además de la doncella que acababa de ver, Sita había visto a otras dos chicas disfrutando de la compañía de Femi: sorprendentemente, las jóvenes parecían ser conscientes de la situación y no les molestaba. Quizá ellas también tuvieran varios compañeros de aventuras. Era un tipo de libertad que una princesa nunca podría tener, y Sita las envidiaba por ello. Ella también quería beber de la copa de Femi, pero había pasado casi una estación y no había conseguido reunir el valor para dar el siguiente paso.

Hasta ese día.

Soltó una risita y, antes de sumergirse en la fresca oscuridad del palacio, le echó una última mirada. Pero Femi ya se había ido. El jardín estaba vacío, teñido de amarillo por el sol. Los dos monos, ya solos, se dedicaban a perseguirse por las losas de piedra mientras, sobre sus cabezas, un halcón trazaba círculos en un cielo azul sin nubes.

—Esta noche no te despistes —dijo la reina Bintanat mientras llevaba a Sita a través del salón principal del palacio, en dirección a los aposentos de las mujeres. Los rayos de sol se colaban por las altas ventanas cuadradas, iluminando las ricas pinturas de las paredes, las columnas y las palmeras de hoja ancha plantadas en el centro del pabellón. A su alrededor, criadas y nobles se ocupaban de sus asuntos y asentían educadamente al cruzarse.

Uno de los gatos del palacio pasó frente a ellas, una gata de franjas negras que le recordó a la que había tenido cuando era niña. Pero no podía ser la misma: de eso hacía mucho tiempo. La gata llevaba un collar con piedras y parecía estar bien alimentada. Al igual que el resto de los gatos, probablemente habría recibido un trato especial por ser el día de Bastet.

—A la fiesta asistirá gente de toda Khetara —prosiguió la reina—. Y no todos comparten nuestros valores. Te llevarían al mar y te harían volver muerta de sed si se lo permitieras..., por mucho que seas una princesa.

—Ajá —dijo Sita, evasiva.

La reina tenía muchas habilidades, y la más destacada era la de ser capaz de convertir cualquier cosa en algo pesado y aburrido.

—Le he encargado a Meri que te eche un ojo —dijo la reina Bintanat—. Él ya asistió el año pasado, así que, si estáis juntos, no debería pasarte nada.

Sita refunfuñó entre dientes. Aún estaba molesta porque a su hermano mellizo le hubieran permitido asistir a la fiesta del año anterior y a ella no, a pesar de que tenían exactamente la misma edad. Pero no le sorprendñia, al tratarse de un chico y del preferido de su madre.

Meri, el guapo.

Meri, el brillante.

Meri, el futuro rey.

Aun así, no iba a permitir que la estrecha vigilancia de su hermano le impidiera pasárselo bien.

—¿Y qué hay de Kenna? —preguntó Sita.

La reina suspiró.

—Bakenamón desea pasar la noche en el templo, solo con sus papiros.

—¿De verdad? —dijo Sita, sin poder ocultar una nota de decepción en la voz.

Su otro hermano siempre había sido estudioso e introvertido, pero aun así le habría gustado que pudiera disfrutar de la fiesta con ella. Últimamente parecía que lo único que le interesaba era estudiar con los sacerdotes sem.

—He intentado convencerlo, pero dice que está «ocupado». ¡Demasiado ocupado para vivir, parece! —La reina cogió aire entre los dientes—. Dice que es un «hombre de Anubis». ¡Hay familias más aptas para esa... posición! —exclamó, con una mueca de hastío—. Nunca entenderé por qué lo tolera tu padre.

Sita apartó la mirada. Sentía pena por Kenna. Al ser la única hija, ella recibía una parte de las atenciones de la reina, aunque Meri se llevara la mayor parte. Pero su hermano menor, más callado, nunca había sido objeto de la devoción de su madre. No era de extrañar que prefiriera pasar el tiempo entre las sombras del templo.

Justo en aquel momento el barullo del pabellón principal pareció calmarse. La reina Bintanat paró en seco y Sita estuvo a punto de chocar con ella.

—Bueno —dijo la reina—. Es hablar del gato, y te cae encima de un salto. Ahí está tu padre.

Sita miró por encima del hombro de su madre y vio cómo se acercaba el palanquín del rey. Era uno de los palanquines de diario de su padre —cargado por cuatro criados, en lugar de los doce a los que recurría los días de fiesta—, pero no dejaba de ser un trono digno de un faraón, recubierto de oro, con las imágenes de un desfile de suplicantes arrodillándose ante Amón grabadas en los laterales, y los reposabrazos en forma de sendas cabezas de cobra. El rey Amenmose iba sentado en su trono, con el cuerpo hacia delante y la cabeza apoyada en un puño. Llevaba una *shenti* plisada verde y sandalias doradas, y una piel de leopardo colgada de uno de los hombros. Sita observó que la piel del leopardo estaba manchada y que las ropas del rey, que otras veces llevaba ajustadas al cuerpo robusto y bien alimentado, le quedaban ahora algo sueltas. Sobre el tocado verde y dorado a rayas que le caía a los lados de la cabeza lucía una sencilla diadema de oro con una cabeza de serpiente engarzada de piedras preciosas. Sus prendas de vivos colores contrastaban claramente con el tono cetrino de la piel de su rostro, que no mejoraba pese a la pintura verde de ojos y las oscuras líneas de kohl.

Parecía un hombre vacío por dentro, como una piel sin serpiente.

El cambio se había producido gradualmente, y al principio Sita no lo había notado. Nadie se había dado cuenta. Pero enseguida se hizo cada vez más visible, no solo a sus ojos, sino a los de cualquiera. Su padre —que la estación anterior se mostraba apuesto, sociable e impertinente, como siempre— no estaba bien.

A pesar de sus intentos por mantener la enfermedad en secreto, los rumores se habían extendido por los pasillos del palacio, volviéndose cada vez más numerosos y estentóreos. Era imposible ignorar sus repetidas ausencias durante las comidas y las reuniones sociales, sus frecuentes visitas a los médicos sacerdotes o la creciente cantidad de amuletos de curación que llevaba colgados del cuello.

Esa misma mañana, Sita había oído a sus criadas hablando en voz baja mientras barrían el suelo de su dormitorio: «He oído que el faraón ha caído en las garras de un demonio —había dicho una de las chicas—. Que los sacerdotes lo han probado todo y que aun así cada vez está peor».

Sita no solía hacer caso de los comentarios. No había nada que les gustara más a las criadas que cotillear, aunque una blasfemia como esa les habría podido costar unos latigazos si la hubiera oído alguien más. Sita, por su parte, no veía motivo para informar de ello. Al fin y al cabo, quería decir que las criadas estaban preocupadas, nada más.

Quizá ella también debiera preocuparse, pero por otra parte no tenía motivos para dudar del poder de los sacerdotes. Eran los mejores del mundo. Además, era ridículo pensar que su padre, el rey dios de Khetara, pudiera permitir que algo tan insignificante como una enfermedad —fuera demoniaca o no— lo alejara del trono.

Así que Sita intentó no hacer caso de su aspecto, igual que intentaba no hacer caso del modo en que la trataba, porque eso era lo que se suponía que tenía que hacer una buena hija.

La reina Bintanat se acercó a su marido.

—¿No tenías que reunirte con los visires para hablar del impuesto sobre el grano? —dijo, bajando la voz lo suficiente como para que no los oyeran.

El rey Amenmose se quitó de encima con un gesto el abanico en forma de medialuna con que le estaba dando aire un criado y la miró sin demasiado interés.

—Saludos a ti también, mi querida esposa. De hecho, ahora vengo de esa reunión. Ha sido muy breve. «Mi rey, no hay suficiente grano», me han dicho los visires. Y yo, en mi gran sabiduría, les he respondido: «Pues plantad más».

Se quedó mirando a una doncella que pasaba y le guiñó un ojo.

Sita vio que la reina Bintanat tensaba la mandíbula.

—Bueno, *imi-ib* —dijo la reina, endulzando la voz. Era un término cariñoso que solía usar su madre cuando estaba furiosa—. No seré yo quien contradiga tus decisiones, pero he oído que la situación en la Baja Khetara está volviéndose cada vez más complicada. Y las cosas aquí, en el norte, no están mucho mejor. Mis mensajeros me cuentan que en los mercados de Per-Amón y Menef están pasando dificultades, y que Bubas les sigue los pasos. Deberías haber visto las escasas provisiones que he recibido en la última entrega procedente de río arriba. Reses en los huesos, verduras y hortalizas mustias, y apenas una docena de vasijas de ocre y botellas de aceites.

El rey alzó una ceja.

—¿Me estás diciendo que unas cuantas lechugas mustias son causa de alarma? Querida mía, siento que los manjares y el maquillaje que has encargado no sean de tu gusto, pero no voy a iniciar una guerra por ello.

La reina cerró los ojos, como si tuviera que hacer acopio de fuerzas para seguir adelante.

—No estoy sugiriendo que inicies una guerra, mi rey —dijo con una paciencia exagerada—. Lo que me temo es que estas cosas sean síntoma de un problema más grande, un problema que podría crecer aún más si no lo afrontamos. Solo sugiero que quizá convenga dedicarle algo más de atención. Al fin y al cabo, sin la palabra del faraón, los visires no son más que piernas sin una cabeza que los dirija.

—O quizá... —respondió el rey, imitando el tono dulzón de la reina Bintanat— tus oídos deberían escoger con más cuidado las voces que escuchan. Los visires se asustan hasta de su propia sombra. La Baja Khetara está controlada. Lo ha estado siempre, desde el inicio de mi reinado, y así seguirá hasta el final —añadió, con un tono que no admitía réplica.

Entonces suavizó el gesto y sonrió.

—¿De verdad, Binta, es de esto de lo que te preocupas precisamente la noche de Bastet? ¡Hoy es un día para la adoración! ¡Para la celebración! —Le dio un golpecito con el codo a uno de los porteadores—. ¡Y para levantar las faldas a las mujeres! ¿No es cierto, Tabu?

El porteador esbozó una sonrisa incómoda.

—Sí, mi faraón.

—¿Lo ves? —dijo el rey Amenmose, convencido, dándole una palmada en la espalda a aquel hombre—. Hasta Tabu sabe lo que es realmente importante en la vida. Y desde luego no son los visires y su maldito impuesto sobre el grano.

La reina Bintanat cerró los ojos y apretó los labios, formando una fina línea.

—Como digas, mi rey.

El faraón posó la mirada en Sita.

—Apuesto a que estarás deseando que llegue el día en que puedas ir a la fiesta. ¿No es así, Sitamón?

Sita parpadeó, confusa.

—Voy a asistir a la fiesta esta noche, padre —dijo—. Será mi primera vez.

El rey se quedó mirándola con cara de sorpresa, como si fuera la primera vez.

—¡No! —exclamó, asombrado—. ¿Es posible que haya pasado ya tanto tiempo?

Podía parecer que en sus palabras había algo de nostalgia, pero su tono reflejaba más bien cierto miedo. Sita tuvo la sensación de que su padre no estaba pensando realmente en cómo había crecido, sino en lo rápida que estaba pasando su propia vida.

El rey nunca había prestado mucha atención a sus hijos. Normalmente estaba muy ocupado disfrutando de los placeres de la vida: comida, bebida, deportes, mujeres... La reina Bintanat era la gran esposa real, era cierto, pero en el palacio había muchas otras concubinas, y sus relaciones con todas ellas habían sido fuente de numerosos problemas. Estaba claro que disfrutaba de la compañía de las mujeres, pero ocuparse de sus quejas era una tarea que consideraba que era mejor dejar a otras personas. Así que, aunque Sita tenía el honor de ser la mujer soltera más importante del palacio —la mujer con la sangre real más pura—, raramente conseguía atraer el interés de su padre.

—Sí, mis hermanos y yo hemos cumplido diecisiete años durante el Peret —dijo Sita, y luego añadió—: Espero que esta noche pueda honrar a la diosa y ganarme su favor.

Al menos podía presentarse en público como una buena hija, aunque fueran los placeres de la vida lo que le rondaba por la mente, en particular los que había descubierto en el jardín.

El rey la miró y se enterneció al pensar en el pasado.

—Ah, sí —dijo—. Recuerdo muy bien la noche en que nacisteis los tres. «Y la tormenta convirtió la tierra seca en un mar, y los sacerdotes y la enfermera atravesaron el terreno inundado a pie, y cuando llegaron al palacio se encontraron con la feliz noticia de que no era un niño, sino tres, traídos al reino por mano de los dioses».

Sita sonrió al oír aquellas palabras que tan bien conocía, las de la historia de su nacimiento. Desde que era niña, Nebet le había contado la historia de aquella noche, cuando cayó sobre Khetara una tormenta como nunca antes, ni después, se había visto. Habían venido al mundo al inicio del reinado de su padre, y la historia había acabado convirtiéndose casi en una leyenda, puesto que muchos estaban convencidos de que las tres bailarinas que habían ayudado a la reina en el parto eran diosas encarnadas. Todo el reino adoraba a los trillizos y estaban encantados con su nacimiento en apariencia divino, que a su vez contribuyó considerablemente a potenciar la credibilidad de su padre, algo que necesitaba el faraón. El rey anterior, el Gran Semataui, había unido las Dos Tierras y había muerto en batalla, convirtiéndose en un héroe sin descendencia. El padre de Sita era el visir jefe de Semataui, y, aunque era lógico que ocupara el trono, no tenía sangre real. Para convertirse en sucesor de una leyenda, Amenmose necesitaba su propia leyenda. Y los trillizos se la habían proporcionado.

El rey Amenmose meneó la cabeza y chasqueó la lengua.

—A veces me pregunto en qué medida es recuerdo y en qué medida es la historia que nos contamos nosotros mismos. Quizá no importe. Si repetimos una cosa lo suficiente, con el tiempo se convierte en verdad. —Se quedó pensando un momento—. Me recuerda algo que sucedió hace muchos años, justo después de vuestro nacimiento. Un sacerdote del desierto me pidió audiencia. No dejaba de hablar de un oráculo antiguo e insistía en que estaba relacionado con vuestro nacimiento. Ninguno de los sacerdotes de Amón había oído hablar de él ni de su familia; sería un farsante cualquiera buscando el modo de acceder al poder. Lo echamos de la corte, por supuesto. Pero no dejó de despotricar sobre muerte y destrucción hasta que lo sacaron por las puertas del palacio. Se creía de verdad esas tonterías.

El rey se inclinó hacia delante desde el palanquín, agarró a Sita del hombro y tiró de ella. El olor de su aliento hizo que la princesa arrugara la nariz. Olía a vino y a algo más. Le recordó la ocasión en que una de las concubinas había muerto en sus aposentos de noche. La habían descubierto la mañana siguiente rígida y fría, y emitía un olor acre. Olor a podrido.

—Esas son las personas más peligrosas que hay, Sitamón. Recuérdalo. La gente que cree con tanta fuerza que no puede razonar. —Se quitó uno de sus amuletos del cuello y se lo puso en la palma de la mano—. Ten, toma esto —dijo—. Tú lo necesitas más que yo.

Sita se quedó mirando el objeto de malaquita tallada que tenía en la mano. Era un escarabeo, no muy diferente a los miles que había visto llevar a tanta gente durante toda su vida. ¿Por qué se lo daba ahora?

—¿Sabes lo que significa el escarabeo, hija?

Sita pensó en lo que había aprendido de su tutor, que se había pasado años enseñándole a leer y escribir las palabras de los dioses sobre la historia de Khetara, sus relatos y sus divinidades.

Memorizar los nombres de los reyes y las fechas de sus coronaciones la aburría sobremanera, pero lo demás le gustaba, aunque su madre pensara que era mejor ocupar la mente en otras tareas.

—Es un símbolo de transformación y renacimiento —dijo ella—. El escarabajo pelotero hace girar su bola de estiércol y pone los huevos dentro, igual que Khepri empuja el sol hasta hacerlo salir por el horizonte cada mañana, trayéndonos una nueva vida cada día.

El rey movió un poco la cabeza, como si solo estuviera parcialmente satisfecho con la respuesta.

—Sí, sí, eso es cierto. Pero lo que quiero que recuerdes del escarabajo es esto: cuando estés de mierda hasta arriba, debes buscar algo inesperado en tu interior. Solo así encontrarás la respuesta. —Entornó los ojos—. ¿Me entiendes, Sitamón?

Sita notó que arqueaba las cejas.

—Hum…

El gesto solemne de su padre se convirtió de pronto en una sonrisa divertida. Se rio hasta que le entró la tos, volvió a sentarse bien en el trono y le dio un trago a la copa de vino que tenía a un lado.

—¿Te ha gustado eso, Tabu? «De mierda hasta arriba». El faraón es un hombre de mil talentos, ¿no es cierto?

—Un talento inconmensurable, mi rey —reconoció Tabu.

La reina Bintanat frunció el ceño al ver la poca luz del sol que entraba ya por las ventanas y dio unos golpecitos con el pie en el suelo.

—Estoy segura de que Sitamón agradece tus regalos y tu sabiduría, *imi-ib* —dijo—, pero tiene que vestirse para la fiesta.

Ajeno a sus palabras, el rey estiró el cuello al ver a una niña correteando por el salón y a una joven tras ella.

—¿Es Maet? —preguntó él—. ¿Eres tú, mi ciruelita?

La niña soltó un un pequeño grito de alegría y se fue corriendo al palanquín. Con el movimiento, la coleta que llevaba a un lado de la cabeza rebotaba. Uno de los porteadores cogió a la pequeña y se la puso al rey sobre el regazo. Maet era la hija de una de sus concubinas, y el rey sentía devoción por ella.

Sita intentó no ponerse celosa. Al fin y al cabo, Maet solo tenía seis años.

Maet agarró el rostro del rey entre sus manitas y se quedó mirándolo muy seria.

—Tienes la cara rara, *yati* —dijo.

El rey sacó la lengua y bizqueó, y Maet se rio.

—Venga, chiquitina —dijo—. Vamos a ver si encontramos algo delicioso para comer, ¿te parece? —Se giró hacia Sita—. Disfruta de la fiesta esta noche, Sitamón —añadió, y luego echó una mirada a su esposa—. Binta —dijo, a modo de saludo, y les indicó a sus criados con un gesto que siguieran adelante.

Sita se quedó mirando el palanquín, que seguía avanzando por el salón, algo preocupada por las divagaciones de su padre. «Está enfermo y probablemente borracho», pensó. ¿Qué tipo de medicinas le estarían dando los sacerdotes? ¿Serían la causa de que hablara tan raro?

—Venga, vamos —dijo la reina Bintanat, tirando de ella—. Ya hemos perdido demasiado tiempo.

—¿Sita? ¡Sitamón!

Sita levantó la cabeza de golpe, haciendo rebosar el agua de la bañera, aromatizada con flores.

—¿Qué?

Su doncella, de mediana edad, estaba sentada al borde del agua, con una sonrisa indulgente en el rostro.

—Si has acabado, deberías salir. El agua se está enfriando.

—Oh. Sí. Lo siento, Nebet.

Sita se puso en pie, con la piel cobriza brillante por efecto del aceite de oliva.

—Ten cuidado. —Nebet le tendió la mano para que saliera de la bañera, atenta a que Sita no se resbalara al pisar las baldosas.

Aquella mano era fuerte, un contacto aún más familiar que el de su propia madre. Nebet llevaba al lado de Sita desde su nacimiento: la había amamantado, la había cuidado y la había arropado por las noches. Su cabello, antes oscuro, se había vuelto gris, y, por mucho que Sita le dijera que debía teñírselo de castaño otra vez con bayas de enebro, Nebet siempre se negaba. Dedicaba mucho tiempo a cuidar el aspecto de Sita, pero no el suyo propio. Cada vez que Sita sacaba el tema, Nebet solía decir que ella se había «ganado» sus canas y que nadie se las iba a arrebatar.

Nebet recogió una suave tela de lino del taburete donde antes estaba sentada y la usó para secarle el pelo a Sita.

—¿Estabas pensando en esta noche?

—Pues sí —dijo ella, aunque no podía contarle a Nebet lo que estaba pensando realmente porque se avergonzaría. Tenía que ver con Femi y con actividades similares a las que había presenciado en el jardín de recreo.

Después de llamar a las otras criadas para que limpiaran el baño y prepararan el vestuario de Sita, Nebet la hizo sentarse frente a un espejo de latón colgado de una de las paredes de sus aposentos. A través del reflejo, Sita vio como Nebet le trenzaba el pelo húmedo, rematando cada fina trenza con un fino cilindro de oro.

—Deberías disfrutar de la fiesta —dijo al cabo de un rato Nebet, pensativa—. Pero no olvides cuál es el verdadero objetivo, porque la fiesta no es solo una ocasión para el placer.

Sita se ruborizó al oír la palabra «placer», como si de algún modo Nebet hubiera podido ver las imágenes de Femi que flotaban en su mente.

—Pero Bastet es la diosa del placer —replicó, recordando la imagen de la esbelta mujer con cabeza de gato que había visto en papiros y paredes del palacio—. Cuanto mayor sea la celebración, más la honramos, ¿no es así?

—Lo es —confirmó Nebet—. Ella ve nuestra música, nuestros

bailes y nuestras celebraciones como un testimonio de vida, y nos premia con su protección. Pero ¿no te ha enseñado tu tutor el otro nombre de Bastet?

Sita frunció el ceño. Nebet era una mujer muy devota. Las historias que le había contado siempre antes de ir a dormir hablaban de los dioses y de sus aventuras, y nunca se olvidaba de hacer sus ofrendas diarias. Así pues, a Sita no le sorprendió la pregunta, pero se avergonzó un poco de no conocer la respuesta.

—Supongo que no —confesó.

Nebet aspiró aire entre los dientes.

—Con esa imagen de criatura inofensiva insultamos a Bastet. ¡Imagínate, una gata sin zarpas! No puedes iluminar un lado de una cosa sin cubrir de sombras el otro.

La repentina pasión que adoptó la voz de la mujer pilló por sorpresa a Sita. Nebet siempre se mostraba de lo más dulce y comedida.

—¿Qué quieres decir? ¿Cuál es el otro nombre de Bastet?

Nebet dejó las trenzas por un momento y levantó la vista, buscando los ojos de Sita en el espejo.

—Es la dama de la muerte. Defensora de los inocentes, vengadora de los agraviados.

Sita tragó saliva.

—Es ella la que protege el hogar de los espíritus malignos —prosiguió Nebet, cepillándole el pelo a Sita con una fuerza quizá algo excesiva—. Espíritus como el que ha hecho enfermar a tu padre. Harías bien, pequeña, en rezar a la diosa mientras bailas y bebes esta noche, para que lo libere de ese demonio, antes... antes...

—¿Antes de qué?

Nebet se quedó en silencio un rato. Estaba pálida.

—Te pido disculpas, princesa —dijo, apoyando una mano en el hombro de Sita—. No sé lo que me ha dado. Últimamente tengo esta terrible sensación..., este miedo. Pero no es excusa. Me he sobrepasado. Si quieres despedirme, lo entenderé.

—No, no. No pasa nada —respondió enseguida Sita, apoyando una mano sobre la de Nebet. No le gustaba el tono sumiso que había adoptado su doncella—. Solo intentas ayudar. De todos modos, yo nunca te despediría, por ningún motivo. Te prometo que haré todo lo que pueda por honrar a la diosa, por el bien de padre.

—Y por el tuyo —añadió Nebet en voz baja—. Es por ti por quien más me preocupo.

Justo entonces regresaron las otras criadas.

—Vuestro vestido, princesa Sitamón —dijo una de ellas.

Sita se puso en pie, desnuda salvo por los amuletos del nudo de Isis y del escarabeo, mientras las jóvenes le ponían una túnica de delicada gasa por encima de la cabeza. La tela era tan fina que se transparentaba la silueta de su cuerpo desnudo. Por encima le pusieron un vestido hecho con una elaborada malla de cuentas que le llegaba hasta los tobillos. Estaba confeccionado con miles de cuentas de cerámica —rojas, azules y negras— que formaban un diseño de rombos. Luego le pusieron en torno al cuello un ancho collar, también de cuentas, con un escarabeo dorado, además de un brazalete dorado en cada muñeca. Mientras una de las muchachas le colgaba dos aros dorados de las orejas, la otra le pintó los ojos con kohl y los labios y las mejillas con ocre rojo.

Nebet se mantuvo apartada con los brazos cruzados ante el pecho, observando toda aquella actividad e interviniendo únicamente para alisar algún pliegue del vestido o ajustar el plisado.

—¿Estás segura de que es esto lo que quieres llevar esta noche, Sitamón? —preguntó—. Es precioso, pero un poco...

—Ya tengo diecisiete años, Nebet —replicó Sita, levantando la barbilla—. Me vestiré como la mujer que soy.

—Como desees —respondió Nebet.

Estaba aplicándole unas gotas de aceite de pétalos de rosa en las sienes y el hueco de la garganta cuando una sombra procedente del pasillo atravesó el suelo como si fuera el filo de un cuchillo.

Sita se giró y vio a un hombre apoyado en el marco de la puerta, con la luz del sol poniente a la espalda. Llevaba una *shenti* blanca hasta las rodillas y un colgante decorativo, atado al cinturón, que le oscilaba entre las piernas. El colgante, de elaborada artesanía, estaba hecho con las mismas cuentas de obsidiana y cascarón de huevo de avestruz que componían su collar, que lucía sobre una camisa holgada que le dejaba a la vista el torso. Tenía el cabello negro y denso, como el de Sita, y le caía sobre los hombros en una cascada de ondas brillantes. La observaba con unos ojos no muy diferentes a los que acababa de ver en el espejo un momento antes. Unos ojos encendidos de mirada juguetona, tal como habían sido siempre desde que ambos eran bebés.

—Saludos, hermana —dijo Meriamón con una voz dulce como la miel—. ¿Estás lista?

Sita se puso en pie, y sus trenzas doradas tintinearon como campanillas. Sus doncellas se apartaron, agachando la cabeza. Sita se giró hacia Nebet una última vez, y la mujer le devolvió la mirada esbozando una sonrisa que no se reflejaba en sus ojos.

—La diosa nos espera —dijo el príncipe.

Sita sonrió, y la emoción se impuso al enojo que le causaba el tener que ir acompañada de un guardián y a la preocupación que le había quedado dentro tras aquel extraño encuentro con su padre. ¿Estaba lista para lanzarse a la noche y descubrir las maravillas tan desatadas como deliciosas que prometía la fiesta? ¿Estaba lista para beber del cáliz de la vida, mojándose los labios, sintiendo cómo le bajaba por la garganta y se extendía como un incendio bajo su piel? ¿Estaba lista para dejarse llevar? ¿Para olvidar sus modales, abandonarse a los brazos de un amante, gritar al cielo, bailar hasta el amanecer?

—¡Sí! —exclamó.

—Muy bien, pues... —dijo Meri, al tiempo que le ofrecía el brazo.

Sita se puso sus sandalias doradas y salió por la puerta.

2

NEFF

Estaba sola en el desierto, y era una noche sin luna.

No soplaba ni una brizna de aire, ni el aliento de ninguna otra criatura viva. Allí solo había dunas, unas dunas que se extendían hasta la eternidad como las aguas primigenias que cubrían la tierra cuando el mundo era nuevo.

Por delante tenía un rastro de huellas que subían la cuesta. Eran pequeñas y bien marcadas, y las siguió, hundiéndose en la arena a cada paso.

El cordero estaba tendido en un charco de luz y, dado que no había luna, supo que la luz debía de proceder de la propia criatura. Presentaba una terrible herida en un costado, y la sangre brotaba del interior manchándole la lana blanca de un intenso color carmesí. A pesar de ello, el cordero no emitía ningún sonido. La miró con sus extraños ojos como dos fisuras horizontales.

—Cuidado.

La boca del cordero no se había movido; aun así, ella sabía que había sido él quien había hablado. Era un sonido triste, el sonido de las noticias no deseadas, de las pesadillas hechas realidad.

—Cuidado, porque muy pronto el Gran Río de Khetara se convertirá en sangre.

Dio un paso atrás y se tapó las orejas con las manos para no oír, pero la voz seguía adelante.

—Las mentiras darán fruto como el trigo en los campos, y donde antes había orden, reinará el caos. Un secreto emergerá de las profundidades de latierra, y las coronas Roja y Blanca se romperán para siempre.

—Para —dijo ella, pero la voz no cesó ni flaqueó, pese a que la sangre seguía manando en un torrente imposible, formando un charco en torno al cordero, empapando la arena del desierto y extendiéndose por el terreno.

—¡Escucha, Tonis, Gran Casa de Amón! ¡Cuidado con lo que se esconde, invisible, entre los tuyos! —bramó el cordero, y el desierto se convirtió en un caótico mar rojo de dunas viscosas y repugnantes.

—¡Escucha, Sakesh, Gran Casa de Ra! ¡Cuidado con lo que arde y te destruye!

Sintió que se hacía cada vez más pequeña. El cordero flotaba sobre la superficie del nuevo mar, sin dejar de mirarla, con aquellos ojos de otro mundo fijos en ella. Chilló, pataleando entre las espesas aguas hasta que el sabor metálico de la sangre le llenó la boca.

—¡Escuchad! ¡Llegan la ruina y la perdición para los Niños de las Dos Tierras!

Nefermaat se despertó jadeando.

Levantó la cabeza, se sentó en la esterilla de juncos sobre la que dormía y paseó la mirada por la humilde casa de su familia, con los ojos adormilados y la respiración entrecortada. La luz de la mañana penetraba por las pequeñas ventanas cuadradas de ambos lados, y a su lado encontró las esterillas de sus padres vacías. Intentó aferrarse a lo que recordaba del sueño, tratando de recuperar las palabras, las imágenes, antes de que...

—¡Oh, qué bien! Estás despierta —dijo su madre, asomando por las escaleras de ladrillo procedentes del piso inferior.

Llevaba una jarra de cerveza bajo un brazo y una hogaza de pan cubierta con un paño bajo el otro. Se movía con celeridad.

—Estamos a punto de comer. Date prisa y prepárate, Neff. Ya sabes lo mal que le sienta a tu padre llegar tarde al mercado.

Neff se frotó los ojos. Si al principio había conseguido retener en la memoria algo de su sueño, ya lo había perdido, y en su lugar le había quedado la incómoda y fría sensación de haber olvidado algo terriblemente importante.

—Ya voy, *mamet*, ya voy —murmuró, enfundándose las sandalias de papiro tejido que tenía a los pies de su esterilla.

Alisó con la mano las arrugas de su *kalasiris* blanco y se ajustó los tirantes por encima de los hombros. Después de lavarse la cara en la jofaina y pasarse los dedos por el pelo rizado, largo hasta la barbilla, subió por las escaleras a la azotea.

Todavía era temprano, así que el sol aún no quemaba. Neff tomó una bocanada de aire fresco y miró a su alrededor. En torno a su casa había otras casas de adobe similares, formando líneas paralelas en dirección al sur, entre las que destacaba el Gran Templo de Bastet en el extremo sur de Bubas. Mas allá se extendía la Baja Khetara: Hurwar, Per-Abu y Sakesh. Eran nombres que había oído en las historias que se contaban junto a la hoguera, sobre una Gran Guerra que había tenido lugar años antes de que ella naciera. Historias de poder y de gloria, y de la legendaria victoria del rey Semataui sobre el pretendiente del sur. Al oeste se extendía el ancho dedo azul del Iteru y, hacia el norte, a orillas del delta del río, se encontraba Tonis, la capital del reino, donde vivía el faraón.

Todo lo que quedaba al oeste del Iteru eran las Tierras Rojas. De vez en cuando alguno de los barbudos de aquellas tribus se aventuraban en el pueblo desde el otro lado del río para comerciar con los mercaderes de Khetara, pero nunca se quedaban demasiado tiempo. Su padre no se fiaba mucho de ellos, y no era el único.

«A mí no me importa comerciar con ellos —recordó Neff que había oído decir a uno de los vendedores de verduras—. Pero ¡no voy a invitarlos a cenar a casa!». De hecho, Neff nunca había visto en persona a ninguno de los habitantes de las tribus del desierto. Acudían a comprar alimentos, herramientas y telas, y no solían mostrarse interesados en los papiros mágicos que vendía su padre. Probablemente no creerían en aquellas cosas. Por un momento se quedó mirando el ondulado desierto de arena dorada, que parecía extenderse hasta el horizonte, mientras el fantasma de aquel sueño flotaba en algún recoveco de su memoria.

—¡Deja de perder el tiempo, Neff! —le gritó su padre, apremiándola con un gesto de la mano—. ¡Siéntate y come!

Él estaba sentado bajo la gran carpa de tela que ocupaba un rincón de la azotea, y ya había echado mano a la cerveza y al pan que había traído su madre de la bodega.

Era calvo, tenía el rostro redondeado y una nariz prominente, y llevaba una túnica de lino impecable que la madre de Neff colgaba del cordel cada noche para evitar que se arrugara. Se la sujetaba a la altura de la cintura con un cinturón fino de cuero perfectamente cosido, un lujo que se había concedido meses atrás tras una semana de regateo con el vendedor de cueros. «Estamos subiendo de posición, Ahura —le dijo a su mujer cuando esta lo regañó por el dispendio—. Tengo que dar una imagen acorde. ¡Si quieres que la gente te respete, tienes que imponer respeto! Eso es lo que siempre digo.

Neff fue a sentarse bajo la carpa y cogió un pedazo de pan y una taza de cerveza para desayunar.

—Por supuesto, los papiros de la prosperidad son nuestros artículos más populares —dijo su padre con la boca llena, continuando una conversación que debía de haber iniciado antes de la llegada de Neff—. Pero te sorprendería la de papiros de amor y de belleza que estoy vendiendo. ¿Te lo puedes creer? Se están muriendo de hambre, y aun así se presentan dispuestos a cambiar la última cebolla que les queda para estar guapas y atractivas y encontrar un amante. ¡Bah! Bueno, si quieren gastarse lo que tienen en eso, no es cosa mía, es lo que siempre digo...

La madre de Neff meneó la cabeza. Era una mujer menuda y delicada, con el pelo y la piel del color marrón pálido de las tórtolas.

—La cosa está cada vez peor. ¡Casi no queda nada con lo que pagar, y menos aún que valga la pena comprar! ¿Sabes cuánto he tenido que pagar por unas cuantas legumbres y verduras? Y apenas nos llegarán para unos días.

—Por eso tenemos que pensar a lo grande. ¿Lo ves? Para mantenernos al día de los cambios del mercado. Imeny me dice que en el mercado de Tonis hacen mucho negocio vendiendo maldiciones.

—¿Maldiciones? —exclamó la madre de Neff. La escoba que estaba usando para barrer el polvo de la azotea se quedó inmóvil en el aire—. Pepi, no se te ocurrirá...

—Lo haría si se vendieran, Ahura, desde luego. No puedes ponerte escrupulosa con esas cosas, especialmente en un momento como este. Si queremos mantenernos a flote, querida, tendremos que darle a la gente lo que quiere, sea bueno para ellos o no.

La madre de Neff frunció el ceño, pero siguió barriendo con un suspiro de resignación.

—Si tú lo dices, *imi-ib*... ¿Y ese Imeny quién es?

—El joyero. Ya lo conoces. Su mujer tiene un lunar aquí —dijo él, señalándose un lado del rostro.

—Ah, sí. Sí, claro. La que le echa demasiada sal al pescado.

El padre de Neff contuvo una risita.

—No volveremos a comer con ellos, ¿verdad?

Neff masticó el pan, escuchando la charla de sus padres sin demasiado interés. Los papiros de hechizos de su padre eran más populares que nunca, pero en el último año se había labrado cierta reputación como procurador de buena suerte en Bubas. Eso lo había conseguido con una combinación de fortuna y astucia. Fortuna, porque dos mujeres del pueblo habían encontrado marido poco después de usar sus papiros del amor, y astucia porque Pepi se había asegurado de que le contaran su éxito a todo el pueblo. Con el tiempo que dedicaba a escuchar a la gente en el mercado día tras día, su padre había conseguido comprender sus miedos y sus deseos, y usaba esa información para vender, vender y vender. Si el hechizo funcionaba, los clientes siempre iban a por más. Si no funcionaba, y volvían al puesto familiar a quejarse, su padre siempre encontraba un motivo lógico, invariablemente una razón que pudiera achacarse a los propios clientes.

Pepi escribía los hechizos en escritura común, una versión muy simplificada de las «palabras de los dioses» con que solían negociar los mercaderes —pero que una gran parte de la población no podía leer siquiera—. La escritura se consideraba magia en sí misma, y la mayoría de los khetaranos sentían cierta admiración por cualquiera que pudiera escribir, lo que le ponía muy fácil las cosas al padre de Neff, que siempre podía decir al cliente insatisfecho que no había pronunciado bien las palabras. «¡Si no dices las palabras correctamente, la magia no funciona!», solía proclamar.

Así que compraban otro papiro, intentaban desesperadamente memorizar las instrucciones y volvían a probar.

Él los despedía con una sonrisa en la boca y volvía a vocear su famosa frase, para todo el que quisiera escuchar. La había dicho tantas veces que, en ocasiones, Neff le oía murmurándola mientras dormía: «¡Papiros de hechizos! ¡Muy efectivos! ¡Han funcionado mil veces!».

El éxito del negocio les había permitido comprarse la casa de dos plantas que su madre barría y limpiaba con tanto empeño cada mañana. Su padre casi nunca estaba en casa. Siempre era el primer vendedor en llegar por la mañana al mercado y el último en irse. Tras la cena, solía escribir nuevos hechizos hasta que desaparecía la luz del cielo.

Cuando Neff tenía seis años, su padre había empezado a enseñarle también a ella la escritura común, para que un día pudiera ayudarlo a llevar el negocio. Ahora, con trece años, era ya casi lo suficientemente mayor como para encargarse del puesto ella sola, pero su padre no estaba convencido de que tuviera la actitud ideal para ser una buena vendedora.

—Te rindes demasiado pronto —le había dicho el día anterior, al ver que dejaba que una mujer se fuera con las manos vacías—. ¡Lo único que necesitaba esa clienta era que la convencieras un poco más!

—Ha dicho que no —replicó Neff—. ¿Qué se supone que debía hacer?

Pepi negó con un movimiento del dedo.

—Su boca dice no, pero su corazón grita «¡sí!». ¿Es que no lo has oído? Tu problema, hija mía, es que no crees en el producto.

Neff bajó la vista y miró los papiros, apilados en ordenados montones. Curas para la migraña, para la infertilidad, para el desamor...

—Pero los papiros en realidad no funcionan, ¿no?

Su padre apretó los dientes y cogió aire por la boca.

—Controla esa lengua, Nefermaat. ¿Es que no has aprendido nada de mí? ¿No te he enseñado que las palabras tienen poder? —Meneó la cabeza—. No estás vendiendo un simple papiro, niña. Estás vendiendo esperanza. Te puedo garantizar que mis clientes siempre reciben lo que desean, pero solo si les haces creer... Bueno, sin duda así tendrán más oportunidades.

—Lo siento, *yati* —dijo ella—. La próxima vez lo haré mejor.

Ahora, en la azotea, Neff recordaba aquella conversación mientras su madre le acariciaba el pelo y le plantaba un beso en la coronilla. «Si la magia funciona —pensó—, ¿por qué no podía darle a *mamet* la familia numerosa que querría tener? La devoción de su madre, suficiente como para repartirla entre tres o cuatro hijos más, era algo que Neff a veces tenía dificultad para gestionar por sí sola.

—¿Estás bien, Neff? —le preguntó su madre—. Esta mañana te veo un poco pálida.

—He tenido pesadillas otra vez —respondió Neff, dando un trago a la cerveza, densa y dulce.

—¿De verdad? —Su madre frunció el ceño—. ¿Recuerdas de qué iban?

Neff suspiró.

—No. En cuanto me despierto, desaparecen.

—Yo solía tener una sobre una palmera —dijo su madre, pensativa, apoyándose en la escoba—. Arrancaba los dátiles, comía y comía, pero no me saciaba. Tu padre tenía alguna idea sobre el significado del sueño, pero él no es un sacerdote horólogo. Yo creo que simplemente tenía hambre.

«¡Aunque pudiera permitirme visitar a un sacerdote horólogo para interpretar mi sueño —pensó Neff—, no sabría qué decirle!». Al principio aquel sueño lo tenía solo de vez en cuando, pero ahora se repetía todas las noches. Y aunque no recordaba nada, de algún modo sabía que era siempre el mismo sueño, una y otra vez.

Había empezado a darle miedo ir a dormir por las noches.

Neff sabía que los sueños, como las palabras, tenían poder. Eran mensajes de los dioses. Y algo le decía que no podía pasar este por alto. Si no conseguía interpretar su significado, estaba segura de que el sueño no la dejaría en paz.

Su padre se acabó la cerveza y chasqueó los labios.

—¡Quizá tu sueño te esté diciendo que debes levantarte antes, como tu *baba*, para que no lleguemos tarde al mercado! —dijo. Se puso en pie y se sacudió las migas de las manos—. ¡Venga, es hora de irse!

Neff se metió el resto del pan en la boca y se lo tragó acompañándolo con las últimas gotas de su cerveza. Estaba cepillándose las migas del vestido cuando de pronto recordó qué día era.

—¡Un momento! —exclamó—. No podemos ir al mercado. Bastet va a cruzar el pueblo esta mañana.

Cada año, el pueblo de Bubas tenía el honor de presenciar la procesión de Bastet, su diosa y patrona, que salía de su santuario y era llevada río abajo hasta Tonis, donde se celebraba la Fiesta de Bastet. Neff nunca había estado en la capital de Khetara, pero sus amigos le habían dicho que las calles estaban decoradas con oro y piedras preciosas de colores diversos. Esperaba poder verla algún día, pero hasta entonces tanto ella como los demás habitantes de Bubas se conformaban con recibir la visita anual de la diosa, y unos pocos afortunados tenían la ocasión de dirigirse a ella y presentarle una petición o una oración.

«Una petición...», pensó Neff de pronto, y en su mente empezó a cobrar forma una idea.

¡Por supuesto! ¿Por qué no lo había pensado antes?

«¡Porque te meterás en un lío!».

Aun así, ¿qué podría pasar realmente?

Neff fue corriendo a su padre y lo agarró del brazo.

—¡Por favor, *yati*, tenemos que ver a Bastet! Nunca nos la hemos perdido, y todos mis amigos estarán allí. ¡De todos modos, no habrá nadie comprando en el mercado! ¡Todo el pueblo estará esperando la llegada de la diosa!

El padre de Neff se frotó las sienes.

—Uf... Ayer solo vendimos cinco papiros —gruñó—. Esperaba compensarlo esta mañana.

—Podemos volver corriendo al puesto en cuanto haya pasado —lo presionó Neff—. Nos quedaremos hasta que caiga la noche. ¡Hasta la medianoche, si quieres! Venderemos más papiros, porque estará lleno de gente procedente de otros pueblos.

«Por favor —pensó—. Por favor, déjame ir».

Su padre echó la cabeza atrás y fijó la vista en el cielo despejado.

—¿Has oído esto, Ahura? Le he enseñado demasiado bien —dijo, y luego asintió—. Has aprendido a regatear duro, hija. Muy bien, iremos. Probablemente quedemos mal si no lo hacemos. Pero ¡no permaneceremos allí ni un momento más de lo necesario!

Neff sonrió de oreja a oreja y estiró el cuello para plantarle un beso a su padre en la reluciente calva.

—¡Gracias, *yati*! ¡Muchas gracias!

Se apresuró a ayudar a su madre a completar las tareas de casa.

La diosa saldría de su templo enseguida, y tenían que conseguir un buen sitio en la calle, antes de que se llenara de gente. Porque, por primera vez en su vida, Neff pensaba acercarse a Bastet a hacerle una petición.

Si alguien podía ayudarla a recordar su sueño era la diosa.

Cuando Neff y sus padres llegaron, la calle principal de Bubas ya estaba llena de gente del pueblo. Tardaron un poco más de lo habitual porque su padre se había parado repetidamente a charlar con todo el que veía, sonsacándoles información sobre sus vidas para poder venderles algún hechizo.

—Khabak y tú lleváis casados dos estaciones al menos, ¿no es cierto? —le preguntó a una mujer que esperaba en una esquina con su marido—. ¿No creéis que es hora de empezar a pensar en formar una familia? Yo tengo un papiro para eso, ¿sabes? ¡Te quedarás embarazada en menos de un mes!

Neff puso los ojos en blanco. «¡Venga ya! —pensó—. ¡Ahora no!».

Por fin consiguieron encontrar un lugar perfecto para ver a Bastet. Era cerca del final del pueblo, donde el camino empezaba a curvarse hacia el río Iteru. Al final del camino esperaba un barco para llevar a Bastet a la capital.

Neff vio a un par de amigas suyas entre la multitud: Henhen, la hija del panadero, e Istara, la del mercader de papiros. Las conocía a las dos de toda la vida, y muchas veces las iba a visitar al puesto de su familia, cada vez que *yati* le daba un respiro. Las saludó agitando la mano, y ellas le devolvieron el gesto, emocionadas.

—¡Neff! —dijo Henhen, en voz alta—. ¿Irás a la fiesta esta noche?

Neff recordó la promesa que le había hecho a su padre, asegurándole que se quedaría en el mercado hasta la media noche, y se mordió el labio.

—¡Eso espero! —respondió.

Bastet solo pasaba por allí una vez al año, y esa noche el pueblo se llenaba de celebraciones. Habría canciones, bailes y quizá dulces de chufa. La boca se le hizo agua solo de pensar en las bolitas de frutos secos con dátiles y miel. Su madre no era la única golosa de la casa.

—¡Mi padre ha conseguido permiso para hacerle una petición a la diosa! —añadió Istara—. ¿No es estupendo? ¡Llevaba dos años esperando que el nomarca lo escogiera! ¡Va a pedirle que nos dé otro hermanito! Aunque no es lo que yo quería precisamente... —añadió, y se rio.

Neff intentó no hacer caso a la envidia que le provocaba. Se giró y sintió la punzada de la duda en el corazón. Aunque no se metiera en un gran lío por dirigirse a la diosa sin permiso, ¿quién le garantizaba que la diosa fuera a responderle?

«No pienses en eso», se dijo, regañándose. Se puso de puntillas e intentó alzar la vista por encima de la multitud para ver por dónde pasaría el cortejo. ¡Tenía que estar a punto de llegar! De pronto la excitación se hizo obvia entre los presentes.

—¡Ya viene! —gritó alguien.

Un momento más tarde, Neff lo vio: un palanquín de madera de preciosa factura, sostenido por cuatro hombres calvos vestidos con ropas de lino blanco, con una barca sagrada dentro. Tenía unos cinco codos de longitud y sendas cabezas de gato talladas en proa y popa. Un dosel cubría el centro del barco, y, bajo las vaporosas cortinas traslúcidas, Neff pudo ver por fin a la diosa.

Bastet era preciosa. La exquisita talla mostraba a una mujer con cabeza de gato que lucía un elaborado vestido a rayas hecho de bronce oscuro pulido. Llevaba una cesta en un brazo y un sistro en el otro. A sus pies tenía cuatro gatitos de bronce, tres grandes y uno pequeño.

Una mujer alta, de piel oscura y mirada profunda, caminaba a la cabeza de la procesión. Al igual que los porteadores, también era calva. En los hombros y en la base de la garganta lucía un tatuaje negro en forma del *udyat*, el Ojo de Horus. Sobre el sencillo vestido blanco llevaba un gran collar dorado en forma de media luna, decorado con una cabeza de gato.

«La gran sacerdotisa de Bastet». Neff se preguntó qué edad tendría aquella mujer. La había visto muchas veces en la fiesta anual, pero no parecía que envejeciera.

Mientras caminaba entre la multitud, seguida del barco de Bastet, agitaba el sistro, y el sonido rítmico de sus anillos de cobre silenciaba a la multitud. Neff observó que el palanquín iba haciendo paradas, permitiendo que los lugareños que salían a su encuentro pudieran formular sus peticiones.

—¿Se curará de su enfermedad mi padre?

—¿Debería vengarme de los que me han hecho daño?

—¿Encontraré el amor?

A cada pregunta, el palanquín hacía una pequeña pausa antes de inclinarse hacia delante para responder sí, o hacia atrás para decir no. Tras recibir su respuesta, los peticionarios hacían una reverencia en señal de agradecimiento y se retiraban de nuevo.

Las preguntas parecían no acabar nunca, a pesar del número limitado de personas que tenían permiso para plantearlas. No era sorprendente, dado que la pobreza y el hambre acechaban a Bubas como una sombra, pero la diosa tardó una eternidad en recorrer la calle hasta el punto en el que esperaban Neff y sus padres.

Su padre observó la posición del sol y empezó a impacientarse. Hasta que dijo:

—Ya hemos visto a la diosa. La gente de más arriba está empezando a marcharse. Deberíamos llegar al puesto antes de que perdamos toda la mañana.

—Aún no —le rogó Neff—. Solo un poco más.

Su padre resopló, exasperado, pero afortunadamente no dijo nada más. Neff se giró hacia la calle, y justo a tiempo. Ya tenían el séquito de Bastet justo enfrente. Había esperado con ansia aquel momento, pero, ahora que la tenía delante, Neff sintió un terror repentino que le impedía salir al medio de la calle.

«No es más que un sueño».

La procesión pasó por delante de ella, y el sonido del sistro de la sacerdotisa resonó en sus oídos.

«No es más que un sueño».

Si esperaba un momento más, habría perdido su oportunidad.

Neff ya había decidido abandonar su plan cuando una brisa de pronto le agitó el pelo, trayendo consigo un olor a miel, humo y vino. Cerró los ojos, embriagada, y cuando volvió a abrirlos...

Se quedó sin habla. Había salido al medio de la calle y estaba delante de la gran sacerdotisa.

La mujer la miró con sus ojos oscuros e imponentes.

A su alrededor, un murmullo de sorpresa se extendió por la multitud.

—¿Cariño? —oyó que decía su madre, asustada—. ¿Qué estás haciendo?

—¡Vuelve aquí! —le gritó su padre, y Neff sintió su mano en el brazo. Pero antes de que pudiera tirar de ella, la gran sacerdotisa habló:

—¿Tienes una pregunta para la diosa, niña? —Su voz era suave como el terciopelo, como el ronroneo de un gato.

Neff tragó saliva.

—Sí, gran sacerdotisa. No me han concedido permiso para preguntar, pero... —A lo lejos vio a Henhen e Istara, que la observaban boquiabiertas. Hizo acopio de valor y apretó los puños—. Pero creo que es importante.

La sacerdotisa se lo pensó un momento. Luego asintió y extendió un brazo en dirección al palanquín.

—Puedes acercarte al barco sagrado.

El alivio fue tal que le temblaron las piernas.

Se encontraba frente a la diosa, con el cuerpo cubierto de un sudor frío. Sentía el peso de las miradas de la multitud.

—Mi pregunta no es de sí o no —dijo—. ¿Puedo hacerla igualmente?

La gran sacerdotisa ladeó la cabeza, intrigada.

—Puedes preguntar lo que quieras, niña. Pero que obtengas respuesta o no... —Se encogió de hombros—. Eso lo decidirá Bastet.

Neff asintió y se giró de cara al dosel. Juntó las manos con fuerza, en señal de súplica, pero también para evitar que le temblaran, y habló:

—Oh, Bastet, gran señora de Bubas, venerada señora del placer y de los secretos. Oye mi ruego. Cada noche tengo un sueño. El mismo sueño. Sé que es importante, pero nunca recuerdo de qué se trata. Quizá sea mucho pedir, pero he pensado que a lo mejor tú podrías ayudarme a recordarlo.

Tensó todo el cuerpo, esperando una respuesta, pero no pasó nada. Nada.

La gente empezó a moverse, inquieta. Con el rabillo del ojo Neff vio el rostro de su padre, rojo de la rabia y la vergüenza.

Neff sintió una punzada de humillación en el pecho. «Idiota

—pensó, con amargura—. ¿Qué te ha hecho pensar que la diosa te hablaría?».

De pronto se levantó un viento violento, como un susurro entre los juncos de papiro. Y traía el mismo olor embriagador de antes, solo que más intenso. Muchos de los presentes chillaron y se cubrieron el rostro al ver que el *khamasin* formaba torbellinos que levantaban la arena del suelo. Neff entornó los párpados y se quedó mirando el palanquín. A diferencia del público, los porteadores mantuvieron la compostura mientras la arena les azotaba el cuerpo. El viento alzó las finas cortinas del dosel, haciéndolas bailar y eliminando la única barrera que quedaba entre Neff y la diosa. Neff se quedó mirando fijamente el oscuro rostro de Bastet.

A sus espaldas, la sacerdotisa se puso a agitar su sistro una vez más, con un sonido cada vez más intenso y misterioso.

El rostro felino de la diosa la contemplaba desde lo alto, con la mirada serena de una madre vigilando a una de sus hijas, pero de pronto...

La gata se convirtió en una leona.

Y rugió.

Neff soltó un chillido. De pronto un torrente de imágenes le invadió la mente. Visiones de oscuridad, de desolación y de sangre. Mucha sangre.

«El cordero».

«El cordero».

«El cordero».

Las imágenes eran implacables.

Al momento supo que las había visto antes, pero no así, nunca así, con su frágil mente despierta. Intentó cerrar los ojos, pero el cuerpo no le respondía. Era como si una mano invisible procedente de detrás de la cortina la agarrara con fuerza. Sus chillidos se convirtieron en sollozos de terror.

«El cordero».

«El cordero».

«El cordero».

Lo vio todo. El desierto. La terrible herida y la lana teñida de carmesí. El mar de sangre. Se le grabó en la mente como un hierro al rojo vivo.

Luego, como si alguien la hubiera sacado a la superficie desde el fondo del mar..., todo acabó. Las imágenes desaparecieron, el sistro calló y el viento amainó. Y entonces las vaporosas cortinas recuperaron su posición inicial, ocultando de nuevo a la diosa.

Neff cogió aire con fuerza, como si hubiera estado ahogándose. Parpadeó mareada, confusa. Tenía el rostro cubierto de lágrimas. Se tambaleó, insegura, sin saber muy bien si seguía soñando o si había despertado. Emitió un leve gemido de temor y cayó a plomo sobre el polvo de la calle.

La multitud estalló, confusa, pero la gran sacerdotisa fue la primera en llegar a su lado.

—¿Qué ha pasado, niña? —le preguntó, arrodillándose a su lado.

Neff adoptó la posición fetal, con las palmas de las manos contra los ojos.

—Recuerdo... recuerdo... —dijo, una y otra vez, entre sollozos—. El cordero...

Media docena de personas se acercaron, entre ellas los padres de Neff. Todos querían ver por sí mismos lo que había ocurrido.

—¡Apartaos! —les gritó la sacerdotisa, airada—. Dejadla respirar.

La gente dio un par de pasos atrás.

—Ven —le dijo la sacerdotisa, apartándole las manos del rostro para agarrarla y ayudarla a ponerse en pie—. Levántate si puedes. No podemos dejarte ahí, en medio de la...

La sacerdotisa dejó la frase a medias y la miró boquiabierta. Tras ella, la multitud se calló de golpe.

Neff parpadeó, cegada por la luz del sol y abrumada al ver todos aquellos rostros atónitos que la rodeaban.

«¿Por qué parecen tan asustados?».

De pronto se avergonzó y levantó la cabeza. Sentada en el suelo, se secó las lágrimas. Fue entonces cuando vio las manchas rojas en los dedos. Al ver la sangre, la mente se le disparó, buscando posibles explicaciones: ¿se habría hecho algún corte en las manos al caer? Pero no, no tenía heridas en las manos. ¿De dónde venía la sangre?

Temblando, se llevó un dedo al rostro, al reguero de lágrimas que aún sentía que le caían de los pómulos. Y el dedo se tiñó de un rojo brillante como el de la cornalina.

Con un nudo en la garganta, Neff oyó que alguien gritaba:
—¡Que los dioses nos protejan! ¡La niña llora lágrimas de sangre!

La noticia del encuentro de Neff con Bastet se extendió entre la multitud, y la gente se amontonaba para poder verla de cerca. El ruido y la presión de los cuerpos eran aterradores, y Neff se agarró desesperadamente a la gran sacerdotisa en busca de protección.

La sacerdotisa levantó el sistro al cielo.

—¡Ya basta! —gritó.

Acobardados por su grito de rabia, los asistentes retrocedieron y se callaron.

—¿Cómo osáis mostrar esta falta de respeto a la diosa el día de su celebración? Volved a vuestras casas y a vuestros trabajos. Y no habléis de esto a menos que estéis dispuestos a someteros al juicio divino por la irresponsabilidad de vuestras palabras. —Hizo una pausa y se giró, dando toda la vuelta, para dejar claro que se dirigía a todas las almas que tenía a la vista—. ¿Me habéis oído? ¡Ahora idos!

Entre murmullos, la multitud se dispersó. Después de intercambiar unas palabras con los porteadores, la gran sacerdotisa se volvió hacia Neff, que seguía sentada en el suelo.

—Ven conmigo, niña —dijo, suavizando el gesto y tendiéndole una mano.

Vacilante, Neff le agarró la mano y la sacerdotisa tiró de ella, poniéndola en pie.

Luego se dirigió a los padres de Neff, que esperaban aferrados el uno a la otra, blancos como el papel, y les dijo:

—Vosotros me acompañaréis al río.

No era una petición, sino una orden.

La madre y el padre de Neff asintieron y las siguieron hasta la orilla sin decir palabra.

Allí había un gran barco con su tripulación, esperando para llevarse a Bastet y a sus protectores a Tonis, al norte, para la fiesta de aquella noche.

—Ve a lavarte al río —le dijo la sacerdotisa a Neff—. Debo hablar con tus padres.

«¿Por qué?», quiso preguntar Neff, pero esas dos palabras se le quedaron pegadas a la lengua como una piedra. La imponente mirada de la sacerdotisa le impedía sacarlas al exterior, así que obedeció y fue a arrodillarse a la orilla.

Aturdida, sumergió las manos en el agua fría y se quedó observando las volutas que formaba la sangre al disolverse. Cuando acabó, juntó ambas manos y recogió agua para mojarse el rostro. El contacto del agua fría la hizo reaccionar. De pronto fue perfectamente consciente de lo que había sucedido. Y sintió miedo.

«¿Y si Bastet se ha ofendido con mi pregunta? —se planteó—. ¿Me habrá maldecido la diosa? Quizá la gran sacerdotisa les esté contando ahora mismo a *mamet* y *yati* cuál será mi destino. ¿Y si también he arrojado la maldición sobre ellos?».

Los ojos se le llenaron de nuevo de lágrimas y se las enjugó rápidamente, aterrada ante la posibilidad de encontrar más sangre. Pero eran lágrimas transparentes, normales. Lo que fuera que le había pasado antes ya había acabado. Le parecía algo irreal, como un sueño. Sin embargo, a diferencia de sus otros sueños, las imágenes que le había mostrado la diosa no se le habían borrado de la memoria. Cada vez que cerraba los ojos, veía el cordero.

«Ahora lo recuerdo», pensó Neff. Para bien o para mal, la diosa había respondido a su súplica.

Neff se giró a mirar a sus padres. No podía oír lo que les estaba diciendo la gran sacerdotisa, pero sí veía en sus rostros el efecto que provocaba. Su madre tenía los ojos abiertos como platos, y ambas manos frente a la boca. Al cabo de un momento cayó de rodillas, en gesto de súplica.

—Por favor —dijo su madre, lo suficientemente alto como para que Neff pudiera oírlo—. Os lo ruego. No podéis hacernos esto. Es nuestra única hija.

—¡Ahura! Contrólate, mujer —la regañó el padre de Neff.

Cogió las manos de su esposa entre las suyas y pidió disculpas a la gran sacerdotisa en voz baja. Estaba muy serio, impertérrito. Nada que ver con la sonrisa que siempre brindaba a sus clientes. Pero no parecía horrorizado. De hecho, parecía... ¿emocionado?

La gran sacerdotisa asintió levemente, poniendo así punto y final a su discusión con Pepi y Ahura. Se giró hacia Neff y la miró a los ojos.

—Ya puedes venir.

Neff se puso en pie, aún tambaleante, y se les acercó. Paseó la mirada de uno a otro, intrigada, intentando adivinar lo que iba a suceder. El orgullo en el gesto de su padre la tenía confundida, y el dolor en la mirada de su madre la llenaba de temor. El gesto de la gran sacerdotisa era inescrutable. Cuando habló, lo hizo sin más preámbulos.

—Has sido tocada por la diosa, Nefermaat —dijo, dándole un peso que nunca había tenido al nombre de Neff—. Ahora tu vida pertenece a Bastet y a los dioses de esta tierra. He hablado con tus padres, y hemos acordado que me acompañarás río abajo, a Tonis, donde te prepararán para el sacerdocio.

Hizo una pausa para que Neff pudiera asimilar sus palabras, pero lo único que podía hacer la niña era mirarla, atónita.

—Pe… pero… Yo no…

—No es una vida fácil —prosiguió la gran sacerdotisa—. Ni para una niña como tú ni para nadie. Pero es la vida que ha escogido para ti la divinidad. Puedes obedecer su decreto o desairarla y sufrir las consecuencias. ¿Lo entiendes?

Neff tragó saliva, intentando atrapar al vuelo el vendaval de pensamientos y preguntas que le pasaban por la mente.

—¿Qué hay de mis cosas? —balbució—. Aquí no tengo nada más que la ropa que llevo puesta.

Bajó la mirada, posando la vista en su vestido blanco, y al ver las manchas de sangre se avergonzó una vez más.

—No necesitas llevar nada más que tu alma inmortal —respondió la gran sacerdotisa—. Todo lo demás lo encontrarás en el Gran Templo. Ahora ven. Ya hemos perdido demasiado tiempo. La diosa espera.

Neff meneó la cabeza. Todo aquello estaba ocurriendo demasiado rápido. Su casa, su esterilla, la pequeña muñeca de paleta que conservaba de cuando era pequeña… ¿Volvería a ver algo de eso algún día? ¿Y a Henhen e Istara? ¿Y el puesto del mercado? ¿Quién ayudaría a su padre? Al salir de casa por la mañana no podía imaginarse que sería la última vez que lo hiciera.

Se giró hacia su madre.

—¿*Mamet*? —dijo con voz temblorosa.

—Oh, mi niña… —Su madre la cogió entre sus brazos—. Tienes que cuidarte, ¿de acuerdo? Saca siempre las sandalias al exterior y cuidado con las serpientes, y recuerda cómo te he enseñado a mantener el pelo brillante, ¿eh?

Tenía los ojos rebosantes de lágrimas.

—*Mamet.* —Neff abrazó el menudo cuerpo de su madre, apretándolo contra el suyo—. Tengo miedo. No quiero dejaros.

Neff sintió la mano de su padre sobre la cabeza.

—¿Es que no lo ves? —dijo su padre cuando Neff se giró hacia él—. Esta es una noticia maravillosa, hija mía. ¡Maravillosa! ¡Cuando saliste a la calle me enfadé, pero ahora veo que te impulsaba una mano divina! Ahora, cuando la gente venga a nuestro puesto en el mercado, les hablaré de ti. Mi Neff, elegida por la diosa para hacer grandes cosas. Siempre lo he sabido. Siempre. Cuando naciste, se lo dije a tu madre. ¿Verdad, Ahura? —Se giró hacia su mujer, que asintió, demasiado emocionada como para hablar—. Le dije: ponle Nefermaat. «Preciosa verdad». Esa eres tú. Vas a hacer que estemos orgullosos de ti. ¿Lo oyes? Vendrán a verme de todo Bubas, de todo el reino, para oír tu historia.

—Pero…

—Ahora ve —la interrumpió él—. No podemos hacer esperar a la diosa, ¿no te parece?

«Pero yo pensaba que ya estabais orgullosos de mí», quería decir Neff. En lugar de eso, respiró hondo, apretó los labios y dijo:

—No, *yati*, no podemos.

Y se giró hacia la gran sacerdotisa.

—¿Estás lista? —preguntó la mujer, indicando con la mano la elegante embarcación que cabeceaba suavemente en el río.

—No —susurró Neff, con el labio temblándole—. No lo estoy.

Y se subió al barco.

3
RAE

—¡Dos! —gritó el viejo, alzando dos dedos al aire.

Raetaui apoyó las manos en el suelo para levantarse y escupió una mezcla de polvo y saliva. Jadeando, miró fijamente a su rival, que iba rodeándola, sonriéndole al público reunido para ver los enfrentamientos del día y apostar. Era alto y rápido, y sus largos brazos le daban un gran alcance a su pegada. Pero también era flaco, y su arrogante pavoneo lo hacía descuidarse a menudo.

—¡Eso es un derribo para Rae y dos para Buto! —anunció el viejo.

Tenía el rostro lleno de cicatrices y la nariz torcida por efecto de las múltiples fracturas. Llevaba en la mano un trozo de papiro manchado de sudor, con decenas de apuestas garabateadas.

—¡El primero que llegue a tres gana!

«Levántate —se dijo Rae, haciendo caso omiso al dolor del tobillo que se había torcido—. No les regales nada».

Se puso en pie, se ajustó el cinturón de la túnica y se alisó el pelo negro, que le llegaba a los hombros y que llevaba suelto desde que había perdido la tira de lino con la que se lo había atado. La multitud se calló al ver que recuperaba la posición de lucha, a la espera del siguiente asalto.

—¿Quieres más? —dijo Buto, y un par de amigos suyos se rieron entre el público—. Te daré todo lo que quieras.

—Bueno —respondió Rae, entornando los párpados—, no creo que te quede tanto por dar.

La multitud soltó un «oooh» de asombro, y Buto adoptó una mueca chulesca.

—Dentro de un minuto te tendré de nuevo en el suelo, que es tu sitio.

Lanzó una patada. Rae la esquivó, flexionando una rodilla y pasando bajo su brazo, para agarrar a su rival de las piernas. Empujándole la cadera con la cabeza, le juntó las rodillas con el brazo y lo hizo caer al suelo. La multitud soltó un grito de asombro.

—¡Dos para Rae! —gritó el viejo, para hacerse oír por encima de toda aquella algarabía—. ¡Están empatados!

Buto se puso en pie al instante, abochornado.

—¿Tu padre ya sabe que vienes aquí, Rae? ¿Sabe que su hija se revuelca por el suelo con todos los hombres de la ciudad, como una vulgar ramera?

—Cuidado con lo que dices —replicó Rae, encendida de rabia.

Buto sonrió, socarrón.

—Yo pensaba que intentaría evitarlo. ¿O es que también le cortaron las pelotas?

Con un rugido de rabia, Rae se lanzó hacia Buto, decidida a borrarle esa sonrisa de la cara. Pero Buto la agarró del brazo y la muñeca, giró el cuerpo y la volteó por encima del hombro. Rae vio el mundo del revés y sintió cómo se le revolvía el estómago. Impactó contra el suelo de espaldas, y todos los huesos de su cuerpo reverberaron con el golpe.

—¡Gana Buto! —anunció el viejo.

—¡Ja! —exclamó su rival, levantando el puño.

Los espectadores lo vitorearon y empezaron a rodear al viejo para recoger sus ganancias.

Rae se quedó tendida en el suelo, contemplando un cielo surcado por cuerdas de la ropa tendidas entre los bajos edificios de adobe de Sakesh. Dos tórtolas, posadas en una de las cuerdas, ladearon la cabeza y la contemplaron, intrigadas.

Una sombra familiar la cubrió, bloqueando casi por completo el sol del mediodía. Aún sentía el latido de la sangre en los oídos cuando aquel joven corpulento tiró de ella y la puso en pie.

—Venga —dijo—. Arriba.

—¡Más suerte la próxima vez, morritos! —dijo Buto, guiñándole un ojo, mientras iba a reunirse con sus amigos, que le dieron una palmadita en la espalda y se alejaron con él entre risas.

Rae estuvo a punto de ir a por ellos, pero su amigo Omari la agarró del hombro.

—Rae —la advirtió.

—¡Maldito hijo de perra!

Rae dio una patada a una vasija de cerámica con la punta de la sandalia. La vasija salió volando para estrellarse contra una pared y hacerse mil pedazos. Las dos tórtolas se asustaron y salieron volando, seguidas de cerca por el resto de los asistentes, que le echaron una mirada de desaprobación mientras iban saliendo por el amplio callejón. Rae y Omari se quedaron solos, contemplando los tristes fragmentos de una vasija que no le había hecho ningún daño a nadie.

—¿Has acabado? —preguntó Omari, tras unos momentos de silencio.

Rae tragó saliva, ya más tranquila.

—Sí —respondió, aún molesta.

—Bien. ¿Ahora podemos irnos?

Rae levantó la vista y lo miró a los ojos. A pesar de lo alta que era, Omari lo era aún más. Con su rostro cuadrado y su nariz ancha daba la impresión de que habría tenido que ser él quien peleara, y no ella. Eran vecinos y se habían criado juntos, ya que ambos habían nacido durante la Gran Guerra, aunque Rae era una estación mayor y no perdía ocasión de recordárselo.

—Muy bien —dijo ella con un suspiro, recogiendo su bolsa del sitio donde la había dejado antes de los combates. Volvieron a la calle, caminando uno al lado de la otra—. Pero no lo digas.

—¿Que no diga qué? —preguntó él, con tono afable—. ¿Que esa llave la habrías visto venir de no haber estado cegada por la rabia?

—Que te den caza los leones, Omari… —dijo Rae, empujándolo—. Te he dicho que no lo dijeras.

—Oh, lo siento —respondió Omari, burlón—. Se me ha olvidado otra vez que prefieres llenarte los oídos de polvo que de sabiduría. —Sonrió—. Ya sabes que Buto solo se mete contigo porque sabe que siempre muerdes el anzuelo.

—Pero ¡Omari, es que merece que le den un buen mordisco!

Rae lo siguió a la calle, abarrotada y ruidosa, llena de mercaderes que voceaban sus pobres mercancías, de mujeres con niños flacuchos atados a la cadera y de hombres que guiaban bueyes cargados. El aire olía a carne asada, a estiércol y a sudor.

Por unos minutos Omari no dijo nada, pero mantuvo las cejas altas, en esa expresión de «cuántas veces te lo tengo que decir» que tanta rabia le daba a ella.

—¡Vale, vale! —dijo Rae por fin, levantando las manos en señal de rendición—. Me he equivocado. Tú tenías razón. ¿Es eso lo que querías oír?

Omari cerró los ojos, disfrutando del momento.

—Dilo una vez más..., pero ahora más despacio.

—Agh —replicó Rae, asqueada—. Pero vale, la próxima vez no picaré el anzuelo. ¿Contento?

Omari chasqueó la lengua.

—La próxima vez... —Meneó la cabeza—. ¿De verdad vas a seguir haciendo esto, Ay?

Rae sonrió al oír el apodo que usaba con ella desde su infancia. «Mula». Siempre había sido tozuda, y ya de pequeña se peleaba con los chicos más grandes.

—¿Por qué no debería hacerlo? Me ayuda a aplacar la rabia que llevo dentro. Imagina cómo sería si no lo hiciera...

—Serías insoportable, estoy seguro. Pero hay otros modos de canalizar la rabia —dijo Omari, mirando fijamente su labio hinchado.

Rae se lamió la herida y notó el sabor a sangre. Se la limpió con la mano.

—¿Qué otros modos?

Omari siguió caminando con gesto pensativo. Hasta que dijo:

—Tengo que parar en el taller de las tejedoras antes de volver a casa.

«No ha respondido a mi pregunta», observó Rae, pero lo dejó pasar. Levantó la vista hacia el sol y aspiró aire por la boca entreabierta.

—Espero que no tardes mucho. Tengo que ayudar a padre en la

cosecha antes de que se ponga el sol. Seguro que se estará preguntando dónde estoy.

—Iré rápido —le aseguró Omari, y se metió por una calle llena de construcciones de adobe de una sola planta—. No hace falta que vengas. De hecho, casi será mejor que no lo hagas.

Rae se quedó mirando la voluminosa cabeza de Omari mientras se alejaba. «Ahora sí que voy a entrar. ¡Qué narices, ese pedazo de buey! Decirme lo que tengo que hacer...». Y además había alguien ahí dentro a quien quería ver.

Se abrieron paso entre la multitud en dirección al barrio de los artesanos. Los edificios, que en otros tiempos tenían las fachadas cubiertas de azulejos de colores, estaban viejos y desconchados. Rae los recorrió con la mirada y soltó un suspiro. Los días de esplendor de la joya de la Baja Khetara quedaban atrás, como los recuerdos de su juventud y del final de la Gran Guerra. Habían pasado diecinueve años, pero la ciudad no se había recuperado de las heridas que había dejado la derrota. La Baja Khetara no solo había perdido a su rey en la guerra contra Semataui y su ejército. También había perdido el rumbo.

Junto a la esquina de una panadería había un hombre harapiento con el rostro cubierto de cicatrices que agarraba un bastón con su huesuda mano. En la ciudad abundaban los hombres como él, antiguos soldados que se habían quedado sin tierras ni futuro después de que el ejército de la Alta Khetara les hubiera arrebatado sus armas y sus puestos. Rae no era más que una niña cuando el rey Rahotep había caído ante el flagelo del norte, pero había crecido oyendo historias de la vida de su padre en el palacio del rey, donde había trabajado como escriba real. Cuando era pequeña le encantaba escuchar aquellas historias, llenas de sonidos y colores, de maravillas con las que solo podía soñar. Pero a medida que se fue haciendo mayor y llegó a comprender lo que habían perdido, las historias solo conseguían ponerla de mal humor. Al final, su padre había dejado de contárselas.

Pero nunca había dejado de intentar enseñarle lo que sabía y, con el paso de los años, le había dado un nivel de educación tan poco habitual en la Baja Khetara que ni siquiera era común entre los varones. Para cuando cumplió diez años, ya tenía un conocimiento básico de la historia y de la religión de Khetara, y era capaz de leer y escribir bastante bien la escritura común, lo suficiente como para poder llevar el registro de la granja. Por culpa de los altokhetaranos, su padre ya no podía escribir, pero gracias a sus minuciosas descripciones sobre la formación de letras y palabras, había podido enseñarle a ella.

Lo único que su padre nunca le había enseñado habían sido las palabras de los dioses, el lenguaje propio de los escribas. Las palabras de los dioses eran el origen de toda la escritura khetarana, las aves sagradas, serpientes, copas, ojos y manos de los que había derivado la escritura común. Quizá su padre no se lo hubiera enseñado porque nunca había tenido tiempo o porque no había visto la necesidad, pero Rae sospechaba que había algo más. Su padre no estaba en la ruina como aquel hombre harapiento de la calle, pero los jirones de su alma seguían presentes, ocultos bajo la superficie. Rae tenía la impresión de que él pensaba que no tenía sentido escribir las palabras sagradas porque los dioses ya no los escuchaban.

Siguiendo a Omari en dirección al taller de las tejedoras, Rae pasó junto al viejo soldado pedigüeño, que asentía rítmicamente, mirando al infinito con sus ojos nublados, sin luz.

—El cordero —murmuró el hombre, con el rostro fruncido, tenso.

Rae se apiadó de él, echó mano de su bolsa y sacó media hogaza de pan, que le puso en la mano vacía.

Si el hombre notó que era una limosna, no lo demostró. Apretó el pan hasta que la corteza crujió.

—El cordero, el cordero —repetía, murmurando.

Rae meneó la cabeza, apesadumbrada, y entró en el taller. De pronto se encontró frente a una mujer cargada con un montón de husos de hilo blanco fino. La mujer soltó un improperio y la reprendió:

—¡Mira por dónde vas!

—¡Perdón, perdón!

Rae recogió uno de los husos, que se había caído al suelo, y lo colocó en lo alto del montón. La tejedora chasqueó la lengua en señal de desaprobación antes de volver a su puesto.

En el taller había una actividad frenética y muchas mujeres hilando o tejiendo en grandes telares de madera. Todo era tan blanco e impecable que Rae se avergonzó del aspecto de su vestido. Su túnica estaba cubierta de manchas que formaban un estampado abstracto de tierra y sangre... ¿Y sus sandalias? Hizo una mueca de angustia. No pasarían ningún examen. Se aclaró la garganta e intentó recogerse los mechones de pelo sueltos, pero con ello probablemente no hacía más que empeorar las cosas.

Omari ya estaba hablando con una de las tejedoras, una mujer mayor muy habladora, con la piel morena y arrugada y el pelo ya gris en las sienes, *mamet* Mut. Los dos hablaban mientras ella iba pasando la lanzadera entre las hebras, al tiempo que una mujer más menuda presionaba con el peine para que las fibras quedaran bien unidas. Los movimientos llenaban de ruido el taller: shh, ¡clac!, shh, ¡clac!, shh, ¡clac! Rae intentó oír lo que se estaban diciendo Omari y *mamet* Mut, pero entre el ruido de los telares y las voces, solo pudo distinguir algunas palabras.

«... quedar esta noche...».

«No, los *medjay* no encontrarán...».

«Pero Asim dijo...».

Rae frunció el ceño. ¿Los *medjay*? Omari era hijo de un carpintero. ¿Qué tenía él que ver con los guardias del faraón? Estaba a punto de acercarse a preguntarle qué estaba tramando cuando la vista se le fue a una joven que hilaba en el otro extremo de la sala.

Al momento se olvidó de Omari y de sus secretos.

La chica era todo suaves curvas, desde el pelo corto rizado hasta las redondeces de su cuerpo. A sus pies tenía una pequeña vasija de arcilla llena de fibras de lino húmedas. La chica iba recogiendo fibras de la maraña una a una, la sostenía con una mano y con la otra maniobraba un huso de madera que iba girando sobre el muslo desnudo, creando así una fina hebra. El movimiento era como una danza lenta y sinuosa, y Rae no podía apartar la mirada.

La chica vio que Rae la observaba y le sonrió.

—Hola, Rae.

Rae se sonrojó, y notó el calor en las mejillas.

—Tam.

—¿Qué te trae por aquí?

—Yo... Omari necesitaba...

Tosió. De pronto sintió la garganta seca. Solo hacía una estación que conocía a Tamerit: su familia se había mudado a la ciudad procedentes de Per-Abu para vivir con sus primos, y poco después Tam había entrado a trabajar con las tejedoras. Se habían conocido en el mercado, en una ocasión en que ambas habían querido coger la misma cesta de higos. Sus dedos se habían tocado, habían cruzado una mirada y Rae había sentido que se fundía por dentro. Desde aquel día, no perdía cualquier ocasión que tenía para entrar en el taller de las tejedoras y verla otra vez.

—¡Ah! —respondió Tam, sonriendo—. Así que Omari necesitaba algo, ¿eh? ¿Estás segura de que tú no necesitas nada?

—Sí que necesito algo —respondió Rae, siguiéndole la broma.

—Estoy de acuerdo —dijo Tam—. Un baño.

Rae se rio, y luego se tapó la boca con una mano.

—A lo mejor después de que te hayas lavado, podríamos...

De pronto *mamet* Mut se situó entre ellas y le echó una mirada de desaprobación a Rae.

—¡Omari! —gritó—. ¡No me has dicho que habías traído a tu amiga! ¿Así que por fin os vais a casar?

Rae miró a Omari y se quedó pálida. Él también la miró con un gesto extraño en el rostro y luego se acercó a toda prisa levantando las manos.

—No, no, hoy no, *mamet* Mut.

Mamet Mut no era la madre de Omari —de hecho, no tenía hijos—, pero actuaba como si fuera la madre de todos. Afirmaba conocer a todo el mundo en Sakesh y, sobre todo, sabía lo que más le convenía a cada uno. En realidad no se llamaba Mut, pero todo el mundo la llamaba así porque, al igual que la gran diosa del cielo, *mamet* Mut parecía ver todo lo que pasaba en la ciudad, y no tenía ningún problema en dar su opinión al respecto.

—Bah, bah —protestó *mamet* Mut—. Vas muy despacio, Omari. Has tenido toda la vida para pedirle matrimonio y sigues esperando. ¿Por qué? Solo Ra lo sabe. Haznos un favor a las tejedoras y danos una alegría uno de estos días, ¿quieres?

Rae no pudo evitar reírse al ver a su amigo tan incómodo.

—Sí, Omari —dijo, dándole un codazo—. ¿Por qué no puedes ser más interesante, como tu amiga, la mula peleona?

Omari se frotó la nuca con una mano, incapaz de mirarla a los ojos.

«¿Qué le pasará? —se preguntó Rae—. No es la primera vez que *mamet* Mut lo chincha así. ¿Por qué actúa tan raro?».

Omari se giró hacia la voluminosa mujer y se despidió agachando ligeramente la cabeza.

—Haré lo que pueda, *mamet* —dijo—. Pero ahora debemos volver a casa. Nos espera el trabajo.

Mamet Mut se despidió agitando la mano y se echó a reír con las otras mujeres. Rae se giró hacia Tamerit, deseando que acabara la frase, pero la joven tejedora ya había vuelto al trabajo y estaba hilando con su huso. Rae por fin consiguió que la mirara y le dijo «lo siento» sin voz, moviendo los labios. Tam encogió un hombro ligeramente; cada movimiento suyo era una invitación.

Rae se mordió el labio y soltó un gruñido. «Volveré», se prometió, mientras seguía a Omari hasta la calle. En cuanto acabara la cosecha, regresaría para recoger el fruto de lo que había sembrado.

Dejaron atrás el barrio de los artesanos y tomaron el camino del río para salir de la ciudad. Empezaba a haber menos gente por las calles, y Rae y Omari caminaron el uno junto a la otra en un silencio incómodo. Desde que tenía uso de razón, Rae había oído decir a todo el mundo que un día Omari y ella se casarían. Era divertido cuando aún llevaban la trenza lateral de la juventud, cuando iban por ahí desnudos y sin preocuparse por nada, peleándose con los otros niños y bañándose en el Iteru hasta que se ponía el sol. No se convirtió en un problema hasta que se hicieron mayores y los comentarios empezaron a ir en serio.

Rae quería a Omari, pero no quería casarse con él.

Tuvo que aparecer Tamerit para que comprendiera el verdadero motivo. Y no es que quisiera contárselo a Omari. No tenía muy claro que fuera a entenderla.

Además, Rae estaba bastante segura de que Omari tampoco quería casarse con ella. Al fin y al cabo, no se consideraba el modelo de esposa que querían la mayoría de los hombres khetaranos. Era alta y corpulenta, y con los años de trabajo en la granja había desarrollado unos hombros anchos. No se engrasaba el pelo ni se hacía elaborados peinados, tenía las manos ásperas y los nudillos pelados, y en su tiempo libre luchaba contra hombres en los callejones y se gastaba lo que ganaba en cerveza.

No importaba que les gustara o no a los hombres. Rae no iba a cambiar por nadie.

Para ella, Omari era como un hermano. Estaba segura de que no pensaba en romances, especialmente con su vieja amiga cabezota. Había muchas otras chicas más apropiadas para él, y Rae solía hacérselas notar por la calle. Él seguía sus indicaciones y las miraba, pero, por lo que sabía Rae, nunca había ido a por ellas. De haberlo hecho, se lo habría contado. Ellos se lo contaban todo.

«Y hablando de secretos...».

Rae se aclaró la garganta.

—Bueno..., ¿de qué iba todo eso?

—¿Qué quieres decir?

Rae soltó una palabrota.

—No juegues conmigo. ¿De qué estabas hablando con *mamet* Mut? ¿Algo sobre los *medjay*? ¿Qué estás tramando?

Omari frunció el ceño, con la mirada fija en el camino. El sol ya había superado su cénit y arrojaba largas sombras sobre el suelo cubierto de polvo. Al oeste, el río Iteru serpenteaba en ambas direcciones hasta donde alcanzaba la vista. Los barcos mercantes y los pequeños esquifes de los pescadores se agolpaban sobre el agua, algunos dejándose llevar por la corriente hacia la Alta Khetara, otros recogiendo el viento en sus velas para ir hacia el sur, en dirección a la catarata, donde las aguas eran bravas y abundaba la caza. Verdes campos se extendían a ambos lados del río, que transformaba el desierto en un terreno franco, rico y negro, ideal para los cultivos. Rae ya notaba el olor que flotaba en el aire, ese aroma terroso tan agradable, sobre todo en comparación con las pestes de la ciudad. Eso, y el suave murmullo del agua del Iteru, solía bastar para ponerla de buen humor, pero el extraño comportamiento de su amigo la tenía intranquila.

—Omari —dijo con voz grave—. Nada de secretos, ¿recuerdas?

Era una promesa que se habían hecho cuando eran pequeños, tras la muerte de la madre de Rae. Llevaba enferma un tiempo, pero los padres de Rae habían decidido no contárselo a la pequeña. Pensaban que le estaban haciendo un favor, pero Rae se quedó destrozada con lo que vivió como una pérdida repentina e inesperada. Después de aquello, apenas habló con su padre durante una estación. No dejaba de pensar en cosas que habría hecho de otro modo de haberlo sabido, en cómo habría pasado aquellos últimos días abrazando a su madre un poco más, en las cosas que no había tenido ocasión de decirle, en que se habría preparado mejor para aquel adiós definitivo. Uno de aquellos días tan negros Omari se había sentado a su lado a contemplar los barcos que pasaban por el río.

—Yo nunca tendré secretos para ti —le dijo—. Te lo prometo.

Rae había apoyado la cabeza en su hombro y le había susurrado:

—Yo tampoco.

Ahora, al mirarlo, aún veía a aquel niño de hacía tanto tiempo. Sintió una punzada de culpa, pensando en Tamerit y en lo que ella le estaba ocultando a él, pero enseguida apartó aquel pensamiento de la mente.

Omari se frotó la nuca, como solía hacer cuando estaba nervioso, pero no dijo nada.

—¿Y bien? —insistió ella.

Omari tensó la mandíbula.

—Esto no debes contárselo a nadie, ¿lo entiendes?

Omari miró a su alrededor. Aparte de dos granjeros y un burro cargado con sacos de cereales, algo más allá, estaban solos en el camino.

—Sí, por supuesto —dijo Rae, con el pulso acelerado—. Lo juro.

Omari se paró y se giró hacia ella. Habían llegado al límite de los terrenos de su familia, donde estaban su casa de adobe y la carpintería.

—Hay un grupo organizado de hombres que piensan como yo y que quieren liberar la Baja Khetara de la opresión del faraón. Han estado celebrando reuniones por la noche, en lugares secretos, para trazar un plan de acción que empieza aquí, en Sakesh. Las tejedoras se dedican a pasar los mensajes entre los hombres, para evitar que se les vea juntos por la calle. No es algo que sepan todas las tejedoras, solo *mamet* Mut y unas cuantas más. A los *medjay* no les gusta ver a sakeshíes reunidos en grupos, por pequeños que sean, así que...

—Un momento... ¿Y tú perteneces a ese «grupo organizado»?

Omari echó los hombros atrás.

—Pues sí.

Rae sintió un escalofrío, a pesar del contacto abrasador del sol sobre la piel.

—No lo entiendo. ¿Desde cuándo te interesa tanto la política?

—Desde que he abierto los ojos ante las injusticias que ya no puedo tolerar.

—Omari —replicó Rae, burlona—, sé que las cosas están mal en Sakesh, pero ¿qué...?

—Mira a tu alrededor —la interrumpió Omari—. Nuestra ciudad se cae a pedazos. Hombres que antes eran ejemplos de dignidad van pidiendo limosna por las calles, vestidos con harapos, mientras los altokhetaranos viven con todo lujo, vestidos con túnicas bordadas en oro que robaron de nuestras tierras. ¿Nunca piensas en ello, Rae? ¿Nunca te preguntas por qué tienes tanta rabia dentro?

Aquello la pilló desprevenida. De pronto era como si hablara con un extraño. Omari siempre se mostraba muy comedido y afable, en muchos sentidos era lo opuesto a ella. Pero ahora, al verlo, no podía dejar de preguntarse qué ocultaría bajo esa plácida imagen, algo que no le había pasado desapercibido, probablemente por estar demasiado pendiente de sus propios problemas.

—Claro que pienso en ello —dijo ella, oscureciendo el gesto—. Pero estoy demasiado ocupada intentando llevar comida a la mesa de mi padre como para tener reuniones secretas con hombres extraños. —Viendo que Omari no respondía, preguntó—: ¿Y qué es lo que pensáis hacer?

Omari meneó la cabeza.

—Ya te he dicho demasiado. No quiero que tú o Ankhu os veáis implicados si algo sale mal.

—¿Mal? —preguntó Rae, alarmada—. Omari, ¿qué estáis planeando? ¿Cómo sabes que puedes confiar en esos hombres? ¿Quiénes son? ¡Si vas y te matan, te juro que...!

—¡Baja la voz!

La fuerza de la voz de Omari la dejó paralizada. Él la agarró, apretándole la muñeca con una mano curtida por el duro trabajo. Rae sintió el instinto de tirar de él y pasárselo por encima de la espalda, igual que había hecho con Buto..., pero no lo hizo. Aun así, Omari debió de percibir la tensión en su interior, porque enseguida la soltó.

—Lo siento —dijo Omari, suavizando el tono otra vez—. Pero vivimos días peligrosos, Rae. Te recomiendo que contengas tus estúpidas ocurrencias y las mantengas al mínimo.

Las puyas de Omari solían hacerla reír, pero esta vez la rabia le invadió el cuerpo, congestionándole el rostro.

—¿Me estás llamando estúpida? ¡No soy yo la que se escabulle por ahí en plena noche buscando una hoguera en la que arder!

Omari la miró fijamente, y en su rostro era patente la misma rabia que había sentido ella un momento antes. Pero luego se disipó y suspiró.

—Mira, no quería decir que...

Pero Rae estaba demasiado enfadada y dolida como para escucharle.

—No te preocupes —lo cortó—. Hasta una tonta como yo sabe mantener la boca cerrada.

Y dicho aquello echó a caminar en dirección a su casa.

—Rae, espera —dijo Omari, viendo cómo se alejaba. Pero ella no se giró—. ¡Rae!

Y después de aquello debió de rendirse y entrar en casa, porque solo el murmullo del río siguió a Rae el resto del camino.

Muy pronto tuvo a sus espaldas las esbeltas palmeras que flanqueaban el terreno de la familia de Omari y aparecieron los campos de dorado trigo que tan bien conocía. Las espigas, como plumas, le llegaban casi a la altura del pecho. Rae estiró la mano para sentir el cosquilleo en la palma. No quería pensar en la discusión con Omari. «Ya tienes demasiadas cosas entre manos como para preocuparte por él», pensó.

Solo de pensar en todo lo que había que hacer en la granja ya le dolía la espalda. Rae y su padre ya habían cosechado el campo del sur, pero era el más pequeño de los dos, y además la cosecha del año había sido algo escasa, así que tenían que asegurarse de recoger hasta el último tallo para disponer de suficiente trigo cortado y trillado para pagar el impuesto del rey. Si el campo del norte les llevaba más tiempo de lo habitual, no había nada que hacer. Pensar en las tareas habituales del campo la calmó.

Encontró a su padre tirando de un cebú jorobado para llevarlo a su redil. Su padre se le parecía mucho en casi todo: desde la complexión ancha y musculosa a las grandes manos nudosas y el color de la piel, bronceada por el sol. Solo su maraña de pelo, ya con canas —que le hacían parecer mucho mayor de lo que era—, marcaba las diferencias.

—¿Lo ves? —le dijo a la res al ver a Rae acercándose por el camino—. Te dije que volvería. Y de una pieza. —Entonces la miró a la cara y ladeó la cabeza—. Bueno, más o menos.

Rae levantó una mano e hizo una mueca de dolor al tocarse la piel inflamada bajo el ojo. «Eso se suma al labio hinchado, supongo», pensó. ¿Es que había aterrizado sobre la cara alguna de las veces que Buto la había tirado al suelo? La verdad es que no lo recordaba. Se encogió de hombros y esbozó una sonrisa, avergonzada.

—Me he tropezado con una piedra en el camino. Ya me conoces.

—La chica más patosa de toda Khetara; sí, ya te conozco.

Su padre soltó una risita, le dio una palmada en la grupa al cebú y cerró la puerta de madera a su paso. Se hizo un lío con la correa, soltó un improperio y Rae se acercó rápidamente a ayudarlo.

—Te he traído más ungüento del mercado —dijo, sacándose un pequeño tarro de arcilla de la bolsa en cuanto hubieron asegurado la puerta. Levantó el tapón y le mostró la pomada blanca, que olía a cera de abeja y aceite de oliva.

—Desde luego, has tardado mucho —dijo, echando un vistazo rápido al ungüento—. Da la impresión de que cada semana tardas más.

—El mercado está... muy concurrido a estas horas —mintió ella, metiendo un dedo en el ungüento. Su padre sabía leerle la mente con solo verle la cara, así que no se atrevía a mirarlo a los ojos—. ¿Te pongo un poco en el brazo antes de empezar? Así no se te irritará la piel.

—Más tarde —dijo su padre, quitándole importancia con un gesto—. Ya lo tengo bien fijado.

Rae bajó la vista y la clavó en el brazo derecho de su padre: tenía una hoz encajada en el muñón, en el lugar que antes ocupaba su mano derecha. Años atrás se había quejado de lo complicado que era cosechar el trigo con una sola mano, y el padre de Omari le había hecho aquella herramienta personalizada, que no había dejado de usar desde entonces.

—Una cosa te diré, Ankhu —le dijo el carpintero la primera vez que se la había atado al brazo—. Desde luego, eres más testarudo que tus cebús.

Era cierto. Al final de la Gran Guerra, padre habría podido acabar fácilmente en la miseria como aquellos hombres derrotados, como el que Rae había visto por la calle. Había perdido mucho: su cargo de escriba en palacio, su casa en la ciudad y su mano derecha. Desde entonces no había podido escribir ni una sola palabra: los altokhetaranos se habían asegurado de ello.

Como norma, los khetaranos solían llevarse las manos de sus enemigos para poder hacer un recuento de sus víctimas, pero por algún motivo a Ankhu lo habían dejado con vida. Quizá el soldado encargado de liquidarlo lo hubiera hecho como un acto de caridad, pero Rae sabía que, aunque hubiera salvado la vida, una parte de su padre había muerto aquel día.

Poco después de aquello había perdido también a su esposa.

Le habían quedado dos cosas, y solo dos: un pequeño terreno a las afueras de la ciudad y una niña pequeña huérfana de madre. Así que, en lugar de ahogar sus penas en cerveza, decidió atarse una hoz al brazo y conseguir alimento para ambos.

Aquello le había granjeado el amor incondicional de Rae. De todos los soles de su firmamento, él era el que brillaba con más fuerza.

—Venga, Rae —dijo su padre—. Los días son cada vez más cortos, y tenemos mucho que hacer.

Rae suspiró, cogió una cuerda y siguió a su padre al campo del norte.

—Ojalá me dejaras ayudarte con la cosecha —dijo ella, dándose una palmada en el cuello, donde se le había posado un mosquito—. Iríamos mucho más rápido...

—No, en absoluto —dijo su padre, molesto, como cada vez que Rae le sacaba ese tema—. Haría falta alguien para recoger el trigo y atar los haces, y sabes que yo no puedo. Además, la cosecha es trabajo de hombres. Déjame que conserve mi orgullo, ¿te importa?

Rae puso los ojos en blanco. Sabía que tenía razón con lo de la recogida de los haces, pero también que resultaría muy agradable empuñar la hoz, cortar los tallos lanzando el brazo de un lado al otro y verlos caer a sus pies. Quizá si pudiera hacer eso no sentiría la necesidad de buscarse peleas en la calle.

«¿Nunca te preguntas por qué tienes tanta rabia dentro?».

Las palabras de Omari la roían por dentro, como un picor que necesitaba rascarse.

«¿Nunca piensas en eso, Rae?».

Era una pregunta estúpida. Pensaba en ello a diario. Como todo el mundo. Sakesh se caía a pedazos, a mayor velocidad que nunca. Pero ¿qué podía hacer ella? ¿Qué podía hacer nadie? Sería como intentar parar el viento.

Omari estaba perdiendo el tiempo. Peor aún, estaba poniendo a su familia en peligro. Rae echó una mirada a su padre, ya cubierto de sudor, lanzando golpes al trigo con su hoz. A pesar del tratamiento semanal con el ungüento, era evidente que en torno al arnés de cuerda tenía la piel levantada, en carne viva. Odiaba verlo pasar por aquello, pero no encontraba alternativa. Su padre había estado a punto de perder la vida en la guerra contra la Alta Khetara. ¿Qué motivo podría justificar ponerla de nuevo en peligro?

El sol estaba bajo en el horizonte: era como un disco dorado que ardía en un charco de luz rojo sangre. Desde el centro del campo del norte, Rae y su padre vieron un gran barco de vela remontando el río. El viento hinchaba su blanca vela, que lucía la imagen de una cabeza de carnero pintada con ocre negro y rojo. El barco surcaba el agua con suavidad, acercándose al límite de sus tierras.

El padre de Rae entornó los párpados para ver mejor la embarcación que se acercaba.

—Es el nomarca.

Rae dejó caer el haz de trigo que acababa de atar sobre el montón y levantó la cabeza, jadeando, con los brazos en jarras.

—Pero no debería venir hasta dentro de diez días. ¡Aún no estamos listos!

—Yo me ocupo —murmuró su padre, y echó a caminar hacia el barco.

Rae lo siguió de cerca, secándose el sudor de la frente.

Cuando Rae y su padre llegaron al camino del río, el nomarca y su séquito de soldados y escribas ya estaban desembarcando. El representante de la corona en Sakesh era un hombre bajo y encorvado, con el pelo negro hasta la altura de la barbilla —probablemente una peluca— y una nariz protuberante. Llevaba una túnica larga hecha con un tejido tan blanco y refinado que hacía que las ropas de Rae y de su padre parecieran grises. Se paró frente a ellos y sus hombres se situaron tras él, en formación.

—Ankhu —dijo el recién llegado, a modo de saludo. Mascaba un trozo de mástique, que hacía ruido al pegársele en los dientes.

—Nomarca —respondió el padre de Rae, bajando la cabeza.

—Hemos venido a recoger los impuestos para el rey —dijo el hombre, sin dejar de mascar—. Por favor, acompaña a mis hombres a tu almacén.

Rae vio que su padre tensaba la mandíbula. Pero cuando habló lo hizo con calma.

—Lo haría encantado, solo que de momento no tenemos listos más que ochenta *heqats* de trigo. Podemos tener los otros veinte dentro de diez días, si os parece bien.

El nomarca dejó de mascar y guardó silencio un momento.

—Lo que me parece bien —dijo, incisivo— es obtener lo que pido cuando lo pido.

—Con todo el respeto —respondió el padre de Rae—, llegáis diez días antes de la fecha...

El nomarca prosiguió como si el padre de Rae no hubiera dicho nada.

—Además, la tasa es ahora de ciento cincuenta *heqats*. Por decreto del rey Amenmose.

Rae sintió que se quedaba pálida de pronto. «Ciento cincuenta *heqats* —pensó—. Pero eso... no podríamos...».

En sintonía con sus pensamientos, su padre se quejó, resoplando:

—No lo diréis en serio. Eso se llevaría más de la mitad de nuestra cosecha. El rey debe de saber que este año la cosecha ha sido pobre. ¿De qué vamos a vivir?

El nomarca frunció el ceño.

—Eso no me importa lo más mínimo, Ankhu. Pero, si quieres conservar la otra mano, producirás los setenta *heqats* restantes y los tendrás listos dentro de cuatro días. Yo preferiría llevármelos ahora, pero ¿qué puedo decir? Me siento generoso. —Escupió la bola de mástique al suelo, a los pies de Ankhu—. Y si no tienes suficiente trigo, quizá me lleve a tu hija como pago en su lugar. —Se acercó a Rae y la examinó de arriba abajo. Cuando acercó la cabeza, Rae sintió su aliento, amargo y caliente, y tuvo que hacer un esfuerzo supremo para no rodearle el cuello con el brazo y estrangularlo—. Tiene un buen cuerpo —observó el nomarca—. Sería un placer ponerla a trabajar en mi finca.

Rae levantó la vista y miró a su padre, que mantenía una expresión de estudiada pasividad.

—Tendréis vuestros setenta *heqats*.

Rae esperó a que los soldados del nomarca cargaran el trigo ya preparado en el barco y a que los escribas del rey tomaran nota en sus papiros y zarparan; esperó a que su padre, cabizbajo y silencioso, regresara a la casa; a guardar sus herramientas y comprobar que los cebús estuvieran en su cercado antes de que oscureciera. Solo entonces atravesó los campos a pie, llegó al desierto, se dejó caer de rodillas y dio rienda suelta a su rabia con un grito que atravesó la noche.

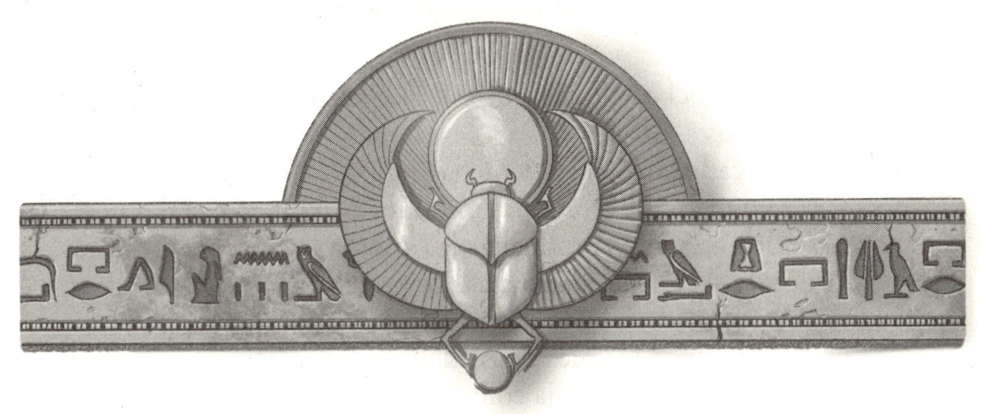

4

KARIM

Un ramo de flores secas atadas con tiras de tela.

Un hueso de animal ennegrecido por el fuego.

Un trozo de sílex afilado con un mango de madera tallado.

Un fragmento de cerámica del color del cielo.

Karim dispuso estos elementos en fila sobre la arena y se quedó mirándolos, con la esperanza de que le revelaran sus secretos si los miraba el tiempo suficiente. De momento no se pronunciaban. Arrodillado en el suelo del valle, rodeado por despeñaderos de color dorado, pasó las manos por la arena, buscando, hundiéndolas, dejando que los granos cayeran entre los dedos.

—¿Cuánto tiempo vamos a pasar aquí, con este calor? —murmuró Hager, pasándose el dorso de la mano por la frente—. Me estoy asando.

Estaba subido a una roca cercana, como una araña. Era todo nervio, con las piernas y los brazos huesudos. Al igual que el resto de los Chacales, Hager llevaba una túnica oscura y áspera, abierta por el pecho, con amplias mangas que se había subido hasta los codos. Sobre la cabeza llevaba una tela de estilo parecido, que le protegía el rostro, largo y enjuto, del ardiente sol.

—Hasta que haya acabado —replicó Karim, poniéndose en pie y sacudiéndose la arena de las manos. Se acarició la barba de tres días, pensativo—. Aquí hay algo. Lo sé.

—Ah, bueno, lo sabe —se burló Babu—. Igual que lo sabía ayer. Y el día anterior. ¡Y, aun así, seguimos con las manos vacías! Estamos perdiendo el tiempo, Karim. ¡Aquí no hay más que piedras!

—Sí, hay muchas piedras —reconoció Karim—. Algunas en el suelo y otras en tu cabeza. Pero hay algo más que eso, Babu.

Este meneó la cabeza.

—Tú le dices que es un toro, y él te dice que lo ordeñes —le dijo a Hager—. ¿Por qué no lo dejamos aquí? Puede dormir con sus piedras. Estará contento.

—Porque sin mí estás perdido, Babu-sen —le dijo Karim, sin alzar la voz—. No podrías encontrar un oasis ni aunque lo tuvieras pegado al culo.

Babu tenía veintiún años —solo era dos estaciones mayor que Karim—, pero le sacaba al menos dos palmos de altura y tenía la complexión de un hipopótamo. Aun así, Karim no podía resistirse a la tentación de meterse con él. Encontrar tumbas en el desierto se le daba muy bien. Mantener la boca cerrada, no tanto.

—¡Bah! —gruñó Babu, y escupió al suelo—. Más vale que controles dónde te llevan tus palabras, *sen*, o puede que acabes frente a la punta de mi daga. Serás un Chacal, pero mi paciencia tiene un límite. Cuando el sol rebase su cénit, nos vamos.

Karim se contuvo para no replicar como querría.

—Está bien.

—¿De verdad crees que hay algo ahí? —preguntó Djet, situándose junto a Karim, que escrutaba el valle por enésima vez.

Djet, casi un niño, tenía el rostro rechoncho y la piel suave. Le había rogado a Babu que le dejara unirse a los Chacales, a pesar de su edad. Después de perder a sus padres en un ataque a su campamento hacía una estación, no le había quedado nada ni sabía hacer nada en concreto. Lo único que tenía era una mente curiosa. «Nunca se es demasiado joven para vivir la tragedia», había pensado Karim en aquel momento. Por petición de Karim, Babu había accedido, permitiendo que Djet se uniera al grupo, conocido en todas las Tierras Rojas por su habilidad para despojar a los khetaranos de sus tesoros enterrados.

—Sí, creo que hay algo —respondió Karim.

¿Cómo podía explicarle al chico, o a cualquier otro de los Chacales, que era más una sensación que una idea razonada? ¿Que cada vez que buscaba una tumba, algo tiraba de él, como una soga atada en torno al pecho, y lo conducía en la dirección correcta?

Era mejor no buscar una explicación. Mejor confiar en su instinto. Nunca le había fallado. ¿Por qué iba a ser diferente ahora? Había encontrado los objetos y había buscado por los lugares más obvios, pero hasta el momento no había tenido suerte. Los Chacales ya habían descubierto media docena de tumbas ocultas en el valle, aunque todas habían sido saqueadas antes. Aun así, habían conseguido encontrar algunas piezas de valor, y eso hacía que siguieran buscando. Habían peinado la zona de arriba abajo, y Babu estaba convencido de que no había nada más que encontrar. Karim no estaba de acuerdo.

Entornó los párpados y miró al cielo. Se le estaba acabando el tiempo.

—Voy a explorar por ahí —les dijo a los otros—. Vosotros quedaos aquí, ¿de acuerdo?

—Por mí está bien —dijo Hager, bostezando.

—¡Yo voy contigo! —exclamó Djet.

—Qué lástima —comentó Babu, agarrando el mango de su lanza—. Iba a usar al chico para practicar el tiro.

Djet se quedó pálido, lo que provocó risas entre el resto de los Chacales.

—Venga, *sen* —dijo Karim, revolviéndole el pelo oscuro al muchacho con la mano—. Ayúdame a recoger las herramientas.

Después de coger sus talismanes, Karim se echó la bolsa al hombro y se dirigió hacia la pared del valle. Djet fue corriendo a su lado, como un cachorrito fiel.

—Si alguien puede encontrarla eres tú —dijo, eufórico—. De eso estoy seguro.

Karim sonrió y se llevó los nudillos a la nariz en señal de agradecimiento. El robo de tumbas no era el oficio más noble del mundo, pero para él era la mejor opción entre una serie de alternativas mucho más desagradables. Los hombres de la tribu anen se dedicaban a cuidar el ganado, que era la base de su economía, o tomaban las armas y luchaban para defenderse. Karim había evitado escoger entre esas dos opciones durante su juventud, pese a las presiones de su padre, pero unos años atrás su indecisión había alcanzado un momento crítico cuando un grupo de saqueadores *shass* se presentaron en su campamento en plena noche, se llevaron una docena de ovejas y mataron a tres de sus hombres.

Uno de ellos era el padre de Karim.

Se había quedado al cuidado de su madre y de sus tres hermanos menores, y sin oficio definido. Su hermano, varios años más joven, enseguida decidió dedicarse a las armas, deseoso como estaba de vengar la muerte de su padre si los *shass* se atrevían a atacarlos otra vez. Aunque Karim entendía su deseo, no lo compartía. La idea de dirigir a los soldados en la batalla le resultaba tan poco atractiva como la de llevar a las ovejas a los pastos. Ambos trabajos acababan siempre con matanzas.

Sus hermanas pequeñas, que solo tenían diez y once años, se hicieron mayores en un abrir y cerrar de ojos. Los últimos vestigios de su infancia desaparecieron con la muerte de su padre.

Poco después del ataque, la tribu trasladó el campamento. Tras varios días de viaje, Karim se encontraba sentado junto al fuego al anochecer, con la sensación de ir a la deriva, escuchando el crepitar de las llamas y el ruido que hacía su hermano al entrenar con la lanza. Observó el nuevo entorno y distinguió a lo lejos la silueta de una pirámide. Aquello le recordó las historias que le había contado su padre sobre los khetaranos, el reino del río que había evitado siempre el contacto con las Tierras Rojas.

«Su río... Ellos creen que les da cierta supremacía, ¿sabes? —solía decir su padre—. Para ellos somos escoria, pero cuando llega el tiempo de enterrar a sus difuntos más sagrados, ¿adónde los traen? A nuestra tierra. A nuestro hogar. Creen que todo lo que toca el sol les pertenece».

Si sus vidas eran tan duras era por culpa de los khetaranos. Eso era lo que le había dicho a Karim su padre. Eran petulantes y codiciosos, y se habían vuelto consentidos y caprichosos a causa de las riquezas que les había traído el río, a diferencia de lo que les ocurría a los anen, que tenían que luchar por la vida y no les quedaba tiempo para las supersticiones y las frivolidades. Peor aún, los khetaranos tenían la audacia de usar las Tierras Rojas como su necrópolis y construían enormes monumentos y tumbas subterráneas en aquel territorio, pero sin mostrar ningún respeto a sus gentes.

Allí, junto al fuego, Karim decidió que también su dolor —la pérdida de su padre y el sufrimiento de su familia a partir de entonces— era culpa de los khetaranos.

Quizá fuera demasiado cobarde para combatir y demasiado caprichoso para cuidar de un rebaño, pero de una cosa estaba seguro: era lo suficientemente listo como para encontrar unas cuantas tumbas khetaranas y llevarse parte de lo que le debían, lo que le debían a su pueblo. Un poco de oro para compensar la sangre que habían derramado por su culpa. Además, Karim disfrutaba con la emoción de la aventura, y robar tumbas resultaba mucho más emocionante que abrirse paso entre rebaños de ovejas todo el día.

Ese era el verdadero motivo de que Karim hubiera apoyado a Djet cuando el muchacho sufrió su tragedia personal. En el dolor de Djet había visto un reflejo del suyo propio.

—Bueno, ¿qué es lo que estamos buscando? —preguntó Djet mientras ascendían por una loma cubierta de piedras a los pies del valle, levantando una nube de polvo a cada paso.

—Algo fuera de lugar —dijo Karim, entornando los ojos y fijando la vista en el despeñadero que tenía delante.

Allí, el uno junto al otro, escrutaron la zona. Hasta que Djet dijo:

—Todo me parece lo mismo.

—Fíjate bien —respondió Karim, con un atisbo de sonrisa en la voz— y dime lo que ves.

Djet estiró el cuerpo, en su rostro redondeado apareció de repente un gesto serio y se puso a observar el paisaje que tenía delante. Si aquello era un examen, tenía claro que quería aprobar.

—Veo un poco de hierba y espiguillas. Aquí y allá —dijo, enumerando lentamente—. Un montón de piedras. Una vieja acacia. Un pequeño agujero... ¿Quizá la madriguera de una serpiente? Y... y... —No conseguía añadir nada más, así que soltó un suspiro de frustración—. No veo nada, Karim-sen. Lo siento.

—Ves más de lo que crees —dijo Karim, señalando el montón de piedras que había mencionado Djet—. ¿Cómo crees que han llegado ahí esas piedras?

Djet se quedó mirándolo y se encogió de hombros.

Karim lo llamó con un gesto y se dirigieron juntos hacia el montón de piedras. Se agachó y cogió un puñado, las olió y se las pasó entre los dedos. Se puso de pie otra vez y deslizó una mano por la pared del barranco, pensativo.

—La naturaleza por sí sola no hace montones, al menos del tamaño de este —comentó—. Esto es obra del hombre. Estas piedras son diferentes de las otras que las rodean, lo que significa que deben de haberlas extraído de la pared rocosa...

Avanzó unos pasos y se detuvo. Se arrodilló y señaló un riachuelo de arena que brotaba de una grieta de la pared.

—Dime. ¿Esto es normal?

Djet frunció el ceño, concentrado.

—La arena no puede atravesar la piedra. Lo que significa...

—Lo que significa —lo interrumpió Karim, dando un paso atrás para examinar la pared que tenían delante— que esto no es una pared, sino una puerta.

Se hacía cada vez más tarde, y las sombras iban alargándose.

El sol ya había rebasado su cénit, y Karim sabía que Hager y Babu estarían cada vez más impacientes por su retraso. «Valdrá la pena la espera», pensó Karim, y dejó de preocuparse por los otros Chacales.

Djet y él trabajaron incansablemente, usando cinceles de cobre para tallar los bordes de una puerta, cubiertos de tierra bien presionada para que quedaran disimulados en la pared de piedra. A continuación se concentraron en ampliar el hueco en un lado. Cuando fue lo suficientemente grande, encajaron dos ramas robustas en la abertura e hicieron palanca, empujando a la vez con todas sus fuerzas, intentando despegar la enorme losa de piedra de la pared en la que estaba encajada.

—¡Empuja! —gruñó Karim mientras presionaban contra la rama de madera por enésima vez. Djet apretaba con todo el cuerpo, cubierto de sudor—. ¡Ahora, tira!

Adelantaron los pies, tirando de las varas de madera a la vez. Por fin Karim sintió que la losa se movía y dejaba una abertura de un dedo en el suelo.

—¡Otra vez! —gritó Karim.

Los dos empujaron y tiraron con fuerzas renovadas. La losa se movía lentamente, pero se movía.

—Ya basta, ya basta —dijo Karim al cabo de un rato, sacando su rama del hueco y apoyando el peso de cuerpo en ella para descansar. Le dolían los músculos del esfuerzo. Hizo girar el brazo, intentando rebajar la tensión del hombro.

Djet dejó caer su rama y se acercó a la estrecha abertura en la pared del valle.

—¿Tú qué crees que habrá ahí dentro?

Karim se descubrió la cabeza y se secó el sudor de la frente con el dorso de la mano. Hurgó en su bolsa en busca del taladro de arco, se arrodilló e hizo girar la broca hasta que obtuvo una chispa con la que encender la vela que había llevado. Tras prender la mecha, apoyó una mano en la losa de piedra y, con la vela por delante, metió la cabeza en la entrada de la cueva. Giró el cuerpo de lado, aguantó la respiración y se coló por la rendija, dando apenas un paso hacia el interior. En ese mismo momento una ráfaga de viento entró por la rendija hacia el túnel que se extendía más allá, le revolvió los rizos castaños y casi apagó la vela.

Sonaba como un susurro. Y percibía un olor. Era leve, pero le hacía pensar en un fuego sofocado mucho tiempo atrás, junto con algo dulce y empalagoso.

Karim movió la vela a su alrededor, conquistando un mínimo espacio a la profunda oscuridad. Al principio no podía ver gran cosa, más que rocas apiladas y paredes punteadas con golpes de hacha. Pero entonces la luz iluminó algo en el suelo. Se agachó a recogerlo.

—¿Y bien? —dijo Djet, impaciente—. ¿Qué ves?

Karim acercó el objeto a la llama. Era un anillo, con el aro envuelto en un fino hilo de oro, y dos engastes que sostenían un bloque de oro con grabados en cada uno de sus cuatro lados.

Una cobra.

Una pluma.

Un ojo.

Un escarabajo.

Karim se puso el anillo en el dedo y sonrió.

—Algo magnífico —murmuró—. Trae la antorcha.

Un momento más tarde, Djet se coló por la estrecha abertura y a continuación metió las bolsas. De una sacó un largo objeto de arcilla con un recipiente en lo alto, en el que metió varios puñados de maleza seca. Karim le quitó la antorcha de la mano y usó la vela para encenderla. Cuando empezó a chisporrotear y a dar luz, le pasó la vela a Djet y dirigió la antorcha hacia el pasillo que tenían delante.

—Hay escalones que bajan —dijo Karim, sintiendo un cosquilleo de emoción en el vientre—. No te alejes.

Empezaron a descender por los toscos escalones de piedra, sintiendo el aire frío e inmóvil. No oían más sonidos que los que hacían ellos mismos. Era uno de esos silencios a los que Karim no acababa de acostumbrarse, por muchas veces que se hubiera colado en oscuras tumbas. El sonido de su respiración le parecía extrañamente fuerte, y percibía los latidos de su corazón, lo que suponía una incómoda constatación del paso de la sangre por sus propias venas. No resultaba fácil olvidar el delicado hilo que lo unía a la vida mientras penetraba furtivamente en el hogar de los muertos.

Aun así, tenía claro que no le revelaría ninguno de aquellos inquietantes pensamientos a Djet, mucho más joven e impresionable.

—¿Y qué? —dijo Karim, con una voz jovial que reverberó por el túnel. Habían llegado al final de las escaleras y ahora avanzaban por una galería inclinada que descendía aún más—. ¿Ya has decidido qué harás con tu parte de las riquezas?

Djet soltó una risita nerviosa.

—Bueno..., está esta chica...

Karim se rio.

—Siempre hay una chica, ¿no?

Casi podía oír cómo se ruborizaba Djet.

—Pensaba que quizá podría comprar un frasco de aceite de jazmín, o quizá alguna tela bonita para un vestido nuevo...

—Lujos que harían las delicias de cualquier jovencita del desierto —comentó Karim.

Habían llegado al fondo de la galería, que acababa en un portal de acceso a una especie de gran antecámara. Con su antorcha en alto,

Karim dio un paso más, atravesó el umbral y se detuvo. El corazón le golpeó con fuerza el pecho cuando vio lo que había ahí dentro.

—Djet-sen —dijo, en voz baja—. Podrás comprarle esas cosas a tu novia y mucho mucho más.

Djet se acercó, echó un vistazo al interior de la antecámara y se quedó sin habla.

Allí dentro había tantas cosas que era difícil fijar la vista en un solo objeto. Examinaron aquel espectáculo como si fueran muertos de hambre ante un banquete sin fin. Había carros dorados, divanes dorados y camas con las patas talladas en forma de garras de león, un trono dorado, muebles dorados con tallas de pájaros y flores de loto, estatuas, armas, abanicos de piel de avestruz con piedras preciosas incrustadas en el mango...

Oro, oro, oro por todas partes.

Aquella visión llenó a Karim de una voracidad indescriptible que bordeaba la codicia. Quería tocar el oro, sentir su suavidad bajo los dedos y saber que aquellas riquezas le pertenecían. «Y a Djet, a Babu y a Hager», le recordó una irritante voz interior. Pero se quitó aquella idea de la cabeza. No había motivo para que los Chacales se pelearan. Allí había tesoros más que suficientes para todos. Las tumbas que había encontrado en el pasado contenían algunas piezas de calidad, pero aquello... Aquello era uno de esos descubrimientos que cambian la vida de un hombre para siempre.

Djet soltó un silbido de admiración y se metió en la antecámara, corriendo de una pieza a la siguiente, haciendo comentarios sobre todo lo que veía con una voz y un tono cada vez más altos.

—¡Mira esto, Karim-sen! ¡No solo hay muebles! ¡Frascos de aceites aromáticos! ¡Joyas, cuentas... y telas como no las he visto nunca! Y también hay comida. ¡Y vasijas de vino!

Karim recorrió la sala siguiendo a Djet, arrastrando la mano por el respaldo de una silla aquí, la superficie de una cómoda allá. Cogió una vasija de vino, sacó el tapón con los dientes y lo escupió al suelo.

—¡Aún está bueno! —dijo, después de olisquear la abertura.

Se lo llevó a la boca y le dio un buen trago.

—Hay pájaros muertos envueltos en tela, *sen* —dijo Djet desde el otro extremo de la cámara—. ¡Muchos! ¡Y... también un caballo! ¡Karim-sen, hasta los jaeces del caballo muerto son de oro!

Sin soltar el vino, Karim examinó con más atención la silla dorada, iluminando con su antorcha las exquisitas tallas y los motivos pintados. Era de vivos colores, al igual que todas las otras pinturas que había visto en las tumbas khetaranas, pero el estilo era distinto. A diferencia de las figuras rígidas y formales a las que estaba acostumbrado, estas figuras eran sinuosas, con la cabeza y las extremidades más largas de lo normal. Parecían estar llenas de vida, como si quisieran desafiar la inmovilidad a la que se habían visto forzadas.

Intrigado, Karim dejó la vasija de vino en el suelo y se arrodilló para verlas mejor. La escena de la parte trasera de la silla ya la había visto antes. No sabía qué significaba, pero normalmente mostraba a un hombre o una mujer frente a un dios con cabeza de halcón que le entregaba una cruz con un asa en lo alto. Esta pintura era igual, salvo por un aspecto.

En lugar del dios con cabeza de halcón, la figura que sostenía la cruz tenía la cabeza de un animal extraño. Era negro y presentaba un aspecto parecido al de un perro, con el morro largo inclinado hacia abajo y las orejas altas, con la punta redondeada. Aquella figura oscura tenía algo que hizo que el vino le sentara mal de pronto.

—Esta tumba... —susurró, más para sí mismo que para Djet, que seguía explorando—. Tiene algo... raro.

El hombre de la imagen llevaba un tocado a rayas, algo que también era común. Lo que no era tan habitual eran las dos cabezas de animal que le salían de la frente: un buitre y una cobra. Karim no sabía mucho de arte khetarano, pero sí sabía lo que significaban esos animales cuando aparecían en una corona. Dada su ubicación en el valle, Karim se había esperado encontrar como mucho la tumba de un noble, o quizá de la esposa de un noble. Pero aquello era algo más.

Había encontrado la tumba de un rey.

La cabeza le dio vueltas, y no por efecto del vino.

—¡Hey! —lo llamó Djet, algo asustado—. ¡Karim-sen! ¡Ven aquí!

Karim se puso en pie y, siguiendo la voz de Djet, se abrió paso entre los tesoros amontonados. Encontró la entrada a otra cámara más pequeña, y a Djet en su interior, con el rostro parcialmente iluminado por la luz de su vela. Levantó la antorcha por encima de la cabeza y vio que las paredes de la cámara estaban cubiertas de imágenes en relieve, tan increíbles y tan extrañas como las de la silla dorada. Había escenas de caza en el río y de grandes fiestas, y líneas y más líneas de la fantástica escritura khetarana —manos, leones, cayados, pájaros, bocas abiertas—, de significado desconocido. Pero también esto estaba pintado en ese estilo tan raro, con las figuras torcidas y distorsionadas, como si estuvieran... Bueno, no había otra palabra para decirlo.

Mal. Estaban mal.

A diferencia de la antecámara, aquella sala estaba vacía, salvo por una enorme caja de piedra en el centro.

Djet se quedó mirándola.

—El muerto. ¿Está dentro?

Karim asintió. Se acercó a la caja de granito negro, que le llegaba a la cintura. La piedra estaba cubierta de finas rayas paralelas grabadas a cincel. Desde luego, los khetaranos se tomaban muchas molestias por sus muertos. Los habitantes de las Tierras Rojas simplemente los enterraban donde estaban, bajo un montón de piedras, devolviendo los cuerpos al desierto del que habían venido. A Karim le parecía algo más natural, y también más sencillo. Sin embargo, de no ser por las excéntricas costumbres de los khetaranos, Karim estaría sin trabajo.

—Aguanta esto —le dijo a Djet, entregándole la antorcha.

—¿Qué... qué vas a hacer? —balbució Djet. Los ojos, abiertos como platos, le centellearon a la luz del fuego.

—¿Qué es lo que hacemos los Chacales? —dijo Karim, agarrando las esquinas de la tapa de la caja—. Échate a un lado.

Cogió aire y, soltando un gruñido, empujó con todo su peso. La tapa se movió con un crujido penetrante que reverberó en la oscuridad. Karim empujó otra vez, y otra más, hasta que la enorme tapa de piedra cayó al suelo con un estruendo ensordecedor. Una de las esquinas se agrietó y saltaron unos pedazos, pero por lo demás permaneció intacta.

Jadeando, con la frente cubierta de sudor, Karim volvió a cogerle la antorcha a Djet e iluminó el interior de la caja. Allí encontraron un ataúd de madera con forma de hombre, pintado casi por completo de rojo. El rostro, dorado, miraba a Karim con unos ojos penetrantes y un gesto inescrutable. Las manos, también doradas, estaban cruzadas sobre el pecho y sostenían un cayado y un mayal con un punteado azul y negro. Entre los dos, en el lugar correspondiente al corazón, había un enorme amuleto azul hecho de lapislázuli. Era una talla de un escarabajo, con otra inscripción en khetarano.

—Podría ser su nombre —susurró Djet, asomándose para ver mejor—. ¿No crees?

—Quizá tengas razón —dijo Karim, sacando un cincel de cobre de su bolsa.

Lo encajó bajo el borde del amuleto y presionó para desprenderlo. El cincel se le resbaló con el sudor, y se hizo un corte en el dedo.

—¡Ay! —exclamó Karim, echando la mano atrás.

—¿Estás bien, *sen*? —preguntó Djet.

—Bien, bien —dijo Karim.

El corte no era profundo, pero sangraba, y manchó el ataúd con unas cuantas gotas rojas. Se llevó el dedo a la boca y luego se lo envolvió con un trapo que sacó de su bolsa. Volvió a coger el cincel para intentarlo de nuevo y entornó los párpados para ver mejor. Las manchas de sangre habían desaparecido. ¿Le estaría fallando la vista con tanta oscuridad?

Esta vez agarró la herramienta con más cuidado, apoyó el cincel con mayor precisión y consiguió separar el amuleto del ataúd.

—Ya te tengo —dijo Karim, sonriente—. Levantó la piedra azul y la acercó al fuego. Pesaba mucho y estaba templada.

De pronto oyó un suspiro. Como si alguien hubiera soltado aire junto a su oído. Karim dio un respingo. Retrocedió un paso y echó una mirada a Djet. El chico estaba a solo unos pasos, con el cabo de la vela en la mano.

—¿Has sido tú?

—¿Si he sido yo, el qué? —respondió Djet, sin entender.

Karim parpadeó y sacudió la cabeza.

—Nada —murmuró, y volvió a examinar el amuleto.

Era diez veces mayor que la piedra de lapislázuli más grande que hubiera visto en su vida: solo por su tamaño ya valdría una fortuna. Soltó una risita, incrédulo.

—¡Menudo día!

Djet miraba con deseo la piedra que Karim tenía en la mano.

—Entonces somos ricos, ¿no? ¡Ricos como reyes!

—En eso estamos —respondió Karim, echando un vistazo a la antorcha.

Al igual que la vela, a falta de más combustible se consumiría muy pronto. Pero tenía que saber qué más había allí dentro, qué otras cosas podría querer meterse en la bolsa, antes de regresar y contárselo a los demás.

Pensó en los otros Chacales y se replanteó su plan original de repartirlo todo a partes iguales. No es que no confiara en Babu...

Sí, era eso exactamente. No confiaba en Babu. Ese tipo era una sabandija, capaz de cortarle el cuello mientras dormía para llevarse su parte del botín.

Quizá Babu le sorprendiera repartiendo los tesoros de forma ecuánime, pero por si acaso...

«Tengo que pensar en mí mismo».

—Vuelve a la primera sala —le dijo a Djet, a toda prisa—. Llena tu bolsa con todo lo que puedas. Joyas, oro, cualquier cosa de valor. Yo voy a examinar la cámara siguiente. Cuando acabe, nos vamos. Debemos volver con los otros y contarles lo que hemos encontrado.

Djet asintió y estaba a punto de ponerse en marcha cuando Karim lo agarró del hombro.

—Les hablamos de la tumba. Pero no les hablamos del contenido de nuestras bolsas, ¿de acuerdo? Eso nos lo quedamos para nosotros.

Djet sonrió, y apareció un brillo en sus ojos.

—Entiendo muy bien lo que quieres decir, *sen* —dijo, y desapareció por donde habían entrado.

Karim metió el amuleto del escarabajo en su bolsa, con el resto de los tesoros que ya había cogido, y se dirigió a la última puerta. De pronto sintió la boca seca a pesar del vino. Aquella sala era más oscura que las otras; de algún modo la oscuridad era más profunda, más negra.

«Los ojos te están jugando una mala pasada —pensó—. Un hombre puede enloquecer por pasar demasiado tiempo en la oscuridad. Date prisa o empezarás a perder la razón».

Atravesó el umbral y de pronto le invadió una gran confusión. La cámara más interior normalmente albergaba el tesoro, las piezas más valiosas de toda la tumba. Pero allí no había ningún tesoro. Nada de joyas caras, ni tejidos finos, ni artículos de oro de ningún tipo. La sala era más pequeña que las otras dos y estaba casi vacía, salvo por una gran estatua que ocupaba un espacio destacado.

Karim dio otro paso adelante y tropezó con algo que había en el suelo. Se agachó y encontró un hombrecillo de madera minúsculo con una de las piernas rota por la mitad. El suelo estaba cubierto de ellos. Cientos de minúsculos hombrecillos de madera, todos iguales, dispuestos en filas perfectamente ordenadas por toda la sala. Todos estaban orientados hacia la pared más alejada, donde se hallaba la estatua del dios con la extraña cabeza de animal que había visto pintado en la parte trasera de la silla, con su largo morro y sus altas orejas del mismo granito negro que el féretro de la otra sala. Sostenía una cruz con un asa dorada en una mano y dirigía la otra hacia el ejército de hombrecillos, con la palma extendida en señal de bienvenida.

«Aquí no hay nada que valga la pena llevarse», se dijo, pero algo lo impulsaba a seguir mirando. Aquella cuerda invisible atada en torno a su pecho tiraba de él, lo obligaba a seguir adelante.

Se metió la figurita lastimada en la bolsa y se abrió paso de puntillas entre el ejército de hombrecillos de madera, acercándose a la estatua. En la palma de la mano tenía grabado un óvalo alargado con una inscripción dentro. A primera vista, a Karim le pareció que eran los mismos símbolos que los del amuleto. El nombre, quizá, del hombre cuya tumba estaban saqueando.

«Hombre, no —se corrigió—. Rey».

Ya convencido de que no había nada más de valor en la sala, se giró, dispuesto a marcharse. Pero notó que algo húmedo le había mojado la sandalia.

—Ecs —gruñó, levantando el pie.

Un poco de agua de algún manantial subterráneo, probablemente. Se la limpió con la mano, pero se detuvo al ver la mancha roja que le había dejado.

Acercó la antorcha al suelo, hacia donde estaba antes, junto a la base de la estatua. Por debajo del pedestal se estaba formando un espeso charco de algo que parecía…

—¡Karim!

El corazón le dio un brinco en el pecho cuando el grito de Djet interrumpió el silencio.

—¿Qué pasa? —exclamó.

Retrocedió un paso y a punto estuvo de derribar a un centenar de soldaditos.

—¿Lo has oído? —dijo Djet, con voz tensa y aguda por efecto del miedo.

—¿Oír el qué?

Y entonces lo oyó él.

Toc.

Toc.

Toc.

Karim resopló.

—Deja de hacer el tonto, animal. No tenemos tiempo para eso.

Intentó mantener un tono distendido, pero el charquito de color carmín lo había puesto nervioso. ¿A qué estaba jugando Djet?

—No soy yo —respondió Djet, bajando la voz, que ahora era más un sollozo que palabras—. Viene... viene del ataúd.

—¿Qué?

Toc.

Toc.

Toc.

Un escalofrío le recorrió la columna. No, no era posible. No podía ser...

Una brisa que olía a vino y miel le acarició el rostro. La antorcha parpadeó y se apagó.

En la sofocante oscuridad, Karim oyó el ruido de la madera al quebrarse y astillarse, y luego el golpetazo de algo pesado al caer al suelo. Se quedó rígido en la oscuridad, sin moverse, sin respirar. Luego oyó el murmullo de un suave roce, tan suave que apenas lo distinguía con el ruido que le hacía el corazón al palpitar.

Y de pronto estalló otro sonido tan potente y estremecedor que Karim no pudo creerse que no iluminara toda la tumba con su resplandor.

Era el chillido de Djet.

5
NEFF

Cuando el barco de Bastet llegó a las afueras de Tonis, el sol ya había rebasado su cénit. La corriente lo arrastraba río abajo sin necesidad de remos ni velas, como si el propio Iteru supiera que la diosa tenía una cita importante a la que asistir.

Neff se había lavado la sangre del vestido en el río y ya se había secado con el calor de la tarde. En realidad no había quedado muy limpio, pero había que conformarse. Se apoyó en la borda del barco y observó cómo crecía la capital, que pasó de ser una manchita a lo lejos a una gran ciudad llena de vida que se extendía por un terreno llano y sin interrupciones.

Primero vio los campos verdes y las granjas, llenos de trabajadores y reses de largos cuernos; luego llegaron las casas de adobe con el techo plano, no muy diferentes de la suya. Pero había muchísimas. La mayoría eran míseras viviendas mal construidas, pero a medida que se adentraban en Tonis las casas eran cada vez más grandes y lujosas. En lugar de paredes de adobe marrón, las casas más elegantes tenían fachadas encaladas que parecían brillar bajo el sol del desierto. La entrada de muchas de ellas estaba decorada con motivos geométricos en ocre amarillo y rojo y verde malaquita, mientras que los árboles y arbustos en flor que crecían por todas partes aportaban tonalidades pastel en rosa, naranja y crema. Las calles no estaban pavimentadas en oro, como decían sus amigos, pero aun así la ciudad era imponente. Pasaron junto a enormes barcos cargados de mercancías procedentes de reinos lejanos: plumas de avestruz, pieles de animales y olorosas especias cuyos aromas transportaba el viento. Neff olisqueó el aire, y el olor ahumado, embriagador, de lo que fuera que procedía de aquel barco le hizo pensar en magia.

Y lo hizo pensar en su casa.

Cerró los ojos apretando los párpados, haciendo un esfuerzo por no llorar. No solo porque le preocupaba que volviera a salirle sangre de los ojos, sino porque no quería mostrar debilidad en presencia de la diosa. La visión que le había mostrado Bastet —la visión de su sueño— era aterradora, pero se la había concedido por algún motivo. Neff no habría deseado que la arrancaran de la vida que tenía en Bubas, pero, si quería comprender el significado de aquella visión, el templo era el mejor lugar para ello. No sabía mucho sobre el Templo de Amón, pero sí que entre sus muros se concentraba la mayor sabiduría de Khetara.

Pasaron junto a un animado mercado lleno de vendedores que voceaban su mercancía, por un barrio de artesanos y frente a varias mansiones que eran al menos tres veces más grandes que la casa más grande que hubiera visto en su vida. Vio sus grandes jardines privados, con palmeras de dátiles y árboles frutales que asomaban por encima de los muros que los cercaban, e incluso una casa con un templo en miniatura al lado. Observó a un anciano que se dirigía hacia allí con una bandeja de ofrendas sagradas. En Bubas no había nada parecido a aquello. Nada que se le pudiera comparar mínimamente. Aunque Neff sabía que solo había viajado unas horas río abajo, se sentía como si hubiera entrado en otro mundo.

A medida que se acercaban al centro de la ciudad empezaron a encontrar aglomeraciones de gente junto a la orilla. Ya se respiraba un ambiente especial en el aire, aunque la Fiesta de Bastet no iba a empezar hasta el atardecer. La gente saludaba moviendo los brazos y lanzaba vítores, y los niños se metían en el agua, sumergiéndose más y más hasta que sus madres les gritaban para que volvieran a la orilla. La mayoría de ellos tenían los ojos puestos en la diosa, pero otros miraban a Neff con curiosidad. Uno de los niños que se metieron en el agua se dirigió a ella:

—¿Quién eres tú?

Neff abrió la boca para responder, pero se lo pensó mejor. En lugar de eso, meneó la cabeza y apartó la mirada, mientras la madre le soltaba al niño una retahíla de amenazas hasta que este volvió nadando a la orilla.

El Khetara los nombres tenían poder. Su padre —a pesar de la dudosa calidad de sus hechizos— se lo había dejado claro. En ese nuevo lugar, entre extraños, haría bien en medir a quién le confiaba el suyo. Además, la pregunta le parecía complicada.

«¿Quién eres tú?».

Esa mañana, cuando se había despertado junto a su familia, le daba la impresión de que lo sabía. Pero ahora que estaba en el barco de Bastet, y su antigua vida iba desapareciendo en el horizonte como un espejismo, ya no estaba tan segura.

El barco viró hacia la orilla y Neff se agarró a la borda para no caerse. Los sacerdotes calvos que los habían acompañado desde Bubas saltaron a tierra con agilidad y amarraron el barco con sogas. La gran sacerdotisa salió de su camarote en la proa y entornó los párpados para protegerse del sol. Estiró los brazos, bajó la cabeza en señal de respeto ante la diosa y le tendió una mano a Neff.

—Ven, niña —dijo—. Hemos llegado.

Neff echó a andar, manteniendo una distancia con respecto a la gran sacerdotisa, y siguió a Bastet y su séquito por el camino del templo. No sabía qué le aguardaba al final de aquel viaje, y lo último que quería era pegarse a la falda de la sacerdotisa como un bebé que aún llevara la trenza lateral de la juventud. Caminó tiesa como un palo y con la mirada fija al frente, intentando imitar el porte austero de la otra mujer. Aun así, no pudo evitar mirar a los lados de vez en cuando, ansiosa como estaba por empaparse de las increíbles vistas que la rodeaban. Al menos una docena de estatuas de leones con cabeza de carnero, agazapados a ambos lados de la calzada, flanqueaban la calle. Las estatuas la observaron al pasar, con sus retorcidos cuernos plateados brillando al sol, y unos ojos tan realistas que se estremeció al mirarlos.

Entre las estatuas, y por detrás de ellas, se había concentrado una gran multitud para presenciar la entrada de Bastet al templo. Muchos de los presentes llevaban hojas de palma frescas, de un verde intenso, que agitaban al paso de la procesión, adelante y atrás, entrecruzándolas con una cadencia hipnótica. Otros daban palmas y cantaban canciones que Neff no reconoció, siempre al ritmo del sistro de la sacerdotisa, que había empezado a agitar en el momento en que había arrancado la procesión. El sonido, el movimiento y el color eran tan intensos que Neff tuvo que dejar de mirar y fijar la vista al frente una vez más. Solo que lo que tenía delante no era menos impresionante.

La puerta del templo estaba flanqueada por dos enormes pilares: eran torres cuadradas con la parte superior plana, cubiertas desde la base hasta la punta por inscripciones hechas con la caligrafía sagrada e imágenes de dioses y reyes guerreros. Dos estatuas gemelas de Amón, de un tamaño colosal, descansaban a ambos lados de la puerta de piedra sobre tronos de granito rosa.

Como cualquier otro niño de Khetara, Neff conocía su nombre y sus títulos. El rey de todo. Protector del faraón. El oculto. El invisible. Lo reconocía, también, por su piel azul y su corona emplumada. En la Alta Khetara no había dios más grande, y en su forma intangible representaba todo lo misterioso en el mundo.

Al pasar junto a las estatuas, Neff tuvo de nuevo la convicción de que todas las respuestas que buscaba estarían en el interior de la Gran Casa de Amón.

No estaba segura de por qué se sentía tan segura. De hecho, la seguridad de sus pensamientos la asustaba un poco. Nunca había tenido una gran fuerza de voluntad, siempre había hecho lo que le pedían sus padres. Hasta Henhen e Istara solían comentar lo fácil que era de carácter. Henhen era un nervio, siempre gritando y corriendo, así que, cuando estaban juntas, Neff corría con ella. Istara era más tranquila y prefería los juegos de tablero como el *mehen* y el *senet*, de modo que, cuando Neff pasaba tiempo con ella, también se volvía tranquila y se adaptaba para agradar a la que estuviera a su lado, mutable como el agua.

Pero cuando empezaron a llegar las pesadillas, junto con la primera menstruación, sintió una transformación casi repentina. Igual que una figurita de arcilla cocida al sol, se endureció, adoptando una forma que casi no reconocía. «Pero ¿en quién me estoy convirtiendo?», se preguntaba, asustada por la intensidad de las nuevas sensaciones que invadían su cuerpo y su mente, y por la constatación de que un viento extraño la arrastraba en una nueva dirección.

Cuando se acercaron a la puerta, observó con atención el rostro azul de Amón. Ella, como el dios, tenía una personalidad oculta, oscura. Oculta no solo del mundo, sino de sí misma. Quizá su estancia en el templo arrojara algo de luz.

Antes de que Neff y la gran sacerdotisa pudieran atravesar el umbral, un hombre de pecho fuerte y grueso con una piel de leopardo sobre la túnica salió a su encuentro, deteniendo la comitiva. No tenía ni un pelo en el cuerpo y era como si le hubieran lustrado la piel para que brillara.

—¿Qué significa esto? —le preguntó a la sacerdotisa—. ¡Esta niña no puede entrar aquí!

—Maestro Montuhotep, pido disculpas —dijo la sacerdotisa—. La niña viene conmigo.

Y apoyó una mano sobre el hombro de Neff, como si la bendijera.

El maestro Montuhotep no parecía en absoluto impresionado. Con su piel reluciente y sus ojos maquillados con kohl negro, parecía un ser sin edad, casi inhumano.

—Entonces supongo que serás consciente, maestra Karo —respondió él, como si regañara a una niña traviesa—, de que solo los sacerdotes y la dinastía real pueden atravesar esta puerta.

La gran sacerdotisa miró fijamente al hombre con gesto desafiante, pero mantuvo un tono formal y educado.

—Por supuesto, gran sacerdote. Pensaba hablar del tema contigo después de que la niña completara el ritual de limpieza. Ha sido elegida por Bastet para entrar en el sacerdocio, y, dado que es el día de la fiesta de la diosa, he pensado que supone un buen augurio. Estoy segura de que estarás de acuerdo.

Lo último lo dijo con la misma condescendencia que el hombre había mostrado unos momentos antes. El maestro Montuhotep hinchó las aletas de la nariz.

—¿Elegida? —dijo, echando una mirada escéptica a Neff—. No

es más que una niña. Una niña bastante vulgar, por cierto. ¿Cómo has podido determinar algo así?

—Le ha pedido a la diosa que interpretara su sueño y la diosa le ha enviado una visión.

—¿Y?

—Y ha llorado lágrimas de sangre.

El maestro Montuhotep alzó una ceja.

—¿Sangre, dices?

—Si no me crees, puedes preguntar a cualquiera del pueblo de Bubas —añadió la gran sacerdotisa Karo—. Todos lo han visto.

El maestro Montuhotep tragó saliva y observó a Neff con nuevos ojos. La recorrió de arriba abajo con la mirada, y Neff se avergonzó al constatar que aún quedaban rastros de sangre en su vestido. Instintivamente, se cubrió el cuerpo con los brazos, intentando taparse las manchas.

—Ya veo —dijo el gran sacerdote—. ¿Y supongo que la has traído aquí para que la forme yo?

La gran sacerdotisa asintió.

—Como primer sacerdote horólogo de Khetara, pensé que sería lo mejor, maestro. Con tus enseñanzas quizá pueda interpretar el mensaje de la diosa.

Neff estaba impresionada. Nunca habría podido pagarse los servicios de un sacerdote horólogo para que le interpretara los sueños..., ¿y ahora iba a serlo ella misma? Pese a todos sus miedos, aquella idea la llenaba de emoción.

El maestro Montuhotep cruzó los brazos sobre el pecho y meneó la cabeza.

—No lo sé... Una niña del pueblo llano...

—No es la primera —replicó la gran sacerdotisa Karo—. Hay registros escritos de otros niños que han mostrado una conexión especial con los dioses, que los han usado para comunicar su voluntad a los hombres. —Hizo una pausa y luego añadió—: Olvidas que en otro tiempo yo también pertenecí al pueblo llano. ¿O es que dudas de mi derecho al sacerdocio?

El maestro resopló.

—Por supuesto que no. Pero sabes tan bien como yo que este honor suele transmitirse de padre a hijo. Esto es... muy irregular.

La gran sacerdotisa sonrió y abrió las palmas de las manos al cielo.

—Los dioses obran de forma misteriosa.

El maestro Montuhotep hizo una mueca, como si tuviera algo amargo en la boca, y asintió.

—Muy bien. Haré… lo que pueda.

La gran sacerdotisa Karo asintió, complacida.

—La diosa no espera menos de ti —dijo, y Neff habría jurado que aquellas palabras contenían una amenaza.

El maestro Montuhotep se giró hacia Neff torciendo el labio en una mueca de repulsa.

—Vendrás conmigo. Estas paredes son sagradas, y hay que limpiarse de la… suciedad del mundo exterior para permanecer en su interior. ¿Lo entiendes?

—Sí, hum… Maestro —respondió Neff, echando a caminar tras él.

—Solo un momento, por favor —dijo la gran sacerdotisa, pasándole un brazo a Neff sobre los hombros y tirando de ella hacia la sombra de Amón—. Ahora escúchame bien, niña —añadió, en voz baja, con un tono cómplice—. Los sacerdotes de este lugar son hombres santos, sí, pero no dejan de ser hombres. El maestro mantendrá su palabra, pero ni él ni los otros apreciarán tu presencia en sus dominios. Solo porque se te permita estar en el templo no quiere decir que seas bienvenida. Pon toda la atención en lo que hagas. Observa. Escucha. No reveles nada que no debas revelar. Y sobre todo escoge bien a tus amigos. Un buen amigo es un regalo, pero uno malo puede conducirte a la ruina.

Neff escuchó, sintiendo cómo se le aceleraba el pulso. Las palabras de la gran sacerdotisa le recordaban mucho a las de su madre, demasiado. Pero la sacerdotisa Karo no era su madre. De hecho, se habían conocido esa misma mañana.

—¿Por qué me ayuda tanto? —preguntó Neff.

La gran sacerdotisa se lo pensó un momento.

—Porque en otro tiempo yo fui como tú. He pensado que quizá podía evitarte caer en algunos de los errores que cometí. —En su rostro apareció una sonrisa triste—. Pero en realidad es más por mí que por ti. Tú debes cometer tus propios errores, Nefermaat. Todos debemos cometerlos. Solo recuerda esto: puede que alguna vez dudes de ti misma, pero nunca dudes de la diosa. Estás en este camino porque ella lo ha decidido. Síguelo, allá donde te lleve.

Neff llevaba todo el día al borde de las lágrimas, y una vez más amenazaban con caer.

—Lo haré —dijo, temblorosa—. Lo prometo.

—Que Bastet te acompañe allá donde vayas —dijo la gran sacerdotisa con voz solemne, tocando ligeramente a Neff en la frente, en la garganta y en ambos hombros—. Defensora de los inocentes. Vengadora de los agraviados. Dama de la muerte. Señora de los secretos.

Neff se quedó mirando a la gran sacerdotisa, que salió por la puerta y siguió el séquito de Bastet hacia el lugar donde permanecería la diosa y donde recibiría bendiciones y ofrendas hasta que regresara a su barco para la fiesta de la noche.

El maestro Montuhotep la esperaba al otro lado de la puerta, con gesto serio. Vio pasar a la diosa y luego se dirigió a Neff, que estaba en el umbral entre el mundo exterior y el mundo de los dioses.

Dio un paso y cruzó el arco, bajo el escarabajo alado pintado sobre su cabeza. Un paso más hacia las sombras, y otro hacia la luz.

Neff siguió al maestro Montuhotep a través de un gran patio abierto y entraron en una galería flanqueada por gruesas columnas con inscripciones grabadas y pinturas que les daban el aire de un juncal de verdes papiros. Eso, combinado con el techo —de color negro púrpura y salpicado de estrellas— creaba la sensación de estar caminando a través de un gran bosque de piedra. Luego la llevó hasta una pequeña cámara a la izquierda, donde media docena de mujeres vestidas con túnicas blancas de lino levantaron la vista al verlos llegar. Al igual que el maestro Montuhotep, ellas también eran calvas, y tenían el contorno de los ojos pintado de kohl negro. Pero también llevaban sombra de ojos azul verdoso, y pintalabios. Las mujeres se pusieron firmes. La habitación olía a una combinación agridulce de miel y sal.

—La gran sacerdotisa de Bastet nos ha traído a esta joven para que la eduquemos en el sacerdocio —anunció el maestro Montuhotep, con la irritación bien patente en la voz—. Sometedla a los rituales de purificación.

Varias de las mujeres echaron una mirada de lástima a Neff, y por primera vez empezó a entender lo que supondrían aquellos rituales. Se puso una mano sobre el pelo, suave y rizado, y de pronto le costó respirar.

El maestro Montuhotep debió de detectar alguna de aquellas miradas.

—No me importa que sea joven —añadió, malhumorado—. Si va a ser miembro del templo del rey, tiene que someterse a las mismas costumbres que el resto de nosotros. Además, está cochambrosa. No voy a aceptar que haya piojos en mi lugar de culto.

«¿Piojos? —pensó Neff, ofendida—. ¡Que viva en un pueblo no significa que tenga piojos!».

Una de las mujeres bajó la cabeza.

—Sí, maestro. Déjenosla a nosotras.

—Volveré a buscarla dentro de un rato —dijo el maestro Montuhotep y, dando media vuelta, salió de la sala.

Hasta entonces Neff no pudo observar su nuevo entorno: la mesa del centro de la sala, larga y baja, cubierta de botecitos y tiras de tela; los cuchillos de cobre con mango de madera perfectamente ordenados; la balsa de agua oscura en el otro extremo.

—Somos *wabet* —dijo una mujer, con tono amable pero serio—. Sacerdotisas novicias en la Casa de Amón. Quítate el vestido, por favor.

Neff se cubrió el cuerpo con los brazos, abrazándose, con el corazón desbocado. Meneó la cabeza lentamente de lado a lado.

—Ahora debes ser valiente, niña —dijo la sacerdotisa, acercándose para apoyarle la mano en el hombro y acercarla a la larga mesa—. Para que seas bienvenida en este templo es necesario eliminar de tu cuerpo las impurezas del mundo. Pero no te mentiré. Va a dolerte.

La primera vez que le untaron la cálida y dulce miel y le aplicaron gasas sobre la piel permaneció inmóvil. Pero cuando se la arrancaron, llevándose consigo todos los pelos del brazo, tuvieron que agarrarla con fuerza.

Neff lloró amargas lágrimas mientras repetían el doloroso proceso una y otra vez, dejándole la piel roja e irritada. Gritó cuando le arrancaron la pelusilla del ombligo y el vello de entre las piernas. Pero fue cuando sacaron los cuchillos de cobre y empezaron a cortarle la rizada melena a puñados cuando empezó a llorar de verdad.

Las *wabet*, por su parte, no decían nada. No la regañaron por su reacción angustiada ni le ofrecieron ningún consuelo. Eran como una sola criatura con muchos brazos, cada una trabajando en unión con las otras para completar el ritual lo más rápida y eficientemente posible. Neff ya no se molestaba en rogarles que pararan. Con solo mirarlas a la cara supo que aquello no cambiaría nada. Si quería buscar alguna amiga en aquel lugar, dudaba que la fuera a encontrar entre ellas.

Cuando acabaron, la sentaron y se la llevaron a la balsa de agua de la esquina. El olor a sal que emanaba del agua le irritó los ojos, y en cuanto entró en el agua, le incendió la piel ya irritada. Chilló de dolor e intentó zafarse y salir, pero las *wabet* la obligaron a meterse de nuevo con gestos suaves pero decididos.

—Quedarás limpia —dijo una sacerdotisa—. Serás pura. Y los dioses te darán la bienvenida.

—Por favor —sollozó Neff. Ya no lo aguantaba más. Estaba desesperada, como un animal arrinconado—. Por favor, no me hagáis esto.

—Quedarás limpia —dijo de nuevo la sacerdotisa—. La palabra es la acción.

—La palabra es la acción —recitaron las otras *wabet* en respuesta, y la sacerdotisa le empujó la cabeza, sumergiéndosela en el agua.

Neff no emitió sonido alguno mientras las *wabet* le frotaban la piel con ásperas piedras pómez, asegurándose de que no le quedaba ni un pelo en el cuerpo. Se quedó mirando la pared, con la vista fija en una gran pintura de la gran madre, Isis. La diosa estaba arrodillada sobre una tarima, coronada con el disco solar, y extendía las alas doradas como si estuviera a punto de emprender el vuelo. Neff nunca había visto una pintura así tan de cerca, y el detalle y el brillo de la imagen la tenían hipnotizada, lo que la ayudaba a ignorar los gritos de su cuerpo pidiendo auxilio. Se humedeció los labios, sintió el sabor salado y no supo si era del agua de la balsa o de sus propias lágrimas.

«Isis —pensó—. Reina del trono. Diosa de la magia. La que conoce todos los nombres».

Observó la pintura con algo de envidia, deseando poder extender las alas ella también y emprender el vuelo. La chispa de esperanza que había sentido en el barco amenazaba con extinguirse. ¿Es que su nueva vida iba a estar llena de dolores y sufrimientos como aquellos?

Por fin las *wabet* completaron su tarea y sacaron a Neff del agua, la secaron bien con toallas de lino y la vistieron con una sencilla túnica idéntica a las que ellas llevaban. Le aplicaron kohl negro y sombra verde en torno a los ojos, y ocre rojo en los labios. A continuación, la examinaron de la cabeza a los pies y decidieron que ya estaba lista para entrar en el templo.

—Espera la llegada del maestro Montuhotep —dijo una de las sacerdotisas—. Él te llevará a nuestro dormitorio y te explicará lo que pasará después.

Neff asintió, entumecida, y siguió a la sacerdotisa hacia la puerta, alejándose del montón de pelo que había en el suelo. Le hizo pensar en un animal muerto. De camino, se vio por un momento reflejada en el espejo de latón colgado de la pared.

Se detuvo. La persona que le devolvía la mirada era una extraña. Era completamente calva, tenía la piel brillante y el rostro pintado de colores como los de las pinturas murales. Pero fueron los ojos lo que más le llamó la atención. Eran enormes, oscuros y misteriosos; ya no eran los suyos. Habían visto cosas, cosas maravillosas y terribles. En un solo día, había dejado atrás todo lo que tenía que ver con la vida que conocía, incluido su propio reflejo.

Desde la pared, Isis la observó con unos ojos no tan diferentes a los suyos.

«¿Quién soy yo ahora? —le preguntó a la diosa—. Si tú conoces todos los nombres, ¿puedes decirme el mío?».

Era demasiado. Demasiado para una niña que esa misma mañana

se había despertado junto a sus padres, decidida a pasar otro día en el mercado. Era demasiado para cualquiera, en realidad.

Dio un paso atrás, separándose del espejo, y luego otro más, y luego se abrió paso entre las sacerdotisas, que no tuvieron tiempo de reaccionar, y echó a correr.

Neff recorrió el pasillo a la carrera, respirando agitadamente, jadeando. No tenía ningún plan, ni idea de adónde quería ir. Pasó junto a otras cámaras pequeñas y dejó atrás a varios sacerdotes jóvenes que le gritaron cuando estuvo a punto de tirarles al suelo el montón de papiros que llevaban entre los brazos.

No paró.

Estaba cansada y asustada, y lo único que quería era estar de nuevo en los brazos de su madre y en la calidez de su hogar. Bastet también era madre: ¿no podía entenderlo?

Giró a la derecha, después a la izquierda y luego de nuevo a la derecha, hasta que no supo dónde estaba. Tampoco veía claro que pudiera encontrar el camino de regreso. El pasillo tenía pendiente y Neff se dio cuenta de que la llevaba hacia un túnel subterráneo bajo el templo. Vaciló, y se encontró con una oscuridad repentina a la que los ojos aún no se le habían acostumbrado. Afortunadamente, no había nadie más por allí.

Su corazón recuperó el ritmo normal y empezó a lamentar lo que había hecho: «Esto no vale de nada. No puedo volver a casa. Tengo que volver atrás. Cuando el maestro Montuhotep se entere de que me he escapado, me meteré en un lío tremendo...». Aquella idea avivó un nuevo miedo en su interior, al imaginarse cuál sería el castigo al que la sometería el gran sacerdote. Estaba a punto de darse la vuelta cuando le llegó a los oídos un cántico monótono y grave. Procedía de una cámara al final del pasillo. Por el hueco de entrada se veía el reflejo tembloroso de las antorchas, que creaba sombras que bailaban en el suelo y en las paredes.

Se quedó allí, escuchando, mientras la curiosidad y el miedo libraban una batalla en su interior.

—*Heka* —dijeron las voces—. Ábrenos la puerta a las palabras y la acción de la magia. Ábrenos los ojos, bendícenos con tu sabiduría, y seremos tus humildes vehículos en esta tierra.

Ganó la curiosidad.

Neff se acercó sigilosamente hacia la luz, deslizando sus pies desnudos sobre el suelo de piedra lisa. Al llegar al portal se pegó a un lado, y respiró hondo varias veces para calmarse antes de mirar dentro.

La cámara subterránea estaba entre sombras, pues solo había dos antorchas encendidas en la pared más alejada. Aun así, Neff pudo ver que las paredes estaban cubiertas de palabras de los dioses; las negras inscripciones llenaban el espacio del suelo al techo, como un ejército de arañas. En el centro de la sala, en torno a una mesa cubierta de una serie de objetos extraños que no pudo identificar, Neff vio a dos sacerdotes enmascarados, uno frente al otro, con los brazos alzados hacia el cielo. Un tercer sacerdote les daba la espalda a ambos, y siguieron recitando sus cánticos, ahora ya con una voz tan baja que Neff no pudo distinguir las palabras.

Las máscaras, que solo les cubrían la mitad de la cara, estaban decoradas con imágenes de rostros de animales: un ibis con un pico largo como el de Thot, el dios de la escritura; y un halcón de ojos penetrantes y pico afilado, como Horus, el dios del cielo. A la luz de las antorchas tenían un aspecto aterrador, pero al mismo tiempo Neff estaba hipnotizada. Su padre le había hablado de los diferentes tipos de sacerdotes de Khetara, así que supo enseguida quiénes debían de ser aquellos hombres y qué estaban haciendo.

Eran sacerdotes *heka*.

—Magia —dijo Neff, susurrando para sí—. Magia de verdad.

Se quedó observando, embelesada, mientras el tercer hombre se daba la vuelta y encaraba a los otros dos. Él también llevaba una máscara, pero con forma de carnero. En una mano sostenía lo que parecía un colmillo de hipopótamo, redondeado por los bordes y cubierto de delicadas inscripciones. Ante sus ojos, las palabras grabadas en el colmillo parecían moverse y brillar con una luz antinatural.

«¿Me lo estoy imaginando?», se preguntó Neff, pensando que quizá aquello fuera otra visión. No, aquello no tenía en absoluto el aspecto surrealista de un sueño. Notaba el áspero contacto de la pared en los dedos, y el frío del suelo bajo los pies.

—Ábrete a mí, Isis —recitó el sacerdote—, e infunde el aliento de la vida donde no la hay.

—La palabra es la acción —respondieron los otros dos sacerdotes.

Neff abrió aún más los ojos al ver que la luz se hacía más intensa, iluminando lo que el hombre tenía en la otra mano: un largo bastón que acababa en una cabeza de serpiente. El sacerdote se acercó el bastón a la boca y escupió en él.

Pero... un momento. ¿Aquello era un bastón? ¿Cómo era posible que un bastón de madera se moviera de aquella manera? ¿Con un movimiento ondulatorio, enroscándose sobre sí mismo, como si fuera algo hecho de carne y hueso?

No pudo contener un gritito ahogado.

Los sacerdotes se quedaron paralizados. Las tres máscaras de animales, grotescas a la luz de las antorchas, se giraron hacia ella.

—¿Quién anda ahí?

Neff se echó atrás y pegó la espalda a la pared. «¡Si me pillan aquí, me meteré en un lío aún mayor!». Intentó volver por donde había venido y ya había recorrido la mitad del pasillo cuando una mano la agarró del hombro. Instintivamente intentó zafarse, pero la mano la apretó aún con más fuerza.

Neff se giró y vio a uno de los sacerdotes *heka*, con los ojos brillantes tras la máscara de carnero.

—¿Qué crees que estás haciendo? —le preguntó él—. ¿Cómo te atreves a espiar un ritual sagrado?

Neff sintió que los huesos del hombro se le deshacían bajo la presión de los dedos del hombre, y gimoteó, consciente de que no había nadie ni en el templo ni en toda la ciudad que pudiera ayudarla. Estaba completamente sola.

—Lo siento.

Cerró los ojos, esperándose el golpe. Las palabras airadas. La promesa de un castigo.

—¡Ah, Herihor! —dijo otra voz, entrecortada y algo áspera—. Veo que has encontrado a mi asistente.

Neff abrió los ojos. La voz procedía de una puerta al final del pasillo, donde se veía a un joven entre las sombras, con un rollo de tela blanca bajo el brazo. Era pequeño y delgado, solo un palmo más alto que la propia Neff. Por su rostro quedaba claro que era mayor que ella, tal vez diecisiete o dieciocho años. Tenía la nariz algo aguileña y unos ojos tan grandes que hicieron pensar a Neff en alguna criatura que hubiera vivido demasiado tiempo en la oscuridad. Pero, a pesar de su aspecto demacrado, la curva de sus labios denotaba amabilidad.

También tenía una mata de pelo oscuro y despeinado, aunque en aquel momento Neff no pensó que aquello ya era un indicio de que había algo muy diferente en él. Al fin y al cabo, ¿por qué, entre tantos sacerdotes calvos, iba a poder conservar el pelo aquel hombrecillo?

—¿Asistente? —preguntó el sacerdote Herihor, aflojando ligeramente la presión sobre el hombro de Neff.

—Sí, últimamente me he visto sobrepasado por el trabajo —dijo el hombrecillo, acercándose con un paso extraño, cojeando ligeramente—. Y no es fácil encontrar buenos ayudantes para el embalsamamiento. ¿No es verdad, maestra...?

—Nefermaat —respondió Neff, sin pensar.

—Sí —prosiguió el hombrecillo, tranquilamente—. La maestra Nefermaat y yo hemos venido a recoger vendas frescas. Debe de haberse despistado mientras yo estaba en el almacén.

—S... sí —añadió Neff, siguiéndole el juego—. Me temo que me he perdido. Soy nueva.

Su rescatador asintió con la cabeza.

—¡Se tarda un tiempo en acostumbrarse al templo!

Herihor se quitó la máscara, revelando un rostro enjuto. Miró al recién llegado con más deferencia de la que se habría esperado Neff.

—Vuestra... asistente —repitió, como si aquella palabra fuera extraña para él.

—¡Desde luego! —dijo el hombrecillo, para rematar el asunto—. Bueno, ahora debo pediros disculpas por interrumpir vuestra... —alargó el cuello para echar un vistazo al interior de la cámara, y Neff también se giró. Los otros dos sacerdotes estaban tiesos como un palo, en silencio. El bastón serpiente no estaba a la vista— comunión con *heka*. Amón sabe lo importante que es hacerlo todo a la perfección. No volverá a ocurrir.

Herihor miró al hombre, luego a Neff y otra vez a él. Por fin asintió y soltó a su presa.

El hombrecillo asintió a modo de saludo, y Neff hizo lo propio.

—Nos vamos, pues —dijo, y le entregó a ella el montón de vendas—. Buenos días, Herihor.

El sacerdote también agachó la cabeza.

—Y a vos, príncipe Bakenamón.

Neff abrió los ojos como platos, pero no dijo nada; se limitó a seguir al hombrecillo pasillo arriba y de vuelta a la planta baja del templo. Al igual que todo el mundo en Khetara, había oído hablar de los trillizos del rey. La historia de su nacimiento divino, asistido por los propios dioses, era una de las que solían contar las madres a sus hijos para hacerlos dormir. El príncipe Meri y la princesa Sita eran más conocidos, ya que eran los que acudían a saludar al pueblo en los eventos y fiestas sagradas, pero el príncipe Kenna, el hermano más distanciado, era más misterioso. Una vez Neff había oído decir al vendedor de papiros del mercado de Bubas que Bakenamón había rechazado la vida en el palacio para poder servir a los dioses como sacerdote *sem*: no como gran sacerdote, sino como embalsamador. El padre de Neff decía que aquello era un cotilleo ridículo.

«Supongo que el vendedor de papiros tenía razón».

Aun así, aquel hombrecillo no parecía un príncipe. Era como si intentara ocupar el mínimo espacio posible, como si estuviera acostumbrado a pasar desapercibido. Pero, aunque no se comportara como un príncipe, era príncipe. De haber sido cualquier otra persona, Neff tenía la sensación de que el sacerdote *heka* no habría dejado pasar la ocasión de castigarla.

—Gracias, mi… mi príncipe —murmuró, dándose cuenta de pronto de que no sabía cómo comportarse—. Os agradezco mucho vuestra ayuda.

El príncipe Kenna se encogió de hombros.

—Tengo debilidad por los inadaptados, dado que yo mismo lo soy. Tú eres la nueva novicia de Montuhotep, ¿no? —Resopló—. Alguien en tu posición necesita toda la ayuda que pueda conseguir.

—¿Cómo lo habéis sabido? —preguntó Neff, atónita—. Acabo de llegar.

—Oh, en realidad es muy simple. Primero, he visto a uno de los criados de Montuhotep corriendo hacia sus aposentos con una jarra de vino, y el gran sacerdote solo bebe cuando está contrariado. Segundo, es evidente por el estado de tu piel que acabas de estar con las *wabet*, lo que significa que acabas de llegar. Tercero, tienes pecas, lo que me hace pensar que has pasado mucho tiempo al sol. Probablemente no seas de clase alta. ¿Hija de un artesano? ¿O de un comerciante, quizá? Es bastante poco habitual que alguien así acabe accediendo al sacerdocio. De modo que una muchacha del pueblo llano es iniciada en el sacerdocio al mismo tiempo que Montuhotep, a quien no le gustan los niños, decide beber. —Se encogió de hombros—. He atado cabos.

Debió de notar el miedo en el rostro de Neff, porque siguió hablando.

—Montuhotep es más ladrador que mordedor, y la mayoría de los otros sacerdotes están demasiado ocupados con su trabajo como para dedicarse a hacerte la vida difícil. Aun así, en el futuro debes ir con más cuidado —dijo, agitando un dedo largo y huesudo en el aire—. Yo no estaré siempre ahí para sacarte de otros líos.

Neff asintió, asombrada ante la capacidad de deducción del príncipe. No parecía encajar con los sacerdotes que había visto hasta entonces, tan serios, elegantes y rectos. Llamaba la atención, era como un buitre entre garzas, pero probablemente no fuera más que un incomprendido.

Por otra parte, a diferencia de otros sacerdotes que había conocido, el príncipe Kenna le inspiraba una sensación de seguridad.

Cuando llegaron a una bifurcación, el príncipe se detuvo.

—Ya puedes devolverme esas vendas. Ve por ahí y gira a la izquierda. Deberías regresar con Montuhotep antes de que se ponga demasiado nervioso.

Neff bajó la vista, miró aquellas vendas y pensó que en realidad no quería devolvérselas. Hacerlo significaría que sus caminos se separarían definitivamente.

—¿De verdad... necesitáis una ayudante?

El príncipe parpadeó, sorprendido.

—Eso no era del todo cierto —dijo con tono de disculpa—. Yo hago casi todo mi trabajo a solas. La mayoría lo encuentra... desagradable.

Neff se imaginó las hojas afiladas y los cadáveres, y tragó saliva, algo nauseada. Aun así, cualquier cosa era mejor que estar sola.

—Yo podría ayudaros con eso —se ofreció, intentando que no sonara demasiado forzado.

—No lo sé —dijo el príncipe—. Montuhotep te necesitará para las clases, y seguro que luego te manda por todo el templo a hacerle recados. Lo hace con todos los novicios. No tendrás mucho tiempo libre. Dudo que quieras pasarlo conmigo.

Se dispuso a marcharse, y a Neff se le cayó el alma a los pies. Pero de pronto recordó las palabras de su padre. «Te rindes demasiado pronto. ¡Lo único que necesitaba esa clienta era que la convencieras un poco más!».

«No dejes que se vaya —se dijo Neff—. Su boca dice no, pero su corazón grita "¡sí!"».

—Me gusta estar ocupada —insistió—. Cuando no esté con Montuhotep, podría ayudaros o buscaros cosas. ¡Lo que necesitéis!

El príncipe Kenna se paró de golpe y se quedó mirándola con interés.

—¿Y tú qué me pedirías a cambio?

Neff vaciló. No podía pedirle que fuera su amigo, pero podía pedirle información.

—Si tengo preguntas sobre la vida aquí, en el templo, ¿me las responderíais?

—¿Y por qué no le haces esas preguntas al maestro?

Neff decidió ser sincera:

—Porque el maestro me asusta. Y vos no.

El príncipe Kenna levantó ambas cejas de golpe y se rio entre dientes.

—Contra esa lógica no puedo decir nada. Como desees. Puedes ayudarme acompañándome a mi cámara y llevando las vendas. Pero deberíamos darnos prisa.

Neff agarró con fuerza las vendas, encantada, y echó a andar a su lado otra vez. Él la miró de reojo.

—¿Por qué tengo la sensación de que ya tienes una pregunta?

—La palabra es la acción —dijo, recordando la frase que ya había oído más de una vez—. ¿Qué significa?

—Ah, sí —respondió él—. Ese es el principio básico de la magia khetarana. Hace referencia a la idea de que las palabras por sí solas tienen un gran poder: cuando pronunciamos las palabras, en muchos sentidos les damos vida. Es parte esencial de toda maldición, de toda bendición, de toda oración. Lo que decimos da forma al mundo.

Una vez más, eso le recordó algo que le había dicho su padre: «Tienes que creer en el producto». Quizá su padre supiera más de magia de lo que pensaba.

—La *heka* se crea con la combinación de objetos, palabras y acciones —prosiguió el príncipe—. La forma en que se combinan para crear un efecto específico es algo que solo saben los que tienen acceso al conocimiento secreto que alberga este templo. Los papiros que hay aquí contienen algo así como recetas de cocina: coge este elemento, muévelo así, pronuncia estas palabras y… ¡ajá! Los dioses aprueban tu petición. Si sabes cómo hacerlo, es tan fácil como respirar. Si no sabes, es como si alguien te pidiera que convirtieras el día en la noche.

Se quedó pensando un momento y añadió:

—Aunque supongo que la realeza somos la excepción. Se dice que, a diferencia de los sacerdotes, que deben estudiar los papiros para hacer magia, los que tenemos sangre real nacemos con la *heka* en nuestro interior. —Soltó una risita—. Yo, de momento, no tengo acceso a esos poderes.

Neff estaba fascinada y deseó tener tiempo para aprender más sobre el asunto.

—¿Cómo es que sabéis tanto de magia si no sois un sacerdote *heka*?

—Cuando accedí al sacerdocio no tenía claro hacia dónde quería orientar mis estudios. Así que estudié todas las ramas.

—¡¿Todas?!

—Por supuesto. ¿Cómo iba a tomar una decisión informada si no contaba con todos los datos?

Neff no tenía respuesta para aquello.

—Eres una muchacha muy curiosa en muchos aspectos, Nefermaat —observó el príncipe Kenna, parándose ante una puerta que debía de dar acceso a su lugar de trabajo—. Tal como te he dicho, no todos los días llega alguien como tú para que el maestro Montuhotep le enseñe las técnicas de los sacerdotes horólogos. Debe de haber pasado algo extraordinario para que te hayan traído ante él.

La pregunta quedó flotando entre los dos.

—Yo tuve... una visión.

En los ojos del príncipe se encendió una chispa de curiosidad.

Se hizo una pausa. Y aquel silencio le trajo de nuevo a Neff las imágenes de sangre y violencia.

Una vez más, el príncipe le leyó el semblante como si fuera uno de sus papiros.

—Estoy pidiendo demasiado —admitió—. Estás cansada. Has tenido un día muy largo.

«El más largo de mi vida», pensó Neff.

—Quizá me lo puedas contar mañana. Estoy seguro de que te puedo encargar unas cuantas tareas mundanas, una vez que haya acabado contigo el maestro.

—Eso me gustaría —dijo Neff, aliviada.

El príncipe asintió.

—Bien —dijo, y le tendió las manos.

Neff tardó un segundo en comprender. En cuanto le dejó el rollo de vendas entre las manos, el príncipe se dio media vuelta y desapareció por la puerta.

Neff estaba exultante, ya ni se acordaba de la angustia que sentía antes. ¡Había dado un primer paso muy importante! Había encontrado a alguien en el templo a quien podía acudir si necesitaba ayuda. O consejo. Alguien en quien, algún día, podría llegar a confiar. Y no era una persona cualquiera... ¡Un príncipe!

La ensordecedora voz del maestro resonó por el pasillo.

—¡Nefermaat! ¿Dónde estás? ¡Es el día de la fiesta, niña! ¡No tengo tiempo para esto!

Neff se paró en seco y volvió a sentir la tentación de salir corriendo de allí.

«No. Te han traído aquí por un motivo. Le prometiste a la gran sacerdotisa que seguirías tu camino. Y ahora le has prometido a un príncipe de Khetara que serás su asistente».

Las últimas palabras de su padre le resonaron en la mente. «No podemos hacer esperar a la diosa».

Con un movimiento lento, se llevó la mano a la cabeza. Estaba lisa y caliente. Aún no la reconocía como parte de su cuerpo, pero quizá un día lo hiciera. Respiró hondo y respondió:

—¡Estoy aquí!

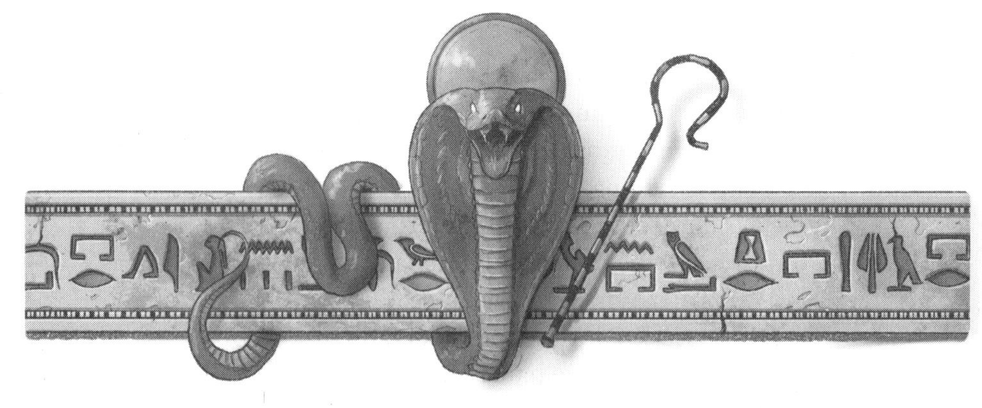

6

SITA

—¿Ya es la hora? —preguntó Sita, ansiosa.

—Paciencia, hermana —dijo Meri—. La fruta madura es más dulce, ya lo sabes.

Estaban sentados uno frente al otro, ante una mesita cerca de la entrada del palacio, esperando a que dieran la señal para empezar la procesión hacia el Templo de Amón. Antes de unirse a la fiesta, Sita y su hermano debían presentar sus respetos ante Bastet como representantes del rey. Ya oía a la multitud congregada frente a las puertas —un murmullo constante de voces emocionadas y tambores— y no veía la hora de unirse a ellos, de lanzarse a la fiesta y dejarse llevar.

La espera era una tortura.

Fijó la vista en el tablero de marfil del juego que había sobre la mesa, entre ellos, intentando concentrarse en el siguiente movimiento. Estaban jugando a perros y chacales, que junto al *mehen* y al *senet* eran sus juegos favoritos desde que eran niños. Tiró los cuatro palos, contó los lados negros y se quedó mirando sus piezas con cabeza de chacal, tratando de decidir cuál mover. Meri ya había conseguido llevar a cuatro de sus cinco perros al agujero *shen*, la «casa» en lo alto del tablero, mientras que Sita solo tenía tres seguros. Al cabo de un minuto levantó las manos en señal de derrota.

—¡Me rindo! No puedo ganar.

Meri estaba recostado en su silla, con una pierna cruzada sobre la otra, tan relajado como tensa estaba ella. Se quedó mirándola, divertido, y chasqueó la lengua.

—Sitamón, Sitamón... Miras el tablero, pero de algún modo no lo ves —dijo, sonriendo. Cogió una de las piezas de su hermana y la movió por el tablero hacia el *shen*.

Sita estudió la nueva configuración del tablero y resopló, irritada. Con ese movimiento, Meri le había allanado el camino a la victoria.

—No seas tan dura contigo misma, hermana —dijo Meri, guiñándole un ojo—. Lo que te falta en estrategia, lo compensas con tu encanto y tu ingenio.

Sita le sacó la lengua, pero era imposible enfadarse con Meri. Desde que eran niños, su hermano siempre había estado ahí, listo para ayudarla. Cuando tenían siete años y cayó enferma por la mordedura de una serpiente, su padre ni siquiera fue a verla, pero Meri estuvo allí en todo momento para cogerle la mano. Cuando Sita no podía dormir, sabía que siempre se podía colar en la cama de Meri, donde se acurrucaban juntos como un par de gatitos. Era Meri quien disfrutaba como ella oyendo historias, quien la ayudaba a escoger la ropa para los banquetes, quien siempre estaba dispuesto a jugar con ella, a cualquier hora.

Él también le sacó la lengua, y se quedaron así, sentados, riéndose, como si uno fuera el reflejo de la otra. Siempre era así: ponían expresiones idénticas y hacían los mismos movimientos, aunque no lo intentaran. A Sita solía molestarle que, a pesar de lo mucho que se parecían, Meri fuera el único que se llevara las alabanzas de la gente. En general, Sita hacía lo que le decían. Meri, por su parte, podía ser muy exigente —era habitual que estallara si no veía satisfechas sus necesidades o si alguien osaba contradecirlo—, pero cuando las cosas iban bien no había nada más maravilloso que sus alabanzas. Era, en todos los aspectos, un príncipe destinado al trono, y en el palacio todo el mundo disfrutaba de su luz.

Sita también.

Meri sonrió con ganas. Sus rasgos eran como la versión masculina de los de su hermana, aunque Sita siempre había pensado que a él le quedaban mejor.

—Ten en cuenta, querida hermana, que esta fiesta suele desmadrarse un poco. En cuanto salgamos del templo…

—Ya lo sé, ¿vale? —lo interrumpió ella—. Madre ya me ha dado la charla. «Viene gente de todas partes… No todos comparten nuestros valores…». —Puso los ojos en blanco—. No necesito que tú también me eches un sermón.

—Vale, vale —dijo Meri—. ¡Basta con que no hagas nada que no haría yo!

Sita resopló burlona.

—Eso me da mucho margen.

Uno de los guardias se les acercó:

—Disculpadme, príncipe. Princesa —dijo, y agachó la cabeza—. Los palanquines ya están listos para llevaros al templo.

Quince minutos más tarde, tras el paseo en penumbra por el camino privado del templo, Sita y Meri se encontraron en el patio abierto del Templo de Amón, hombro con hombro. A su alrededor, bajo un cielo que viraba a púrpura, los sacerdotes y sirvientes esperaban en perfecta formación la llegada de la diosa. Desde su llegada a Bubas, horas antes, Bastet había permanecido en el santuario de Amón, en la cámara sagrada, a la espera del inicio de las celebraciones.

Sita se estremeció, haciendo un esfuerzo por mantener una expresión digna a pesar de las mariposas que le revoloteaban en el estómago. Se sentía vulnerable, expuesta, con su fina túnica y su vestido de malla de cuentas, pero al mismo tiempo estaba también emocionada. Su vida de reclusión en el palacio la había hecho vivir más como una niña que como una mujer, pero esa noche todo iba a cambiar.

Escrutó al grupo de personas que tenía delante y localizó a Kenna junto a unos cuantos sacerdotes *sem* de gesto adusto, que tenían aspecto de no haber visto el sol en años. Salvo por su enmarañado pelo negro, su hermano tenía exactamente el mismo aspecto que ellos. Enjuto, serio, extraño.

«¿Cómo puede ser que compartiera el vientre conmigo y con Meri, y que no tengamos prácticamente nada más en común?».

Él se dio cuenta de que lo miraba y asintió a modo de saludo silencioso. Sita también asintió, conteniendo la irritación que solía sentir cuando su hermano se negaba a cumplir con sus obligaciones como príncipe.

«Si quiere ocultarse aquí, en el templo, de acuerdo. Pero, en días como este, lo menos que podría hacer es estar aquí con nosotros», pensó. Cerró los ojos y procuró pensar en otra cosa. No valía la pena. Esa noche no.

Un murmullo contenido se extendió entre la multitud. Estaba pasando algo. Uno de los sacerdotes *wab* se acercó corriendo al maestro Montuhotep y le susurró algo al oído. El gran sacerdote asintió y le ordenó que se fuera con un gesto de la mano.

Sita frunció el ceño. Nunca le había gustado Montuhotep. Era tan... pulcro. Sí, claro, todos los sacerdotes seguían las mismas normas, pero el gran sacerdote tenía algo diferente. Cada vez que lo veía, con su piel reluciente y su impecable túnica blanca, le daban ganas de arrojarle barro.

A pesar de lo que pudiera sentir ella, Montuhotep era la mano derecha de su padre. Se suponía que los visires debían ser los asesores más próximos al rey, pero todo el mundo sabía que ese papel correspondía únicamente a Montuhotep. Sus interpretaciones de los sueños de su padre, así como sus visiones para el futuro, eran sacrosantas. Nadie podía llevarle la contraria al gran sacerdote sin exponerse a sufrir unas dolorosas consecuencias, en ocasiones permanentes.

Montuhotep se giró hacia el santuario y todo el mundo lo imitó. Sita sintió que se le aceleraba el pulso. La diosa venía de camino.

Solo una persona no se giró hacia la cámara sagrada. Una niña calva, de no más de trece años, con el cuello largo y esbelto, vestida con las típicas ropas de los sacerdotes. Se había quedado rígida al lado de Montuhotep, como si fuera a echar a correr.

Miraba fijamente a Sita.

Sus miradas se cruzaron, y Sita se sorprendió al ver que la niña no bajaba la mirada en señal de respeto. Sita tampoco podía apartar la mirada, a pesar de la inminente llegada de la diosa.

—Sitamón —le susurró Meri al oído.

La mirada de la niña tenía algo intenso, peligroso. Hacía que Sita se sintiera expuesta, como si todos sus secretos quedaran al descubierto. «¿Quién será?», se preguntó, sin dejar de mirarla.

—Sitamón...

Sita sintió que se venía abajo, como si cayera a las profundidades de un pozo. Oyó un rugido, y luego un golpeteo rítmico, como un latido.

«El cordero…».

—¡Sita! —insistió Meri, dándole un codazo.

Sita parpadeó.

—¿Qué?

Meri señaló hacia el centro del patio, donde estaban la gran sacerdotisa de Bastet y su séquito, esperando recibir el saludo del príncipe y la princesa.

—¡Oh! —exclamó Sita, ruborizándose.

Habría jurado que solo había mirado a la niña un momento, pero debía de haber sido más tiempo. «Quizá he pasado demasiado tiempo al sol hoy», pensó. Cuando volvió a buscar a la joven sacerdotisa con la mirada, la niña estaba mirando a la diosa, como todos los demás.

—Concéntrate, por favor —murmuró Meri, sin dejar de sonreír. Agachó la cabeza, y la gran sacerdotisa le devolvió el gesto.

Sita se aclaró la garganta y también saludó. Probablemente Meri ya habría visto a la gran sacerdotisa antes, durante la fiesta de Bastet del año anterior, pero para Sita era la primera vez. La gran sacerdotisa Karo era una mujer imponente, alta y corpulenta, con un rostro anguloso y una piel muy morena y brillante. Pero lo que más llamaba la atención en ella eran los tatuajes de la garganta y los hombros.

Eran *udyat*: los ojos de Horus.

En Khetara no eran habituales las sacerdotisas de alto rango, pero las que había visto Sita compartían todas aquellas marcas. Su tutor le había dicho que las sacerdotisas también solían tener un par de *udyat* en la parte baja de la espalda.

—Esas mujeres son vehículos de los dioses —le había dicho su tutor—, y no deben ensuciarse con los actos de los hombres. Esos ojos son un recordatorio para que todos sepan que los dioses están mirando.

La gran sacerdotisa Karo vio que Sita miraba hacia arriba incluso cuando agachaba la cabeza y la observó con interés. Como si ella y sus muchos ojos pudieran ver en su interior.

—Levantad la cabeza, princesa Sitamón —dijo la gran sacerdotisa—. Ambos podéis acercaros a la diosa.

Sita y Meri se acercaron y se arrodillaron ante la estatua de Bastet, apenas visible tras sus vaporosas cortinas. Sita pensó en las palabras de Nebet en el vestidor.

«Reza a la diosa para que libere a tu padre de ese mal, antes de que sea demasiado tarde».

Sita respiró hondo y cerró los ojos.

Intentó rezar por él. De verdad lo intentó. Pero había un pensamiento que se extendía sobre todos los demás, como una gota de tinta en el agua, impregnando su mente con un único deseo muy específico.

«Deseo ser libre».

Inmediatamente quiso retirarlo.

«No, no, no —pensó, desesperada—. Haz lo que te ha dicho Nebet. No reces por eso. ¿Por qué has rezado por eso? Es una tontería, es egoísta, y...».

Pero el momento ya había pasado. La gran sacerdotisa apoyó una mano en el hombro de Sita, y ella abrió los ojos.

—¡Mujeres de Khetara! —anunció la gran sacerdotisa, levantando los brazos al cielo—. ¡Esta noche celebramos el nacimiento de nuestra diosa! ¡Le rendimos homenaje liberándonos de nuestras cargas y de nuestro silencio, y llenando el cielo con un ruido glorioso! ¡Cuanto mayor sea la fiesta, más estaremos honrando a nuestra señora divina! ¡Que empiece la Fiesta de Bastet!

Al otro lado de las puertas, la multitud emitió un rugido ensordecedor, y Meri se giró para encabezar la procesión. Sita lo siguió entre los enormes pilares, sumergiéndose en las sombras de la puerta de Amón, mientras el corazón le latía con fuerza en el pecho. Cuando salió al exterior olvidó de golpe su metedura de pata con la diosa. Se detuvo, tan sobrecogida por lo que veía que su hermano tuvo que darle un pequeño empujón para que volviera a ponerse en marcha.

Había muchísima gente.

Más allá de la calle flanqueada de esfinges con cabeza de carnero, la multitud se extendía como las aguas de un océano hasta donde alcanzaba la vista. Como hija del rey, había asistido a otras fiestas multitudinarias y travesías en barco. Pero aquello... aquello era diferente. Las fiestas sagradas eran eventos formales, serios, con muchas oraciones y rituales, muy tranquilos. Sin embargo entre la muchedumbre que tenía delante no veía rostros serios ni tranquilidad. Todo era sonido y movimiento, desde los ritmos de los tambores que resonaban en cada rincón de la ciudad a las mujeres que bailaban y le hacían gestos al pasar.

Meri, a su lado, brillaba en la penumbra del atardecer con una luz propia imperecedera como la de una estrella. A él no parecía afectarle nada: ni la presión de su posición ni los mil ojos puestos en él. Él se venía arriba con toda aquella veneración, succionándola como haría un bebé con la leche materna. Sita caminaba un paso por detrás de él e intentaba emular su seguridad echando los hombros atrás y manteniendo la cabeza alta.

Avanzaron lentamente por el camino principal del templo en dirección al río. Iban escoltados por guardias del palacio situados a ambos lados, que protegían a Sita y a Meri de la presión de la gente. Aun así, la multitud se acercaba cada vez más, y el calor que desprendían despertaba una pasión oculta en el alma de Sita, como si llamara a la puerta donde tenía encerrado su deseo e intentara liberarlo.

A cada paso la energía de la multitud iba en aumento. Las mujeres —tanto jóvenes como ancianas— agitaban la melena al ritmo de la música y se levantaban las faldas para mostrar lo que había debajo.

Con razón solo se permitía participar en la Fiesta de Bastet a la gente a partir de cierta edad.

Las mujeres bailaban unas con otras, medio desnudas, mientras los hombres las contemplaban, encantados, lanzando gritos de alegría al cielo de la noche. Sita sintió que se ruborizaba, pero no podía apartar la vista de la carne que la rodeaba, de aquellos cuerpos sinuosos, de los embriagadores movimientos entre las sombras. Pensó en su propio cuerpo, separado del aire de la noche por aquella fina tela, y sintió un gran deseo de arrancársela. De lanzarse a ese mar de ruido, piel y éxtasis.

Debió de desviarse hacia la multitud, porque de pronto se encontró la mano de un guardia en el hombro, guiándola de nuevo hacia el centro de la calle.

—Estoy bien… —empezó a decir, pero no acabó la frase al ver el rostro del guardia.

Femi.

Él la miró a los ojos. Al igual que el resto de los guardias, solo llevaba una *shenti* negra corta, con la cintura ajustada y un elegante plisado que acentuaba su silueta esbelta, felina. Y la frustración de Sita dio paso al deseo.

Él debió de percibirlo. Por el movimiento de su boca, la dilatación de sus pupilas, la repentina tensión en los músculos de su cuello, que parecían decir: «Yo también te deseo».

Sita se acercó algo más a él, lo suficiente para rozarle la cadera con la suya mientras caminaban. El contacto, por leve que fuera, le provocó un escalofrío que le recorrió la espalda.

Enseguida llegaron a la orilla del río, donde el barco del faraón esperaba para seguir la embarcación de Bastet hasta el límite de Tonis, desde donde la diosa emprendería lentamente el regreso hasta su templo en Bubas. A bordo ya había decenas de personas. Varias de las esposas menores y concubinas del rey estaban allí, igual que algunos de los altos funcionarios de palacio y, por supuesto, más guardias. Todos los vitorearon a ella y a Meri cuando se acercaron, y alzaron sus copas en un brindis justo en el momento en que Femi la ayudaba a recorrer la pasarela para subir a bordo.

Alguien le entregó una sonaja, y otra persona le dio una copa de vino. La copa era de color azul cielo, en forma de flor de loto, y encajaba perfectamente en la palma de la mano. Un bosque de manos le tocaban la espalda, los hombros, los brazos. Ahora estaba entre ellos, y veía sus sonrisas brillando a la luz de las hogueras, mientras su nombre resonaba por todas partes.

—¡Sitamón!

—¡Sitamón!

—¡Sitamón!

Las voces eran jóvenes, chispeantes, bellas. Entonces sintió el contacto de unos labios en la oreja.

—Bebe lo que quieras, hermana —le susurró Meri—. Esta es tu noche.

Ella sonrió y le dio un sorbo al vino. Era denso y dulce como la miel. Se lamió los labios. Normalmente no le daban más que un sorbo de vino, y eso en las ceremonias de palacio.

«Esta noche puedo beber todo lo que quiera», pensó, y se bebió el resto. El vino se deslizó por su garganta y la llenó de un calor agradable que se fue esparciendo lentamente por el resto de su cuerpo.

Cuando la copa se vació del todo, extendió el brazo y alguien volvió a llenarla hasta el borde.

Para cuando el barco echó a navegar río abajo, entre las multitudes que abarrotaban las orillas, Sita también había empezado a flotar. Perdió la noción del tiempo. Los cantos, la charla y la música se convirtieron en un murmullo confuso, una expresión de felicidad. Los pies apenas la sostenían derecha, fuera por el balanceo del barco o por el alcohol, o por ambas cosas. Había cuencos de chufas asadas y platos de ciruelas frescas, y cuando Sita mordió la fruta, haciéndola estallar con los dientes, el dulce jugo le goteó por la barbilla. Sentía un cosquilleo por todo el cuerpo con cada contacto superficial, con cada roce de tela contra la piel, con la caricia de la fresca brisa en el pelo. Cantó y rio, agitando su sonaja, uniéndose a la cacofonía de voces hasta que la suya se perdió entre las demás.

Se sentía tan tan bien…

Sita buscó a Femi con la mirada, pero no lo encontró, y temió que se hubiera quedado en la orilla. Pero de pronto, cuando menos se lo esperaba, lo vio allí, delante de ella, no bailando ni bebiendo, simplemente observándola con aquel deseo en la mirada. Ella sonrió, encantada, y se fue hacia él. El vino ya había acabado con sus inhibiciones, así que arrastró a Femi hacia las sombras del camarote vacío del barco. Allí dentro se estaba fresco y no se oía nada, y se encontraban completamente solos, con las jarras de vino y las cestas de fruta aún por comer.

«Gran diosa —pensó, mientras lo tocaba en la oscuridad—, hoy te venero».

Lo empujó hacia la pared y le acarició los músculos del pecho.

«Te abro mi corazón, Bastet, y te rindo homenaje».

Presionó su cuerpo contra el de él, sintiendo su cálido aliento en los labios.

«Te rindo homenaje con mi cuerpo».

—Sitamón —murmuró Femi.

Habrían pronunciado su nombre miles y miles de veces, pero nunca le había sonado así.

«Te rindo homenaje con el placer».

Le pasó los dedos por la mandíbula, por el pelo corto y suave como el terciopelo, hasta llegar a la nuca. Y luego lo besó. Él se quedó allí, saboreando sus besos y murmurando su aprobación.

—Qué dulce —susurró, y tiró de ella, acercándosela una vez más.

Sita sonrió con los labios pegados a la boca de él y aspiró su olor, a sal, a calor y a deseo.

«Te rindo homenaje con todo mi ser».

«Te venero».

«Te...».

Una risita divertida la arrancó del trance, colándose furtivamente en la escena. Sita se echó atrás de golpe.

—¡Meri! —exclamó con un grito ahogado—. ¿Qué estás haciendo?

Su hermano estaba apoyado en la puerta del camarote, con el rostro medio oculto entre las sombras y una copa de flor de loto en la mano. Le dio un buen sorbo y sonrió con inocencia.

—¿Qué pasa? No eres la única a la que le gusta mirar.

Sita sintió que se quedaba pálida. Tragó saliva, sintiéndose desnuda otra vez, pero no en un sentido positivo.

Femi había dado unos pasos, apartándose, y los miraba a los dos, con un gesto de terror mal disimulado en el rostro.

—Pido disculpas, mi príncipe —le dijo a Meri, con la cabeza gacha—. Perdonadme, yo...

Meri agitó la mano, quitándole importancia a sus disculpas.

—Los juguetes de mi hermana no son cosa mía. Sobre todo cuando yo tengo tantos. No pensarás que soy tan codicioso. ¿No, soldado?

—Por supuesto que no, mi príncipe.

Meri echó a andar, pasó junto a Sita y llegó hasta el guardia.

—De hecho, soy tremendamente generoso. ¿O no? —dijo, pasando un dedo con elegancia por el hombro desnudo de Femi.

El guardia se quedó muy rígido, mirando al suelo.

—Sí, mi príncipe —respondió, y una gota de sudor le cayó por la sien hasta la garganta.

—Mmm... —dijo Meri, como si estuviera probando un dulce y decidiendo si valía la pena comérselo o no—. Bien. Ahora sal de mi vista.

Fue algo casi imperceptible, pero Sita vio a Femi soltar aire, aliviado. El guardia se arriesgó a mirarla por última vez —mostrando su arrepentimiento, quizá, o su disculpa— antes de salir a toda prisa del camarote y volver con la multitud.

Sita se agarró el cuerpo con las manos, avergonzada y temblando de rabia.

—¿Cómo has podido hacerme eso? ¿Cómo has podido humillarme así? Sabes lo mucho que significaba esta noche para mí, y, aun así, te ha parecido divertido...

Meri resopló, burlón.

—Te humillas tú solita yendo a por tipos tan vulgares. No es que no le vea el atractivo —dijo, acercándose a ella y acariciándole el pelo con los dedos—. De hecho, he disfrutado bastante viendo que obtenías lo que querías. En cierto modo, ha sido casi como verme a mí mismo. —Le colocó un mechón rebelde tras la oreja—. Tú sabes lo mucho que me gusta obtener lo que quiero.

Sita dio un paso atrás y le apartó la mano de un manotazo.

—Estás borracho.

—Y-tú-también —respondió él, dándole toquecitos en la nariz para marcar cada palabra—. ¿Por qué si no te ibas a lanzar en brazos de uno de los guardias?

—Yo no me meto con tus devaneos —replicó Sita, intentando mantener la verticalidad mientras el barco se balanceaba. ¿O era ella?—. No tienes ningún derecho a interferir en los míos.

Pretendía mostrarse dura, pero solo conseguía dar la imagen de una niña malhumorada.

—Muy bien, muy bien —dijo él, soltando una risotada—. Siento haberte estropeado la diversión.

Sita se cruzó de brazos y se dio media vuelta. Y entonces oyó suspirar a su hermano. Cuando volvió a hablar, el tono burlón había desparecido, y más bien era de disculpa.

—¿Y qué iba a hacer? —le preguntó—. Madre me encargó que te vigilara.

Ella se giró a mirarlo, y él puso morritos. Sita se ablandó.

—No hacía falta que asustaras a Femi de ese modo —le dijo, decidida a seguir mostrándose molesta con él—. No estaba haciendo nada malo.

—Desde luego que tenía que hacerlo. ¿Es que no lo ves? —replicó Meri, rodeándole la cintura con un brazo y conduciéndola hacia la puerta del camarote.

—No, no lo veo.

Meri meneó la cabeza.

—Un día, pronto, seré faraón. Y no solo seré su comandante, sino que tendré a mis órdenes a todo el ejército de Khetara. No le conviene pensar que soy blando. Ese tipo de ideas son como langostas: se multiplican y lo destruyen todo a su paso. Ese guardia, como todos los demás, deben creer con toda su alma que, si siguen vivos, es solo gracias a mi benevolencia.

Sita se quedó mirándolo. Desde luego, el vino le había soltado la lengua. Todo el mundo en el reino sabía que era el sucesor de su padre al trono, pero nunca lo había oído hablar del tema tan seriamente, y, por algún motivo, aquellas palabras no le parecían de su propia cosecha.

—¿Eso quién lo ha dicho? ¿Padre?

—No, él no —dijo Meri—. Semataui —añadió, y en su rostro apareció un gesto de reverencia—. He hecho que me trajeran todas sus cartas de la Casa de la Vida. Nuestro tutor nos ha hablado de él, por supuesto, pero es muy diferente leer sus hazañas de su propia boca. «Si se puede hacer, se hará». Esa era una de sus máximas favoritas. Cuando se proponía algo, conseguía llevarlo a cabo, costara lo que costara. Por eso Khetara alcanzó tal grandeza durante su reinado, y lo mismo ocurrirá con el mío.

«El rey Semataui». El nombre la transportó a las estancias de su tutor, donde había pasado tantas tardes bochornosas repasando polvorientos papiros. Semataui había sido el antecesor de su padre. El Gran Unificador, que asesinó al rey de la Baja Khetara y había unido ambas tierras. Sus hazañas eran legendarias, y todo el mundo en la Alta Khetara, de los mendigos a los príncipes, lo consideraba su héroe.

Meri no era diferente, por supuesto, y había demostrado un gran interés en el antiguo rey desde muy joven. Tenía sentido, dado que estaba destinado a la sucesión. Aun así, aquel fervor con que hablaba de él era algo nuevo para Sita. Ella pensaba que, a pesar de que no estaban tan unidos, Meri habría pedido asesoramiento sobre el cargo a su padre. Al fin y al cabo, Semataui había sido rey en tiempos de guerra, y Khetara había disfrutado de un largo período de paz con el reinado de su padre.

Pensativa, dejó vagar la mirada por el barco y la gente que se divertía a la luz de la luna.

—Mira a toda esa gente, fíjate en cómo se divierten. ¿No te parece suficiente la grandeza de Khetara?

Meri esbozó una sonrisa socarrona.

—Una vez más, hermana, miras pero no ves. Estas fiestas dan alivio a la gente, pero son algo efímero. Esta noche están de fiesta, pero mañana volverán con sus campos yermos y sus hijos hambrientos. Es una venda puesta sobre una herida abierta, una herida que se ha ido comiendo el reino desde los primeros años del reinado de padre. Solo porque no quieras verlo, pasando los días en el jardín de recreo, no significa que no sea verdad.

Aquello le dolió, y se le encendieron las mejillas.

De pronto se sintió fatal. El ruido de la fiesta, que hasta entonces le había suscitado alegría, ahora le provocaba dolor en los ojos. Los tambores seguían el mismo ritmo que el pulso que le latía en las sienes.

La celebración iba bajando de revoluciones. En la cubierta, algunos aún cantaban y bailaban al ritmo de la música, pero muchos se habían retirado entre las sombras, en parejas, y se habían acomodado sobre pieles de animal. En el cielo brillaba una enorme media luna que se reflejaba en el río.

Sita se acabó su vino, aunque tenía el estómago cerrado. Estaba furiosa con Meri, tanto por haberle estropeado el encuentro con Femi como por obligarla a pensar en asuntos de Estado en una noche que se suponía que tenía que ser divertida. Quizá fuera cierto lo que decía, pero en ese momento no le importaba. Solo quería devolverle el ataque, decirle algo que le arruinara la noche como él le había arruinado la suya.

—Tú ya te ves como rey, pero padre sigue muy vivo. No creo que le guste saber que alguien habla de su muerte antes de tiempo, aunque sea el hijo favorito de madre. Muy pronto se curará, así que tendrás que esperar mucho tiempo para seguir los pasos de Semataui.

Meri sonrió con ganas y apoyó su cabeza contra la de ella, como si se dispusiera a confiarle un secreto.

—No —le susurró—. No creo que tenga que esperar mucho.

Sita lo miró y entornó los párpados.

—¿Qué quieres decir? Los sacerdotes lo están curando. Celebran rituales a diario. Yo misma he visto los amuletos.

Meri bostezó y se estiró como un gato.

—Los sacerdotes tienen las mismas posibilidades de curar a nuestro padre que de frenar el avance del río, Sitamón.

—No lo entiendo —dijo ella, meneando la cabeza—. ¿Cómo puedes saber lo que le pasa?

La luna se escondió tras una nube, y el barco se sumió en la oscuridad, iluminado únicamente por las antorchas.

—Lo sé, hermanita —respondió Meri, con el rostro entre sombras—, porque he estado envenenándolo.

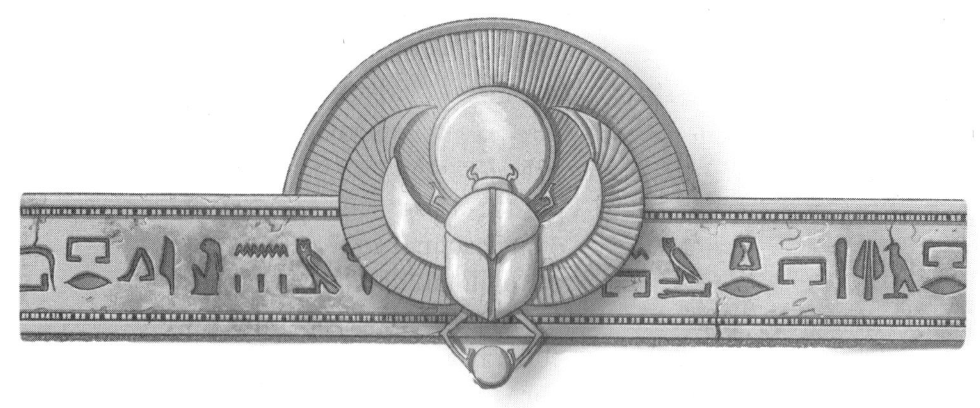

7
KARIM

Nunca se perdonaría lo que ocurrió a continuación.

Karim se quedó inmóvil en la oscura tumba, respirando agitadamente. El chillido de Djet aún reverberaba en el aire rancio de la galería.

«¿Lo has oído?».

Las últimas palabras de Djet resonaban en su mente.

«Viene del ataúd».

Karim levantó la antorcha, en la que aún quedaba un rescoldo encendido, pero la luz apenas llegaba hasta el umbral. Había dejado a Djet en la cámara funeraria. Se habían oído unos golpecitos, luego un ruido de madera rota y luego… «Para ya —se dijo Karim—. Deja de hacer el idiota y ve a buscarlo. Enseguida. El chico podría estar herido».

Respiró hondo para calmarse y bajó la mano que tenía libre hacia el cuchillo que llevaba al cinto. Quizá el chico hubiera sufrido el ataque de un animal: una serpiente o alguna otra criatura del subsuelo.

Aunque eso no explicaba los golpecitos.

Karim volvió a abrirse camino por aquel laberinto de soldaditos.

Quizá hubiera habido un desprendimiento y las rocas le hubieran caído encima.

«Sabes que no es así».

Karim apretó los dientes, intentando controlar su desbocada imaginación. Él era un hombre práctico, pero allí dentro, en la oscuridad, sentía que empezaba a perder el control.

—¿Djet? —susurró, dando un paso más con sumo cuidado. Odiaba hablar con aquella voz tan frágil, tan débil—. ¿Djet?

No hubo respuesta.

Karim volvió a la cámara funeraria, y un olor penetrante a humo y a algo metálico se le coló por la nariz. Intentó controlar la respiración, pero sentía la bilis en la garganta. Djet no estaba por ningún lado. ¿Dónde habría ido? Si se había asustado por algo, quizá hubiera salido corriendo. Karim dio dos pasos más y su antorcha iluminó la gran caja de granito negro y el ataúd del interior. La tapa asomaba por detrás, apoyada en el suelo. Temblando, miró hacia el interior.

El ataúd estaba vacío.

Dio un paso atrás precipitadamente y a punto estuvo de caérsele la antorcha al suelo.

«Es un truco —pensó, buscando explicaciones a toda prisa—. Una trampa khetarana. Tiene que serlo».

Oyó un gemido, tenue y lloroso, procedente de su lado. Bajó la antorcha despacio e iluminó un revoltijo de harapos tirados por el suelo.

Se acercó más.

—No…

Los harapos eran los restos de unas ropas que conocía bien, empapadas de sangre y aún colgando de un cuerpo menudo y tembloroso.

Karim se dejó caer de rodillas junto al chico. No se atrevía a tocarlo. No pudo identificar ninguna herida; daba la impresión de que sangraba por todas partes a la vez. Djet tenía los ojos cerrados y movía los labios manchados de sangre.

—Todo se va a arreglar, ¿vale? —le dijo Karim con delicadeza, aunque ni él mismo se creía sus propias palabras—. Ven, voy a sacarte de aquí.

Quiso agarrar al chico del brazo, pero al sentir su contacto Djet abrió los ojos de golpe. Primero fijó la vista en Karim, allí arrodillado, a la luz de la antorcha, pero luego miró por encima de su hombro.

Karim había presenciado escenas de horror muchas veces. Había oído los chillidos de las ovejas al ser devoradas vivas por los leones. Conocía el llanto de las madres cuando les comunicaban que sus hijos habían muerto en la batalla. Pero nunca había oído un sonido tan estremecedor, tan escalofriante, como el que salió en aquel momento de la garganta del muchacho.

Karim se puso en pie de golpe, temblando de miedo. Luego, aunque tenía la antorcha apenas a un palmo de la cara, sintió un escalofrío en la nuca.

«Está justo detrás de ti. Justo detrás de ti. Justo detrás...».

Echó a correr.

Las imágenes de extraños hombres pintados y de tesoros llenos de oro iban pasando ante él como destellos mientras se abría paso por la oscuridad, con la moribunda antorcha lanzando brasas encendidas por el camino. Se desprendió de ella y al momento tropezó con algo y cayó al suelo en la primera cámara, llena de cosas. No tardó ni un momento en levantarse de nuevo y seguir avanzando a tientas hacia la puerta, con la única orientación del fino haz de luz que entraba por la abertura practicada en el despeñadero. Siguió trepando por el pasaje, pasó con dificultad a través de la abertura y se desmoronó bajo la luz cegadora del sol. Apoyó los codos en las rodillas y aspiró aire fresco desesperadamente. Cuando recuperó el aliento, entornó los párpados y miró hacia el horizonte. El sol estaba más bajo de lo que se esperaba. ¿Cuánto tiempo habían estado ahí dentro? Le habían parecido solo unos minutos, pero...

Djet.

Aquel nombre hizo que casi se le parara el corazón.

«Lo has dejado solo ante la muerte».

Apoyó la cabeza contra la pared de piedra tostada por el sol y la pesada bolsa se le resbaló del hombro. La recogió y la apretó contra el pecho, jadeando. La sensación de culpa era como un puñal que se le clavaba en el vientre.

«No he tenido elección», se dijo. El chico iba a morir de todos modos.

Aun así, lo había dejado morir en la oscuridad de la tumba. Solo.

Se estremeció.

«No, solo no».

Karim había oído rumores sobre la magia khetarana, sobre maldiciones que protegían a sus muertos de los ladrones. Pero nunca había pensado demasiado en ello. Los khetaranos eran un pueblo arrogante, pero no eran idiotas. ¿Qué mejor modo de proteger sus tumbas de los saqueos que difundir historias sobre maldiciones y tormentos?

Era una farsa.

O al menos eso era lo que creía hasta ahora.

Después de lo que había visto en esa tumba, ya no estaba tan seguro.

Ahí abajo se había despertado algo. Algo... maligno. Y nada de eso habría ocurrido si se hubieran ido a casa cuando lo habían propuesto los otros Chacales. Pero Karim sentía algo que lo llamaba, olisqueaba el rastro del tesoro en la brisa, y no había podido dejarlo, como haría un perro con un hueso. No solo eso, sino que se había llevado consigo a Djet.

Se quedó mirando la puerta de piedra y volvieron a invadirlo todos los miedos. Si aquella cosa tenía fuerza suficiente como para matar, sin duda podría escapar de la tumba. Lo que significaba que Karim seguía en peligro..., al igual que todos los demás.

«¿Qué he hecho?».

Apoyó el hombro contra la puerta, intentando desesperadamente colocarla de nuevo en su sitio. Si conseguía sellar la entrada otra vez, aquella cosa quedaría atrapada en el interior y no podría hacerle daño a nadie más.

Sin embargo, por mucho que lo intentara, la puerta no se movía. Abrirla con palancas —y con la ayuda de Djet— era una cosa, pero cerrarla otra vez parecía imposible.

«Tengo que ir a buscar a los otros».

Karim bajó por la pendiente a toda prisa, haciendo caer una cascada de piedrecitas a su paso, y corrió todo lo rápido que pudo hasta el lugar donde había dejado a los otros Chacales.

Babu y Hager estaban descansando, comiendo dátiles secos y dando largos tragos a sus botas de agua. Sus bolsas estaban apiladas en un montón, y la lanza de Babu, clavada en la arena, cerca de allí. Cuando oyeron que se acercaba Karim se pusieron en pie, claramente irritados.

—¿Dónde estabas? —lo regañó Babu, molesto—. ¡Está a punto de ponerse el sol! ¿Es que quieres convertirte en comida para los leones? Tenemos que darnos prisa si queremos llegar a casa a tiempo para la cena.

—Por favor, Babu —dijo Karim, jadeando—. Escucha...

—No, escucha tú, hijo de un perro. Más vale que tengas algo que me compense por esta pérdida de tiempo, o...

—¡Calla, Babu! —le espetó Karim—. He encontrado algo.

Babu dirigió la mirada cruel y penetrante a la abultada bolsa de Karim, a través de cuya abertura se veía un destello de oro.

—¿Qué es lo que has encontrado exactamente? —preguntó, intrigado.

Ahora que podía hablar, Karim no sabía muy bien por dónde empezar.

—He encontrado una tumba como ninguna otra que haya visto nunca. Y... ahí abajo había algo.

—Si has encontrado una tumba... —lo interrumpió Babu, entornando los párpados—, ¿por qué no has venido a buscarnos antes?

—Eso no importa —se apresuró a decir él—. Os enseñaré dónde está. Pero tenéis que ayudarme.

—Hey —dijo Hager de pronto—. ¿Dónde está Djet?

Karim se mordió la lengua. Un halcón graznó en la distancia.

—Sí —añadió Babu con suspicacia—. ¿Dónde está Djet, eh, Karim-sen?

Karim sintió que se le aceleraba el pulso. Aquellos ojos. Aquel chillido. Quiso responder, pero no encontraba las palabras. ¿Cómo iba a explicárselo?

Karim vio que Babu tenía la mirada puesta en la mancha roja de su mano. No era la sangre de Djet, pero ¿qué se suponía que iba a decirles? ¿Que procedía de debajo de una estatua? Babu no se lo creería. Karim tragó saliva y dio un paso atrás, tomando conciencia de la realidad de la situación.

Viendo que Karim no respondía, el gesto de Babu pasó de la irritación a la desconfianza.

—Está muerto, ¿no es así?

Karim juntó las manos frente al cuerpo.

—Sí..., pero lo puedo explicar.

—Oh, estoy seguro de que puedes —dijo Babu, cubriendo la distancia que los separaba—. Habéis encontrado algo en ese valle. Algo tan bueno que querías quedártelo para ti solo. Así que has matado al chico y ahora vienes aquí a engañarnos, a intentar hacernos caer en una trampa, para matarnos también a nosotros. Puede que te creas muy listo, Karim-sen, pero a mí no me engañas.

—¡No es un engaño! Hay un monstruo ahí abajo y ha matado a Djet. ¡Ya sé que no confiáis en mí, pero os estoy contando la verdad!

Babu soltó una carcajada burlona.

—¡Un monstruo! Muy bien, *sen*, esto es lo que vas a hacer —dijo el grandullón, echando mano a la daga que llevaba al cinto—. Primero nos vas a entregar esa bolsa. Luego nos vas a llevar a la tumba. Y después, si haces exactamente lo que te digo, prometo darte una muerte rápida.

Karim retrocedió, con el corazón desbocado.

—Os estáis equivocando —dijo, echando una mirada fugaz a Hager, que había recogido la lanza de la arena y avanzaba hacia ellos, cortándole la escapatoria. Babu se alzaba imponente ante él, como un monolito que proyectaba una larga sombra sobre la arena—. ¡Os lo juro! ¡Las maldiciones khetaranas son reales! ¡Tenéis que ayudarme a sellar la tumba de nuevo, antes de que esa bestia salga y nos mate a todos!

Babu resopló, burlón.

—¿Sellarla? ¿Con el tesoro dentro? ¿Tan tonto te crees que soy? Bueno, ahora me das esa bolsa o te abro en canal y la cojo yo. Hager y yo podemos seguir tus huellas y encontrar la tumba solos. En realidad, depende de ti, *sen*. A mí me da igual que mueras ahora o más tarde.

Karim apretó los dientes y agarró con fuerza la correa de la bolsa.

—Como quieras —dijo Babu, encogiéndose de hombros, y desenfundó el cuchillo.

Para ser tan corpulento, Babu se movía increíblemente rápido. Con un grito gutural echó el cuerpo adelante y lanzó una cuchillada. Karim retrocedió a toda prisa, pero era como intentar evitar a un hipopótamo a la carrera. El primer ataque solo le atravesó la tela de la túnica, pero el segundo le penetró en la carne, haciéndole un corte en el pecho. Karim se plegó en dos, apretando los dientes del dolor, y la herida empezó a sangrar. Pero no tuvo tiempo de pensar en ello. Un momento más tarde Babu le dio una patada en el vientre, y Karim cayó al suelo como una piedra.

Se quedó allí, retorciéndose, sin poder pensar en la herida, puesto que la prioridad era recuperar el aliento. Se giró boca arriba, jadeando, intentando pensar a toda prisa. El dolor era cegador, casi tanto como la luz del sol. Intentó hablar, ganar tiempo, pero lo único que le salió fue un gemido tembloroso. Karim clavó los dedos en la arena.

Babu se acercó a él y envainó el cuchillo.

—Ya no eres tan listo, ¿eh?

El hombretón soltó una risita burlona y le dio otra patada. Karim vio las estrellas y chilló de dolor. Intentó hacerse un ovillo para protegerse de los golpes, pero Babu le puso un pie sobre el pecho para inmovilizarlo. Sintió que las costillas se le hundían bajo aquel peso.

Babu soltó una risita entre dientes.

—Siempre restregándonos tu talento para encontrar tesoros. Bueno, parece que ya no te necesitamos, ¿no? Ese nuevo tesoro debería bastar para vivir cómodamente un buen tiempo.

Levantó el pie del pecho de Karim y se arrodilló junto a él, intentando arrancarle el paquete que había quedado atrapado bajo el cuerpo inerte de su víctima.

—Cuando acabe contigo me parece que voy a darme un festín con alguna de tus hermanitas —dijo Babu, echándole el aliento, caliente y agrio, al rostro—. ¿Qué te parece? Aún no están muy maduras, pero ya están casi a punto.

Al oír aquello Karim se olvidó de su dolor. Con un grito de rabia, le arrojó un puñado de arena a la cara.

Babu reaccionó con un grito de sorpresa y se puso en pie a toda prisa para quitarse la ardiente arena de los ojos.

—¡Te mataré, bastardo...!

Karim irguió el tronco y le hundió en el muslo la hoja de su cuchillo hasta el mango.

La imprecación inacabada de Babu se convirtió en un chillido. Karim volvió a arrancarle el cuchillo y el grandullón cayó al suelo, agarrándose la pierna, cada vez más ensangrentada. Karim se puso en pie, con un brazo alrededor de las magulladas costillas. El movimiento brusco le avivó el dolor, pero el instinto de supervivencia le había aguzado la mente.

Con Babu fuera de combate, Hager se aproximó con la lanza, apuntando directamente al corazón de Karim.

—¡Deja caer el cuchillo o te atravesaré ahí mismo con la lanza! —gritó, aunque su voz apenas se oyó entre los aullidos agónicos de Babu—. ¡No creas que no lo haré!

Karim se humedeció los labios. Hager era un cobarde; si fuera a matarlo ya lo habría hecho. Aun así, no iba a ponerlo a prueba. Dejó caer el cuchillo ensangrentado.

—¡Ahora dame la bolsa! —le ordenó Hager.

—¡Mátalo, idiota! —rugió Babu desde el suelo, escupiendo saliva al hablar—. ¿A qué estás esperando?

Karim miró de nuevo la pierna ensangrentada de Babu y luego el brillo de la lanza que lo apuntaba, apenas a una braza de distancia. La punta temblaba ligeramente.

—Muy bien, tranquilo —dijo, y dejó caer ligeramente la correa de su bolsa del hombro para agarrarla entre las manos.

Babu dejó de chillar por fin y lo observó, desconfiado, con unos ojos que destilaban odio. Hager asintió y le indicó con un gesto que se la entregara.

—Agárrala —dijo, lanzándole el paquete a Hager. Este, sorprendido, dejó caer la lanza para agarrarla al vuelo. En ese mismo instante Karim se echó adelante de un salto, apretó el puño y conectó un directo que le dio a Hager en la sien izquierda.

Se vino abajo, y, antes incluso de que tocara el suelo, Karim ya había echado a correr. Recogió su bolsa y su cuchillo, y se alejó de allí todo lo rápidamente que le permitían las heridas de su cuerpo. Babu se quedó donde estaba, maldiciéndolo y lanzándole todos los insultos conocidos —y algunos que Karim nunca había oído—. El grandullón estaba tan rabioso que de algún modo consiguió ponerse en pie y lo persiguió durante un trecho, algo impresionante, dada la cantidad de sangre que le salía de la pierna.

—¡No podrás volver por aquí nunca más! —le gritó Babu, cada vez más de lejos—. Le contaré a todo el mundo lo que has hecho. ¡Si pones el pie en cualquier tribu, sea donde sea, lo sabrán! ¡Y cuando te encuentre, te rajaré la garganta de oreja a oreja, como a un perro, que es lo que eres!

Karim no dejó de correr.

—Eres hombre muerto, ¿me oyes? —siguió gritando Babu, aunque ya casi no podía oírlo—. ¡No eres nadie! ¡No eres nada!

Cuando se atrevió a girarse de nuevo, Karim no vio ya ni rastro de Babu.

Llegó un punto en que ya no podía correr, y caminó. Y cuando ya no tuvo fuerzas ni para caminar, siguió adelante de todos modos. Si no seguía adelante, corría el peligro de que los otros le dieran caza.

Por la posición del sol, sabía que iba en dirección al río, hacia los confines del reino de Khetara. Allí tampoco sería bienvenido, pero su única posibilidad de supervivencia era encontrar algún tipo de refugio.

A partir de entonces se hizo el silencio. El desierto se extendía en todas direcciones en enormes dunas ininterrumpidas, y aunque Karim había vivido toda su vida en las Tierras Rojas, sin la tranquilizadora compañía de los suyos el desierto se convertía en un lugar imponente.

Las costillas le dolían mucho y el calor era aún peor, pero nada comparado con su sensación de culpa. Karim se cambió la bolsa de hombro, y el peso de los tesoros le recordó el alto precio que había pagado por ellos.

«¿Ya has decidido qué harás con tu parte de las riquezas?».

Mientras caminaba, Karim se imaginó a los Chacales regresando al campamento, donde habría una chica esperando a Djet. Se imaginaba a Babu diciéndole que el muchacho nunca volvería a casa. Djet ya no le regalaría un frasco de aceite de jazmín, ni un bonito vestido. Y al pensar en el dolor de aquella chica, Karim sintió que los tesoros que llevaba en la bolsa pesaban más a cada paso que daba.

Karim siguió caminando hacia el este, con el sol a la espalda, en dirección a la frontera de Khetara. Babu había dejado claro que no podía volver al campamento, así que su única opción era encontrar a alguien que lo quisiera acoger. Pensó en su madre y en sus hermanos. ¿Qué dirían los Chacales de él al resto de los anen?

«Dirán que los he traicionado».

«Que he abandonado a mi familia».

«Que soy un asesino».

Su madre no los creería. Pero ¿qué importaba eso? No solo se convertirían en el blanco de las críticas de todos, sino que habrían sufrido otra pérdida.

Pensó en la rabia de su hermano, en el dolor de sus hermanas, en la fortaleza estoica de su madre. Ya había soportado muchas cosas; ahora tendría que soportar aquello.

Tampoco podía dejar de pensar en Djet. Había momentos, mientras trepaba con dificultad por un lado de una duna y bajaba por el otro casi cayéndose, en los que casi sentía la presencia del chico caminando a su lado. Resultaba reconfortante, hasta que recordaba que en realidad Djet no estaba allí.

Pero los pensamientos más duros eran los que le traían a la memoria aquel despeñadero lejano y la puerta, abierta lo mínimo imprescindible para permitir que lo que fuera que acechaba allí dentro saliera al exterior.

Todo había ido tan mal y había sido tan rápido…

Una ráfaga de viento le arrojó arena al rostro y tosió. Aquello le produjo un dolor insufrible.

Usó la tela de su turbante para protegerse el rostro de los elementos y dejó solo los ojos a la vista. Le dolía todo el cuerpo, convertido en un saco de huesos sueltos, y estaba seguro de que tenía al menos una costilla rota, si no más. La herida del puñal ya había dejado de sangrar, pero las telas se le pegaban a la sangre. En algún momento tendría que separarlas de la costra para vendarse el corte. Solo de pensarlo se mareó un poco, y tuvo que parar un momento a descansar.

Lo cierto era que no tenía ni idea de a qué distancia podía estar el poblado más cercano. Podía ser una hora o podían ser siete. Lo primero significaría su salvación. Lo segundo…

«¡Si alguien puede hacerlo eres tú!».

Era casi como si Djet estuviera allí mismo, susurrándole al oído.

—¿Estás seguro de eso? —respondió Karim, con la voz ronca—. Porque ahora mismo las cosas no pintan demasiado bien, *sen*.

No tenía comida, ni agua, y sus esperanzas eran muy muy escasas.

Pasó más tiempo, y el sol se hundió en el horizonte, fundiéndose en un espejismo que se extendía por todo el paisaje. Karim se humedeció los labios, secos y agrietados. La ilusión óptica le recordó las relucientes aguas de la orilla de un río. Pero había vivido lo suficiente en las Tierras Rojas como para saber que eso no era más que un cruel truco que solía hacer el desierto a los moribundos.

Karim llegó a lo alto de una duna y estaba a punto de bajar por el otro lado cuando las piernas cedieron bajo su peso. Gritó, cayó hacia delante y bajó rodando hasta la base, donde quedó tendido boca arriba.

Estuvo a punto de no levantarse. Habría sido muy fácil quedarse allí. Abandonarse y ceder al sueño. Desde luego, era lo que le pedía el cuerpo. Sí, habría acabado devorado por los leones, pero... ¿tan malo sería? Estaba a punto de cerrar los ojos cuando la voz de Djet lo llamó de nuevo:

«¡Mira, Karim-sen!».

—Déjame en paz, chico —murmuró Karim, escupiendo arena—. ¿No ves que estoy intentando morir?

«¿Qué es lo que ves?».

Djet no iba a dejarlo en paz, ni siquiera en la muerte. Karim gruñó e hizo un esfuerzo para ponerse en pie, soltando una risita desquiciada. Miró a su alrededor.

—¡No veo nada! —gritó, rodeado del vacío más absoluto—. ¿Me oyes? Nada a mi espalda, nada delante, solo una inútil extensión de...

Fue entonces cuando lo vio, tan claro como el día, entre las dunas del horizonte. Una pequeña estructura de piedra, medio en ruinas, con varias columnas rotas que parecían dientes serrados.

—No puede ser —susurró, y emprendió la marcha hacia aquella construcción con fuerzas renovadas.

Al acercarse casi se esperaba que se desvaneciera, como si fuera otro truco de la luz, pero no fue así. Y al cabo de un rato se encontró justo enfrente.

Aunque estaba en ruinas, aquella construcción debía de haber sido majestuosa en su tiempo, con sus bloques de caliza gris cortados y apilados con precisión. Las paredes exteriores tenían magníficas tallas grabadas: flores de loto, leones rugiendo, grandes figuras humanas con cabeza de animal y las extrañas inscripciones khetaranas.

Pero lo mejor de todo era el pozo.

Quizá no tuviera más que una braza de diámetro, pero Karim

tuvo la sensación de que debía de haber agua en el fondo. Apoyó la mano en la pared, sin acabar de creerse que fuera de verdad. Aquel edificio en ruinas era un refugio perfecto para pasar la noche. Así podría descansar, llenar la bota con agua del pozo y seguir luego su viaje por la mañana, antes de que hiciera demasiado calor.

Estaba tan emocionado que no se fijó en las huellas en la arena. Ni en el montón de huesos de animal quemados. Ni en el olor a humo en el aire.

Así que se sorprendió bastante cuando oyó un gruñido de perro y algo afilado que le daba un golpecito en la espalda.

—Un solo movimiento equivocado —dijo una voz hosca— y te atravieso.

Karim suspiró y levantó las manos en señal de rendición.

—¿Me creería si le digo que es la segunda persona que me dice eso hoy?

—Gírate. Lentamente.

Karim lo hizo. Ante él tenía un perro negro con el morro largo y orejas puntiagudas, y un anciano de cabello gris que bien podría haber sido esculpido con la misma piedra que tenía detrás.

Tenía el rostro anguloso, la nariz ancha y un espeso manto de pelo blanco que le cubría todo el cuerpo. Podría haber sido perfectamente uno de los miembros de su tribu, de no ser por la entonación khetarana al hablar. Los khetaranos solían mantener el cuerpo afeitado y la piel suave, pero daba la impresión de que ese hombre había dejado de hacerlo mucho tiempo atrás.

—Hey, no voy armado —dijo Karim—. No soy más que un viajero en busca de refugio.

—Por aquí no pasan muchos viajeros. La mayoría son delincuentes —le espetó el hombre, examinándolo con el ceño fruncido. Su desconfianza era evidente.

El perro olisqueó las manchas de sangre de la ropa de Karim.

—Ya sé que esto no da muy buena imagen —dijo Karim, apartando la mano cuando el perro empezó a lamérsela.

—¿Lo sabes? —El hombre chasqueó los dedos para llamar a su compañero canino—. Behkai, aquí. —El perro gimoteó, pero volvió a su lado.

—Sí. Le prometo que no tengo intención…

La bolsa se le resbaló del hombro, y el gran amuleto en forma de escarabajo que había arrancado del ataúd del rey cayó por la abertura, aterrizó de lado, rodó lentamente trazando un círculo y acabó justo entre los dos.

Karim tragó saliva.

—Puedo explicarlo.

El hombre no respondió. Se quedó mirando la piedra azul tirada en el suelo como si fuera un trozo de cielo caído a la tierra.

—¿Sabe? —dijo Karim—. Estaba caminando por ahí y de pronto me encontré esa piedra ahí tirada...

El hombre se olvidó de su lanza y se agachó a recoger el amuleto. Pasó los dedos por las inscripciones, frunciendo el ceño.

—¿Cómo osas mentirle a un sacerdote?

Karim se quedó mirando a aquel anciano rudo y peludo y parpadeó.

—¿Usted es sacerdote?

El hombre levantó la vista del amuleto y miró a Karim con ojos amenazadores.

—Sí, y tú eres un saqueador de tumbas. —Dio un paso adelante y agitó la piedra frente al rostro de Karim—. Y si me dices de dónde has sacado esto realmente, te dejaré vivir. Cuéntamelo todo, y quizá hasta te dé comida y un sitio donde dormir.

Por el oeste el sol por fin se hundía en el horizonte, sumiendo todo el desierto en la oscuridad casi de inmediato, como si alguien hubiera soplado la llama de una vela.

«¿Qué vas a hacer?», le susurró la voz de Djet.

Karim miró al sacerdote y asintió.

«Pues lo que hacen los Chacales, *sen* —pensó—. Sobrevivir».

—Trato hecho.

Esa noche, Karim se sentó con el sacerdote junto a la hoguera en el patio del edificio, bajo un techo de estrellas. El religioso le había dado agua de su pozo, tanto para beber como para lavarse las heridas. El aire fresco de la noche era como un bálsamo, un alivio para la piel quemada y los músculos doloridos. Le explicó sus heridas al anciano diciéndole que había tenido un «desacuerdo» con un amigo, y afortunadamente el sacerdote no le pidió más detalles.

De unas cámaras que Karim supuso que formaban parte de la vivienda del sacerdote, el hombre llevó unos trozos de pan rústico, un puñado de cebollas blancas y una jarra de cerveza. Karim no perdió un momento y se puso a comer enseguida. Estaba hambriento. Era una comida sencilla, como las que solía comer en casa, exactamente lo que necesitaba. En cuanto la dulce cerveza y el nutritivo pan le llenaron el estómago, se sintió renacer. El perro, Behkai, se había puesto cómodo a su lado, contemplando la comida que tenía en el regazo y relamiéndose. La cabeza ya no le daba vueltas, y sentía la mente muy clara. Y con esa claridad de mente, llegaron las preguntas.

—Bueno, Pasenhor —dijo, esforzándose en pronunciar el extraño nombre que le había dicho el sacerdote—. ¿Vive usted aquí, en este lugar?

—Llámame Pa —respondió el sacerdote—. Y sí, vivo aquí. Aunque más que mi casa es un templo. La Casa de Janum, aunque estoy seguro de que eso te dice bien poco —añadió, resoplando—. A ti y a la mayoría de los habitantes de Khetara, desgraciadamente.

—Janum —repitió Karim. Era una palabra con peso, que le llenaba la boca—. ¿Es uno de sus dioses?

Pa asintió.

—Uno de los más antiguos —dijo, señalando una pintura algo desgastada de una figura con cabeza de carnero. La figura sostenía una vasija de la que fluía agua hacia el río—. Dios del Iteru, el Divino Alfarero, el que se sienta ante el gran torno y da forma al hombre con arcilla, y lo pone en el vientre de nuestras madres y en el camino del destino.

Hizo una pausa y dejó vagar la mirada hacia las sombras del santuario, más allá del patio.

—En este templo se conserva un oráculo que Janum entregó a nuestro pueblo hace mucho mucho tiempo. Un antiguo rey lo dejó aquí para que estuviera protegido, de forma que cuando llegara el momento, la palabra de Janum se recordara y el pueblo de Khetara siguiera sus instrucciones.

Resopló y escupió un resto de comida en la hoguera.

—Si este Janum es tan grande, ¿por qué ya no lo venera su pueblo? ¿Por qué ha caído en el olvido este templo, para todos salvo para usted?

Pa dejó de masticar y lo miró.

—En primer lugar, es cosa del tiempo. Janum es uno de los dioses antiguos, y la gente es voluble. Los dioses se ponen de moda y caen en el olvido, como las tradiciones o los vestidos de las mujeres. A lo largo de las últimas generaciones Amón ha pasado a ocupar un lugar prioritario en el norte, y Ra, en el sur. Amón también puede tomar la forma de un carnero, pero Janum es el dios con cabeza de carnero original. El auténtico cordero. La gente se olvida de eso.

Karim no hizo comentarios, con la esperanza de que Pa siguiera hablando. A pesar de los sentimientos que le suscitaban los khetaranos, la historia del sacerdote lo tenía fascinado. Y estaba claro que el anciano tenía más cosas que decir:

—El rey actual tampoco ha ayudado mucho en eso. Bajo el reinado de Amenmose, el reino se dirige hacia su perdición. ¿Sabes cuándo fue la última vez que vino aquí alguien de los poblados vecinos a presentar sus respetos? Por lo menos hace una estación. ¡O quizá dos! —Meneó la cabeza—. El rey se cree que sus tres hijos y la curiosa historia de su nacimiento legitimaron su reinado, pero hay muchos khetaranos que aún creen...

Pa se detuvo y esbozó una sonrisa burlona. Luego señaló a Karim con un dedo nudoso.

—Eres muy listo, ¿verdad, muchacho? Intentas que dé rienda suelta a mis frustraciones y que siga hablando toda la noche. Probablemente querrías que te dijera dónde puedes encontrar más tesoros khetaranos. No, no. El trato era que yo hago las preguntas y tú respondes. Si no te gusta, tengo una lanza muy afilada con la que puedes entenderte.

Una vez más, Karim levantó ambas manos en señal de rendición y no dijo nada.

Pa volvió a llenarse la copa de cerveza. Y, tras un momento de duda, llenó también la de Karim.

—Bueno, ahora cuéntame cómo diste con este escarabajo —dijo, observando el amuleto de lapislázuli que tenía en la mano.

Karim se estremeció al sentir el contacto del aire frío de la noche en la nuca.

—Descubrí una tumba antigua en un valle, al oeste de aquí. Estaba oculta en la pared de roca, intacta desde hacía siglos, quizá más. Yo no sé mucho de los khetaranos, pero he visto suficientes tumbas como para saber que esta era antigua, y no solo eso, sino que era la tumba de un rey.

Esperaba que el sacerdote se mostrara sorprendido con aquella revelación, pero Pa parecía simplemente confundido.

—Es... inquietante —dijo, estudiando la piedra.

—¿El qué?

—Hace muchos años que soy sacerdote. Desde el reinado de Semataui. Pero antes de la unificación estudié para ser escriba. Me fue muy útil, no solo para poder leer y escribir bien las palabras de los dioses, sino para aprender la larga historia de Khetara. Uno de los documentos que tuve que escribir durante mi época de aprendizaje fue una lista completa de todos los faraones khetaranos. Como puedes imaginar, es una lista larga, muy útil como práctica de caligrafía para cualquier escriba. Escribí el nombre de cada uno de los faraones y los memoricé todos. Esto —prosiguió, señalando la forma ovalada tallada en la piedra— es un *shenu*. Es un círculo de protección que dibujamos en torno al nombre de nuestros reyes. Los nombres tienen un gran poder y deben ser protegidos a toda costa. Si el mal llega a conocer tu nombre, puede hacerte mucho daño.

Karim acercó la cabeza para ver mejor la piedra a la luz de la hoguera.

Había cuatro símbolos: lo que parecía un paño doblado, una hogaza de pan, una línea en zigzag y un buitre.

—¿Así que la palabra que está dentro del círculo es el nombre del rey que fue sepultado en esa tumba? Me lo estaba preguntando.

—Así es —confirmó Pa—. Se llamaba Sethnajt —añadió, frunciendo los labios—. Solo hay un problema.

—¿Y cuál es?

—Que nunca ha existido un rey que llevara ese nombre.

Ahora era Karim el confundido.

—Debe de haber algún error.

—No hay ningún error. Los khetaranos somos famosos por nuestra precisión en el registro de datos. Sabemos cuánto grano se cultivó hace cincuenta temporadas y cuántos leones mató el faraón el día de su decimonoveno cumpleaños. ¿Tú crees que íbamos a olvidarnos de todo el reinado de un rey? No es posible. —Vaciló, pensativo—. A menos que...

—¿A menos que...?

—A menos que lo borraran de la historia a propósito.

—¿Por qué iba a hacer nadie algo así?

Pa se encogió de hombros.

—He oído rumores de faraones eliminados de los registros históricos, pero nunca pensé que se pudiera hacer. Un rey tendría que haber hecho algo realmente indigno para merecer ese castigo... —Giró la piedra y la miró atentamente; le limpió el polvo con la mano—. Aquí hay algo más. Algo borrado, pero aún legible.

Karim sintió un escalofrío.

—¿Qué dice?

—«Este es el corazón de un rey» —respondió Pa, que levantó la vista y miró a Karim—. Esto es una magia extraña, ladrón. Necesito saber más. Si fuera más joven, viajaría al Gran Templo de Amón en busca de respuestas. Allí es donde se guardan los registros más antiguos de Khetara. Si queda alguna prueba de tu faraón perdido, ahí es donde puede estar. —Suspiró—. Pero no soy joven. El viaje es largo y arduo. No creo que pudiera hacerlo. Así que de momento tendré que saciar mi curiosidad con lo que sea que sepas tú. Cuéntame: ¿qué más has visto en esa tumba?

Karim pensó en la estatua que sangraba, en el extraño dios junto a la pared de la tumba, en la criatura que había despertado. Si le contara lo sucedido a Pa, quizá él lo entendería. Quizá sabría qué hacer.

«¿De verdad vas a confiar en un khetarano así, de buenas a primeras?».

Karim nunca se había sincerado con nadie, y mucho menos había confesado un secreto de ese calado. Pa parecía un buen hombre, un hombre de honor, pero no dejaba de pertenecer al pueblo del río, y Karim sabía que no debía bajar la guardia tan fácilmente. ¿Qué pensaría el sacerdote si le hablaba del monstruo que había despertado? ¿Lo creería? ¿O haría como Babu y pensaría que simplemente estaba buscando una tapadera para sus actos criminales?

«No —pensó—. Creo que ya he confesado bastante por una noche».

—Estoy muy cansado —dijo, a modo de excusa—. ¿Qué tal si respondo a sus preguntas mañana, después de dormir un poco?

—¿No es un poco pronto para un jovencito como tú? —replicó Pa, refunfuñando.

—Bueno, he perdido mucha sangre. Y he estado a punto de morir en el desierto, así que…

—¡Bah! —exclamó el sacerdote, contrariado—. Muy bien. Duerme. Behkai mantendrá alejadas las serpientes. ¿Verdad, chico?

Behkai tenía la boca abierta y la lengua colgando fuera. Le brillaban los dientes.

—Bueno, parece que le gustas —dijo Pa, cruzándose de brazos—. Eso ya es algo.

—¿Usted va a dormir dentro? —preguntó Karim, haciéndose un sitio sobre el suelo, con la bolsa como almohada.

Pa atizó el fuego con la punta de su lanza, haciendo que las brasas se encendieran.

—No, me voy a quedar aquí un rato, para asegurarme de que no intentas ninguna estupidez.

—¿Está seguro de que no es porque disfruta de mi compañía?

El sacerdote soltó un bufido.

—No abuses de tu suerte, ladrón. No tendría ningún problema en rebanarte el pescuezo y darle tu cuerpo como cena a Behkai.

Karim cerró los ojos y sonrió. Pensaba que con el calor del fuego y la barriga llena conciliaría el sueño enseguida, pero Pa y Behkai llevaban ya mucho tiempo roncando y él seguía despierto. Se giró a mirar el amuleto, apoyado en un trapo que había llevado Pa para limpiarlo. Y lo hizo pensar en aquel valle solitario y desolado, y en la puerta abierta de la tumba.

—Sethnajt —susurró Karim, e inmediatamente lamentó haber pronunciado el nombre. Más que a nombre, le sonaba a maldición.

8

RAE

La mañana siguiente Rae se despertó con ganas de luchar. Su padre ya estaba en pie, había desayunado y había atendido a los cebús mientras ella dormía.

—Tenemos mucho que hacer —dijo cuando vio salir a Rae, medio adormilada, entornando los ojos para protegerse de la luz del sol que entraba por la ventana—. Si queremos tener alguna posibilidad de cosechar grano suficiente para pagar el diezmo del rey, tenemos que trabajar del alba al anochecer.

Rae soltó un gruñido, imaginándose cómo se pavonearía Buto al ver que no se presentaba. Se moría de ganas de aplastarle aquella cara de engreído contra el polvo, de mirar a los ojos a todos esos amigotes suyos tan arrogantes y...

Apretó el puño.

«Hoy no».

Su padre le tiró un mendrugo de pan y se puso a trabajar tras haberse fijado la hoz al muñón.

Rae resopló y le dio un bocado al pan rancio.

—Agh —exclamó, tragando con dificultad y yendo en busca de la jarra de agua—. ¿Al menos tengo tiempo de ir adonde el panadero y traer pan fresco?

—Está bien —dijo su padre, irritado—. Pero no tardes mucho. No tenemos tiempo que perder.

Ankhu tenía profundas arrugas en el rostro y unas oscuras ojeras. No era en absoluto un viejo, pero las últimas dos estaciones había envejecido considerablemente. Habían sido muy duras, y daba la impresión de que la vida iba a volverse aún más dura. Rae sintió un pinchazo de miedo.

Se lavó con agua fría de la palangana, se recogió el pelo con una cinta de tela y pasó junto a su padre en dirección a la puerta.

—No empieces sin mí —le advirtió—. No quiero que te hagas daño intentando hacer más de lo que puedes.

Su padre la miró con desdén.

—No soy yo el que va a la ciudad y se pelea con todos los hombres que encuentra, ¿o sí?

Rae se quedó paralizada y las mejillas se le tiñeron de rojo.

—¿Cómo sabes eso?

Su padre se rio.

—Me quitaron la mano, hija mía, no los ojos y los oídos. Tendría que ser un tonto para no ver lo que está pasando. ¿Cuántas veces puede tropezar alguien con una piedra y caer de bruces?

—Oh. —Rae casi no se atrevía a mirarlo a los ojos—. ¿Estás... estás enfadado?

Su padre suspiró.

—Tu madre..., que viva para siempre en el oeste..., era una mujer muy dulce. Desde luego, esa beligerancia no la has heredado de ella.

Rae miró por encima del hombro de su padre, en dirección al pequeño santuario que había en la esquina de la casa. Había un altar de ofrendas ante un pedestal de adobe con un busto de su madre en piedra caliza. A su muerte, Ankhu había vendido un bonito anillo de plata que le había regalado el rey Rahotep y se había gastado el dinero en aquella talla.

—Tú tienes sus ojos y su sonrisa —prosiguió su padre—. Pero lamento decir que el resto lo has sacado de mí. Puede que hoy en día no sea gran cosa, pero hubo una época en la que yo también tenía el fuego en el vientre. En que no veía la hora de lanzarme a la guerra con una espada en la mano y enfrentarme al enemigo. —Se ajustó la hoz al brazo con una mueca—. Pero ese fuego se extinguió hace ya tiempo. Aun así, no puedo culparte por alimentar el tuyo. Así que no, no estoy enfadado.

Rae exhaló, aliviada.

—Gracias, padre.

—Eso no significa que perdone tu comportamiento —añadió, muy serio—. Desde la unificación, Sakesh no es segura, y cada vez lo es menos. Ya puedes tener bastantes problemas sin que vayas a buscarlos. Encuentra otro modo de aplacar tus pasiones, Raetaui. No puedo perderte a ti también. ¿Lo entiendes?

Rae asintió, avergonzada.

—Sí, padre.

—Bien. Ahora ve a por el pan, y date prisa.

Tras un viaje a toda prisa a la ciudad, Rae regresó a la granja con dos hogazas aún calientes en la bolsa. Recorrió la orilla del río pensando en la conversación que había tenido el día antes con Omari. Su rabia se había consumido durante la noche, dejando tras de sí las brasas de la preocupación.

Él le había hablado con pasión sobre su «grupo organizado» de hombres dispuestos a luchar por la Baja Khetara. Pero era un bobo…, un bobo al que adoraba, pero un bobo de todos modos. Un grupo de granjeros y artesanos no podrían hacer nada contra el inmenso poder del trono. Solo conseguiría que lo mataran.

Rae meneó la cabeza al pensar que alguien tan equilibrado como Omari pudiera caer en esa trampa. «¿No se supone que soy yo la inconsciente?», se dijo. Pero claro, la vida en Sakesh era muy dura, y cada uno la afrontaba como podía.

«Él siempre ha estado ahí para evitar que yo hiciera tonterías —pensó—. Ahora debería ser yo quien hiciera lo mismo por él».

Cuando acabara la cosecha, iría a verlo a la carpintería. Seguro que, si se lo exponía con calma y de forma lógica, Omari vería que tenía razón y abandonaría sus planes.

Estaba acercándose a una de las granjas vecinas cuando oyó voces airadas.

—¿Es que no tenéis corazón?

Reconoció aquella voz como la de Baki, el pastor que trabajaba aquella tierra. Baki era un hombre muy tranquilo, así que Rae se sorprendió al oírlo hablar con tal vehemencia.

—¿No tenéis compasión? Tengo esposa, niños que aún llevan la trenza de la juventud. ¿Vais a dejar que se mueran de hambre?

Rae se paró en el camino, al final del campo del pastor, donde pastaban tres docenas de ovejas. Más allá, junto a la casa, había un grupo de personas. Baki agitaba su largo cayado de pastor con una mano, pero los otros estaban de espadas a Rae. Aun así, supo de quién se trataba. El barco del nomarca estaba fondeado junto a la orilla, y su vela con la imagen de la cabeza de carnero ondeaba al viento. Se acercó unos pasos más para oír mejor lo que decían.

—Vigila esa lengua, a menos que quieras desprenderte de ella —replicó el nomarca—. Es muy sencillo, así que te lo diré otra vez, más lentamente para que lo entiendas. Pagarás el impuesto del rey y nos entregarás la mitad de tu rebaño dentro de dos días. El bienestar de tus mujeres y de tus hijos es tu problema, no el mío.

—¡El impuesto del rey! —exclamó el pastor—. ¿Cuándo fue la última vez que el rey Amenmose observó el Shemsu Hor y vino a visitar Sakesh? ¿Cómo podemos saber que no nos estáis robando nuestro modo de vida en su nombre? Hay quien dice que está enfermo, que la muerte se le acerca lentamente, que no es más que cuestión de tiempo...

No acabó la frase.

Rápido como el rayo, el nomarca echó mano a un látigo de cuero que llevaba al cinto y atizó a Baki en el rostro. El pastor soltó un grito y su bastón cayó al suelo. Asustadas, algunas de las ovejas balaron y se dispersaron.

—De rodillas —dijo el nomarca, dirigiéndose a sus hombres. Casi parecía aburrido.

Dos de los miembros de la guardia se adelantaron, agarraron al pastor de los brazos y lo obligaron a arrodillarse.

Rae apretó los puños junto al cuerpo.

«Padre te está esperando en casa», se dijo.

Un momento más tarde, un niño desnudo, de no más de cuatro años, salió corriendo de la casa del pastor. La larga trenza que le colgaba a un lado de la cabeza se balanceaba al correr.

—¡*Yati*! —exclamó, echándose al cuello del pastor y rodeándolo con sus brazos.

—¡No, no! —gritó Baki—. ¡Entra en casa!

La esposa del pastor apareció en el umbral, con un bebé en los brazos y el pánico grabado en los ojos. Rae la vio llevarse el niño al pecho, consciente de que no podía intervenir si quería mantener a su hijo a salvo.

Rae tembló.

«¿Nunca piensas en ello, Rae?».

Sin importarle la presencia del niño, el nomarca volvió a levantar el látigo y lo dejó caer sobre la espalda del hombre. Su hijo, aún agarrado a él, emitió un chillido agudo.

El campo de visión de Rae fue perdiendo amplitud hasta que solo pudo ver el rostro de nomarca y la sonrisa en la comisura de sus labios. Estaba disfrutando.

«¿Nunca te preguntas por qué tienes tanta rabia dentro?».

—¡Alto! —gritó.

Antes de que ella misma pudiera entender lo que estaba haciendo, Rae ya había dejado caer la bolsa y había salido corriendo hacia el nomarca y sus hombres.

El nomarca detuvo el látigo en pleno vuelo. Se giró hacia ella, al igual que toda su guardia, pero ella cubrió la distancia antes de que pudieran responder. Agarró el brazo del nomarca bajo el suyo y tiró de él, girando la cadera hasta que el látigo se le cayó de la mano. Luego retrocedió trastabillando, atónita ante lo que acababa de hacer.

Nadie se movió. Al notar que no llegaba el latigazo, Baki levantó la cabeza y abrió los ojos como platos cuando vio a Rae de pie entre los soldados.

El nomarca se quedó mirándola, colorado de la rabia.

—Por Amón, mira quién es —dijo, con los dientes apretados—. La muchacha de Ankhu.

Rae levantó las manos al cielo. «Mierda, mierda, mierda. ¿En qué estaba pensando? Padre me va a matar».

Se disculpó a toda prisa.

—Mis disculpas, nomarca. Pero estaba preocupada por el niño. Habría podido hacerse daño.

Rae sabía que lo mejor habría sido callarse, pero las palabras seguían saliendo de su boca.

—No podéis culpar al pastor por su rabia. Es la preocupación por su familia la que lo ha hecho hablar así.

El nomarca parpadeó, como si estuviera considerando realmente lo que decía. Luego miró a los guardias y asintió, y estos soltaron a Baki y agarraron a Rae, que soltó un gruñido al ver que le presionaban los brazos contra la espalda y la empujaban hacia delante.

—Bueno, Raetaui —dio el nomarca, de nuevo tranquilo y pausado—. Sabía que eras estúpida, pero esto... —Abrió las manos como para englobar toda la escena—. Esto es un buen lío, incluso para ti.

Rae forcejeó para intentar zafarse de los guardias, y uno de ellos le tiró aún más de la muñeca hasta casi partirle el hombro.

—Quédate quieta, mujer —le advirtió.

Ella frunció el labio en una mueca de rabia, pero no dijo nada.

El nomarca recogió su látigo del suelo y se le acercó con pasos deliberadamente lentos.

—Quieres salvar a este hombre y a su hijo del castigo, ¿eh? Eso es muy generoso por tu parte. Pero alguien tiene que pagar el precio por su insolencia. Supongo que ahora ese alguien eres tú. —Sonrió—. Debo darte las gracias. Disfrutaré mucho más azotándote a ti.

Se giró hacia los guardias.

—Desnudadla.

Le arrancaron la túnica y la arrojaron al suelo, dejándola en taparrabos. Ella intentó resistirse, pero eran demasiados.

Los guardas la tiraron al suelo y le presionaron el rostro contra la tierra. Los guijarros le rascaron los pechos y el vientre, y tosió al notar el contacto de la arena en la garganta. Quiso levantarse, echar a correr, pero un pie le presionó la espalda y la nuca, inmovilizándola. Entre jadeos, vio una sombra acercándose y a continuación las elegantes sandalias de cuentas del nomarca frente a su rostro.

—Hmmm —exclamó él, con un sonido entre el odio y el deseo.

Un silbido, un restallido, y el látigo le cayó sobre la espalda. El dolor fue repentino y lacerante. Antes de que pudiera reaccionar, la sensación se repitió. Y otra vez.

«No grites —le dijo una voz interior—. No le des esa satisfacción».

Apretó los dientes hasta tal punto que tuvo la impresión de que se le iban a romper.

Él siguió azotándola. Una y otra vez, hasta que Rae perdió la cuenta. Hasta que perdió la noción del tiempo y se le abrieron las carnes, primero en un sitio, luego en otro. Una cortina de sangre caliente le envolvió el cuerpo, goteando por los hombros y encharcándose entre sus pechos. La saliva que le brotaba de la boca se mezcló con la sangre, el sudor y las lágrimas que le caían del rostro.

Pero no emitió ni un sonido.

Oía al nomarca jadeando de agotamiento a lo lejos. Los golpes llegaban cada vez con menos frecuencia y con menos fuerza. Aun así, cada latigazo era peor que el anterior. Intentó refugiarse en el interior de su mente, aislarse del dolor, pero su cuerpo se lo recordaba constantemente. Lo sentía todo. Los golpes fueron distanciándose cada vez más hasta que, tras un último jadeo del nomarca, pararon del todo.

Se hizo el silencio, roto únicamente por el balido de algún cordero.

Rae sentía cada latido del corazón en la espalda, y con cada latido caía más sangre por los costados de su cuerpo desnudo.

Unos dedos se le clavaron en el cuero cabelludo y le levantaron la cabeza tirándole del pelo. Parpadeó, aturdida, y entre aquella bruma de dolor, vio al nomarca agachado a su lado.

—Ha estado muy bien —le susurró, lamiéndose sus finos labios—. Pero habría disfrutado más si hubieras chillado.

Rae se quedó mirándolo, con un goterón de saliva cayéndole de la barbilla.

Luego, con cierto esfuerzo, se rio, burlona.

La sonrisa del nomarca desapareció de golpe.

—¿Te estás… riendo?

—Has empleado toda tu fuerza —dijo Rae, escupiendo saliva teñida de rojo al hablar y manchándole su impecable túnica blanca—. Y ni aun así has podido quebrarme.

El nomarca retrocedió, asqueado, dejándole caer la cabeza. Su pie impactó contra la sien de Rae, y todo se fundió a negro.

Rae no tenía ni idea de cuánto tiempo había estado inconsciente, pero no podía haber sido mucho.

Lo primero que volvió fue el sonido, como el murmullo del viento. Por un momento no recordó dónde estaba ni qué había ocurrido: luego el dolor cegador de la espalda y la cabeza se lo recordó. Abrió los ojos y los ruidos y los colores se mezclaron, y sintió que el estómago se le encogía.

—Tienes dos días para preparar el ganado para el transporte —dijo una voz distorsionada y extraña—. No te hemos quemado los campos, y la chica aún respira. ¿No es eso compasión, pastor?

Hubo una pausa, y luego:

—Sí, nomarca.

Rae sintió que una nube de polvo pasaba por encima de ella, irritándole los ojos, y el nomarca y su guardia se alejaron.

El rostro acongojado de Baki apareció ante sus ojos. Vio que la observaba de arriba abajo, respirando agitadamente. Luego fue a buscar su túnica y se la tendió suavemente sobre el cuerpo.

—¿*Yati*? —dijo una voz minúscula, asustada.

Baki levantó la vista.

—Ve con tu madre, hijo.

Una vez que se alejaron los pasos del niño, el pastor volvió a girarse hacia ella.

—Lo siento mucho, Rae, pero esto te va a doler.

La colocó de lado suavemente, le pasó las manos por debajo de las piernas y los hombros, y la levantó en brazos. El movimiento le tensó la piel desgarrada, y el dolor fue abrasador. Esta vez sí gritó.

Entonces Baki echó a correr todo lo rápido que pudo, con la cabeza de Rae balanceándose sobre su hombro, hasta que la imagen de los pastos dio paso a la de los campos de grano.

—¡Ankhu! —gritó el pastor—. ¡Ankhu, ven enseguida!

Rae no habría podido soportar ver el rostro de su padre saliendo de los campos, pero afortunadamente no tuvo que hacerlo. Su cuerpo, consciente de que lo peor ya había pasado, dejó que su mente desconectara por fin, y se desmayó.

—¿Se pondrá bien?

Fue lo primero que oyó Rae cuando recuperó el sentido. Estaba tendida sobre su esterilla, vestida con una túnica limpia y tapada con una gruesa manta. Ya no se sentía pegajosa y cubierta de polvo, y se preguntó quién la habría bañado. Cuando giró la cabeza vio a su padre en la puerta de su casa, con un hombre corpulento que identificó como el sanador del pueblo.

—El golpe en la cabeza no ha sido lo suficientemente duro como para provocarle daños permanentes, así que de eso no me preocuparía —respondió el sanador, echándose la bolsa de cuero al hombro—. Pero le he puesto un ungüento de linaza en las lesiones de la espalda y te he dejado un frasco de extracto de sauce llorón, eneldo y mirto que le puedes dar con cerveza para el dolor. Con unas gotas bastará. Aun así, la zona dañada es muy amplia... Puede que le quede una incomodidad permanente a causa de las cicatrices.

Rae se movió un poco. Tenía todo el torso vendado.

Su padre asintió, bajando la mirada al suelo.

—Gracias por venir. Le diré al cervecero que te lleve cerveza para una semana a casa en cuanto pueda.

El sanador quitó importancia a las palabras de su padre con un gesto.

—Ahora no pienses en el pago, Ankhu. Ya tienes bastante con la cosecha. Rae no debería moverse de la cama al menos en un par de días, hasta que las heridas empiecen a sanar.

Se produjo una pausa.

—No sé cómo lo haré sin ella —murmuró su padre.

Rae hizo una mueca de dolor.

El sanador apoyó una gruesa mano en el hombro de Ankhu.

—La historia de lo que ha hecho Raetaui por Baki ya ha circulado por las granjas, amigo mío. Tengo la sensación de que habrá muchas manos dispuestas a ayudarte.

Su padre se llevó la mano a la boca y asintió.

Cuando se marchó el sanador, Ankhu fue a su lado. Rae cerró los ojos y fingió que dormía. Se sintió como una cobarde, pero no estaba lista para enfrentarse a él, para responder a las preguntas que seguro le haría.

«¿Por qué?».

«¿Por qué no podías pasar de largo?».

«¿Por qué tenías que enfrentarte?».

Escuchó la respiración entrecortada de su padre. Sintió su mano tocándole el pelo, apartándole el flequillo de los ojos. Y luego dijo algo que la hizo sentir peor que cualquier reprimenda o amenaza de castigos.

—Mi niña valiente —susurró—. Lo siento tanto...

Rae esperó a que su padre se hubiera acostado.

Se levantó de su esterilla sigilosamente para no despertarlo. Al principio sintió las piernas débiles, y cada movimiento hacía que las heridas de la espalda se le encendieran. También estaba mareada, así que agarró una jarra de agua y se bebió la mitad, inclinándola hasta que el frío líquido le cayó por las comisuras de la boca. Aquello la ayudó un poco.

Miró por la ventana. Aún había algo de luz. Se había pasado el resto del día durmiendo un sueño irregular, apenas consciente de las voces que hablaban en voz baja en el exterior de la casa. Vecinos curiosos, probablemente. Toda aquella pesadilla habría dejado a su padre tan agotado que se había acostado pronto.

«Perfecto —pensó—. Omari aún estará trabajando».

La carpintería no estaba lejos, pero el camino se le hizo interminable. En un momento dado perdió el equilibrio y estuvo a punto de caerse, pero consiguió agarrarse a una palmera. Sintió que una de sus heridas volvía a abrirse bajo los vendajes y contuvo una exclamación. Pero siguió adelante.

La carpintería era un edificio bajo y largo, y estaba en perfecto orden, tal como cabría esperar de una familia de carpinteros. Por la puerta abierta se veía el resplandor del fuego, y se oía el golpeo rítmico de un martillo. Rae respiró hondo, haciendo acopio de fuerzas, y entró.

Omari levantó la vista, con el martillo listo para golpear una cuña de madera. A su alrededor había herramientas por todas partes, perfectamente alineadas: sierras, azuelas, taladros de arco y pequeños frascos llenos de cola, y más cuñas de madera.

Por las paredes había tablones y piezas de madera de todas las formas y tamaños, y varias antorchas encendidas. En el aire flotaba un olor a humo y a serrín. A pesar de que solo llevaba puesto un taparrabos, Omari tenía todo el cuerpo cubierto de sudor.

Bajó el martillo y fue corriendo a su lado.

—¿Rae? —exclamó, claramente alarmado—. ¿Qué estás haciendo? He ido a tu casa en cuanto he oído lo que había pasado, pero tu padre me ha dicho que no podías ver a nadie, ¡que no ibas a levantarte en dos días! ¿En qué estabas pensando? ¿Cómo se te ha ocurrido venir aquí?

Ella pensó en los soldados vencidos, tirados por las esquinas de la ciudad, farfullando sobre la vida que tenían antes.

Pensó en Tamerit, que había huido con su familia de un lugar aún peor que Sakesh, buscando refugio de la desesperación que parecía extenderse como una plaga por la Baja Khetara. Pensó en Baki, dispuesto a defender a su familia sin nada más que su rabia.

Y por último pensó en su padre. En su gesto cuando el sanador le había dicho que las cicatrices le dejarían marca de por vida. El sonido de su llanto al lado de su cama. En su brazo cortado y en cómo se fijaba aquella hoz al muñón cada día sin una queja.

Pensó en el fuego que le ardía antes en el vientre, ya sofocado.

Y en el de ella, que ardía con más fuerza que nunca.

—Omari —dijo, haciendo caso omiso de las preguntas de su amigo—. Esas reuniones secretas que mencionabas, con esos «hombres dispuestos a luchar»... ¿Cuándo es la siguiente?

Omari parpadeó, sorprendido.

—¿Por qué? —dijo, y luego posó la mirada en el costado y el muslo de su amiga—. Rae, estás sangrando. Deja que te lleve a casa.

—¡Olvídate de eso ahora! —Las piernas le fallaron otra vez y se agarró al brazo de Omari para no caerse. Él dejó caer el martillo al suelo y la ayudó a ponerse derecha—. La reunión —insistió ella.

Omari resopló. Pero era amigo de Rae desde hacía mucho, lo suficiente como para saber que lo más fácil era responder a su pregunta.

—Mañana. La próxima es mañana. ¿Por qué?

Rae tragó saliva, haciendo un esfuerzo por mantener la verticalidad.

«Encuentra otro modo, Raetaui», le había dicho su padre.

—Porque... iré contigo.

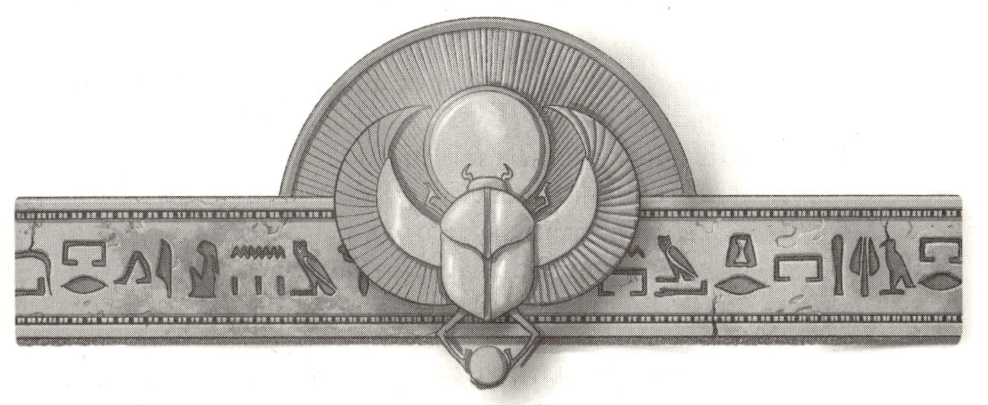

9
KARIM

Karim habría podido dormir toda la mañana —quizá incluso todo el día—, de no ser porque algo le estaba lamiendo la cara.

—Agh —gruñó, abriendo los ojos, para encontrarse al perro allí de pie, cubriéndole el rostro de babas. Karim se apoyó en un codo y apartó el morro del perro con una mano. Pero aquello no disuadió a Behkai, que se puso a lamerle la mano—. Sal de aquí, ¿quieres?

Karim levantó el torso de la cama improvisada que se había hecho en el suelo e hizo una mueca de dolor cuando su cuerpo le recordó, no con demasiada sutileza, las actividades del día anterior.

El perro por fin entendió la indirecta, se sentó en el suelo y se quedó mirando a Karim con la cabeza ladeada y la lengua fuera.

—No la tomes con Behkai —dijo Pa desde el lugar donde estaba sentado, acabando su desayuno—. Eres tú el que ha dormido de más.

—¿De más? El sol apenas ha salido —protestó Karim. Sentía el cuerpo como si fuera una alfombra que acabaran de sacudir para quitarle el polvo. Con un palo. Llamado Babu.

El anciano sacerdote sacó algo de su cuenco y se lo tiró. Rebotó en la cabeza de Karim, pero pudo agarrarlo antes de que cayera al suelo. Un dátil. Pa se metió otro en la boca, lo masticó y escupió la semilla a la arena.

—Entonces aún no es demasiado tarde. Desayuna rápido. Lo mínimo que puedes hacer es ser de utilidad mientras estés aquí. A los dioses no les hará ninguna gracia que les robes el tiempo, después de haber robado las tumbas de sus muertos.

Karim se llevó los nudillos a la nariz en señal de agradecimiento y comió unos cuantos dátiles y un pedazo de pan que acompañó con una copa de cerveza dulce. Behkai no dejó de mirarlo con sus enormes ojos llenos de vida, hasta que Karim cedió y le tiró la corteza del pan. El perro la atrapó al vuelo y se la tragó sin masticar. Ni saborearla, seguramente.

—Ahora ya no hay vuelta atrás —se burló Pa—. Ya no te dejará en paz.

El viejo sacerdote se puso en pie, estiró las piernas y se giró hacia el templo.

—Ven, que tenemos mucho que hacer.

Karim también se levantó —con cuidado— y siguió al sacerdote. Subió siete escalones de piedra con el perro pegado a sus talones, atravesó el arco que daba entrada al templo, en penumbra, y sintió el aire fresco y algo más pesado, que olía a madera de cedro y flores. A pesar de la aversión que le provocaban los khetaranos y sus dioses, Karim sintió una tensión en todo el cuerpo, como si estuviera en presencia de alguna fuerza muy potente. Hasta aquel momento no había habido nada en su vida que lo impresionara, pero tuvo que reconocer que, si la magia desprendía un olor, una sensación..., era esa.

En el centro de la nave había cuatro gruesos pilares cuadrados, con un altar de piedra en medio. La luz se colaba entre las columnas exteriores, iluminando una ordenada colección de piezas dispuestas sobre el altar: pequeñas vasijas de piedra de diferentes tamaños y colores, un montoncito de telas perfectamente plegadas y cuencos con más dátiles, pan, cerveza y agua. Pa estaba de pie frente al altar, canturreando algo, colocando algunos de aquellos artículos en una bandeja de cerámica redonda. Karim paseó la mirada por aquel espacio, asombrado ante la profusión de color y las imágenes que cubrían todas las superficies. En una pared, una procesión de barcos transportaban las figuras de unos dioses por un campo azul, mientras que en otra se veían unas bestias fantásticas: serpientes aladas, un pájaro con cara de cocodrilo y un hombre con cuerpo de burro y cola de escorpión. Pero aunque las pinturas estaban en bastante buen estado, Karim se dio cuenta de que el templo era antiguo: el color se había ido degradando en los lugares donde más daba el sol y las paredes estaban desconchadas en los rincones adonde no llegaba la luz. No conseguía imaginarse lo espléndido que debía de haber sido en su momento álgido.

—¿Y bien? —dijo Pa, poniéndole la bandeja entre los brazos—. ¿Vas a ayudarme o vas a quedarte ahí quieto como un ganso?

—Oh..., hum, sí.

Karim agarró el montón de paños y el cuenco de agua que quedaban en el altar, y con las prisas estuvo a punto de volcarlo.

—¡Por el amor de los dioses, ten cuidado! —lo regañó el sacerdote, que se quedó mirando a Karim de arriba abajo. Se fijó en sus ropas sucias, en su barba de tres días y en su pelo despeinado, y frunció el ceño—. Estás más sucio que el perro, pero supongo que eso no podemos evitarlo. Más vale entrar en la casa del dios con los pies sucios que no venir nunca. Venga, ladrón. Janum, perdóname...

Luego se dirigió hacia la pared interior del templo, donde otros tres escalones llevaban a la cámara sagrada, situada tras una cortina. Karim lo siguió obedientemente y dejó las cosas justo del otro lado de la cortina, como le había indicado el sacerdote.

—Solo yo puedo entrar en la cámara sagrada y acercarme al dios. Tú debes quedarte aquí hasta que acabe —le ordenó Pa, que echó una mirada hacia la escoba de hojas de palmera que había apoyada contra la pared—. Yo te recomendaría que buscaras una ocupación y te ganaras el sustento —añadió, y desapareció tras la cortina.

Con un suspiro, Karim cogió la escoba y se puso a barrer la arena, amontonándola en un rincón. Behkai, que parecía acostumbrado a ese ritual diario, dio tres vueltas sobre sí mismo y se hizo un ovillo en el suelo. Muy pronto el sonido de la voz de Pa resonó en las paredes.

—¡Alabado seas, oh, Janum! —recitaba—. ¡Divino Alfarero, que da forma a todos los hombres en su torno! ¡Mira al norte, en este nuevo día!

Intrigado, Karim se acercó de nuevo a la cortina y miró entre los bordes para ver qué pasaba ahí dentro. El sacerdote, arrodillado, besaba el suelo y elevaba los brazos al aire alternativamente. Delante tenía una estatua de oro con la forma de un hombre con cabeza de carnero y una corona encima, rodeado de frascos de incienso encendido y de las ofrendas que habían puesto en la bandeja. Karim abrió los ojos como platos al ver todo aquel oro. ¿Cómo habría podido evitar que le robaran ese tesoro durante tantos años? Pero luego recordó lo cómodo que se le veía blandiendo la lanza y se preguntó cuántos otros «ladrones» como él habrían muerto ensartados.

El oro no era lo único curioso de aquella estatua. El hombre con cabeza de carnero tenía cuatro caras, y cada una miraba en una dirección. «Será a eso a lo que se refieren cuando hablan del dios que todo lo ve», pensó Karim.

Pa prosiguió:

—¡Alabado seas, oh, Janum, dios del Gran Río! ¡Mira al sur, en este nuevo día!

Se puso en pie y empezó a envolver la estatua con los paños, como si quisiera vestirla.

Karim decidió que ya había visto bastante y se apartó de la entrada. Siguió barriendo, ausente, pensando en qué haría a continuación. ¿Valdría la pena correr el riesgo de intentar vender los tesoros de la tumba en la ciudad más próxima? ¿O debería intentar pasar desapercibido y buscar trabajo en el pueblo más cercano? El alma le cayó a los pies al pensar en tener que llevar ovejas a los pastos, después de haber intentado evitar precisamente esa tarea durante toda su vida.

En eso tenía ocupada la mente cuando la mirada se le fue a una escena de la pared.

—¿Qué...? —murmuró, atónito, acercándose más a la pintura.

La escena mostraba a un hombre con un brazo extendido, como si llamara a alguien. A diferencia de las otras figuras de la pared, tenía la piel de un tono diferente, pintada con ocre rojo. El hombre, que llevaba barba y una túnica larga y oscura, estaba de pie ante una caja negra que lucía lo que Pa había llamado un *shenu*: un óvalo con una línea en cada extremo. En el interior del *shenu* había dos símbolos. Quizá hubiera habido más en el pasado, pero el tiempo los había borrado. Karim reconoció los símbolos inmediatamente:

el paño plegado y la hogaza de pan. Eran los mismos del amuleto que había cogido de la tumba de Sethnajt.

—Alabado seas, oh, Janum, dios de lo oculto, padre del misterio —resonó la voz de Pa—. ¡Mira al este, en este nuevo día!

Karim sintió que el corazón le golpeaba el pecho con fuerza. Pero lo que estuvo a punto de hacerlo salir corriendo de allí no fueron los símbolos, sino el hombre. A pesar del extraño estilo khetarano, de la simplicidad de líneas y colores, Karim lo reconoció.

—¡Alabado seas, oh, Janum, protector de los vivos y los muertos, que pone a cada alma en su camino! ¡Mira al oeste en este nuevo día!

La escoba se le resbaló de las manos y repiqueteó en el suelo. Todos sus pensamientos se desvanecieron, salvo uno:

«Ese hombre soy yo».

Karim aún no se había movido cuando el anciano sacerdote completó sus rituales. Estaba inmóvil, frente a su retrato, intentando comprender lo que estaba viendo.

Oyó un roce, el de la bandeja contra el suelo al sacarla Pa de detrás de la cortina. Luego el sacerdote salió de la cámara sagrada de espaldas, agachado, borrando sus huellas a cada paso. Cuando irguió el cuerpo, vio la mirada de Karim.

—Me preguntaba cuándo lo encontrarías —dijo, con una sonrisa enigmática.

Karim se sintió de pronto atrapado, confundido. Seguía sin confiar en el sacerdote, y, tras la aparición de aquella extraña imagen, confiaba en él aún menos. Se planteó salir corriendo de allí —el anciano lo tendría difícil para impedírselo—, pero al final la curiosidad se impuso.

—Esa... esa imagen... —balbució, girándose hacia la pared—. Es...

Pa se secó el sudor de la frente con un paño limpio.

—Guarda un notable parecido contigo, ¿verdad?

Karim se sintió como si el suelo se hubiera hundido bajo sus pies.

—¿Usted lo sabía?

El sacerdote resopló, divertido.

—Por supuesto. Conozco cada rincón de este templo como la palma de mi mano. En cuanto vi la inscripción de esa piedra tuya, supe que Janum te había enviado a mí. Los primeros símbolos encajan perfectamente, y el hombre de la imagen es idéntico a ti. Pero no quería decírtelo enseguida, al menos hasta estar seguro de que no ibas a matarme durante la noche. Los ladrones como tú no son de confianza. Pero ahora que lo has encontrado, ya puedo contártelo todo. Al fin y al cabo, ahora formas parte de esto.

A oír las palabras del sacerdote, Karim sintió que le daba vueltas la cabeza. Asimilar todo aquello no era fácil, y había sido tan inesperado que no sabía muy bien cómo reaccionar.

—¿Parte de qué? —exclamó, señalando hacia la pared—. ¡Yo vengo de las Tierras Rojas! Esta no es mi tradición. ¿Puede... explicarme qué es esto?

—Es el oráculo que te mencioné anoche, entregado por el propio Janum. El Oráculo del Cordero.

—¿Oráculo? —repitió. Lo había oído usar esa palabra antes, pero no entendía muy bien qué significaba.

—Es un.... hmmm... —El sacerdote se frotó la barbilla, pensativo—. Un mensaje de los dioses. Un vaticinio sobre tu futuro, si quieres. Tal como te he dicho, ese fue el motivo de la construcción de este templo, hace más de mil años. Muestra cuatro escenas en torno a una imagen central, con unas inscripciones en el lado izquierdo de la pared.

Señaló la imagen central, de un cordero con una herida ensangrentada en el costado. Había un hombre arrodillado a su lado, con los brazos elevados en señal de reverencia.

—Mira aquí —prosiguió el sacerdote—. Por encima del cordero moribundo está el símbolo de Janum, un carnero, lo que significa que esta criatura representa al dios en la tierra. Y por encima del hombre hay un *mesedjer*, una oreja, lo que nos dice que el hombre ha sido elegido para escuchar la palabra de Janum y transmitir su mensaje al pueblo.

—¿Y cuál es el mensaje? —preguntó Karim, aunque no tenía muy claro que quisiera saberlo.

Pa se aclaró la garganta.

—Eso no es tan fácil de responder. Y no es que no lo hayamos intentado, yo y un centenar de sacerdotes antes de mí. La inscripción es algo ambigua y se presta a múltiples interpretaciones.

Se puso a leer la inscripción que aparecía a un lado de las imágenes:

—«Tened cuidado —dice—, porque muy pronto el Gran Río de Khetara se convertirá en sangre. Las mentiras darán fruto como el grano en los campos, y donde había orden se impondrá el caos. Un secreto oculto surgirá de la tierra, y las coronas Roja y Blanca se quebrarán para siempre». Sigue hablando sobre desastres en general, pero no da fechas, nombres ni detalles específicos. Aparte de eso, lo único que tenemos son las cuatro escenas que rodean la imagen central.

Karim sintió un nudo en el estómago ante aquellas siniestras palabras, pero antes de que pudiera pensar más en ello Pa siguió adelante, señalando la escena pintada justo encima del cordero. Había tres figuras de perfil, dos hombres y una mujer en medio.

—Yo creo que estos son los tres hijos del rey Amenmose: Meriamón, con una cobra roja; Sitamón, con una cobra negra; y Bakenamón, indicado con la figura de Anubis sentado. Aunque no puedo decirte por qué Sitamón aparece pintada más grande que los otros dos. Quizá tenga un vínculo con el oráculo que no tienen sus hermanos.

—¿Qué es lo que lleva en la mano? —preguntó Karim, mirando fijamente algo que parecía una vasija con asas cuadradas a los lados.

—Eso es un *ieb*, un corazón. El que se pesa con la pluma de Maat en el momento del juicio —dijo, y suspiró—. ¿Sabes? Hace diecisiete años fui a ver al rey cuando me llegó la noticia del milagroso nacimiento de sus hijos. ¡Trillizos! Era una señal evidente de que el oráculo iba a hacer efectivo su vaticinio durante la vida de los hermanos. Y como sacerdote de Janum era mi obligación decírselo al faraón. Así que dejé este lugar vigilado y viajé a Tonis para verlo. Pero ¡cuando por fin me concedió audiencia, no hizo caso en absoluto a la profecía del oráculo! «Janum no tiene poder en la Ciudad de Amón», me dijo burlándose, como si yo fuera un mero vendedor de hechizos del mercado. «No tiene nada que ver conmigo ni con mi familia». Me acusó de llevar la oscuridad a su casa y me hizo marchar, ordenándome que no volviera nunca más. —Pa soltó una risita socarrona, asqueado—. ¡El muy tonto! Se hace llamar dios, pero no es más que un farsante.

Cada vez más preocupado, Karim estudió la imagen que había debajo del cordero. Representaba a un grupo de hombres, algunos provistos de lanzas y cuchillos; unos estaban de rodillas con las muñecas atadas tras la espalda y otros tendidos en el suelo, atravesados por las flechas de sus enemigos. Todas las figuras llevaban *shentis* idénticas de color blanco, salvo una: una mujer con un vestido de tubo que aparecía representada más grande que los hombres.

—¿Qué tipo de arma es esa? —dijo Karim, señalando la lanza roma que blandía la mujer.

—No es exactamente un arma —respondió Pa—. Es un cetro *sejem*, símbolo de Sejmet, la diosa leona. Se dice que da a su portador un gran poder y fuerza. Sejmet es la versión guerrera de Bastet, la diosa patrona de Bubas. Son como el día y la noche, una amorosa, la otra agresiva, pero ambas grandes protectoras, especialmente de las mujeres y los niños. —Señaló un punto de la imagen—. La propia Bastet aparece en la tercera escena, a la derecha.

En ella, una diosa con cabeza de gato apoyaba una pluma sobre una niña calva.

—¿La pluma de Maat? —preguntó Karim.

Pa asintió.

—No está mal para un ladrón —dijo, satisfecho—. La niña parece ser algún tipo de sacerdotisa, aunque sería raro que lo fuera siendo tan joven, y niña.

Ambos guardaron silencio y se quedaron mirando la pintura a la izquierda del cordero, la del hombre y la caja negra. A Karim le hubiera gustado creer que todo lo que le estaba contando el sacerdote no eran más que bobadas, supersticiones khetaranas, pero no podía negar lo que estaba viendo. La imagen lo representaba a él, y, por lo que parecía, llevaba allí más de mil años.

Recordó la atracción irresistible que había sentido en el valle y que lo había llevado hacia la tumba. ¿Había sido su habilidad para encontrar tesoros lo que lo había conducido hasta aquella puerta oculta? ¿O algo más?

—Debes decirme todo lo que ocurrió en esa tumba —insistió Pa—. Prometiste que me darías respuestas. Ahora es el momento. Es fundamental que no te dejes ni un detalle, ladrón. Podría ser importante.

Karim suspiró.

—Como desee —dijo, e inició el relato.

Le habló a Pa de la puerta oculta. De la sala del tesoro, de los carruajes y del vino. Le habló de la estatua y de los soldaditos, y del ataúd negro donde había encontrado el amuleto.

Pero cuando llegó el momento de hablarle al sacerdote sobre la sangre, y sobre la oscura presencia que había surgido de la sepultura, Karim vaciló. Se giró a mirar la pintura, reflejo de su delito. En la imagen, el hombre tenía una actitud pasiva y alargaba la mano hacia lo que había dentro de la caja. «No lo invoqué yo, ¿no? Yo no sé nada de magia khetarana. ¿Cómo iba a hacer algo así? ¡Lo único que hice fue abrir el sarcófago!». Se frotó el dedo, aún dolorido en el punto donde se había cortado con el cincel.

—¿Y bien? —preguntó Pa, impaciente—. ¿No hay nada más?

Karim abrió la boca para seguir adelante, pero lo único que dijo fue:

—No, eso es todo. Djet se volvió con los otros Chacales después de la pelea, y fue la última vez que lo vi.

«Mentiroso».

Pa se quedó mirándolo, escéptico.

—¿Estás seguro de que no hay nada más?

Karim negó con la cabeza.

«Cobarde».

No tenía muy claro qué era lo que le impedía contarle a Pa toda la historia. ¿Miedo a algún castigo? ¿A que lo juzgara? O quizá fuera que resultaba mucho más fácil contar una versión de la historia en la que no hubiera liberado una terrible maldición que podía extenderse por todo el mundo. Una historia cn la quc Djct no hubiera muerto a solas en la oscuridad.

Se estremeció al recordar el escalofrío que había sentido en la tumba, cuando estaba seguro de que tenía aquella cosa a la espalda. «¿Dónde estará ahora?», se preguntó.

—¿De verdad cree que todo esto se hará realidad? —le preguntó a Pa—. ¿Que Khetara podría quedar destruida?

—El oráculo solo predice el inicio de la historia —respondió el anciano con gravedad—. De nosotros depende decidir cómo acaba.

Karim se pasó el resto de la mañana ayudando a Pa con sus tareas y escuchándolo hacer grandes planes para su futuro… y también para el de Karim.

—Me pondré en marcha hacia Tonis a primera hora de la mañana —dijo Pa mientras sacaban agua del pozo para todo el día—. Cuando acabemos con esto, iré a decirle a mi amigo del poblado que necesito que vigile el templo en mi ausencia.

—Un momento —dijo Karim—. Pensaba que era un viaje demasiado largo. Lo dijo usted mismo.

Pa quitó importancia a su protesta con un gesto de la mano.

—He cambiado de opinión. Después de oír lo que tenías que decirme, tengo claro que esto es demasiado importante como para pasarlo por alto. Además, hasta que no me has traído el amuleto, no he podido saber el verdadero nombre del rey que figura en la pared del templo. Estaba incompleto. Ahora conocemos el nombre de Sethnajt. Tenemos que visitar el Gran Templo de Amón para encontrar respuestas, y al menos intentar conseguir otra audiencia con el rey. Si no me quiere ver él, quizá lo haga alguno de sus hijos. Quizá la propia princesa, dado que es evidente que está implicada en el oráculo de algún modo —dijo, hablando a toda prisa, más para sí mismo que para Karim.

—¿Ha dicho «tenemos»? —replicó Karim—. ¿Qué le hace pensar que voy a acompañarlo en esta expedición?

Pa se giró hacia él.

—¿Es que no has escuchado ni una palabra de lo que he dicho? ¡Este oráculo prevé un desastre a gran escala! Quizá no te importe nada Khetara, pero ¿y tu propio pueblo? ¿De verdad crees que los tuyos van a salir indemnes de la guerra y el baño de sangre que se avecinan? ¿Estás dispuesto a correr ese riesgo? Dar a conocer la palabra de Janum es la obra de mi vida, ladrón, y si te preocupa mínimamente el futuro de esta tierra, tendrás que aceptar que ahora también es cosa tuya.

Karim se frotó las sienes. Quería encontrar una excusa para librarse de aquella obligación, pero no se le ocurría ninguna. Aunque estaba preocupado por su familia y le habría encantado crear un pequeño ejército para volver y acabar con Babu, sabía que volver a casa no era una opción. Al menos, no de momento. Así pues, ¿por qué no ir al norte? Aunque la misión del sacerdote fracasara, probablemente podría conseguir una pequeña fortuna vendiendo el resto de los tesoros en el mercado de Tonis, que sabía que era el más grande del territorio.

—Iré con usted a Tonis —dijo—. Pero eso es todo. Si no encuentra las respuestas que está buscando, nos separaremos.

—Bien —dijo Pa, aparentemente aliviado. Se secó las manos en la túnica—. Si tenemos suerte, quizá Janum ponga a las otras dos personas del oráculo en nuestro camino. Es evidente que cada uno de vosotros tenéis vuestro papel.

Karim se encogió de hombros.

—Lo que usted diga, *sen*. Pero ¿cómo vamos a llegar? ¿Tonis no está muy al norte?

—Tengo un esquife de pesca amarrado en el río. Llevaremos provisiones para comer por el camino, así no tendremos que parar a comprar. Por supuesto, tendrás que compartir las tuyas con el perro.

Karim echó una mirada a Behkai, que lo observaba desde la escalinata del templo.

—¿Me está poniendo al mismo nivel que el perro?

—Oh, tú estás por debajo del perro, amigo mío —respondió Pa—. El perro pide, pero no roba.

Trabajaron hasta que se puso el sol. Karim estaba tan agotado que apenas probó la cena. ¿Quién iba a decir que el trabajo de un sacerdote pudiera ser tan duro? En cuanto acabó, se tumbó en su esterilla y se durmió. El día siguiente iba a ser largo.

El perro lo despertó.

Karim levantó la cabeza, jadeando. Aún estaba muy oscuro, y la única luz que iluminaba el desierto era la de la luna. Behkai estaba ladrando. Karim miró a su alrededor, pero no veía al perro ni al sacerdote por ninguna parte. Quizá Pa hubiera ido a orinar, como solían hacer los ancianos por la noche, y Behkai había ido a vigilar para protegerlo de cualquier depredador. Pero cuando Karim se giró para intentar conciliar el sueño de nuevo, oyó otra vez al perro. Esta vez, sin embargo, no emitía ladridos de alarma, sino unos gemidos agudos. Eso solo podía significar una cosa.

Behkai tenía miedo.

De pronto lo asaltó una idea terrible: «¿Y si Babu y Hager han seguido mi rastro hasta aquí? ¿Y si han esperado hasta ahora para atacar?».

Karim se puso en pie a toda prisa, haciendo caso omiso de los dolores de su cuerpo, y corrió hacia aquel sonido, sintiendo el contacto del amuleto azul contra la pierna.

—¡Pa! —gritó a la oscuridad.

El templo resplandecía a la luz de la luna. Karim recorrió la pared oeste, atento a cualquier respuesta del anciano.

Nada.

—¡Pasenhor!

Los aullidos de Behkai se volvieron más desesperados.

Quizá si hubiera tenido más tiempo para pensar, o si no estuviera medio dormido, Karim habría sido más cauto. Quizá no habría anunciado su presencia. Pero en lugar de eso fue corriendo hasta la fachada del edificio, directamente al camino de acceso a la escalinata del templo.

Behkai, más negro que la propia noche, montaba guardia, con la cola entre las piernas, ladrando y mostrando los dientes a algo que Karim no podía ver. A su lado, tendido en un charco de luz de luna, estaba Pa.

—No... —susurró Karim, corriendo hacia el sacerdote.

El perro se lanzó hacia él, confundiéndolo con otra amenaza, y le gruñó.

—¡Hey, hey! —exclamó Karim, dando un paso atrás—. Soy yo, *sen* —dijo con delicadeza, tendiéndole la mano como muestra de paz—. Soy yo.

El perro lo olisqueó y se puso a gimotear, sin apartar la vista de los dos pilares de piedra que flanqueaban el camino, coronados con pirámides que apuntaban al cielo.

—Está bien, está bien —murmuró Karim, acariciando al perro detrás de las orejas.

Se dejó caer de rodillas junto al anciano sacerdote, temiéndose lo peor, pero Pa no parecía tener ni una sola herida en el cuerpo. Karim le levantó la cabeza del suelo con suavidad. El sacerdote tenía la piel fría y húmeda, pero movía la boca, como si estuviera rezando.

Estaba vivo.

—¡Pasenhor! Despierte, sacerdote. Despierte, su dios aún lo necesita. Mañana tenemos un largo viaje que hacer, ¿recuerda?

El sacerdote parpadeó varias veces antes de fijar la vista en él.

—Ladrón...

—¿Qué le ha pasado? Venga, levántese. Volvamos al templo, necesita agua...

El sacerdote negó con la cabeza. Se tensó, hinchando los músculos del cuello, haciendo esfuerzos por hablar. Karim se agachó, acercando la oreja a los labios del hombre.

—Me mentiste.

Karim tensó todo el cuerpo.

—¿Qué quiere decir?

—En esta tumba pasó... algo —jadeó.

Karim meneó la cabeza, negando la verdad desesperadamente.

—No, yo no hice nada. Yo...

—«Un secreto surgirá de las profundidades de la tierra» —recitó el sacerdote—. Está en el oráculo. Tendría que haberlo... sabido...

Karim sintió el corazón desbocado. Behkai no se había movido y seguía con la mirada fija en las sombras, gruñendo.

«Sí que me siguió alguien. Pero no era ni Hager ni Babu».

—Ahora es demasiado tarde. Está... aquí.

Presa del pánico, Karim agarró al sacerdote por debajo de los brazos, intentando ponerlo en pie.

—Tenemos que irnos, anciano. Venga...

De pronto el sacerdote soltó un grito.

—¡No me muevas! —dijo, con una mueca de dolor. Fue entonces cuando Karim observó que tenía los dientes teñidos de sangre—. No...

—¿Qué? —exclamó Karim, retrocediendo al ver un chorro de sangre que salía de debajo del cuerpo del sacerdote, como si al levantarlo Karim hubiera quitado el tapón a una botella de vino que ahora se estaba vaciando en la arena. En pocos segundos, el rostro de Pa pasó de un tono pálido al gris de la muerte.

Karim se quedó helado. Solo lo había visto un instante..., pero con eso bastaba. El sacerdote tenía un pequeño agujero, profundo y letal, en la espalda. Como si alguien se le hubiera acercado por detrás y le hubiera dado un puñetazo, penetrando en sus carnes hasta llegar a las vísceras.

—Ya no hay nada que hacer —dijo el sacerdote, con voz incoherente y húmeda. Un fino reguero de sangre le caía de entre los labios al hablar, pero de algún modo encontró las fuerzas necesarias para agarrar a Karim de la ropa y tirar de él—. Ahora vete de aquí, ladrón —añadió, con rabia en la voz—. Rápido, mientras aún puedas. ¡Y prométeme que irás a Tonis y harás lo que yo quería hacer!

—¡Lo prometo! ¡Lo prometo! —balbució Karim, alarmado y asustado.

—No me gusta nada... dejar esto en tus manos. —La voz del sacerdote se iba volviendo más débil a cada palabra—. Pero no tengo elección. No hay nadie más... debes... el oráculo.

El cuerpo del sacerdote se quedó inerte, con los ojos clavados en el rostro de Karim. La sangre bajo su cuerpo había formado un enorme charco negro. Con el corazón desbocado, Karim apoyó delicadamente la cabeza del sacerdote en el suelo. Behkai gimoteaba a su lado y olisqueaba la mano de su dueño.

A su alrededor, el desierto lloraba la pérdida en silencio.

De pronto, una de las sombras se movió.

Karim se puso en pie de un salto, y con la precipitación a punto estuvo de tropezar con las piernas del muerto. Aguzó la vista, escudriñando la penumbra tras la columna de piedra, intentando descubrir a su enemigo. En la oscuridad brillaron dos ojos.

El terror se apoderó de él, como unos dedos atenazándole la garganta.

Con un gemido ahogado, Karim retrocedió un paso, y luego otro, para luego darse la vuelta y echar a correr todo lo rápido que pudo. Deshizo el camino, con Behkai galopando a su lado, y solo se paró para recoger su bolsa, que había quedado junto a las esterillas.

Corrió hacia el río, sintiendo el soplo del *khamasin*, que le tiraba de la tela de la túnica al coronar cada duna, con el pecho inflamado de la fatiga y un terror que le surcaba las venas como una descarga eléctrica.

Solo se atrevió a volver la vista atrás una vez, entornando los párpados para protegerse del embate del viento. Lo que vio, a la luz de la luna llena, se le quedaría grabado en la memoria y se convertiría en una imagen que se le aparecería como un fantasma cada vez que cerrara los ojos.

Lo perseguía, tan inevitable como la propia muerte.

El río apareció ante sus ojos como una oscura serpiente reluciente que avanzaba, sinuosa, hacia el horizonte. Karim bajó la duna en la que estaba dando tumbos, con el perro saltando a su lado. Vio en la orilla el esquife de pesca de Pa, construido con poco más que unos haces de juncos de papiro secos moldeados en forma de embarcación. Uno de los extremos se elevaba y se curvaba hacia delante, como la cola de un escorpión. Sin dudarlo, Karim soltó las amarras, echó su bolsa dentro y se subió de un salto. Levantó el único remo de madera que había, y a punto estaba de usarlo para apartarse de la orilla empujando cuando vio a Behkai esperando al borde del agua, jadeando, con el miedo reflejado en los ojos.

—Ni hablar —dijo Karim, decidido—. No tengo tiempo para mascotas.

El perro gimoteó y dejó caer las puntiagudas orejas a los lados de la cabeza.

Una sombra se alzó sobre la duna más cercana, aproximándose.

Karim soltó un improperio.

—Esto voy a lamentarlo.

Agarró al perro por el cogote y lo subió a bordo. Behkai le lamió el rostro, y, con otro improperio, Karim le apartó el morro y agarró bien el remo. Con un potente empujón acercó el esquife a la corriente y se puso a remar frenéticamente para alejarse de la orilla.

Aquella cosa se quedó al borde del agua, observándolos mientras la corriente se los llevaba río abajo, al norte, hacia Tonis.

Karim no dejó de remar hasta que la perdió de vista, hasta que consiguió que se desvaneciera de nuevo entre las sombras y se fundiera con la noche.

10
RAE

Cuando la estrella más brillante superó su cénit, Rae se puso en marcha. Su padre no reaccionó cuando se levantó de su esterilla. Había sido un día agotador, lleno de emociones. Ankhu se había levantado de madrugada y había iniciado los preparativos para cosechar el trigo suficiente para cumplir las absurdas exigencias del nomarca. Rae se había ofrecido a ayudarlo, y eso había suscitado una discusión a la que puso fin la llegada de varios vecinos y sus familias, entre ellos Omari y Baki. Tal como había predicho el sanador, la buena acción de Rae había llegado a oídos de mucha gente, y fueron muchos los miembros de la comunidad que acudieron a ayudar.

Viéndolos allí en el campo, trabajando para cosechar el grano de un vecino a pesar de tener sus propios problemas —porque nadie se libraba de tener que pagar los impuestos al rey—, Rae se sintió muy orgullosa de sus vecinos sakeshíes. Al igual que el trigo, el pueblo se curvaba bajo el viento, pero no se quebraba.

Nada más llegar, el pastor le había agarrado la mano.

—No sé cómo pagártelo, Raetaui. Aquella paliza tendría que haberla recibido yo.

Rae no supo cómo reaccionar y se encogió de hombros.

—Cualquiera habría hecho lo mismo.

—No —replicó Baki, convencido—. No lo habrían hecho.

Ankhu observó aquel diálogo con una expresión en la cara que Rae no supo identificar. ¿Orgullo? ¿Rabia? ¿Miedo? De hecho, podían ser las tres cosas.

A pesar de que todo el mundo comentaba el incidente con el nomarca, Rae y su padre no hablaron de ello. De hecho, aparte de aquella discusión, apenas hablaron en todo el día. Al caer la tarde dejaron el trabajo, prepararon el cercado de los cebús para la noche y cenaron en silencio.

Después de dar cuenta de unos bocados de pan y de pescado salado, su padre se acabó su cerveza, se levantó de la mesa y se fue a estirarse a su esterilla. Poco después ya dormía.

Rae recogió los restos de la comida, se lavó la cara y las manos en la jofaina, y luego se estiró a su lado. Se quedó mirándolo durante horas, igual que él debía de haberla observado a ella la noche anterior. Recordaba lo enorme que le parecía cuando era una niña. Para ella, era el hombre más fuerte del mundo. Un bastión defensivo contra un mundo sumido en una miseria cada vez mayor. Se había encargado de que no les faltara ropa y comida hasta que Rae tuvo edad suficiente para ayudar con la granja, y la había protegido de la fea realidad de la vida en Sakesh, regalándole una infancia feliz.

Había sido toda una sorpresa para los dos ver que Rae crecía no solo hasta alcanzar a su padre, sino hasta superarlo por un par de dedos.

—No presumas tanto, que torres más altas han caído —le dijo él, señalándola con un dedo, la primera vez que se dieron cuenta—. Para mí sigues siendo mi niña, y siempre lo serás.

Ahora, viéndolo dormir, no pudo evitar darse cuenta de lo pequeño que se había quedado, con su cuerpo enjuto y curtido por el duro trabajo enroscado bajo la manta.

«Lo siento, padre —pensó—. Pero tú ya no puedes protegerme».

Cuando llegó la hora, salió de su cama y se dirigió sigilosamente a la puerta, donde se detuvo a ponerse una capa y coger el cuchillo del cinto de su padre. Era un buen cuchillo, con la hoja de bronce y el mango de madera negra, una de las pocas reliquias que les quedaban de la vida de Ankhu como escriba en la corte del rey Rahotep.

En el mango llevaba una inscripción con dibujos geométricos y un gran ojo *udyat*, con una cornalina incrustada en la pupila.

Algunas mañanas Rae lo había pillado rezando, con el cuchillo en la mano y la vista puesta en el sol del amanecer, el último vestigio de su vapuleada fe.

—Escúchame, Ra —decía él—, creador de las horas, dios de los días; escúchame y cúbreme con tu luz. Elimina el miedo de mi corazón y protégeme para que pueda volver a verte mañana.

Rae susurró aquella misma oración mientras se ponía el cuchillo de su padre al cinto, y se adentró en el frío de la noche. Se frotó los brazos, tiritando, y se ajustó la capa sobre los hombros, echando a caminar hacia la casa de Omari. No se atrevía a llevar una antorcha, así que tenía que confiar en la luna para orientarse. Los khetaranos solían evitar moverse de noche, ya que cualquier actividad realizada tras la puesta de sol solía despertar sospechas.

—Solo los chacales y los delincuentes acechan en la oscuridad —decía la gente.

«¿Qué se supone que soy yo, entonces?», se preguntó Rae mientras se acercaba a la carpintería.

Omari ya la estaba esperando fuera, también envuelto en una capa oscura. Cuando Rae quiso saludarlo, él se llevó un dedo a los labios. Señaló hacia un sendero que iba a la montaña y le indicó con un gesto que lo siguiera. Hasta que no estuvieron lejos de la carpintería no habló por fin.

—¿Estás segura de esto? Aún estás a tiempo de volver.

Rae se ajustó la capucha de su capa. Con el movimiento la carne lacerada de la espalda se le tensó y le provocó un pinchazo de dolor. Hizo una mueca, pero el dolor le sirvió para recordarle por qué estaba ahí.

—Por fin he abierto los ojos a una injusticia que ya no podemos tolerar —dijo, incisiva, usando sus propias palabras—. ¿Quieres que vuelva a cerrarlos?

Omari apretó los dientes, exasperado.

—Maldita seas, Ay. Yo solo te hablé de esto porque quería que me apoyaras en mi lucha contra los altokhetaranos. No pretendía que te unieras a mí. Estos hombres... No les va a sentar bien que lleve a una mujer. Quizá te echen nada más llegar.

Rae puso la mano sobre el cuchillo que llevaba al costado.

—Que lo intenten.

Omari suspiró. Si la llamaban «mula», desde luego era por algo. Aun así, Rae lo pilló lanzándole miradas de preocupación cuando pensaba que no lo veía.

Atravesaron un terreno baldío, dejando atrás la vegetación. Al cabo de un rato, Rae superó una loma y vio un gran montículo enfrente. Era como una montaña irregular, de forma curiosa, solo que parecía tener un acceso perfectamente rectangular, hecho por el hombre, en un lado. Vio la luz de la luna reflejada en el otro lado.

—¿Es ahí adonde nos dirigimos? —preguntó Rae.

Omari asintió.

—Es el Hesep-Mut, el Jardín de los Muertos. Hace miles de años era una enorme necrópolis, pero ahora es una ruina. Nadie entra ahí dentro, y queda lejos de miradas curiosas, así que es el lugar de reunión perfecto.

—¿Una necrópolis, dices? —preguntó Rae, sintiendo un cosquilleo en la columna.

—Sí, así que fíjate en dónde pisas.

Justo en ese momento se le enganchó el pie en algo que había bajo la arena, y Rae estuvo a punto de salir corriendo. Cuando se giró a ver lo que era, se encontró con la mitad superior de un cráneo humano que la miraba, con las cuencas de los ojos llenas de arena.

—Venga —la apremió Omari—. Date prisa o llegaremos tarde.

Rae apartó la mirada del cráneo y se apresuró. No tendría que decírselo dos veces.

Cuando se acercaron a la puerta, Rae vio que la construcción era un monumento de un tamaño increíble, edificado con miles de ladrillos de adobe y con los bordes suavizados por el paso del tiempo. En su apogeo, el Hesep-Mut debía de haber sido una imagen impresionante; incluso ahora, sus enormes dimensiones resultaban sobrecogedoras.

De hecho, estaba tan distraída contemplándolo que no vio al hombre que se deslizó entre las sombras y se les echó encima.

Rae contuvo un grito al notar un cuchillo apoyado en la garganta. Quiso echar mano a su puñal, pero la hoja le presionó la piel aún con más fuerza.

—No lo hagas —dijo una voz ronca a sus espaldas.

Un momento más tarde distinguió la silueta de un arquero junto a la entrada, con la flecha encocada y lista para salir volando.

Omari se quitó la capucha y levantó los brazos en señal de rendición.

—¡Por favor, venimos en son de paz! ¡Soy yo, Omari! Vine a la última reunión. Mi amiga quiere unirse a nosotros.

—El halcón surca el cielo —dijo el arquero, sin bajar el arma.

Omari se humedeció los labios y echó una mirada a Rae. El hombre le rodeaba el cuerpo con un brazo y ella, muy rígida, hacía un esfuerzo por no inhalar su apestoso aliento.

«¿Qué demonios querrá decir eso?», pensó Rae.

—Iremos a su encuentro en el horizonte —respondió Omari.

Pasó un momento antes de que el hombre soltara a Rae y bajara su cuchillo. Rae se giró de golpe hacia él; no era más que un pequeñajo al que habría podido lanzar por encima del hombro sin gran esfuerzo. Tenía un bigote desaliñado y unas orejas inusitadamente grandes, que le daban aspecto de burro. Rae le dio un empujón.

—¡Hijo de un perro! —le espetó.

—¡Rae! —reaccionó Omari—. No te metas con él. Solo estaba haciendo su trabajo.

—¿Y qué trabajo es ese? —murmuró Rae, sin dejar de mirar a Orejotas.

—Un trabajo importante —respondió el arquero—. Quitarnos a los espías de encima. —Bajó el arco y salió de entre las sombras—. Lo cual, a su vez, nos ayuda a mantenernos vivos.

A diferencia de su amigo, el arquero era un hombre fornido, de la edad de su padre, más o menos, con el pelo corto y negro y una barba con hebras plateadas. Llevaba una *shenti* corta y una túnica áspera sin mangas de tela negra como la noche. Sobre el pecho desnudo lucía un amuleto verde en forma de escarabajo colgado de un cordón. Se movía con seguridad, y Rae se lo imaginó montando en una cuadriga. El arquero se acercó a estrecharle la mano a Omari, agarrándolo de la muñeca, aparentemente ajeno al frío.

—Os doy la bienvenida —dijo, alzando una ceja—. Aunque estoy empezando a cuestionarme tu decisión —añadió, echando una mirada a Rae.

—No eres el único... —reconoció Omari.

Rae frunció el ceño, con mil maldiciones en la punta de la lengua.

—No obstante —prosiguió Omari—, conozco a esta chica desde hace muchos años. Es de confianza. Te doy mi palabra, Asim.

Rae se tragó sus maldiciones cuando Asim se le acercó. Era algo más alto que ella y desprendía un olor a madera quemada intenso, pero no desagradable.

—Puedes participar en la reunión, gatita —murmuró—. Pero, si le dices una palabra a alguien, me enteraré y no dudaré en rebanarte la garganta de oreja a oreja. ¿Lo entiendes?

Ella se quedó mirándolo fijamente. Si Asim pretendía asustarla, no le iba a funcionar.

—Me llamo Raetaui.

Asim esbozó una sonrisa.

—¿Lo entiendes..., Raetaui?

Instintivamente, Rae se llevó una mano a la minúscula herida que le había hecho en el cuello el cuchillo del otro hombre.

—Entiendo.

Asim asintió.

—Muy bien. Entonces ven conmigo: estamos a punto de empezar.

Rae soltó aire y siguió a los tres hombres al interior del Hesep-Mut. La entrada daba paso a un enorme patio rodeado por unas altas paredes irregulares. Aún quedaban restos de una serie de columnas coronadas por pirámides, junto a unos anchos altares casi enterrados en la arena. Un grupo de hombres, más de dos docenas en total, esperaban junto a uno de los altares, hablando entre ellos.

Rae reconoció a unos cuantos: pescadores, granjeros, el cervecero, el hijo del alfarero. A otros los había visto una o dos veces porque eran conocidos de su padre, exsoldados del ejército del rey Rahotep que en ocasiones se ofrecían para trabajar a cambio de una comida. Sus fibrosos brazos, entrenados para empuñar un *khopesh* en plena batalla, se habían visto obligados a usar la hoz en los campos.

Cuando se acercó Asim se hizo el silencio. El arquero —que obviamente debía de ser su líder— dejó su arco junto al altar y se subió encima de un salto.

—Hermanos —dijo—, estimados miembros de Horizonte. He oído hablar de las visitas de los nomarcas a vuestros campos y talleres, y del implacable ultimátum del faraón. ¡Como si la sequía no fuera suficientemente grave, ahora Amenmose quiere arrebatarnos el alimento de nuestros hijos! —Se oyeron murmullos airados entre los presentes—. Hermanos..., ¡esto tiene que acabar!

Los hombres gritaron todos a una.

—Hace ya una generación, Semataui, el supuesto Gran Unificador, invadió nuestras tierras con el ejército de la Alta Khetara y mató a nuestro rey, dejando Sakesh en ruinas. ¡Los fantasmas aún viven entre nosotros! ¡Hombres cuyos cuerpos aún caminan por la tierra, a pesar de que sus almas murieron el día en que se perdió la guerra! ¡Y ahora Amenmose, un farsante que no ha empuñado un *khopesh* en toda su vida, luce la corona Blanca de nuestro reino y se hace llamar dios! Pero no es ningún dios, ¿o sí, hermanos míos?

—¡No! —replicó la multitud.

—Este aumento de los impuestos es el acto de un cobarde, de un idiota, y no debemos aceptarlo: ¡si no, también nosotros nos convertimos en cobardes e idiotas! Así que propongo que le enviemos un mensaje bien claro al faraón, atacando la Casa de los Medjay, los mismos que lo han ayudado a aplicar sus leyes y a dejarnos indefensos. Hemos estado esperando el momento ideal para actuar: ¡Hermanos, este es el momento! Mis mensajeros me han dicho que Amenmose está muy enfermo, y ha rebajado el nivel de exigencia de sus soldados. ¡Ahora hay menos vigilancia que nunca en la Casa de los Medjay! Si seguimos mi plan y trabajamos juntos, podemos segarlos como el trigo en los campos antes de que puedan dar la voz de alarma. —Asim hizo una pausa para recobrar el aliento—. Bueno, ¿quién está conmigo?

La pregunta fue recibida con un silencio incómodo.

Rae estaba al final del grupo, observando a los hombres, que bajaban la vista o se miraban unos a otros, murmurando en voz baja y meneando la cabeza.

Asim también los observaba, claramente consternado.

—Estoy decepcionado con vosotros, hermanos. Lleváis meses viniendo aquí, expresando vuestro enfado, y ahora que os pido ayuda para reparar esos agravios, para combatir esta injusticia... ¿De pronto no tenéis nada que decir? ¿Dónde está vuestra pasión? ¿Es que entre vuestras piernas no hay nada más que aire?

De nuevo, el silencio.

—Yo estoy contigo.

Las palabras salieron de la boca de Rae antes de que pudiera pensarlas.

Omari le dio un codazo.

—¿Qué estás haciendo? —le susurró, frunciendo el ceño.

—¿Qué? —le susurró ella a su vez—. Decías que querías luchar. ¿Por qué no te has presentado voluntario?

—Iba a hacerlo, pero entonces tú...

—¿Quién habla? —gritó Asim, escrutando la multitud.

Los que estaban en las primeras filas se hicieron a los lados, dejando abierto el camino hasta el altar. Pero cuando los hombres vieron quién era, estallaron en exclamaciones de sorpresa y enfado.

—¿Esa no es la hija de Ankhu?

—¡Raetaui, este no es lugar para ti!

—¿Quién ha sido el inconsciente que la ha traído aquí?

—Ese inconsciente —dijo Asim, señalando a Omari. Omari bajó la cabeza al ver que las críticas iban hacia él—. Pero ha sido este otro inconsciente quien la ha dejado entrar —añadió, señalándose a sí mismo.

La multitud se quedó en silencio.

—Y parece que he acertado, si la hija de un granjero tiene más agallas que todos vosotros.

—No es que no estemos de acuerdo contigo, Asim —dijo el cervecero. Era un hombre bajo y redondo como un tonel—. Pero ¿qué posibilidades tenemos nosotros contra los *medjay*?

Los otros hombres asintieron, mostrando su acuerdo.

—Todos queremos el cambio —prosiguió el cervecero—, pero debe de haber un modo para conseguirlo que no ponga las vidas de todos en riesgo. Está muy bien que esta muchacha se presente voluntaria, pero en realidad no sabe luchar, así que...

—Sí que sé luchar —lo interrumpió Rae.

El cervecero soltó una risita socarrona.

Pese a que estaba oscuro, Omari debió de ver cómo Rae tensaba la mandíbula, porque quiso advertirla:

—Ay...

Rae no le hizo ni caso. Tenía su orgullo, y no era momento de remilgos. Se quitó la capa y la dejó caer al suelo. Sus heridas le lanzaron algún pinchazo de protesta, pero a ellas tampoco les hizo caso.

Vio a dos granjeros allí cerca, apoyados en sus bastones, observando la escena.

—¿Podéis dejármelos? —les preguntó Rae.

Intrigados, los hombres accedieron. Con los largos bastones de madera de palma en la mano, Rae se giró hacia Asim.

—*Sé* luchar —dijo—. Dame la posibilidad de demostrarlo en un combate de *tahtib*. Desafío a cualquier hombre presente que quiera llamarme mentirosa.

La oferta fue recibida con gritos entre la multitud, pero Asim los silenció.

—¿Estás segura de que quieres hacer esto?

Le hablaba con condescendencia, y eso le molestaba.

—Mi desafío sigue en pie.

Asim se encogió de hombros y sonrió, divertido.

—Muy bien, Raetaui. Pero, tal como has visto, aquí el líder soy yo. Si vas a luchar contra alguien de la compañía, será conmigo —dijo, tendiéndole la mano.

Rae se quedó sin habla. Como siempre, su ego la había metido en un lío. Había participado en combates callejeros de *tahtib* alguna vez, así que se sentía cómoda blandiendo un *asa*; además, ya les había tomado la medida a los asistentes y confiaba en poder aguantar el tipo con ellos. Pero no se había planteado luchar contra Asim. Aparte de Omari, era el más corpulento de todos y, a pesar de su edad, parecía fiero como un león.

«No hay vuelta atrás», se dijo, consternada, y le lanzó uno de los improvisados bastones *asa* a su oponente. Asim agarró el *asa* y lo hizo girar sobre la mano, lanzándolo al aire y agarrándolo al vuelo con gran destreza. Bajó del altar de un salto, se acercó y la multitud se apartó, dejándoles un gran espacio. Agarrando los largos bastones por el extremo, Rae y Asim se pusieron a dar vueltas uno en torno a la otra, haciendo girar las armas alrededor del cuerpo, como en un baile. La multitud empezó a cantar y a dar palmadas contra los muslos marcando un ritmo constante. Rae y Asim se encontraron en el centro del círculo y entrechocaron sus *asas* tres veces siguiendo el ritmo.

¡Clac! ¡Clac! ¡Clac!

—Empecemos.

La expresión divertida en los ojos de Asim encendió a Rae aún más. Con un grito gutural, lanzó un golpe, trazando un arco bajo para golpear a Asim en las rodillas, pero él ya se lo esperaba, por lo que pudo esquivarlo y echar el cuerpo adelante para clavarle el bastón, aprovechando que tenía alta la guardia. Le dio de lleno en el pecho y la dejó sin aliento.

Jadeando, furiosa, Rae atacó con fuerza, atravesando el aire con su *asa* en busca del hombro de Asim, pero él desvió el golpe con facilidad y le dio una palmadita en la espalda por sus esfuerzos.

Rae apretó los dientes para contener el dolor de sus heridas. La multitud se reía y vociferaba, disfrutando con el combate. Rae pensó que Asim se reiría con ellos, pero él no la perdía de vista en ningún momento.

—¡Concéntrate, Ay! —gritó Omari—. Está intentando cabrearte. ¡No piques!

Rae no pensaba prestarle atención, como solía hacer, cuando de pronto recordó todas las peleas en las que la habían derrotado no porque no fuera suficientemente buena, sino porque había perdido los nervios. Aquellas peleas le habían costado unas cuantas baratijas. Pero perder esta le costaría mucho más.

Sintió el peso del cuchillo de su padre al cinto. Al cumplir diez años él le había enseñado a usarlo, y le había indicado el ojo *uediat* pintado en el mango: «Debes tratar tu arma con respeto —le había dicho—. Porque igual que la luz de Ra puede crear y destruir, esta hoja se puede usar para cosas buenas y malas. Y puede cortarte a ti con la misma facilidad que puede clavarse en tu enemigo».

Rae sintió aquella rabia habitual hirviéndole en las venas, urgiéndola a atacar, mientras giraba en torno a Asim, que no había empezado a sudar siquiera. «Usa tu rabia —se dijo—. No dejes que ella te domine a ti».

Así que en lugar de dejar que su furia se apoderara de ella, cerró los ojos y sintió el poder en su interior.

—¿Qué estás haciendo? —le gritó Omari—. ¡¿Es que te has vuelto loca?!

Pero Rae apenas lo oía. Se concentró en el peso del *asa* en sus manos y sintió cómo se acercaba Asim, vio su sombra pasando sobre la suya mientras ambos seguían trazando círculos, uno frente a la otra. En la oscuridad, pudo sentir las ondas, curvadas y sinuosas, que creaban sus cuerpos en el fresco aire de la noche, que olía a humo, a miel y a vino.

Percibió una alteración en esas ondas. Asim estaba a punto de atacar.

Abrió los ojos y dio un paso a un lado justo en el momento en que el *asa* de Asim caía sobre ella. El bastón golpeó el suelo, y Rae aprovechó para golpear con el suyo el hombro de su rival. El golpe fue limpio y pilló a Asim totalmente por sorpresa.

La multitud gritó, sorprendida, y Rae sonrió. Asim se recuperó enseguida y siguió moviéndose a su alrededor, esta vez con mayor precaución. Ya no parecía tan divertido, y sí más concentrado. Los asistentes percibieron el cambio y se callaron, aunque mantuvieron el ritmo de las palmadas.

Rae sincronizó su respiración con la de Asim, viendo cómo hinchaba y deshinchaba el pecho una y otra vez. Y cuando lo vio coger aire rápidamente, cuando lo vio hinchar los músculos y entornar los párpados, se movió en paralelo a él, curvando el cuerpo para esquivar su *asa*. Se movieron en perfecta sincronía durante varios minutos, levantando nubes de arena con los pies, en una danza elegante y brutal a la vez. Rae acertó varios golpes más, pero nada que hiciera parar a Asim, que evidentemente la superaba en fuerza y en técnica. Se dio cuenta de que estaba fatigada y perdía precisión. Tras un frenético intercambio de golpes, Asim parecía estar listo para arremeter contra ella, así que Rae lo esquivó. Pero su ataque no era más que una finta, y, en cuanto Rae quedó expuesta, él giró sobre los talones, lanzando el bastón con fuerza contra su espalda.

El impacto le reabrió las heridas.

Primero un fogonazo de dolor candente; luego una sensación húmeda y cálida bajo los vendajes. Intentó volver a alzar el *asa*, pero aquello era demasiado. Con cada movimiento sentía como si se le abriera la piel a tiras. Porque eso era lo que estaba pasando.

Todo empezó a dar vueltas a su alrededor, y cayó de rodillas.

Omari llegó a su lado al momento y la tendió de costado hasta que se le pasara el mareo.

Asim había abandonado su *asa* y asistía a la escena, perplejo.

—No lo entiendo —dijo, señalando las manchas de sangre que se extendían por la parte trasera de su túnica—. No la he golpeado tan fuerte.

—Tú no —dijo Omari—. Fue otro. Ayer por la mañana.

Asim hincó una rodilla en el suelo, a su lado.

—¿Puedo verlo? —le preguntó a Rae, suavizando la voz.

«Ya he perdido —pensó Rae, derrotada—. ¿Por qué no?». Y asintió.

Con delicadeza, Asim le apartó la túnica y examinó los vendajes ensangrentados que le cubrían la espalda. Hizo una mueca de dolor y se puso de nuevo en pie.

—¿Quién te ha hecho esto?

—El nomarca —respondió Rae, tiritando de pronto de frío.

Asim endureció de pronto el gesto.

—¿Por qué?

—Lo hizo por mí —dijo otra voz. Rae levantó la cabeza y vio a Baki, el pastor, abriéndose camino entre la multitud—. Siento llegar tarde, Asim. No he podido salir antes de casa; mi hijo está enfermo. Pero parece que he llegado justo a tiempo.

—¿Qué quiere decir eso de que lo hizo por ti? —preguntó Asim.

—El nomarca vino a mi casa a presentarme sus exigencias, y yo osé decirle lo que pensaba. Iba a azotarnos a mí y a mi pequeño a la vez, pero Raetaui lo frenó, así que la azotó a ella en mi lugar. Pensé que se pasaría semanas en la cama después de recibir tantos latigazos..., y, sin embargo aquí está, en pie y combatiendo solo un día después.

—No hay quien la pare —dijo Omari, con un gesto de impotencia—. Creedme, lo he intentado.

—Pues lucha conmigo —dijo Rae—. Lucha por Sakesh. —Giró la cabeza, apuntando a Asim con la barbilla—. Este hombre tiene un plan para atacar la Casa de los Medjay, y parece que sabe lo que se hace.

—Gracias por el cumplido —dijo Asim, esbozando una sonrisa.

—Venga ya —replicó el cervecero, entre la multitud—. Es evidente que es una misión suicida. Piensa en tu familia, Baki... ¡En tu hijo!

El pastor le lanzó una mirada furiosa a su amigo.

—En el nombre de Ra, hermano… ¡No pienso en otra cosa! ¿Es que esperas que los altokhetaranos dejen de subirnos los impuestos? No lo harán hasta que nos arrebaten todo lo que tenemos.

Rae hizo una mueca de dolor mientras Omari le retiraba los vendajes ensangrentados y hacía tiras de su propia capa para aplicárselas e intentar detener la hemorragia. Rae irguió el cuerpo, agarrando la túnica con las manos para cubrirse, más pendiente de la discusión de aquellos hombres que de su propio dolor. Baki señaló en su dirección.

—Tú tienes una hija de su edad más o menos, ¿no? —le preguntó al cervecero—. ¿Y si fuera tu hija la que hubiera sido azotada por el nomarca? ¿Y si fuera su sangre la que hubiera empapado la arena? ¿Me dirías que pensara en mi familia? ¿O cogerías tu *khopesh* y buscarías venganza a cualquier precio? —Sacudió la cabeza—. Lo haré. Yo lucharé por Sakesh. Y por ti, Raetaui.

Muchos de los presentes asintieron, y Rae percibió que la energía que flotaba en el ambiente había cambiado, adquiriendo intensidad. Asim también debió de notarlo.

—¿Qué decís, pues? —gritó, trazando un amplio arco frente a ellos, mirándolos a los ojos uno a uno—. Habéis quedado como unos cobardes ante un pastor y la hija de un granjero. ¿Vais a dejarlo así? ¿O vais a encontrar el valor de uniros a ellos?

—Yo lo haré —declaró Omari, como si hubiera estado esperando el momento de hablar.

—Y yo —dijo otro hombre.

—Y yo.

Decenas de hombres dieron un paso adelante, hasta que casi todos se ofrecieron para la lucha. Hasta el cervecero, que observaba con creciente inquietud mientras los hombres a su alrededor iban ofreciéndose voluntarios, cedió por fin y dijo:

—Que los dioses nos asistan. Yo también estoy con vosotros.

Los hombres soltaron un grito de júbilo e inmediatamente se dividieron en grupos para hacer planes y trazar estrategias para el ataque.

—Debería llevarte a casa —le dijo Omari a Rae, extendiéndole la túnica ensangrentada sobre el torso y cubriéndole los hombros con la capa—. Tenemos que cambiarte los vendajes.

Rae quería quedarse, pero sabía que Omari tenía razón. Dejó

que la ayudara a ponerse en pie, pero eso fue todo. Se negó a que la llevara en brazos.

Asim volvía a mirarla con gesto divertido.

—Bueno —dijo, con los brazos en jarras—. Supongo que al final no ha estado tan mal permitir que este inconsciente te trajera hasta aquí.

Rae se ruborizó y agradeció que estuviera demasiado oscuro como para que Asim pudiera verlo. Mientras regresaban hacia el portal de piedra, echó un último vistazo a aquel grupo «organizado» de hombres que charlaban y trazaban planes. De pronto tenían un aspecto diferente, con el rostro iluminado, como brasas reavivándose después de haber estado a punto de extinguirse.

—¿Qué es lo que hemos hecho? —murmuró Rae, meneando la cabeza.

No pretendía que Asim la oyera, pero la oyó.

—Querida mía —respondió él, con una voz profunda y grave—, acabas de encender la llama de la rebelión.

11

NEFF

—Nefermaat —gritó el sacerdote, enfadado—. ¿Estás escuchando, niña? No tenemos tiempo que perder. La barcaza ha llegado tarde, y si estos suministros no se distribuyen correctamente me va a costar el pellejo, y a ti también.

Neff se tragó la protesta. Estaba siendo una mañana muy atareada y no veía la hora de almorzar. Ella que pensaba que pasarse el día en el puesto de *yati* en el mercado era cansado... ¡No era nada comparado con aquello!

—Escucho —dijo.

—Rollos de papiro para los escribas de la Casa de la Vida —dijo el sacerdote, poniéndole varios fardos en los brazos—. Perlas de incienso y telas limpias para el santuario; y esto va directamente al maestro Montuhotep —dijo, entregándole una vasija de vino de cuello largo, pintada de rojo cornalina—. Ha pedido que seas tú quien se lo lleve a sus aposentos.

Neff asintió y se puso en marcha. Había hecho tantas entregas en los días transcurridos desde su llegada que ya se conocía todo el templo de memoria, y también el nombre de muchos de sus sacerdotes. Se preguntaba si habría sido esa la intención del maestro al encargarle aquella tarea. O quizá estuviera intentando poner a prueba su entereza, ver si realmente estaba a la altura de la tarea de convertirse en sacerdotisa. En cualquier caso, cada noche caía a plomo sobre la cama y dormía como los muertos hasta que aparecían las *wabet*, al amanecer, para bañarla y frotarle la piel hasta dejársela en carne viva. Su piel ya había empezado a adquirir el brillo que tenía la de todos los demás en el templo. Lo peor era que había estado tan ocupada que aún no había podido colaborar como asistente del príncipe Kenna, como le había prometido. Se habían cruzado varias veces, pero apenas el tiempo necesario para un saludo rápido. Esperaba que eso también pudiera cambiar pronto.

Se abrió paso entre la multitud, tomando los atajos que había descubierto ella misma. En el momento en que estaba a punto de girar una esquina, oyó una voz familiar y se paró de golpe.

—Los sanadores están desesperados —dijo el hombre—. Han probado todas las pociones, le han administrado todos los amuletos. No hace más que empeorar. Ahora ha solicitado nuestra presencia, aunque me preocupa que ni siquiera nosotros tengamos mucho que hacer contra un demonio de esa envergadura. He visto las terribles manchas marrones que tiene en las manos y en los pies, que intenta ocultar bajo las sandalias y con maquillaje, y su comportamiento es... errático.

Asomando la nariz por la esquina, vio al sacerdote *heka* con el que se había cruzado el día de su llegada al templo y a sus dos compañeros, que caminaban por el pasillo. Aunque aún le impresionaban, resultaban mucho menos intimidatorios sin sus máscaras de animales.

«¿De quién están hablando?», se preguntó, pero se ocultó tras una estatua cuando pasaron frente a ella.

—Debemos ir con cuidado —dijo uno de los otros dos—. Estará enfermo, pero aún puede mandar que nos azoten si no conseguimos curarlo. O algo peor.

El tercer sacerdote soltó un soplido desdeñoso.

—No tiene agallas. Nunca las ha tenido.

El primer sacerdote le hizo un gesto de reproche, como una maldición.

—Ten cuidado con lo que dices. Las paredes tienen oídos —dijo, dirigiendo la mirada a las sombras, cerca de donde se ocultaba Neff, pero siguió adelante.

Neff esperó un momento antes de salir. ¿Era posible que estuvieran hablando del rey? Recordó los cotilleos sobre su enfermedad cuando estaba en Bubas. Pero ¿un demonio que ni siquiera los más poderosos sacerdotes *heka* de todo el territorio pudieran derrotar? Su curiosidad sobre la situación, y sobre los propios sacerdotes *heka*, fue en aumento. Sabía que la habían llevado al templo para que aprendiera a ser una sacerdotisa horóloga, pero no podía quitarse de encima la imagen de aquel bastón con cabeza de serpiente que cobraba vida. En cualquier caso, ahora tenía que darse prisa, antes de que el maestro se diera cuenta de que llegaba tarde.

Entregó los papiros, el incienso y las telas a toda velocidad, y luego salió al exterior, en dirección a los aposentos del maestro Montuhotep. Aquel primer día había cometido muchos errores, pero había aprendido rápido de ellos. Pese a todos sus lamentos por los interminables días pasados en el mercado, la insistencia de su padre en que trabajara duro y fuera tenaz estaba dando sus frutos en su nuevo empleo.

Sopesó la vasija de vino que llevaba en la mano, su última entrega. No había pasado demasiado tiempo con el maestro desde su llegada, pero Neff tenía la sensación de que la opinión que tenía de ella no había mejorado.

Una vez que se recuperó del trauma de aquel primer día y se acostumbró al reflejo que veía en el espejo, Neff centró todos sus esfuerzos en aprender todo lo que pudiera en el Templo de Amón. Había intentado más de una vez preguntarle a su maestro cuándo empezarían sus clases, pero él se había limitado a quitársela de encima con un gesto de la mano, como si fuera un moscón zumbándole junto al oído.

Al llegar al edificio blanco con tejado plano junto al patio del templo, respiró hondo y llamó con los nudillos a la puerta de madera pulida.

—Adelante —respondió una voz estridente desde el interior.

Neff se humedeció los labios y entró. Al momento la envolvió una oscuridad opresiva. Los postigos de madera de ambas ventanas estaban cerrados, y cubiertos con gruesas cortinas, convirtiendo la estancia en una especie de cueva. El maestro Montuhotep estaba sentado sobre una esterilla de junco en el centro de la habitación, con el rostro iluminado por la trémula llama de una lámpara de aceite que ardía en la mesita baja que tenía delante.

—Si-siento molestar, maestro —balbució Neff, dándose cuenta de pronto de que acababa de interrumpir un ritual—. Me han encargado que le entregue este paquete inmediatamente.

A toda prisa, colocó la vasija de vino en la mesita baja, junto a una pequeña copa dorada, y estaba a punto de retirarse cuando Montuhotep volvió a hablar.

—Cierra la puerta y siéntate.

Neff se sintió incómoda, pero sabía que debía obedecer. Bajó la cabeza, se giró y cerró la puerta con delicadeza, para luego sentarse en una esterilla frente a él.

El maestro, cuyos ojos cobraban vida con el reflejo de la llama, la observó brevemente antes de recoger la lámpara y acercar la llama a un cuenco lleno de pequeñas piedras amarillas, de algún tipo de resina. Muy pronto la resina empezó a arder.

—¿Qué sabes de los sueños, niña?

Neff tosió al sentir cómo se le colaba el penetrante humo agridulce por los orificios nasales.

—No sé mucho —dijo, recobrando la compostura—. Solo que son mensajes de los dioses, y que los sacerdotes horólogos pueden revelarnos su significado.

—Correcto —respondió el maestro—. Los dioses no hablan directamente, como hacen los hombres. Hablan con imágenes y símbolos, de modo que los sacerdotes horólogos deben conocer bien el lenguaje divino. Tener esa oportunidad es un gran honor: no todo el mundo puede llegar a oír la palabra de un dios.

Hizo una pausa y cruzó las manos sobre la mesa que los separaba.

—La gran sacerdotisa te trajo aquí asegurando que habías sido tocada por Bastet. Aun así, el viaje desde la vida profana al sacerdocio es largo, y más aún para una plebeya como tú. ¿De verdad deseas beber de las aguas primigenias, niña? ¿Impregnarte de sus secretos? ¿O prefieres que te devuelva a Bubas, a las faldas de tu madre? Yo podría soportar las protestas de la sacerdotisa. Ya has visto por ti misma lo dura que es la vida en el templo. Yo no voy a hacer que sea más fácil para ti, ni lo hará ningún otro sacerdote. Sería comprensible que no quisieras permanecer aquí. Nadie te podría culpar por querer volver a casa. Ni siquiera la diosa.

Tensó la boca y se quedó mirándola con sus ojos negros y brillantes.

—Te advierto: una vez que hayas bebido de esas aguas, no hay vuelta atrás —prosiguió—. Para la persona indicada, puede ser una iluminación, pero para la persona equivocada es un veneno que puede destruirla desde dentro.

Neff frunció el ceño. Al llegar al templo se había imaginado que aprendería a leer las palabras de los dioses estudiando papiros, descifrando los misterios de lo divino. Pero Montuhotep no estaba hablando de largas jornadas en bibliotecas a la luz de las velas.

Aquello sonaba peligroso.

Quizá debiera aceptar la oferta del maestro y abandonar aquel lugar ahora que aún podía. ¿No era lo que había deseado tanto cuando le habían cortado el pelo, convirtiéndola en una extraña? ¿No sería maravilloso volver a casa? ¿Dormir de nuevo en su esterilla, ver otra vez a su familia y a sus amigos, pasar los días vendiendo hechizos en el mercado con su padre?

Hizo una pausa.

«¿Cómo reaccionaría *yati* si dejara el templo y volviera a casa? ¿Qué diría cuando supiera que he abandonado el sacerdocio antes incluso de intentarlo?». Madre estaría encantada de recibirla de nuevo en casa, pero ¿y él?

No. Para él sería una decepción.

El maestro se equivocaba. La diosa la culparía a ella por marcharse, y no sería la única. ¿Por qué le hacía esa oferta el maestro Montuhotep, pues?

«No me quiere aquí. Está intentando provocarme para que me vaya. Primero con esas interminables tareas y ahora con esa advertencia tan amenazante». Si dejaba aparte sus propias emociones, todo quedaba muy claro. Era evidente. «Puede que sea joven, pero mi padre no ha criado a una tonta. La diosa me trajo hasta aquí por un motivo, y yo prometí llegar hasta el final. No le resultará tan fácil hacerme romper esa promesa».

Neff se aclaró la garganta.

—Quiero quedarme.

El maestro torció casi imperceptiblemente la comisura del labio.

—Muy bien. Entonces empezaremos.

—¿Empezaremos? ¿El qué?

—Deseas beber de las aguas —dijo el maestro, alzando la vasija de vino y vertiendo algo oscuro y espeso en la copa dorada—. Este elixir te abre la mente a lo divino. Las visiones son caprichosas: no siempre aparecen cuando se las invoca, especialmente si lo hace una novicia. El elixir las pone en primer plano. Una vez que bebas de él, te haré unas preguntas sobre sueños que he interpretado en el pasado. Yo ya conozco el significado correcto de esos sueños y lo que sucedió después de que despertara el soñador. Si los dioses desean hablar contigo, te mostrarán las respuestas correctas. Si no... —dijo, al tiempo que le tendía la copa—. Que Amón se apiade de ti.

Neff aceptó la copa con manos temblorosas. Se la llevó a la boca y vaciló, mirando a Montuhotep por encima del borde.

«Quiere que fracases».

Aquella idea provocó un incendio en sus entrañas. Bebió hasta apurar la copa.

El elixir le hizo cosquillas en la garganta. Era empalagoso, y su dulzor escondía un sabor amargo, herbáceo, con un toque metálico que le recordó el sabor de la sangre. Apretó los dientes y tragó, afortunadamente evitando las arcadas. Apoyó la copa sobre la mesa y cruzó las manos sobre el regazo. Luego le devolvió la mirada a Montuhotep. Él tensó el gesto, y eso le gustó.

—Mira la lámpara —le indicó el maestro—. Relaja la mirada y concéntrate en la llama. Concéntrate en el punto oscuro en el centro de la luz. Deja que te envuelva, que se convierta en tu mundo. Es ahí donde te encontrarán... o donde te perderás.

Neff se concentró en la lámpara. Como las ventanas estaban cerradas no había ninguna brisa en la estancia, así que la llama no temblaba. Estaba tan inmóvil que parecía casi sólida, como un objeto que pudiera agarrar con la mano.

Pasó el tiempo y ella siguió mirando fijamente la llama. Poco a poco empezó a notar una sensación extraña de ligereza que se intensificó segundo a segundo. Luego la invadió una oleada de placer, algo que nunca había sentido. Aquello potenció su percepción, haciendo que la llama adquiriera mayor brillo, más intensidad, y adoptara una sublime gama de colores, del dorado al violeta claro. Quería tocarla, saborearla, colarse en su interior y fundirse en ella.

La habitación, a su alrededor, se volvió más oscura y acabó por desaparecer. Ya no veía a Montuhotep sentado enfrente, ni la mesa que los separaba. Hasta despareció su cuerpo, la materia de su carne y los lugares en los que tocaba el suelo. No había nada más que la llama.

De un océano de inexistencia le llegó una voz casi inaudible. Con cierto esfuerzo la reconoció: era la del maestro.

—El soñador está trepando por el mástil de un gran navío. ¿Qué le dices? —preguntó Montuhotep.

La llama se consumió. En el ojo de su mente, Neff vio unas formas: un hombre que ascendía, encumbrado por unas figuras con cabeza de animal que bailaban iluminadas por una luz temblorosa.

—Que se elevará por encima de los suyos, encumbrado por los dioses —dijo. No era su voz, sino la de un extraño, como si algo inmenso y ajeno a ella hablara a través de sus labios.

—Se ve en un espejo.

Una vez más aparecieron las imágenes, que mutaron en el interior de la llama.

—Este hombre sufrirá un gran dolor..., perderá a su esposa.

—Su cara no es la suya propia —dijo el maestro—, sino el rostro de un leopardo.

—Se convertirá en un líder de su pueblo.

Las respuestas iban apareciendo cada vez más rápidamente, fluyendo desde la llama hacia su mente, como una corriente de agua.

—Está en un pozo profundo.

—Será encarcelado por sus crímenes.

—Ve una luna radiante.

—Recibirá el perdón.

La oleada de euforia iba en aumento, como una llamarada que se extendía por todos sus sentidos, llenándole la mente de unos colores y una luz tan intensos que resultaban casi insoportables. Intentó apartar la mirada, romper la conexión con lo que fuera que estaba hablando a través de ella, pero de pronto apareció otra imagen en el centro de la llama.

—El cordero —susurró.

Se produjo un silencio momentáneo.

—¿El cordero de tu visión? —dijo al fin Montuhotep—. La gran sacerdotisa lo mencionó. Cuéntame lo que ves.

Neff quería parar. Cuanto más miraba la llama, más atrapada se sentía, arrastrada hacia un abismo del que no tenía claro que tuviera la fuerza necesaria para regresar.

—Basta —suplicó—. No puedo...

—Puedes hacerlo y lo harás —le ordenó Montuhotep—. ¡Dime lo que ves!

Neff gimoteó, intentando concentrarse a pesar del torrente de sensaciones que la invadían. Por la llama pasaron decenas de imágenes, tan rápido que casi ni podía registrarlas.

—Veo guerra —dijo con cierta dificultad—. Veo un largo viaje. Veo traición y muerte..., mucha muerte.

—¿Qué más? —insistió el maestro, cuya voz denotaba impaciencia.

Neff buscó entre el caos, intentando ver más allá. Aparecieron cuatro figuras. Una llevaba una corona, otra un cetro, la tercera tenía dos sombras y la última... la última...

Era una niña.

—¡Cuéntame! —gritó Montuhotep.

Un segundo más tarde se oyó un gran impacto, y un estallido de luz lo invadió todo. Una ráfaga de viento atravesó la cámara, y la llama se apagó. Neff parpadeó, protegiéndose de la luz del sol, jadeando y tomando conciencia de la situación. Se giró. Un viento intenso había abierto la puerta de la cámara de golpe.

La euforia enseguida se convirtió en un aturdimiento acompañado de un fuerte dolor de cabeza y náuseas en el estómago. Montuhotep, sentado frente a ella, alargó el brazo para agarrarle la muñeca, soltando maldiciones.

—¿Qué has visto, niña? ¡Cuéntamelo, antes de que la visión se desvanezca!

Neff lo miró a la cara. Y luego vomitó en el suelo.

Varios sacerdotes *wab* tuvieron que emplearse a fondo para limpiar la cámara de Montuhotep a su entera satisfacción. Neff los habría ayudado, pero se encontraba tan mal que no podía moverse siquiera. El maestro siguió insistiéndole para que le contara su visión del cordero mientras se recuperaba, pero ella se limitó a sacudir la cabeza.

—Lo siento, no lo recuerdo —mintió.

De hecho, lo recordaba todo. Pero aquella ráfaga tan oportuna, y el hecho de que la puerta se abriera en ese día por lo demás sin viento, le hicieron pensar que quizá debiera guardarse aquella visión para sí misma. O que al menos no debía compartirla con Montuhotep. Tendría que guardar el secreto hasta que encontrara a alguien digno de su confianza en el templo. Era evidente que la diosa la había llevado a aquel lugar para interpretar el mensaje del cordero... y, de algún modo, para usar esa información con el fin de evitar el desastre. Su sueño solo contenía malos augurios, pero la visión le había aportado un elemento nuevo.

Las cuatro figuras.

No había podido ver sus rostros, ni nada más allá de los pequeños detalles que recordaba, pero una cosa la tenía clara: la última era ella.

Pero ¿qué papel podría desempeñar una niña como ella en un plan tan grande? No era una líder ni una guerrera, y, aparte de su ingenio, no tenía ninguna otra habilidad particular.

Entonces pensó en los sacerdotes *heka* y la serpiente: madera un momento, carne al siguiente. Auténtica magia.

¿No había dicho el príncipe Kenna que había estudiado cada elemento del sacerdocio para poder escoger el que más le gustaba? Si él podía aprenderlos todos... Aprender dos no podía ser tan duro, ¿no?

Tardó casi una hora en encontrarse lo suficientemente recuperada como para volver a sus aposentos. Antes de marcharse, Montuhotep la frenó, agarrándola del hombro con su mano enorme.

—Mañana, después de hacer tus entregas, irás a la Casa de la Vida. Los escribas empezarán a enseñarte las palabras de los dioses —añadió—. Una cosa es ver, pero otra muy diferente es comprender lo que estás viendo. Si quieres resultarme de alguna utilidad, debes tener disciplina y control. Debes aprender de los papiros.

Neff asintió, emocionada ante aquella novedad.

—Pero... mis interpretaciones de los sueños... ¿Eran correctas?

Montuhotep no respondió, pero su gesto lo decía todo.

—Cuando estés más fuerte —dijo, claramente irritado—, volveremos a hacerlo.

Y la dejó marchar.

Neff volvió a sus aposentos con paso incierto y el estómago aún revuelto. A pesar de las náuseas, se sentía profundamente satisfecha. Sabía que sus interpretaciones habían sido correctas. Montuhotep había intentado asustarla, pero ella había demostrado ser digna de ocupar un lugar en el Gran Templo. Por fin llegó a su dormitorio y, sin responder a las insistentes preguntas de las *wabets*, se dejó caer en su esterilla y se durmió.

Neff se pasó horas en el reino de los sueños.

Cuando despertó, se moría de hambre. Se había saltado el almuerzo, y el sol ya estaba bajo en el cielo. Después de convencer al cocinero del templo para que le empaquetara un pedazo de pan, un huevo duro y un trozo de queso, se llevó el paquetito a los jardines del templo para comérselo.

Tomó asiento bajo un árbol frutal, cogió un poco de pan y de huevo y fue dándole bocaditos al correoso queso blanco para hacerlo durar. Ya casi había acabado cuando oyó que se acercaba alguien por el sendero.

—¿Cómo pudiste perderte la Fiesta de Bastet, Kenna? —preguntó una voz de mujer—. Todo Tonis estaba allí... ¡Todos menos tú!

—Yo no estoy hecho para las fiestas, hermana —replicó el príncipe Kenna con su voz áspera—. Ya lo sabes. Fui a ver a la diosa al llegar; con eso me basta. Además, sospecho que nadie echaría de menos mi presencia.

«¡¿Hermana?!». Neff se ocultó tras un arbusto de jazmín y observó entre las hojas. El príncipe Kenna tenía el pelo tan despeinado como siempre y llevaba una simple túnica negra de lino con un cinturón de cuero fino. No lucía ningún adorno, aparte de un sencillo collar de Anubis hecho con cuentas negras, blancas y azules. La muchacha que tenía delante llevaba un atuendo diferente al que Neff le había visto en la ceremonia de inauguración de la Fiesta de Bastet, pero era inconfundible: la princesa Sitamón.

A diferencia de su hermano, Sitamón sí tenía aspecto de princesa. Lucía una prominente nariz aguileña, como su hermano, pero mientras que en el enjuto rostro de Kenna adquiría el aspecto de un pico de pájaro, a la princesa le daba un toque regio. La lustrosa melena negra, decorada con cuentas doradas, le caía hasta media espalda sobre un vestido holgado de lino verde con un escote muy marcado que acentuaba las curvas de su silueta. Sus joyas, en cambio, eran bastante sencillas. Llevaba dos amuletos colgados de sendos cordones negros: uno era un nudo de Isis rojo, y el otro un sencillo escarabeo verde. Resultaba difícil apartar la mirada de la princesa. Era como un camaleón: exótica, intensa y siempre cambiante. Neff sintió una punzada de envidia.

—Simplemente creo que no estaría mal que visitaras el palacio de vez en cuando —dijo Sitamón, echando una mirada al templo—. No puedes esconderte ahí dentro para siempre.

—No me escondo —replicó Kenna—. Estoy trabajando. Tú también deberías probarlo.

La princesa frunció los labios.

—¿Sabes, hermano? Quizá si pasaras algo más de tiempo con los vivos sabrías cómo hablarles con más propiedad. Antes no eras tan cruel.

Kenna cerró los ojos y suspiró.

—Perdóname, Sitamón —dijo con deliberada paciencia—. Pensaba que había dejado muy claro que no tengo ningún interés en la vida de palacio. Solo pido que me dejen hacer mi trabajo. Quizá madre no comprenda la importancia de lo que hago… De hecho, casi nadie les brinda a los Hombres de Anubis el respeto que merecen. Pero cuando me uní a ellos… se notó. Los otros sacerdotes empezaron a comportarse de otro modo con ellos. —Meneó la cabeza—. Quizá la cámara de embalsamamiento sea el único lugar del reino donde mi presencia aporte luz, en lugar de arrojar sombras. Así que lamento decepcionarte, hermana, pero creo que me quedaré aquí.

Sitamón se enroscó un mechón de pelo entre los dedos.

—Pero, Kenna…, estoy preocupada.

—¿Por qué?

—Por padre.

Kenna dejó caer los hombros.

—Ah —dijo, elevando las manos al cielo, en señal de impotencia—. Los sacerdotes están haciendo todo lo que pueden, Sitamón. Desde luego, yo no puedo hacer nada que no hayan hecho ya.

—Pero ¿y si... y si se equivocan con el motivo de su dolencia? —preguntó Sitamón—. ¿Y si no es el demonio de una enfermedad, sino algo más?

Kenna soltó un bufido, ofendido.

—Entiendo que estés preocupada, Sitamón, pero no deberías cuestionar a los sacerdotes. De todos modos..., ¿esto a qué viene? ¿Has estado leyendo esas historias otra vez? Sé que tienes una mente muy creativa, pero yo diría que ya eres lo suficientemente mayor como para no dejarte llevar por la imaginación.

—¡No es mi imaginación! —replicó Sitamón, con las mejillas rojas de rabia.

—¿Entonces qué es? —preguntó Kenna—. ¿Puedes darme un motivo que te haga pensar que los sacerdotes se equivocan sobre la enfermedad de Padre?

Neff echó la cabeza adelante, impaciente por escuchar lo que iba a decir la princesa.

Con una mueca de dolor en el rostro, Sitamón abrió la boca, pero al final meneó la cabeza y no dijo nada.

En un gesto algo forzado, Kenna apoyó una mano sobre el hombro de su hermana y le dio una palmadita.

—Entiendo que esto es duro para ti. La salud de padre puede mejorar o quizá no lo haga. A veces los dioses deciden llamar a sus hijos a su lado, y no hay nada que podamos hacer al respecto. Pero, si debe irse al oeste, yo estaré ahí para prepararlo para su viaje. Tal como debe ser.

—¿Y Meri subirá al trono?

Al oír aquello, Kenna se giró hacia el frutal que tenía al lado y cogió de una rama una esfera de color rubí.

—Y Meri subirá al trono.

La princesa asintió.

—Vuelve al palacio, hermana —le dijo Kenna—. Y deja de preocuparte por cosas que no puedes cambiar.

Aquel consejo pareció dolerle en particular a la princesa que, sin añadir ni una palabra, abandonó el patio.

Kenna se quedó mirándola mientras se alejaba. Su nariz aguileña se recortaba contra la luz del sol poniente. Pasados unos segundos, dijo:

—Ahora ya puedes salir.

Neff se quedó pálida, pero salió de su escondite, avergonzada.

—¿Cómo sabíais que estaba ahí?

—Por lo general, los jazmines no suelen llevar sandalias —respondió Kenna, divertido, señalando con un gesto de la cabeza los pies de Neff, que asomaban por debajo del arbusto.

Neff se puso en pie, con las mejillas ardiendo.

—Lo... lo siento mucho, príncipe. He salido al jardín a comer. No era mi intención espiar.

—No tienes que disculparte —respondió el príncipe, para inmenso alivio de Neff—. Lo único que has oído son los lamentos de una muchacha que lo tiene todo y quiere más.

Se sacó un cuchillito del cinto y se puso a pelar la fruta. Neff se acercó para observarlo; nunca había visto ese tipo de fruta.

—¿Qué es?

—Una granada.

—Mmm —murmuró ella—. Vuestra hermana es muy guapa.

La hoja del cuchillo del príncipe se manchó de un jugo rojo rubí, y la limpió con la lengua.

—Sí que lo es.

—Es bonito que quiera pasar tiempo con vos.

Kenna apartó un gajo entero de granada, dejando a la vista las brillantes semillas de su interior.

—Supongo.

Neff sabía que no debía decir nada más al respecto, pero no pudo contenerse.

—Entonces... ¿por qué no pasáis más tiempo con ella en el palacio? Podríais ir a visitarla y seguir haciendo vuestro trabajo aquí, ¿no?

El príncipe se metió unas cuantas semillas en la boca.

—¿Por qué me haces estas preguntas, Nefermaat? —dijo, después de masticar.

Neff se lo pensó un poco antes de responder.

—Mi madre quería cinco hijos. Uno por cada dedo de la mano. Pero padre solo pudo darle una hija. A veces me pregunto si es por eso por lo que siempre ha deseado tanto hacernos ricos. Para compensar el no haberle dado lo que ella tanto quería.

No había bebido nada con la comida y tenía la garganta seca. Se humedeció los labios y luego siguió, bajando un poco la voz.

—Por lo que yo recuerdo, nunca he deseado nada tanto como tener una hermana. Así que me cuesta entender que podáis dar la espalda a la vuestra.

El príncipe dejó de masticar e hinchó las aletas de la nariz.

Al instante Neff deseó poder borrar lo que acababa de decir. El príncipe era amable con ella, sí, pero si quería tenía el poder de lanzarla a los cocodrilos. Y allí estaba ella, regañándolo por no ser más amable con su hermana. ¿En qué estaba pensando?

—No debería haber dicho eso —dijo precipitadamente, dando un paso atrás—. Es mejor que me vaya.

Se giró y emprendió el camino de vuelta, con la esperanza de alejarse antes de que el príncipe pudiera pensar en algún castigo.

—Espera.

Neff se quedó paralizada. Se giró y le bastó una mirada al rostro del príncipe para comprender que no estaba enfadado, solo preocupado.

—Lamento que no tengas hermanos, Nefermaat —le respondió—. Pero también tiene valor ser tan especial. Una hija tan deseada. Las aguas del amor de tus padres bañan tus orillas, y solo las tuyas. Yo soy uno de tres, nacidos todos a la vez. Mi padre se pasó el primer año de nuestras vidas dando a conocer la historia de nuestro nacimiento por todas partes, para que la gente supiera que los dioses lo habían bendecido con abundancia y que habían santificado su lugar en el trono. Y, sin embargo, yo siempre me he sentido como un personaje secundario.

»Quiero a Sitamón. Pero ella vive para las fiestas, los lujos y las historias de pasión y romance. Ese no es mi mundo, y no quiero que me arrastre a él. El hecho es que padre podría morir. Es triste, pero la muerte es parte de la vida y, como cualquier otra persona, Sitamón tiene que aprender a afrontarlo sin comportarse como una niña. Todos tenemos que acabar madurando.

Miró a Neff y suavizó el gesto.

—Quizá tú nunca tengas una hermana, pero puedes llamarme hermano, si lo deseas.

Neff casi no podía creer lo que estaba oyendo.

—Yo no soy más que una niña de Bubas. Y vos sois un príncipe. ¿Me llamaríais hermana?

Kenna se encogió de hombros.

—Con o sin corona, todos somos hijos de Khetara —dijo, y le ofreció una semilla de la fruta roja.

«Una corona —recordó Neff de pronto—. ¿No llevaba una la primera figura que vi?». Quizá uno de los tres jóvenes príncipes tuviera algo que ver con la profecía del cordero. Si así era, su amistad con Kenna estaba justificada.

Neff cogió la semilla que le ofrecía el príncipe y la inspeccionó: era como una minúscula joya.

—Esto no lo he probado nunca —dijo, antes de metérsela en la boca.

Era diferente a todo lo que había probado: crujiente, y dulce y áspera a la vez, con un toque amargo en el centro. Y maravillosamente refrescante.

—Tengo la sensación de que en los próximos días vas a probar muchas cosas nuevas, hermanita —dijo Kenna.

—¿Me dais más?

—No me hables de vos. Ahora somos hermanos. Y puedes quedártela toda —respondió él, entregándole el resto de la granada.

Neff la cogió e hincó los dientes en la fruta, sorbiendo el jugo hasta que le goteó por la barbilla.

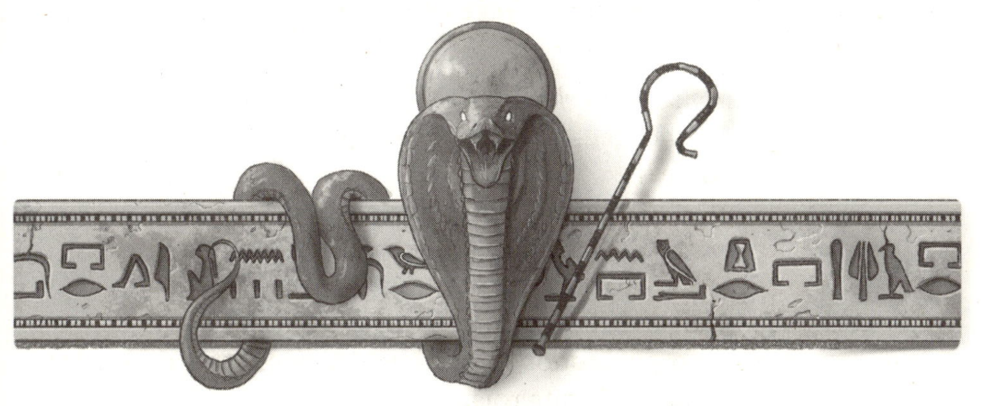

12

SITA

Cuando Sita regresó de su visita al templo, las manos le temblaban tanto que tuvo miedo de que alguno de los criados se diera cuenta. Evitó tomar el Camino Real para volver; en su lugar tomó uno de los senderos secundarios, y tuvo la suerte de no cruzarse con nadie por el trayecto.

Necesitaba algo para calmar los nervios. Primero pensó en el vino, pero luego la mente se le fue a otro de los métodos de distracción que había empezado a adoptar últimamente.

«Sí, eso es exactamente lo que necesito», pensó.

Esa misma tarde, después de que sus doncellas se hubieran retirado, Sita se encontraba en sus aposentos cuando Nebet entró a toda prisa en busca de un peine que no encontraba.

—Siento presentarme así, pero debo de haberlo dejado por aquí antes...

Sita, que estaba tendida en la cama, levantó la cabeza y se cubrió el pecho desnudo con una fina sábana. Le lanzó una mirada dura a Nebet.

—Está ahí —dijo, señalando el tocador con un gesto de la cabeza.

—Oh, gracias, gracias —respondió Nebet, recogiendo el peine—. Discúlpame, Sitamón —añadió, agachando la cabeza y marchándose a toda prisa.

En cuanto se fue, Sita soltó el aire que tenía contenido en los pulmones.

—Ya se ha ido —dijo.

Una de las pesadas cortinas que cubrían la ventana se movió hacia un lado, y Femi salió de detrás, resoplando.

—Gracias a Amón que no se ha quedado a charlar.

Sita se agachó a recoger la copa de vino que había ocultado bajo la cama.

—¿Cómo puede ser que un hombre tan fornido como tú le tenga miedo a una pobre anciana? —le preguntó, tomando un sorbo.

Era su segunda copa y ya sentía esa agradable ligereza en la mente.

Femi se rio entre dientes. Aún llevaba puesta su habitual *shenti* corta y su collar con el ojo de Horus, aunque algo torcido.

—Lo que me da miedo es la boca de Nebet. A pesar de su tamaño, es muy capaz de vernos juntos y contárselo a alguien. Yo lo arriesgo todo cada vez que vengo a veros, mi princesa.

—Y aun así sigues viniendo —dijo Sita, tendiéndole su copa de vino y dejando caer la sábana que le cubría el pecho.

Femi cogió la copa y apuró el vino hasta la última gota.

—Y aun así sigo viniendo.

Ella lo llamó con un gesto y él obedeció, acercándose a los pies de la cama.

—¿Qué es lo que queréis de mí, Sitamón?

Sita pensó por un momento en la doncella del jardín. Quizá no le hiciera gracia que Sita estuviera monopolizando a su amante, pero... ¿A quién iba a ir a quejarse? Sita era la princesa.

—¿Harás cualquier cosa por mí? —preguntó Sita.

—Cualquier cosa.

—Quítate el collar.

Lo hizo.

—Ahora el cinturón y la *shenti*.

Femi se humedeció los labios. Por el momento, desde aquella noche en la fiesta, solo se habían tocado y besado en algún momento furtivo, entre las sombras del palacio. Lo que ella le estaba sugiriendo esa noche era adentrarse en territorio desconocido.

Tras un momento de duda, Femi obedeció y dejó caer la *shenti*, que se deslizó hasta el suelo sin hacer ruido.

Sita contuvo el aliento mientras lo contemplaba, los ángulos marcados de su cuerpo que se cubrían de sombras a la luz de las velas. Era como el vino: denso, suave y embriagador. Pero, a diferencia del vino, podía beber de él tanto como quisiera, y no dejaría de ser agradable.

Allí tendida, contemplándolo, lo único que deseaba era beber, beber y seguir bebiendo.

—¿Qué debo hacer ahora? —preguntó él, con la voz convertida en un susurro.

—Ven aquí y bésame.

En un instante estuvo sobre la cama, deslizándose hasta situarse encima de ella.

—Como deseéis.

Sus labios se encontraron con los de ella, y en la explosión de sensaciones que siguió, Sita intentó olvidar.

Olvidar aquella noche.

Olvidar la Fiesta de Bastet.

Olvidar la confesión de Meri.

Aquella noche su hermano estaba borracho. Entre tanta fiesta y tantos excesos, lo primero que había pensado era que su aseveración de que estaba envenenando a su padre no era más que otra de sus bromas crueles. Pero luego se había echado adelante hasta casi tocarle la boca con los labios.

—El asesinato es un juego bastante excitante, querida hermana —le había susurrado—. Y ahora tú estás jugando conmigo.

La había hecho partícipe de aquella verdad por un motivo. Habían mamado del mismo pecho, habían jugado con los mismos juguetes, habían crecido bajo la intensa luz de unas expectativas idénticas. Y al llegar el momento de matar al rey, Meri quería que también en eso estuvieran juntos.

—¿Cómo? ¿Cómo lo estás haciendo? —le había preguntado Sita, una vez recuperada la voz.

En los ojos de Meri había aparecido un brillo pérfido.

—Igual que uno se come un hipopótamo. Bocado a bocado.

El primer instinto de Sita había sido el de contárselo a alguien. Ir al primer funcionario de palacio que viera al desembarcar y confesarlo todo. Pero cuando el barco llegó a la orilla, supo que no sería tan simple. Probablemente Meri no estuviera actuando a solas, lo que significaba que en el palacio habría quien le fuera leal. Pensó en los visires, siempre conspirando. ¿Cómo saber en quién podía confiar?

«El propio Set reunió una cohorte de setenta y dos conspiradores cuando organizó el asesinato de Osiris», pensó Sita, recordando las leyendas de los dioses. Además, padre estaba tan enfermo que podría morir en cualquier momento. Si revelaba que el heredero al trono había asesinado al faraón, ¿qué pasaría? Aquello podría sumir a todo el reino en el caos… y en la guerra. Había estudiado lo suficiente la historia de Khetara como para saber que ese tipo de revelaciones casi siempre acababan en un baño de sangre. ¿Estaba preparada para llevar la muerte de todos esos inocentes en la conciencia? Y si Meri acababa ejecutado por sus acciones, ¿quién le decía que ella no acabaría viviendo el mismo destino? ¿No era ese en parte el motivo por el que se lo había dicho?

«El asesinato es un juego bastante excitante, querida hermana. Y ahora tú estás jugando conmigo».

Uno tras otro, sus pensamientos se enroscaban en torno a ella como los anillos de una serpiente, hasta dejarla casi sin respiración.

«No hay salida».

Mareada por el miedo y por el exceso de bebida, volvió a sus aposentos sin decirle una palabra a nadie.

Los días siguientes habían sido una pesadilla. El día después de la fiesta se lo había pasado yendo de un lado al otro, aturdida, como si estuviera flotando por encima de su cuerpo, comiendo sin ganas y asintiendo sin pensar cuando algún cortesano le hablaba de expediciones de caza y carreras de cuadrigas. El segundo día había empezado a beber vino con todas las comidas, y había observado que con una cantidad suficiente la mente se le ablandaba como la mantequilla, y que no tenía que pensar tanto. El tercer día se había llevado una jarra de vino a sus aposentos para beber por las mañanas y a última hora de la noche. El cuarto día ya necesitó una nueva jarra.

En una de esas noches —realmente no recordaba cuál—, Sita había llamado a Femi a sus aposentos para acabar lo que habían empezado en la Fiesta de Bastet. Al principio él se había mostrado terriblemente nervioso y no quitaba la vista de la puerta, ni siquiera cuando ella lo hizo acercarse, pero Sita le aseguró que Meri ya no suponía una amenaza.

«Yo guardo su secreto —pensó—. Él guardará el mío».

Acabó adquiriendo cierta habilidad en tapar aquellos excesos, asegurándose de que nadie supiera que estaba escamoteando vino de las cocinas ni descubriera sus devaneos con Femi. Pero olvidar iba a resultar mucho más difícil. Aquella mañana se había despertado presa del pánico, y por eso se le había ocurrido ir a hablar con Kenna.

La relación con su hermano, tan ausente y tranquilo, nunca había sido especialmente estrecha, pero hizo acopio de valor y se lanzó, desafiando cualquier expectativa. Quizá no comprendiera la obsesión de su hermano por los ritos funerarios y el sacerdocio, pero respetaba su capacidad para saltarse la tradición y hacer lo que quería.

Aquella era una habilidad que Sita nunca había tenido.

Si pudiera darle a entender que algo iba mal en el palacio, quizá él se decidiera a investigar. Conocía el gran talento de Kenna para la deducción: probablemente descubriera lo que estaba pasando y encontrara la manera de corregir la situación. De algún modo.

Pero, en el momento en que empezaron a hablar, Sita se dio cuenta de su error: a Kenna solo le preocupaba su trabajo, y aún la consideraba una niña tonta. Su hermano podía demostrar una gran inteligencia en lo relacionado con papiros y ritos, pero no sabía nada de la vida de palacio. Si le contaba la verdad, solo la vería en blanco y negro.

Quizá no hiciera más que empeorar las cosas.

Aquella conversación había sido un error. No solo eso; durante todo el rato había tenido la clara sensación de que la estaban observando. Así que se había ido sin contarle la verdad a Kenna y sintiéndose más sola que nunca.

Con esos agobiantes pensamientos oprimiéndole la mente, Sita enroscó las piernas en torno a Femi y tiró más cerca de él, como si no quisiera que se fuera. Notaba la urgencia de su deseo, pero él apartó el cuerpo sin dejar de besarla.

—¿No me deseas? —le preguntó, algo dolida.

—Más que nada en el mundo —respondió Femi, acariciándole la mejilla—. Pero has bebido demasiado vino, Sitamón, y no quiero que hagas nada que puedas lamentar.

Sita suspiró. ¿Por qué tenía que ser tan bueno? De algún modo le hacía sentir que no se lo merecía.

—No obstante... —añadió Femi con picardía—, hay otros modos en los que puedo saciar tu apetito.

Sita contuvo una risita al verlo deslizarse bajo la sábana.

Un rato más tarde, Sita yacía en la cama, adormilada y con la cabeza embotada. Contempló el elaborado friso pintado en la pared, que mostraba a un grupo de hombres en las marismas, atrapando aves salvajes con una red.

Femi se agachó para rellenarse la copa con la jarra del suelo.

Cuando volvió a levantar la cabeza, llevaba un rollo de papiro en una mano.

—¿Esto qué es?

Sita abrió los ojos como platos.

—¡Hey! ¡Dámelo!

—«¿Qué nombre puedo dar a este amor que compartimos?» —recitó, pasando la vista por el papiro—. «¿Un amor que se derrama sobre mi piel como el agua, y que me calienta el corazón como una llama? No tiene forma. Está en todas partes a la vez. Lo aspiro de tus labios cuando estamos juntos, y cuando te vas, lo percibo en el viento...».

—¡Dame eso! —dijo Sita, quitándole el papiro de las manos y ruborizándose.

—¿Un poema de amor de otro hombre? —bromeó Femi.

—No es de un hombre —replicó Sita—. Lo he escrito yo.

Femi levantó las cejas de golpe.

—Princesa Sitamón, eres una caja de sorpresas.

Sita volvió a meter el papiro bajo la cama, donde había una docena más amontonados.

—Siempre me ha gustado leer historias sobre los dioses, así que hace unas estaciones empecé a escribir algunas mías. Poemas y recreaciones de las grandes leyendas, cosas así. Ahora mismo estoy trabajando en *La muerte de Osiris*. Siempre ha sido mi favorita. Es tan... romántica.

—¿Lo es? —preguntó Femi, nada convencido—. ¿Osiris no murió a manos de su hermano Set, que cortó su cuerpo en doce pedazos?

—Catorce pedazos —lo corrigió Sita, con la vista puesta en las estrellas pintadas en el techo de su dormitorio—. Que luego reparte por todo el reino. Y en lugar de limitarse a llorar la pérdida de su marido, Isis se convierte en un ave y echa a volar en busca de los diferentes pedazos, y los encuentra todos, salvo uno. Así que forja esa pieza en oro y vuelve a recomponer a Osiris.

»Entonces, con su magia y con su amor, detiene el tiempo y le devuelve la vida. En ese momento atemporal, hacen el amor y conciben a Horus, el vengador. Pero cuando el tiempo vuelve a ponerse en marcha, Osiris muere de nuevo y se ven obligados a separarse. Osiris entra en el Duat, y desde ese día reina como señor de los muertos.

Sonrió. La historia, los besos y el vino eran una agradable distracción del mundo fuera de su dormitorio.

—¿Puedes imaginarte lo que puede ser amar a alguien tanto como para parar el tiempo por él?

Femi se quedó mirándola, con un destello de tristeza en los ojos.

—Me lo puedo imaginar.

Sita se preguntó si habría dicho algo equivocado.

Femi alzó el torso de la cama y recogió su *shenti* del suelo.

—Te pido perdón, princesa, pero debo marcharme. Últimamente el capitán de la guardia nos controla más de cerca, y si tardo mucho más en volver me temo que se dará cuenta de que no estoy. En las últimas semanas unos cuantos guardias han sido trasladados por motivos desconocidos, y yo preferiría no correr el mismo destino.

Sita pensó en la jarra de vino vacía y en su cama, que también quedaría vacía muy pronto. Los pensamientos oscuros volvieron y sintió frío.

—Muy bien —dijo, sin convicción, envolviéndose el cuerpo con la sábana.

Él se detuvo en la puerta y se giró a mirarla.

—Quizá podría volver mañana…

—Mañana por la noche debo asistir a un banquete —respondió ella, frotándose la sien. Sentía la llegada del dolor de cabeza—. Con unos embajadores y un príncipe que vienen de Tash.

—Ah —dijo Femi, asintiendo.

—Ya te haré llamar uno de estos días —dijo Sita, adoptando de nuevo un tono formal.

Aquello quería decir que se fuera, y Femi interpretó las señales. Era evidente, por el modo en que cuadró los hombros y asintió, con la mandíbula tensa.

—Por supuesto, princesa —respondió, recuperando el tono formal—. Espero impaciente vuestra llamada.

Cuando se fue, Sita se acercó a la jofaina y se sirvió agua. Se bebió tres vasos enteros, pero seguía teniendo la boca amarga y seca.

«Él se entrega a ti, y aun así tú lo tratas con crueldad».

A pesar de que sus motivos eran plenamente comprensibles, no le había gustado que se fuera antes de que ella le diera permiso, así que lo había castigado con su frialdad.

«Lo estás usando».

Se quedó mirando su reflejo en el espejo de latón, su espesa melena perfectamente cepillada, su piel cobriza reluciente tras aquel momento de placer y a causa del vino.

Era una mujer bella y perfecta, y aun así se odiaba.

Pero ¿qué otra cosa podía hacer? Cada día que pasaba le resultaba más difícil cargar con el secreto de Meri. Ya casi había llegado a un punto en que el vino y las distracciones no bastaban para evitar ese miedo que la acompañaba durante todo el día. Tenía que hacer algo para evitar enloquecer. «Además, en realidad no estoy haciéndole ningún daño a Femi», pensó.

Pero aquello no era del todo cierto, y lo sabía.

Apagó la lámpara de la mesilla de un soplido y volvió a meterse en la cama, rezando para que la noche no le llevara pesadillas. Sin embargo, el sueño parecía rehuirla, de modo que se giró y se quedó mirando de nuevo aquel friso iluminado por la luz de la luna. En la escena de caza, las elegantes aves de vivos colores aparecían pintadas en pleno vuelo, con las alas extendidas, mientras la red caía sobre ellas.

Para las aves, el tiempo se había detenido. Dirigían la mirada hacia el cielo, pero nunca lo alcanzarían. Estaban atrapadas.

Cerró los ojos, pero la red de malla se le quedó impresa en la mente, cerniéndose sobre ella en la oscuridad de la noche.

El príncipe de Tash le estaba hablando.

—¿Qué? —Sita tuvo que gritar para hacerse oír entre la música de las flautas, las arpas y los tambores.

—Decía que si queríais lentejas, princesa —le respondió el príncipe, también gritando.

—Oh. No, gracias —respondió, y cogió de nuevo su copa.

El *shedeh* que estaba bebiendo —una especie de jugo de granada fermentado— era una agradable alternativa al vino, aunque ya había tomado tanto que le había quitado el poco apetito que tenía. Normalmente le encantaban las lentejas saladas que servían en los banquetes. Las guisaban con cebolla, ajo y comino, pero esa noche solo de verlas se le retorcía el estómago.

La habían sentado entre Harsi, el príncipe de Tash, y un viejo visir que se había quedado dormido tras el primer plato. Estaba segura de que su madre la había situado allí a propósito, con la esperanza de que surgiera algo entre ella y Harsi. Al fin y al cabo, el príncipe tenía un aspecto espléndido, con su fajín verde intenso y su diadema de esmeraldas, y la reina estaba deseosa de encontrar un buen candidato a marido para su única hija. El príncipe era guapo, con un rostro ancho y distinguido, de sonrisa fácil y piel marrón oscuro. También era educado y, sobre todo, era el heredero al trono de Tash.

Desgraciadamente para la reina, conquistar al príncipe era lo último que tenía en mente Sita.

Al principio había conseguido entablar cierta conversación con él, al colocarle una guirnalda de flores al cuello nada más llegar, pero ahora ya llevaba cinco copas de *shedeh* y ya había perdido su encanto. Harsi se mostraba de lo más educado, pero Sita estaba segura de que se había dado cuenta.

A pesar de los muchos años que había pasado aprendiendo diplomacia de su madre, no conseguía centrarse. La sensación de malestar se había convertido en una constante en su vida, y hasta mantener una conversación educada le parecía una tarea imposible.

La mesa del banquete estaba cubierta de bandejas con buey asado y ganso guisado; cuencos de higos maduros y uvas negras; vistosas ensaladas de rábano y pepino mezcladas con vinagre y perejil; y galletitas de miel y chufa en forma de media luna decoradas con semillas de sésamo. La mesa ocupaba casi la mitad del salón, al aire libre, y los invitados llenaban los asientos a ambos lados de la mesa, todos ataviados con sus mejores prendas y con el cuello cubierto de oro. Muchas de las mujeres llevaban tocados cónicos sobre la peluca, que se fundían con el calor de su cuerpo, liberando una fragancia dulce y especiada. Los conos, hechos con una combinación de mirra, cera y resina, se iban haciendo cada vez más pequeños a medida que avanzaba la noche, marcando el paso del tiempo hasta el final de la fiesta.

Sita se ajustó la diadema de plata que llevaba en la cabeza, con incrustaciones de flores de papiro y madreperla. También había una hebra de plata entretejida con la tela de su vestido, un formidable *kalasiris* largo y ajustado de color añil, decorado con plumas de avestruz que su madre había conseguido para la ocasión. Mordisqueó una galleta, sin poder apartar la vista de su padre, sentado a la cabecera de la mesa, con el huesudo rostro maquillado con colorete y sombra de ojos verde. Llevaba la doble corona y resultaba evidente que le costaba mantener el cuello recto con todo aquel peso encima. La alta corona blanca de la Baja Khetara, hecha de electro y diamantes, quedaba rodeada por el cestillo dorado y carmesí de la corona Roja de la Alta Khetara, con la cobra erguida sobre la frente, contemplando la escena con sus brillantes ojos de granate. Últimamente se ponía la corona únicamente en ocasiones especiales, y el resto del tiempo se limitaba a lucir una sencilla corona circular de oro. Y Sita veía claro el motivo: la doble corona era tan pesada que daba la impresión de que su padre fuera a hundirse bajo su peso. Mientras el resto de los invitados charlaban y comían, el rey no hablaba con nadie. Cada pocos minutos se comía una uva o un trozo de algunos de esos pastelillos de miel en forma de cono que tanto le gustaban, pero por lo demás estaba inmóvil.

Sita sintió que se le encogía de nuevo el estómago y dejó la galleta en la mesa, sin terminar.

Su madre estaba sentada cerca de ella, haciendo lo posible por alegrarles la cara a los serios embajadores de Tash con grandes copas de *shedeh*. Todos llevaban túnicas con elaborados motivos del mismo verde intenso que el fajín de Harsi. La reina lucía una sonrisa irresistible, pero Sita vio las miradas de inquietud que lanzaba al rey de vez en cuando.

«No hace más que cumplir con su misión, y todo el mundo lo sabe», pensó Sita. A falta de conversación, el príncipe Harsi había fijado la atención en las bailarinas. Eran cuatro, desnudas salvo por los taparrabos transparentes y los collares de cuentas blancas que lucían, y sus trenzas se agitaban al ritmo de la música. Se movían con una facilidad ensayada, retorciendo sus livianos cuerpos, arqueando la espalda y levantando los pies en alto sin dejar de mantener contacto visual con cualquier invitado que mirara en su dirección. Entre las bailarinas estaba Tadia, una de las concubinas favoritas del padre de Sita, que le sacaba un gran partido a su voluptuoso cuerpo, consiguiendo incluso llamar la atención de Amenmose mientras hacía girar la cadera sugerentemente en su dirección. Él le dedicó una débil sonrisa y levantó la copa.

De pronto, Sita sintió unas manos que la agarraban de los hombros y oyó la voz de su madre pegada al oído:

—¿A ti qué es lo que te pasa? ¡El príncipe lleva toda la tarde intentando entablar conversación contigo y tú has mostrado el mismo encanto que un buey! Ya estoy harta de que deshonres esta casa con tu comportamiento. ¿Es que intentas hacerme quedar como una boba? Deja de beber y recupera la compostura. Ya.

Sita se ruborizó. Se había olvidado de que a la reina no se le pasaba nada por alto.

—Sí, madre —murmuró, con la voz algo turbia.

Dicho eso, la reina se incorporó, le ofreció a Harsi otra sonrisa irresistible y se fundió entre la multitud de cortesanos e invitados que pululaban en torno a la mesa del banquete.

A Sita no le pareció que Harsi hubiera oído la dura reprimenda de su madre, pero debía de haber percibido la tensión, porque se quedó mirando a Sita sin saber muy bien qué decir.

Justo en ese momento, Maet fue corriendo hacia el rey, después de liberarse de los brazos de su madre, sentada con las otras esposas menores. Sita vio cómo se le iluminaban los ojos a su padre. Con gran esfuerzo, el rey levantó a la niña, se la sentó sobre la rodilla y le ofreció parte de su pastel.

Al ver la oportunidad de entablar conversación, Harsi le comentó:

—Qué niña más dulce. El rey parece tener debilidad por ella.

—Así es —respondió Sita, con la esperanza de que el príncipe no notara el dolor en su voz.

Sabía que no debía tener celos de la pequeña Maet: ella también le tenía cariño. Como todo el mundo. Pero no podía evitarlo. Viendo el gran afecto que demostraba su padre por la niña, algo que no había hecho con Sita, se le partía el corazón en pedazos. Quizá aquella niña representara la libertad de las obligaciones del trono, algo que Sita le recordaba constantemente. Quizá hubiera llegado un momento de su vida en que apreciaba más los simples placeres que daban los niños pequeños, algo que no había podido hacer en los primeros años de su reinado, cuando Sita era pequeña.

O quizá fuera, simplemente, que le tenía más cariño a Maet.

Sita apartó la mirada, obligándose a ocultar sus pensamientos en la oscuridad, donde solía esconderlos. «Endurece el corazón —se dijo—. Hazlo de piedra, para que ningún dolor pueda atravesarlo».

—Mi padre se sorprendió al recibir la invitación para visitar vuestro reino —dijo Harsi, probando un nuevo tema—. No ha habido demasiada relación entre Tash y Khetara en muchas temporadas, y de pronto aquí estamos. Me pregunto a qué se deberá.

Sita se humedeció los labios. Estaba intentando sonsacarle información. A lo mejor esperaba que el *shedeh* le hubiera soltado la lengua, y sacarle alguna información valiosa. Ella sabía que la invitación era cosa de su madre, aunque hubiera acabado convenciendo al rey de que había sido idea suya desde el principio. Los visires se habían mostrado encantados. Normalmente Sita no prestaba a atención a aquellas maquinaciones políticas, pero desde que Meri le había confesado su plan, dejándole claro lo poco que se enteraba de las cosas realmente importantes, Sita se había puesto como prioridad aprender todo lo que pudiera sobre el estado del reino.

Había empezado a escuchar las conversaciones de la corte, y a tomar nota de lo que iba aprendiendo en papiros que guardaba bajo su cama, ocultos entre los poemas y las historias de amor. Y por si Nebet o alguna de las otras doncellas los encontraban, los escribía con las palabras de los dioses en lugar de usar la escritura simple, de modo que el servicio no fuera capaz de descifrarlos. Incluso le había pedido a su tutor que la pusiera al día del estado de las cosas en Khetara durante su última clase.

A él lo había sorprendido un poco su petición, o incluso asustado, como si la joven le hubiera pedido un arma que un día pudiera usar en su contra. Pero era la princesa, así que al final tuvo que acceder.

Lo que le contó la dejó perpleja.

La larga sequía, que había provocado una reducción de las cosechas y una hambruna en las Dos Tierras.

El debilitamiento del comercio y de las relaciones entre Khetara y los reinos de los alrededores.

La agitación social en la Baja Khetara, donde los nomarcas del rey se habían encontrado con una creciente resistencia al aumento de los impuestos decretado por Amenmose.

«Meri tenía razón —pensó—. Mientras él está ahí sentado comiendo pasteles, ahí fuera el reino se viene abajo».

Matando a su padre, Meri estaba convencido de que salvaría Khetara del pobre liderazgo que la estaba llevando a la ruina. A Sita le parecía que exageraba, pero, cuanto más se informaba, más se daba cuenta de lo equivocada que estaba.

Probablemente, la reina había acordado la visita de Tash en un intento por reforzar los vínculos con el reino del sur, de modo que en caso de que estallara la violencia en la Baja Khetara, pudieran contar con un aliado que saliera en ayuda de la Alta Khetara.

«Desde luego, el matrimonio entre su príncipe heredero y yo arreglaría el asunto», pensó. Pero no le dijo nada de eso a Harsi.

—El tiempo pasa muy rápido, ¿no es así? —dijo, esquivando hábilmente la pregunta—. A veces parpadeamos y de pronto vemos que las estaciones han pasado sin que nos diéramos cuenta, y no hemos encontrado el tiempo de reunirnos con viejos amigos.

—Así es —dijo Harsi, esbozando una sonrisa. A pesar de no haber obtenido la información que deseaba, parecía que apreciaba la inteligente evasiva.

«Incluso con cinco copas de *shedeh* en el cuerpo, soy capaz de jugar a este juego perfectamente», pensó Sita con satisfacción.

—¡Harsi, amigo mío! —dijo Meri. Saludó desde el otro lado de la mesa, moviéndose por la sala como un pavo real—. ¿Te lo estás pasando bien?

Meri llevaba una túnica azul marino resplandeciente, con un collar decorado con flores de loto en azul y blanco y un escarabeo dorado en el centro, hecho con una enorme esmeralda que suponía un sutil reconocimiento a la comitiva de Tash. Sita observó que había adoptado un tono familiar con el príncipe, llamándolo «amigo» pese a que era la primera vez que se veían.

—Muy bien, príncipe Meriamón, muy bien —respondió Harsi, levantando la copa a modo de saludo.

Meri luego se dirigió a su hermana.

—Sitamón, no puedes pasarte toda la fiesta ahí escondida, detrás de la mesa. Ven, deja que te presente a alguno de nuestros otros invitados.

—Ah, pero en este momento estoy haciéndole compañía a Harsi —respondió Sita—. Quizá te acompañe luego.

Sí, Meri y Sita normalmente estaban siempre juntos en los actos oficiales, pero esa noche no podía soportar la idea de tener que charlar sobre moda y perfumes con las nobles de medio pelo.

Meri entornó los párpados un momento, pero luego sonrió con ganas y dijo:

—Muy bien. Pues hasta luego.

Y se fue. Sita lo vio abriéndose paso entre la multitud, moviendo aquel cuerpo esbelto lleno de salud y vitalidad, regalando su sonrisa contagiosa a todo el que hablara con él y desarmando a los malcarados embajadores de Tash, uno tras otro. La reina nunca se alejaba mucho de él, claramente aliviada de poder compartir el lastre de la diplomacia con su hijo, al que se le daba muy bien. Con cada risa, cada susurro al oído y cada copa servida a sus invitados, Sita veía cómo la corona iba viajando lentamente de la debilitada cabeza de su padre a la de Meri.

Y no pudo evitar preguntarse quién más lo vería.

—Tu hermano tiene un tipo espléndido —dijo Harsi al cabo de un momento—. Como tú. Los dos os parecéis mucho, ¿no?

Sita cogió un higo del cuenco que tenía delante y lo inspeccionó cuidadosamente antes de darle un bocado. El *shedeh* le estaba provocando una gran nostalgia por los días pasados.

—Pues sí —dijo ella por fin, con la mirada puesta en la suave pulpa rosada de la fruta—. En el físico y en el temperamento, por lo que me han dicho. Madre decía que éramos unos críos ingobernables.

Aunque a Meri siempre se le ha dado mejor librarse de las reprimendas. A los dos nos encantan las historias antiguas, quizá más a mí que a él; y a ambos nos encanta salir de caza por el río, quizá más a él que a mí. Yo prefiero observar las aves en lugar de cazarlas, pero si tengo ocasión soy capaz de usar la lanza con la misma habilidad que cualquier hombre.

Los músicos acabaron su canción e iniciaron otra: el baile del espejo. Las cuatro bailarinas se situaron cara a cara, de dos en dos, y empezaron a moverse, cada pareja imitando los movimientos de la otra, en perfecta armonía. Cada frase musical, lenta y seductora, iba acompañada del sonido de las pequeñas campanillas que llevaba cada bailarina en la punta de los dedos. El vocerío de la sala bajó de volumen al girarse los invitados a mirar, hipnotizados por el movimiento de caderas de las bailarinas.

—Pero también somos diferentes —añadió Sita.

—¿Ah, sí? —dijo Harsi, con la vista puesta en las bailarinas.

Aunque no todo el mundo estaba observando la danza. Meri estaba de pie al otro lado de la sala y, mientras todos los demás invitados estaban absortos contemplando aquellos cuerpos ligeros y elegantes, él tenía la mirada puesta en ella.

—Meri tiene coraje —dijo Sita, atrapada en la mirada de su hermano—. Yo no.

—Estoy seguro de que eso no es cierto, princesa —respondió Harsi, con una risita cómplice. Se llevó un higo a la boca y lo masticó con ganas, como si deseara que fuera otra cosa—. Y aunque lo fuera, eres muy joven. Quizá con el tiempo tú también encontrarás tu coraje, como ha hecho tu hermano.

El secreto de Meri le quemaba la lengua, y el dulzor de la fruta no conseguía disfrazar su amargo sabor. Podría liberarse de él: solo tendría que pronunciar unas palabras para quitarse aquel lastre. Pero ya había arraigado en su interior y crecía como un hijo no deseado. ¿Qué consecuencias caóticas podía tener si lo dejaba nacer? ¿Y qué tragedias se desencadenarían si no lo hacía?

Las bailarinas siguieron moviéndose al unísono con la canción: cuando una levantaba un brazo, también lo hacía su reflejo, y cuando ladeaba la cabeza en dirección al cielo, su reflejo la imitaba. Y al final de cada frase, sonaban las campanillas.

Sita se quedó pensando en las palabras de Harsi y en la naturaleza esquiva del coraje.

—Quizá sí —dijo, no muy convencida. Sentía la fuerza de la voluntad de Meri tirando de ella, pidiéndole que se levantara y se sentara a su lado. Pero en lugar de eso cogió la jarra de *shedeh* y, con mano temblorosa, se sirvió otra copa.

13

NEFF

—Otra vez.

Neff se frotó los ojos. Los tenía tan secos que le dolían, igual que la garganta, pero no había agua en la Casa de la Vida. Ni tampoco luz del sol. Nada que pudiera dañar los miles de delicados papiros allí acumulados. Había otros escribas trabajando allí cerca, copiando palabras de los antiguos papiros a otros nuevos, para evitar que las sabias palabras se deterioraran o para enviarlos a alguna otra Casa de la Vida de Khetara. Iban murmurando las palabras para sí mismos mientras escribían, sin levantar la vista en ningún momento, casi como si estuvieran en trance. Las paredes de la cámara estaban cubiertas de hornacinas para almacenar los papiros, cada una etiquetada con unas palabras de los textos sagrados para identificar los papiros que contenían. Era un lugar extraño, como una oscura colmena que bullía de actividad.

Ya había pasado innumerables horas en aquella cámara subterránea, aprendiendo las palabras de los dioses con el escriba jefe, que estaba a su lado, con una piel tan brillante que parecía translúcida, y el cuerpo curvado como el del báculo de un pastor. Ella leía, y el escriba la observaba con unos ojos saltones que a Neff le recordaban los de un pez o cualquier otra criatura de las profundidades.

—Otra vez —repitió el escriba, dando un golpecito sobre la parte alta del papiro con un dedo esquelético—. Desde el principio.

Neff suspiró. Estaba de pie junto a una mesa de madera que le llegaba a la altura de la cintura, trabajando a la luz de varias lámparas de aceite colocadas junto al papiro. Después de descubrirle cada una de las palabras de los dioses, explicarle su sonido y su significado, y cómo leerlas —«busca un símbolo con un rostro y léelo en esa dirección»—, el escriba jefe le hizo leer pasajes sencillos en voz alta. Ahora llevaba tanto tiempo trabajando en el que tenía delante, «Los cuarenta y dos ideales de Maat», que casi se lo sabía de memoria.

La primera vez que se había encontrado con el símbolo de Maat —una pluma de avestruz en vertical, con la punta torcida— se había parado un momento.

—Es como mi nombre —había observado—. Nefermaat.

Dado que ya dominaba la escritura vulgar, aprender la escritura formal fue para ella un proceso más rápido y sencillo de lo que se esperaba el escriba jefe. Al fin y al cabo, la escritura vulgar no era más que una versión simplificada del lenguaje sagrado. Aprenderlo suponía hacer una especie de involución, volviendo de la línea curvada que ya conocía al pájaro o al símbolo de la mano del que derivaba. El escriba jefe había asentido sabiamente al oír su observación sobre la pluma del avestruz, mientras mojaba su pluma de junco en el tintero.

—Nefer —dijo, dibujando una forma que le recordó un laúd—. Maat —añadió, al tiempo que dibujaba la pluma junto al laúd—. Ese es tu nombre, escrito en las palabras de los dioses.

—¿Por qué un laúd?

—No es un laúd —la corrigió el escriba jefe—. Eso es el corazón y la tráquea, que nos permite hablar. Significa la voz del espíritu. Y la pluma, por supuesto, es el símbolo de Maat, diosa de la verdad y de la justicia, esposa de Thot, dios de la escritura y señor de todo conocimiento. Los dos están unidos inexorablemente. No hay conocimiento sin verdad. Por eso debes aprender a leer, niña, si quieres interpretar correctamente los mensajes de los dioses. Sigue, por favor.

Había pasado así muchos días, de la mañana a la noche, saliendo de la Casa de la Vida solo para almorzar en el jardín del templo con el príncipe Kenna. Solían comer a la sombra de los granados, y a veces él le hablaba del embalsamamiento: la cantidad de natrón necesaria para momificar un cuerpo, los órganos que se dejaban dentro y los que se retiraban… Otras veces le hablaba de *heka*, pero la mayoría del tiempo prefería escuchar. Se sentaba en una piedra con su pan, con las piernas cruzadas bajo el cuerpo, escuchando atentamente las historias que le contaba la niña sobre el mercado de Bubas y los chanchullos de su padre. Hasta el momento, lo único que parecía necesitar el príncipe de su nueva «ayudante» era compañía, y eso a Neff ya le iba bien.

Pensar en la comida hizo que le sonaran las tripas. Dada la ausencia de luz natural en la Casa de la Vida, no tenía ni idea de cuándo la dejarían salir a almorzar, pero esperaba que fuera pronto. Parpadeó y se preparó a leer los «Ideales de Maat» por tercera vez esa mañana. Cada uno de los cuarenta y dos ideales era una declaración destinada supuestamente a ser presentada ante los jueces, humanos y divinos, para demostrar que el orador era digno de entrar en el Duat, adonde iban a parar todas las almas buenas después de la muerte. Era un texto de lectura bastante sencilla, pero extremadamente repetitivo.

Contuvo un bostezo y leyó el texto, con el que declaraba ante los diversos dioses que no era culpable de pecado alguno, que no decía mentiras, que no había hecho ningún tipo de magia perversa dirigida contra el faraón ni había escuchado conversaciones ajenas, entre otras muchas transgresiones. Siempre se atragantaba un poco con el verso sobre escuchar conversaciones ajenas, ya que desde su llegada al templo había escuchado más de una. Estaba a media lectura del vigesimoquinto ideal cuando los interrumpieron.

—Disculpe, escriba jefe…

Neff y su maestro se giraron hacia la puerta. El maestro Montuhotep estaba en el umbral, como si no se decidiera a entrar en la polvorienta estancia para no mancharse la ropa.

El escriba jefe saludó bajado la cabeza.

—¿En qué puedo serle de ayuda, maestro?

—Requieren la presencia de la niña en el palacio —dijo Montuhotep, sin más.

—¿Quién la requiere?

Montuhotep suspiró pesadamente, como si no le apeteciera nada responder.

—Al faraón le han llegado voces sobre los... talentos de la jovencita, y desea conocerla.

El escriba jefe abrió los ojos como platos, hasta el punto de que Neff pensó que se le saldrían de las órbitas.

—¡Ah! —exclamó, asintiendo más de lo necesario—. ¡Bien! ¡Muy bien! —Recogió «Los cuarenta y dos ideales de Maat», los enrolló bien y volvió a dejarlos en la hornacina correspondiente—. Vuelve mañana y seguiremos donde lo hemos dejado —le dijo a Neff, dándole una palmadita en el hombro.

Neff saludó bajando la cabeza en un gesto tenso y apenas insinuado. «¿Qué interés puede tener en mí el rey Amenmose?». Obedeció y salió de la cámara a oscuras, subió las escaleras y al salir a la luz del sol frunció los párpados. Montuhotep iba por delante, y tuvo que aligerar el paso para alcanzarlo. La cabeza de la piel de leopardo con que iba ataviado iba oscilando de lado a lado al andar, y los ojos de ébano del animal la miraban con desaprobación.

—Ma... maestro...

—Cuando te acerques al trono, hazlo con reverencia —le ordenó Montuhotep, interrumpiéndola—. Mantén la cabeza gacha y la mirada baja. No hables a menos que se dirijan a ti. El rey está delicado de salud, y no debes disgustarlo de ningún modo. —Se paró de pronto y Neff estuvo a punto de chocar de bruces con la cabeza de leopardo que tan mal la miraba—. Yo estaré escuchando de cerca, así que te sugiero que vayas con cuidado con lo que dices.

Neff tragó saliva. Siguieron adelante, saliendo del complejo del templo y siguiendo el amplio Camino Real, flanqueado de árboles, hasta el palacio. Había guardias de patrulla por la zona, armados con *khopesh* y ataviados con un collar con el Ojo de Horus, apartando a los vagabundos y a los descontentos. Pasaron junto a las panaderías y los almacenes del templo, los establos donde se guardaban los caballos personales y militares del faraón. A lo lejos había otro complejo de edificios oficiales. No se veía en absoluto la cantidad de gente que había visto por las calles de Tonis desde el barco, pero aun así había cierto movimiento. Los funcionarios, ataviados con túnicas blancas y elegantes pelucas negras, discutían animadamente a la sombra de las palmeras, mientras que los escribas más jóvenes, con el torso descubierto, iban de un lugar a otro cargados con montones de papiros. Muy pronto cruzaron las puertas del palacio y entraron en el suntuoso patio, atravesaron el vestíbulo porticado y llegaron al salón del trono. Un asistente de huesos finos, ojos amables y manos delicadas salió a su encuentro.

—El rey te espera —dijo, haciéndola entrar con una elegancia fruto de la práctica.

Montuhotep se dispuso a seguirla, pero el asistente levantó una mano.

—El faraón agradece que hayáis acompañado hasta aquí a la joven, maestro Montuhotep, pero prefiere hablar con ella a solas. Podéis regresar a vuestras tareas. Me aseguraré de que os la devuelvan en cuanto haya concluido la audiencia con el rey.

Las mejillas de Montuhotep se tiñeron de rojo.

—Por supuesto —dijo, con una escueta reverencia—. Estoy al servicio del rey.

Con una última mirada de advertencia a Neff, dio media vuelta y se marchó.

—No te preocupes —dijo el asistente con voz suave, poniéndole una mano en la espalda para guiarla—. El rey siente debilidad por las niñas. No tienes nada que temer.

Neff asintió, aunque aquella observación la puso aún más nerviosa.

En comparación con el amplio vestíbulo porticado, el salón del trono era un lugar más íntimo, con solo seis columnas a los lados del pasillo central. Las columnas, pintadas en vivos tonos rojo, azul cielo y dorado, terminaban en capiteles tallados en forma de flor de loto. La luz se filtraba a través de altas ventanas en forma de rombo, iluminando las pinturas que cubrían las paredes del suelo al techo. Neff vio en ellas ejércitos de hombres con el rostro dirigido hacia el trono y, por encima, un desfile de dioses con cabeza de animal sentados cada uno en su trono. Al final del corredor central, una rampa llevaba hasta una plataforma elevada cubierta de azulejos de un azul intenso, con dos altos braseros encendidos a los lados. Allí, bajo un elegante dosel, estaba el rey, recostado en una silla dorada de respaldo bajo, con la mirada puesta en un cuenco de sopa, mientras lo abanicaban dos criados desgarbados vestidos con taparrabos.

—Disculpadme, mi rey —dijo el asistente.

El rey levantó la mirada y estiró el cuerpo al ver quién era.

—Tal como habéis ordenado, os presento a Nefermaat de Bubas —anunció el asistente, con una gran reverencia.

Neff también hizo una reverencia, intentando emular la elegancia de aquel hombre.

—Sí, sí, gracias, Ineni..., ya puedes irte —dijo, y se dirigió a los criados—. Vosotros también. Idos. ¡Fuera!

Los tres hombres se fueron sin hacer ningún ruido. Neff se quedó a solas con el rey.

—Acércate un poco, jovencita —dijo él—. Ven, ven.

Tenía una forma extraña de hablar, irregular, repitiéndose y gesticulando aparatosamente con las manos.

«¿Qué le pasará?», se preguntó Neff, y luego recordó la conversación de los sacerdotes *heka*. Fuera lo que fuera lo que estaba afectando al cuerpo del rey, debía de estar afectando también a su mente.

Apretándose las manos temblorosas, Neff se acercó al trono sin levantar la mirada del suelo, tal como le había ordenado su maestro.

—¿Tan terrible soy que no quieres ni mirarme?

De pronto Neff sintió pánico. «¡Solo llevo aquí un momento y ya la he fastidiado!»

—N-no, mi rey, en absoluto —balbució, sin saber muy bien qué hacer.

Lo miró sin levantar la cabeza, y vio que el faraón sonreía. Instintivamente sonrió ella también, aunque le preocupaba que lo que le saliera fuera más bien una mueca.

Siempre se había preguntado qué aspecto tendría un faraón. Al fin y al cabo era un dios en la tierra. ¿Brillaría con luz propia? ¿Sería tan imponente como las estatuas que tallaban para representarlo?

La realidad distaba mucho de eso.

Al ver al rey Amenmose pensó de pronto en las pequeñas figuritas de cera que a veces hacía su padre para sus clientes. Las tallaba, dándoles la forma del enemigo de su elección, y luego les indicaba que cogieran la figurita con la mano, que la vapulearan a su gusto y la lanzaran al fuego. La idea era que así su enemigo sufriría terriblemente, igual que la figurita. Neff le había visto explicar el ritual varias veces, y también había visto cómo se iban deshaciendo las figuritas de cera en el fuego, fundiéndose hasta desaparecer.

El rostro del rey tenía exactamente ese aspecto. Como si le hubieran dado forma para aparentar que tenía vida, pero en rápida descomposición. Parecía estar desapareciendo bajo sus ricas túnicas, cuyos puños dorados engalanados con piedras preciosas colgaban pesadamente de sus huesudas muñecas.

—Ven, ven —repitió el rey, impaciente, indicándole que se acercara—. No seas tímida.

Haciendo un esfuerzo por mantener la sonrisa, Neff obedeció y dio unos pasos más hasta llegar a la tarima. Estaba ya tan cerca que podía oler el intenso perfume del rey. Era dulce, pero no conseguía ocultar el olor amargo y enfermizo que emitíasu cuerpo. El estómago se le encogió de asco, y paró.

—Así está mejor —dijo el rey, apoyándose de nuevo en el respaldo—. Tu reputación te precede, niña, ¡pese a los intentos de Montuhotep por quedarse el secreto para sí! Pero... es muy difícil ocultarme un secreto a mí. ¡Muy difícil!

Tosió, y fue un sonido desagradable y húmedo.

—He oído que fuiste un regalo de la gran sacerdotisa de Bubas, y que tienes mucho talento como vidente. —Hizo una pausa y la observó atentamente con sus ojos amarillentos.

—Eso espero, mi rey —respondió Neff.

El rey asintió y revolvió un poco el cuenco de sopa verde que tenía en una mesita a su lado.

—¿Ves esto, Nefermaat? Aquí me tienes, el faraón... ¿Y qué me dan de comer? Este... brebaje. Hojas de malva cocidas. Dicen que me calmará el estómago, pero me dan náuseas solo de mirarlo.

Aquella sopa probablemente fuera lo único agradable que olía de toda la estancia.

—Estoy segura de que es deliciosa, mi rey.

Amenmose soltó una risita.

—Sí, quizá tengas razón. Quizá deba tomarme mi medicina, como un buen chico. Pero antes... —Cogió un trozo de pastel de miel de un platito y se lo metió en la boca. Lo masticó y le guiñó un ojo con picardía—. Probablemente te preguntarás por qué te he hecho venir. Bueno. Nefermaat... es un nombre precioso. ¿Te lo he dicho ya? Un nombre precioso para una niña preciosa. ¿Qué estaba diciendo? Oh, sí. —Se echó hacia delante y la mirada se le oscureció—. Últimamente tengo un sueño rarísimo. Cada noche. Esperaba que tú pudieras decirme qué significa. Montuhotep tiene alguna idea, por supuesto, pero a veces puede ser un zoquete. No tiene ninguna gracia. Así que querría ver qué te parece a ti.

Neff sintió que las palmas de la mano se le cubrían de sudor. Habría querido decirle que no estaba preparada. Que, a pesar del trabajo realizado con el maestro Montuhotep y de sus estudios con el escriba jefe, aún tenía mucho que aprender. Pero sabía que nada de eso importaba realmente. La desobediencia no era una opción.

—Haré lo que pueda, mi rey —dijo.

El rey Amenmose levantó la mirada al techo pintado y cogió un segundo trozo de pastel.

—El sueño empieza aquí, en esta sala. Estoy en el trono, y en el exterior el sol se está poniendo. Yo llevo la doble corona, pero tiene algo raro. En lugar de la serpiente y el buitre, mi ureo tiene dos serpientes: una roja y una negra. Al cabo de un momento, la serpiente roja se desliza desde la corona, me baja por la frente y me muerde en el cuello. Pero la serpiente negra no se mueve. Se queda ahí, observando.

El rey de pronto frunció el ceño y se agarró el estómago hasta que se le pasó el dolor que evidentemente estaba sintiendo.

—¿Qué significa eso, niña? —preguntó, casi sin aliento—. ¿Qué intentan decirme los dioses?

—Dos serpientes —murmuró Neff. Cerró los ojos y respiró hondo, tal como le había enseñado el maestro—. Una roja y una negra.

Fijó la mente en ese lugar intermedio que había descubierto por primera vez en los aposentos de Montuhotep, aquel lugar en el interior de la llama donde podía oír los susurros de los dioses. No ocurrió enseguida, y empezó a temerse que no llegara la visión. Pero por fin, entre las sombras, en el interior de sus ojos, vio las dos serpientes de la corona del rey, y vio desarrollarse toda la escena. Los colmillos de la serpiente roja. El mordisco. El grito silencioso del rey. La serpiente negra, inmóvil, observando desde su posición en la corona. Entonces llegaron las palabras.

«Lo están traicionando los más cercanos a él».

El mensaje lo golpeó como una ráfaga de viento en plena tormenta, y a punto estuvo de hacerle perder el equilibrio.

«Morirá por mano de uno, mientras el otro es testigo y no dice nada».

La visión desapareció. Neff contuvo una exclamación y abrió los ojos.

—¿Qué es? —exclamó el rey, inclinándose hacia ella.

Neff estaba horrorizada. No podía transmitirle una profecía así al rey. Montuhotep le había dicho que no le diera ningún disgusto, y no se le ocurría un disgusto mayor que el de recibir una predicción como aquella.

Si le diera ese mensaje sospecharía de sus familiares y de sus asesores más próximos en el palacio. «¿Y si me equivoco? —pensó—. Causaría problemas de todo tipo, unos problemas terribles».

No tenía ni idea de qué hacer.

Así que mintió.

—Los dioses os están diciendo que confiéis en los sacerdotes —dijo por fin—. La serpiente roja son vuestras dudas, y os harán daño si decidís no seguir su consejo. La serpiente negra es la paciencia. La serpiente negra espera que regrese la felicidad, y será recompensada.

El rey la miró con una expresión extraña en el rostro.

—Increíble. Eso es exactamente lo que dijo Montuhotep.

Neff dejó caer los hombros aliviada.

—El maestro es muy sabio.

Con el rabillo del ojo vio moverse una sombra. Miró en dirección a la puerta situada a la izquierda del trono, por donde habían salido dos asistentes. «¿Habrían estado escuchándola?».

—Muy sabio, muy sabio —murmuró el rey. Por un momento dio la impresión de que estaba confundido, como si se le hubiera olvidado dónde estaba, pero luego la miró y pareció recordar—. ¿Sabes, Nefermaat? Hay algo más en el sueño: un sonido. El balido de un cordero. ¿Qué te hace pensar?

Neff sintió que le fallaban las rodillas.

Él prosiguió, murmurando para sí.

—Aquel sacerdote de aspecto tosco que vino al palacio hace tantos años también hablaba de un cordero, ¿no? Menudo bobo. —Se giró de nuevo hacia Neff—. Pero qué curioso, que oyera a un cordero en mi sueño. ¿No te parece, niña?

Volvió a fruncir el ceño, como si hubiera regresado el dolor. Aun con la gruesa capa de maquillaje que le cubría el rostro, se le veía algo verdoso.

—Debo... —jadeó, hablando con dificultad— volver a mis aposentos... ahora. ¡Ineni!

El elegante asistente apareció, junto a cuatro porteadores que llevaban el palanquín del rey. Con toda aquella actividad enseguida se olvidaron de Neff, así que la niña salió de la sala por su cuenta. Una vez en el vestíbulo principal, se apoyó en una de las columnas e intentó recuperar el aliento. Había grupitos de cortesanos y funcionarios de palacio charlando en los rincones, pero todos parecían ajenos a su presencia. Cerró los ojos.

Una docena de preguntas le invadían la mente. Si la explicación que había dado del sueño del rey era mentira, ¿significaba eso que Montuhotep también le había estado mintiendo? Le preocupaba que su visión no fuera correcta, pero... ¿y si lo era? ¿Y si no era el demonio de una enfermedad lo que estaba haciendo que el rey enfermara, sino alguien de su círculo íntimo? ¿Y si el propio Montuhotep estaba implicado, y por eso había mentido sobre el sueño?

Neff sintió que el corazón se le desbocaba al pensar en todo aquello. Pero eso no era lo más aterrador del sueño del rey. Lo que más la asustaba era que el rey también soñara con el cordero.

«¡Escucha, Tonis, Gran Casa de Amón!».

Las palabras del cordero la acribillaban de nuevo como la mordedura de una serpiente, las palabras, la sangre, el terror.

«¡Llegan la ruina y la perdición para los Niños de las Dos Tierras!».

—¿Estás bien, pequeña sacerdotisa?

Aquella voz venía de tan cerca que le hizo dar un salto.

Neff abrió los ojos y vio al príncipe Meriamón justo delante de ella. Lo reconoció de la Fiesta de Bastet, cuando había ido al templo con la princesa para presentar sus respetos. Llevaba una preciosa *shenti* verde plisada y una camisa de gasa muy escotada que dejaba a la vista un elaborado collar de cuentas de cornalina. Sus cejas eran gruesas y oscuras, y la observaba, divertido, con los ojos entrecerrados.

—¡Oh! ¡Saludos, mi príncipe! —dijo Neff, bajando la cabeza.

—Acabas de estar en el salón del trono, interpretando tu primer sueño real, ¿no es cierto? Da la impresión de que ha sido muy duro para ti.

—Lo ha sido —respondió Neff, recobrando la compostura—. Me honra la confianza que tiene el rey en mí. Estaba... estaba un poco nerviosa, eso es todo.

—No es eso lo que quería decir —susurró el príncipe, acercándose un poco más—. Lo que digo es que debe de haber sido duro para ti mentirle al rey a la cara. No es nada fácil... y puede ser peligroso.

Se quedó helada. Aquella sombra en el umbral... ¿Era el príncipe quien los observaba? Y si así fuera, ¿cómo podía saber que estaba mintiendo?

Como si le hubiera leído la mente, el príncipe la miró y sonrió.

—¿Sabes? Las palabras pueden mentir..., pero el cuerpo dice la verdad. Cuando te han mentido toda la vida, aprendes a distinguir la mentira.

Neff se puso a temblar de la cabeza a los pies. Pensaba que había hecho lo correcto para proteger al rey, para protegerse ella misma, pero ahora...

—¿Conoces la pena por ese tipo de delito? Es muy severa. Quizá pienses que van a ser compasivos con alguien tan joven, pero... —Arrugó la nariz—. Yo no contaría con ello.

A Neff se le llenaron los ojos de lágrimas.

—Debes de haber tenido una visión terrible para haber corrido ese riesgo —añadió el príncipe—. ¿De qué se trataba?

Neff se sintió como un pajarillo en una red que iba aprisionándola cada vez más. Pero el príncipe no le dejaba otra opción más que la de decirle la verdad. Quizá si lo hiciera mostrara compasión. Y quizá, si su visión era correcta, pudiera usar esa información para ayudar a salvar al rey.

—Los dioses me han dicho que el faraón será traicionado por los que tiene más cerca —dijo por fin—. Morirá a manos de uno, mientras otro es testigo y guarda silencio.

Neff vio que las pupilas del príncipe se contraían.

—Fascinante —dijo, humedeciéndose los labios.

—Lo ayudaréis, ¿verdad? —dijo Neff en voz baja.

Sabía que debía guardar silencio, pero no pudo evitar preguntárselo.

—Me aseguraré de que el rey esté bien atendido, no te preocupes —respondió el príncipe, suavizando el tono—. ¿Y si te pido que descifres uno de mis sueños, joven sacerdotisa de Bubas? ¿A mí también vas a mentirme?

—No, mi príncipe.

—Bien —dijo el príncipe Meriamón, y se apoyó en la columna que tenía al lado—. Entonces escúchame: las últimas dos noches he soñado con Sobek. No puedo decirte más: solo que sé que es él.

Se quedó mirándola, expectante.

—Sobek —repitió Neff.

Conocía al dios por los hechizos de su padre, algunos de los cuales iban dirigidos al fiero dios de cabeza de cocodrilo. Esos hechizos los vendía casi siempre a los comerciantes y pescadores que buscaban protección de los peligros del río Iteru.

Una vez más, cerró los ojos y fijó la mente en ese lugar intermedio. Imaginó el rostro reptiliano del dios, coronado con plumas, cuernos de venado y el reluciente disco del sol...

—Cuando te enfrentes al poder de Sobek —dijo Neff, sin poder evitarlo—, póstrate.

El príncipe parpadeó. ¿Y ya está?

Neff sintió que las rodillas le fallaban y se apoyó en la columna. Esta vez el mensaje había llegado más rápido, pero no por ello había sido una experiencia menos agotadora. Asintió.

El príncipe Meriamón soltó una risita sarcástica.

—No es que resulte demasiado esclarecedor, ¿no?

—Ese es el mensaje, mi príncipe —murmuró Neff.

El estómago le hacía ruidos. Se había perdido el almuerzo, y de eso ya hacía mucho.

Observando su malestar, el príncipe pareció ceder un poco.

—Supongo que te estarán esperando en el templo. Ve, anda. Pero, ahora que me has contado esa profecía sobre mi padre, es esencial que no se la cuentes a nadie. Uno nunca sabe en quién puede confiar, así que debes guardar tus secretos celosamente. Has hecho bien en no decírselo, y por eso no voy a hacer que te azoten por mentirle al faraón. A partir de ahora me ocupo yo. ¿Lo entiendes?

—Sí, mi príncipe.

El príncipe sonrió, complacido. Era aterrador lo atractivo que resultaba cuando sonreía.

—Buena chica —dijo, y levantó un dedo, en el que llevaba un anillo, para apoyárselo entre los labios a modo de recordatorio.

Neff bajó la cabeza y se giró, atravesando el vestíbulo lentamente para salir al patio y cruzar luego las puertas del palacio. Cuando estuvo fuera echó a correr, golpeando el suelo con sus sandalias hasta que llegó a los jardines del templo. Iba tan rápido que a punto estuvo de chocar de frente con el príncipe Kenna.

—¡Hey, hey, hey! —exclamó él, agarrándola de los hombros. Llevaba una cesta colgada del brazo, con lo que parecían los restos de un sencillo almuerzo—. ¿Dónde te habías metido? Te he estado esperando, pero no has venido.

—Estaba... en el... palacio —dijo Neff, entre jadeos.

Kenna se quedó pálido de pronto.

—¿Por qué?

Neff abrió y cerró la boca, sin saber muy bien cuánto podía contar.

—El rey... Quería que yo... quería...

Miró al príncipe y se fijó en su rostro anguloso y en su mata de pelo negro. No era guapo como su hermano, pero sí era la imagen más agradable y reconfortante que podía tener delante.

No pudo aguantar más. Se dejó caer entre los brazos de Kenna y lloró como una niña perdida y asustada.

El príncipe reaccionó tensando el cuerpo al sentir el abrazo, pero poco a poco Neff sintió que se relajaba y que le pasaba el brazo en torno a los hombros. Le dio unas palmaditas. Pasó un buen rato y la dejó llorar, sin más. De pronto, Neff comprendió por qué se había encerrado en el templo, lejos de las maquinaciones del palacio.

Ambos formaban parte de algo tan grande y tan terrible que solo podía verlo por partes; era como ver una tormenta de arena acercándose a través del orificio de una cerradura. Fuera lo que fuera lo que se les echaba encima, era algo igual de irrefrenable o más. Igual de catastrófico. Habría querido contarle a Kenna todo lo sucedido, pero le había prometido al príncipe Meriamón que no diría nada. Tenía que obedecer. ¿O no? Si se lo contaba a Kenna y su hermano se enteraba, seguro que recibiría un duro castigo, y a lo mejor hasta pondría a Kenna en peligro.

No. Tenía que guardar silencio.

Cuando por fin pudo controlar su llanto, Kenna quiso tranquilizarla:

—Ya está —dijo en voz baja—. Ahora estás segura.

Neff lo abrazó con más fuerza, como si aquello pudiera evitar que ambos salieran volando con la tormenta que se avecinaba.

—No —susurró, con el rostro hundido en su pecho—. No lo estoy.

14
SITA

Los gansos muertos yacían amontonados en la proa del barco de caza, con las patas rosadas encogidas bajo el cuerpo y los ojos dorados mirando al infinito. Sita estaba sentada bajo un entoldado allí cerca, con una copa de vino en la mano. Observaba los pájaros, cuyas plumas alborotaba la brisa del río, asombrada ante la idea de que poco antes estuvieran surcando el cielo, con la sangre circulándoles por las venas. Vivos y libres, hasta que…

—¡Te pillé!

Meri estaba de pie sobre un esquife de papiro, junto al barco principal, y tenía una vara de madera pulida en la mano. No llevaba más que una *shenti* plisada corta. Se agachó, recogió un ganso muerto del agua turbia y lo mostró a los presentes, que respondieron con vítores.

La caza de aves con lanza era uno de los pasatiempos favoritos de Meri, y Sita no sabía muy bien qué era lo que más le gustaba a su hermano, si el arte de la caza o la sensación de victoria que le daba matar. A Sita le gustaba navegar y sentir el mango de la lanza en la mano, pero nunca había disfrutado especialmente con la caza en sí. Aun así, casi siempre acompañaba a su hermano en sus expediciones. Al fin y al cabo, eso le daba la oportunidad de ausentarse del palacio toda una tarde.

Meri se quedó mirándola, y su sonrisa menguó cuando vio que ella no mostraba la misma alegría que los demás. Dejó caer el arma en el esquife, cogió el largo remo y se impulsó hacia la proa del barco. Desde allí, subió a bordo de un salto y se sentó a su lado, aún jadeando por el esfuerzo. Su cuerpo brillaba a la luz del sol, ágil y esbelto como el de una pantera.

—Un regalo —dijo, dejándole el ganso muerto, empapado de agua, en el regazo.

Sita se puso en pie de un salto, derramando su copa de vino. La fina tela de su vestido había quedado empapada.

—¡Meri!

Asqueada, cogió el cadáver del ganso y lo colocó en el montón, con las otras aves.

Su hermano se rio, y algunos de los presentes lo imitaron, porque el príncipe no debía reír solo.

—¿Veis el agradecimiento que recibo después de tanto trabajo? —dijo Meri, dirigiéndose al grupo—. Qué poca consideración.

Le dio un empujón de broma a su hermana y se volvió con los demás, que lo felicitaron con unas cuantas palmaditas en la espalda.

Sita tenía la cabeza turbia. Ya estaba acostumbrada a embriagarse con la bebida, hasta el punto de que estar sobria le resultaba insoportable, pero el contacto con el pesado cuerpo blando y mojado del ganso, sumado al balanceo constante del barco, le había provocado náuseas.

«No voy a beber más», pensó, sabiendo que era mentira.

—A mí tampoco me gusta, Sisí —dijo una vocecilla. Sita se giró y vio a Maet trepando a la proa, con su negra trenza balanceándose tras ella. Se situó junto a Sita e hizo una mueca de asco en dirección a los gansos muertos—. A mí me gustan más cuando están en el cielo —añadió, con un mohín—. Ahora están rotos. *Mamet* dice que, si rompo mis juguetes, ya no podré jugar con ellos.

—Eso es cierto —respondió Sita—. Si nos gustan nuestros juguetes, deberíamos cuidarlos.

En ese momento regresó Meri y acarició a la niña bajo la barbilla.

—Ah, pero los gansos te gustarán mucho cuando el cocinero los ase para la cena de esta noche, ¿no, gatita?

Maet soltó una risita traviesa y sonrió.

Sita se quedó mirándola.

—¿Te encuentras bien, Maet? Estás un poco pálida.

Maet se encogió de hombros.

—Me duele la barriga. Hace ya mucho que me duele. *Mamet* me ha dicho que viniera a respirar aire fresco al río. Que quizá así me sienta mejor.

Apoyó la cabeza en el hombro de Sita y de pronto algo le llamó la atención.

—¿Estáis jugando a *mehen*? —dijo, dirigiéndose a uno de los jóvenes que estaban en la cubierta inferior—. ¡Yo quiero jugar! ¡Quiero jugar!

Se fue corriendo hacia la mesa donde los chicos preparaban la partida, y Sita se quedó mirándola con nostalgia. Siempre había vivido con prisas por dejar atrás la infancia, por sumergirse de cabeza en la edad adulta. Pero, desde que lo había hecho, desde que se había introducido en aquellas aguas más profundas y había visto lo que se ocultaba en el fondo, tenía la sensación de que se ahogaba. Habría dado cualquier cosa por volver a aquellos días de inocencia y placidez. Lo que fuera por no llevar el lastre del conocimiento a sus espaldas...

Sita alargó la mano para recuperar su copa y sopesó la jarra de vino con la otra. Vacía.

«¿Cuántos días de vida le quedarán a padre?».

La pregunta le vino a la mente sin pensar.

«¿Cuatro? ¿Cinco?».

Las salpicaduras de vino se le habían secado sobre la piel de los dedos. Parecían manchas de sangre.

«¿Uno?».

Se puso en pie a toda prisa y se fue hacia la mesita donde habían depositado una bandeja de comida y una jarra de agua fresca, y se echó agua sobre las manos hasta limpiárselas. Luego se giró a mirar a Meri, que volvía a dirigir su esquife hacia los juncos de la orilla, esperando a que los hombres que se abrían paso entre la ciénaga levantaran las aves y las enviaran en su dirección.

«Las cosas irán mejor con Meri en el trono», se dijo. Aquella era la conclusión a la que había llegado tras días y días de debate interno... y eso la reconfortaba. Meri siempre tenía razón, y ella confiaba en él. ¿Por qué iba a cambiar eso?

Lo vio sosteniendo su lanza, perfectamente inmóvil. Era la viva imagen de un rey en plena forma, un hombre que podía conducir a todo un reino, dirigir un ejército, someter a cualquier enemigo.

Su padre no podía hacer nada de todo eso.

Lo que Meri estaba haciendo era algo asqueroso, sí, pero quizá también fuera necesario. En realidad, estaba dando prioridad al bienestar del pueblo de Khetara sobre la vida de un hombre, aunque ese hombre fuera su propio padre... y el rey. Para hacer eso había que tener mucho valor. ¿No era señal eso de que sería un líder fuerte? No quedaba duda de que devolvería la grandeza a Khetara. Y ella no debía hacer nada que pusiera en riesgo ese futuro. También debía ser valiente.

Sita se dijo todas esas cosas, y casi se las creyó.

Cogió un plato de comida, se dirigió a la borda y se sentó, mojando los dedos de los pies en el agua. Le dio un bocado a un higo fresco y fijó la vista en el río, donde había peces blancos y anaranjados nadando justo por debajo de la superficie. Estaba relajada, comiendo y escuchando a los cazadores a sus espaldas, cuando de pronto todos los peces se dispersaron.

Una sombra oscura atravesó el agua bajo sus pies.

Dejó de masticar.

—Meri.

Su hermano no la oyó. Uno de los hombres que había estado caminando entre los juncos había ido a hablar con él.

—Quizá debiéramos cambiar de zona, mi príncipe —dijo el hombre, sumergido hasta la cintura—. Me temo que por aquí ya no quedan aves.

—Muy bien —respondió Meri—. Haremos una parada más y luego nos volveremos a casa.

Sita dejó su plato en la cubierta y se acercó corriendo.

—Meri... —repitió, esta vez en voz más alta.

La sombra se dirigía hacia el esquife de su hermano e iba ganando tamaño a medida que salía a la superficie.

—¿Qué? —respondió Meri, malhumorado, girándose hacia ella.

«Hay algo en el agua», quiso decir, pero las palabras no le salieron a tiempo.

Un instante más tarde, una bestia oscura de un tamaño colosal surgió de las aguas. Su armadura de escamas brillaba a la luz del sol, y sus enormes fauces mostraban largas filas de dientes como puñales.

—¡Cocodrilo! —gritó alguien, y luego… el caos.

Sita observó la escena, paralizada, y tuvo la impresión de que todo sucedía a cámara lenta. El cocodrilo se lanzó sobre el hombre que estaba en el agua, aferrándolo del torso y arrancándole la carne. El hombre chilló y pataleó, pero al momento desapareció bajo el agua. Media docena más de hombres salieron de entre los juncos, gritando y señalando al animal y alzando sus lanzas y arcos. Muchos hacían equilibrios sobre el esquife, intentando evitar que volcara. En el barco, todos dejaron lo que estaban haciendo y fueron a mirar desde la borda, horrorizados al ver las crestas puntiagudas de la bestia asomando de nuevo a la superficie y dirigiéndose directamente a Meri.

—¡Matadlo! —gritó un hombre—. ¡Va a por el príncipe!

Sita vio que uno de los jóvenes arqueros apuntaba al enorme cocodrilo, que se elevó sobre las aguas con una fuerza increíble. Meri se quedó mirándolo, boquiabierto y con los ojos como platos. Todo estaba sucediendo a una velocidad de vértigo. «Si el arquero dispara su flecha, no le dará al cocodrilo —pensó Sita—. ¡Le dará a Meri!».

—¡Espera! —gritó Sita, pero era demasiado tarde.

El arquero había lanzado la flecha.

Pero entonces, inexplicablemente, Meri cerró los ojos e hincó una rodilla en la cubierta del esquife. La flecha le pasó por encima de la cabeza y fue a clavarse en la boca del cocodrilo.

La bestia se retorció al recibir el impacto y volvió a caer al agua. La ola resultante impulsó el esquife de Meri hacia el lugar donde estaban los hombres armados, que lo agarraron con fuerza para equilibrarlo. Todo el mundo se quedó mirando las crestas del cocodrilo herido, que pasaron junto al barco y desaparecieron río abajo.

Se había acabado.

Sita se dejó caer en la cubierta, aliviada.

—Príncipe, ¿estáis bien? —le preguntó uno de sus asistentes.

—Sí —respondió Meri, que parecía tener la cabeza en otra parte—. Sí, estoy bien.

—Demos gracias a Amón —dijo el asistente—. Desde luego, hoy os ha protegido.

Echó una mirada furiosa al arquero, que se había quedado pálido del miedo. Él, igual que Sita, debía de haberse dado cuenta de que había estado a punto de matar al príncipe. Si Meri no se hubiera arrodillado justo en ese momento, le habría dado de lleno en la espalda.

Su hermano también debía de haberse dado cuenta, y Sita se preguntó si Meri ejecutaría al arquero incompetente allí mismo. Pero el príncipe no parecía en absoluto interesado en matar a nadie ni en reprender a sus hombres por su negligencia. Para asombro de todos, se limitó a acercar de nuevo su esquife al barco, subió a bordo y se dirigió a la proa, donde se sentó en la silla de Sita, bajo el entoldado. Echó una mirada a la jarra de vino vacía y chasqueó los dedos a una de las concubinas que estaba sentada allí cerca.

—Vino —dijo, sin más, y ella fue corriendo a buscarlo.

Todos los demás interpretaron aquello como una señal de que debían regresar a sus actividades, y volvió a oírse una animada charla en el grupo. Sita se acercó a su hermano con recelo. ¿Estaría aturdido? Cuando la concubina llevó el vino y le sirvió una copa, Meri le dio un buen trago y recostó la espalda en la silla, contemplando el lugar por donde había emergido el cocodrilo. Un brazo ensangrentado flotaba en la superficie, y un pez blanco se había acercado a mordisquearlo. Sita hizo una mueca de asco y se giró hacia Meri.

—¿Estás seguro de que estás bien?

Su hermano no la miró a los ojos ni reaccionó. Siguió mirando hacia el río, mordiéndose el labio.

—Póstrate —murmuró.

—¿Qué?

—Cuando te enfrentes al poder de Sobek, póstrate —respondió Meri—. Eso es lo que dijo.

—Eso es lo que dijo ¿quién?

Él la miró, con los ojos brillantes.

—Esa niña. La pequeña vidente del templo —dijo—. Interpretó mi sueño, y tenía razón. Cuando vi el cocodrilo, su mensaje fue lo primero que me vino a la mente.

Sita recordaba a la extraña niña que había visto en fiesta de Bastet y se preguntó si estaría hablando de ella.

—¿Por eso te arrodillaste justo en ese momento?

—Sí —respondió Meri—. Esa pequeña sacerdotisa me ha salvado la vida. —Resopló y luego sonrió—. Oh, esto es estupendo.

Sita estaba a punto de preguntarle qué quería decir cuando alguien dio la voz de alarma.

«¿Qué pasaba ahora?».

Unos cuantos de los presentes se amontonaron en torno a una pequeña figura tendida en la cubierta.

—¡Que venga alguien, rápido! —gritó una de las mujeres—. ¡Necesita ayuda!

Sita contuvo el aliento.

Maet había caído al suelo.

15
RAE

El barco del nomarca flotaba en el agua, con el casco más hundido de lo habitual tras cargar los setenta *hekats* de grano prometidos como impuesto para el rey. El propio nomarca estaba sentado en la cubierta, sobre una elegante silla de madera de acacia, mascando su bola de mástique mientras sus hombres cargaban el último haz de trigo. Desde donde estaba, en la orilla, Rae veía que el barco estaba cargado hasta reventar de arcones de madera y barriles de todo tipo y tamaño. El botín completo obtenido en Sakesh, destinado a Tonis.

El nomarca levantó su jarra de cerveza en dirección a ella.

—¡El rey os da las gracias!

Rae bullía de rabia, pero esta vez se mordió la lengua. Ankhu estaba a su lado, y, a pesar de estar agotado tras los días de cosecha, Rae vio que su padre apenas podía contenerse al ver la sonrisa burlona del nomarca. Ese era el hombre que le había robado su medio de subsistencia, el que había desnudado a su hija enfrente de media docena de hombres y la había azotado hasta destrozarle las carnes. Rae vio la furia contenida que quemaba a su padre por dentro.

—¿Por qué no entras y descansas un poco, *yati*? —le dijo Rae, rodeándole los hombros con un brazo y alejándolo de la orilla—.

Hoy no hay que hacer nada más. Yo me ocuparé de los cebús. Todo lo demás puede esperar a mañana.

Ankhu la miró y levantó una ceja.

—*Yati*, ¿eh? Te conozco bien; sé cuándo quieres camelarme. ¿No soy yo normalmente quien tiene que calmarte cuando se te llevan los diablos? Y ahora ese perro maldito que te azotó viene a llevarse lo que es nuestro por pleno derecho…, ¿y tú me mandas a la cama y te ofreces a ocuparte de los cebús? —Volvió a echar una mirada al barco del nomarca, que levaba anclas y emprendía la travesía río abajo. Luego inclinó la cabeza hacia Rae, escrutándola con la mirada—. Tú tramas algo.

Rae quiso discutir, pero su padre la hizo callar con un gesto de la mano.

—No te molestes en negarlo. ¿Aún crees que me puedes ocultar algo? Sé que has estado escabulléndote a todas horas. Es algo que tiene que ver con Omari, ¿no? Y yo que pensaba que ese chico tenía la cabeza sobre los hombros…

—¡Y la tiene! —Rae se tapó la boca con una mano. Aquello era casi una confesión.

—Así pues… —dijo Ankhu, soltándose del brazo de Rae—. ¿En qué lío te ha metido Omari?

Rae dirigió la vista hacia la ciudad, en el horizonte.

—Cuanto menos sepas, mejor.

Ankhu frunció el ceño.

—Raetaui… —dijo, y su voz era una advertencia.

—Esto no es una estupidez como esas peleas callejeras, ¿vale? —dijo Rae—. Es importante. Hay que hacer algo.

—Oh, ¿y vas a ser tú quien lo haga?

—No solo yo.

Ya había dicho demasiado. Su padre no era ningún tonto y sabía de la existencia de elementos rebeldes en Sakesh, como todos. Ankhu suspiró y se frotó los ojos.

—¿Nunca te he contado lo que sucedió durante la guerra?

—Solo unas mil veces.

—Bueno, pues entonces quizá deba refrescarte la memoria, porque no parece que entiendas a qué poder te enfrentas.

—Lo entiendo. No hace falta que…

—Sí, es evidente que hace falta.

Rae se cruzó de brazos y miró al suelo.

—¿Recuerdas que el ataque de Semataui al palacio pilló a todo el mundo por sorpresa? —dijo Ankhu—. Distrajo al ejército del rey Rahotep con una batalla en la frontera norte de Sakesh, mientras que él se infiltró en el palacio con sus mejores hombres. Rahotep escondió a su familia y se enfrentó a ellos con lo que le quedaba de su guardia, pero no estaban preparados para la brutalidad del ataque del norte. Semataui y los suyos mataron a los guardias del rey y a todo el que se puso por delante: asistentes, criadas, funcionarios de palacio. Y cuando capturaron a Rahotep, Semataui hizo que sus hombres sujetaran al rey mientras él le abría el vientre de arriba abajo con su espada. Una herida mortal, pero con la que se tarda mucho mucho tiempo en morir.

—Padre... —Rae conocía bien la historia, pero era evidente que su padre siempre le había ahorrado los detalles macabros. Quería que parara.

Ankhu, sin embargo, levantó una mano temblorosa.

—No, vas a escucharlo, Raetaui. Mientras nuestro rey se desangraba en el suelo del salón del trono, Semataui envió a sus hombres a sacar a las esposas e hijos del rey de sus escondrijos. Las mujeres chillaron. Suplicaron. Los pequeños lloraron. Todos estaban aterrados. Y Semataui los mató a todos, uno por uno. Los mató frente a la mirada de Rahotep, mientras él agonizaba en su trono, y fue amontonando los cuerpos ante él.

Hizo una pausa.

—Yo ya sé que Rahotep no era ningún inocente. Había cometido atrocidades contra sus enemigos durante sus propias guerras. Quizá, en ese momento, las acepté sin pensar demasiado, porque era mi rey y porque creía que llevaba la sangre de los dioses en las venas. Pero escúchame, Raetaui: nadie se merece lo que Semataui hizo aquel día en el palacio. Y mucho menos los niños.

Rae cerró los ojos. Sentía náuseas.

—¿Por qué me cuentas esto?

—Porque sé que tú y Omari, y quienquiera que sea que está haciendo planes con vosotros, pensáis que Amenmose no se parece a su predecesor. Y tenéis razón. Semataui era un tirano. Unió la

Alta y la Baja Khetara a base de sangre, terror y mentiras, y aún tuvimos suerte de que el destino le arrebatara la vida en aquella escaramuza tras la unificación. Pero solo porque este rey parezca débil e indulgente, solo porque no haya traído sus ejércitos hasta aquí para masacrarnos, no significa que no lo vaya a hacer. Una serpiente es una serpiente, Raetaui. Si le pisas la cola, te muerde.

Rae resopló, socarrona.

—¿De modo que ese es tu consejo? ¿Aceptar las cosas tal como son? Lo he intentado. Intenté mirar a otra parte, pero cuando vi el terror en los ojos del hijo de Baki el otro día... —Meneó la cabeza—. Sé que no siempre he elegido bien, padre, y sé que te preocupas por mí. Pero no puedo quedarme en casa sin hacer nada. No puedo. Ya no.

Ankhu suspiró y se quedó mirando el río, donde el barco del nomarca se perdía en el horizonte. En cosa de un momento su rabia desapareció.

—Sé que no puedes. Eres tan testaruda como yo. Pero por favor, por el amor de Ra, ten cuidado. Eres todo lo que me queda.

—No dejaré que te pase nada —dijo Rae—. Y estaré bien. Te lo prometo.

Ankhu volvió a mirarla con ojos fatigados.

—No hagas promesas que no puedes mantener.

Le costó mucho convencerlo, pero Rae por fin consiguió que su padre entrara en la casa y descansara. No se levantó para el almuerzo, y seguía durmiendo cuando Rae salió para atender a los cebús.

Estaba llenando cubos de agua en la orilla cuando lo vio.

Un hombre en un esquife de pesca, acompañado de un gran perro negro.

En circunstancias normales, Rae no se habría parado a observar a un pescador, pero había algo en aquel hombre y su perro que le llamaron la atención. No podría decir exactamente qué era: sus ropas oscuras eran andrajos, pero no estaban tan fuera de lo común, y navegaba con un viejo esquife de pesca hecho con juncos. La sombra de una barba incipiente era algo más raro —la mayoría de los hombres khetaranos iban siempre bien afeitados—, pero eso no significaba mucho. Quizá no hubiera tenido tiempo para asearse durante el viaje. Tampoco era especialmente atractivo, aunque tampoco le habría interesado de haberlo sido. Entonces... ¿por qué no podía apartar la mirada? ¿Qué era lo que había en él que no cuadraba?

El hombre, flaco y enjuto como su perro, se movía por el esquife renqueando un poco, y Rae enseguida se dio cuenta de que debía arrastrar alguna herida. ¡Conocía bien la sensación! No obstante, cualquiera que fuera el dolor que estuviera sufriendo, pareció desaparecer en cuanto la vio observándolo desde la orilla.

—¡Saludos! —dijo. Nada más sonreír, su rostro curtido adquirió un aire infantil y encantador—. No... No sabrás nada sobre perros, ¿verdad, *sena*?

La voz del hombre le confirmó a Rae sus sospechas. Hablaba con un acento y unos coloquialismos que solo había oído alguna vez en el mercado de Sakesh. Un habitante de las tribus, supuso, de las Tierras Rojas. Aunque no tenía ni idea de a qué tribu pertenecería. Había tantas que la mayoría de los khetaranos no se molestaban en distinguirlas. No debía hacerle caso, pero le venció la curiosidad.

—¿Cuál es el problema? —preguntó.

El hombre acercó el esquife a la orilla. El perro negro saltó del barco y se puso a olisquear entre las piernas de Rae.

—¡Behkai, no! —lo regañó el hombre, acercándose a la carrera para agarrar al perro de la cadera y tirar de él—. Lo siento mucho. Los últimos dos días está pesadísimo. No me deja un momento, ni siquiera para dormir.

—¿Qué le has estado dando de comer?

El hombre parpadeó y se quedó mirándola.

—Bueno, ya sabes, pan, algo de cebolla... Ha sido un largo viaje, y aún no hemos...

—Un momento —lo interrumpió Rae—. ¿No es tu perro? ¿Cómo es que no sabes qué darle de comer?

—No es mi perro. Es un perro muy insistente, cuya compañía tolero temporalmente.

Rae parpadeó, perpleja.

—Vale. Pero ¿no eres pescador? —preguntó, señalando el esquife—. A los perros les gusta el pescado.

Una vez más, el hombre se quedó mirándola, como perdido.

—Pescador, sí... —dijo, no muy convencido.

Rae puso los ojos en blanco.

—No eres de por aquí, ¿verdad?

—¿Tan evidente es?

—Absolutamente.

—Ah.

—¿De dónde eres?

El hombre recobró la compostura.

—De las Tierras Rojas, *sena*. De la tribu de los anen —dijo con orgullo.

Rae se quedó mirándolo atentamente. «Se espera que le falten el respeto. Y se prepara para ello». Ella se había sentido así muchas veces, así que reconocía la sensación en el rostro de aquel hombre, igual que reconocía el dolor en su lenguaje corporal. Decidió sorprenderlo.

—Bueno —dijo, con los brazos en jarras—. Tu perro está agitado porque está hambriento, lo que significa que probablemente tú también tengas hambre. Venid.

Y echó a caminar hacia la casa.

Tras un momento de silencio, Rae oyó sus pasos apresurándose para alcanzarla.

—Eres muy amable, *sena* —dijo—. Y es más de lo que puedo decir de muchos otros de los que he encontrado por el río. No sabes la cantidad de veces que me han dado la espalda.

Al oír la amargura en su tono, Rae se giró y lo miró fijamente.

—La gente tiene todo el derecho a desconfiar. Eres un tipo raro en un barco de pesca sin ningún aparejo de pesca. Ni peces.

El hombre se giró hacia el esquife.

—Lo has notado, ¿eh?

—He tardado un minuto, pero es evidente.

—Entonces ¿por qué me ayudas, si soy tan sospechoso?

Rae se lo pensó un momento y luego se encogió de hombros.

—La verdad es que no lo sé. Supongo que ha sido una sensación que he tenido.

El hombre se quedó pensando un rato en silencio.

—No sé si yo me veo tan «extraño», *sena*. Atractivo, sin duda..., pero ¿extraño?

Rae soltó una risita socarrona. Abrió varios barriles de almacenaje, sacó varios pescados secos de uno de ellos, un puñado de dátiles de otro y una hogaza de pan de un tercero. Envolvió todo en un papel de papiro, haciendo un paquete, junto a un puñado de cebolletas.

—Esto debería bastarte para uno o dos días —dijo, entregándoselo. Le lanzó el último pescado al perro, que lo cogió al vuelo con la boca, dio cuenta de él en un abrir y cerrar de ojos y se relamió, satisfecho—. Buen chico —añadió Rae, acariciándolo por detrás de las orejas.

—¿Qué deseas a cambio?

Rae se encogió de hombros.

—Quédatelo. Tonis ya se ha llevado más de la mitad de nuestros bienes. Un poco más no importa. Al menos esta comida va a alguien que la necesita.

—Tonis, ¿eh? —Los ojos se le iluminaron de pronto—. Ahí es adonde voy. ¿Está lejos?

—A un día de viaje, más o menos; es más lento de vuelta, río arriba, ya que los vientos son menos constantes que la corriente. —Ladeó la cabeza—. ¿Qué te lleva a Tonis, si no te importa que te lo pregunte?

El hombre carraspeó.

—Voy en busca de información —dijo, sin precisar más.

Rae levantó una ceja.

—Bueno, yo que tú iría con cuidado. Es la ciudad del rey. Si crees que la gente del sur es desconfiada con los extraños, ahí es mucho peor, con la guardia del rey peinando la ciudad.

—No te preocupes —dijo el hombre—. Sé que no debo confiar en los khetaranos…, exceptuando a los presentes, por supuesto.

Rae se cruzó de brazos, molesta.

—Los altokhetaranos no son como la gente de Sakesh —dijo—. No somos todos iguales.

El hombre esbozó una sonrisa sarcástica.

—¿Ah, no? Bueno, nosotros tampoco.

Rae torció el gesto, recordando que ella siempre había considerado que todas las tribus de las Tierras Rojas eran lo mismo, que no habría diferencias entre ellas. Algo avergonzada, se giró hacia el almacén y descolgó una de las viejas túnicas blancas de su padre. Estaba algo raída por algunos puntos, pero aún se podía usar.

—¿Por qué no te llevas también esto? Esa ropa que llevas estaría mejor en una hoguera que sobre tus hombros. Es mejor que llegues a Tonis vestido con esto: te ayudará a pasar desapercibido.

Él levantó las cejas, perplejo. Cogió la túnica y asintió.

—Has sido muy generosa… —dijo, y se quedó esperando.

—Raetaui.

—Sí, muy generosa, Raetaui. Agradezco tus regalos, pero debes permitirme ofrecerte algo a cambio.

Descargó la abultada bolsa que llevaba al hombro y se arrodilló en el suelo para buscar en su interior.

Rae se agachó para ver el contenido de la bolsa, y no pudo creerse lo que tenía delante.

«Tiene que ser un delincuente —pensó—. ¿Cómo si no iba a poseer un hombre como él ese tipo de tesoros?».

Aun así, ¿quién era ella para juzgarlo? Ella también estaba a punto de convertirse en una delincuente.

—Menuda colección… —observó—. ¿De dónde has sacado todo eso?

El hombre sacó unas cuantas piezas de pequeño tamaño de la bolsa y volvió a cerrarla enseguida. Se puso de pie y la miró con una expresión enigmática en el rostro.

—Quizá sea mejor que la búsqueda de información me la dejes a mí —dijo, sin cambiar el tono—. Todos tenemos nuestros secretos.

«Secretos».

Rae recordó la última vez que había visto a Asim, cuando le había enseñado las frases en código que usaban para identificar al resto de los rebeldes.

«El halcón surca el cielo».

«Iremos a su encuentro en el horizonte».

—Fuera del círculo, no le hables a nadie de esto —la había advertido Asim—. Ni a tu padre, ni a tus amigos… a nadie.

Rae parpadeó, volviendo al presente.

—Sí —dijo ella—. Todos tenemos nuestros secretos.

—Me alegro de que nos entendamos —dijo el forastero, y le mostró las palmas de las manos. En ellas sostenía al menos una docena de piezas de joyería fina: collares de cuentas, un anillo de oro, un brazalete con incrustaciones de lapislázuli y adornos en forma de flores de loto—. Escoge. La que quieras. Por cualquiera de estas piezas puedes sacar una buena cantidad en el mercado, si decides venderla.

Rae pasó los dedos por encima de todas las piezas, levantando una tras otra. No había tocado nada tan bonito en toda su vida. Era prácticamente imposible escoger. Pero al final se dejó llevar por el instinto.

—Me quedaré con esto —dijo, escogiendo un amuleto de jaspe rojo colgado de un simple cordón negro.

—¿Eso? —dijo el hombre, confuso—. Pero eso no es nada. Una pequeña talla de una leona. No puede valer más que un par de hogazas de pan.

—Entonces es un trato justo —dijo Rae, colgándose el amuleto del cuello—. Si intento vender alguna de esas otras piezas en el mercado de aquí levantaría sospechas, y no necesito más problemas de los que ya tengo. Además, no quiero venderlo, quiero llevarlo. Es un amuleto de Sejmet: hará que la diosa me proteja. Y eso me puede ser útil.

—Sejmet —repitió el hombre—. ¿Dónde he oído ese nombre antes? —Después de pensárselo un poco, se encogió de hombros—. Puedes quedarte el amuleto, Raetaui-*sena*, pero por favor deja que te dé algo que tenga un valor real, para agradecerte tu amabilidad. Quédatelo tú, si quieres, o dáselo a algún ser querido.

Rae asintió, y el hombre se quedó mirando el resto de los objetos que tenía en la mano un rato más, hasta que escogió el anillo de oro. Se lo puso en el dedo a Rae y ella se sorprendió al ver que le encajaba perfectamente. Era una pieza sencilla, con un cubo de oro giratorio que llevaba un símbolo grabado en cada uno de los lados. Una cobra, una pluma de Maat, un ojo de Ra y un escarabeo. Tendría que esconderlo en casa, por supuesto: era demasiado valioso y llamaría demasiado la atención por las calles de Sakesh. Y era una pena, porque se sentía bien con él en el dedo. Hizo girar el cubo, que se detuvo en la cara con el ojo de Ra.

—Es como la daga de mi padre —observó.

—¿Ah, sí? —dijo el hombre—. Entonces querrá decir que era para ti.

El hombre se volvió a la orilla, pensativo, con el perro correteando a sus pies. Rae lo siguió. Se quedaron un momento en silencio, observando los barcos de los mercaderes que surcaban el Iteru. El hombre alargó la mano para agarrar la proa del pequeño esquife, inmovilizándolo para que el perro pudiera saltar a bordo.

—Supongo que habrás viajado en barco alguna vez, ¿no?

—Solo he hecho viajes cortos —confesó Rae—. Nunca he llegado hasta Tonis.

El hombre asintió.

—Esta es mi primera vez —dijo él—. Es muy raro, porque el río te lleva por su cuenta, como él quiere; es como si tuviera sus propias ideas. Puedo usar los remos, claro; puedo dirigir el barco hacia un lado o hacia el otro. Puedo hacer paradas, como he hecho ahora para verte a ti, *sena*. Pero cuando estoy sobre el barco, en cuanto suelto amarras, el río vuelve a arrastrarme, llevándome por donde quiere. Puedo frenar, puedo parar..., pero tengo la impresión de que al final el río siempre se saldrá con la suya. —Meneó la cabeza y se rio—. ¿Entiendes lo que quiero decir, Raetaui? ¿O te parece una bobada?

Era raro. Rae se sentía cómoda con aquel hombre, como si estuviera hablando con un viejo amigo y no con un extraño al que acababa de conocer. Su pregunta le recordó la noche anterior en el Jardín de los Muertos.

—No me parece una bobada —respondió—. Yo hace unos días me metí en una pelea, una pelea que sabía que no podía ganar, y me sentí igual. Como si hubiera una corriente que me arrastraba a hacer algo que sabía que probablemente no debía hacer.

—¿Y lo hiciste? —preguntó—. ¿Dejaste que la corriente te llevara?

Rae asintió.

—Sí que lo hice. Quizá me equivocara, y seamos los dos unos bobos, dejándonos arrastrar para acabar siendo pasto de los cocodrilos.

El hombre se rio, abandonando definitivamente el gesto serio.

—Me gustas, *sena*. Sin duda eres la mejor khetarana que he conocido hasta ahora.

Rae resopló, sarcástica.

—Teniendo en cuenta la opinión que tienes de nosotros, eso no es decir demasiado.

—Bueno, te deseo mucha suerte —dijo el hombre, que se subió al esquife de un salto y dejó su pesada bolsa sobre la cubierta—. Quizá el río nos vuelva a reunir algún día.

—Quizá sí —dijo Rae, agarrando el amuleto de la leona entre los dedos.

El hombre dio un empujón con el remo para unirse al tráfico de barcos que flotaban río abajo, y Rae se despidió levantando la mano.

—¡Gracias de nuevo! —gritó él, tocándose la nariz con los nudillos. El perro ladró—. ¿Qué? ¿Quieres quedarte con ella, Behkai? Porque a mí me parece bien. ¡Una boca menos que alimentar!

Behkai se sentó y soltó un gemido.

—Bueno, está bien. Quédate. ¡Probablemente Raetaui-*sena* tampoco te quiera!

—¡Hey! ¡Espera! —gritó Rae—. ¡No me has dicho tu nombre!

El hombre se quedó pensando un momento antes de responder.

—¡Llámame Chacal!

Rae se quedó mirando a aquel hombre, que desde luego no era pescador, cargado con un tesoro que sin duda había robado y acompañado de un perro que tampoco era suyo.

Esperaba que tuviera razón. Esperaba que volvieran a verse.

Ya se estaba poniendo el sol cuando Rae salió del taller del herrero. En la última reunión de Horizonte, había mencionado que podía adaptar aperos de labranza y convertirlos en sencillas armas que podrían usar para el ataque a los *medjay*, así que había ido a su taller en la ciudad para dejar las herramientas de las que podía prescindir. Le resultó extraño decirle las palabras secretas al herrero a su llegada, pero también fue emocionante. Al recorrer la concurrida calle de vuelta a casa se sintió como si todos los ojos estuvieran puestos en ella, como si la gente fuera murmurando a su paso. Probablemente eran imaginaciones suyas, pero no podía evitar mirar todo el tiempo por encima del hombro para asegurarse de que no la seguían.

—¡Oh!

Rae chocó con alguien que venía de cara y retrocedió unos pasos.

—Lo siento. No estaba mirando... —Pero al ver quién era frenó de golpe—. Tam...

La joven tejedora no llevaba ningún atuendo espectacular —vestía un sencillo *kalasiris* de punto fino—, pero la forma en que le ceñía las curvas del cuerpo hizo que a Rae le diera vueltas la cabeza.

—¡Rae! —exclamó Tam, recolocándose sobre la cadera la cesta de fibras de linaza sin teñir—. Pensaba que tardaría un tiempo en verte. He oído lo que sucedió. —Contrajo el rostro en una mueca de sentida inquietud—. ¿Estás bien? Estaba muy preocupada por ti.

Rae se ruborizó de vergüenza y de gusto a la vez.

—Estoy bien. Quería venir a verte, pero es que he estado... ocupada.

Tam se apartó de la cara un mechón de pelo, negro y ondulado, y ese simple gesto hizo que Rae sintiera la llama del deseo en el pecho.

—Ocupada, ¿eh? —dijo Tam—. En la granja, seguro. Pero ¿qué haces en la ciudad a esta hora?

Entre la pregunta y la visión de los oscuros ojos curiosos de Tam, Rae se hizo un lío y no supo muy bien qué decir.

—Yo..., bueno, he ido a dejarle unas cosas al herrero —balbució, decidiendo que probablemente lo más seguro era decir la verdad, o al menos en parte.

—El herrero —dijo Tam, como si las palabras fueran un alimento extraño que estuviera probando por primera vez—. Qué interesante.

—¿Interesante?

—Sí. Me preguntaba cuánto tardarías en unirte a Horizonte.

Rae despertó de golpe de su estado de ensoñación.

—¿Q-qué? No. Quiero decir... ¿cómo...?

Tam se le acercó, lo suficiente como para que Rae pudiera percibir el perfume del aceite de jazmín que llevaba en el pelo.

—Todas las tejedoras saben lo del herrero y lo que hace en su tiempo libre —susurró—. Además, tú eres muy amiga de Omari. Si él está con los rebeldes, no hay que pensar demasiado para suponer que antes o después te unirías a ellos. Después de la paliza que te dieron, me sorprendería que no lo hubieras hecho.

Rae miró a su alrededor disimuladamente, aterrada ante la posibilidad de que alguien pudiera oír su conversación.

—No podemos hablar de esto aquí. No es seguro.

Tam asintió.

—Ven conmigo.

Le cogió la mano y tiró de ella hacia una casa abandonada cercana. Aparte de un soldado viejo vestido con andrajos en la esquina, no había nadie más por allí.

Rae estaba tan distraída sintiendo el contacto de la mano de Tamerit, pequeña pero fuerte, que no preguntó siquiera adónde iban. Se colaron por la entrada principal, cuya puerta ya había caído al suelo tiempo atrás, y se adentraron en la penumbra del interior. Allí había muchísimo polvo, muebles rotos y fragmentos de cerámica que crujían bajo sus pies.

Rae dio un paso atrás al ver media docena de ratones que salían corriendo nada más entrar ellas.

—¿Estás segura de que aquí no hay nadie?

—Aquí no viene nadie —la tranquilizó Tam.

Rae entornó los párpados y observó el lugar. En otro tiempo aquello debía de haber sido una bonita casa, con los techos altos y suelos de azulejos de vivos colores. Era triste verla así. Magnífica en otro tiempo, ahora en ruinas, como casi todo en Sakesh.

—¿Qué es este lugar?

—Uno de los visires del rey Rahotep vivía aquí —respondió Tam—. Su asesor más cercano, parece ser. Fue ejecutado por los altokhetaranos, y dejaron el cadáver en los campos, para que se pudriera, sin darle sepultura. La gente dice que su *mutu* aún vive en la casa, así que… —Se encogió de hombros—. La gente no se acerca.

Rae se estremeció, aunque preferiría que fuera un espíritu inquieto quien oyera su conversación, y no un guardia del nomarca. Fueron a situarse bajo un arco medio en ruinas, lejos de cualquier ventana, para que no las vieran, y Rae retomó la conversación donde la habían dejado.

—En primer lugar, Omari y yo somos muy buenos amigos, pero nada más. Eso lo sabes, ¿verdad?

—Lo sé —dijo Tam, con una risita—. Quizá *mamet* Mut no vea lo evidente, pero yo sí.

—Bien —dijo Rae, aliviada—. Y en segundo lugar: ¿cómo sabes lo de Horizonte?

—Todas las tejedoras lo saben. Pero no permiten que las mujeres se impliquen activamente en la rebelión, salvo para pasar mensajes. Aunque parece que contigo han hecho una excepción.

—Puedo resultar bastante convincente —dijo Rae, sarcástica.

—Todo el mundo habla de cómo le plantaste cara al nomarca en la granja del pastor. Supongo que eso tuvo algo que ver, ¿no?

Rae se encogió de hombros.

—Quizá. Pero puede que también me enzarzara en una pelea con Asim.

Tam se rio, con una risa que era como un tintineo encantador.

—¿Ganaste?

—No. Pero no creo que se tratara de eso.

—Dos palizas en dos días. Parece que te gusta que te castiguen, Rae.

Rae sonrió y bajó la mirada al suelo. ¿Qué tenía esa mujer que la volvía tan tímida?

Tam posó la mirada en su cesta de hilos y suspiró.

—Ojalá me dejaran luchar a mí también.

—¿De verdad? —preguntó Rae, sorprendida—. Pero tú pareces tan... tierna.

—Puedo serlo —replicó Tam, incisiva.

—Oh, no, no quería decir que fueras débil —añadió Rae atropelladamente—. Es solo que eres una mujer... elegante. No una tunante como yo.

Tam esbozó un sonrisa alzando apenas las comisuras de los labios, y se acercó un poco más. Las sombras que le cubrían parte del rostro le daban un aspecto como de otro mundo, como si hubiera salido de un sueño.

—¿Así es como te ves tú? ¿Como una tunante?

Rae se encogió de hombros.

—¿Por qué no? La belleza no es una herramienta a mi disposición, así que tengo que recurrir a lo que tengo.

Tam se quedó mirándola con aquellos ojos que le quitaban la respiración.

—¿Eso te lo ha dicho alguien? ¿Que no eres guapa? ¿O es algo que te dices tú misma?

Rae no se atrevía ni a hablar.

—La gente puede ser más de una cosa a la vez, ¿sabes? —añadió

Tam, alargando la mano para tocar el amuleto de la leona que llevaba Rae—. Como Sejmet. Puede ser la asesina de hombres, la sedienta de sangre, la señora de la muerte. Pero también puede ser Bastet. La protectora. La madre. La diosa de la alegría y el placer. Es ambas cosas, todo a la vez.

—¿Y tú? —murmuró Rae, con la mano de Tam aún apoyada en su pecho—. ¿Qué hay al otro lado de esa ternura?

—Un corazón feroz —respondió Tam. Estaba tan cerca que Rae podía olerle el aliento, que empezaba a crear nubecillas de vapor con la llegada del frío de la noche—. Un corazón que arde.

Rae apoyó la mano en la de Tam y la agarró con fuerza. Se preguntó si la tejedora notaría lo rápido que le latía el corazón o el calor que emanaba su cuerpo. Era muy consciente de lo solas que estaban, y aquella intimidad resultaba a la vez seductora y desconcertante.

Nunca había albergado ese tipo de sentimientos por Omari ni por ningún otro hombre. Casi se había resignado a la idea de que el amor no era para ella..., hasta el día en que conoció a Tam y la vida le dio un vuelco. Aun así, una cosa era sentir algo por la bella tejedora y otra muy diferente estar a solas con ella en aquel lugar olvidado, lejos de miradas curiosas. Habría querido abrir las puertas de su corazón y dar rienda suelta a todo lo que se escondía dentro. Pero aún había algo en su interior que la frenaba, y tenía miedo.

—No tengo ninguna duda de que eres todas esas cosas y más aún —dijo Rae—. Pero precisamente por eso no debes involucrarte en la rebelión. Es demasiado peligroso, Tam.

La tejedora entornó los párpados.

—¿Peligroso? Están planeando algo, ¿no?

En lugar de responder a la pregunta, Rae dijo:

—Tam, por favor. Viniste a Sakesh para estar a salvo. Quiero que sigas así.

—Oh, ¿así que está bien para ti, pero no para mí? —replicó Tam—. ¡Hablas exactamente igual que los hombres!

Rae parpadeó.

—Lo siento, tienes razón. Si las cosas van bien y puedo demostrarle mi valía a Asim, le hablaré de tu petición. No te prometo nada, pero...

—No tienes que prometerme nada —dijo Tam, con un tono cálido de gratitud en la voz—. Puedo esperar que los de Horizonte entren en razón. Pero mientras tanto tienes que darme otra cosa.

Rae tragó saliva y notó que se le aceleraba el pulso.

—¿Qué es lo que quieres?

—El regalo que guardas para mí desde hace tanto tiempo —dijo Tam, pasándole los dedos por el pelo.

Rae se estremeció. Llevaba tanto tiempo conteniéndose que, cuando por fin se dejó llevar, la fuerza que la empujó a los brazos de Tamerit fue tan intensa como el viento *khamasin*.

Cuando sus labios se encontraron lo hicieron tímidamente, apenas un leve roce. Pero en cuanto Rae sintió el cuerpo de Tam junto al suyo, llenando todos los espacios vacíos, la besó con un hambre imposible de saciar.

Todo lo demás desapareció: el dolor de sus heridas, aquel espacio oscuro, la ciudad que se asomaba peligrosamente al precipicio de la violencia... No quedaba nada de eso. No había nada más que aliento, calor, ternura y deseo.

Las puertas de su corazón se abrieron irremediablemente. «Entra...». Su cuerpo pronunciaba las palabras que no decía con la voz. «Entra en mi interior y mira todo lo que soy, toma todo lo que soy. Es tuyo, es tuyo, es tuyo».

Se abrazaron hasta que se puso el sol y se apagó la luz del mundo.

16

SITA

Al ver el cuerpo de Maet inmóvil sobre la cubierta del barco, Sita reaccionó de golpe. Sin dudarlo, se puso a dar órdenes.

—¡Remeros! —gritó—, ¡llevadnos al palacio inmediatamente! —Se giró hacia uno de los criados—. ¡Tú! Coge un esquife, ve al templo y llama a los médicos sacerdotes. Diles que vayan a los aposentos de Maet. ¡Y que alguien traiga agua! Tenemos que intentar despertarla.

Los criados, que no estaban acostumbrados a recibir órdenes de Sita, vacilaron.

—¿A qué estáis esperando? —exclamó Sita—. ¡Venga!

Al aplicarle una compresa fría en la frente, la niña abrió los ojos.

—Me duele mucho la barriga, Sisí.

Sita apoyó la cabeza de la niña en su regazo y le acarició el brazo.

—Lo sé. Enseguida llegaremos a casa y los sacerdotes se ocuparán de ti.

Maet cerró los ojos de nuevo, lamentándose y sumiéndose en un sueño agitado.

El barco ahora surcaba el agua a buen ritmo, impulsado por el rápido movimiento de los remeros.

Meri apareció junto a Sita, bastante entero teniendo en cuenta que había sufrido un encuentro cercano con un cocodrilo solo unos minutos antes.

—¡Por un momento me ha parecido que madre estaba en el barco dando órdenes a la gente! No pensaba que fueras capaz, Sitamón.

Sita se ruborizó.

—¿Y qué iba a hacer? Maet necesita ayuda.

De hecho, se había sorprendido a sí misma. Normalmente no se le ocurriría tomar el mando en una situación crítica como aquella. Siempre había alguien que lo hacía por ella.

Meri alzó una ceja.

—Tu preocupación por la niña es... admirable.

Sonaba a halago, pero Sita sabía bien que no debía tomarse las palabras de su hermano al pie de la letra. A menudo usaba el lenguaje como las fichas en un juego, para tantear los puntos débiles de su oponente. Y había jugado con Sita lo suficiente como para conocer los suyos de memoria. Meri sabía perfectamente lo que pensaba y sentía, a veces antes incluso de que ella se diera cuenta.

¿De verdad estaba reaccionando así por amor a Maet?

«Te sientes culpable, ¿no?».

La verdad era dolorosa.

Había sentido unos celos terribles de la niña por las atenciones que recibía de su padre. Por cómo la quería. Solo tenía seis años, y aun así Sita recordaba haber deseado que la niña desapareciera para que no le recordara constantemente la relación que no tenía. Y ahora era como si sus celos hubieran tomado forma física, infligiendo dolor a una niña inocente. Sabía que no era así, pero era la sensación que tenía.

«Solo la estás ayudando para sentirte mejor. No lo haces por Maet».

Bajó la mirada y contempló el rostro pálido de la niña, los ojos que se movían a toda velocidad bajo los párpados, como atrapados en una pesadilla.

«Quizá padre hiciera bien en no quererme, a fin de cuentas».

—¡Fuera de aquí, demonio de la enfermedad! —ordenó el anciano sacerdote—. ¡Desaparece de este lugar y no lastimes más a esta niña! ¡Es una hija de Amón y la protege su mano invisible! ¡Fuera!

Sita se quedó observando al hombre, que usó una vara de madera pulida para trazar un círculo de protección en el suelo, en torno a la cama de Maet, mientras repetía el conjuro una y otra vez. La niña parecía muy pequeña, envuelta en sábanas limpias. Las anteriores las habían sacado al exterior y las habían quemado. Sita se había quedado con ella desde que habían llegado al dormitorio. Varios sacerdotes de cabeza rapada habían llegado poco después, llenando la habitación de una actividad frenética. Sita se echó atrás para no molestar. Corrieron las cortinas y la princesa observó a través de la tela de gasa mientras a Maet le daban a beber agua de una jarra decorada con imágenes de Isis. La niña obedeció a regañadientes, y el agua le resbaló por las comisuras de sus pequeños labios antes de que volviera a dejarse caer, agotada, sobre la almohada.

—¿Qué ha pasado?

Sita dio un respingo; ni siquiera había oído acercarse a su madre.

Aunque también era cierto que la reina tenía fama de ser la primera en enterarse de todo, así que Sita tampoco se sorprendió tanto. Una vez, en un banquete, había oído a un funcionario que decía que la reina Bintanat pintaba pequeñas orejas en las paredes de todas las estancias para poder escuchar cualquier conversación. Evidentemente, las orejas de la reina habían detectado las noticias sobre Maet.

—Estábamos cazando en el río y se ha desmayado —explicó Sita—. Me ha dicho que le dolía el estómago, pero aparte de eso parecía estar bien. Su madre estaba en el mercado, en el otro extremo de la ciudad; he enviado a un mensajero en su busca.

Sita decidió que no era el momento de mencionar el incidente con el cocodrilo. Su madre le haría mil preguntas, y estaba demasiado cansada como para responderlas. Desde el desmayo de Maet no había bebido más, pero ahora, tras toda la emoción del viaje de vuelta, tenía dolor de cabeza.

La reina se pasó la lengua por los dientes.

—El rey quedará terriblemente afectado cuando descubra que está enferma —dijo, más para sí misma que para Sita—. Más vale no decirle nada hasta que sepamos algo más. Me encargaré de que los criados no hablen del tema. —Se dispuso a marcharse, pero de pronto vio algo que la hizo frenar de golpe. Suspiró—. Ah, bueno, demasiado tarde.

Sita se giró y vio al rey, que sin maquillaje parecía un espectro, acercándose a paso decidido, seguido por dos asistentes que corrían tras él con gesto desesperado.

—A ese hombre no lo para ni un león —murmuró la reina—. ¿Qué cree que está haciendo? Debería quedarse en la cama...

—¿Dónde está? —preguntó el rey, con los ojos desorbitados—. ¿Dónde está mi niña?

Pasó la mirada por encima de Sita, como si fuera una pintura de la pared, y la dirigió hacia los sacerdotes reunidos en el dormitorio. El rey fue hasta allá tambaleándose y se abrió paso entre ellos.

Ineni, uno de los asistentes, se acercó a toda prisa con gesto de disculpa.

—He intentado detenerlo —le dijo a la reina—, pero el faraón no me ha hecho caso.

Los médicos sacerdotes levantaron la vista.

—Mi rey —saludaron, a coro, bajando la cabeza.

Amenmose no les hizo ni caso. Se sentó en la cama junto a Maet y apoyó una mano esquelética sobre su brazo.

—Hola, gatita —dijo, jadeando por el esfuerzo—. ¿Cómo te encuentras?

—Me duele —respondió Maet, gimoteando—. Tengo miedo.

El rey le dio una palmadita en el brazo.

—Bueno, voy a decirles a mis amigos que se aseguren de que te pones buena enseguida, ¿de acuerdo?

Su tono resultaba reconfortante, pero se le notaban los nervios. El sacerdote que estaba a sus espaldas se encogió, escéptico.

—¿Qué te parece si más tarde, cuando hayas descansado un poco y hayas visto a tu madre, te traigo una muñeca nueva? Puedo enviar a mis mensajeros más rápidos a buscarte una del mercado, solo para ti. ¿Eso te gustaría?

Maet asintió.

—¿Y quizá también un pastel de miel?

—No tengo hambre —dijo la niña con voz triste.

—Oh, pero tú siempre tienes un rinconcito para el pastel de miel

—insistió el rey, acariciándole la barbilla—. Son nuestros favoritos. ¡Los hacen especialmente para nosotros! Podemos compartir uno, como siempre. Y quizá tu nueva muñequita también pueda tomar un poco de pastel de miel.

Maet esbozó una sonrisa casi sin fuerzas.

En la mente de Sita algo hizo clic.

Pero antes de que pudiera seguir pensando en la conversación que acababa de oír, su padre se puso en pie con dificultad y salió del dormitorio. Ineni corrió a su lado a ayudarlo, pero el rey se lo quitó de encima con un gesto y le indicó al sacerdote médico jefe que lo siguiera al pasillo, dejando a los otros sacerdotes en torno a la paciente. Sita se apartó, pero no dejó de escuchar.

—¿Qué tiene? ¿Qué es lo que le pasa? ¿Y dónde está Montuhotep? Debería estar aquí.

—Ah, me temo que Montuhotep estaba reunido con el príncipe cuando recibimos las noticias de la enfermedad de Maet, así que me encargó que me ocupara yo. Meriamón lo llamó para algo urgente.

Sita estaba sorprendida. Al regresar había dejado a Meri en la orilla, y no le había dicho nada sobre ninguna reunión. Aunque su comportamiento ya era raro... Se esperaba que le hubiera afectado el ataque del cocodrilo, o que al menos estuviera furioso. Pero en lugar de eso parecía casi exultante. Convocar al asesor de mayor confianza del rey para una reunión privada, sin consultar al rey, era una osadía. ¿Qué podría haberlo impulsado a hacer algo así?

Su padre se mostró igual de confuso ante aquella revelación, pero no parecía tener fuerzas para exigir explicaciones.

—¿Qué es lo que tiene? —repitió.

El sacerdote se aclaró la garganta.

—Aún... aún no lo sabemos. Maet está extremadamente débil y tiene dolor en el estómago y en el pecho. Ha vomitado poco después de despertarse y se ha negado a comer ni beber nada más que agua.

—¿Han examinado la comida del barco?

—Nadie más ha enfermado, mi rey, y todos los participantes en la expedición de caza han comido de las mismas provisiones. De hecho, esto me ha recordado mucho... mucho...

Daba la impresión de que no se atrevía a decirlo.

—¡Suéltalo ya! —le ordenó el rey, impaciente.

Sita vio que el sacerdote tenía la frente cubierta de gotas de sudor.

—Me ha recordado a cuando enfermasteis vos, rey Amenmose. También examinamos toda la comida y la bebida, pero no se encontró nada malo, y nadie más enfermó. Y los síntomas son los mismos. Por supuesto, el dolor de estómago y la debilidad general son síntomas comunes, pero... —Hizo una pausa y se humedeció los labios—. Hemos observado unas manchas de color marrón claro en las palmas de las manos y en los pies. Son muy similares a las vuestras, mi rey. Y eso... eso no es habitual.

Para Sita aquellas palabras fueron como un mazazo.

«Lo que está matando a padre también está matando a Maet».

Meri le había hablado del veneno, pero no le había dicho cómo se lo estaba administrando.

«Ahora lo sé».

El rostro del rey, ya pálido de por sí, se volvió gris al recibir la noticia. Se agarró al hombro del sacerdote para no perder el equilibrio.

—¿Es posible... que se haya contagiado de mí? —preguntó, aterrado—. ¿Que yo le haya contagiado esta maldición de algún modo?

—Bueno, es posible que sea cosa de un demonio o de una maldición, pero os aseguro que estamos haciendo todo lo que podemos por ella, y por vos, mi rey. Los hechizos de sanación más potentes, hechizos protectores, baños de agua sagrada sobre la imagen de Isis... Estamos trabajando día y noche, examinando cada papiro de la Casa de la Vida para encontrar una cura...

—¿Esto se lo he contagiado yo?

Todo el mundo en el pasillo se sobresaltó al oír el grito rabioso del rey, que resonó por todo el salón. Las oraciones de los otros sacerdotes, en el interior del dormitorio, se silenciaron de pronto.

El sacerdote al cargo abrió y cerró la boca varias veces.

—Me temo que solo Amón conoce la respuesta a eso, mi rey —respondió al fin—. Lo siento.

Sita observó a su padre, que dejaba caer la mano del hombro del sacerdote con la mirada perdida.

—Te has fatigado demasiado, *imi-ib* —dijo la reina Bintanat, acercándose a él con una solicitud exagerada—. Necesitas descansar.

El rey se limitó a asentir.

—Llévame de vuelta a mis aposentos, Ineni.

Ineni se acercó a toda prisa, haciendo una gran reverencia al pasar por delante de la reina, y, con suma delicadeza, se llevó al rey Amenmose por el pasillo.

Un momento más tarde apareció la madre de Maet, seguida por una criada cargada con una cesta llena de flores frescas del mercado. Las flores amarillas parecían una señal de mal augurio.

«El amarillo es para el duelo», pensó Sita.

La madre de Maet se paró a saludar al rey antes de acercarse, con el miedo en los ojos.

—Está despierta —le dijo la reina Bintanat, que acompañó a la mujer al interior del dormitorio.

Sita se quedó en el umbral, con el cuerpo helado a pesar del calor de media tarde. No podía pensar en otra cosa que no fueran las palabras de su padre sobre los pasteles de miel.

«Son nuestros favoritos».

«¡Los hacen especialmente para nosotros!».

Fue corriendo en busca de Meri.

Lo encontró pasando por el vestíbulo principal, tan absorto en sus pensamientos que no la vio hasta que la tuvo delante.

—Son los pasteles, ¿no? —le espetó—. Lo estás poniendo en los pasteles de miel.

Meri reaccionó de golpe.

—¡Calla! —dijo con un gruñido. Se giró para ver si alguien los observaba, la agarró del brazo y la arrastró hacia el jardín de recreo—. Tu mente es como una habitación vacía, Sitamón... —murmuró cuando estuvieron fuera.

—¡No me hables así! —replicó Sita, aunque bajó la voz—. Dime la verdad, Meri: ¿has estado envenenando los pasteles de miel de padre?

Meri se cruzó de brazos, con gesto aburrido.

—Yo desde luego que no.

—Pero alguien lo ha hecho por ti —insistió Sita—. Por orden tuya.

Él se encogió de hombros.

Sita se llevó una mano a la boca. Qué tonta había sido. Por supuesto que era así como lo había hecho. Los cocineros hacían los pasteles de miel especialmente para el rey porque le gustaban muchísimo..., y eran tan dulces que la amargura del veneno quedaba perfectamente disimulada. Era una opción tan evidente que le irritaba no haber pensado en ello antes.

Aun así, saber que los pasteles estaban envenenados no lo explicaba todo.

—Aún no entiendo cómo ha podido pasar desapercibido el veneno —dijo—. El sacerdote ha dicho que cuando padre empezó a enfermar probaban toda la comida que le daban, y nadie más enfermó. También habrán probado los pasteles: padre es el único que los come.

—Es un rompecabezas delicioso, ¿no? —Se agachó para recoger una amapola de un parterre y la hizo girar entre los dedos—. Hay quien dice que el veneno es el arma de los cobardes. Que el único modo honorable de matar a un hombre es cara a cara, con una espada. Pero yo diría que, si se hace bien, el envenenamiento es un arte en sí mismo.

Se llevó la flor a la nariz y la olió con los ojos cerrados.

—Primero debes escoger el veneno que quieres usar. Hay decenas de ellos: plantas, minerales, venenos de animales... y cada uno tiene sus efectos desagradables. Para estudiarlos todos en detalle hay que asistir asiduamente a la Casa de la Vida, y hacen falta muchas horas de investigación para encontrar el veneno perfecto para cada caso. Un aditivo común, por ejemplo, usado para hacer pintura amarilla, suele mezclarse con el cobre para hacer que las herramientas duren más. Pocos saben que es venenoso. Sus efectos perjudiciales solo se mencionan en un único papiro misterioso.

»Luego está la dosis. Es fácil matar a alguien echándole veneno en la copa de vino y ver cómo se muere ahí mismo. Resuelves el caso enseguida, pero... ¿a qué coste? Todo el mundo sabrá que ha sido un asesinato, y a menos que tengas mucha mucha suerte o todo el mundo a tu alrededor sea muy muy tonto, al final descubrirán que lo has hecho tú.

Sita se sentó sobre una piedra junto al estanque de los peces, sintiéndose como solía sentirse cada vez que perdía una partida de perros y chacales y se veía obligada a escuchar las explicaciones de Meri sobre cómo le había ganado exactamente.

—No —prosiguió Meri—. Si quieres hacer un buen trabajo, no puedes ser tan burdo. Tienes que escoger un veneno que no solo sea desconocido, sino que también sea inocuo en pequeñas dosis. Tan inocuo que, si alguien comiera, por ejemplo, un solo pastel de miel envenenado, o incluso dos, no le pasaría nada. Pero, si los comes todos los días, uno cada día, bueno... —Meri separó las manos, como dejando al descubierto algo que llevara en su interior—. Al principio solo tendrás un leve dolor de estómago. Pero luego irá empeorando cada vez más... —Echó una última mirada a la amapola y la dejó caer al suelo—. Hasta que un día te mueres, sin más. Y todo el mundo se queda terriblemente triste y echan la culpa a un demonio, o a alguna maldición, o a la plaga del año, y los sacerdotes, que han hecho todo lo posible, se encogen de hombros y afirman que los dioses actúan de formas misteriosas. —Soltó una risita—. Eso son todo conjeturas, por supuesto. Pero, si a alguien se le ocurriera un plan así, yo mismo aplaudiría su ingenio. ¿Tú no?

Sita cerró los ojos, dándole vueltas a lo que implicaban las palabras de su hermano.

—Meri —murmuró, intentando controlar la histeria que amenazaba con adueñarse de su voz—, padre no es el único que come esos pasteles.

Meri levantó las cejas y por una vez se mostró sorprendido. Aquello era un triste motivo de satisfacción para Sita.

«Parece que no has pensado en todos los detalles, ¿no?», pensó.

—Maet —dijo él, cayendo en la cuenta.

—¡Sí, Maet! ¡Podría morir por tu culpa! Padre ha estado compartiendo esos pasteles con ella. ¡Y sigue haciéndolo, incluso ahora! ¡Tenemos que parar esto! Quizá, si no comiera más, podría sobrevivir, y entonces...

—No.

Aquella palabra fue contundente. Definitiva. Como una piedra colocada sobre una tumba.

—No puede saberlo nadie. —Meri le agarró la cara con una mano y tiró de ella, como si fuera a darle un beso. Su mano aún conservaba el olor a amapola, entre terroso y dulce, con un toque de humo—. Y no pararemos hasta llegar al final. Si les decimos que los pasteles están envenenados, si alguien lo descubre..., nos matarán, Sitamón.

No solo a mí. A ti también. ¿Lo entiendes? ¿O es que crees que tienes un cuello demasiado bonito como para que te lo puedan cortar? Puede que tengas la sangre más pura, hermana, pero hay una docena de muchachas deseando ocupar tu lugar.

Sita soltó un sollozo ahogado.

—No puedo seguir haciendo esto —dijo, agarrando el amuleto del escarabajo con fuerza—. No puedo...

Meri suavizó el gesto.

—Oh, sí, sí que puedes —dijo, en un susurro, modelando cada palabra con los labios—. No por mí, sino por el reino. Por nuestro pueblo. Esta es la parte más dura, pero muy pronto todo esto quedará en el pasado. ¿Recuerdas cómo nos divertíamos antes? Volveremos a hacerlo, tú y yo, te lo prometo. Y toda Khetara también. ¿De acuerdo?

Sita se sorbió la nariz, pero tenía los pómulos cubiertos de lágrimas. Había algo inquietante en aquellas palabras de su hermano, un mensaje oculto que no conseguía descifrar. Pero estaba demasiado triste, demasiado cansada y demasiado confundida como para enfrentarse a él. Él era Meri el bello, el brillante, el futuro rey. ¿Quién era ella para cuestionar sus decisiones, por monstruosas que pudieran parecerle?

Pensó en el montón de aves muertas sobre el barco y en lo mucho que aborrecía cazarlas.

«Ah, pero los gansos te gustarán mucho cuando el cocinero los ase para la cena de esta noche, ¿no, gatita?».

Meri había sido el ejecutor, pero ella y el resto del reino se beneficiarían de sus actos. Quizá fuera una cobardía disfrutar de la carne que su hermano ponía en la mesa y quejarse al mismo tiempo de lo que había tenido que hacer él para conseguirla.

«Ten valor», se dijo, enjugándose las lágrimas del rostro.

—De acuerdo —dijo.

Su hermano respondió con una sonrisa irresistible.

—Ahora olvídate de todas esas cosas feas y prepárate para la cena. ¡Esta noche nos daremos un festín con lo que hemos cazado!

Meri se fue, pero Sita se quedó junto al estanque un buen rato, contemplando el agua. Por fin se puso en pie, y oyó un repentino aleteo. Un halcón alzó el vuelo desde un rosal. Había algo pequeño y húmedo en el suelo, allí cerca. Sita se acercó y vio los restos de uno de los monos de rabo largo a medio comer, con la pequeña boca abierta y las tripas desparramadas sobre las baldosas de piedra. Sita sintió náuseas y se giró hacia el sicomoro, donde vio al otro mono observando desde las ramas, solo y en silencio.

Mientras tanto el halcón surcaba el cielo chillando, en busca de nuevas presas.

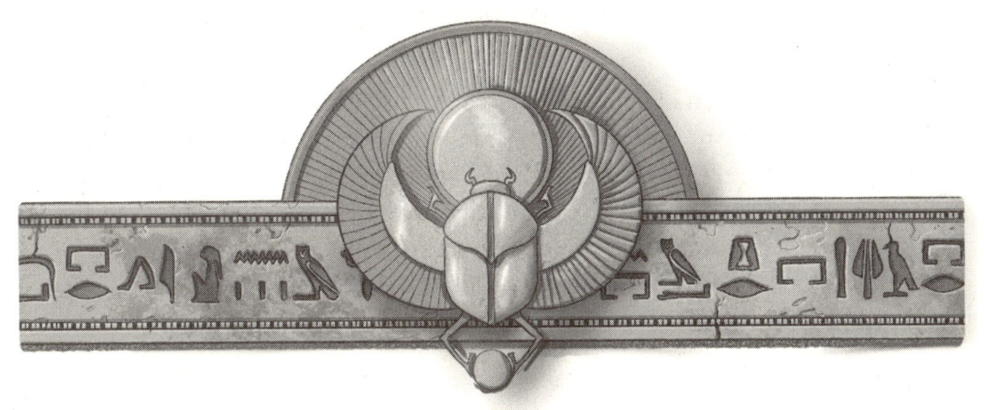

17
KARIM

Karim estaba sentado en la orilla, comiendo trozos de pan y pescado mientras asaba una cebolla ensartada en un palo sobre la hoguera que había encendido para la noche. Masticó cada pedazo lentamente, intentando hacerlo durar todo lo posible. Behkai lo observaba muy concentrado, con un goterón de baba colgándole de la boca. Karim intentó no hacer caso al perro y fijó la atención en las llamas que iban oscureciendo la piel de la cebolla, liberando un apetitoso olor.

Behkai soltó un agudo gemido lastimero.

—¡Está bien, está bien! —dijo Karim, lanzándole un trozo de pan y un buen pedazo de pescado. Behkai se comió ambas cosas sin masticar y luego volvió a mirarlo, con la esperanza de que hubiera algo más.

—Eso es todo lo que te voy a dar. Esta comida tiene que durarnos hasta que lleguemos a la ciudad, y ya nos hemos comido más de la mitad. Si aún tienes hambre, ve a cazar una rata.

Behkai ladeó la cabeza, como si la sugerencia le pareciera ofensiva. Olisqueando el suelo, giró tres veces sobre sí mismo y se hizo un ovillo junto al fuego.

Karim suspiró y de pronto se dio cuenta de que su cebolla estaba ardiendo. Soltó un improperio, la apartó a toda prisa y sofocó las llamas soplando. Afortunadamente aún parecía comestible, así que esperó a que se apagara del todo y le dio un bocado. La piel exterior estaba crujiente, y los jugos del interior le llenaron la boca de sabor. No estaba nada mal. Mientras comía, pensó en la muchacha de la granja que le había dado la comida. Tenía algo que no podía quitarse de la cabeza, algo que iba más allá de su acto de amabilidad y de sus gestos decididos. Tenía la impresión de que su encuentro en aquella orilla era cosa del destino, que era un pasaje de una historia escrita mucho tiempo atrás.

Karim se tragó el último bocado de cebolla y tiró al fuego el palo en que estaba ensartada. Aún no conseguía reconciliar su implicación en el vaticinio del antiguo oráculo khetarano con sus propias creencias espirituales. Los anen, como la mayoría de los miembros de otras tribus de las Tierras Rojas, no tenían ni el tiempo ni la paciencia necesarios para atender a toda una cohorte de dioses de dudoso poder. Tenían un solo dios. Creador y destructor a la vez: el dios de todos. No veían la necesidad de más.

El mismo dios que protegía su rebaño un día podía hacer una matanza al día siguiente, igual que cualquier pastor de su tribu. E igual que las ovejas no podían comprender los motivos que regían su destino, los hombres no podían esperar comprender el suyo. Así era como aceptaban la dureza de la vida, celebrando a la vez las bendiciones recibidas. Sabían que, al final, el destino acaba imponiéndose, tanto si lo mereces como si no.

En comparación, la fe de los khetaranos parecía complicada hasta el absurdo. Pero si sus dioses eran falsos, ¿cómo había podido tomar forma el Oráculo del Cordero? Toda aquella situación lo tenía confuso. ¿Cómo iba a saber en qué tenía que creer? No podía olvidar la imagen de aquella bestia en la orilla, aunque cuanto más se alejaba de aquel templo en el desierto más le costaba creer que todo aquello hubiera ocurrido de verdad.

En un principio se había embarcado en aquel viaje a Tonis porque se lo había prometido a Pa. Pero, cuanto más se acercaba a la ciudad, más quería encontrar respuestas para sí mismo.

Una vez acabada la comida, Karim echó la espalda atrás y se sacudió las migas. Durante los días de travesía por el río había estado pensando mucho. Mientras viajaba en el esquife había podido darse cuenta de que nunca antes había estado solo realmente. Cuando vivía con los anen, siempre había estado rodeado de hombres, o de su familia, y más tarde de los Chacales. Aparte de alguna expedición de caza en solitario, siempre había tenido alguna voz cerca del oído. Pero en el río no había nada. Nada más que el sonido del agua que bañaba las rocas y los chillidos urgentes de los ibis que volaban sobre su cabeza. De vez en cuando pasaban cerca otros barcos, pero aparte de algún saludo cortés, no intercambiaban más palabras.

Cuando la soledad se hacía excesiva o cuando no podía dormir por miedo a lo que pudiera acecharlo en sueños, Karim había adoptado la costumbre de hablar con el perro. Le hablaba del tiempo, le contaba historias de cuando estaba con los Chacales y le señalaba lugares interesantes que veía por el camino.

Behkai acabó siendo un compañero de viaje muy agradable. Cuando Karim quería estar tranquilo, Behkai dormía, se aseaba o pasaba el rato mirando el agua, atento a las criaturas que veía por debajo de la superficie. Cuando Karim quería hablar, Behkai se quedaba muy quieto y escuchaba, ladeando la enorme cabezota negra para demostrar su interés.

Vieron muchas maravillas por el río. Pirámides blancas con la cúspide de oro, inmensos templos con grandes pilares de vivos colores y enormes reyes de piedra tallados directamente en las montañas, como si mil artistas hubieran ido sacando pedazos de roca hasta liberar al hombre que había debajo. Karim no sentía demasiada simpatía por los khetaranos, pero estaba impresionado por su trabajo artesanal.

Era sobre todo de noche, cuando la oscuridad extendía un manto fúnebre sobre todas aquellas maravillas, cuando lo invadía la amargura. ¿Qué habían hecho los khetaranos para merecerse un río que ofrecía riquezas sin fin y que no pedía nada a cambio? ¿Por qué se habían ganado el don de la grandeza? ¿Era esa realmente la otra cara del destino? ¿Les duraría para siempre la buena suerte? Su lado cínico —ese que siempre estaba a la espera de la siguiente invasión, de la siguiente plaga, de la siguiente catástrofe inesperada— le decía que no. Nada dura para siempre. Por altos que fueran sus monumentos o por bellas que fueran sus tumbas, Karim sabía que el destino acabaría llegándoles, como a todos.

Behkai estaba gruñendo.

Karim parpadeó y abrió los ojos. Se había quedado adormilado. El fuego se había consumido, convirtiéndose en brasas, y la luz que emitía apenas iluminaba el lugar donde se encontraban. Miró al perro, que se había levantado y estaba en guardia, dirigiendo un gruñido gutural a algo que había en la oscuridad. Karim levantó la cabeza y recogió parte de las brasas con su antorcha hasta conseguir una llama estable. Entonces se fue al lado de Behkai y entornó los párpados, mirando hacia el lugar que indicaba el perro.

«Probablemente será una serpiente o un chacal», pensó por un momento, pero el latido desbocado de su corazón no decía lo mismo. Agitó lentamente la antorcha de izquierda a derecha, iluminando una gran roca, un grupo de arbustos cubiertos de espinas, los restos de un árbol de tamarisco quebrado que salían del suelo como un diente roto, y... algo se movió.

Se llevó la mano al cinto, en busca del cuchillo. Lo encontró y lo empuñó, con la hoja hacia delante. Estaba temblando.

«No, no es posible». Había ido tan lejos..., más lejos de lo que había llegado ningún hombre de su tribu, y el río fluía rápido. Sintió el sudor en la frente. Cerró los ojos, apretando los párpados, haciendo un esfuerzo para no pensar en la bestia cuya imagen se le había quedado grabada en la mente aquella noche, en el templo de Pa, la bestia que parecía ver en cada sombra.

Karim se maldijo por dejar que el miedo tomara el control. «Para ya —se ordenó a sí mismo, agitando la antorcha en todas direcciones y encontrando solo arena y vacío—. Nada habría podido seguirte a pie a esa velocidad. Nada. Ni siquiera...».

Se quedó helado.

Había una figura frente a los arbustos. Antes no estaba ahí.

Un hombre.

La figura iba vestida con una túnica áspera de color indeterminado y tenía el rostro cubierto por una capucha hecha jirones. Por un momento Karim se sintió aliviado. Esa no podía ser la bestia que había visto en el desierto, la que había matado a Djet en las profundidades de la tierra.

Aun así...

La luz iluminó las manos del hombre. Tenía la piel oscura por efecto de la descomposición, y sus dedos, esqueléticos y curvados, acababan en unas fundas doradas. Calzaba elegantes sandalias de cuero con incrustaciones de oro, sandalias demasiado elegantes para alguien así. Arrastraba por el suelo unas vendas de fino lino, ensuciadas por el paso del tiempo, sueltas por los extremos y visibles bajo la túnica: el viento procedente del río hinchaba la capucha como una vela, dejando expuesto el rostro, visible a la luz de la antorcha.

De pronto, a pesar de estar al aire libre, rodeado de un espacio vacío infinito, Karim se sintió de nuevo como si estuviera en aquella tumba sofocante y sintió la presión de sus muros: no podía respirar, no podía moverse, no podía gritar.

Cuando era niño, en las Tierras Rojas, Karim se había imaginado muchas veces cómo sería el rostro del destino, ese semblante funesto que sigue tus pasos durante toda la vida, esperando el momento de hacerse contigo.

Aquel era el rostro que lo miraba desde detrás de aquella mortaja.

Un rostro huesudo, sin pelo, desecado, con la piel tensa sobre un cráneo que asomaba en algunos puntos, revelando tendones que conectaban los pómulos y la boca. En los dos huecos negros en los que debían de estar los ojos solo se veía oscuridad, y el reflejo de su propia antorcha, convertido en el brillo de una mirada pérfida.

En algún lugar, a lo lejos, aulló un chacal.

De pronto, como si el aullido hubiera activado un hechizo, la fantasmagórica criatura dio un paso adelante.

Behkai salió disparado hacia el monstruo, gruñendo amenazadoramente.

—¡Behkai, no! —gritó Karim, que por fin había recuperado la voz.

Se imaginaba que el perro chocaría contra el espectro, atravesándolo, mostrando que aquello no era más que un montón de palos secos, un espantapájaros hecho para mantener alejadas a las alimañas. Pero aquella cosa alargó el brazo, agarró al perro por el pellejo de la nuca y lo lanzó por los aires como si no pesara nada. El perro impactó contra una roca, soltó un gañido de dolor y cayó al suelo, donde quedó inmóvil.

Karim, paralizado, se quedó mirando el cuerpo de Behkai.

La criatura dio otro paso adelante. Y otro más.

Karim tendría que haber salido corriendo. Tendría que haberse subido al esquife a toda prisa y haber dejado todo aquello atrás. Quizá lo hubiera conseguido. Pero algo se apoderó de él, algo más fuerte que el pánico.

La rabia.

Lanzando el brazo adelante, acercó las brasas encendidas de su antorcha a aquel monstruo. Las ásperas fibras de su túnica prendieron enseguida y se encendió una llama. La cosa emitió un silbido y se despojó de sus ropas humeantes, dejando al descubierto la terrorífica imagen de un cuerpo momificado medio envuelto en vendas. En los puntos en que se había descompuesto la piel del pecho, se veían los tendones y los músculos, y, debajo, una caja de huesos hueca. Del cuello le colgaba un elaborado collar con un escarabeo, y en torno a la cintura lucía un colgante ornamental que representaba la misma criatura con cabeza de perro que había visto en la tumba, con el morro agachado y las orejas erguidas. Con un rugido estremecedor, como de otro mundo, se lanzó a por él.

Pero Karim ya estaba preparado. Se echó a un lado y aprovechó la inercia de la bestia para clavarle la daga en el abdomen y luego tirar de ella hacia arriba, hundiéndosela en la cavidad torácica. No obstante, la daga encontró poca resistencia, al no haber carne que rasgar. Karim clavó la daga una y otra vez, pero aquella criatura no parecía notarlo. Levantó la huesuda mano y rodeó la garganta de Karim con los dedos, en cuyas puntas llevaba fundas de oro.

La presión que ejercía era tan sofocante que la daga se le cayó de entre los dedos. Aferró aquellas manos con todas sus fuerzas, intentando apartárselas del cuello. Sentía que empezaba a marearse: notaba la sangre que le presionaba la cabeza por dentro y los latidos del corazón en los ojos, fijos en aquel rostro monstruoso.

«Tiene nombre», pensó, mientras perdía el control de su cuerpo y sus golpes defensivos se volvían cada vez más débiles. Un nombre que había susurrado en la noche. Un nombre que era como una maldición.

«Sethnajt».

El monstruo no lo soltó hasta que cayó al suelo y empezó a ver borroso por los bordes, mientras el rugido del viento resonaba en sus oídos. Sintió que una de las manos de la criatura le soltaba la garganta y se movía por su torso, rasgándole las vestiduras y dejándole el pecho al descubierto.

«¿Qué está haciendo?».

Pero antes de que pudiera seguir haciéndose preguntas, algo se movió en su borroso campo de visión. Había algo entre las sombras, justo detrás del lugar donde estaba arrodillada la criatura, como un perro salvaje agazapado sobre su presa. Era algo pequeño y blanco, cubierto de un líquido oscuro, y lo miraba con unos enormes ojos negros.

Un cordero ensangrentado.

«Aún no —le susurró el cordero, con una voz que oyó en su mente—. Aún no».

Karim parpadeó, y la visión desapareció.

La momia tenía la mano apoyada en el pecho de Karim y le clavaba los dedos con fuerza. Pero al hacerlo aflojó la presión sobre el cuello, lo que le permitió coger algo de aire y recobrar en parte las fuerzas. En el lugar donde había visto al cordero localizó una pequeña brasa, al alcance de su mano. La agarró, haciendo caso omiso al terrible dolor que sentía en la mano, y se la plantó en el rostro a su atacante.

La piel momificada emitió un siseo al contacto con la brasa encendida, y la criatura emitió un aullido desgarrador. Soltó a Karim y se puso en pie, echándose las manos al humeante agujero que le había quedado en el rostro.

Karim no perdió el tiempo: se puso en pie y, con un grito gutural, cargó contra su rival. Lo golpeó con el hombro y le rodeó la cintura con los brazos. Empujó y empujó hasta que cayeron los dos.

Pero Karim no llegó a dar contra el suelo.

Oyó un sonido seco, como si algo se hubiera desgajado, y sintió la presión de algo afilado contra el vientre. Giró el cuerpo, haciendo rodar a la momia hasta la arena. El impacto le arrebató el poco aire que le quedaba en los pulmones, pero no se detuvo: se puso en pie de un salto y echó los hombros atrás, preparándose para un nuevo ataque. Pero no llegó.

Había empalado a la momia contra el tocón quebrado del árbol de tamarisco. La gruesa punta recortada que formaba la madera le había atravesado el cuerpo, sin derramar ni una gota de sangre. La brasa había consumido la mitad de la piel que le quedaba al monstruo en la cara, dejando a la vista el hueso desnudo y unos cuantos tendones chamuscados.

Karim se quedó mirando, jadeando y perplejo, en el ensordecedor silencio del desierto. Guardó las distancias, esperando que la figura se pusiera en pie y volviera a por él.

Pasaron los minutos y Karim seguía esperando. Tosió y escupió bilis que le quemó la irritada garganta. Pero la criatura seguía sin moverse. Karim se acercó un poco y le asestó una patada, y otra, clavándola aún más en la afilada estaca de madera.

Nada.

Karim soltó un suspiro de alivio. Se acercó a Behkai, que yacía en un charco de luz de estrellas. El perro no se había movido desde que el monstruo lo había lanzado por los aires.

Karim posó la mirada en el cuerpo del animal y se sorbió la nariz, enjugándose las lágrimas.

—Maldito seas —dijo con la voz gruesa—. ¿Por qué tenías que atacarlo? Perro bobo…

Sin Behkai para ayudarlo a romper el silencio, el peso de la noche resultaba insoportable. Karim se dejó caer de rodillas y apoyó una mano en el pecho de Behkai. Se hinchaba y se deshinchaba.

El corazón le dio un salto en el pecho.

—¡Hey! ¡Hey! ¿Estás vivo? —Se agachó, acercando la cara a la del perro y frotándosela con fuerza—. Venga, *sen*, quédate conmigo. ¡Quédate conmigo, perro bobo!

Pasó un buen rato.

Pero entonces Behkai volvió a abrir los ojos. Parpadeó y le dio un lametón en la boca.

—¡Agh! —protestó Karim, escupiendo—. ¡Asqueroso!

Behkai agitó el rabo débilmente y Karim lo acarició detrás de las orejas.

—Buen chico —susurró.

Behkai intentó ponerse en pie, pero gemía al moverse, y acabó quedándose estirado otra vez.

—Quieto —le dijo Karim, levantando una mano.

No sin esfuerzo, cogió en brazos al voluminoso perro, con las patas colgando, y lo llevó de vuelta al esquife. Lo acomodó sobre una manta y regresó a recoger el resto de las provisiones. Luego levó anclas y empujó la embarcación hasta encontrar la suave corriente del río.

Solo entonces, cuando dejaron atrás aquel maldito pedazo de desierto, Karim cayó en la cuenta de lo agotado y dolorido que estaba. Tenía el cuerpo entumecido, le pesaba todo. Se dejó caer sobre la cubierta del esquife, junto al perro. Behkai ya estaba dormido, y el contacto con su cuerpo cálido y suave resultaba reconfortante en aquella noche fresca.

Karim cerró los ojos, presionando la mejilla contra el enorme cogote negro de Behkai, agradecido de estar vivo y acompañado.

Un ruido lo despertó, o más bien mil ruidos.

Cuando abrió los ojos el sol ya llevaba horas en el cielo. Parpadeando para protegerse de la luz del día, se encontró delante una imagen impresionante. En lugar del vacío de las Tierras Rojas, de los vastos campos de cultivo o de los interminables complejos fúnebres que estaba acostumbrado a ver desde el río, estaba acercándose a una ciudad que se extendía por la orilla este. Una ciudad tan enorme, tan espectacular y tan blanca que le pareció que aún seguía durmiendo. Había visto otros pueblos y ciudades durante su travesía, pero ninguna podía compararse a esta.

Entre los miles de estructuras blancas de tejado plano que se extendían hasta donde alcanzaba la vista, había estallidos de color que decoraban paredes y templos, y torres coronadas con tejados de electro. También daban color los árboles y arbustos en flor, y la multitud de gente ataviada con ropas rojas, azules y verdes. Todo aquello, combinado, formaba un enorme lienzo lleno de vida que parecía pintado con alegría. Era Tonis, la capital de Khetara.

—Despierta, Behkai —le susurró—. Hemos llegado.

Mientras contemplaba aquel panorama increíble, Karim se preguntó si por fin podría dejar de correr o si simplemente había cambiado un peligro por otro.

18
RAE

Rae estaba agazapada a oscuras, esperando la señal. Por vigésima vez, probablemente, tanteó con la mano la daga de su padre, asegurándose de que la tenía sólidamente encajada en el cinto.

La máscara de tela negra —que era poco más que una bolsa con agujeros para los ojos y la boca— le picaba y le daba calor, pero cumplía su función.

Entre eso y su túnica negra, resultaba prácticamente invisible. Un fantasma en la noche.

Delante tenía la Casa de los Medjay. Ella y otros diez rebeldes de Horizonte, entre ellos Omari y Asim, estaban ocultos en el perímetro, entre las sombras, desde donde tenían una clara perspectiva del edificio en forma de U.

Al acabar la Gran Guerra, el nuevo nomarca había construido aquel símbolo de su control sobre la ciudad, macizo y de dudosa estética, en la periferia norte de Sakesh. En el interior de los dos brazos del edificio había una docena de portales con arcos, todos cubiertos con pesadas cortinas para frenar el paso del viento y de la arena. En el interior de los pequeños barracones dormían unos cuarenta soldados.

Rae sabía todo eso porque el panadero solía llevar el pan a los *medjay*, y la última vez había hecho un esfuerzo especial por contar a los hombres y poder comunicárselo a los rebeldes. Tras varias noches de vigilancia, también habían descubierto que a partir de la medianoche solo había tres hombres de guardia frente al edificio.

Rae los observó desde su escondrijo: uno de ellos patrullaba el ala derecha y los otros dos la izquierda. A cada lado había un gran brasero encendido para dar luz en la oscuridad. Pero lo más importante era lo que había al final del edificio en forma de U, adonde solo se podía llegar por el patio abierto, entre los barracones llenos de soldados: una enorme cámara sin ventanas que contenía artículos prácticamente imposibles de conseguir en Sakesh.

La armería.

El plan de Asim era sencillo: anular a los guardias sin despertar a los soldados, infiltrarse en la armería y robar tantas armas como pudieran llevarse.

—Estamos mandando un mensaje a los *medjay*, al nomarca, al mismo faraón —les había dicho en su última reunión—. Llevamos demasiado tiempo hundidos en la miseria de la que fue nuestra gran capital. Llevamos demasiado tiempo indefensos, desvalidos, ofreciendo nuestros propios cuerpos para alimentar la insaciable voracidad del rey. Ya basta. Nos alzaremos en armas. Defenderemos lo que es nuestro. ¡La Ciudad de Ra emergerá de la oscuridad y volverá a brillar en el horizonte!

Los rebeldes recibieron su arenga con vítores, alzando el puño, y Rae con ellos. Saludó con un gesto de la cabeza a los hombres que iban dispersándose al final de la reunión, perdiéndose en la noche, y algunos de ellos incluso le devolvieron el saludo.

Rae sentía el pecho henchido de orgullo.

«Yo me pasaba la vida peleando en los callejones, pensando que así me ganaría el respeto. Pero Buto y sus estúpidos amigos no tienen nada que darme», pensó. Los rebeldes, por otra parte, eran hombres de buena reputación: artesanos, comerciantes, algunos de ellos exmilitares.

Ganarse su respeto sí podía tener sentido.

Si alguno de ellos estaba nervioso por el ataque, no lo habían demostrado. Una vez tomada la decisión, no había vuelta atrás, y nadie —ni siquiera el cervecero, antes reticente— dijo una palabra en contra del plan. Rae tenía algunas reservas; había pensado en él a diario mientras trabajaba en los campos. Era un plan simple, pero... ¿no sería demasiado simple? ¿Y si pasaba algo? Al final de la última reunión, por fin tuvo el valor de dirigirse a Asim.

—No te preocupes, tengo un arma secreta —le había dicho el líder de los rebeldes. Le acercó un gran saco y le mostró lo que había dentro—. Si tenemos que recurrir a esto la cosa se puede complicar —concedió, con una sonrisa socarrona—, pero será una noche que los *medjay* no olvidarán en mucho tiempo.

Rae volvió al presente al oír el distintivo «cruuu, cruuu» que imitaba la llamada de un chotacabras. Pero aquel sonido no lo emitía un pájaro: era la señal de Asim.

«En marcha».

Descalzos, para no hacer ruido, Omari y ella salieron a campo abierto, agachados y ocultándose entre las sombras, en el momento en que Asim y otro rebelde aparecían por el otro lado. Las dos parejas flanquearon el edificio, Rae y Omari por la izquierda, Asim y su compañero por la derecha. Cuando llegó a la pared exterior, Rae pegó la espalda al muro, escuchando por si alguno de los guardias los había oído acercarse desde el otro lado.

—Bueno, ¿qué te parece el trabajo? —preguntó una voz joven.

—Bah —dijo una segunda voz, de alguien más mayor—. Sakesh es una pila de estiércol. Preferiría trabajar con perros.

A Rae se le encendieron los pómulos de rabia, pero se sintió aliviada. Era evidente que no habían oído nada.

—Deberías haberte quedado en Tonis —añadió el hombre mayor.

El joven soltó una risita nerviosa.

—No tuve elección. Nuestros superiores dejaron claro que se nos necesitaba aquí.

El segundo hombre resopló, socarrón.

—Han enviado a los mejores, ¿eh?

Se produjo un silencio incómodo. Y luego:

—Últimamente ha habido cambios de turno en el palacio. Éramos los únicos que quedábamos.

—Pues qué suerte.

«Un guardia viejo y amargado y otro novato —pensó Rae—. Podemos con ellos».

Al otro lado del edificio se oyó la llamada de una voz profunda.

—Creo que he oído algo. Sonaba como un animal correteando por ahí, pero voy a echar un vistazo.

—Bien —dijo el hombre mayor, para nada interesado.

Rae echó una mirada a Omari y sonrió.

Esperaron, contando hasta diez en silencio. Aparte de la voz del hombre joven que tarareaba algo, reinaba el silencio.

Pero el tercer guardia no regresó.

—Eh, Hasire, vuelve, ¿quieres? —dijo el hombre mayor cuando ya había pasado un minuto largo—. Te toca vigilar a este mocoso. Me pone de los nervios.

El tarareo cesó.

—¿Hasire?

Rae apretó los puños, preparándose para el gran momento.

El hombre mayor maldijo entre dientes y suspiró.

—Voy a ver dónde ha ido ese bobo. Si no vuelvo en dos minutos, despierta a los hombres.

—S-sí, señor —respondió el joven.

Rae se quedó escuchando cómo se alejaban los pasos y se acercó sigilosamente a la esquina del edificio y a la temblorosa luz del brasero.

—¿Hasire? —dijo de nuevo el hombre mayor, a lo lejos. Entonces se oyó un gruñido sordo de dolor.

Rae sintió que se le aceleraba el pulso al ver que el joven guardia se sobresaltaba. Él también lo había oído. En cualquier momento daría la voz de alarma, despertando a todos los soldados de los barracones, que se lanzarían a por ellos.

«¡Ahora!».

Rae salió disparada y giró la esquina. El joven guardia estaba de espaldas, con su *khopesh* en la mano, estirando el cuello para buscar con la mirada a sus compañeros al otro lado del edificio. Rae le pasó la mano en torno a la cabeza, cubriéndole la boca, y le rodeó el cuello con el otro brazo para inmovilizarlo. Apretó, tirando del codo hacia atrás para presionarle la garganta. El guardia tardó un momento en reaccionar. Luego se puso a patalear e intentó lanzar cuchilladas por encima del hombro para quitársela de encima. Pero Omari llegó enseguida, desarmó al joven guardia y le quitó el *khopesh* de las manos antes de que pudiera repiquetear contra el suelo. Los golpes del guardia se volvieron más débiles, y unos segundos más tarde se quedó inerte.

Rae y Omari permanecieron perfectamente inmóviles, escuchando por si oían algún movimiento en los barracones. El forcejeo había provocado más ruido del esperado.

En los barracones no se oía nada.

Suspirando, aliviado, Omari se encajó el *khopesh* bajo el cinturón y ayudó a Rae a arrastrar al guardia inconsciente al lateral del edificio, donde le ataron las muñecas y los tobillos.

—Maldita seas, Ay —le susurró Omari mientras lo ataban—. ¡Tenías que esperarme! ¡Iba a darte la señal!

—Estaba a punto de ponerse a chillar —replicó Rae, amordazando al guardia—. No había tiempo que perder. —Levantó la vista y vio cómo la miraba Omari—. ¿Qué pasa? Todo ha ido bien. Ejecución impecable.

—Eres imposible —dijo Omari, meneando la cabeza—. Venga, vamos.

—No sé de qué te quejas —susurró Rae mientras corrían hacia la fachada frontal del edificio—. No haces más que quejarte…

Asim y su compañero los estaban esperando.

—¿Hecho? —preguntó Asim, señalando con la barbilla en dirección al lugar donde estaba el joven guardia.

Omari asintió.

—Bien.

Asim se giró hacia el lado contrario de la Casa de los Medjay y se llevó una mano a la boca, haciendo pantalla.

—¡Cruuu! ¡Cruuu!

A los pocos segundos aparecieron seis hombres más, cuatro de ellos con grandes vasijas con tapón y los otros dos con rollos de tela áspera. El paso siguiente del plan consistía en que Asim y su compañero hicieran guardia en la entrada, mientras Rae, Omari y los otros seis hombres atravesaban el patio.

«Con calma», pensó Rae, contemplando las puertas de la armería. Solo estaba a unos cincuenta codos de distancia, pero de pronto le pareció mucho más lejos. Se imaginó a todos esos hombres durmiendo tras las pesadas cortinas, con las dagas entre los brazos. Un error y... Dio un paso adelante, clavando los dedos de los pies en el duro suelo, y recordó lo que le había dicho Asim: «No contengas la respiración y no pares. Muévete más rápido que tu miedo, y nunca te atrapará».

Rae echó a caminar con paso lento pero firme, mirando siempre adelante. Por los extremos de su campo visual veía las cortinas que tapaban los accesos a los barracones, agitadas por la brisa, pero no miró, y no se paró. Antes de que se diera cuenta, ya había llegado a las puertas de la armería.

Omari también estaba allí. Los dos hombres cargados con telas iban tras él, y cada uno llevaba una vela de junco. Debían de haberse parado a encenderlas en los braseros antes de llegar. Mientras tanto, los otros cuatro hombres avanzaron lentamente por el perímetro interior, vertiendo el contenido de sus vasijas por las paredes, empapando los bordes inferiores de las pesadas cortinas de los barracones con un líquido negro viscoso. Eran las mismas vasijas que le había enseñado Asim a Rae en el lugar de encuentro, ocultas en su pesada bolsa.

—¿Qué es? —le había preguntado.

—Nafta —respondió Asim—. Procede de debajo del agua. No es fácil de encontrar.

Rae nunca había oído hablar de aquello.

—¿Y para qué sirve?

Asim se lo contó. A ella le pareció fascinante y deseó poder verlo con sus propios ojos, pero cambió de opinión cuando vio a los hombres vertiendo aquella sustancia de mal aspecto en el suelo. Si las cosas iban como habían previsto, no necesitarían usarla. «Ojalá la noche transcurra tranquila —pensó—, que no haya desgracias».

Apartó la mirada de allí y volvió a concentrarse en la armería, que estaba cerrada y atrancada con un pasador.

—Ayúdame con esto —le murmuró a Omari.

Él fue a su lado y juntos deslizaron el travesaño de madera y abrieron las puertas dobles. En el interior de aquel espacio sin ventanas estaba todo oscuro, así que Rae se giró hacia uno de los portadores de las telas y le pidió con un gesto la vela de junco.

Era una vela sencilla, compuesta de un junco empapado en grasa animal, pero daba suficiente luz como para que Rae pudiera ver lo que había dentro. Abrió los ojos como platos.

Asim había hecho un cálculo aproximado de lo que habría en la armería a partir de lo que había visto que llevaban los *medjay* cuando patrullaban por la ciudad. Pero aquello era más y mejor de lo que se esperaban. Mucho mejor.

Había lanzas y jabalinas apoyadas en la pared, así como una docena de *khopesh* como el que llevaba el joven guardia. Sobre las mesas había dagas y espadas cortas amontonadas. Eran grandes obras de artesanía, con hojas de bronce y elaborados mangos. Nada que ver con las armas improvisadas que se habían hecho los rebeldes a partir de sus aperos de labranza y herramientas viejas. Rae vio también varias hondas y dos arcos compuestos. Pero pese a lo impresionantes que eran aquellas armas, fue otra cosa lo que llamó la atención de Rae.

En una esquina vio un extraño objeto que brillaba al acercar el fuego a su superficie. Era como un par de alas doradas plegadas sobre sí mismas, y cada pluma era una escama de metal que se superponía a las otras.

Mientras Omari y los otros hombres empezaban a envolver haces de armas con la pesada tela que habían llevado, Rae se acercó a aquel objeto, embelesada. Examinándolo más de cerca vio que era una armadura de escamas. Las alas iban por encima del pecho del guerrero, y se ajustaban con dos tiras de cuero por la espalda. Aquello era una antigüedad, y era precioso. Se preguntó de dónde procedería.

—¡Rae, venga! —la apremió Omari, susurrando. Un hombre ya había acabado de envolver los arcos compuestos y la mayoría de las espadas, para evitar que hicieran ruido durante el transporte. Omari y el otro hombre se apresuraron a envolver las lanzas y jabalinas.

Rae asintió, recogió la armadura y se sorprendió al ver que otro objeto caía de su interior. Un mango con una cabeza muy pesada. ¿Una maza, quizá? Alargó la mano instintivamente para evitar que cayera al suelo, y en cuanto rodeó el mango con los dedos sintió una descarga de energía que le atravesó el cuerpo, tan fuerte que casi tuvo que soltarlo.

«¿Qué era eso? —se preguntó, pero la descarga desapareció tan rápido como se había producido. Acercó el arma a la luz—. No es realmente una maza, ¿no?», pensó. Tenía la cabeza alargada, como un remo, hecha de una piedra gris moteada con grabados e inscripciones. El mango era de cedro perfectamente pulido, y la empuñadura de suave cuero. Al igual que la armadura, tenía el aspecto de ser muy valiosa. Se preguntó si ambas cosas procederían del saqueo del palacio de Rahotep, tanto tiempo atrás, y si se habrían quedado allí todo aquel tiempo, acumulando polvo.

«Un momento. Yo sé lo que es esto», pensó. Lo había visto pintado en la pared exterior del palacio real abandonado, cuando iba a jugar allí con sus amigos. «Es un cetro *sejem*, más un objeto ritual que un arma», se dijo. Los cetros *sejem* eran un símbolo de autoridad, y se relacionaban con Sejmet, la diosa con cabeza de leona.

Se llevó los dedos al pequeño amuleto de Sejmet que llevaba colgado del cuello y pensó en el hombre que se lo había regalado. «Qué raro…».

—¡Rae! —la llamó Omari, metiéndole prisa—. ¡Tenemos que irnos! ¡Ya nos hemos entretenido demasiado!

—Voy.

Rae se quitó a toda prisa la túnica y deslizó la cabeza por el hueco de la armadura alada. Las plumas de metal tintinearon un poco al adaptarse a sus hombros y le cayeron sobre el pecho como oro líquido. Luego se encajó el cetro y unas cuantas hondas en el cinturón, y volvió a ponerse la túnica encima. Uno de los hombres de las vasijas había entrado en la armería y estaba vertiendo la negra nafta sobre las armas que no podían llevarse.

—¡Vamos, vamos! —susurró Omari, apremiando al hombre que llevaba el último rollo de tela para que saliera. Estaba haciéndoles gestos a él y a Rae para que se dieran prisa cuando ocurrió lo que tanto temían todos.

—¡A las armas! —gritó una voz ronca, rompiendo el silencio de la noche—. ¡A las armas! ¡Nos atacan!

El joven guardia se había despertado.

Rae sintió un nudo en la garganta, y la invadieron el miedo y el arrepentimiento.

«Tendría que haberlo noqueado de un buen golpe en lugar de dejarlo inconsciente ahogándolo».

«Tendría que haberle apretado más la mordaza».

«Tendría que…».

Omari se quedó paralizado y se giró hacia ella con los ojos desorbitados.

Al parecer la desgracia llamaba a su puerta.

—¡Corre! —le dijo, y atravesó la puerta de la armería, arrastrando a Omari tras ella.

Unos cuantos hombres ya estaban saliendo de los barracones, armados con puñales y parpadeando en la oscuridad, mientras el joven soldado seguía dando la voz de alarma. A lo lejos, Rae oyó la voz del chotacabras.

¡Cruuu! ¡Cruuu! ¡Cruuu!

Los dos braseros encendidos en la parte frontal del edificio se volcaron con un repiqueteo metálico, vertiendo las brasas encendidas en los charcos de nafta derramada a sus pies. Con un zumbido, la nafta se prendió fuego y, en solo un instante, dos fuegos simétricos avanzaron siguiendo los regueros que habían creado los hombres en los flancos del edificio, quemando las pesadas cortinas a su paso. Se oyeron gritos de sorpresa y de dolor procedentes de los hombres que salían de los barracones, al incendiarse sus ropas en el momento de atravesar las cortinas en llamas. Rae nunca había visto un fuego que prendiera tan rápido, con tanta fuerza.

La Casa de los Medjay se llenó de humo, de gritos y de caos. Un segundo más tarde, la armería explotó y Rae y Omari se vieron empujados hacia delante por efecto de la onda expansiva. Rae tropezó y a punto estuvo de caer, pero Omari tiró de ella y siguieron corriendo. Su única posibilidad de supervivencia era escabullirse entre la confusión, desaparecer en la oscuridad antes de que los *medjay* reaccionaran…

Pero alguien les bloqueaba el paso. Y tenía el bajo de la túnica en llamas.

Era Orejotas, el hombre que la había amenazado con un cuchillo al llegar a su primera reunión de Horizonte. En la refriega había perdido la máscara, y Rae vio el pánico en su rostro mientras el hombre intentaba desesperadamente apagar el fuego de su túnica. En ese momento uno de los soldados *medjay* lo vio.

Rae quiso intervenir, pero no consiguió llegar a tiempo. El joven soldado cubrió la distancia antes, le dio un empujón al rebelde para que se girara y luego le asestó un golpe tremendo en la mandíbula. Orejotas salió trastabillando y habría caído al suelo, pero el soldado lo agarró y, sin perder un instante, le clavó la daga en el vientre.

«¡No!».

Antes de que Rae pudiera reaccionar, Omari la apartó de un manotazo y se lanzó hacia los dos combatientes. Tras obligar al soldado a soltar la daga, lo agarró por la nuca con su enorme mano y le golpeó el cráneo contra la pared de adobe. La cabeza del soldado rebotó y este cayó al suelo, dejando un círculo de sangre en la pared.

Jadeando, Omari se pasó el brazo de Orejotas por encima de los hombros y se lo llevó de allí.

—¡Vámonos! —le gritó a Rae.

Ella se dispuso a seguirlo, pero le salió otro soldado por la izquierda, intentando cortarle la retirada.

—¡Alto ahí!

El rostro del soldado tenía un aspecto monstruoso a la luz del fuego, cubierto de hollín y de quemaduras. Rae quiso echar mano a su daga, pero se encontró entre los dedos el mango del cetro *sejem*. Con un grito salvaje, le asestó un golpetazo al soldado. La pesada cabeza de piedra le impactó en el hombro y lo lanzó por los suelos, donde se quedó gritando, retorciéndose y agarrándose el brazo roto.

Rae sintió el contacto de unos dedos en torno al tobillo. Se asustó e intentó liberar el pie, pero el agarre era demasiado fuerte. Entonces sintió el impacto de un cuerpo contra su cadera y perdió el equilibrio. El cetro se le cayó de la mano, y ella aterrizó pesadamente en el suelo, de espaldas.

El impacto la dejó sin respiración, pero solo por un momento. Su atacante aún la tenía agarrada de los pies, pero el cetro estaba muy cerca. «Si pudiera alcanzarlo…».

Giró el cuerpo, alargando el brazo para intentar agarrarlo. Ya rozaba el mango con la punta de los dedos cuando de pronto el hombre se le subió encima. Era el soldado que había apuñalado a Orejotas: aparentemente Omari no había acabado con él.

El soldado jadeaba, con los ojos desorbitados y la cara ensangrentada tras el golpe contra la pared. La golpeó, y fue como el estallido de un trueno. Rae se llevó los brazos a la cara para protegerse, pero él siguió golpeándola, una y otra vez, con una mueca de rabia desaforada en el rostro. Rae intentaba parar los golpes, pero la cabeza le daba vueltas, y empezaba a ver borroso por los bordes.

—Quiero verte la cara antes de matarte —rugió el soldado, agarrándole la capucha y echándosela atrás—, apestoso…

El insulto se le quedó pegado a los labios y su rabia se convirtió en confusión al ver el joven y magullado rostro de Rae.

—¿Una mujer?

Fue solo un momento de vacilación, un ligero movimiento del peso sobre el cuerpo de Rae, pero a ella le bastó para alargar el brazo y agarrar el cetro *sejem*. Aferró el mango con los dedos y, con todas sus fuerzas, golpeó en la sien al soldado, cuyo cráneo se quebró con un crujido horripilante. Su gesto de sorpresa se cubrió de sangre, y los ojos, aún fijos en ella, se le quedaron inmóviles. Un momento más tarde cayó sobre ella, muerto.

Rae respiró agitadamente, presa del pánico. Tenía la cabeza del soldado sobre el pecho, y su sangre le estaba empapando la ropa. El olor era tan sofocante como el peso que la aplastaba.

Horrorizada, se quitó el cadáver de encima y se puso en pie a toda prisa, con el cetro aún en la mano. Se quedó mirando al soldado, tendido de bruces en el suelo, con el cráneo destrozado y ensangrentado.

Sacudió la cabeza para aclararse la vista. No tenía tiempo que perder. En pocos segundos alguien podría darse cuenta y atacarla. Tenía a pocos pasos la esquina del edificio. Si conseguía volver a la ciudad estaría a salvo. Muchos de los otros soldados iban saliendo de sus barracones, batallando contra el fuego, sin entender aún muy bien qué era lo que estaba sucediendo.

Corrió, sintiendo el peso de la armadura de escamas bajo la túnica.

«No contengas la respiración».

Se oyó un llanto a sus espaldas. Y más gritos.

«No pares».

La ropa se le pegaba al cuerpo, saturada de sangre, apestando a muerte.

«Corre más rápido que tu miedo».

Corrió hasta donde no alcanzaba la luz del fuego. Las sombras la envolvieron, pero aun así no paró. Una vez cumplida la misión, los rebeldes debían dispersarse, de modo que a los *medjay* les resultara imposible seguirles el rastro. Así que Rae corrió por las calles oscuras hasta que las calles dieron paso a los campos, y siguió corriendo hasta llegar al taller de Omari. Solo entonces, cuando atravesó la puerta, dejó de correr.

Omari estaba dentro, arrodillado en el suelo junto a Orejotas, que estaba tendido ante él. El rebelde gemía de dolor mientras Omari aplicaba presión a la herida del vientre. Rae se acercó a la carrera y se quitó la túnica ensangrentada.

—¿Vivirá? —preguntó, dejándose caer de rodillas a su lado.

—No lo sé —dijo Omari, rabioso y angustiado a la vez—. Pero no me atrevo a llamar al sanador. Aunque es un buen hombre, seguro que me hace preguntas, y no sé si podemos confiarle un secreto así.

—¿Qué hay de tus padres? ¿Ellos podrían hacer algo?

—Cuanto menos sepan, mejor —respondió Omari, repitiendo lo que ella misma le había dicho a su padre—. No quiero que se impliquen.

Orejotas hizo un gesto con la mano, zanjando la cuestión.

—No llaméis a nadie —gruñó, con voz rasposa. Miró a Rae, con un brillo de alegría en los ojos a pesar de lo insoportable que debía de ser su dolor—. Estarás contenta de ver que me han cazado, muchacha, después de lo que te hice.

—Está todo perdonado —dijo Rae, poniéndole la mano encima—. Pero tú no te mueras. ¿Quién amedrentará a los nuevos rebeldes si tú no estás?

Orejotas se rio, y de la herida le salió un borbotón de sangre. Soltó un gemido.

—¡Quédate quieto! —le ordenó Omari—. Si conseguimos que la herida se cierre, quizá sobrevivas. ¡Te conviene a ti y también a nosotros! Menos explicaciones que tendríamos que dar mañana.

El hombre asintió y cerró los ojos. Muy pronto se quedó inconsciente o dormido, y no volvió a moverse mientras Rae ayudaba a Omari a vendar la herida con gasas limpias. Pero seguía respirando.

Cuando acabaron, ambos fueron al lavadero a limpiarse la sangre de las manos. Con el silencio los nervios de la batalla empezaron a pasar, y de pronto Rae fue consciente de todo lo que había ocurrido. Estaba abrumada. Exhausta. Entumecida. Las manos le temblaban descontroladamente.

Omari, por otra parte, estaba pletórico.

—Lo hemos hecho, Rae —dijo, apoyándose en su banco de trabajo—. Les hemos arrebatado su poder y les hemos quemado el edificio.

—Es cierto.

Rae sabía que debería sentir lo mismo. A fin de cuentas, la misión había sido un gran éxito. De hecho, el uso de la nafta probablemente había servido de mensaje claro a los altokhetaranos sobre la autoría del robo de las armas. Era lo que había que hacer: lo que nadie más tenía valor para hacer.

«Ha sido culpa tuya si ese guardia se ha despertado».

Omari no parecía satisfecho con la respuesta de Rae, así que siguió adelante.

—¿No lo ves? ¡Esta noche, se ha encendido en Sakesh el fuego de la venganza!

—Así es —dijo Rae, fijando la vista en el rebelde dormido.

«Si él muere esta noche, será culpa tuya».

A Omari le brillaban los ojos.

—Ha sido emocionante, ¿no? Por fin hemos podido darles a esos malditos altokhetaranos lo que se merecían.

—Rae asintió.

«Has matado a ese soldado».

«Le has aplastado el cráneo».

«Tienes la túnica empapada con su sangre».

Para Rae la violencia no era nada nuevo. Sabía lo que hacía al incorporarse a Horizonte. Y había sido ella la que había animado a los rebeldes a lanzar este ataque. Era lo correcto, lo único que podían hacer. Tenían que contraatacar.

Pero era la primera vez que se cobraba una vida. Nunca habría imaginado lo que sentiría. No había tenido elección, por supuesto: era la vida del soldado o la suya. Aun así... no podía dejar de pensar en la impresión, en aquel rostro ensangrentado, en el peso de su cuerpo sin vida.

«Para ya —se dijo—. Se supone que tienes que ser fuerte. Es la guerra. ¿Cómo esperas que te respeten los hombres si te vienes abajo en la primera batalla? ¿En una batalla que en realidad hemos ganado?».

Omari no parecía ser consciente de la batalla interna que se libraba en la mente de Rae.

—Esto es el principio de nuestro viaje de vuelta a la gloria, Rae —dijo él, mirando por la ventana para contemplar la noche estrellada—. ¿No es maravilloso?

«Ten valor, maldita seas», pensó, y levantó un poco más la cabeza.

—Maravilloso.

19

SITA

—Dime qué es lo que quieres.

La voz de Femi se le enroscó en torno al oído, como el humo, y se abrió camino por el fértil jardín de sus fantasías, que Sita había atendido en secreto durante años, pero cuyos frutos no había empezado a saborear hasta hacía poco.

Estaba tendida sobre la suave alfombra de lana de su dormitorio, y él arrodillado ante ella, como un suplicante. Acababan de empezar y él ya estaba sudando: su piel húmeda brillaba a la luz de la luna que penetraba por la ventana. Sitamón fijó la vista en una gota de sudor que le caía rodando por el hueco de la garganta, atravesando el pecho y el vientre desnudos hasta llegarle a la pelvis, y no pudo resistir la tentación de recogerla con la lengua.

Femi cogió aire con fuerza al sentir el contacto de su lengua en la piel.

Aquel sonido, aquel jadeo... fue como unos dientes que muerden una fruta madura, como el dulzor de la miel en los labios. Bastó para abrir de par en par las puertas de su lugar secreto e invitarlo a entrar.

Sita alargó los brazos y tiró de él, envolviéndole la nuca con la mano, rodeando su cuerpo hasta que sintió su peso encima.

—Esto —murmuró, mientras le besaba el cuello, la clavícula, los hombros—. Esto es lo que necesito.

De algún modo, sentir su peso presionándola contra el suelo la hacía sentir segura. Como si la pusiera en contacto con la tierra, impidiendo que el caos en que se estaba convirtiendo su vida se la llevara por delante.

Sintió que el corazón se le aceleraba con solo oír sus propias palabras. Él levantó la vista y fijó la mirada en ella, con sus oscuras pupilas rebosantes de adoración.

Sita se preguntó si la amaría.

Le preocupaba que así fuera.

Femi no era ningún tonto. Sin duda debía de saber que para un guardia de palacio era una locura imaginarse un futuro con una princesa..., pero quizá aquello no le impidiera a su corazón soñar... y romperse.

Quizá pusiera obstáculos al acto sexual no solo por el bien de ella, sino por el suyo propio. Quizá estuviera haciendo todo lo posible para evitar que Sita se le quedara grabada en el alma.

Aun así, se preguntaba cuánto tiempo más podrían resistir a la tentación.

Ella quería parar.

Pero no podía.

«¿Cuántas vidas destruiré siguiendo este camino maldito?», se preguntó.

Pero lo agarró con más fuerza. Arrastró las uñas por su ancha espalda, húmeda de sudor, y se perdió entre sus brazos hasta que ambos se quedaron sin aliento, jadeantes...

Un aullido desgarrador atravesó la noche.

Sita se echó atrás en pleno beso.

Se quedó esperando, con el miedo presionándole el vientre, como una piedra. Seguía teniendo los dedos clavados en la espalda de Femi, pero ahora era por un motivo diferente.

—¿Eso qué ha sido? —susurró Femi.

Entonces lo oyeron otra vez. La voz de una mujer. Un grito tan desesperado que a Sita le provocó un escalofrío.

Se puso en pie de inmediato, se envolvió el cuerpo con una bata y salió corriendo por la puerta, con Femi pegado a los talones.

—¡Sitamón, espera! —susurró, agarrándola de la cintura—. ¡Alguien podría vernos!

—No me importa —dijo Sita, zafándose de sus manos—. Vamos.

El gesto de Femi cambió cuando se dio cuenta de que aquello era una orden.

—Entonces dejadme que vaya yo delante, princesa —dijo, volviendo a su papel de guardia—. Por si hay algún peligro.

—De acuerdo. Pero debemos darnos prisa.

La intimidad entre los dos había desaparecido. Era algo que solo existía entre las cuatro paredes de su dormitorio; no podía sobrevivir en ningún otro sitio.

Echaron a andar por el pasillo, que tenía amplias ventanas en un lado y antorchas encendidas en el otro. Sobre un alféizar estaba sentado uno de los gatos de palacio, que los miró con curiosidad al pasar.

Los gritos seguían, un lamento desgarrador, escalofriante.

«Como si a alguien le estuvieran arrancando el corazón», pensó Sita, con un estremecimiento.

Aceleró el paso, empujando a Femi para que fuera más rápido. Pasaron junto a cortesanos adormilados que salían de sus aposentos con sus esposas, parpadeando, perplejos. Al final, Sita apartó a Femi de un empujón y echó a correr.

Cuanto más cerca estaban del sonido, más claro tenía Sita quién gritaba. Y por qué.

Su temor fue en aumento.

«Por favor —rogó para sus adentros—, eso no».

Sentía ya la bilis en la garganta cuando aminoró el paso y se detuvo frente a la puerta de Maet.

En el interior ardían las lámparas de aceite y el incienso, pero aquello no conseguía enmascarar el olor acre que flotaba en la habitación y que salía al exterior como una maldición. En la penumbra, Sita vio a la madre de Maet de rodillas junto al lecho de su hija. Balanceaba el cuerpo adelante y atrás, gritando, llorando, arrancándose el pelo de la cabeza. Verla así fue como un impacto físico. No había aire que respirar. El mundo se había convertido de pronto en un vacío en el que no había más que dolor.

Sita se dio media vuelta.

No quería mirar.

Si no lo veía, quizá no fuera real.

«No te mereces ahorrarte este dolor. —La voz que resonaba en su mente era dura, pero decía la verdad—. Esto es cosa tuya».

«Mira».

«Mira lo que has provocado».

Haciendo un esfuerzo, posó la mirada en el cuerpecito tendido sobre la cama.

—No —murmuró—. Maet...

Tenía la sábana subida hasta el pecho, alisada por las manos desesperadas de su madre, que se veía incapaz de hacer nada más. Maet yacía con la cabeza girada hacia la puerta y los ojos bien abiertos. También tenía los labios entreabiertos, como si fuera a llamar a alguien.

«Sisí...».

«Tengo miedo, Sisí...».

«¿Por qué no me has ayudado, Sisí?».

A Sita le fallaron las piernas.

Femi la agarró antes de que pudiera caer al suelo.

—Sitamón, ¿estás bien?

A Sita la voz le pareció lejana, y tardó varios minutos antes de recomponerse y volver a ser capaz de aguantarse de pie. Se llevó una mano al rostro y encontró lágrimas.

Llegó más gente. Sacerdotes, cortesanos, guardias..., y muy pronto los gritos quedaron eclipsados por el murmullo de las oraciones y las conversaciones de quienes empezaban a hacer preparativos.

Apareció Montuhotep, que analizó la situación. Parecía extrañamente descompuesto y tenía unas grandes ojeras bajo los ojos.

Malhumorado, se abrió paso entre la gente y entró en el dormitorio.

—Fuera de mi camino —dijo—. Yo tendría que haber sido el primero en ser informado. ¡El primero!

Sin dirigirse a la madre de Maet, se situó junto a la cama y se puso a hablar:

—Alabado seas, oh, Amón, dueño de todo, de misteriosa forma —recitó—. Acoge a esta niña en tus brazos, pues ya está lista para ir al oeste; haz que su corazón sea ligero como el aire, para que pueda ser juzgada y considerada digna de entrar en el Campo de los Juncos...

De pronto apareció la reina en el pasillo, con el pánico en los ojos. A Sita le sorprendió que estuviera tan afectada —al fin y al cabo, Maet no era de su sangre—, hasta que habló y todo cambió.

—¡El rey! —exclamó la reina Bintanat—. ¡No lo encuentran! Ha desaparecido de sus aposentos. Estaba ahí hace un momento...

¿Padre había desaparecido? Sita casi no podía asimilar aquella nueva información.

Al oír aquello, el pasillo, lleno de gente, se volvió aún más caótico, y Femi se vio arrastrado por otros guardias, que echaron a correr para iniciar la búsqueda del faraón.

—Lo siento —le dijo a Sita, antes de desaparecer por el pasillo.

—No ha dicho mentiras, oh, Amón —dijo Montuhotep, siguiendo con su letanía—, ni ha cerrado su corazón al sufrimiento de los inocentes...

La madre de Maet, ajena a los rezos del gran sacerdote y a las noticias sobre el rey, seguía llorando y arrancándose el pelo. Los mechones negros caían al suelo y creaban un suave nido de dolor a su alrededor, que Sita imaginó que la rodearía toda su vida. Quizá pudiera echar a volar y alejarse de vez en cuando, pero siempre regresaría a él para seguir consumiéndose mientras pensaba en su terrible pérdida.

Sita sintió frío. Sabía que había permitido que la niña muriera. Guardarle el secreto a Meri había sido como darle el veneno a Maet ella misma. Por algún motivo se había imaginado que la pequeña lo resistiría, que se negaría a comer más pasteles, que su juventud la salvaría.

Estaba equivocada, por supuesto. Y Maet había muerto, un corderito sacrificado en el altar de los grandes planes de Meri para el reino.

Observó a la madre de Maet, sola en su dolor.

¿Valía la pena todo aquello?

Con los ojos llenos de lágrimas, apartó la mirada, de pronto decidida a hacer algo útil.

«Debería ayudar a los demás a buscar a padre».

Recorrió el pasillo a toda prisa, dejando atrás sus propios aposentos, hasta que llegó al salón principal del palacio. Allí ya había varios guardias —uno de ellos estaba interrogando al pobre Ineni sobre el posible paradero del rey—, pero ninguno se fijó en ella.

De pronto algo suave le rozó las piernas, y al bajar la vista vio a la gata atigrada, que se abrió paso entre los tobillos de Sita con el rabo muy tieso. En cuanto comprendió que Sita no tenía ni golosinas ni caricias que darle, siguió adelante, caminando sigilosa hacia el jardín de recreo.

Sin saber muy bien por qué, Sita la siguió.

En el exterior había florecido el loto. El estanque estaba negro e inmóvil, cubierto de flores blancas que salpicaban la superficie como estrellas en un cielo nocturno. A su alrededor, los árboles unían sus sombras, y desde el interior de sus copas cantaban los chotacabras. ¡Cruuu, cruuu! ¡Cruuu, cruuu! El olor a hierbas y la belleza serena del jardín contrastaban con todo lo que estaba sucediendo en el interior del palacio.

Entonces Sita vio a alguien sentado en un banco, junto al sendero, bajo el sicomoro. Una aparición, un cuerpo flaco y agazapado.

—¿Padre?

La figura no se movió. Sita fue corriendo hacia allí, parpadeando hasta que los ojos se le adaptaron a la oscuridad.

El rey Amenmose estaba sentado en un banco de piedra, junto a los jazmines, con la mirada perdida en el jardín. Vestía una fina túnica blanca rematada con hilo de color púrpura, que le caía holgada sobre el cuerpo. No llevaba ni corona ni tocado, y su escaso pelo, teñido con baya de saúco, temblaba con el roce de la brisa. Las sombras se aferraban a sus huesudos pómulos y a sus ojos hundidos. No reaccionó al verla llegar.

—¿Padre? —repitió.

Él se giró hacia ella, con un brillo en los ojos, que de algún modo parecían más grandes de lo habitual. Por un momento no habló.

—He vuelto a tener ese sueño —dijo al fin.

Hablaba con una voz tan áspera y tenue que Sita tuvo dudas de si realmente lo había oído o no.

—¿Qué sueño?

Él levantó una mano temblorosa y se la llevó a la frente.

—Las serpientes. La roja y la negra. La que muerde y la que...

Miró a Sita, fijamente, como si hasta entonces no la hubiera visto.

—Confié en los sacerdotes. Seguí sus instrucciones. Lo hice... todo.

La última palabra se le quedó atascada en la garganta, presa de la rabia y la frustración.

Sita se estremeció. Desde la Fiesta de Bastet había evitado encontrarse en presencia de su padre. Sabía que, si pasaba demasiado tiempo con él, si se permitía dejar de pensar en los motivos de Meri para hacer lo que estaba haciendo, si por un momento se olvidaba del futuro y permanecía en el presente, si se permitía sentir..., su débil corazón podría acabar destruyéndolo todo.

«Has llegado hasta aquí. Ahora no puedes volver atrás».

—Por favor, padre —dijo Sita, acercándosele un poco más—. Déjame que te acompañe a tus aposentos. Todo el mundo te está buscando, y...

—Ella ya nos ha dejado, ¿verdad?

Sita se calló y escuchó el silencio.

—Lo siento, padre.

El rey dejó caer la cabeza.

—Sé que he hecho mal —dijo al cabo de un rato, de nuevo con la mirada perdida, hablándole a todo el mundo y a nadie, y a Sita menos que a nadie—. Sé que no he estado a la altura de la grandeza que se esperaba de mí, y que los espíritus malvados me han enviado esta condena por lo que he hecho y por lo que he dejado de hacer. Pero ¿por qué...? —La voz se le quebró, y dejó caer los hombros—. ¿Por qué tenían que llevársela a ella?

Sita pensó en el cuerpecito de Maet, cada vez más frío en su lecho. La niña no se merecía nada de todo aquello.

Aun así, no podía evitar todos aquellos pensamientos egoístas. Todas las cosas que habría querido decir en el pasado, pero que nunca dijo. «¿Llorarías así por mí, padre? —se preguntó, temblando y jadeando de desesperanza—. Yo no soy inocente y pura, ya no. Pero ¡soy tuya! ¡Carne de tu carne! ¡Sangre de tu sangre! ¡Quizá no estaría tan rota por dentro si me hubieras querido!».

De pronto el rey tuvo un espasmo. Se desplomó hacia delante, en el banco, y cayó sobre la blanda tierra margosa.

Sita se quedó mirándolo, sintiendo una vez más que su rabia se había materializado en un arma con la que había abatido a su objetivo. Dio un paso atrás.

—¿Padre? —susurró.

Solo los chotacabras respondieron: ¡Cruuu, cruuu!

Sita dio media vuelta y entró corriendo en el palacio, pidiendo ayuda a gritos.

20
KARIM

—Quédate aquí.

El perro ladeó la cabeza y se quedó mirando la mano extendida de Karim.

—Tengo que irme un rato —le dijo Karim lentamente, como si pronunciando despacio cada palabra Behkai fuera a entender mejor su significado—. Y no puedo llevarte conmigo, así que quiero que te quedes en el barco —añadió, señalando al esquife anclado en la orilla, a sus espaldas.

Behkai parpadeó. Tras un largo descanso, el perro negro parecía recuperado de su encuentro de la noche anterior con aquella momia. A Karim no le hacía ninguna gracia dejarlo solo mientras iba al templo, pero no tenía elección.

—Sabrás arreglártelas, ¿eh? —le dijo—. No dejes que nadie robe el esquife, y yo volveré en cuanto pueda.

Behkai soltó un gemido y se quedó mirándolo, y su gesto le envió un mensaje tan claro que hasta Karim, que era nuevo en eso de los perros, lo entendió perfectamente.

—Sí, traeré comida —dijo Karim, con un suspiro.

Behkai se relamió y no se movió mientras Karim se ponía la túnica blanca que Raetaui le había dado y se dirigía a las puertas del templo. Esa mañana, después de arrastrar el esquife hasta la orilla, se había desnudado, quedándose en taparrabos, y había sumergido las manos en el río para salpicarse agua sobre el maltrecho cuerpo antes de ponerse la túnica blanca. También había lavado la sangre y la mugre de su túnica oscura, pensando que podría necesitarla más tarde, y la había colgado de la borda del esquife para que se secara al sol.

—Bueno —murmuró, nervioso, contemplando el colosal edificio que tenía delante—. Si no es ahora, ¿cuándo?

De todas las maravillas que había visto Karim en su viaje por el río, el Templo de Amón era la más impresionante. Una fila de estatuas de leones con cabeza de carnero llevaba hasta dos enormes pilares, cada uno de ellos flanqueado por astas de las que colgaban largas banderolas verdes y rojas que ondeaban al viento. Los altos muros del templo estaban tallados y pintados hasta el último rincón, con símbolos, motivos geométricos y figuras de hombres y dioses de enormes dimensiones. En la entrada había una multitud: soldados, campesinos, vendedores con burros cargados de mercancías y unos hombres calvos de gesto severo vestidos de blanco.

Karim observó unos barcos más grandes anclados allí cerca, donde trabajaban cuadrillas de operarios vestidos con taparrabos: descargaban cajas de mercancías de sus bodegas y las llevaban hacia las puertas del templo.

«Debe de ser día de aprovisionamiento», dedujo Karim. No iba a ser fácil conseguir entrar en el templo, pero en un día en que no dejaban de entrar y salir extraños podía resultar más sencillo. Si conseguía colarse sin que lo vieran, solo tendría que descubrir dónde guardaban los registros. Sobornando a alguien para que lo ayudara, quizá. Uno de los objetos de su bolsa, de incalculable valor, podría ayudar a soltarle la lengua a alguien.

A menos que le hiciera la oferta a la persona equivocada, claro, y lo pillaran.

Karim tragó saliva, y la idea de perder una mano —o la cabeza— lo frenó de pronto.

«¿Qué estoy haciendo?».

Sí, claro, había iniciado aquel viaje porque le había prometido al viejo sacerdote que encontraría respuestas sobre Sethnajt y su relación con el Oráculo del Cordero, pero las cosas habían cambiado. El monstruo estaba muerto. Lo había dejado empalado en aquel árbol. Ya no lo seguiría ni haría daño a nadie más. ¿Eso no ponía fin a todo aquello? Fuera lo que fuera lo que había predicho el oráculo, no tenía nada que ver con él. ¿Por qué iba seguir dando alas a aquella pesadilla? ¿De qué le serviría?

«Podría llevar mis tesoros al mercado de Tonis, como había planeado, cambiarlos por las mejores armas posibles, coger el esquife y volver con los anen —pensó—. Hager y Babu no tendrían ninguna posibilidad contra un arco y un *khopesh* khetaranos. No lo verían venir. Acabaría con ellos, recuperaría a mi familia...». Karim meneó la cabeza. No. Que hubiera matado a Sethnajt no significaba que lo anunciado por el oráculo no fuera a suceder. El viejo sacerdote le había advertido que el inminente desastre no afectaría solo a los khetaranos. Si Pasenhor tenía razón, la familia de Karim no estaba a salvo. Unas cuantas armas khetaranas no bastarían para protegerlos.

Por mucho que lo intentara, no podía dejar de pensar en aquel valle remoto. En aquella tumba que se había convertido en la última morada de un chico que se merecía algo mejor. Él había abierto aquella puerta. Él era el que había iniciado todo aquello..., o eso parecía. Era responsabilidad suya asegurarse de que nadie más saliera perjudicado por sus acciones. Le gustara o no, tenía que cumplir su promesa e intentar encontrar una respuesta.

Una vez más, oyó la voz de Djet.

«Si alguien puede encontrarlo eres tú».

Karim suspiró. ¿Por qué tenía que haber creído tanto en él aquel chico?

—Maldito seas, Djet —murmuró entre dientes, retomando el camino al templo—. Si hoy muero, será todo culpa tuya.

Si el templo ya se veía grande desde la orilla, aquello no era nada comparado con la sensación de tener delante sus muros, de una altura imposible. Por un momento Karim se olvidó de todo y se quedó mirando, atónito, toda aquella grandeza que tenía delante.

—¡Eh, muévete! ¿Quieres? —le espetó una voz rasposa—. ¿No ves que estás en medio?

Sorprendido, Karim se giró y vio a un hombre de cara larga que conducía a un asno también de cara larga, cargado con pesadas alforjas.

—Perdón —dijo, haciéndose a un lado para dejarlos pasar.

El hombre de cara larga siguió adelante con su burro, protestando entre dientes.

Karim los siguió hasta las puertas del templo, flanqueadas por unas estatuas gemelas sentadas en enormes tronos. Las estatuas representaban a un hombre extraño, de barba larga y piel azul, ataviado con una alta corona dorada que recordaba dos plumas unidas por el costado.

«Amón, supongo». Karim recordó lo que le había contado Pasenhor sobre el patrono de Tonis: que era el dios del misterio, de todo lo escondido y lo oculto.

Echó a caminar de nuevo tras el hombre de rostro largo y su burro, intentando mostrar indiferencia, hasta llegar a las puertas abiertas, donde varios funcionarios con túnica blanca y la calva brillante inspeccionaban las mercancías que entraban en el templo.

—¿Esto qué es? —preguntó uno de ellos al hombre de rostro largo.

—Natrón, para los embalsamadores —respondió él con un gruñido.

El funcionario lo dejó pasar, y Karim enseguida se pegó al burro, apoyando una mano con desenvoltura en el gran saco, como si fuera suyo. El funcionario debió de suponer que iba con el dueño del burro, porque apenas lo miró mientras atravesaba las puertas. En cuanto estuvo dentro, Karim se escabulló, dejando al vendedor de natrón y a su burro solos para que entregaran su mercancía.

Se encontró en un gran patio y fue a refugiarse a la sombra de una de las columnas pintadas, para observar el entorno. Justo delante tenía la entrada a un gran pabellón, pero a ambos lados del patio había galerías que penetraban en el templo.

«Desde luego, necesito un guía —pensó—. De ningún modo podría moverme por este lugar sin llamar la atención. Alguien que vaya vestido como los sacerdotes, que conozca el lugar. Alguien lo suficientemente joven y ambicioso como para que pueda aceptar un soborno...».

Vio una niña de unos trece años, joven y vestida con una sencilla túnica blanca, que lo miraba con curiosidad.

«Demasiado joven», decidió Karim. Siguió buscando.

Por fin la vista se le fue a un hombre con cara de luna, apoyado en una columna, que estaba arreglándose las uñas con gesto aburrido. A pesar de su juventud tenía las manos ásperas, la piel curtida y gruesa por el uso. Probablemente sería un obrero de algún tipo. Un sacerdote de rango bajo. Perfecto.

Karim se le acercó.

—Perdona —le dijo, en voz baja—. Tú sabrías decirme dónde puedo encontrar la Casa de la Vida, ¿verdad?

El joven levantó la vista y frunció el ceño, desconfiado.

—¿Quién quiere saberlo?

—Alguien que ha venido de muy lejos —respondió Karim, descolgándose la bolsa del hombro. Sacó una reluciente hebilla de oro con incrustaciones de obsidiana y se la mostró al sacerdote—. Y que estaría encantado de recompensarte por la información —añadió—. Vende esto y no tendrás que trabajar duro ni un día más.

Karim le puso la hebilla en la mano al joven, que se quedó mirándola con interés.

—Así pues, ¿puedes decirme dónde encontrar los registros del templo? —preguntó Karim, apresuradamente.

Era un alivio ver que el sacerdote parecía aceptar el acuerdo, pero tenía que moverse con rapidez. El hombre de rostro largo y su burro se estaban alejando, y en cualquier momento el funcionario de la puerta podría darse cuenta de que habían perdido a su socio.

El joven levantó la vista y lo miró, sonriendo, con un brillo de malicia en los ojos.

—No —dijo—. Pero alertaré a los vigilantes de la presencia de un intruso y posible delincuente. Estoy seguro de que premiarán mi valentía. —Sonrió, burlón—. Aun así, gracias por la hebilla.

Karim sintió que se quedaba pálido.

«Mierda».

El sacerdote se giró hacia la puerta, disponiéndose a llamar la atención de los vigilantes y estropearlo todo, y Karim no podía hacer nada para evitarlo.

«Quien busca problemas los acaba encontrando».

Estaba a punto de echar a correr hacia la puerta cuando...

—¡Nehshi, lo has encontrado! —exclamó una voz infantil.

Karim se giró y vio a la niña calva que había visto antes, sonriéndole al atónito sacerdote.

—¿Conoces a este hombre, Nefermaat? —preguntó Nehshi.

—Estaba esperándolo —respondió la niña—. Viene de un reino lejano para examinar nuestra colección de papiros. ¿No es así? —añadió, girándose hacia Karim y alzando las cejas.

Karim no tenía ni idea de por qué la niña había salido en su ayuda, pero decidió que lo mejor era seguirle el juego.

—Sí, por supuesto —respondió, adoptando un tono formal—. Mis disculpas, *sena*, no te vi al llegar, así que le he ofrecido a este joven un regalo a cambio de su ayuda.

El joven sacerdote parpadeó, evidentemente perplejo por el cambio de tono de Karim.

—Pero tú... tú has dicho... —balbució Nehshi, confuso.

—Puedes quedártelo, por supuesto —dijo Karim, cerrando la mano del sacerdote sobre la hebilla de oro y dándole una palmadita.

—El maestro Montuhotep está al corriente de esta visita —dijo la niña—. Estoy segura de que querrá que tratemos bien a su invitado, ¿no crees?

—Pero el ritual de purificación...

—En su reino no siguen nuestros ritos —adujo Neff—, así que el maestro lo ha eximido de la limpieza.

Nehshi miró a uno y luego a la otra. Por último, relajó los hombros y se metió la hebilla en el bolsillo de la túnica.

—Pido disculpas por mi ignorancia —dijo, bajando la cabeza en una profunda reverencia—. Espero que disfrutes de tu visita a la Casa de Amón.

Karim se llevó los nudillos a la nariz.

—Estoy seguro de que así será.

En cuanto el joven sacerdote se alejó, la niña miró a Karim, ladeó la cabeza calva y le dijo:

—Ven conmigo.

Karim la siguió por el pasaje de la izquierda, tan perplejo como lo había estado Nehshi. ¿Sería que la niña había tenido ocasión de atisbar el contenido de su bolsa y había visto la ocasión de hacerse con algún objeto valioso? Al pasar vio a un grupo de escribas que charlaban entre ellos, y, cuando se aseguró de que ya no los oirían, se dirigió a la niña:

—Oye, pequeña, ¿cuál es el trato? Si son joyas lo que quieres, tengo anillos, brazaletes…

—¿Por qué quieres ver los registros del templo? —lo interrumpió ella, en voz baja, pero sin dejar de caminar, con la mirada hacia delante.

Karim no supo qué decir.

—Dime la verdad o gritaré —añadió la niña—. Descubrirán que no deberías estar aquí y te echarán.

«Tendría suerte si me echaran en lugar de matarme», pensó Karim, pero decidió no decirlo. Aun así, estaba impresionado: la niña parecía poco mayor que sus hermanas pequeñas, y sin embargo era evidente que iba a ser una clienta muy dura.

—Necesito información sobre alguien. Un antiguo rey khetarano llamado Sethnajt. Su nombre aparece en una pieza antigua que he encontrado en las Tierras Rojas, pero un sacerdote que conocí me dijo que no hay constancia de que nunca haya existido un faraón con ese nombre. Me dijo que mi única posibilidad para saber algo de él eran los papiros almacenados en este templo, en la Casa de la Vida. Así que he venido para ver qué puedo encontrar. Es solo eso, ¿sabes? No quiero hacerle ningún daño a nadie. Estaré encantado de hacerte un regalo a cambio de tu ayuda.

—No quiero ningún regalo.

Karim estaba atónito. Dejó de caminar.

—Si no quieres joyas, ¿por qué me has ayudado? ¿Qué es lo que quieres?

La niña se paró y echó un vistazo a ambos lados del pasillo para asegurarse de que estaban solos. Su gesto era desafiante, pero también reflejaba miedo.

—El primer día que llegué aquí, alguien me ayudó —dijo—. Además, sé quién eres. Y necesito tu ayuda.

—¿Qué?

Se quedó mirándola atentamente, pero estaba seguro de que nunca la había visto. La niña tenía unos ojos extraños, demasiado adultos para su joven rostro. «¿Cómo puede saber quién soy?».

No podía apartar la mirada de ella. Los ojos de la pequeña sacerdotisa eran como profundos pozos negros, sin fondo, y lo atraían como aquella fuerza invisible que lo llevaba a descubrir lugares secretos. Se sintió extraño de pronto, algo mareado.

«¿Quién es esta Nefermaat?».

De pronto, le vino una imagen a la mente. Una pintura de aquel templo perdido, que mostraba a una niña coronada por un dios con cabeza de gato, que le ponía una pluma en la cabeza.

—El oráculo… —murmuró Karim.

Nefermaat parpadeó y se rompió el hechizo.

Karim dio unos pasos atrás, trastabillando, y ahuyentó aquella extraña sensación.

La niña ladeó la cabeza, en un gesto que también parecía propio de un gato.

—¿Qué oráculo?

Karim tardó unos segundos en recuperarse de su ensoñación. ¿Sería posible que el destino los hubiera unido, tal como esperaba Pasenhor? ¿Con qué propósito? Si quería descubrirlo, tendría que contarle la verdad: para convencerla de que lo ayudara, pero también porque tenía la sensación de que era lo que tenía que hacer.

«No puedo creer que vaya a ponerme en manos de otra khetarana», pensó, abatido.

—El Oráculo del Cordero —respondió Karim por fin.

La niña palideció.

—¿El cordero?

Karim asintió.

—Pintado en un Templo de Janum, al sur de aquí. El sacerdote que te he mencionado antes estaba al cargo del templo. Me habló un poco del oráculo, algo de agua que se convertía en sangre y no sé qué de coronas rotas… —Evitó mencionar la parte del secreto que surgiría del interior de la tierra—. El caso es que la pintura mostraba a un hombre que se parecía mucho a mí, y a una niña idéntica a ti. Pero no entiendo cómo puede ser. El sacerdote dijo que la pintura tenía más de mil años.

Con cada palabra que decía Karim, el miedo de la niña iba en aumento.

—Este sacerdote... ¿No vendría al palacio hace muchos años, a hablarle al rey de este oráculo?

Karim parpadeó, confuso.

—De hecho, sí. Pero tu rey lo echó y le dijo que no volviera. Y ahora... el sacerdote ha muerto.

No dio más detalles sobre la muerte de Pasenhor.

Nefermaat negó con la cabeza.

—No lo entiendo —murmuró, sobre todo para sí—. ¿Por qué yo?

Un sacerdote cargado con una bandeja de frascos y gasas pasó a su lado y los miró, intrigado. Los dos se callaron para evitar que oyera su conversación.

Cuando el sacerdote se fue, Karim inclinó la cabeza hacia ella.

—Yo te he reconocido por la pintura, pero tú nunca la has visto. Y sin embargo es evidente que sabes algo de todo esto. Has dicho que sabías quién era yo. ¿Cómo es eso?

La niña se agitó, incómoda.

—Eso no era verdad del todo —confesó—. No sé cómo te llamas, ni de dónde vienes, ni nada de ti, en realidad. Pero te vi en una visión.

—¿Una visión?

La niña le contó en pocas palabras su sueño recurrente. El parecido con el Oráculo del Cordero era demasiado evidente como para que Karim lo pasara por alto. Entonces Neff le contó que la habían traído al templo para que se convirtiera en sacerdotisa.

—La visión que tuve aquí, en el templo, me mostró a cuatro personas, cada una conectada de algún modo con el cordero. Yo era una de ellas, y tú también, tal como viste en la pintura. Los otros y yo estábamos solos, pero por algún motivo tú...

En ese punto fue ella quien frunció el ceño, confusa.

—Tú tenías dos sombras.

Ahora era Karim quien tenía miedo.

—¿Tienes idea de qué puede significar? —preguntó Nefermaat.

Karim apartó la mirada.

—Ni idea —mintió.

La pequeña sacerdotisa parecía de confianza, pero él aún no estaba listo para hablarle del monstruo. Si lo hacía, tendría que hablarle de los Chacales, de los saqueos de tumbas, quizá incluso de la muerte de Djet y de Pasenhor. ¿Estaría dispuesta a ayudarlo igualmente, sabiendo que lo ocurrido era en gran medida culpa suya?

«Mejor no decir nada de momento».

—Por curiosidad... —dijo Karim—. Las otras dos personas de tu visión... ¿Una de ellas era la princesa?

Neff parecía aún más perpleja.

—Una llevaba una corona. Supuse que eso significaría que era uno de los trillizos reales. No sabía que fuera Sitamón. —Hizo una pausa—. La última llevaba un cetro.

—¿Qué tipo de cetro? —preguntó Karim, que se estrujó el cerebro para intentar recordar cómo había llamado Pasenhor al arma que había visto en la pintura—. ¿Era un cetro *sec-jam*... o algo así?

Neff asintió enérgicamente.

—¡Sí! ¡Un cetro *sejem*! ¡Exacto!

Karim pensó en aquella muchacha, Raetaui, y resopló.

—Creo... que quizá la haya conocido. Aunque resulta impensable que haya podido pasar algo así.

—¿Dónde?

—Al sur de aquí, en Sakesh, en una granja a orillas del río.

—Escucha, Sakesh, Gran Casa de Ra... —murmuró la niña para sí—. ¿Qué aspecto tenía?

—Era una mujer alta, corpulenta. Me ofreció pescado y otras provisiones, y yo a cambio le di dos piezas de mi colección: un anillo de oro y un pequeño amuleto con una leona.

—Una leona... como Sejmet.

—Exacto.

—Quizá vuestro encuentro no fuera una coincidencia.

Una vez más, Karim pensó en la corriente del río, que lo arrastraba inexorablemente hacia un destino desconocido.

—Bueno, *sena* —dijo—, yo ya he respondido a tus preguntas. Ahora eres tú la que tienes que cumplir tu parte del trato. Necesito descubrir todo lo que pueda sobre Sethnajt. Para el viejo sacerdote esa era la clave de todo este asunto.

La niña asintió.

—Bien. Pero tendremos que darnos prisa. La mayoría de los sacerdotes están almorzando, así que solo tendremos vía libre una hora o así. —Se puso en marcha y luego volvió a detenerse—. El problema es que a mí no se me da muy bien leer las escrituras sagradas, y no podría encontrar lo que buscas tan rápidamente. Me llevaría todo el día.

Karim se pasó la mano por los pelos negros de su incipiente barba. Se estaba quedando sin tiempo.

—¿No hay nadie que pueda ayudarnos? ¿Alguien dispuesto a incumplir las normas un poco?

Por primera vez, la niña sonrió.

—Hay una persona con quien podríamos probar.

Nefermaat se llevó a Karim a una gran cámara diáfana con amplios ventanales en la pared del fondo, por los que entraba la luz del sol. Al acercarse, Karim notó el olor a especias aromáticas y sal, tan intenso que le lloraron los ojos. Junto a una pared se extendía una mesa cubierta con herramientas perfectamente ordenadas: tarros de diferentes tamaños, cepillos hechos con hierbas atadas con hojas de palma, afiladas esquirlas de obsidiana y dos finos mangos metálicos: uno con el extremo afilado y otro que parecía una cuchara muy larga. En una esquina, Karim se sorprendió al ver los sacos que el vendedor de rostro largo acababa de entregar con su burro.

«Natrón para los embalsamadores».

Se estremeció al comprender que aquella colección de artefactos macabros debía de usarse en el ritual khetarano de embalsamamiento. Para él era algo rarísimo, sobre todo en comparación con la costumbre de su pueblo de enterrar a sus muertos el mismo día de la muerte y marcar la tumba con un lecho de piedras. Pero lo más extraño era que le resultaba extrañamente familiar. Había visto los resultados de aquella práctica decenas de veces, en el interior de las tumbas que había saqueado. Aun así, encontrarse momias de miles de años en oscuras cuevas del desierto era una cosa; ver cómo se ejecutaba un embalsamamiento en persona era otra muy diferente.

En el centro de la cámara había un joven menudo dándoles la espalda. Llevaba una *shenti* larga ajustada a la cintura y nada más, y se le veían claramente los huesos de la columna al inclinarse sobre el cuerpo rígido que tenía delante. Era el cadáver de una anciana, apoyada sobre dos pedestales. La mujer tenía los brazos cruzados sobre el pecho y una larga trenza de pelo gris que le caía sobre un hombro, como el rabo de un gato. La piel se le había vuelto del color de la tierra y brillaba por efecto de la capa de resina aromática que le habían aplicado. El hombre estaba envolviendo cuidadosamente a la mujer en unas vendas con inscripciones, desenrollando el rollo de gasa a medida que lo pasaba por encima y por debajo del cuerpo, con una precisión fruto de la práctica. Estaba tan concentrado en su trabajo que no se enteró de su llegada.

—¿Kenna? —dijo Nefermaat en voz baja.

El joven se detuvo y se giró a mirarlos. Tenía el gesto severo y un rostro desproporcionado —la nariz demasiado grande, la barbilla demasiado puntiaguda, el cuello demasiado largo—. A Karim le recordó a un buitre alimentándose de carroña en el desierto.

—Neff —dijo Kenna, suavizando el gesto al verla. Luego miró a Karim con curiosidad.

—¿Este quién es?

—Siento molestarte —respondió la niña—, pero esperaba que pudieras ayudar a mi amigo. Necesita encontrar información sobre un antiguo rey que parece haber sido eliminado de los registros públicos. Un faraón llamado Sethnajt. Cree que puede haber menciones en nuestra Casa de la Vida.

Con suavidad, Kenna dejó el rollo de vendas sobre el abdomen de la mujer.

—Tu amigo... —dijo, con evidente desconfianza.

—Saludos —dijo Karim, agachando la cabeza—. He venido de muy lejos para llegar aquí, y agradezco muchísimo vuestra ayuda.

—De muy lejos, sí —respondió Kenna, examinándolo—. Acabas de salir del río. Estoy seguro de que tu perro agradecerá haber podido desembarcar después de un viaje tan largo.

Karim estaba atónito. ¿Es que todo el mundo en aquel templo sabía quién era? Pero hasta Nefermaat parecía sorprendida.

—Debes de estar muy interesado en las respuestas que puedas encontrar aquí —prosiguió Kenna—. A los hombres de las Tierras Rojas no suele gustarles demasiado viajar en barco.

—¿Cómo... cómo sabes todo eso? —preguntó Karim cuando recuperó la voz—. Eres un sacerdote... ¿Es magia?

Kenna sonrió con malicia.

—Ah, no. No hay necesidad de la *heka* cuando basta con la simple observación. A pesar de tu atuendo khetarano, todo indica que procedes de las Tierras Rojas. Tu acento, tus gestos..., incluso tu barba. Y todo lo demás me lo dice tu túnica. No solo huele aún a río, sino que está cubierta con muchos de estos... —Se acercó a Karim, le cogió algo de la túnica y lo levantó para mostrárselo: un pelo de perro negro—. El animal debe de tenerte mucho afecto para haber dejado tanto pelo sobre tu túnica.

En ese momento Karim se dio cuenta de que mentirle a aquel hombre sería un error. Era evidente que Kenna se daría cuenta.

—Todo lo que ves es cierto, *sen*. Sé cómo suele ver tu pueblo al mío, así que supongo que sería normal que me negaras tu ayuda. Pero yo también tengo ojos que ven, y creo que tienes un especial cariño a esta niña, Nefermaat. —Había observado cómo se le habían iluminado los ojos al verla entrar en la cámara—. Ella y yo nos acabamos de conocer, pero ha decidido confiar en mí. Ayudarme. Quizá, aunque solo sea por ella, ¿querrías ayudarme tú también?

Kenna no parecía convencido.

—¿De qué va todo esto, Neff?

—Aún no lo sé —respondió ella—. No del todo. Pero sé que es importante. Y te prometo que, cuando lo descubra, te lo contaré todo.

—El origen de este rey es un antiguo misterio, *sen* —añadió Karim—. Puede que tú seas el único que puede ayudarme a descubrirlo.

Para alivio de Karim, el cebo lanzado tuvo el efecto deseado en el curioso embalsamador. Kenna se giró a echarle una mirada a la momia casi completa que tenía detrás.

—Supongo que no se moverá hasta mi vuelta —dijo. Luego se giró de nuevo hacia Karim—. Muy bien, te ayudaré. Pero te estaré observando muy de cerca, amigo. No hagas que me arrepienta de ser amable contigo. —Se giró de nuevo, esta vez hacia Neff—. Espero que sepas lo que estás haciendo.

Neff asintió y señaló la puerta con un gesto de la cabeza.

—Tenemos que darnos prisa.

Kenna contuvo una sonrisa.

—Muy bien —respondió, y Karim se dio cuenta de que, pese a que no lo reconociera, el embalsamador estaba emocionado con aquella pequeña aventura—. Vamos en busca de ese faraón desaparecido.

En la Casa de la Vida había tanta penumbra como luz en la cámara de embalsamamiento. Cuando llegaron al fondo de las escaleras que daban acceso, Karim tuvo que parar unos segundos para que los ojos se le adaptaran a la oscuridad. La enorme sala, sin ventanas e iluminada únicamente con lámparas de aceite, contenía una larga mesa de lectura. En las paredes había cientos de orificios redondeados con papiros enrollados en su interior. Karim tuvo una sensación de familiaridad inmediata con aquel lugar, pero tardó un momento en entender por qué.

«Es como una tumba —pensó—. No una tumba de cuerpos, por supuesto, sino de recuerdos. De palabras. Un lugar donde se conservan la sabiduría y las historias del pasado, para honrarlas con la vida eterna».

Neff enseguida cruzó la cámara y se dirigió a la pared opuesta.

—Todas nuestras listas de reyes están aquí —dijo—. Pero, sin conocer las fechas del reinado de Sethnajt, tardaríamos demasiado en repasarlos todos. Esto cubre miles de años de historia de Khetara.

Kenna se cruzó de brazos, pensativo.

—En cualquier caso sería un ejercicio inútil. Si este rey estuviera en la lista principal, lo conoceríamos. No, creo que ya sé dónde mirar.

Cogió una lámpara de aceite y se fue al fondo de la sala. Llegaron a una pared que, a diferencia de las otras, no tenía ningún orificio, sino que estaba pintada con escenas de dioses, batallas y rituales, no muy diferentes a las que había visto Karim en el exterior del templo.

—Mi padre me contó una vez que los escribas, cuando les ordenaban eliminar documentos indeseables del registro oficial, los guardaban en rincones secretos, en lugar de quemarlos —explicó Kenna.

Acercó la lámpara de aceite y pasó la palma de la mano por la superficie pintada.

—Eso es lo que pasa con los escribas —prosiguió—. Tienen una aversión natural a destruir los papiros, sea lo que sea lo que contengan.

Karim parpadeó.

—No te sigo. Esto es... una pared.

—Parece una pared —convino Kenna, que seguía buscando con las manos—. Cuando entré en el sacerdocio pasaba mucho tiempo aquí dentro, y esta pared siempre me intrigó. ¿Qué sentido tenía crear una pintura tan elaborada aquí? Está tan oscuro que nadie puede verla.

»Un día, cuando nadie miraba, me dediqué a investigar un rato y encontré un agujerito tras un detalle de la pintura. Dentro había un papiro, la prueba de una relación ilícita entre dos funcionarios de palacio, creo. Así que, si había un papiro... —Detuvo la mano sobre un grupo de flores de loto. Luego, con cierto esfuerzo, tiró de un trozo de la pintura, dejando a la vista un profundo hueco. Kenna se quedó mirando y sonrió, complacido—, puede que haya más.

«No es una pared, sino una puerta», pensó Karim, dándose cuenta de estaba descubriendo una nueva realidad. Con cuidado, el embalsamador introdujo los dedos en el orificio y sacó un viejo papiro, frágil y quebradizo.

Neff fue corriendo junto a Kenna, que ya estaba en la mesa de lectura.

—¿Lo ves? —le dijo a Karim—. ¡Te dije que él podría ayudarnos!

Aunque el contenido del papiro —que, según Kenna, detallaba maldiciones prohibidas y otras fórmulas de magia negra— era interesante, no tenía nada que ver con Sethnajt.

—Sigamos mirando —propuso Kenna—. Si esa información existe, este es el lugar donde es más probable que la encontremos.

Volvió a dejar el papiro en el agujero y los tres se pusieron a buscar otros orificios ocultos.

En la media hora siguiente localizaron tres documentos ocultos más, pero ninguno de ellos aportaba nada a su búsqueda.

Karim dio un paso atrás y suspiró.

—No hay nada, ¿no?

Kenna chasqueó la lengua.

—Quizá no. Quien sea que haya querido borrar a este rey de los registros debe de haber hecho un buen trabajo. Lo siento, pero a menos que encontremos lo que buscáis enseguida, tendremos que abandonar la búsqueda. Los escribas volverán a su trabajo muy pronto.

Karim se frotó la cara con las manos, contemplando la pared con desesperación. ¡Todo aquel camino para nada! ¿Qué se suponía que iba a hacer ahora? ¿Ir al faraón y contarle su funesto presagio? Si a Pasenhor no le había funcionado, desde luego no le funcionaría a un ladrón de las Tierras Rojas, así que…

De pronto algo le llamó la atención.

Allí, en el lado izquierdo de la pared, observó un detalle que no había visto antes. Cogiéndole la lámpara de aceite al joven embalsamador, iluminó la extraña figura pintada en negro, azul y dorado: un dios con la cabeza de un extraño animal parecido a un perro, con las orejas enhiestas y el morro bajo.

Tuvo una sensación familiar, algo que le tiraba del pecho hacia la imagen.

«Es esto —pensó—. Lo sé».

Miró a los otros dos con el rabillo del ojo. Estaban al otro lado de la pared, buscando más compartimentos secretos. Les dio la espalda para que no pudieran ver lo que estaba haciendo.

Se acercó y resiguió el perfil de la cabeza del dios con las yemas de los dedos, hasta descubrir un resalte casi imperceptible. Trabajando a toda prisa, escarbó, levantando una esquirla de piedra, hasta que pudo introducir la uña.

Por fin pudo abrir el panel, dejando a la vista una pequeña abertura. Con dedos temblorosos, metió los dedos y los movió hasta que encontró dos antiguos rollos de papiro, delicados como piel de cebolla.

Abrió el primer papiro y vio que estaba cubierto de inscripciones khetaranas. No obstante, en lugar de estar escrito con los dibujos que Karim solía ver en las tumbas y en las paredes de los templos, el documento presentaba una caligrafía fluida compuesta de símbolos que eran como versiones abstractas de los pájaros, manos y copas a los que estaba acostumbrado. Para él todo aquello no tenía sentido, por supuesto, salvo por una serie de símbolos que vio repetidos más de una vez y que le resultaban familiares: un paño doblado, una hogaza de pan, una línea en zigzag y un buitre.

Sintió un escalofrío en la espalda.

«Los símbolos de Sethnajt».

Como siempre, el instinto le había funcionado. Aun así, no le servía de nada a menos que Kenna o Nefermaat se lo tradujeran. Pero el otro papiro... En cuanto le puso los ojos encima, su instinto de chacal se impuso. Sabía que no le dejarían llevarse el documento de ningún modo, aunque lo hubiera encontrado oculto en una pared. Pero, oh, cómo lo deseaba.

—¿Has encontrado algo?

La voz de Neff interrumpió sus pensamientos y lo sobresaltó.

—Sí, *sena* —respondió Karim, escondiéndose el segundo papiro bajo la túnica. Luego se giró y le mostró a la niña el primero—. Parece una carta de algún tipo. Este me da un buen presentimiento. ¿Puedes leerlo?

La sacerdotisa se lo llevó a la mesa de lectura, donde estaba Kenna, y lo desenrolló, sujetando cada esquina con una pequeña piedra redondeada.

—¿Qué dice? —preguntó Karim, impaciente.

—Es escritura común —dijo Nefermaat, emocionada—. ¡Hasta yo puedo leerlo!

—Es una carta —confirmó Kenna, susurrando, fascinado—. De un embalsamador a otro, curiosamente. Data de hace más de mil años. —Recorrió las palabras con la vista rápidamente—. Tenías razón, amigo mío... ¡Tiene que ver con tu rey desaparecido!

Karim sintió un escalofrío al confirmar sus sospechas.

—Eso es una noticia excelente, *sen*. Por favor, cuéntame más.

—Menciona a Sethnajt como tercer rey de la sexta dinastía de Khetara —explicó Kenna—. Eso corresponde al tiempo en que la capital de los faraones estaba en la Baja Khetara, no aquí, en el norte. Ahora entiendo por qué cancelaron su reinado de los registros públicos. Escuchad esto.

Se aclaró la garganta y empezó a leer.

—«A Onuriseref, hombre de Anubis, mi hermano.

»Hoy hemos enterrado al rey hereje, Sethnajt, y hemos dejado atrás para siempre la vergüenza de su reinado. Lo que hemos sufrido estos últimos diecisiete años es indecible. No creo ni que los más grandes videntes de Khetara hubieran podido predecir el alcance de su herejía: que rechazara nuestros dioses, nuestras tradiciones, nuestro arte y que incluso abandonara nuestra gran capital para construirse la suya propia, todo ello al servicio del señor de las tormentas, su dios verdadero. Y aunque aquí, en el templo, he tenido que cumplir las órdenes de Sethnajt, como tú, nunca he aceptado sus enseñanzas.

»He recitado oraciones que me quemaban la lengua, hermano. Pero en lo más profundo de mi alma sabía que un día el rey moriría y que acabaría la pesadilla. Demos gracias a Ra de que el día ha llegado. No sé cómo llegó su fin ni deseo saberlo. El nuevo rey no nos ha dado detalles, aunque hay quien sospecha que Sethnajt no abandonó este mundo de buen grado. A mí lo único que me importa es que está muerto. Y yo, personalmente, he ejecutado los ritos funerarios, con ayuda de mi asistente, Wesir.

»Entre tú y yo, siempre he sospechado que Wesir era un fiel seguidor de la locura de Sethnajt, pero sin pruebas que lo demostraran no he tenido más remedio que seguir compartiendo mis aposentos con él. Hemos embalsamado el cuerpo juntos, siguiendo todos los rituales propios de un rey, con una excepción, por orden directa del nuevo faraón: he retirado todas las vísceras de Sethnajt y las he puesto en los vasos canopos, pero también le he quitado el corazón.

»¿Te sorprende, hermano? Quizá a nosotros, como hombres de Anubis, nos parezca mal, pero lo hice con mucho gusto. Celebré poder tirar ese corazón negro al fuego y maldecir su nombre. Y me pregunté: ¿no es justo lo que se merece? ¿Viajar hasta el oeste, y que a la hora del juicio los dioses no lo acepten? ¿Que su miserable *ka* vague sin rumbo durante toda la eternidad?

»Un hombre sin corazón en vida y sin corazón en la muerte. Es lo correcto, hermano. Es lo justo. Alegrémonos ahora, pues nuestros largos días de sufrimiento han acabado».

Cuando Kenna acabó de leer se produjo un momento de silencio entre ellos.

Karim se había quedado helado. Pensó en aquella noche con Pasenhor, junto al fuego, cuando el sacerdote leyó la inscripción en el reverso del amuleto de lapislázuli que había cogido del ataúd de Sethnajt.

«Este es el corazón de un rey».

¿Podría ser que el asistente del embalsamador —quien, según las sospechas del remitente de la carta, tal vez fuera uno de los discípulos de Sethnajt— hubiera escrito aquel mensaje con la esperanza de que le diera a su rey lo que le faltaba para su viaje al más allá?

Aquello parecía una tontería más de las típicas supersticiones khetaranas. Pero lo cierto era que Karim había visto cosas imposibles desde el momento en que se había colado en aquella tumba, y era una teoría que, de algún modo extraño, tenía sentido. Explicaba por qué lo había seguido aquel monstruo por medio reino. Quizá Sethnajt se hubiera despertado cuando Karim había robado el amuleto de su tumba, y por eso llevaba todo ese tiempo persiguiéndolo... para recuperar su corazón.

«Aunque no es que eso importe ya —pensó Karim—. El monstruo está muerto».

Pero solo por si acaso no lo estuviera... Karim ya sabía qué tenía que hacer.

—Decía que Sethnajt seguía el culto del señor de las tormentas —le dijo al joven embalsamador—. ¿Eso es...?

Karim ladeó la cabeza en dirección al dios con cabeza de perro.

—Sí, Set, señor del desierto, dios del caos y de la guerra. Hermano y asesino de Osiris. Osiris es el rey divino de Khetara y dios del inframundo —respondió Kenna—. He leído que una vez hubo una secta que veneraba a Set, pero no me imaginaba algo así.

Kenna se cruzó de brazos.

—La carta parece sugerir que todo el reino se convirtió temporalmente al culto a Set. Me sorprende que consiguieran borrar de la historia algo tan significativo, pero también es cierto... —Hizo una pausa y su gesto se volvió triste—. Khetara consigue mantener su grandeza en parte por su capacidad para mantener ocultos sus fracasos y sus demonios.

Karim se quedó mirando a aquel hombre con curiosidad. El joven embalsamador tenía unos ademanes nobles y elegantes, a pesar de su extraño aspecto.

—Debemos irnos —dijo Neff, apremiándolos—. Los escribas regresarán en cualquier momento.

Karim asintió.

—Por supuesto. No quiero que ninguno de los dos tengáis problemas por mi culpa. Estoy en deuda con vosotros.

—Quizá podrías pagar esa deuda diciéndome de qué va todo esto

—respondió Kenna—. El miedo en los ojos te delata. ¿Qué tiene que ver un miembro de una tribu del desierto con un antiguo rey khetarano de hace mil años?

En el momento en que Karim pensaba qué respuesta darle, un hombre pálido y encorvado apareció por las escaleras y los vio.

—¡Mi príncipe! —exclamó el hombre—. No... no sabía que veníais a visitarnos esta tarde. ¿A qué debo el honor?

El recién llegado miró a Kenna con sus ojos saltones, luego a la niña y, por fin, a Karim.

Karim estaba seguro de no haber oído bien. ¿O es que aquel hombre había tomado al embalsamador por otra persona?

Kenna se aclaró la garganta.

—Me disculpo por no haberle informado, escriba jefe —dijo—. Pero necesitaba acceder a un texto específico sobre embalsamamiento, y Nefermaat se ha ofrecido amablemente a ayudarme a encontrarlo. Está adquiriendo una gran pericia gracias a su sabia tutela.

—¡Oh! —exclamó el escriba jefe, pavoneándose un poco—. Sí, la niña tiene potencial, pero... ejem... ¿Quién es este, si puedo preguntaros? —añadió, orientando la barbilla hacia Karim.

Kenna se acercó al anciano y le apoyó una fina mano sobre el hombro.

—Es mi invitado —dijo, en un tono que no admitía réplica—. Y ahora debe marcharse. Joven Neff, ¿quieres acompañarlo a la salida? No querría que se perdiera y acabara en algún lugar donde no tiene que estar.

Kenna miró a Karim, alzando una ceja, y este adoptó un gesto de pura inocencia.

—Por supuesto, príncipe Bakenamón —dijo Neff, bajando la cabeza. Luego se giró hacia Karim—. Ven conmigo.

Karim la siguió a la puerta sin poder articular palabra, pasando por delante del perplejo escriba jefe y de Kenna. Se llevó los nudillos a la nariz. Kenna frunció los labios y asintió.

Cuando salieron de la Casa de la Vida a la abrasadora luz de la tarde, Karim se paró de golpe y se giró hacia la joven sacerdotisa.

—¿El príncipe Bakenamón?

—El mismo —respondió Neff, sonriendo—. Hemos tenido mucha

suerte de que estuviera con nosotros. El escriba jefe no nos habría dejado marcharnos tan fácilmente.

Karim resopló mientras se dirigían a las puertas del templo. La elocuencia y los elegantes ademanes del embalsamador tenían mucho más sentido ahora que sabía que era de sangre real.

—Podrías habérmelo dicho.

—¿Por qué iba a hacerlo? —replicó Neff—. De haberlo sabido lo habrías tratado de forma diferente, y ese es el motivo por el que está aquí y no en el palacio. Pensaba que tú, precisamente, lo entenderías. Supusiste que Kenna no confiaría en ti al saber que venías de las Tierras Rojas, pero lo hizo. ¿Qué habrías dado por descontado tú de él, si hubieras sabido que era un príncipe y no un sacerdote cualquiera?

Karim sonrió.

—¿Sabes? Tengo dos hermanas de tu edad y ninguna de las dos es tan irritante como tú.

—Solo porque tengo razón —replicó ella—. Además, ¿por qué iba a ser sincera contigo, cuando es evidente que sigues ocultándome algo? Aún no me has dicho ni tu nombre.

«Maldita sea la niña —pensó Karim—. Tanto ella como su príncipe saben leer la mente».

—Puedes llamarme Chacal.

La niña puso los ojos en blanco.

—¿De verdad? Entiendo que quieras proteger tu nombre, pero... ¿aún no me he ganado tu confianza?

Karim suspiró.

—Muy bien, *sena*. La verdad es que eres dura de pelar. —Hizo una pausa—. Me llamo Karim.

—Bueno, ¿y adónde vas a ir a continuación, Karim? He oído lo que decía esa carta, igual que tú. Es interesante, pero ¿cómo nos ayuda a entender nada del Oráculo del Cordero?

—La carta mencionaba que Sethnajt construyó su propia capital, lejos de las capitales de Khetara —respondió Karim—. Voy a intentar encontrarla. Allí tiene que haber más respuestas, aunque esté en ruinas.

—Pero ¿cómo?

Karim pensó en la carta que llevaba oculta bajo la túnica.

—Tengo mis recursos —dijo, críptico.

—¿Y yo qué?

Karim recordó cómo se había sentido al mirar al interior de los ojos de la niña. La profundidad y la oscuridad que contenían.

—Creo que el destino te ha colocado exactamente donde debes estar. Quizá, si esperas lo suficiente, verás claro tu camino.

Levantó la vista y observó la posición del sol.

—Ahora tengo que irme, de verdad. Hay un perro junto al río que a estas alturas probablemente pensará que me he muerto.

—¡Así que es verdad que tienes un perro!

—No es mi perro. Es un perro.

Neff resopló, socarrona.

—Sí, claro.

Lo acompañó a la puerta para asegurarse de que los funcionarios que controlaban el paso no le pusieran ninguna pega.

—Adiós —dijo—. Tengo la sensación de que volveremos a encontrarnos, Karim de las Tierras Rojas.

Al llegar a la puerta, Karim se echó la bolsa al hombro. La mayoría de los vendedores se habían ido, y el templo había retomado su actividad habitual, dedicada a los dioses.

—Quizá sí —le dijo a la joven sacerdotisa, y se puso en marcha.

21
RAE

El sol anunció la llegada de un nuevo día.

Rae se despertó en casa, ya entrada la mañana, con los ojos irritados y el cuerpo dolorido. Al principio solo pudo pensar en la habitual rutina del pan, la cerveza y el cuidado de los cebús. Pero luego, al sentir el peso de la armadura con alas que aún llevaba puesta y ver el cetro *sejem* que tenía al lado, los recuerdos la invadieron como un torrente. Levantó la cabeza de golpe.

«Lo hicimos de verdad».

Rae recordaba haber limpiado el cetro en el taller de Omari: la sangre de la cabeza en forma de pala, y también la que tenía ella en las manos y en los antebrazos. Conservaba un vago recuerdo de haber vuelto a casa a pie después y de haberse dejado caer en su esterilla sin cambiarse siquiera.

Paseó la mirada por la casa en busca de su padre, pero ya había salido; a atender a los cebús, probablemente. Se frotó los ojos.

El cuerpo le dolía por los golpes recibidos, y sentía la tensión de las heridas de la espalda. Pero el dolor la ayudó a limpiar las telarañas de su mente. La sensación de perplejidad y de culpa que tenía la noche anterior se había disipado al salir el sol, dejando tras ella una nueva emoción.

De triunfo.

«Quizá empiecen a cambiar las cosas para Sakesh», pensó, asomándose a contemplar el nuevo día, luminoso y sin nubes. Lo que había hecho era muy arriesgado, pero había conseguido volver a casa ilesa.

«Eso era lo que Omari sentía anoche».

Se habían criado pensando que el mundo era una realidad firme e inmutable, compuesta de diversos grados de injusticia, con unas reglas inviolables decididas por personas más ancianas y sabias que ellos.

Pero la noche anterior le habían dado un buen golpe a ese mundo. Y, por supuesto, el daño creado no era más que una grieta. Pero esa grieta demostraba algo muy importante.

Una grieta significaba que ese mundo podía quebrarse.

Y lo que podía romperse podía reconstruirse. De cero.

Rae se puso ropa limpia; después envolvió la armadura y el cetro en sus ropas oscuras, haciendo un fardo que guardó en el cesto de mimbre donde guardaba todas sus cosas, incluido el anillo de oro que le había dado el Chacal. Luego se lavó la cara y salió al exterior. Saludó a su padre con un gesto y se dirigió a la ciudad para hacer sus tareas de la mañana. No quería desviarse lo más mínimo de sus rutinas habituales.

«Qué raro que padre no haya intentado interrogarme antes de que me marchara», pensó, mientras seguía el camino del río. Quizá estuviera tan cansado del trabajo en el campo que no se había dado cuenta de lo tarde que había llegado a casa.

O quizá, simplemente, no quisiera saberlo.

Aquella mañana, la ciudad tenía una energía diferente. Rae lo notó enseguida: flotaba algo distinto en el aire, como cuando se producía una tormenta eléctrica, cosa muy rara en Khetara. Vio grupos de mujeres cuchicheando por la calle, tan pegadas las unas a las otras que las cestas que llevaban sobre la cabeza entrechocaban suavemente, como si ellas también tuvieran secretos que compartir. Vio a los vendedores animados, ofreciéndoles hogazas de pan a los viejos soldados que normalmente tenían que pedir limosna para desayunar. ¿Era posible que todo el mundo supiera ya lo del ataque? Las noticias viajaban rápido en Sakesh... Si era así, resultaba evidente que había tenido cierta repercusión.

«Quizá hayamos conseguido algo más que darles un golpe a los altokhetaranos —pensó Rae—. Quizá le hayamos dado esperanza a esta gente».

Rae recogió la cerveza y el pan, como cada día, y estaba pasando frente a la finca del nomarca, de camino al taller de las tejedoras, cuando vio al cervecero saliendo de la puerta principal del nomarca.

«¿Qué estará haciendo ahí?», se preguntó, algo alarmada. El cervecero iba de regreso a su tienda, pero ella aceleró el paso para alcanzarlo.

—El halcón surca el cielo —dijo Rae, situándose a su lado.

El cervecero le echó una mirada, entornando los ojos al ver que era ella.

—¿Qué quieres, Raetaui? No deberíamos hablar así, por la calle.

—¿Para qué te quería el nomarca? —le preguntó Rae—. Te he visto salir de su casa.

El cervecero parpadeó.

—Oh, no era nada. Una entrega. Hay que mantener las apariencias, ya sabes.

Rae suspiró, aliviada.

—Demos gracias a Ra. Me preocupaba que te hubieran llamado para interrogarte. ¿Has oído algo importante mientras estabas ahí dentro?

El cervecero se quedó pensando un momento, pero luego le hizo un gesto para que siguiera caminando a su lado.

—El nomarca estaba furioso. Le he oído decir que lo de anoche fue un desastre y que no podía creerse que sus hombres hubieran permitido que ocurriera algo así. Todas las armas, salvo las que los soldados tenían junto a sus camas, fueron robadas o quedaron destruidas en el incendio, y no tienen ninguna pista sobre la identidad de los atacantes.

»En respuesta, va a enviar a un destacamento río abajo, a Tonis, para que se hagan con nuevas armas. Tardarán varios días en volver.

Mientras tanto, la mayoría de los soldados están recibiendo tratamiento para las quemaduras o trabajando en la reparación del edificio. Es un caos. Un caos total.

—Justo lo que esperaba Asim —dijo Rae, con la mente desbocada.

El cervecero asintió.

—La suerte ha acompañado al viejo soldado esta vez. Yo sigo pensando que era un plan insensato.

—Piensa lo que quieras; ahora ya no importa —respondió Rae, deteniéndose en la esquina donde se separaban sus caminos—. ¿No lo ves? Esta nueva información... tenemos que contárselo a los otros. Horizonte debería atacar de nuevo ahora que los *medjay* están debilitados y son menos en número. Debemos trazar otro plan enseguida, antes de que lleguen los refuerzos de Tonis. ¿Quizá las tejedoras podrían pasarle un mensaje a Asim para que convocara una reunión?

El cervecero resopló.

—Tienes suerte de estar viva después de lo de anoche. Preparar otro ataque tan poco tiempo después del primero es una locura. Ya te has divertido jugando a ser rebelde. Si fueras lista, te irías a casa y te centrarías en encontrar un buen marido que se haga cargo de los terrenos de tu familia. Dedícate a lo que se te da bien, Raetaui. Y deja el resto a los hombres.

Rae se enfureció.

—Quizá tú deberías dedicarte a la cerveza y a la cobardía. Parece que es eso lo que se te da bien a ti.

—Estoy protegiendo a mi familia —replicó el cervecero—. Que es más de lo que puedo decir de ti. Tu pobre padre, después de todo lo que ha pasado...

—No hables de mi padre.

—Diré lo que quiera decir; tú escucha lo que quieras escuchar —replicó el hombre, con un gesto de desdén—. Ve a convocar tu reunión si quieres. Pero no digas que no te he advertido.

Rae, con las mejillas rojas de rabia, se quedó mirando al cervecero mientras este se alejaba.

El cervecero tenía la habilidad de decir siempre algo que la sacara de sus casillas. «Ya te has divertido jugando a ser rebelde. Deja el resto a los hombres. Tu pobre padre...».

Rabiando, se dirigió al taller de las tejedoras. Esperaba ver a Tamerit, aunque era poco probable que tuvieran ocasión de hablar. Aun así, después del beso que se habían dado la última vez, verla le alegraría el día y la ayudaría a olvidar el frustrante encuentro que acababa de tener.

El taller bullía de actividad, como siempre, y se oía el murmullo de las mujeres enfrascadas en su trabajo con los telares y las ruecas. Rae buscó a Tam con la vista, pero en lugar de ella se encontró en un rincón a alguien inesperado, charlando en voz baja con *mamet* Mut.

—¡Vaya! Hablas del gato, y aparece dando brincos —dijo Rae, acercándose—. Hola, Asim. Precisamente estaba hablando de ti.

Asim se giró a mirarla. Tenía la barba gris despeinada y ojeras bajo los ojos, que le brillaban de emoción.

—Buenos días, Raetaui.

Mamet Mut se quedó mirándolos, intrigada.

—¿Vosotros dos os conocéis?

—Esta chica tiene ciertas habilidades que últimamente me han llamado la atención —dijo Asim, sarcástico.

—Demasiado joven para ti —lo regañó *mamet* Mut, malinterpretando las palabras de Asim—. Además, si el joven carpintero tuviera algo de cerebro, ya estarían juntos.

Rae esbozó una sonrisa pícara, justo en el momento en que la tejedora se iba a arreglar un problema en uno de los telares, y decidió que era mejor no mencionar que su corazón ya pertenecía a otra persona.

—¿Has hablado con Omari esta mañana? —le preguntó a Asim—. ¿Tu amigo ha sobrevivido a la noche?

—Está vivo, gracias a Ra, aunque tendremos que ir controlando esa herida. Pero es muy parecido a ti, Rae. Tozudo. Probablemente tendremos que atarlo para conseguir que descanse.

Aliviada, Rae le contó el encuentro con el cervecero. Asim alzó las cejas al oír que el nomarca pensaba enviar a un número considerable de hombres río abajo para reabastecerse.

—¡Es nuestra oportunidad! —exclamó él, entusiasmado—. Podemos quitarle el poder al nomarca ahora que es vulnerable. Para cuando regresen sus hombres, ya habremos asestado un nuevo golpe.

—¡Eso es lo que había pensado yo! —exclamó Rae—. En cuanto lo he oído, he venido a decirle a *mamet* Mut que te pasara un mensaje. Pensaba que Horizonte podría reunirse esta noche para planear nuestro próximo ataque.

Asim sonrió, satisfecho.

—Quizá te haya infravalorado. ¡Al final resultará que no eres una gatita, sino una leona! Unas cuantas clases de estrategia militar y estarás lista para la batalla, Raetaui.

La mención de la batalla le recordó a Rae algo que quería preguntarle desde la noche en que se habían conocido.

—Tú luchaste con el ejército del rey Rahotep, ¿verdad?

El brillo de los ojos de Asim desapareció al oír el nombre del rey muerto.

—Así es —dijo. Rae no pensaba que fuera a añadir nada más, pero luego siguió—: De hecho, era capitán. Mi padre era miembro de la casa real.

—Capitán... —repitió

Rae. Irguió la cabeza y, de repente, vio al líder rebelde con otros ojos. Si la Gran Guerra hubiera acabado de otra manera, ahora Asim viviría en el palacio, admirado y respetado por todos, ataviado con finos ropajes. No estaría ocultándose por los callejones, vistiendo harapientas ropas oscuras.

«¡Qué curioso lo rápido que puede cambiar la vida —pensó Rae—, dependiendo del curso que tome el destino!».

«Al final el río siempre se saldrá con la suya».

Rae se llevó la mano al amuleto de Sejmet que llevaba colgado del cuello. Su protección le había resultado muy útil la noche anterior. Pero eso suscitaba otra pregunta, que salió de sus labios antes de que pudiera preguntarse si debía hacerla o no.

—¿Cómo sobreviviste? —le preguntó—. ¿No mataron los hombres de Semataui a toda la guardia real cuando sitiaron el palacio?

Asim torció el gesto en una mezcla de dolor y arrepentimiento.

—Lo siento —se disculpó Rae—. No debía...

—Escapé —respondió Asim antes de que Rae pudiera acabar. Tensó el labio mientras pronunciaba aquella palabra, como si aún fuera un lastre para él—. Cuando atacaron, supe que no teníamos ninguna posibilidad. No había tiempo para reunir nuestras fuerzas ni para organizar la defensa. Nos superaban en número, iban a arrollarnos. Así que yo...

Paró y respiró hondo para recuperar la compostura antes de seguir hablando.

—Me dije que quería sobrevivir para poder vengarlos. Al rey. A mis hermanos de armas. A mi familia. Pero, en el fondo, sabía que eso no eran más que excusas. Hui porque tuve miedo.

Rae no sabía qué decir. Se sentía fatal por haber abierto una vieja herida. No era su intención causarle dolor. A su alrededor seguía el distendido murmullo de las tejedoras, camuflando su conversación, pero algunas de las mujeres se giraron a mirar, intrigadas.

Viendo el malestar en el rostro de Rae, Asim suavizó el gesto.

—Te cuento esto, Raetaui, porque ese es precisamente el motivo por el que creé Horizonte. Durante años he vivido como uno de esos viejos soldados que ves tirados por las esquinas. Hasta que, un día, me di cuenta de que si moría y ponían mi corazón en la balanza, para pesarlo contra la pluma de Maat, la vergüenza pesaría tanto que no tendría ninguna posibilidad de salvación. Debía equilibrar la balanza. Eso no les devolverá la vida a mis hombres, no corregirá todos los errores cometidos, pero... Es todo lo que puedo hacer. Y tengo que intentarlo.

Rae se puso muy seria.

—Mi padre también trabajaba en el palacio, como escriba. Los altokhetaranos le cortaron la mano, pero le perdonaron la vida. Y ahora no deja de preguntarse por qué le permitieron vivir cuando a tantos otros los mataron.

—¿Y qué piensa tu padre de que te relaciones conmigo? —preguntó Asim—. ¿Se lo has contado?

—No exactamente —respondió Rae, encogiéndose de hombros—. Pero creo que lo sabe. Él desea la libertad tanto como cualquiera. Solo que...

—¿Le da miedo que te pase algo?

Rae asintió.

—El precio de la libertad es alto —afirmó él, con solemnidad—. ¿Estás segura de que quieres pagarlo? No puedo prometerte que estés a salvo, eso ya lo sabes.

—Lo sé —respondió Rae—. Y odio ser una causa de preocupación para mi padre, pero esto lo hago por él. No puede seguir así, matándose a trabajar para poder cumplir con las insensatas exigencias del rey. Se merece algo mejor.

—Todos nos lo merecemos.

—Es lo que has dicho, tenemos que equilibrar la balanza. Sé que es peligroso, pero aun así quiero formar parte de ello.

Asim alargó el brazo y le apretó el hombro.

—Tu padre es un hombre con suerte. Yo estaría orgulloso de tener una hija como tú.

Rae se ruborizó.

Asim le hizo un gesto a *mamet* Mut para que se acercara.

—Horizonte vuelve a reunirse mañana por la noche en el Jardín de los Muertos —le dijo—. Haz correr la voz.

Rae se quedó mirándolo mientras se iba, sintiéndose aún mejor que aquella mañana.

Poco después de que Asim se marchara, llegó Tam cargada con una cesta de hilo de lino.

«Justo la persona a la que quería ver», pensó Rae. Sin decir palabra, fue corriendo a su encuentro y la agarró de la mano, tirando de ella hacia la parte trasera del taller, donde se almacenaban el lino y el resto de los materiales. Allí estarían a salvo de todas aquellas miradas curiosas.

—Hola, Rae —dijo Tam.

Dejó la cesta en el suelo, con la respiración algo agitada después de cargar con aquel peso. Los pómulos redondeados le brillaban por el esfuerzo, y unos mechones de pelo oscuro le enmarcaban el rostro. Tenía una belleza natural, y su voz era como el murmullo del agua que fluye sobre los cantos rodados.

—No sabía que te vería hoy —dijo—. He oído lo de…

Antes de que pudiera acabar la frase, Rae le plantó un beso en la boca. La presionó contra la pared, disfrutando de la suavidad de su cuerpo, del sabor de sus labios. Cuando se apartó, Tam la miró sorprendida, pero encantada.

—¿Y eso?

—Eso, porque hoy es un regalo del que quizá no volvamos a disfrutar —dijo Rae, sintiéndose tan liviana que le parecía que podía salir volando.

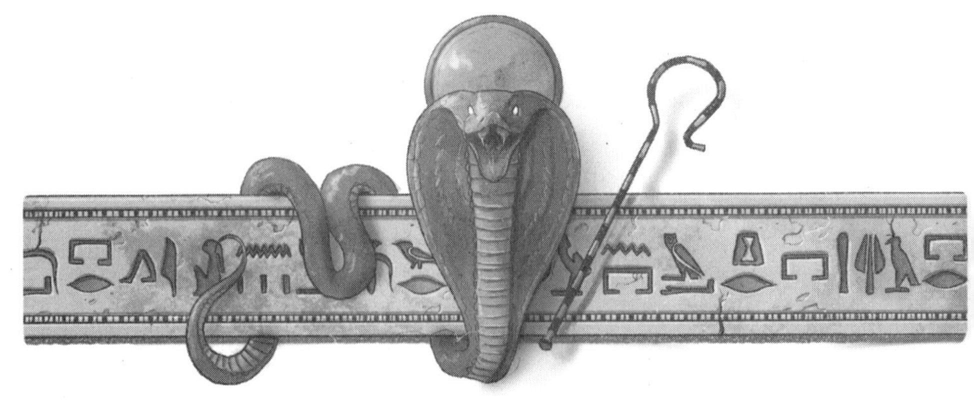

22
SITA

Sita se sentó en los escalones de la piscina de palacio, con los pies sumergidos en el agua fresca. Nebet estaba sentada en un taburete bajo, detrás de ella, cepillándole el pelo con aceite de almendra con movimientos prolongados y rítmicos. De todas las mujeres que se estaban bañando, la doncella de mediana edad era la única que iba vestida. La piscina tenía forma de cruz y era profunda por el centro, pero no por los extremos. Estaba rodeada en tres de los lados por una columnata que daba sombra y, como se encontraba detrás del palacio, ofrecía una panorámica del desierto, vasto e inmóvil, con la que no resultaba difícil olvidar que la ciudad estaba apenas a unos pasos. Las columnas estaban pintadas con elaborados motivos florales en azul y verde, combinados con imágenes de mujeres desnudas que disfrutaban en el agua, un reflejo de la plácida escena de aquella tarde. Algunas de las esposas menores y concubinas se habían reunido para nadar y charlar tranquilamente de asuntos triviales.

Vestidos nuevos.

Paseos en barco.

Un juguete infantil fuera de lugar.

Cualquier cosa, menos lo que realmente estaban pensando. Cualquier cosa que las ayudara a no pensar en lo que estaba sucediendo.

Ellas, como todo el mundo en el palacio, estaban a la espera.

Tras el desmayo del rey en el jardín de recreo la noche anterior, se lo habían llevado a sus aposentos para que los sacerdotes lo atendieran. Sita sabía que su padre había despertado, pero aparte de eso no había tenido más noticias de su estado durante la noche y la mañana.

Sita no había dormido. Observó cómo charlaban las otras mujeres, pero se mantuvo al margen. Estaba aturdida, exhausta, no se veía capaz de fingir.

Tadia estaba allí, charlando distendidamente con una de las concubinas. A pesar de su gesto solemne, la joven ocultaba una sonrisa entre los labios. Sita tenía la sensación de que Tadia estaba deseando tener la ocasión de conquistar a un nuevo faraón, joven y guapo. Se preguntó cuántas de las otras mujeres pensarían lo mismo. La mayoría de las esposas menores estaban también en la piscina, con una excepción notable.

La madre de Maet.

Sita tragó saliva. Sentía la garganta amarga a pesar de haberse comido todo un plato de melón fresco y dulce.

¿Valía la pena?

Algo en su interior le pedía dirigirse a la jarra de vino que había en una mesita cercana y bebérselo todo, pero desde el momento en que Maet había caído enferma no había podido beber ni una gota más. El olor del vino le producía arcadas. De hecho, no podía soportar la idea de disfrutar de ningún placer, fuera carnal o de otro tipo.

Quería sufrir.

Había enterrado la verdad, envolviéndola en excusas y justificaciones, y al final se había encontrado con que había provocado la muerte de una niña inocente. Ver la angustia de su padre por la muerte de Maet y presenciar cómo se desplomaba delante de sus ojos, mientras ella daba vueltas a los pensamientos más horribles y egoístas, le había aportado una nueva perspectiva. Su culpa se había convertido en una presencia física, un buitre que volaba en círculos sobre su cabeza. Porque, allá donde fuera, la muerte parecía seguirla de cerca.

«Su sangre está en tus manos».

Sita aún creía en la visión que tenía Meri para Khetara, aún creía que sus intenciones eran buenas..., aunque había empezado a preguntarse si efectivamente ese era el único modo posible.

Un pinchazo de remordimiento le provocó una mueca de dolor.

—Oh, lo siento —dijo Nebet, pensando que habría tirado de un nudo en el pelo de Sita—. Intentaré ir con más cuidado.

—No, no, no es nada —respondió Sita.

Nebet, que no podía saber cuál era el verdadero motivo del pesar de Sita, le apoyó una mano en el hombro y se lo apretó.

—Perder a Maet tan de pronto ha sido terrible. Pero has hecho todo lo que podías para salvarla, Sitamón. Con tu reacción pudieron traerla a casa enseguida, y gracias a eso pudo pasar sus últimas horas con su madre...

—Voy a nadar un poco —dijo de pronto Sita, que ya no veía claro que pudiera contener las lágrimas.

—¡Espera, el pelo! —protestó Nebet.

Pero Sita ya se había puesto en pie y se había dejado caer desde el escalón, sumergiéndose en la parte más profunda. Cruzó casi toda la piscina buceando, luego sacó todo el aire que tenía en los pulmones y se dejó caer hasta el fondo. Se quedó allí sentada, sintiendo el contacto del agua calentada por el sol sobre su cuerpo desnudo, con el pelo flotando a su alrededor en una temblorosa nube negra. Los azulejos azules y verdes le daban la impresión de estar suspendida en el interior de una joya de múltiples caras, ajena al paso del tiempo. Le habría gustado quedarse para siempre en aquel silencio reluciente.

Pero al cabo de un rato sus traicioneros pulmones reclamaron aire, y no tuvo otra opción que impulsarse hacia la superficie y regresar al mundo exterior. Se echó el pelo atrás, liso y brillante, y se quitó el agua de los ojos.

Su madre se le acercó desde la columnata. Una por una, las otras mujeres dejaron de hablar al ver a la reina Bintanat acercándose.

La reina se paró al borde de la piscina, con el kohl que le perfilaba los ojos intacto pese a las lágrimas.

—Pregunta por ti —le dijo a Sita, lo suficientemente alto como para que todas la oyeran.

Las demás soltaron un suspiro colectivo. Todo el mundo sabía qué significaban aquellas palabras.

El faraón —el rey Amenmose III, hijo de Amón, imagen sagrada, señor de las Dos Tierras— se estaba muriendo.

—Meri está reuniendo a los visires e irá directamente allí. Pero debo enviar un mensajero para que vaya a buscar a Kenna. —La reina miró a Sita de arriba abajo y suspiró—. Vístete —ordenó, y se volvió por donde había venido.

Sita se quedó mirando cómo se alejaba su madre, hasta que desapareció tras una esquina. Luego nadó hasta los escalones del otro extremo de la piscina y salió del agua. Nebet fue a su encuentro a toda prisa; le envolvió el cuerpo con una toalla y le dejó unas sandalias frente a los pies. Sita se las puso y sintió de pronto una presión en el pecho.

—¿Te ayudo a vestirte, Sitamón? —La voz de Nebet era suave, como una caricia.

—Gracias, Nebet —dijo Sita, casi sin pensarlo—. Pero prefiero hacerlo yo sola.

—Como desees.

Sita tomó el camino más rápido para volver a sus aposentos. En los pasillos reinaba un silencio sepulcral, y las pocas criadas con las que se cruzó bajaron la cabeza, evitando mirarla a los ojos. Cuando por fin llegó a sus estancias fue todo un alivio. Estaba apartando la cortina de la puerta, intentando recordar si su *kalasiris* blanco más sencillo estaba limpio, cuando vio a alguien de pie en su dormitorio. Era una mujer menuda y encorvada que llevaba una túnica verde moteada y unas burdas sandalias de cuero que apenas conseguían envolver sus anchos pies.

Sita se quedó inmóvil en el umbral, contemplando perpleja la espalda de la extraña, que estaba observando el tablero del juego de Perros y Chacales apoyado en la mesita, junto a la ventana. Tenía una de las piezas de los chacales en la mano y la movió hacia delante, casilla por casilla, hasta colocarla en el agujero *shen*, al final del tablero.

Sita se quedó rígida. ¿Cómo había podido entrar una campesina en sus aposentos? Sabía que la mayor parte de la guardia estaba en las estancias del rey, pero aquello era ridículo.

—Todos estos juegos son prácticamente lo mismo, ¿no? —dijo la mujer, sin levantar la vista del tablero. Su voz era rasposa y hablaba despacio, como si tuviera algo atascado en la garganta—. Serpientes, perros, chacales..., un poco de estrategia por aquí, un poco de suerte por allá, pero en realidad son una carrera hasta la meta. A mí no me gusta mucho jugar, pero sí observar. Me gusta esperar a ver quién gana.

Sita se aclaró la garganta.

—Perdone, pero ¿quién es usted? No sé cómo ha entrado aquí, pero me temo que tendrá que irse. No tengo tiempo para visitas. Me esperan. —Torció el gesto al darse cuenta de que había hablado igual que su madre.

—Soy una vieja amiga —dijo la mujer, sin más, levantando la vista del tablero.

Sita se quedó asombrada ante la fealdad de los rasgos de la mujer. Tenía la boca muy grande y los ojos saltones, algo amarillentos. Pero lo peor eran las decenas de verrugas que le cubrían la piel, curtida por el sol y dura como el cuero. Se dio cuenta de la reacción de sorpresa de Sita, pero no pareció afectarle lo más mínimo. Ni siquiera parpadeó.

—Mis dos amigas y yo conocimos a tu madre hace muchos años, la noche en que tú naciste. La reina estaba en un estado algo comprometido, sin sus comadronas y sus sacerdotes, así que la asistimos durante el parto. He venido a presentar mis respetos. Y a verte a ti.

Entonces, el rostro se le partió por la mitad, o eso le pareció a Sita, hasta que se dio cuenta de que estaba sonriendo.

—Las otras también querían venir, pero estaban… —Hizo una pausa, pensativa, y por fin parpadeó y siguió—: Ocupadas.

Sita estaba atónita. Había crecido oyendo a Nebet contarle la historia de su nacimiento y de las tres extrañas bailarinas que habían aparecido para traer a los trillizos al mundo. En los diecisiete años siguientes, nadie había vuelto a verlas ni había descubierto quiénes eran.

«Hasta ese momento».

En sus historias, Nebet describía a las tres mujeres con gran detalle. Había una rubia y una morena, que parecían hermanas. La rubia, decía Nebet, había sido la primera persona que había tenido a Sita en sus brazos al nacer. Y luego estaba la más baja, la de la piel estropeada. Sita supuso que sería la mujer que tenía delante.

«Debe de ser muy anciana», pensó, aunque la mujer se movía con soltura, y sus extraños ojos amarillentos brillaban llenos de vida.

La mujer se puso a examinar otros objetos de la habitación. Ordenó los cosméticos y cepillos de Sita en líneas rectas y chasqueó la lengua al ver una jarra de vino vacía en el suelo. Sita la siguió; habría deseado decirle que parara, pero tenía la sensación de que aquella mujer no aceptaría órdenes. La mujer encontró el *kalasiris* blanco que Sita pensaba ponerse y lo colocó a la vista, con un par de sandalias limpias. Luego miró a Sita, expectante.

No parecía que tuviera alternativa, así que dejó que la mujer la ayudara a vestirse.

—¿Sabe la reina que ha venido? —le preguntó, mientras la mujer le pasaba el *kalasiris* por la cabeza—. Estoy segura de que le gustará verla después de tantos años.

—He venido a verte a ti —respondió la mujer, como si eso fuera una respuesta—. He venido a recordarte, en estos tiempos difíciles… —añadió, al tiempo que se acercaba para colocarle bien el tirante del vestido sobre el hombro, con unas manos pequeñas pero ágiles—, que la muerte no es más que el principio.

Sita frunció el ceño. Aquella frase era un tópico khetarano más viejo que el propio reino. Era como decir: «El sol da calor». El concepto de una espléndida vida eterna en el más allá era una creencia básica para los khetaranos, empezando por la historia de la resurrección de Osiris para acabar convirtiéndose en rey del inframundo. ¿Por qué iba a hacer alguien un viaje tan especial después de dos décadas para decirle eso? Bueno…, no tenía sentido.

«Quizá la edad le haya afectado a la mente», pensó Sita. No era la primera vez que veía algo así.

—Le agradezco el mensaje —dijo, midiendo las palabras—. Y me siento honrada con su visita. Pero ¿quizá podríamos…?

—Mi marido —añadió la mujer, impávida—. Él siempre dijo que estabas destinada a hacer grandes cosas.

—¿Su marido? —preguntó Sita—. ¿Lo conozco?

La mujer se rio, con una risa grave y húmeda.

—¡Oh, todo el mundo lo conoce! O, más bien, él conoce a todo el mundo. Es un alfarero: siempre está ante el torno. Me contó una historia, hace mucho mucho tiempo, sobre ti y otras tres personas. ¡Una historia muy emocionante! Pero solo me contó el principio, no el final. ¿No es terrible? Yo lo regañé, por supuesto, porque odio que me dejen con la miel en los labios. Él me dijo que debía ser menos impaciente. —Resopló, burlona—. Él no lo entiende. Pero a ti te encantan las historias, ¿no es así, Sitamón? Apuesto a tú la entiendes. Seguro que tú sabes qué sucede a continuación. Y tengo una buena noticia —añadió, acercándose, como para revelarle una confidencia—: tú decides cómo acaba.

«¿Cómo puede saber que me encantan las historias?», se preguntó Sita. La mujer hablaba con acertijos, pero de alguna manera sus palabras tenían sentido. ¿Quizá su marido fuera un vidente de algún tipo?

«¡No tienes tiempo para esto!», le recordó una voz, apremiándola.

—Lo siento mucho —le dijo a la mujer en cuanto acabó de vestirse—. Pero es que tengo que irme. Mi padre está muy enfermo y, tal como le he dicho antes, me han llamado para que vaya a su lado.

—Ah, sí, tu padre —dijo la anciana, asintiendo—. Por su bien, espero que se vaya de este mundo sin ningún peso en el corazón, como deberíamos hacer todos.

Le sonrió mirándola fijamente, como si supiera mucho más de lo que estaba dando a entender.

—Una cosa antes de que me vaya —añadió—. No olvides, Sitamón, que tú eres «la que conoce todos los nombres». Tus palabras tienen poder. Cuando llegue el momento, recuerda que la palabra es la acción.

Los augurios de la fea anciana le provocaron a Sita un escalofrío que le recorrió el cuerpo. Retrocedió hacia la puerta, intentando mantener la compostura.

—Sí, lo haré. Estoy... segura de que a Nebet le encantaría conocerla... Probablemente siga en la piscina, por si quiere verla.

La anciana dio una palmada al aire, encantada.

—Ah, me encantaría darme un buen baño.

—Bien —dijo Sita, indicando la puerta—. Puedo enseñarle el camino, si quiere...

Echó a caminar para sacar a la comadrona de sus aposentos, pero cuando se giró para sostener la cortina de la entrada, la mujer había desaparecido.

«Debe de haberse escabullido por la otra puerta cuando estaba de espaldas —supuso—. Aunque me extraña que haya podido moverse tan rápido». Confiaba en que no se metiera en ningún lío con los guardias, pero lo cierto es que los soldados tenían cosas mejores que hacer que preocuparse de una inofensiva anciana que recorría los pasillos.

Así que ella tampoco se preocupó más.

Cuando llegó a los aposentos de su padre, Meri y Kenna ya estaban junto a la puerta, algo separados: Meri vestido con su mejor *shenti* escarlata y una camisa ceñida con un cinturón con incrustaciones de obsidiana; y Kenna, sobrio, vestido con una simple túnica blanca. Eran como el sol y la luna, y raramente se les veía juntos, pero no podían alejarse el uno de la órbita del otro.

—Hermana —murmuró Meri a modo de saludo, con los ojos brillantes.

—Sitamón —dijo Kenna.

Sita se situó en el espacio entre los dos.

—¿Así que esto es lo que tiene que pasar para que nos encontremos los tres?

—¿Quién mejor que mis queridos hermanos para compartir mi dolor? —dijo Meri, con un tono tan cándido que Sita estuvo a punto de creerlo. Kenna se cruzó de brazos, pero no dijo nada.

Un momento después, la reina Bintanat salió de los aposentos del rey.

—Bien, estáis aquí los tres. No le queda mucho tiempo.

Los miró a los tres de arriba abajo: primero a Meri, luego a Sita y después a Kenna, cada vez menos complacida.

—Por los dioses, Kenna, ¿es esto lo mejor que tienes para ponerte? Tendremos que encargar algo decente para la coronación.

—Al rey le quedan solo unos momentos de vida, madre —respondió Kenna—. Perdóname si mi primer pensamiento no ha sido escoger un modelo elegante.

Aquella réplica pareció molestar un poco a la reina, pero a la vez debió de satisfacerla en cierta medida.

Ajustó un pliegue de la túnica de Kenna.

—Al final quizá resultará que llevas algo de fuego dentro, Bakenamón —dijo, y a continuación les indicó a los tres que entraran—. Venga, rápido. Vuestro padre os espera.

Meri entró el primero y Sita lo siguió, apartando la pesada cortina. Kenna entró tras ella. El aire en la habitación estaba cargado de incienso, y la luz del sol, que entraba a través de unas finas cortinas, ponía en evidencia las nubes de humo y le daba a la estancia un aspecto irreal, indefinido. Todo lo que Sita recordaba haber visto por la habitación —tarros de extracto de algarroba y resina de propóleo de las colmenas de palacio, que no habían servido para nada; platos de comida, intacta y llena de moscas; cuencos de olor desagradable situados estratégicamente junto al lecho— había sido retirado. Todo lo que habían usado para intentar aferrarlo a la vida había desaparecido, para dejar espacio a la muerte.

Sita sintió un gran peso en el pecho al acercarse a la cama donde yacía su padre, gris y en los huesos. Lo habían vestido con las mismas ropas de color azul como el río que había lucido el día de su coronación, con bordados de peces dorados y ojos de malaquita. Era ropa hecha a la medida de un cuerpo antes robusto, pero ahora el rey se hundía entre los pliegues de tela. El pelo, negro pero escaso, estaba oculto bajo un tocado a rayas. Tenía los ojos cerrados, y, por un momento, Sita pensó que ya estaría muerto. Pero al oírlos acercarse se movió ligeramente, con la mirada perdida hasta que consiguió fijarla en ellos.

—Bueno —dijo con voz ronca—. Quien dijera que los malvados viven más tiempo se equivocó de plano.

Sita se llevó una mano a la boca para frenar el llanto. Había sido un padre negligente, un rey inútil y un baboso de primera, pero...

«Sigue siendo mi padre».

El rey les hizo un gesto para que se acercaran. Meri y Sita se arrodillaron a un lado de la cama, y Kenna al otro. El rey los miró a los tres, uno por uno, con una expresión de admiración en su apagado rostro.

—Mis hijos —dijo, sonriendo—. Recuerdo la noche de vuestro nacimiento como si fuera ayer. ¡Menuda sorpresa! Ni un solo sacerdote previó que seríais tres. Pese a todas sus visiones y su *heka*, tuvieron que venir tres bailarinas de Amón sabe dónde para predecir vuestra llegada.

Sita asintió.

—Una de ellas está aquí, en el palacio, padre. Me ha dicho que venía a presentar sus respetos.

El rey alzó las cejas de golpe.

—Tienes que contárselo a Nebet. Ella estaba convencida de que esas mujeres eran diosas personificadas, que habían venido a la tierra para dar paso a una nueva dinastía. —Sonrió, burlón, e hizo una pausa—. Es un bonito sentimiento y, creedme, yo lo secundé. Era una historia estupenda para contársela a los bobos que cuestionaban mi gobierno. ¡Tres niños nacidos con la intervención de tres diosas! ¡Una tríada de manos de una tríada! Ni yo mismo podría haber escrito un relato mejor. Aun así, cabría pensar que Isis, Neftis y Heket tienen cosas mejores que hacer que atender el parto de una mujer durante una noche de tormenta.

Sita apoyó el peso del cuerpo sobre los talones y recordó: Nebet a veces hablaba de aquellas tres mujeres como bailarinas, pero otras veces le había dicho a Sita que eran tres diosas. «Isis era la de piel clara, Neftis la de piel oscura, y Heket era la menuda con…».

Contuvo una exclamación.

«Con verrugas».

Heket…, comparada con Isis y con Neftis, era la diosa menos conocida, pero Sita recordaba que su tutor le había explicado que era la deidad con cabeza de rana, diosa de la fertilidad y el renacimiento. Heket era también consorte de Janum, un dios representado como un hombre con cabeza de carnero u, ocasionalmente, como un cordero. Era conocido también como el Divino Alfarero, que moldeaba a los hombres con arcilla en su gran torno. Sita pensó en la extraña anciana que se había presentado en su habitación y en lo que le había dicho de su marido.

«¡Todo el mundo lo conoce! O, más bien, él conoce a todo el mundo».

«Es un alfarero: siempre está ante el torno».

El suelo se movió ligeramente bajo sus pies.

«No podía ser…, ¿o sí?».

—Tendrás que pelearte con los visires —le estaba diciendo el rey a Meri, cuando Sita volvió a la realidad—. Son unos pesados. Si pudieran sumergirían el reino en una burocracia interminable.

El rey hizo una pausa, respirando con dificultad.

—Toma a una de mis esposas menores como consorte: quizá a Tadia. Es joven y está madura; sería una buena esposa. —Le dio una palmadita en la mano a Meri—. Gobierna como lo he hecho yo, hijo, y Khetara seguirá prosperando.

—Me has enseñado mucho, padre —respondió Meri. Sonaba a halago, pero Sita estaba segura de que no lo había dicho con esa intención. Luego el rey se giró hacia Kenna.

—Bakenamón, tú supervisarás el ritual de embalsamamiento y la preparación de mi tumba. Confío en ti para que todo esté perfecto. Solo lo mejor de lo mejor, ¿entendido? La tumba de Semataui debe parecer la de un pobre hombre comparada con la mía.

Kenna frunció el ceño como si tuviera algo amargo en la boca, pero asintió.

—Como desees.

Satisfecho, el rey Amenmose se pasó la pálida lengua por los labios, secos y escamados.

—Es curioso... —murmuró, sarcástico—. Nos pasamos gran parte de la vida pensando en la muerte, imaginando lo espléndida que será la otra vida, cuando lleguemos al Duat, sin pensar que nadie ha regresado del más allá para decirnos cómo es.

Se rio y le dio un terrible acceso de tos. Cuando por fin se recuperó, tenía los ojos rojos y húmedos.

—Dejadme que os diga —añadió jadeando—, yo, que he estado en la frontera entre una cosa y la otra..., que morirse es una mierda. —Sonrió, y Meri fue el único que le devolvió la sonrisa.

—¿Y qué hay de mí, padre? —preguntó Sita. Sabía que debía guardar silencio, pero no pudo evitarlo—. ¿Qué deseas que haga yo?

El rey Amenmose se giró hacia ella. Levantó una mano esquelética para acariciarle el pelo, como podría admirar una flor en un jardín.

—Cásate bien.

Sita se esperaba algo más, pero no hubo más. Y así, la frágil llama de su dolor quedó sofocada antes de poder prender siquiera.

—Estoy... cansado —murmuro el rey Amenmose, con la voz más débil aún que antes.

Al oír eso, Meri y Kenna se pusieron en pie.

Kenna bajó la cabeza.

—Que tu corazón no lleve peso, y tu viaje al oeste sea rápido, padre. Toda Khetara celebrará tu ascensión a la Casa de los Dioses.

Las palabras de Kenna resonaron en la mente de Sita.

«Que tu corazón no lleve peso».

Un corazón sin lastres estaba libre de pecado. De culpa. De vergüenza.

Ella no podía saber lo que le pesaría el corazón a su padre, pero a ella el suyo le pesaba como una piedra.

Sin añadir nada más, Kenna se giró y se dirigió a la puerta. Meri se dispuso a seguirlo, pero de pronto Sita habló:

—¿Puedo quedarme un momento contigo, padre? ¿A solas?

El rey emitió un murmullo grave. La visita lo había dejado exhausto.

Meri le lanzó una mirada intensa. «¿Qué estás haciendo?», dijo, moviendo la boca, pero sin articular sonido.

Ella no le hizo caso.

—Tardaré poco —le aseguró al rey.

—Yo también tardaré poco, Sitamón —murmuró el rey Amenmose, que suspiró y despidió a Meri con un gesto de la mano.

Meri vaciló. Miró primero a Sita, luego a su padre y, por último, de nuevo a Sita, antes de marcharse.

—Si no te gusta el príncipe de Tash —dijo su padre, antes de que pudiera abrir la boca—, sin duda tu madre puede encontrarte...

—Todo esto es culpa mía —estalló Sita, y las palabras le salieron de la boca como las aguas de un río tras reventar una presa—. Yo podría haber detenido esto. Podría haberte salvado, pero no lo he hecho.

Su padre empezó a respirar con más dificultad.

—No es culpa tuya, hija —dijo, casi sin aliento—. Solo los dioses podrían haber...

—No, no lo entiendes.

«Es tu última oportunidad. Descarga el peso que oprime tu corazón antes de que sea demasiado tarde».

Sita cerró los ojos y sintió en su interior una mezcla tóxica de amor y odio por su hermano y su padre. Lo haría, pero no tenía valor para mirarlo a la cara y ver cómo su traición acababa con el poco ánimo que le quedaba ante la muerte.

Escuchó el sonido de la respiración de su padre, que se calmó un poco, a la espera de lo que ella tuviera que decir.

Sita fijó la vista en las manos de su padre y en el anillo de oro que siempre llevaba.

—Eran los pasteles de miel —dijo por fin, sin más—. Meri ha estado envenenándolos, y yo lo sabía.

Su padre no dijo nada, no gritó horrorizado. Así que Sita respiró hondo y se lo contó todo.

Cuando acabó, se sintió vacía. Más liviana.

—Lo siento mucho, padre —dijo Sita, en la habitación en silencio, con algo más de energía en la voz. Apoyó la mano en la de su padre y la encontró fría. Lo miró a la cara—. ¿Podrás perdonarme?

El rey se quedó mirándola, sin parpadear, con las pupilas dilatadas. Sita intentó interpretar su expresión, buscando algún indicio de perplejidad, horror, rabia..., lo que fuera.

Pero estaba muerto, y la posibilidad de que la perdonara había muerto con él.

«¿Cuánto habrá oído? —se preguntó—. ¿Todo? ¿Nada?».

Nunca lo sabría.

El reinado de Amenmose III había acabado.

Ojalá viviera por siempre en el oeste.

Sita cruzó la cortina, aún tambaleándose. En el pasillo, la multitud había desaparecido. Habían llegado los visires, así como algunos funcionarios de palacio y algunas de las esposas menores. Cuando apareció, todos dejaron de hablar y se giraron hacia ella.

Sita deseó con todo su corazón que la misión hubiera recaído en cualquier otro. Cualquier otra persona. Le temblaban las manos.

«Eres una princesa —dijo una voz en su mente—. Intenta actuar como tal».

La voz era la de su madre, y ya mostraba decepción. Sita irguió el cuerpo y, cuando por fin habló, transmitió el mensaje lo más simplemente que pudo.

—Ha fallecido.

Sus palabras impactaron en la gente como una descarga eléctrica. La reacción fue inmediata.

—Enviad mensajeros a todos los nomarcas de todas las ciudades —les dijo la reina a los visires, mientras un montón de sacerdotes pasaban junto a Sita para entrar en el dormitorio del rey. Los guardias sacaron de allí a los curiosos y rodearon a Meri, que se acababa de convertir en el objeto de su protección.

Kenna estaba a un lado, con las largas manos entrecruzadas frente al cuerpo, concentrado ya en el duelo. Miró a Sita y por un instante la vio como una niña otra vez, llorando mientras Kenna la ayudaba a enterrar un pájaro muerto que había encontrado en el jardín. Siempre había sido un niño extraño, silencioso, pero también había sido bueno. Trataba con respeto incluso a las criaturas más pequeñas, en la vida y en la muerte. Meri nunca lo había comprendido; ambos hermanos eran demasiado diferentes y la relación resultaba difícil. Pero Sita los entendía a los dos. Hasta que Kenna los dejó para dedicarse al sacerdocio.

«En otro tiempo estábamos unidos. ¿Qué nos ha pasado?».

Habría querido ir con él, dejarse caer entre sus brazos y confesarlo todo.

Quería que le dijera cómo empezar a arreglar lo que había estropeado. Pero la última vez que había acudido a él, Kenna se había burlado de ella y se la había quitado de encima. Quizá se lo mereciera. Aun así, contemplando a Kenna del otro lado de toda aquella gente, vio su propio dolor reflejado en el rostro de él y se preguntó si él no desearía también acercarse a ella.

De pronto notó una mano en el hombro y unos labios junto al oído.

—Ven conmigo.

Al ver a su hermano al lado de Sita, Kenna sonrió y se giró, para regresar a paso ligero por donde había venido.

—Un momento —dijo Sita, pero Meri la agarraba con firmeza, tirando de ella.

Sita reprimió un sollozo y dejó que Meri se la llevara.

Solo habían dado unos pasos antes de que el jefe de la guardia fuera a su encuentro.

—Mi príncipe —dijo—, debo insistir en que vengáis con nosotros. Hay mucho que hacer, y debemos asegurar vuestra integridad.

Meri se detuvo de golpe.

—No te equivoques —le contestó, incisivo.

De pronto se hizo el silencio. El tono habitualmente jovial y amable de Meri había desaparecido, sustituido por algo temible que llevaba un tiempo esperando a salir al exterior.

—Puede que aún no lleve la corona, pero estás hablando con tu futuro rey. Nuestro padre está muerto. Nos vas a dejar un momento para llorar su pérdida.

El guardia tragó saliva y bajó la cabeza.

—Por supuesto, mi príncipe. Por favor, perdonadme.

El guardia se quedó paralizado por la imperiosa mirada del príncipe, hasta que Meri lo dejó marchar con un gesto desdeñoso de la mano.

Meri se llevó a Sita a un rincón tranquilo y la envolvió en un fuerte abrazo. Era exactamente lo que habría querido de Kenna, pero no se sintió reconfortada. Tenía la impresión de que no lo hacía por ella, sino por la gente que los observaba. En cuanto Meri se acercó a susurrarle al oído, Sita supo que su intuición no le había fallado.

—Se lo has dicho, ¿verdad? —dijo, rodeándole la nuca con la mano, en un contacto entre dulce y temible—. Le has contado nuestro secreto. Antes de que muriera.

Sita se quedó sin respiración: el sonido de su propio ahogo resultó tan acusatorio como cualquier confesión.

—No podías mantener la boca cerrada, ¿verdad? —le espetó Meri—. No es que ahora importe demasiado. Pero lo recordaré, Sitamón. Lo sumaré a la lista de tus otras indiscreciones.

Le alisó el pelo con la mano, como si estuviera acariciando a un animal.

—Tendrás que trabajar un poco para convertirte en una reina digna. Afortunadamente para ti, aquí estoy.

Sita se quedó rígida.

—¿De qué estás hablando? —susurró.

Meri soltó una risita socarrona.

—¿De verdad pensabas que dejaría que te vendieras a un pretencioso príncipe de Tash? ¿Tan poco creías que te quería?

«¿Qué está sugiriendo? No puede pensar que voy a..., que vamos a...».

—N-no puedes —balbució—. Soy tu hermana, Meri. ¡Eso ya no se hace desde hace un milenio!

Él dio un paso atrás para contemplarla, sin apartar demasiado su bello rostro.

—Precisamente por eso debemos hacerlo —respondió con tono seductor—. Khetara perdió su alma al dar la espalda a las viejas tradiciones. Nos corresponde a nosotros recuperarlas para devolver a nuestro reino su esplendor..., y tú formas parte de ello, Sitamón. De todas las mujeres del territorio, tú eres la que tiene la sangre más pura, la más cercana a los dioses. Los sacerdotes tienen que pasarse la vida con la nariz metida entre papiros para aprender la *heka*. Pero nosotros no. Tú y yo, nuestra carne es la carne de los dioses. Llevamos la magia en las venas. ¿No lo ves? Tenemos que estar juntos. Nos corresponde por derecho. Igual que Osiris tuvo como esposa a su hermana Isis, y Set tuvo a Neftis, yo te tendré a ti. Mi gemela. Mi reflejo.

La presión de sus brazos la estaba ahogando. Lo tenía tan cerca que el único aire que podía respirar era el que salía de los pulmones de su hermano mientras le exponía su destino. No tenía más opción que aspirarlo.

—Cuando sea coronado, Khetara volverá a tener un rey dios otra vez, en nombre y en acción. El reino se ha ido viniendo abajo mientras padre se dedicaba a sus pasteles y sus concubinas.

Torció el labio en un gesto de asco, pero solo por un momento. Luego sonrió, moviendo la mano que rodeaba la nuca de Sita y acariciándole el rostro con unos dedos suaves y perfumados.

—Se ha acabado. Conmigo en el trono y contigo a mi lado, Khetara recuperará su poder. Ya lo verás.

La soltó y se alejó para atender las numerosas obligaciones de un futuro rey: hacer planes, tomar decisiones, supervisar las ceremonias, recibir condolencias y promesas de lealtad. Mientras caminaba se rodeó de un grupito de guardas, visires y funcionarios que revoloteaban a su alrededor como polillas en torno a una llama.

Sita se quedó mirando cómo se alejaba, y la mente se le fue una vez más a la noche de la Fiesta de Bastet. Pensó en la oración que había elevado a la diosa, lo que le había pedido, en lugar de rezar por la salvación de su padre. Aunque no es que aquello tuviera gran importancia. Ni siquiera Bastet habría podido salvar al rey.

Había quedado muy claro que Bastet tampoco iba a responder a su oración.

Sita no era libre. Nunca lo sería.

La red se había cerrado a su alrededor.

23
NEFF

Neff nunca había conocido aquel silencio.

Desde la muerte del rey, la noche anterior, era como si un velo se hubiera extendido sobre el Templo de Amón. Los sacerdotes realizaban sus tareas diarias, hablando en voz baja, con la cabeza gacha mientras se movían de un lado a otro. Las *wabet* habían desaparecido de los aposentos de las mujeres a primera hora para iniciar la exhaustiva preparación de la ceremonia funeraria de Amenmose, que tendría lugar dentro de setenta días exactamente. Hasta los pájaros del jardín de recreo parecían cantar en voz más baja.

Por lo que había leído, Neff sabía que el período entre la muerte de un faraón y la coronación del siguiente estaba plagado de peligros. El tiempo no se detenía, y arrastraba a Khetara a un futuro incierto. Pero hasta que no se produjera la coronación del príncipe, no había nadie al timón, nadie que orientara al reino a través de los peligros que pudieran amenazarlos.

Quizá fuera por eso por lo que los sacerdotes no se atrevían a alzar la voz. Quizá temieran llamar la atención de las fuerzas del mal que acechaban, envalentonadas por la muerte del rey.

En aquel silencio, Neff pensó en su casa con nostalgia. Se imaginó levantándose de su esterilla, subiendo a la azotea y encontrándose a su madre, que barría la arena bajo el sol de la mañana. Se imaginó sentándose a la mesa para el desayuno y diciéndole a su padre que había conocido al rey. Que la había llamado al palacio y que le había pedido que le interpretara su sueño.

«Yo sabía que iba a morir —se imaginó que le decía a su padre—, pero me dio miedo decírselo. Así que mentí. Le mentí al rey, y ahora está muerto».

Se imaginó la mueca de horror en el rostro de su padre. De decepción.

Aún le resonaban en la mente las palabras de su padre antes de que se subiera al barco de Bastet. Su voz y las voces de los dioses, mezcladas en un enorme grito de condena cósmica.

«Nefermaat».

«Justicia perfecta».

«Esa eres tú».

«Vas a hacer que estemos orgullosos de ti».

Cada palabra le quemaba como el vinagre en una herida abierta.

El maestro Montuhotep y el escriba jefe estaban ocupados con los preparativos del funeral del rey y la coronación del príncipe Meriamón, de modo que después de completar sus tareas diarias Neff quedó libre. Podía disponer del resto del día, así que se encontró en los aposentos de las mujeres, sola. Después de lavarse las manos y la cara en la jofaina, se arrodilló sobre su esterilla y rezó, lanzando su súplica a la diosa que la había llevado a aquel lugar.

—Ayúdame, Bastet. ¿Qué hago ahora? ¿Cómo puedo enmendar mi error?

Esperó una señal, pero no le llegó.

Al cabo de un rato se dispuso a levantarse cuando oyó a un par de sacerdotes que se acercaban por el pasillo.

—Gracias a Amón que el pedido de natrón llegó ayer —dijo uno al pasar—. Ahora los embalsamadores van a necesitarlo, desde luego.

Neff parpadeó. Había presenciado la entrega del natrón: el hombre de su visión, Karim, se había colado en el templo tras el vendedor de natrón y su burro. Las noticias de la enfermedad y la muerte del rey habían hecho que no volviera a pensar en lo sucedido en la Casa de la Vida, pero ahora el recuerdo volvía a su mente.

El misterioso faraón llamado Sethnajt. El Oráculo del Cordero.

Unas fuerzas arcanas la habían llevado hasta aquel lugar y luego habían llevado a Karim hasta ella. Al verlo por primera vez en el patio lo había notado, como una cuerda invisible que los unía. Había tenido una sensación similar al ver a la princesa Sitamón la noche del Festival de Bastet, pero en ese momento no se había dado cuenta de la importancia que podía tener aquello.

«Una llevaba una corona…».

Si ella, Sitamón, Karim y la campesina de Sakesh que había mencionado él eran las cuatro figuras de su visión, era que realmente estaba llegando el momento del oráculo.

Un profundo temor la atenazó por dentro. Era algo que hablaba de cosas que iban más allá de su conocimiento, acontecimientos que ya habían iniciado su andadura. Era demasiado como para guardárselo dentro. Necesitaba hablar con alguien para no sentirse tan sola. Después de dar las gracias a Bastet, salió de su dormitorio y fue en busca de la única persona en la que podía confiar.

No le costó encontrar a Kenna. Lo único que tuvo que hacer fue seguir el sonido del alboroto procedente de la cámara de embalsamamiento, donde su voz se elevaba por encima de las demás, con un volumen que desgarraba el silencio imperante. Intrigada, Neff se acercó a la puerta y miró con disimulo, esperando poder ver algo sin que la vieran a ella.

El príncipe estaba frente a media docena de sacerdotes *sem*, con el rostro congestionado y los brazos en jarras. Neff nunca lo había visto así.

—Por favor, mi príncipe —le rogaba el sacerdote *sem* más anciano, con una mueca de dolor en el rostro—. Nuestro único deseo es asistiros en el ritual de embalsamamiento. Sabéis mejor que nadie que no es un trabajo que pueda hacer un solo hombre, y para un faraón, es…

—No es solo el faraón —dijo Kenna, con una voz cortante como una cuchilla—. Es mi padre. No lo tocará nadie más que yo. ¿Lo entendéis? Es mi deber. Debo hacerlo solo.

El anciano sacerdote dejó caer los hombros.

—Como deseéis —dijo, e indicó a los otros que lo siguieran al exterior.

Neff dio un salto hacia atrás para apartarse de la puerta y se ocultó tras una columna, a la espera de que pasaran todos los sacerdotes *sem*. Cuando se hubieron ido volvió a hacerse el silencio en el pasillo, tan completo que Neff empezó a preguntarse si Kenna se habría ido con ellos. Pero entonces lo oyó:

—Ya puedes entrar, Neff.

Ella salió de su escondrijo.

—¿Cómo puedes saberlo siempre? —le preguntó al entrar.

Kenna estaba en el centro de la sala, contemplando una figura que a Neff le resultaba familiar, dispuesta sobre los dos pedestales de piedra donde antes había visto el cadáver de aquella otra anciana. La primera vez que había mirado los sacerdotes tapaban el cuerpo y no había podido verlo, pero, cuando se dio cuenta de quién era, el corazón le dio un brinco en el pecho.

El rey.

Neff se quedó inmóvil, tapándose la boca con una mano.

El cuerpo demacrado de Amenmose estaba desnudo, salvo por una fina tela que le cubría la cintura. La última vez que lo había visto, aquel rostro la miraba con esperanza, pidiéndole un mensaje de los dioses, que tenía la sensación de que lo habían abandonado. Ella le había dado solo mentiras, y ahora él estaba muerto.

—Lo siento mucho —dijo, tanto a modo de condolencia como de disculpa.

Kenna levantó la mirada, con los ojos enrojecidos pero secos.

—Gracias. Mi padre y yo no estábamos muy unidos —le dijo, volviendo a posar la mirada en el cuerpo—. Pero, a diferencia de mi madre, él nunca se opuso a mi decisión de ser sacerdote. Padre pensaba que la gente debía hacer lo que quisiera hacer. —Hizo una pausa—. Él, desde luego, lo hizo. Quizá anteponer el deseo al deber hizo de él un mal rey, pero... Le debo este último honor por haberme dado esa libertad.

Se dirigió a la mesa, donde esperaban sus utensilios.

—Debería dejarte solo —dijo Neff, retrocediendo un paso hacia la puerta.

—No, espera.

Kenna suspiró y dio media vuelta, y Neff observó lo fatigado que estaba. No debía de haber dormido mucho desde el desmayo del rey, la noche anterior.

—La compañía de los sacerdotes habría sido una carga. La tuya me reconforta. —Apretó los labios hasta convertirlos en una fina línea—. Pero debo advertirte: el ritual del embalsamamiento no es para los impresionables. ¿Crees que puedes aguantarlo?

Neff se mordió el labio. Kenna era un príncipe. Si quisiera podría haberle ordenado que se quedara, pero aquello no era una orden. Era una petición. Y a pesar de la aprensión que le suscitaba la idea de presenciar un proceso horripilante del que solo había oído relatos, no podía abandonar a su hermano adoptivo en un momento de necesidad.

—Por supuesto —respondió.

Kenna se quedó mirándola y pareció reconsiderar su petición.

—No... no puedo pedirte esto. No eres más que una niña, y esto... es importante y necesario, sí, pero puede ser muy desagradable si no te sientes cómoda con los muertos.

—Quiero quedarme —insistió Neff, mostrándose más convencida de lo que realmente estaba. En realidad ya sentía cierta aprensión, pero estaba decidida a mostrarle su apoyo—. Aprenderé mucho ayudándote. Puede ser... parte de mi educación como sacerdotisa.

A Kenna se le iluminó el rostro.

—Sí, eso es muy cierto —dijo, valorando la idea—. Será extremadamente enriquecedor. No solo el ritual en sí, sino lo que nos puede enseñar sobre el cuerpo y su funcionamiento. Será un placer para mí explicarte el proceso a medida que avance, si crees que te puede resultar útil.

Neff tragó saliva.

—Seguro que sí.

—Entonces empecemos.

Ya más relajado, Kenna volvió a sus herramientas y asumió el papel de profesor. Cogió la larga varilla de metal de la mesa y la apoyó sobre el pecho de su padre. Neff se acercó un poco mientras él inclinaba la cabeza del rey hacia atrás y la calzaba con una pequeña pieza curvada de madera.

—Primero debemos extraer el órgano del interior del cráneo —dijo, cogiendo la varilla—. Es esencial extraer toda la humedad del cuerpo para evitar la putrefacción. Los muertos deben conservar su cuerpo físico en el Duat, así que es nuestro deber asegurarnos de que se conservan perfectamente.

Dicho eso, insertó el extremo afilado de la varilla en uno de los orificios nasales del rey hasta que llegó al límite. Luego, con un ágil movimiento, empujó y, con un chasquido sordo, la hizo entrar aún más.

Neff no pudo contener un gritito agudo. De pronto sintió que su desayuno amenazaba con aparecer de nuevo.

—¿Estás bien?

—Bien —respondió Neff, con un hilo de voz.

Kenna asintió y retomó su trabajo. Movió la varilla en círculos lentos en el interior del cráneo antes de sacarla otra vez, empapada de sangre oscura. A continuación, volvió a apoyar el utensilio sobre la mesa y cogió la varilla que acababa en una cucharilla.

—Ahora que el órgano se ha fragmentado en trozos más pequeños —explicó—, podemos extraerlo sin dañar el cráneo.

Neff observó cómo introducía aquella otra varilla por el orificio nasal del rey y empezaba a sacar con la cucharilla fragmentos de materia gris, que iba dejando en un cuenco de arcilla con un chapoteo asqueroso.

—Pensé... —dijo, tragando saliva para contener la bilis que se le acumulaba en la garganta—. Pensé que se suponía que había que preservarlo todo.

—Sí, todo salvo eso —dijo Kenna, haciendo una mueca mientras intentaba sacar los últimos fragmentos de tejido—. El órgano que hay dentro del cráneo no sirve para nada. Extraemos y conservamos los pulmones, el estómago, el hígado y los intestinos en vasos de los Hijos de Horus, solo el corazón se queda dentro, para que se lo lleve en su viaje hacia el oeste. Es tal como decía el embalsamador en esa carta antigua que encontramos en la Casa de la Vida. En el momento del juicio, el corazón se pesa en una balanza, sopesándolo con la pluma de Maat, y, si es más ligero que la pluma, es bienvenido en el Duat. Si no hay corazón, no puede afrontar el juicio y está condenado a vagar por la yierra hasta la eternidad.

—¿Eso es lo siguiente? ¿Extraerlo todo salvo el corazón? —preguntó ella, incapaz de disimular su temor.

—Sí —respondió Kenna, limpiándose una pátina de sudor de la frente tras acabar la extracción. Dejó a un lado la herramienta cubierta de sangre y cogió un trapo limpio. Con suavidad, volvió a colocar la cabeza de su padre en posición horizontal y se puso a limpiar los restos de sangre de su rostro. Mientras lo hacía, Neff vio que algo cambiaba en el gesto serio de Kenna. Un leve movimiento de las aletas de la nariz, un temblor en la comisura de los labios, que delataban su pesar.

Debió de darse cuenta de que lo estaba mirando, porque carraspeó y tiró el trapo sucio en el cuenco con el resto de las vísceras. Se giró, apoyándose en la mesa con ambas manos un momento antes de volver al cuerpo con una esquirla de obsidiana.

—Ahora abrimos el abdomen y retiramos los órganos vitales. Una vez que lo hayamos hecho, llenamos el cuerpo de natrón y esperamos setenta días para que se complete el proceso de preservación. —Echó una mirada a Neff, apenas conteniendo sus emociones—. ¿Me sigues, hermanita?

Neff no quería ver más. De hecho, habría querido borrar de su recuerdo lo que ya había visto. Pero le parecía que quedándose podía reparar en cierto modo sus errores. Si quería alcanzar el perdón, tenía que ser valiente. Le había fallado al rey; lo menos que podía hacer era estar ahí, al lado de su hijo.

—Te sigo.

Kenna sonrió, torciendo la boca, y asintió. Luego bajó la cuchilla, apoyándola en el vientre de su padre, y practicó un corte en el suave tejido. Hundió la cuchilla en la carne y la cortó como Neff había visto hacer a los pescaderos en el mercado. Siguió bajando hasta donde el paño cubría la cintura del faraón.

—Ya está —dijo Kenna, inspeccionando la incisión. La poca sangre que salió del corte era densa y oscura. El príncipe respiró hondo y metió la mano izquierda por la abertura.

—Dame un cuenco —le dijo, señalando uno de los recipientes de arcilla que había sobre la mesa—. El más grande, por favor.

Neff fue corriendo a llevárselo. Un momento más tarde, Kenna empezó a sacar del cuerpo un largo tubo rosado que parecía no acabar nunca, hasta llenar el cuenco casi a rebosar.

—Otro cuenco —dijo, y volvió a meter la mano. Esta vez sacó un órgano curvado más grueso, cuyas ligaduras cortó con la hoja de obsidiana, y lo depositó en el segundo cuenco.

Neff contuvo la respiración mientras transportaba las vísceras de vuelta a la mesa, haciendo un gran esfuerzo por no inspeccionar su contenido con demasiada atención.

Lo que salió a continuación fue un órgano enorme en forma de cono, casi demasiado grande como para pasar por la incisión. Era una cosa de aspecto agresivo, rabioso: oscuro, de un rojo marronáceo e inesperadamente pesado. Kenna se quedó mirándolo, algo extrañado, antes de depositarlo en el cuenco.

—¿Qué pasa? —le preguntó Neff.

Kenna meneó la cabeza.

—Probablemente nada. Pero es raro...

Volvió a girarse hacia el cuerpo y recobró la compostura.

—Uno más —murmuró, y metió la mano más al fondo, casi hasta el hombro.

Con cierto esfuerzo, sacó dos órganos más esponjosos, idénticos entre sí. Eran ligeros en comparación con el anterior y tenían varias protuberancias extrañas en la superficie. La curiosidad era más fuerte que el asco, así que Neff se acercó a mirar. Las excrecencias le recordaban un hongo que a veces crecía en la comida cuando la dejaban demasiado tiempo en la oscuridad: blancuzcas, blandas y con un aire de podredumbre.

—Kenna... —dijo Neff, mientras el príncipe se acercaba a un barreño de agua limpia para lavarse el brazo—. ¿Eso qué es?

Kenna inspeccionó aquellas masas, y su expresión mutó del interés a la sospecha.

—Déjame ver —dijo, y llevó el cuenco a la mesa donde estaban dispuestos los otros tres.

Los examinó uno tras otro, cada vez más agitado. Cogió su hoja e hizo un corte en el órgano curvado, vertiendo su contenido en un plato. Lo que salió fue una papilla gris-marronácea.

El olor estuvo a punto de hacer que Neff se mareara, pero se agarró al borde de la mesa y se obligó a mantener la concentración.

Kenna olisqueó aquella papilla gris con cautela y luego volvió a dejar el plato en la mesa.

Pensativo, apoyó las palmas de las manos en la mesa, echó el cuerpo hacia delante y soltó una maldición.

Neff se quedó a su lado, cada vez más asustada.

—¿Qué pasa?

Kenna respiró hondo.

—Hace un año, más o menos, nos trajeron a un hombre para que lo embalsamáramos, después de que se descubriera que su esposa lo había envenenado. Se había tomado su tiempo, echándole un poco de veneno en la cena cada noche, hasta que el hombre enfermó y murió. La mujer estuvo a punto de salirse con la suya, pero la delató una vecina, que la había oído hablando de su plan con su amante. Ella esperaba huir tras la muerte del marido, pero, cuando la confrontaron con la verdad, confesó y fue ejecutada, y después de eso la familia del marido pagó el embalsamamiento. Fue uno de los primeros rituales que ejecuté yo personalmente, así que lo recuerdo muy bien.

»Durante la extracción, observé detalles curiosos en las vísceras de aquel hombre. Su hígado, por ejemplo —dijo Kenna, al tiempo que señalaba el órgano oscuro y pesado—, estaba hinchado y era mucho más grande de lo normal. Más o menos como el de mi padre.

Neff se quedó perfectamente inmóvil. «No —pensó—, por favor, que no sea verdad».

A continuación, Kenna señaló los órganos esponjosos.

—También observé que los pulmones del hombre tenían unas excrecencias putrefactas, como estas. Y la comida del interior de su estómago tenía un olor extraño que no coincidía con lo que había comido ese día. —Señaló la papilla gris, el contenido del estómago del rey. Su última comida—. Eso son los restos de un pastel de miel a medio digerir —dijo Kenna—. Pero el olor es más bien como a ajo. No cuadra, Nefermaat. Nada de esto cuadra.

Neff dio un paso atrás, titubeante.

—Amón me perdone —murmuró.

Kenna no pareció oírla. Flexionó sus largos dedos, con las uñas aún manchadas de sangre, y apretó los puños.

—No puedo creer que esté diciendo esto, pero no creo que mi padre muriera por alguna peste o maldición. Creo que lo han asesinado.

Neff cerró los ojos, con el estómago cada vez más revuelto, y en ese momento las palabras que no había dicho salieron solas al exterior.

—Lo están traicionando los más cercanos a él. Morirá por mano de uno, mientras el otro es testigo y no dice nada.

Kenna se giró hacia ella de golpe.

—¿Qué has dicho?

Neff tuvo miedo, pero sabía que tenía que contarle la verdad.

—Cuando tu padre me llamó al palacio para que interpretara su sueño, ese fue el mensaje que recibí. Pero me daba demasiado miedo decirle lo que había visto, así que le dije otra cosa. No sabía que ocurriría esto. No pensé que lo que yo pudiera decir tuviera importancia.

Neff se sorbió la nariz, con los ojos de pronto llenos de lágrimas.

—Lo siento mucho.

Kenna estaba perplejo.

—Traicionado por los más cercanos a él..., el otro es testigo y no dice nada...

Se quedó mirando al suelo y, de pronto, su gesto de dolor se convirtió en rabia. Una sola palabra asomó entre sus labios, afilada como la hoja de obsidiana.

—Meri.

Golpeó la mesa con el puño, haciendo que las herramientas repiquetearan sobre la madera. Se acercó a reordenarlas, respirando agitadamente. Neff sentía la rabia que irradiaba y se asustó.

«Te odiará por lo que has hecho. Te echarán del templo. Llevarás la deshonra a tu familia. Eres una mentirosa y una cobarde, y lo has estropeado todo».

De pronto recordó la conversación que había tenido con el príncipe Meriamón ese día, en el palacio. ¡Le había hablado de la visión! ¡Le había prometido que no se la revelaría a nadie!

«Me aseguraré de que el rey esté bien atendido», le había dicho.

Y eso había hecho.

«Qué tonta soy», pensó Neff, y se puso a llorar.

—Lo siento —dijo otra vez, con la cabeza entre las manos—. Lo siento mucho.

Kenna le tocó el hombro. Ella se estremeció, pero luego sintió que el contacto era delicado.

—Sécate las lágrimas, hermanita —dijo Kenna, recobrando la calma—. Nada de todo esto es culpa tuya. Si acaso, es culpa mía.

Neff frunció el ceño.

—¿Qué quieres decir? ¿Cómo podría ser culpa tuya?

—Sita intentó decirme que algo iba mal en el palacio. Prácticamente me rogó que la ayudara, insinuándome que había algo sospechoso en la enfermedad de padre. Pero no quise escucharla. Pensé que sería cosa de su imaginación... —Se giró para mirar el cuerpo de su padre, vacío ya de secretos—. Debería haberla escuchado.

Neff aún tenía la respiración entrecortada, pero sintió alivio al ver que no estaba enfadado con ella.

—¿Qué vas a hacer?

Kenna se encogió de hombros.

—¿Qué puedo hacer? La coronación de Meri es inminente. Conozco a mi hermano, ya se habrá asegurado el apoyo de los visires y de los otros sacerdotes. Padre tenía enemigos en su propio gobierno que estarán deseosos de mostrar su lealtad a un nuevo faraón. De hecho, apostaría a que alguno de ellos formaba parte de este plan. Si lanzo acusaciones en su contra, solo conseguiré ponerme en peligro yo y poner en peligro a los que me rodean.

Neff pensó en el joven príncipe de aspecto decidido que había conocido en el palacio, tan diferente a su amable hermano. Se lo imaginó sentado en el trono, irradiando una luz tal que la gente quedaría cegada y no podría ver quién era en realidad.

Y aquella imagen llegó acompañada de una repentina sensación de desastre inminente, y de la triste voz del cordero de su sueño.

«Cuidado, porque muy pronto el Gran Río de Khetara se convertirá en sangre».

—Meri ha ganado —añadió Kenna.

«¡Escucha, Tonis, Gran Casa de Amón! ¡Cuidado con lo que se esconde, invisible, entre los tuyos!».

—No puedo hacer nada más que seguir adelante.

«¡Llegan la ruina y la perdición para los Niños de las Dos Tierras!».

Neff cogió aire, jadeando.

—¿Estás bien? —preguntó Kenna.

—Debes detenerlo —dijo ella.

—No puedo —dijo, en tono de disculpa—. El trono es suyo.

Aturdida, Neff observó a Kenna, que en ese momento acercaba el saco de natrón al cuerpo y empezaba a llenar el torso vacío del rey con sal.

«No puede acabar así —pensó ella—. Pero, si un príncipe no puede hacer nada, ¿qué puedo hacer yo? ¿Por qué iban a escoger los dioses a alguien tan impotente como yo para esta tarea?».

—Te traeré agua limpia —se ofreció Neff, cogiendo el barreño. Necesitaba una excusa para respirar aire fresco.

Se giró, dispuesta a marcharse, y vio una gata sentada en el umbral, olisqueando el aire. Era vieja, de pelaje rayado, probablemente uno más de los gatos que vivían en el palacio. El animal entornó los ojos al detectar los intensos olores y erizó el pelo del espinazo. Luego se fue, sin hacer ruido, a algún lugar donde el aire no oliera tanto a muerte.

O quizá fuera algo más que eso. Quizá la gata hubiera detectado los oscuros augurios que se cernían sobre Neff; sobre aquella sala y sobre el cuerpo; sobre el joven sacerdote que creía en los dioses y en los rituales, pero no en sí mismo; sobre el caos que provocaría su silencio.

Neff siguió a la gata, con el barreño firmemente apoyado en el cuerpo, como si eso le fuera a dar el coraje que no sentía. Alguien tenía que actuar. Y, en ausencia de otra opción, ese alguien tendría que ser ella. No entendía por qué Bastet había decidido llevarla hasta aquel lugar, por qué había querido plantearle ese reto, pero, una vez más, ¿quién era ella para cuestionar la voluntad de los dioses?

«Muéstrame lo que debo hacer, diosa —pensó Neff—, y lo haré. No guardaré silencio ni un día más».

24
GARRAS

Había alguna presa cerca. Percibía el olor, era joven y tierna. Chillaría cuando le clavara los dientes, lo cual la hacía morder aún con más fuerza.

La gata rayada avanzó sigilosamente por los pasillos del palacio, siguiendo el rastro del olor. Había caído la noche, así que había regresado después de pasar el día en el templo. Solía ir allí para dar cuenta de las ofrendas que dejaban para los dioses. ¿Por qué no? Ella también era una especie de diosa. ¿Por qué no iba a llevarse su parte?

Había sido un día muy cansado. Ninguno de los humanos había seguido su rutina habitual. Todos parecían tensos y todo olía a muerte.

Aquello le recordó una noche, hacía mucho mucho tiempo. Ella era prácticamente una cachorrita y la lluvia había caído del cielo a raudales. La gata no había visto nubes aquella noche, en el camino de vuelta al palacio, y aun así, esta vez también daba la impresión de que se avecinaba una tormenta. Siguió el olor de la presa hasta una sala iluminada con velas. Había un joven sentado a una mesa, estudiando un extraño objeto. Era una tablilla con la imagen de una serpiente enroscada tallada en la madera, con el cuerpo dividido en secciones. En los anillos de la serpiente había incrustadas piedras negras y rojas de diversos tamaños, así como dos piezas más grandes de cada color. El hombre tenía en las manos varios palitos cortos, blancos por un lado y negros por el otro. Los hacía girar en la mano, contemplando la serpiente, absorto en sus pensamientos. A su alrededor había montones de papiros amontonados, que rodaban y entrechocaban unos contra otros por efecto de la brisa.

No prestó atención a la llegada de la gata; de hecho, pocos le hacían caso, salvo los que se detenían a rendirle culto rascándole detrás de las orejas. La mayoría optaba simplemente por dejarla moverse a su aire. Siempre había sido así, y, de algún modo, ella sabía que así seguiría siendo.

La gata había visto a aquel joven muchas veces. Había presenciado su nacimiento aquella noche de tormenta, tantos años atrás, y lo había visto crecer hasta convertirse en el hombre delgado, de ojos brillantes y dientes relucientes que era ahora.

No es que le gustara, en sí mismo. Al menos, no como le gustaban el cocinero y la joven que observaba a los peces en el jardín. Pero lo respetaba. Era un depredador, como ella.

Notó que en la pared opuesta se movía un ratón, y estaba a punto de lanzarse a por él cuando una sombra atravesó el umbral.

—Saludos, mi príncipe —dijo una voz femenina—. ¿Molesto?

El hombre se giró a ver quién era.

—Hola, Tadia —dijo—. En absoluto. Entra.

Era una de las muchachas con las que solía acostarse la gata por las noches. La habitación de aquella mujer tenía las sábanas más suaves y la carne más blanda, y a ella no había nada que le gustara más que acurrucarse junto a un brazo o una pierna, y sentir el calorcito de la sangre que palpita dentro.

La joven entró en la sala, saludó bajando la cabeza y las cuentas de su pelo tintinearon con el movimiento. No apartó los ojos del rostro del hombre en ningún momento.

—Pensé que os apetecería algo de compañía —dijo ella, pasándose una mano por el fino vestido de gasa de lino—. Solía visitar a menudo a vuestro padre por las noches. Le gustaba verme bailar.

Él levantó una ceja.

—Seguro que sí.

—Me ofrezco a vos, príncipe Meriamón —dijo con timidez y

reverencia—. Tal como fui de vuestro padre, ahora soy vuestra, para que hagáis lo que queráis conmigo.

El príncipe hizo girar los palitos de madera que tenía en la mano mientras la observaba. Luego indicó una silla al otro lado de la mesa.

—Siéntate.

Tadia se sentó, muy atenta y con la espalda recta.

—¿Sabes jugar al *mehen*? —dijo él, señalando el tablero en forma de serpiente que había sobre la mesa.

La muchacha dejó caer los hombros ligeramente.

—No, la verdad es que no suelo jugar…, pero ¡puedo aprender!

—Hay un jugador rojo: ese soy yo —explicó el príncipe—. Y un jugador negro: esa eres tú. Y tiramos estos palitos por turnos, para ver cuántos espacios podemos mover nuestras fichas. —Señaló las piedrecitas—. Cuando la primera ficha llega hasta la cabeza de la serpiente, sale del tablero y se convierte en el chacal.

Al decir aquello cogió una de las piezas más grandes —de cornalina, tallada en forma de cabeza de perro— y la movió por los anillos de la serpiente.

—El chacal se puede mover por donde quiera, matando las fichas del oponente.

Una vez finalizada la explicación, se recostó en la silla.

—Así pues, dime, Tadia: ¿qué crees que hay que hacer para ganar al juego de la serpiente?

Tadia parpadeó, evidentemente sorprendida por la pregunta. Bajó la mirada, examinando el tablero, como si este fuera a darle la respuesta.

—Bueno… —respondió, nada convencida—. ¿Gana quien consigue llevar todas sus fichas antes hasta la cabeza de la serpiente?

—Eso es lo que te parece, ¿verdad? —dijo el príncipe—. Al fin y al cabo, así es como ve la mayoría el camino hasta la victoria. Empezar en el principio y ser el primero en llegar al final. Sencillo.

Se inclinó sobre la mesa con un gesto cómplice, y Tadia también se inclinó, imitándolo.

—Pero te equivocas.

La gata erizó el pelo del espinazo, registrando un cambio de energía en la sala. Percibía una corriente oscura que la atravesaba e iba ganando fuerza.

—No, Tadia —prosiguió el príncipe—. No se gana la partida llegando primero a la meta, sino siendo el último que aguanta vivo. El jugador que elimina todas las fichas del otro del tablero es el que gana. ¿Lo entiendes? Este juego nos enseña una lección muy importante. Al igual que la vida, el *mehen* no es un recorrido. Es la guerra.

Esbozó una sonrisa socarrona e hizo girar los palitos en la mano. Repiquetearon como un puñado de huesos.

—Es curioso, ¿sabes?, porque fue mi padre quien me enseñó a jugar, y sin embargo él no aprendió esa lección. Su debilidad, su desidia y su arrogancia han llevado a Khetara al borde de la ruina.

Dirigió la mirada hacia los papiros que tenía amontonados a sus pies.

—Hoy mismo, el tiempo que no he dedicado a reunirme con los visires lo he pasado en esta sala, leyendo. Relaciones de impuestos sobre los cereales, cartas del nomarca de Sakesh y de los comandantes del ejército. La situación es peor de lo que pensaba: mucho peor de lo que dejaba entrever padre. Y Amón sabe qué piensan de nosotros los reinos vecinos. ¡Hace solo una generación nos temían! Nos rendían pleitesía para garantizar su supervivencia. Pero ya no. Ahora mi madre se ve obligada a adular a una delegación de tashianos con la esperanza de que nos cedan un príncipe que quiera casarse con mi querida hermana. —Resopló, indignado—. Ese es el legado que me deja mi padre. Este desastre. Gracias a los dioses que ha muerto, porque de lo contrario el daño habría sido tan grande que ni yo mismo habría podido repararlo.

Si la muchacha estaba sorprendida por la declaración del príncipe, no lo demostró. De hecho, dio la impresión de que la excitaba. La gata percibió el calor que irradiaba su cuerpo mientras escuchaba con los labios entreabiertos.

—Padre presumía de la paz de su reino —prosiguió el príncipe—. Pero la paz es una ilusión. Los hombres han nacido para la guerra. Si los apartas de la guerra demasiado tiempo, se vuelven inútiles o salvajes. Solo hay un idioma que entiendan todos los hombres, y solo un camino hacia la victoria: el poder. Con el cayado los someteré a todos a mi dominio, y con el mayal destruiré al que se resista. Esa es mi promesa.

—Habláis como un verdadero rey —respondió Tadia, con voz

sensual—. Por favor, dejadme serviros. Permitidme estar a vuestro lado mientras nos guiais hacia la gloria. Os daré todo lo que queráis.

Él se humedeció los labios.

—¿Ah, sí?

—Sí.

Tadia se dejó caer de la silla y se puso de rodillas.

El príncipe hizo girar los palitos en su mano mientras observaba cómo se le acercaba a gatas.

—¿Y qué es lo que deseas a cambio de ese ofrecimiento?

—Solo vuestro favor, mi príncipe —respondió ella, introduciendo los hombros entre las piernas de él. Le acarició el muslo con la mejilla, en un gesto que a la gata la resultó familiar: un gesto de posesión, de reclamación de territorio—. Con todo ese lastre sobre vuestros hombros, necesitaréis algo de placer. Liberaros de la presión. Yo puedo daros eso y más —dijo, alargando la mano para tocarlo.

El príncipe lanzó la mano adelante y agarró a la joven de la muñeca. Torció los labios en una mueca de asco.

—¿De verdad crees que querría la carne que ha dejado a medio masticar mi padre? —le espetó.

La muchacha se quedó pálida.

—¿De verdad crees que puedes colarte en mi cama solo porque le serviste de entretenimiento a él? ¿A un hombre capaz de acostarse con cualquier cosa que tuviera dos piernas?

Tadia se echó atrás, contemplando al príncipe como si lo viera por primera vez.

La gata agitó el rabo, nerviosa. Ya ni se acordaba del ratón.

—Voy a eliminar de la faz de la tierra todo lo que corrompió con su contacto —dijo, acercándose a ella, que intentaba escabullirse—. Empezando por ti.

Se echó adelante y la agarró de la garganta.

Ocurrió tan rápido que la joven no tuvo tiempo ni de chillar.

La gata pegó el cuerpo al suelo mientras Tadia intentaba zafarse de las manos del príncipe, golpeándole inútilmente el pecho con los brazos mientras se le hinchaba el rostro y se le ponía cada vez más amoratado. Se debatió, derribando el tablero en forma de serpiente y tirando todas las piezas rojas y negras por el suelo, aferrándose a sus dedos, abriendo y cerrando la boca con desesperación.

El príncipe contempló la escena y siguió apretando.

Al poco, Tadia dejó de resistirse. Se hizo el silencio. El príncipe soltó a su presa y la joven cayó al suelo, con los ojos desorbitados.

Con un suspiro, Meriamón volvió a sentarse en su silla. Se apartó un mechón de pelo que le había caído sobre los ojos, echó mano de la copa de vino que tenía sobre la mesa y bebió con ganas. Cuando la vació volvió a dejarla sobre la mesa.

—¡Guardia! —llamó.

Un hombre alto y fornido entró desde la estancia contigua. Se quedó mirando el cuerpo tendido en el suelo, pero no pareció especialmente alarmado.

—¿Sí, mi príncipe?

El príncipe agitó la mano en dirección a la mujer.

—Limpia todo esto.

—Sí, mi príncipe.

El guardia se agachó a recoger el cadáver y se lo echó sobre el hombro, como haría con un animal tras la matanza. El príncipe lo detuvo antes de que se fuera.

—Creo que es hora de que tú y los otros os ocupéis de la guardia personal del rey. ¿No crees? —dijo, dándole una palmadita en el brazo—. Hay mucho que hacer esta noche.

—Me ocuparé de ello, mi príncipe. Tal como lo hablamos.

Agachó la cabeza en una rápida reverencia y se fue.

A continuación, el príncipe recogió cuidadosamente del suelo las fichas rojas y negras y las puso sobre la mesa, junto al tablero de *mehen*. Cuando encontró la pieza roja en forma de chacal, la colocó sobre la cabeza de la serpiente y sonrió.

La gata, curiosa como siempre, salió de su escondrijo para olisquear la pieza del chacal negro que había aterrizado cerca de donde estaba. No pudo resistirse, y le dio un zarpazo, lanzándola al otro lado de la estancia.

El príncipe se giró al oír el ruido y la vio.

—Hola, gatita. ¿Vas de caza esta noche? —dijo, sonriendo, y los ojos se le iluminaron con un brillo salvaje—. Ya somos dos.

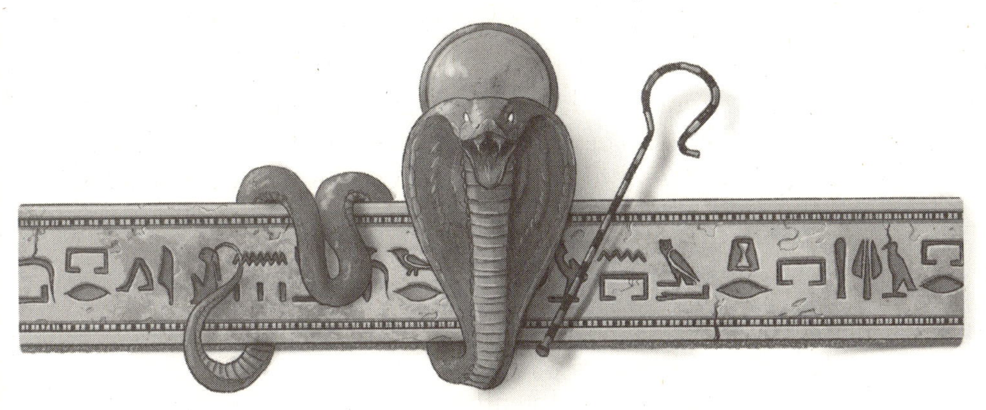

25
SITA

Sita se despertó al oír el chillido de un halcón.

Levantó la cabeza de golpe, y Nebet se sobresaltó. La anciana doncella estaba sentada en una silla a su lado, reparando un agujero en uno de sus mejores vestidos.

—No pasa nada, querida —le dijo, dándole una palmadita en la mano a Sita—. No pasa nada.

—¿Qué ha sido eso? —preguntó la joven, mirando por la ventana en dirección a la oscuridad profunda. No había ningún halcón a la vista, y sin embargo lo había oído tan cerca...

—¿El qué? Yo no he oído nada. —La voz de Nebet tenía algo raro. La aguja se le escapó de la mano y la recogió con dedos temblorosos—. Vuélvete a dormir, princesa. Necesitas descansar.

Sita se frotó los ojos. Tras la muerte de su padre, Nebet la había encontrado vagando por los pasillos del palacio y se la había llevado de vuelta a sus aposentos. Estaba tan afectada que no le había dicho nada a Nebet sobre la intención de Meri de convertirla en su reina. Recordaba vagamente que se había dejado caer en la cama y que había llorado hasta quedarse dormida. Pero eso había sido por la tarde... ¿De verdad había dormido toda la tarde, hasta la noche?

En el exterior oyó un alboroto lejano. Un repiqueteo de pasos. Voces de alarma rápidamente sofocadas.

—¿Qué hora es? —preguntó, con una repentina sensación de urgencia—. ¿Qué está pasando?

Nebet hizo una mueca.

—Nada de lo que debas preocuparte, Sitamón. Lo mejor que puedes hacer es quedarte aquí conmigo.

Quedaba claro que aquella frase tenía una coletilla: «Donde estás segura».

De pronto sintió una intranquilidad que le presionaba el estómago. Había supuesto que, si Meri le había contado su plan para matar a su padre, compartiría con ella todos sus secretos. Pero no le había dicho ni una palabra sobre su plan de casarse con ella. Eso se lo había callado. ¿Qué otros planes saldrían ahora a la luz, tras la muerte del rey?

—Nebet —dijo—, te ordeno que me cuentes lo que está sucediendo.

La anciana fijó la vista en el vestido. Lo agarró con tal fuerza que los nudillos se le quedaron blancos. Tras una larga pausa habló por fin:

—Hace un ratito, una de las otras doncellas me ha informado de que han matado a siete de los guardias personales del rey.

—¿Matado?

Horrorizada, Sita apartó las sábanas y se fue hacia Nebet. ¿Sería Femi uno de ellos? El corazón se le desbocó en el pecho.

—¿Cómo es eso?

—Lo único que sé es que ha sido el propio príncipe quien ha ordenado esas muertes. Es... inquietante... —dijo Nebet, desazonada, aunque enseguida recobró la compostura—. Pero estoy segura de que tendrá sus motivos. No es cosa mía cuestionar la voluntad de un faraón. —Alargó los brazos y agarró a Sita de una mano—. Ni tampoco es cosa tuya.

Sita apartó la mano.

—¿Cómo puedes decir eso? ¿Qué motivo podría tener para hacer algo tan salvaje? —exclamó, con la voz tensa, casi histérica—. Tengo que encontrar a Femi.

—Sitamón, por favor —le rogó Nebet, agarrándola, con el terror en el rostro—. No vayas. Te lo imploro.

Sita entornó los párpados. Conocía a Nebet desde siempre. Sabía cuándo le ocultaba algo.

—¿Qué es lo que no me estás contando?

La doncella apretó los labios hasta convertirlos en una fina línea. Le había ordenado que hablara, y aun así no lo hacía. ¿Qué podría ser peor que la muerte de los guardias?

—¡Nebet! —gritó, desesperada. Estaba a punto de agarrar a la anciana por los hombros y sacudirla hasta que confesara, cuando de pronto recordó las palabras de Meri:

«Tú y yo... tenemos que estar juntos... mi gemela... mi reflejo».

¿Sería cierto? ¿Tan parecidos eran Meri y ella? En el pasado, esa comparación la habría hecho sentirse orgullosa, pero ya no. Quizá en un principio su hermano tuviera buenas intenciones, pero había ido demasiado lejos al justificar un asesinato en nombre de un bien mayor. Y era evidente que la cosa no acababa ahí. ¿Hasta dónde llegaría? ¿Cómo podía ser que no lo hubiera visto antes? ¿Y cómo le había afectado a ella guardar ese secreto? Había estado a punto de agredir a su querida Nebet por haber intentado protegerla. De pronto se odió a sí misma.

«Si no es cierto —pensó—, si no eres como él, debes demostrarlo».

«Sé lo único que nunca será Meri».

«Honesta».

Respiró hondo para tranquilizarse.

—Deja que te traiga un poco de agua —le dijo a Nebet.

La doncella, que había estado observándola con preocupación, se relajó poco a poco. Cuando Sita le llevó una copa, la cogió con ambas manos, como si fuera un talismán.

—Gracias —dijo, y le dio un sorbo. Sita se arrodilló frente a ella, en un gesto que pareció pillar por sorpresa a Nebet—. ¿Sitamón?

—Te quiero, Nebet. —Sita nunca se lo había dicho, aunque esperaba que sus acciones lo hubieran dejado claro—. Has sido para mí una madre, más que la mía propia, y me has dado más amor del que me merezco.

A Nebet se le humedecieron los ojos.

—¿De qué hablas, niña? —dijo, casi llorando—. Por supuesto que te mereces mi amor. Nunca has hecho nada malo.

—Tampoco he hecho muchas cosas buenas. Sé que intentas protegerme de lo que está pasando en el palacio, pero no puedes. Tienes que contármelo, Nebet.

La mujer unió las manos, como si estuviera rezando.

—Tienes que dejarme ir —dijo Sita en voz baja.

Nebet reprimió un sollozo y asintió.

—Como desees, Sitamón. —Se aclaró la garganta—. La muchacha que me ha contado lo de los guardias... había venido buscando a Tadia. Tadia no había regresado a los aposentos de las mujeres, y habían recibido un mensaje de que todos los criados del rey, sus concubinas y sus esposas menores debían ir al Salón de Horus para asistir a un ritual especial en honor del rey difunto. No quería que Tadia llegara tarde, así que me pidió que se lo dijera si la veía. Pensé... Pensé que era raro que convocaran a toda esa gente a la vez a estas horas de la noche. ¿Y por qué en el Salón de Horus? Tengo... un mal presentimiento, Sitamón.

Sita se estremeció.

Una lágrima surcó la mejilla de su doncella.

—Tu hermano siempre ha sido tan guapo, ¿sabes? Tan encantador. Incluso de niño. «Aquel cuyo rostro es el sol», así es como lo llamaban. Brillaba con luz propia. Pero ahora me suscita dudas. El sol ilumina, Sitamón, pero también quema. —Le temblaba el labio—. No vayas.

Sita se puso en pie, con el corazón golpeándole el pecho.

—Lo siento —dijo, y salió a toda prisa por la puerta.

Sita corrió por los pasillos desiertos del palacio, un palacio que había acabado convirtiéndose más en una jaula que en un hogar.

El Salón de Horus era una cámara de ceremonias que apenas se usaba, una de las muchas reliquias de un palacio construido mucho antes del reinado de su padre. A diferencia de su predecesor, Amenmose se consideraba un rey moderno y había abandonado algunos de los rituales ancestrales que Semataui había querido recuperar. Cuando Meri y Sita eran niños, el polvoriento Salón de Horus se había convertido en un lugar secreto para sus juegos, donde fingían ser el rey y la reina, y recreaban antiguas ceremonias usando lo que tenían a mano. Al pensar en aquellos juegos que antes recordaba con cariño se le encogió el estómago.

No dejó de correr hasta que llegó a aquel húmedo pasillo olvidado, iluminado por la tenue luz de las antorchas. Al final se abría la puerta que daba al Salón de Horus, cubierta por una cortina de tela roja, y junto a ella había una mujer de pie, vestida con el amarillo del luto.

—¿Madre?

La reina Bintanat se giró y Sita se estremeció al verla. Los gruesos trazos de kohl con que le habían maquillado los ojos se habían corrido con las lágrimas, formando chorretones negros. Estaba turbada; era una sombra de lo que había sido.

—Sita —dijo con voz suave—. Cómo me alegro de verte.

—¿Qué es lo que ha hecho Meri, madre? ¿Qué está pasando aquí?

Intentó esquivarla y entrar, pero la reina Bintanat no se apartó. Parecía aturdida, distraída. Le apoyó una mano en la mejilla, en un gesto de afecto extraño en ella, y sonrió, provocándole a Sita un escalofrío que le recorrió la columna.

—Una niña tan guapa... —dijo—. Un rostro digno de una escultura en piedra; siempre lo he pensado. Y ahora así será, porque te convertirás en señora de este reino y te sentarás a la derecha de Meri mientras él lleva a Khetara hacia un futuro brillante. ¿No es maravilloso?

Sita hizo una mueca y se apartó.

—Un momento: ¿tú lo apruebas? ¿Que tus propios hijos se acuesten juntos? —De pronto nada tenía sentido—. ¿Tú sabías que estaba planeando este matrimonio? ¿Cómo has podido...?

—Shhh... —dijo la reina Bintanat, poniéndole un dedo sobre los labios, como si fuera una niña pequeña—. Meri no ha confesado su amor por ti hasta esta noche, ante mí y ante los visires. Al principio ha sido una sorpresa, desde luego, pero, cuando tu hermano nos lo ha explicado, nos ha parecido perfectamente lógico.

»Tu padre, que viva por siempre en el oeste, dejó que el reino se apartara demasiado de la vieja tradición. Para devolver a Khetara la prosperidad de otro tiempo, debemos regresar a nuestras raíces. Y eso pasa por ti, Sitamón. La sangre de Isis corre por tus venas, hija mía. Nebet siempre dijo que fue ella quien te bendijo al nacer, quien te puso tu nombre. Yo nunca la creí, pero ahora... ahora la creo. Los dioses están hablando por boca de tu hermano, y al igual que Isis y Osiris, muy pronto te tendrá como hermana y como esposa. Y de vuestra unión nacerá una nueva nación.

—¿Cómo puedes decir esas cosas? —preguntó Sita, meneando la cabeza—. ¿Cómo puede ser que no veas que todo esto está mal?

En cuanto pronunció aquella acusación, Sita sintió la punzada que le provocaba en el corazón. Cualquiera que supiera la verdad podría haberle dicho lo mismo a ella. «¿No es así como hablaba yo cuando estaba dominada por el hechizo de Meri? ¿No asentía, sonreía y repetía sus palabras como un loro, después de que él me regalara los oídos con ellas?». Ella sabía lo de los pasteles envenenados. Sabía que iban a matar a su padre y a una niña inocente.

«¿Cómo puede ser que no vieras que todo esto estaba mal?»

—Antes de que Meri ascienda al trono —añadió la reina, como si Sita no hubiera dicho nada—, tu hermano desea enviar a su querido padre al Duat, tal como se hacía con los antiguos reyes. Reyes que se llevaron consigo a un séquito de personas escogidas, para que tuvieran el honor de servirlos en la otra vida.

Los pensamientos agónicos de Sita se interrumpieron de pronto. El corazón se le aceleró y se giró a mirar la cortina roja, a escuchar el siniestro silencio que procedía del otro lado. Si las esposas menores, las concubinas y los criados de su padre estaban en aquella sala, ¿por qué no se oía nada?

—No —dijo con la voz tensa. Miró a su madre y luego de nuevo hacia la entrada del Salón de Horus—. No será capaz...

Y entonces, antes de que la reina pudiera detenerla, atravesó la cortina.

Sita recordaría aquel momento muchas veces durante los días y meses siguientes. Se le quedaría grabado a fuego, encajado en el rincón más profundo y oscuro de su mente, hasta el día de su muerte.

La sala estaba mucho más limpia de lo que recordaba Sita. Todos los trastos que habían ido acumulando allí dentro a lo largo de los años habían desaparecido, y hasta las paredes, pintadas con imágenes de Horus, el dios con cabeza de halcón, parecían nuevas.

Se había servido un opíparo festín en la mesa larga y baja que ocupaba el centro de la sala. Sobre los platos dorados se veían migas, huesos pelados y los esqueletos de racimos de uva. Podría ser la imagen de cualquier celebración, de una ceremonia formal organizada para brindar por el nuevo faraón.

Estaban todos allí. Las otras cuatro esposas de su padre, que le habían hecho carantoñas cuando era una *nunu* y jugaba con muñecas de madera, y que cuando era algo mayor le habían enseñado a ponerse el kohl en torno a los ojos.

También estaba la madre de Maet.

Y todas las concubinas, jóvenes y bellas, y los criados, sus fieles porteadores, sus asistentes personales, el cocinero y sus ayudantes, y el solícito Ineni, que se había mantenido al lado del rey hasta el último momento. Todos ellos estaban sentados en torno a la mesa puesta para honrar la memoria del rey Amenmose III.

Y todos estaban muertos.

Algunos habían caído sobre la mesa y tenían la cabeza apoyada sobre los elegantes platos, casi como si estuvieran durmiendo. Otros habían caído hacia atrás y yacían sobre las baldosas azules del suelo, agarrándose la garganta o el vientre con las manos, o cogidos unos a otros. Ineni era el que más cerca estaba de la puerta, con su esbelto cuerpo rígido y contorsionado, la boca abierta, los labios azules. La madre de Maet estaba en el suelo, en posición fetal. Casi parecía estar en paz.

Casi.

Ninguno de ellos parecía haber sufrido un ataque violento, y la escena no habría sido en absoluto sangrienta de no ser por el vino.

Las copas se habían derramado sobre la mesa, dejando grandes manchas oscuras, y el vino había caído en finos regueros hasta el suelo, colándose por las fisuras entre las baldosas. Había empapado los vestidos de blanco lino y había manchado la piel ya fría de los comensales, desprendiendo un penetrante olor agrio que casi le produjo arcadas.

A pesar de que ninguno de los presentes tenía ninguna herida en el cuerpo, Sita reconocía un arma cuando la veía.

Y conocía a su hermano.

Fuera lo que fuera lo que había puesto en el vino, se había llevado por delante dos docenas de vidas en cuestión de minutos, con la rapidez del beso de una cobra.

Sita se quedó contemplando la escena como si fuera un espejismo, demasiado horrible como para ser real. Se lanzó hacia la mesa y se dejó caer de rodillas ante el cuerpo inerte de la madre de Maet, colocándose la cabeza de la mujer en el regazo.

—Despierta —suplicó—. Por favor...

La madre de Maet estaba inmóvil, con los ojos secos y bien abiertos.

«Se han acabado las lágrimas».

Solo unos días antes, su padre estaba columpiando a Maet sobre sus rodillas en aquel banquete, ante la mirada de la madre de la niña.

«Ahora los tres están muertos».

Conteniendo el llanto, Sita arrancó la copa de vino vacía de la mano de la mujer y la lanzó al otro lado de la estancia. Impactó contra la pared y se rompió en mil pedazos. El estrépito fue tal que dio un respingo.

De pronto lo vio todo con una espantosa claridad, como si por fin se hubiera roto el hechizo.

«Esto no es más que el principio», pensó. Había jugado con Meri a muchos juegos, lo suficiente como para reconocer una maniobra de apertura. Sacrificar a los peones para avanzar a una posición más ventajosa. En una noche, Meri había eliminado a todos los que eran fieles a su padre. A todos salvo a la reina, a Kenna y a ella misma.

No tenía ni idea de qué planes tendría para su madre y para su hermano, pero solo de pensar lo que pensaba hacer con ella se le revolvían las tripas.

«Si no huyo ahora, me veré atrapada en esta pesadilla para siempre».

Justo en ese momento entró un hombre por una puerta al fondo de la sala. Lo reconoció como uno de los guardias de confianza de Meri. Su gesto hosco se suavizó cuando vio a Sita arrodillada junto a la mujer.

—Disculpad, princesa Sitamón, pero no deberíais estar aquí —dijo despacio, midiendo las palabras—. Por favor, permitidme que os acompañe de vuelta a vuestros aposentos.

—No, no —respondió Sita, poniéndose en pie a toda prisa—. Iré yo sola, gracias. Solo estaba... despidiéndome...

El guardia bajó la cabeza, pero se quedó mirándola hasta que salió de la sala, hasta que la cortina roja volvió a caer y se interpuso entre ella y la macabra escena.

Entonces echó a correr.

Ya estaba cerca de sus aposentos cuando giró una esquina y se dio de bruces contra alguien que iba en dirección contraria. Lanzó los puños por instinto, dispuesta a pelear. Unas manos fuertes la agarraron de las muñecas y la inmovilizaron.

—No pasa nada, Sitamón. Soy yo.

—¿Femi? —exclamó. Tardó un momento en reconocer su rostro amable y familiar—. ¡Oh, gracias a Amón, estás vivo!

Tras tantas pérdidas, que Femi hubiera sobrevivido le parecía un milagro. Sin pensar en quién podría verlos, lo rodeó con sus brazos y lo estrechó con fuerza.

—Sí, estoy vivo —dijo Femi—. De momento.

Parecía turbado y agotado, y tenía el borde del *shenti* manchado de sangre. Sita sospechaba que no era suya.

—No puedo creer que mi hermano te dejara vivir. Estaba segura de que iría a por ti. Al fin y al cabo, nos vio juntos...

Femi resopló.

—No creo que lo haya frenado la compasión, Sitamón. Más bien se trata de estrategia. Aunque no tengo ni idea de qué pretende conseguir con ello. —La agarró de la mano y tiró de ella—. Ahora, por favor, ven conmigo, princesa. Debo llevarte de vuelta a tus aposentos, antes de que nos vea alguien.

—No —dijo Sita, resistiéndose—. No voy a volver.

Femi frunció el ceño, extrañado.

—¿Qué quieres decir?

Sita alzó la barbilla.

—Mi hermano pretende tomarme como esposa y reina. —Femi abrió los ojos como platos—. Me lo ha dicho esta tarde, justo después de la muerte de mi padre. Una muerte, como tantas otras, que habría podido evitarse. El príncipe está... —Sintió un nudo en la garganta—. Sabía que era implacable, pero pensaba que sus intenciones eran buenas. Nunca... nunca pensé...

No consiguió acabar la frase. Al final, lo único que pudo articular fue una simple verdad:

—Soy una tonta.

—No lo entiendo —dijo Femi—. ¿Cómo podrías haber evitado esas muertes? ¿Qué podrías haber hecho?

—Podría haber confesado —afirmó Sita sin pensárselo—. Podría haber luchado. Podría haber muerto. Cualquier cosa habría sido mejor que lo que hice... que fue nada.

—Sitamón —dijo Femi en voz baja—. ¿Me estás diciendo que ha habido una trama para matar al rey? ¿Que el príncipe... lo ha asesinado?

Era demasiado tarde como para seguir ocultando la verdad. Ya no podía proteger a nadie. Ni a sí misma. Así que, ya que se lo preguntaba, se lo dijo.

—Sí.

Femi dio un paso atrás, impresionado. Ella habría querido darle más explicaciones, contárselo todo, pero no había tiempo.

—No voy a quedarme aquí, convertida en el premio de Meri. Tengo que huir. Esta noche. ¿Me ayudarás?

Femi palideció.

—Pero ¿adónde irás?

Sita meneó la cabeza.

—Aún no lo sé —se apresuró a responder—. Pero debo irme antes de que Meri me ponga vigilancia. Por lo que he averiguado, sus hombres ya están vigilando mis aposentos. Uno de ellos me ha visto en el Salón de Horus.

—Está bien, está bien —dijo Femi, pasándose una mano por el pelo—. Ven, hay un cuarto de suministros aquí cerca. Te puedo conseguir un vestido sencillo y una túnica, una bota de agua, algunas provisiones y un cuchillo..., pero no mucho más.

—Con eso me basta —respondió Sita.

Femi se quedó mirándola, apenado. Ya había perdido mucho y estaba a punto de perder algo más. Daba la impresión de que tenía mil cosas que decirle, pero en lugar de eso agachó la cabeza.

—Como desees, mi princesa.

Fueron corriendo hacia el cuarto de suministros, donde Sita se cambió de ropa a la luz de las velas. Metió sus elegantes prendas y sus joyas en una bolsa burda y se la cargó al hombro. Quizá más adelante pudiera vender todo aquello para conseguir provisiones. La túnica que escogió era negra y lisa, con una amplia capucha que ocultaría su rostro de miradas indiscretas. Femi le dio un cinturón de cuero en el que colgar la daga y la bota de cuero, y se lo ajustó a la cintura. Cuando estuvo lista, salieron de nuevo al pasillo.

No habían dado ni tres pasos cuando oyeron ruido de pisadas.

—¡Vuelve dentro! —le susurró Femi, empujándola hacia el cuarto de suministros.

Sita se pegó a la pared y contuvo el aliento.

Los pasos se detuvieron justo al otro lado de la puerta.

—Femi —dijo una voz profunda—. ¿Has visto a la princesa?

—Esta noche no —mintió Femi—. Debería estar durmiendo, en sus aposentos. ¿No está ahí?

El otro guardia refunfuñó.

—Se ha colado en el Salón de Horus y luego ha desaparecido. El príncipe quiere que la encontremos. Los otros hombres están registrando los aposentos de las mujeres. Si la encuentras, llévala enseguida al salón del trono.

—Por supuesto —respondió Femi.

Sita se quedó escuchando hasta que los pasos se alejaron.

Femi entreabrió la puerta y asomó la cabeza.

—Tenemos que darnos prisa. El camino más rápido para salir del palacio es a través de la entrada del jardinero, en el jardín de recreo. Vamos.

Sita se cubrió la cabeza con la capucha, le dio la mano a Femi y ambos salieron corriendo hacia el vestíbulo principal. Ya estaban cruzando la estancia en penumbra cuando se les acercaron otros dos guardias. Se ocultaron tras una de las columnas, con el corazón desbocado, y esperaron hasta que pasaron. Sita estaba aterrada, y casi no pudo respirar hasta que por fin salieron del palacio y respiraron el aire fresco y perfumado del jardín de recreo.

En el estanque de los peces el agua tembló, emborronado el reflejo de la luna. Una ráfaga de viento agitó la túnica de Sita y llevó consigo olor a humo, a miel y a vino. La brisa sacudió las ramas del árbol de sicomoro con un murmullo suave y tenso.

Shhh.

Había llegado la hora de separarse. De dejarlo todo atrás.

—Ven conmigo —le dijo Sita. No lo había planeado; de hecho, no había planeado nada, pero le aterraba quedarse sola—. Aquí no estás seguro. Cuando Meri se dé cuenta de que me he ido, pensará que me has ayudado a escapar.

Femi negó con la cabeza.

—Si me voy contigo, no tendrá dudas de que lo he hecho. Nos perseguirán como a perros, y no podré protegerte. Pero si me quedo puedo hacerles seguir rastros falsos.

»En cuanto salgas de aquí, dirígete hacia el sur. Sal de la ciudad todo lo rápido que puedas. Cuando vengan a por mí, les diré que me has comentado que querías viajar al norte en barco, hacia el delta, pero que no tenía ni idea de que tenías pensado huir. Se pasarán horas registrando todos los barcos del puerto, lo que te dará tiempo para alejarte todo lo posible.

Aquel plan tenía sentido, y a Sita le impresionó la rapidez con que lo había trazado Femi. Pero planteaba un problema.

—Quizá tus mentiras convenzan a los guardias, pero cuando no consigan encontrarme irán a por ti. Mi hermano se dará cuenta del engaño. —Respiró hondo para recuperar la calma—. Te torturará, Femi. Te dejará medio muerto a menos que le cuentes adónde he ido.

Femi no cambió de expresión, como si él también hubiera llegado a la misma conclusión.

—Entonces no debes decirme adónde vas, Sitamón. Si no lo sé, no tendré que mentirle al futuro rey.

Sita se quedó mirando a Femi y de pronto lo vio con nuevos ojos. Para ella no había sido más que un juguete, pero con el tiempo había ido considerándolo un amigo. Aun así, nunca había visto en él aquella fuerza, aquel valor, aquel sentido del honor.

Una vez más, su arrogancia la había cegado, impidiéndole ver la verdad.

Quizá Femi fuera un simple guardia, pero tenía el corazón de un comandante.

—No merezco tu sacrificio. Te he utilizado, me he mostrado fría contigo... Si te hubiera dejado en paz, tú nunca...

—Si me hubieras dejado en paz —la interrumpió Femi—, yo nunca habría sabido lo que es amarte. Aunque solo fuera por un breve período de tiempo.

Aquellas palabras la atravesaron como un cuchillo. Era lo que se temía.

—No puedes amarme —replicó—. ¿Por qué ibas a amarme?

Femi sonrió, con una sonrisa triste que destrozó a Sita por dentro.

—Quizá nunca seas la reina de Khetara, pero siempre has sido mi reina. Sería un honor morir protegiéndote, Sitamón. No se me ocurre un modo mejor de dejar esta vida.

Sita le puso los brazos en torno al cuello y le dio un beso largo e intenso, un beso para recordar. Cuando se apartó, tenía las mejillas cubiertas de lágrimas.

—Volveré —prometió—. No sé cómo, pero encontraré el modo.

Femi asintió y se giró en dirección al vestíbulo principal, donde se oían los gritos de alguien que daba órdenes a lo lejos.

—Se nos acaba el tiempo —dijo—. Tienes que irte. Ya.

Sita siguió su mirada y echó un último vistazo al palacio.

—Ni siquiera sé quién soy fuera de este palacio

—Entonces ve y descúbrelo, mi princesa —dijo Femi, recorriendo su rostro con la vista, como si quisiera memorizar todos sus rasgos.

Sita asintió y se giró hacia la entrada del jardinero.

—Adiós —susurró, despidiéndose de Femi, de Nebet, de Kenna, de su madre, del jardín de su infancia, de la única vida que había conocido.

Cruzó el oscuro umbral y huyó, alejándose por el desierto.

26
RAE

Aquella noche, en el Jardín de los Muertos, tocaba hacer planes.

Rae y Omari se encontraron a Orejotas en la entrada y pronunciaron la contraseña de Horizonte, aunque él les dejó claro que no hacía falta.

—A vosotros os conozco —dijo el hombretón, dándole un golpetazo a Omari en el hombro—. Si no fuera por vosotros dos, estaría de natrón hasta el cuello, con las tripas en un tarro.

—Me alegro de verte recuperado —dijo Omari.

—Y qué rápido —añadió Rae. Teniendo en cuenta que solo un día antes tenía un cuchillo clavado en el vientre, se le veía sorprendentemente recuperado—. No parece que te haya afectado demasiado.

El hombre alzó las pobladas cejas.

—Bueno, tampoco podía empeorar mucho, ¿no? Eso sí, no me hagáis reír demasiado ni levantarme de una silla.

Se rio, pese a lo que acababa de decir, e hizo una mueca de dolor. Rae contuvo la risa.

—¿Sabes? Me avergüenza decirlo, pero lo cierto es que no sé cómo te llamas.

Se sentía mal por pensar en él siempre como «Orejotas».

—Bueno, no pasa nada. En nuestro sector, a veces es más seguro no saberlo. El nombre de un hombre no es algo que deba compartirse a la ligera. Yo me llamo Menkaura, pero puedes llamarme Menk.

Rae lo siguió hasta la majestuosa necrópolis con una sonrisa, sintiéndose como si le acabaran de hacer un regalo.

El Hesep-Mut tenía el mismo aspecto impresionante de las otras veces, con sus altos muros y aquel silencio sepulcral. Asim y otros miembros de Horizonte estaban de pie, apoyados en el altar de piedra medio en ruinas que ocupaba el centro. Era un grupo más reducido que en otras reuniones anteriores.

Asim se giró a mirarlos y pareció aliviado.

—Bien, ya estáis aquí. Estábamos empezando a discutir nuestros próximos movimientos.

—¿Dónde está todo el mundo? —Rae buscó con la mirada al pastor y al cervecero gruñón, pero no estaban—. No me parecía que llegáramos tarde.

—No llegáis tarde —dijo Asim—. Es posible que *mamet* Mut no pudiera dar el mensaje a todos a tiempo. O que hayan decidido ser más discretos hasta que la situación se calme un poco. —Se cruzó de brazos y suspiró—. Nuestro ataque sin duda habrá agitado a los hombres del faraón, así que supongo que no podemos culpar a nadie por mantener la prudencia.

—Pues a mí no me parece bien —protestó Omari—. Es nuestra ocasión de liberarnos del yugo de la Alta Khetara antes de que sus hombres puedan reagruparse y volver con más efectivos. Cualquiera que nos abandone ahora mismo para proteger su propio pellejo es un cobarde, tan simple como eso.

Asim hinchó las aletas de la nariz.

—Eres muy joven como para hablar con tanta autoridad, Omari. Te aconsejo que midas tus palabras. No hay nada simple en todo esto.

Omari, que pareció sorprendido ante aquella reacción, bajó la mirada al suelo.

—Lo siento, Asim. Es que no quiero que desperdiciemos este momento crucial.

Asim le dio una palmada en el hombro.

—Tu ardor es admirable, Omari. Pero recuerda cuidar el fuego de tu pasión, para que no se desboque. —Se giró hacia los otros—.

No nos lamentemos por los que no han venido hoy; celebremos la presencia de los que sí hemos acudido.

Todos asintieron.

—Tenemos mucho que hacer —prosiguió Asim—. La noticia de nuestra victoria se ha extendido por todo Sakesh, pero aún hay quien no se ha enterado. Debemos asegurarnos de que todo el mundo sabe que se acerca la revolución y cuáles son nuestros planes para el futuro, para que vean la conveniencia de unirse a nuestra lucha. No podemos confiar en ser capaces de plantar cara a los altokhetaranos siendo un grupo minoritario. Debemos hacerlo como pueblo.

Se inició una discusión en la que se plantearon diversas preguntas e ideas. ¿Cómo podían hacer correr la voz por la ciudad sin arriesgarse a ponerse en evidencia? ¿Cómo debían repartir las armas que habían conseguido con su ataque? ¿Y cómo podían prepararse para el regreso del norte de los *medjay*, que llevarían refuerzos?

Rae escuchó atentamente, mientras reunía el valor para cumplir con la promesa que le había hecho a Tam.

—Yo creo que las tejedoras también deberían venir a estas reuniones —afirmó—. Me consta que algunas de esas mujeres querrían implicarse y no limitarse solo a transmitir mensajes. Son capaces de algo más.

Los otros rebeldes se mostraron escépticos.

—Dudo que los hombres de esta ciudad vieran con buenos ojos que pongamos en peligro a sus madres y a sus hijas —dijo uno—. Las tejedoras tienen un gran corazón, pero ¿de qué otra cosa podrían servirnos?

Rae se enfureció.

—¿Yo también soy tan inútil? ¿Tan poco he hecho por nuestra causa?

—Tú no eres como las otras mujeres, Raetaui. Creo que eso es evidente —intervino otro hombre.

Rae se disponía a mostrarle la inconmensurable profundidad de su estupidez cuando Asim levantó las manos en un gesto apaciguador.

—Por favor. No peleemos entre nosotros. Ambos argumentos son válidos; quizá podríamos hablar con las tejedoras y preguntarles cómo proponen colaborar. Quizá puedan hacer algo más de lo que hacen sin necesidad de ponerlas en situación de peligro. ¿Con eso os basta?

Rae y el otro hombre soltaron un gruñido a modo de asentimiento.

—Quizá yo no sea el único aquí que tiene que vigilar su fuego —susurró Omari al oído de Rae.

—Cállate, bobo —le soltó Rae, dándole un codazo.

—Es evidente que tenemos muchas ideas, así que decidamos quién puede ocuparse de cada una de esas tareas —dijo Asim—. Rae, empecemos por ti.

¡Cruuu! ¡Cruuu!

El grupo se calló de golpe.

La señal de Menk solo podía significar una cosa. Algo iba mal.

Sin decir palabra, Asim y los demás apagaron sus antorchas contra la arena y se quedaron inmóviles y en silencio en la oscuridad. Rae sintió un cosquilleo de miedo en la nuca mientras aguantaba la respiración, escuchando atentamente. El viento silbaba al colarse entre los resquicios de las ruinas de piedra, y, algo más allá, un zorro aulló entre las dunas. Aparte de eso, no se oía nada.

Al cabo de un rato, Omari agachó la cabeza en dirección a Rae.

—Tú quédate aquí —le susurró—. Yo iré a ver…

Antes de que pudiera acabar la frase se oyó un siseo y una flecha se clavó en el hombro de Omari. Él dio un paso atrás, empujado por la fuerza del impacto, y levantó la mano para agarrar el astil.

Rae se quedó mirándolo, atónita.

—Oh —dijo él, y cayó al suelo.

Un instante más tarde, una lluvia de flechas se precipitó sobre ellos desde lo alto, atravesando el aire con un zumbido, como un enjambre mortal.

El silencio se rompió de golpe.

—¡A cubierto! —gritó Asim, pero no antes de que cayera otro hombre.

El rebelde gritó de dolor, con una flecha clavada en la espalda, y cayó al suelo.

Rae entró en pánico de golpe. ¡Una emboscada!

Entre la confusión, levantó la vista y vio a cuatro arqueros encaramados a los ruinosos muros de la necrópolis; sus siluetas oscuras se recortaban contra el cielo nocturno. Mientras los atacantes volvían a cargar los arcos, Rae se agazapó, agarró a Omari de las axilas y se puso a tirar de él en dirección a un murete de piedra. Una flecha le pasó junto al brazo, casi rozándola.

Algo más allá, otro rebelde cayó. Y luego otro.

«Más rápido, más rápido», pensó Rae, con la respiración entrecortada, haciendo caso omiso del dolor abrasador que sentía en la espalda. El esfuerzo de arrastrar el pesado cuerpo de Omari le estaba tensando las heridas hasta el punto de rotura, y el miedo la había dejado sin fuerzas.

Intentó no girarse a mirar, intentó no preguntarse cuáles de los hombres con los que acababa de hablar estarían desangrándose, ni pensar en las familias que se despertarían por la mañana y los echarían de menos.

«Ahora no».

Siguió adelante. Incluso al ver caer a otro hombre, o cuando una flecha se le clavó en el costado izquierdo. Cuando Omari y ella por fin estuvieron protegidos tras un muro bajo, se dejó caer a su lado, mareada y dolorida. Aunque la flecha solo le había atravesado la piel a la altura de la cadera, la herida sangraba profusamente.

Alargó una mano temblorosa, la apoyó en el pecho de su amigo y, aliviada, percibió un latido firme bajo sus dedos.

«Gracias a Ra».

Entonces oyó una nueva voz: una voz extrañamente familiar, aunque no conseguía situarla.

—¡Alto el fuego! Vamos a entrar. Quiero al líder vivo.

Rae pegó el cuerpo al muro y miró hacia el otro lado, entornando los párpados. Vio a cinco guardias que se acercaban: dos de ellos llevaban antorchas y los otros iban armados con *khopesh*. Rae los reconoció inmediatamente: la guardia personal del nomarca. El que había hablado era el hombre que le había retorcido el brazo con tanta fuerza al salir en ayuda del pastor.

«Los hombres del nomarca —pensó Rae, con las mejillas encendidas por la rabia—. Esto es cosa suya».

Los rebeldes restantes, atónitos y asustados, empuñaron sus dagas ante el avance de los guardias.

Rae los maldijo entre dientes. Con la flecha aún clavada en el costado, desenvainó la daga y se puso en pie como pudo, dispuesta a tomar parte en la refriega. Pero una mano la agarró con fuerza y se lo impidió.

—¡Agáchate! —le ordenó Asim—. ¡Agáchate y no te muevas!

—¡No! —protestó Rae, resistiéndose—. No podemos escondernos aquí y ver cómo mueren.

—No vamos a hacerlo —replicó Asim—. Pero ¡no seré yo el responsable de apartarte de tu padre! ¡No, si lo puedo evitar!

—¡Eso no te toca a ti decidirlo!

La desesperación de Asim era patente en su rostro mientras oían los gritos de los rebeldes que iban cayendo.

—Por favor, Raetaui, concédeme esto. Déjame que me quite este peso de encima antes de que sea demasiado tarde.

Rae se dejó caer de nuevo al suelo, con cuidado de no golpear el asta de la flecha que tenía clavada. Quería luchar, soltar un grito de guerra y manchar su cuchillo con la sangre de aquellos guardias..., pero no podía negarle aquello a Asim.

—Como desees, capitán —dijo.

Asim asintió y se puso en pie, y la luz de la luna se reflejó en su rostro rudo y mal afeitado. A pesar de los harapos que vestía, Rae nunca había visto a un hombre de aspecto más noble.

—No hagáis ningún ruido, pase lo que pase. ¿Entendido?

Rae asintió a regañadientes.

—Bien.

Ocultándose entre las sombras, Asim se dirigió a la carrera hacia los guardias que se lanzaban contra los dos últimos rebeldes. Uno ya tenía una flecha en el pierna, y el otro amenazaba con los puños a sus rivales, después de haber sido desarmado.

Los guardias estaban a punto de atacar cuando Asim cargó, recogiendo un bastón *asa* del suelo y haciéndolo girar en el aire, para asestar un tremendo golpe en la cabeza a uno de los guardias. Aquello distrajo a los otros guardias, y los dos rebeldes aprovecharon la ocasión para huir. Con un sonoro chasquido, Asim le clavó la punta del asa a otro guardia en el cuello. El hombre emitió un ruido gutural ahogado, pero apenas tuvo tiempo de llevarse las manos a la garganta antes de que Asim le golpeara con el bastón en la sien. Se desplomó al instante.

—¿Qué es lo que os pasa, idiotas? —gritó el jefe de los guardias—. ¡Acabad con él!

Rae se quedó observando, fascinada. Asim se giró para atacar a un tercer guardia, pero no vio a otro que lo rodeaba por detrás, cuchillo en mano. Rae habría querido advertirle, pero cumplió su promesa y guardó silencio.

La hoja del puñal le rasgó la espalda a Asim, y el corte empezó a sangrar copiosamente.

Asim soltó un gruñido de dolor y arqueó la espalda, pero no perdió ni un momento antes de girarse y golpear a su atacante con su bastón. Esta vez, no obstante, el resto de los guardias estaban preparados y se lanzaron sobre él en masa; le arrancaron el *asa* de las manos y lo lanzaron a un lado.

—Atadle los brazos —ordenó el jefe de los guardias, secándose el sudor de la frente.

Uno de los guardias sacó un trozo de cuerda.

—¿Y qué hay de los dos que han huido? —preguntó.

—Los arqueros darán cuenta de ellos antes de que puedan llegar lejos —respondió el jefe, que se sorbió la nariz y observó cómo le ataban las manos a la espalda a Asim y lo obligaban a ponerse de rodillas—. ¿Así que tú eres el líder de esta chusma?

Asim no dijo nada.

El jefe de los guardias se encogió de hombros.

—No importa. Tu habilidad con el *asa* habla por sí misma. Es evidente que el resto de tus amigos son hijos de granjeros y viejos soldados que han visto tiempos mejores. Tú no eres más que un pordiosero, pero quizá en otro tiempo fueras algo. —Le puso la hoja curvada del *khopesh* bajo la barbilla y se la levantó, obligándolo a mirarlo a la cara—. Si crees que te quiero vivo para sacarte información, te equivocas. Has conspirado contra el rey. Tu vida no vale nada. Solo quería matarte yo mismo.

Omari se movió al recuperar el conocimiento y murmuró algo.

El jefe de los guardias se giró.

—¿Qué ha sido eso?

Con el corazón desbocado, Rae se agachó sin hacer ruido y acercó los labios al oído de Omari.

—Shhh...

Asim volvió a hablar:

—Amenmose no es digno del trono de Khetara —replicó en voz alta, para cubrir cualquier ruido que pudiera hacer Omari—. Este reino nunca ha tenido un faraón más inepto. Por eso nos hemos alzado contra él, no solo por Sakesh, sino también por todos...

—El rey Amenmose está muerto —dijo el jefe de los guardias.

Asim se calló de golpe.

—Nos ha llegado la noticia esta misma tarde, junto con nuevas órdenes del príncipe heredero, Meriamón. He oído que es muy diferente a su padre y que quiere seguir el ejemplo del Gran Unificador, el rey Semataui. Dicen que quiere devolverle al reino su antiguo poder, empezando por someteros a todos vosotros, la purria de la Baja Khetara.

Cuando Asim volvió a hablar, lo hizo con tono solemne:

—Este nuevo rey no cambia nada. Mátame si quieres, pero mi muerte no hará que el pueblo de Sakesh cambie de objetivo. Ya han sufrido bastante. Se unirán y recuperarán esta ciudad, recuperarán su dignidad...

Fue entonces cuando Rae se dio cuenta de que Asim ya no le estaba hablando al guardia. Le estaba hablando a ella.

—... y llegará el día, escúchame, llegará el día en que el halcón surcará los cielos y nos encontraremos con él en el...

Se oyó un golpetazo seco y húmedo a la vez, seguido del ruido de algo que rodaba por el suelo.

Luego, el silencio.

Rae contuvo el llanto, temblando de dolor.

—Recoged eso y lleváoslo —dijo el jefe, sin inmutarse—. El nomarca querrá ver la prueba de nuestra victoria. Quizá quiera guardárselo como trofeo.

Los otros guardias asintieron y empezaron a recoger las armas y a sus camaradas caídos. Tardaron una eternidad en salir del jardín.

Rae contuvo el aliento mientras los oía pasar junto a ella. Con las flechas que les sobresalían del cuerpo y la ropa empapada de sangre, tanto ella como Omari resultaban muy convincentes como cadáveres. Esperó a que los guardias pasaran para abrir los ojos y observarlos. Y la sangre se le heló en las venas.

Uno de los guardias llevaba la cabeza de Asim agarrada por el pelo, como habría podido llevar un ganso cazado en las marismas. La cabeza se balanceaba a cada paso, con la boca abierta, como si Asim aún estuviera pronunciando aquellas últimas consignas.

Rae cerró los ojos y apretó los párpados, y sintió que las mejillas se le cubrían de lágrimas calientes de rabia.

Al poco rato los guardias ya habían desaparecido. Rae no se atrevió a mover ni un músculo hasta estar segura de que ya no oía nada.

Tendida de costado, en una posición incómoda, contempló el manto de estrellas que cubría el cielo. Su padre le había enseñado que cada una de ellas era el alma de un faraón. Se preguntó cuántos de ellos habrían sido hombres de principios y cuántos habrían sido tiranos sanguinarios como Semataui, o reyes codiciosos como Amenmose. Y también se preguntó con amargura por qué se les daba la oportunidad de brillar, independientemente de sus acciones.

Algo más tarde una voz inesperada rompió el silencio.

—Ra se apiade de nosotros... No. No. ¡Asim... Asim!

Rae hizo un esfuerzo para ponerse en pie y echó una mirada hacia el otro lado del murete. Junto al cuerpo decapitado de Asim había un hombre de rodillas, desolado.

—¿Menk? —susurró Rae, sorprendida.

Menk levantó la cabeza de golpe, primero alarmado y luego incrédulo.

—¿Raetaui? ¡Estás viva!

—Con una flecha en el culo, pero sí —respondió Rae, con un gruñido—. Omari también. Por favor, ven rápido, necesita ayuda.

Menk fue corriendo a su lado y observó sus heridas, estupefacto. Omari estaba recobrando la consciencia, pero estaba confuso y no se aguantaba en pie.

—Los han matado, Menk —dijo Rae, mientras hacía un esfuerzo por poner en pie a Omari y observaba la destrucción a su alrededor. Hablaba con un tono agudo, casi de histeria—. Los han matado a todos.

—Lo sé. Intenté advertiros, pero para cuando los vi era demasiado tarde.

—Has hecho lo que has podido.

—No, no es cierto. ¡Habría podido enfrentarme a ellos! ¡Habría podido morir con los demás!

Se maldijo y dejó caer la cabeza entre las manos. Rae también sentía el peso de la culpa sobre los hombros.

—Yo también habría querido morir con ellos —dijo, en voz baja—. Pero Asim quiso que viviera.

¿Era aquello lo que sentía él? ¿El lastre que suponía sobrevivir cuando los demás habían muerto? ¿Era eso lo que lo había convertido en el hombre que era?

Omari se apoyó en Menk y se quedó mirando los cadáveres sin poder reaccionar.

—¿Qué hacemos ahora? No podemos dejarlos así.

Rae apretó los labios, observando a los rebeldes caídos y las manchas de sangre que empapaban la arena. No podía decir que ninguno de ellos fuera amigo suyo, pero eran buenos hombres. Le habían dado una oportunidad. Habían acudido aquella noche por sugerencia suya y aquello había supuesto su muerte.

—No tenemos opción —dijo por fin—. No estamos en condiciones de llevarlos a sus casas, y a partir de esta noche será demasiado peligroso para sus familias venir a buscar los cadáveres. Los hombres del nomarca estarán vigilando. Pero haremos lo que podamos antes de irnos.

Aunque cada paso que daba le dolía, Rae presentó sus respetos ante cada uno de los muertos, cruzándoles los brazos sobre el cuerpo y apoyándoles la daga de cobre de su padre sobre el pecho antes de cada oración.

—Escúchame, Ra, creador de las horas, dios de los días. Escúchame y cubre a este hombre con tu luz. Elimina el miedo de su corazón y acompáñalo en su viaje al oeste, hasta el Campo de Juncos…

Cuando acabaron, dejaron a los muertos reposando a la luz del alba. Mil años más tarde, había nuevos moradores en el Jardín de los Muertos.

Emprendieron el largo camino de vuelta a Sakesh. Rae temblaba de frío y, aunque el sol ya se asomaba sobre el horizonte, besando sus rostros sucios y surcados de lágrimas, ella no sintió el calor de sus rayos.

El corazón le pesaba demasiado.

27
NEFF

—¿Dónde están las *wabet*? —preguntó Nehshi, exasperado.

Neff, con el rostro aún mojado, se quedó mirando al joven sacerdote. Se estaba preparando para las tareas de la mañana cuando Nehshi había aparecido por la puerta, con la cara brillante del sudor.

—Han salido todas a primera hora, para seguir con los preparativos de la coronación —respondió ella, secándose el rostro con un paño limpio.

Nehshi soltó un quejido grave, un sonido que Neff le había oído muchas otras veces y que le recordaba al mugido de una vaca.

—¿Cómo se supone que voy a hacer el ritual diario sin ayuda? «Ahora no, Nehshi», dicen. «Estoy demasiado atareada con cosas importantes como para ocuparme de tus asuntos, Nehshi. Pídeselo a otro, Nehshi». Pero si luego provocamos la ira de Amón por la tardanza en las ofrendas, ¿de quién será la culpa? ¡De Nehshi!

Neff suspiró y dejó el paño doblado en el borde de la palangana. Aún se sentía un poco culpable por haber manipulado al sacerdote el día de la llegada de Karim al templo.

—Te ayudaré yo, ¿de acuerdo?

Nehshi arrugó el gesto.

—¿Y qué sabes tú de cómo administrar el ritual diario? ¿Lo has hecho alguna vez?

—No, pero sé lo suficiente —respondió Neff—. Además, ¿tienes alguna oferta mejor?

Nehshi se quedó mirándola y luego bajó la mano para acariciar la hebilla de oro que se había fijado en el cinturón.

—Supongo que, si Montuhotep confía en ti para que acompañes a un visitante extranjero, yo también puedo confiar en ti para que me ayudes con el ritual de la mañana.

Neff esbozó una sonrisa y salió de su dormitorio, siguiendo al sacerdote por los pasillos del Gran Templo. Agradeció que Nehshi no hubiera pedido más datos sobre su mentira y le hubiera preguntado por el hombre de las Tierras Rojas supuestamente invitado por Montuhotep; tal como imaginaba, el joven estaba demasiado preocupado por sus cosas como para hacer preguntas. Su reputación estaba a salvo.

Aun así, no había dejado de pensar en Karim desde su partida. Nunca antes había visto a un habitante de las tribus de las Tierras Rojas, y menos aún había hablado con alguien así, y aunque tenía la sensación de que no había sido del todo sincero con ella, le gustaba. Le había hablado con respeto y tenía un encanto personal al que era difícil resistirse. Y, por supuesto, le había puesto nombre a la visión que había motivado su viaje: el Oráculo del Cordero. Pero esas respuestas llevaban consigo más preguntas. ¿Cómo podían estar esas cuatro personas —ella, Karim, la princesa Sitamón y una misteriosa campesina de la Baja Khetara— relacionadas? ¿Qué papel tendrían cuando llegara lo que tenía que llegar? ¿Y qué era exactamente lo que tenía que llegar?

«Cuidado, porque muy pronto el Gran Río de Khetara se convertirá en sangre».

Desde que Kenna había desvelado el asesinato del rey, estaba convencida de que el ascenso de Meriamón al trono tenía que estar relacionado. No solo había visto las pruebas en la sala de embalsamamiento, sino que Kenna le había dicho que Sitamón sabía del envenenamiento de su padre, y que su anterior visita al templo había sido una petición desesperada de ayuda.

Así que dos de las cuatro figuras del oráculo estaban implicadas en la conspiración.

«Las mentiras darán fruto como el trigo en los campos».

Pero Neff sabía que había algo más en juego.

Karim había dicho que Sethnajt, el faraón desaparecido, era la clave para desvelar los secretos del oráculo. ¿Por qué si no habría hecho el destino que se conocieran? La carta que habían encontrado en la Casa de la Vida dejaba claro que el pueblo le había dado la espalda al rey hereje..., pero eso había sido hacía mil años. Sethnajt llevaba mucho tiempo muerto. ¿Qué relación podía tener con lo que iba a suceder ahora en Khetara? Recordó otra frase de su visión y se preguntó qué significaría.

«Un secreto emergerá de las profundidades de la tierra».

Neff se estremeció.

A pesar de que no entendía del todo cómo podían encajar las piezas, notaba que iban ocupando su lugar y que una gran desgracia se cernía sobre ellos. Pero ¿qué podía hacer para evitarlo? Le había rezado a Bastet pidiendo respuestas, pero hasta el momento la diosa había guardado silencio.

Habría querido hablarle de todo ello a Kenna, contarle todo lo que sabía, pero después de aquella mañana en la sala de embalsamamiento Kenna se había encerrado en sus aposentos y había rechazado cualquier visita, incluida la suya. Así que se había visto obligada a pasar mucho tiempo a solas con sus pensamientos, acechada por aquellos malos augurios ante los que no podía hacer nada.

Cruzaron el patio. A su alrededor había otros sacerdotes wab, cada uno enfrascado en sus asuntos, realizando las tareas diarias del templo. El cielo estaba extrañamente nublado y lo teñía todo de un gris apagado.

Al llegar al otro extremo del patio subieron unos escalones y entraron en un gran salón con columnas. Luego subieron más escalones, para llegar a otro salón igual que el primero, pero más pequeño. Otros escalones los llevaron a la Sala de las Ofrendas, una cámara en la que apenas habrían cabido unas pocas personas. Neff había oído decir que los templos seguían siempre aquel diseño, y que los sacerdotes debían ir subiendo escalones para llegar a unas cámaras cada vez más pequeñas, de modo que, cuando llegaran a la cámara sagrada, sintieran que estaban ascendiendo al cielo para asistir a una audiencia privada con la divinidad.

Por fin llegaron a la puerta de la cámara sagrada. Estaba sellada con un cordón precintado con cera que rodeaba los pomos.

—Romperé el precinto y llevaré las ofrendas —dijo Nehshi, señalando las provisiones dispuestas en perfecto orden sobre una mesa junto a la puerta—. Tú lleva el incienso.

De pronto Neff se puso nerviosa. «Es un ritual común, que se hace tres veces a día. No hay nada de lo que preocuparse». Sin embargo, la mano le tembló al encender la resina que había en el incensario de bronce. Del pico del incensario salieron unas volutas de humo aromático que enseguida llenaron el pequeño espacio. A través del humo, Neff observó al sacerdote, que desenrollaba el cordón y abría la puerta. Subió los tres escalones, agitando el incienso ante ella, y se encontró en presencia de Amón.

Amón era el patrón de Tonis, capital del reino, por lo que su estatua era inmensa. Había sido tallada de un bloque de caliza blanca y tenía la altura de tres hombres. Estaba en lo alto de un pedestal y no había ni una gota de pintura, ni de ninguna otra piedra o metal, que interrumpiera su pureza, salvo por sus ojos, que tenían las pupilas del lapislázuli más fino, azules como el cielo del verano. Tenía sentido que no estuviera cubierto de adornos: al fin y al cabo, era el Invisible, el dios de lo que no se ve. No necesitaba más. Era la nada y lo era todo, estaba en todas partes y en ninguna. En ese espacio entre la ignorancia y el conocimiento, Amón había construido una casa llamada misterio y había invitado a todo el mundo a cruzar su puerta.

Neff levantó los ojos, miró al dios y sintió que tenían algo en común. Cuando trabajaba en el mercado, en Bubas, se había quejado repetidamente de que la gente no le hiciera caso si intentaba atraerlos hacia su puesto.

—Es como si no me vieran siquiera —le había dicho a su padre.

Él entonces respondía con un gesto cómplice:

—Ah, pero ser invisible te da poder —le decía—. La invisibilidad crea oportunidades. Tú escuchas lo que dicen, sus conversaciones superficiales, sus secretos. Descubre lo que piensa realmente la gente, Neff, y podrás cambiar el mundo desde las sombras.

Ahora contemplaba aquellos ojos de un azul profundo y no podía apartar la mirada. «Amón lo había creado todo, incluso a sí mismo. Y todo ello mientras no miraba nadie».

Mientras pensaba en todo aquello percibió un cambio en el aire del santuario. La sensación le recordó aquel momento en Bubas cuando Bastet se había manifestado, solo que era aún más potente. El espíritu de Bastet la había aferrado como haría un gato con un ratón, mientras que la energía de Amón se le insinuaba como el humo: se le colaba por la boca y la nariz cada vez que respiraba, hasta llenarla por completo.

Apenas era consciente de la presencia de Nehshi, arrodillado ante la estatua: besaba el suelo y cantaba los himnos de la mañana, con los brazos levantados en señal de reverencia. El sacerdote estaba justo a su lado, y aun así lo sentía muy lejos. Era como si su *ba* —su espíritu pájaro— hubiera salido volando y flotara en las alturas, ante el rostro de Amón, que lo contemplaba con una expresión plácida, como si la alta corona con las dos plumas que llevaba sobre la cabeza no pesara nada.

Tenía la cabeza llena de voces: la voz de su padre, la de Kenna y la voz de su mente, que le hacía preguntas por la noche, cuando no podía dormir. Eran todas ellas a la vez, y ninguna.

«Debes confiar en lo que no puedes ver —decían las voces—. No luches contra las corrientes que te llevan a tu destino, porque podrías llegar tarde o no llegar. Usa los dones que te han sido concedidos y haz que se multipliquen en tu interior, porque derivan de nosotros, que te hemos modelado a partir de la tierra con ese objetivo precisamente».

Los ojos de Amón iban haciéndose más grandes a cada palabra, oscureciendo el resto del campo de visión de Neff hasta que su mundo quedó convertido en una nube de humo azul, rebosante de posibilidades.

«Puede que te sientas sola en este viaje, pero, al igual que los arroyos que fluyen hacia el gran río, eres una de muchos, y esos muchos son uno».

El corazón se le hinchó en el pecho.

Y entonces sintió que se hundía, que volvía a la realidad, donde Nehshi presentaba diligentemente sus ofrendas de agua, aceite y oraciones.

«Es mucho lo oculto».

Las voces se convirtieron en un susurro.

«Y mucho lo que se revelará».

Neff jadeó y cogió aire. El repentino regreso a su cuerpo físico había sido algo muy raro. Se sentía pesada; el brazo que sostenía el incensario le dolía de haberlo tenido en vilo durante tanto tiempo.

Nehshi levantó la vista después de envolver los pies de Amón con unos paños blancos.

—¿Qué te pasa? ¿Por qué estás llorando?

Neff se tocó el rostro y se sorprendió al encontrarse los dedos mojados. Meneó la cabeza.

—Yo... no lo sé.

El joven se disponía a seguir preguntando cuando se oyó una voz que resonaba en el exterior del santuario, reclamando la atención de todos los que estaban en las inmediaciones.

—¿Eso qué es? —preguntó Neff.

Nehshi volvió a colocar los platos y frascos vacíos de las ofrendas en la bandeja y se puso en pie.

—El vigía. Debe de acercarse alguien importante. Deberíamos ir a ver si nos necesitan.

Neff echó una última mirada al dios y siguió a Nehshi al exterior. Esperó a que el sacerdote hubiera sellado la puerta de nuevo y luego los dos atravesaron los salones, cada vez más grandes, hasta llegar al patio principal.

Los pocos sacerdotes que no estaban ocupados preparando la tumba del rey o el ritual de la coronación ya estaban allí, con la mirada fija en la puerta principal. Neff vio que entre ellos se encontraba Kenna y fue corriendo a su lado. El príncipe estaba inmóvil, con una expresión en el rostro tan inescrutable como la de Amón.

—¿Quién es? —preguntó ella, siguiendo la dirección de su mirada.

Kenna arrugó el gesto.

—Mi hermano.

Por la puerta apareció Meriamón, subido a un elegante palanquín de madera tallada cargado por cuatro porteadores. Llevaba puesta la misma blusa de lino translúcido y el *shenti* que Neff le había visto en alguna otra ocasión, pero sus adornos eran más opulentos: llevaba brazaletes dorados en torno a las muñecas y a los tobillos, y un magnífico collar pectoral con la imagen de dos diosas de rodillas que veneraban el nombre del príncipe. Tenía los ojos maquillados con kohl y la brillante melena negra salpicada de cuentas doradas.

Los porteadores se arrodillaron. En cuanto bajaron el palanquín, Meri se levantó de su trono, descendió y se les acercó.

—Bakenamón —dijo con evidente desprecio—. Me alegro de volver a verte tan pronto. Y a ti, joven Nefermaat. Qué afortunada coincidencia que hayáis venido a recibirme.

Kenna se situó frente a Neff, protegiéndola con un brazo.

—No la tocarás —le dijo a Meri, lo suficientemente alto como para que Neff lo oyera. Si los porteadores oyeron algo, no lo demostraron—. Si has venido a matarme, de acuerdo. Pero deja a la niña.

Neff se quedó rígida, horrorizada. «¿Matarlo?».

Meri sonrió y le dio una palmadita a Kenna en el hombro.

—No seas tan dramático, hermano. No he venido a matarte. Eso sería un terrible desperdicio de energía, teniendo en cuenta que lo tuyo apenas es vida. ¿Qué te ha hecho pensar eso?

Kenna tensó la mandíbula.

—Anoche masacraste a toda la corte de padre.

Neff sintió que se quedaba pálida.

—Bah... «Masacrar» es una palabra tan dura... —dijo Meri, con desenvoltura—. Yo prefiero llamarlo «sacrificio». Esos hombres y mujeres honorables se «sacrificaron» para pasar la eternidad sirviendo a su rey. Tú eres un hombre de fe; tú más que nadie deberías conocer la doctrina.

—Y tú, más que nadie, deberías saber que dejamos de seguir esa doctrina hace mil años. Es un acto de barbarie.

—Solo los débiles de corazón o de espíritu pueden confundir la fuerza con la barbarie —replicó Meri—. Acuérdate de lo que te digo: si los faraones de antaño pudieran ver el reino tal como está ahora, preferirían borrarlo de la faz de la tierra antes que permitir que siguiera hundiéndose en la miseria. —Se acercó a su hermano—. La sangre de unos pocos es un precio irrisorio si queremos devolverle al reino su gloria.

—¿Un precio irrisorio? —le espetó Kenna—. Tú ya has pagado con tu alma inmortal.

Meri meneó la cabeza.

—Mírate tú, Kenna, y luego mírame a mí.

Neff los miró a los dos. En comparación con Meri —fuerte, esbelto, cubierto de oro— Kenna parecía un pálido espectro.

—Mi corazón no carga con ningún peso —dijo Meri—. ¿Y el tuyo?

El rostro de Kenna se transformó en una mueca de rabia.

—¿Cómo puedes decir eso, después de que tú... tú...?

—¿Después de que yo qué, hermano? —dijo Meri, con un brillo en los ojos.

Neff quería que Kenna hablara. «¡Acúsalo! ¡Dilo ahora, para que todo el mundo sepa que él mató al rey!».

Pero Kenna bajó la mirada.

—Olvídalo —dijo.

Meri se encogió de hombros.

—Como siempre, hermano, tienes la tenacidad de una cebolla cocida. Pero, por agradable que sea, no he venido hasta aquí para discutir contigo. He venido a llevarme a la pequeña sacerdotisa.

Ambos se giraron hacia Neff, que contemplaba la escena estupefacta.

«¿Ha venido a por mí?».

—¿Qué? No —respondió Kenna, atónito ante el repentino cambio de tema—. No puedes llevártela sin más.

—De hecho, sí que puedo —dijo Meri—. No te preocupes, estará perfectamente a salvo.

—Pero ¡ella tiene que estar aquí! —exclamó Kenna.

—Ya no. Esta niña pierde el tiempo aquí, en el templo, leyendo papiros en oscuros sótanos. Tiene que estar a la luz, conmigo.

—Pero ¿qué dirá Montuhotep? ¡Él es su tutor!

—Montuhotep no dirá nada, puesto que ya no es asunto suyo. Ya he hablado con él. —Meri se giró hacia la niña—. Has demostrado ser de gran ayuda, Nefermaat. Tu profecía me salvó la vida en las marismas.

Neff estaba perpleja. Recordó la visión del dios cocodrilo.

—Vuestro sueño. Sobre Sobek.

El príncipe asintió.

—Si no me hubiera arrodillado ante su imagen durante esa cacería, ahora mismo no estaría aquí. Tú no eres como esos otros impostores, ahora lo sé. Los dioses te hablan al oído. Por eso tienes que estar a mi lado. —Hizo una pausa y se quedó pensativo—. Aun así, mi hermano tiene razón. No puedo obligarte a compartir tu don. Quiero una compañera, no una esclava. Así que es decisión tuya, Nefermaat. Puedes quedarte aquí con mi hermano o venir conmigo al palacio. Si vienes conmigo, no te faltará de nada. Te cubriré de riquezas dignas de la hija de un dios. Te doy mi palabra.

Ella miró primero a un hermano y luego al otro, indecisa.

—Neff, ¿qué es lo que tienes que pensar? —le susurró Kenna tras un momento de silencio—. Te está dando la posibilidad de escoger: ¡Dile que quieres quedarte aquí!

Ella cerró los ojos.

«No luches contra las corrientes que te llevan a tu destino».

Neff quería quedarse. De hecho, empezaba a sentirse cómoda con su vida como sacerdotisa. La idea de que se la llevaran a otro lugar —¡al palacio, nada menos!— la aterraba.

Pero al mismo tiempo sabía que no podía pasar por alto la propuesta del príncipe. No le estaba ofreciendo únicamente un sitio a su lado; le estaba ofreciendo su confianza.

Desde aquel día, en las calles de Bubas, había intentado comprender su papel en el plan de la diosa. Era joven, invisible. ¿Era posible que aquellos atributos fueran valores, en lugar de defectos? ¿Y si eran esas cualidades, precisamente, junto a su don para las profecías, las que le habían granjeado la confianza del príncipe? Porque ¿quién iba a sospechar que una sencilla niña de pueblo pudiera ser capaz de orquestar manipulaciones o maniobras políticas?

«Si escojo a Meriamón, mi palabra podría doblegar la voluntad de un rey», pensó.

Sería peligroso. Tendría que observar, aprender y actuar a espaldas de Meriamón, conservando su confianza al mismo tiempo. Si llegara a descubrir que estaba intentando socavar su autoridad...

Tragó saliva.

¿Tendría el valor de jugar a un juego tan peligroso?

—Vas a hacer que estemos orgullosos de ti —le había dicho su padre la última vez que lo había visto—. Vendrán a verme de todo Bubas, de todo el reino, para oír tu historia.

«¿Qué historia quieres que cuente padre?», se preguntó.

Neff respiró hondo, y cuando soltó aire supo que ya había tomado una decisión.

Dio un paso hacia el príncipe heredero.

—Volveré a palacio con vos, príncipe Meriamón.

Kenna se quedó rígido.

Meri sonrió.

—Una elección muy sabia.

Neff se quedó mirando el rostro impávido de su hermano adoptivo. Aunque no lo demostrara, sabía lo dolido que estaba. Habría deseado poder contarle sus planes, pero sabía que no podía. Ahora no. Todavía no.

—Agradezco todo lo que habéis hecho por mí, príncipe Kenna —dijo Neff, inclinando la cabeza para no tener que mirarlo a la cara—. Pero mi lugar está con el nuevo rey.

Él respondió sin inmutarse, como si estuviera acostumbrado a ser la segunda opción.

—Como desees —dijo.

Meri dio una palmada al aire, como si quisiera indicar que la conversación había terminado.

—¡Bueno! Ven, pequeña vidente; tenemos un día muy ajetreado por delante. Enseguida te darán nuevos ropajes. No quiero que vayas por ahí con esos andrajos.

Le indicó con un gesto que se sentara al borde del palanquín, a sus pies, y Neff obedeció.

—¡Oh! —le dijo Meri a Kenna, antes de subir al palanquín—. Antes de que me vaya... ¿Has visto hoy a nuestra querida hermana, por casualidad?

Kenna frunció el ceño.

—¿Sitamón? No... Ella casi nunca viene por aquí. Ya lo sabes. ¿Es que no está en el palacio?

En el centro de la frente de Meri apareció una fina línea.

—No —respondió, mostrándose tranquilo—. Parece ser que no la encuentran.

Pero luego esa fina línea desapareció, fulminada por la energía de su sonrisa.

—No hay que preocuparse. Ya conoces a Sita. Sin sus doncellas, sus lujos y su vino, nuestra querida hermana no sabe hacer nada.

Aparecerá. De hecho, quizá ya nos esté esperando a la vuelta. ¿Vamos a ver, Nefermaat?

Neff asintió, cruzando los brazos recatadamente sobre el regazo.

En cuanto el príncipe se subió de nuevo a su trono, los porteadores se pusieron en pie, levantando el palanquín. Neff se quedó con los pies colgando en el aire y tuvo la misma sensación de ligereza que en la cámara sagrada, como si una fuerza irrefrenable la arrastrara.

—Adiós, hermano —dijo Meri—. Te veré en la coronación.

Mientras los porteadores los llevaban hacia las puertas del templo, Neff echó una última mirada a Kenna, y al verlo sintió que se le partía el corazón.

Conteniendo las lágrimas, se giró hacia el camino, repitiendo mentalmente las palabras de Meri.

«Adiós, hermano».

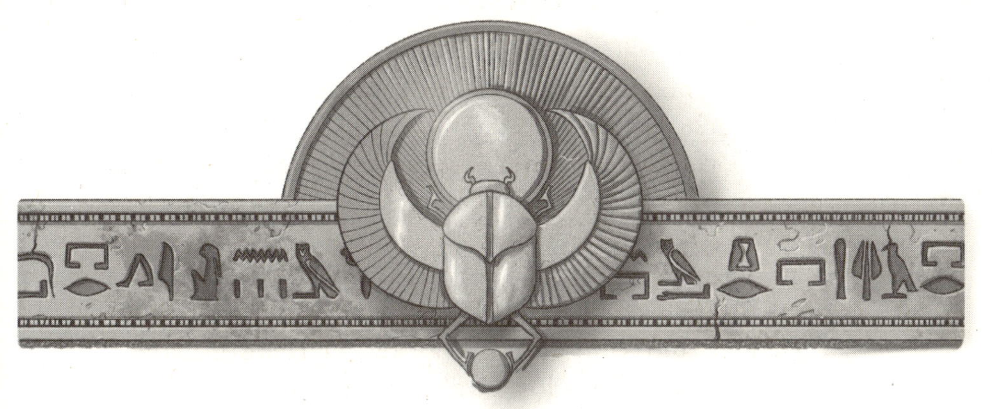

28

KARIM

Si el sonido fuera comida y el color bebida, Karim se habría sentido saciado para siempre en el mercado de Tonis. En comparación con los lugares de intercambio de los viajeros de las Tierras Rojas y los bazares de los pueblos más pequeños de Khetara, aquel mercado era toda una experiencia en sí mismo. Se pasó el resto del día explorándolo, comerciando con piezas menores del botín de la tumba a cambio de provisiones, y luego volvió para dar de comer a Behkai. El perro se había tomado en serio la misión de vigilar el esquife y parecía disfrutar junto al río, lanzándose al agua y atrapando peces. Fue una agradable distracción para los dos, y aquella profusión de imágenes y olores saturó los sentidos de Karim hasta tal punto que no le quedó espacio para pensamientos funestos.

La mano se le iba una y otra vez bajo la túnica, donde escondía su último hallazgo.

No se sentía orgulloso de haberlo robado del templo. La pequeña sacerdotisa se había arriesgado por él, y llevarse un papiro de la Casa de la Vida no era modo de compensar su amabilidad. Pero, cuando vio lo que era, Karim supo que tenía que llevárselo.

Quien roba una vez roba diez... Y ese papiro era el sueño de un ladrón de tumbas hecho realidad.

Era un dibujo tosco que representaba las montañas, el largo curso del río en azul y diversos lugares indicados con estrellas rojas. Cada posición iba acompañada de unos símbolos khetaranos indescifrables, pero Karim no necesitaba leerlos para saber que aquello era un mapa. Y muy antiguo.

Y era probable que en aquellos antiguos lugares indicados también hubiera tesoros.

Reconoció en el mapa un valle en particular indicado con una estrella. Había estado allí. Era el lugar donde se encontraba la tumba de Sethnajt, donde había encontrado aquel gran tesoro. A saber lo que podría haber en aquellos otros lugares secretos...

Pensar en tumbas por descubrir le provocó un escalofrío de emoción, pero enseguida se sintió avergonzado. En el momento en que había descubierto el papiro, en aquel compartimento oculto, se había dicho a sí mismo que el mapa sería esencial para su búsqueda de información sobre Sethnajt y el oráculo, y que ese era el motivo por el que debía llevárselo. Pero ¿era cierto realmente? ¿O le interesaba más volver a su vida anterior y dedicarse a la búsqueda de tesoros enterrados?

«Bueno, ¿por qué no? —pensó Karim—. ¿Por qué no voy a financiar este viaje con tesoros khetaranos? Sí, yo abrí la puerta de esa tumba, pero la maldición que se ocultaba dentro era cosa de ellos, no mía. ¡Ahora los khetaranos no pretenderán que un habitante de las tribus de las Tierras Rojas les resuelva sus problemas!».

Aquella noche, cuando él y Behkai se echaron a dormir junto al río, a las afueras de la ciudad, tomó su decisión. Dedicaría un día más a comerciar y acumular provisiones, y luego se centraría en descifrar los lugares indicados en el mapa. Tenía que descubrir cuál de ellos señalaba la capital de Sethnajt. Quizá pudiera copiar los símbolos del papiro y encontrar a alguien capaz de traducírselos. No quería enseñarle el mapa a nadie, por miedo a que lo traicionaran. Así que el plan era este: encontraría la ciudad perdida, y quizá de paso acumularía riquezas.

Esa noche no pudo dejar de pensar en los ojos de la pequeña sacerdotisa, que le impedían conciliar el sueño, y en sus últimas palabras, que resonaban en su mente como una profecía: «Tengo la sensación de que volveremos a encontrarnos, Karim de las Tierras Rojas».

«Espero que no, *sena* —pensó—. Por tu bien y por el mío».

Al día siguiente por la tarde, Karim volvió al mercado en busca de comida. El mercado, organizado en torno a una enorme galería serpenteante que atravesaba el centro de la ciudad, se componía de cientos de puestos, algunos de los cuales exhibían su mercancía en el exterior, bajo unos llamativos toldos rojos y dorados, mientras que otros la tenían en el interior de unas carpas improvisadas; otros, por último, las exponían sobre mantas, a los lados de la calle. Los vendedores voceaban sus productos: aceites del norte, incienso del sur y todo lo que quedaba en medio. Eso, sumado a los graznidos de los patos y los gansos en venta, y al balido de las cabras que abandonaban el lugar con sus nuevos dueños, creaba un alboroto mayúsculo. Los clientes se movían en el estrecho espacio, pegados unos a otros; Karim, que se dejaba arrastrar por la multitud, oyó fragmentos de sus conversaciones.

—Dice que los demonios se llevaron al rey Amenmose porque no había hecho nada por combatir los disturbios en Sakesh...

—¿Que has pagado cuántos gansos por ese collar?

—Anoche pasó algo en el palacio, pero nadie sabe qué exactamente...

—He oído que va a ser la mayor coronación del siglo...

—Nos iría bien comprar una nueva jarra para el vino. Mira esta...

—El príncipe Meriamón debe escoger una reina muy pronto. Me pregunto quién será.

Karim aguzó el oído. La mención de Meriamón le trajo a la mente la imagen de los tres príncipes que había visto en el oráculo.

«Bakenamón es el que yo conocí, y se espera que sea su hermano quien ascienda al trono. Pero era su hermana, Sitamón, la que ocupaba un papel destacado en la pintura. Y también fue Sitamón la que apareció en la visión de la pequeña sacerdotisa. ¿Qué papel tendrá la princesa en todo esto?», se preguntó.

Se apartó de la multitud y se dirigió a un puesto de comida que ya había visitado el día antes. Una anciana algo encorvada estaba muy ocupada girando unas brochetas de carne sobre el fuego mientras revolvía un puchero que borboteaba sobre las brasas. Los olores que flotaban en el aire le hicieron la boca agua.

La mujer levantó la vista al verlo llegar y sonrió.

—¡Bueno, hola otra vez! ¿Has venido a por más?

—¿Cómo podría resistirme?

—Hoy tengo pato, cebolleta y lentejas guisadas —dijo ella, señalando el puchero con un movimiento de la cabeza.

—Delicioso —respondió Karim, que añadió—. Como la joven dama que sirve la comida.

—¡Oh, venga! —protestó la anciana, complacida—. Qué tunante.

Pero, a pesar de la regañina, le sirvió doble ración de todo.

Karim aceptó la comida caliente, envuelta en hojas de higuera, y le entregó una baratija a cambio. La mujer la aceptó, agradecida, y Karim se llevó los nudillos a la nariz en señal de agradecimiento. Sabía perfectamente que, con las mujeres del mercado, un poco de tacto y unos piropos daban muy buenos resultados. Aunque vestía la túnica khetarana, algunos de los vendedores lo miraban con desconfianza, así que enseguida había aprendido dónde debía hacer sus negocios.

Estaba a punto de volver con Behkai cuando vio, en un puesto, cestas llenas hasta los topes de frutas de aspecto tentador. Había melones de diferentes formas y colores que olían de maravilla, y otras frutas que no había visto hasta entonces. Intrigado, le dio a la vendedora unas piezas de oro y cogió unas uvas de un azul intenso y una fruta redonda y rosada con una pequeña flor dura en el extremo. Estaba sopesándola, preguntándose cómo se suponía que debía comérsela, cuando se le fue la vista a una joven que compraba en el puesto de al lado.

A primera vista no tenía nada extraordinario. Llevaba una túnica negra normal y corriente, con la capucha sobre la cabeza para protegerse del sol de la tarde. No se distinguía de otros cientos de jóvenes como ella entre la multitud, pero había algo en su elegante postura, en la fluidez de sus movimientos, que le llamó la atención.

La mujer estaba examinando las hogazas de pan dispuestas ante ella, sobre una mesa, pero cuando el vendedor le ofreció un trato, meneó la cabeza y pasó al puesto de fruta. A diferencia de todos los demás —aparte del propio Karim—, parecía mirarlo todo como si fuera la primera vez que lo veía. Quizá ella también fuera una forastera.

De pronto se oyó un grito cerca de allí.

La mujer se sobresaltó y se giró de golpe hacia el lugar de donde procedía el sonido. En ese momento Karim le vio el rostro. El primer rasgo que distinguió fue su nariz, prominente y aguileña. A otra mujer le habría dado un aspecto severo, pero a ella le daba un aire regio, elegante. Fruncía los labios, carnosos, y tenía los ojos muy abiertos, en señal de alarma, bajo unas cejas oscuras y arqueadas.

«¿Quién será? ¿Y por qué está tan asustada?», se preguntó Karim.

Había algo contradictorio en aquella mujer y sus ropas, sencillas y toscas. Era demasiado refinada, su piel cobriza era demasiado perfecta y tenía las mejillas demasiado carnosas como para ser una campesina. Y, sin embargo, iba vestida como tal.

Justo en ese momento aparecieron al final del mercado tres hombres con ropas diferentes a las de los demás. Sus *shentis* blancos no eran de tela arrugada, sino perfectamente plisada, y se los sujetaban con cinturones de cuero fino. Alrededor del cuello llevaban unos relucientes collares de oro en forma de halcón con las alas extendidas. Debían de ser militares o guardias de algún tipo.

La gente se hizo a un lado para dejarles paso, y Karim los observó mientras recorrían la calle, parándose a interrogar a los mercaderes e inspeccionando a todas las jóvenes que encontraban a su paso.

Karim sintió un cosquilleo en la nuca al mirar a la mujer de negro, que observaba la escena, rígida, como un animal perseguido a punto de salir corriendo.

«Si sale corriendo, solo conseguirá llamar la atención».

No tenía ni idea de quién era ni de por qué parecía asustada ante la presencia de los guardias, pero sintió la necesidad de ayudarla. Quizá fuera porque era guapa, pero él prefería pensar que estaba compensando la buena acción de Nefermaat, tal como ella decía que había hecho con él. La pequeña sacerdotisa había corrido peligro al acudir a rescatarlo en el templo, así que le pareció justo hacer lo mismo por aquella extraña.

—Saludos, *sena* —dijo, acercándose a la mujer—. Da la impresión de que no te iría mal una comida caliente. ¿Por qué no vienes y compartimos la mía?

La mujer se giró hacia él, alarmada, y se ajustó mejor la capucha en torno a la cabeza.

—No, gracias —dijo, y empezó a alejarse.

Los guardias se acercaban.

—Por favor —dijo Karim, agarrándole del brazo—. Estoy intentando ayudarte.

—¡Suéltame! —Su tono era el de alguien acostumbrado a que le obedecieran. Tiró del brazo, zafándose de su agarre, y se quedó mirándolo con gesto airado—. No necesito tu ayuda.

Karim vio que uno de los guaridas se giraba hacia ellos con el ceño fruncido.

—*Sena* —le advirtió a la joven, cada vez más preocupado—, de verdad creo que deberías venir conmigo —dijo, intentando agarrarla del brazo otra vez.

—¡Suéltame, cerdo! —gritó ella, defendiéndose.

—¿Cerdo? —replicó Karim, ofendido. Era más fuerte de lo que se pensaba—. ¿Quieres dejar de forcejear?

Era demasiado tarde: los guardias ya iban hacia ellos, con las manos sobre la empuñadura de sus *khopesh*.

Karim sintió un sudor frío en la nuca. La mujer también los vio y palideció.

«¡Haz algo!».

Se acercaron aún más.

«¡Lo que sea!».

Murmurando una disculpa, Karim le dio un bofetón a la mujer.

Ella se quedó sin habla y se llevó una mano a la mejilla enrojecida. Al recibir el golpe agachó la cabeza, y la capucha le cubrió el rostro, ocultándolo.

Los guardias se pararon de golpe, sorprendidos ante aquella inesperada novedad.

—¿De qué va todo esto? —preguntó uno, muy serio.

Karim se aclaró la garganta y los miró a los tres con gesto de disculpa.

—Mi mujer... le he dicho que comprara pan, y en lugar de eso ha cambiado nuestros gansos por joyas. ¿Qué iba a hacer?

Las miradas recelosas de los guardias dieron paso a sonrisas socarronas.

—A veces hay que meterlas en vereda, ¿eh? —dijo uno.

—Desde luego —asintió Karim, con una risita nerviosa—. ¡Es como un animal salvaje que hay que domesticar!

La mujer, a su lado, soltó un gruñido rabioso, pero no levantó la cabeza.

—Venga, mujer —le ordenó—. Es hora de volver a casa.

—¡Buena suerte! —le dijo otro guardia.

Esta vez, cuando Karim cogió a la mujer del brazo para llevársela, ella no opuso resistencia.

A sus espaldas, Karim oyó que uno de los guardias daba órdenes a sus compañeros:

—Vosotros dos volved atrás y mirad bien a todas las mujeres que veáis. Yo seguiré registrando este extremo del mercado. La princesa tiene que estar por aquí, en algún sitio.

Karim se quedó atónito. «¿La princesa?».

Le echó una mirada de reojo a la mujer y de pronto recordó la imagen del rostro de Sitamón que había visto en el Templo de Janum. Con una cobra negra y sosteniendo un corazón entre las manos.

Aquello no era más que una pintura, pero, al igual que en su caso, la imagen se parecía mucho a aquella mujer de negro.

Karim contuvo un improperio. Daba la impresión de que, allá donde fuera, el oráculo lo seguía. Primero Raetaui, luego Nefermaat y ahora esto. El destino parecía estar uniéndolos, pero seguía sin tener ni idea de con qué objetivo lo hacía. Se sentía como si fuera un peón en el tablero de otro, y se preguntó cuál debía ser su siguiente movimiento.

Si es que eso importaba…

¿O es que los dioses de aquel reino maldito ya habían decidido su destino?

Los dos siguieron caminando en silencio hasta que llegaron a las afueras del mercado, donde había menos gente. Karim la alejó del flujo de gente y la condujo hasta la sombra de una palmera, donde le soltó el brazo.

No había abierto siquiera la boca para hablar cuando ella le dio un bofetón. Con fuerza.

—¡Au! —gritó Karim, llevándose una mano a la mandíbula.

—¡Eso es por haberme puesto tus asquerosas manos encima! —lo reprendió la mujer. Con la precipitación se le había bajado la capucha y tenía la cara al descubierto. Bullía de rabia. Unos densos mechones de pelo le caían sobre la túnica, negros y brillantes.

—Y por haberme dado una bofetada y haber dicho que era tu mujer —añadió—. No estoy casada y desde luego no soy tu mujer. —Parecía que iba calmándose—. Y..., bueno, supongo que debería darte las gracias.

Karim alzó las cejas.

—Yo también lo supongo.

—Es que... pensaba que querías algo conmigo. ¿Cómo iba a saber que intentabas ayudarme a esquivar a esos guardias? Si te hubieras explicado...

—Lo he intentado.

—No, me has ofrecido una «comida caliente». —Levantó una ceja, como si aquello fuera una propuesta evidentemente obscena.

Karim resopló con sorna. Dos veces.

—Y luego me has dado un bofetón.

—Ese es un modo muy simplista de ver la situación, *sena* —replicó Karim.

—¿Ah, sí?

Se quedaron mirándose mutuamente, ambos con una mejilla colorada.

—Has disfrutado haciéndolo, ¿no? —dijo Karim.

—¿El qué? ¿Darte una bofetada? No —respondió ella, frunciendo el ceño—. Bueno, quizá.

—¿Quieres hacerlo otra vez?

La otra mejilla de la joven se puso tan colorada como la primera.

—¡No! ¿Y tú quién eres, a todo esto? ¿Cómo has sabido que esos guardias me buscaban?

Karim se encogió de hombros.

—Era evidente que estaban buscando a una mujer joven y... digamos que tú no encajabas del todo en ese ambiente... —Se aclaró la garganta, antes de añadir—: Princesa Sitamón.

La princesa cogió aire con fuerza, y de nuevo aparecieron en su rostro el miedo y la desconfianza.

—Lamento decepcionarte —dijo con voz grave—, pero no llevo nada de valor, solo la ropa que visto. No tengo nada con lo que recompensar tu... amabilidad.

A Karim se le aceleró el pulso solo de pensar que pudiera quitarse aquellas ropas, pero enseguida ahuyentó esa imagen de su mente.

«No seas estúpido —se regañó mentalmente—. Es una princesa khetarana. Seguro que es arrogante, consentida y está acostumbrada a tener a todo el mundo a sus pies». Aunque el hecho de que una mujer así estuviera huyendo de la guardia real le daba que pensar.

—No necesito que me pagues nada —respondió—. Solo quiero que me concedas dos pequeños favores, y me parece que ambas cosas te serán muy sencillas.

La princesa entornó los párpados.

—No es nada que pueda provocar otro bofetón, te lo prometo —añadió Karim.

—Muy bien.

—Bueno —asintió Karim—. La primera: quizá quieras pedirme disculpas por haberme llamado cerdo, ¿no? Sobre todo teniendo en cuenta mi reciente heroicidad...

La princesa apretó los labios convirtiéndolos en una línea fina y levantó la barbilla.

—Muy bien. Lo siento. No eres un cerdo. ¿Te parece mejor «perro»?

—Pues sí —respondió Karim, divertido—. Mucho más acertado, diría yo.

Sitamón reprimió una sonrisa.

—¿Cuál es la segunda petición?

Karim levantó el brazo y señaló el río.

—Ven a comer conmigo. Pato y lentejas, nada siniestro, te lo prometo. Me temo que tendremos que dejarle una parte a Behkai, pero debería bastar para los tres.

—¿Behkai?

—Mi perro —dijo, sin pensarlo, y se sorprendió al notar lo reconfortante que era llamarlo así.

Aquel animal había acabado ganándose su afecto.

Sitamón asintió.

—Y ahora que sé cómo se llama tu perro... ¿Cómo te llamas tú?

Karim vaciló; siempre desconfiaba a la hora de decir su nombre a cualquier extraño, especialmente a los khetaranos. Sin embargo, si el oráculo los había reunido, ¿qué opción tenía, aparte de confiar en ella?

Si compartía su comida con ella y le desvelaba su nombre, quizá ella también le revelara algo útil.

—Karim —dijo sin pensar.

—Karim —repitió Sitamón, articulando el nombre como si estuviera degustándolo.

—Ahora que nos hemos presentado formalmente... ¿qué dices? ¿Vienes?

—Supongo que tengo un poco de hambre —confesó ella.

—Muy bien —dijo Karim, sonriendo y señalando el camino a la orilla—. Pues hay dos perros que están esperándote.

Le molestó un poco —aunque no podía explicarse por qué— que Behkai le cogiera afecto a Sitamón tan rápido. Cuando llegó con la princesa hasta el esquife, el perro se puso en pie de un salto. Karim esperaba que se pusiera a ladrarle a la extraña, pero en lugar de eso se fue corriendo con Sitamón como si fuera un enorme cachorro y al verla se puso a babear. Literalmente.

—Oh —exclamó ella, agarrándole la cabeza con las manos y acariciándolo, sin hacer caso de la baba—. Qué cariñoso. Buen chico...

—Traidor —le murmuró Karim al perro al pasar a su lado.

Behkai, sin embargo, no le hizo ni caso... hasta que olió la comida, claro. Karim se sentó sobre una piedra, y en cuanto empezó a abrir los paquetes, el perro se acercó al trote a investigar.

—Siéntate —le dijo Karim a Sitamón, señalando la roca que tenía enfrente.

Ella se sentó con el máximo decoro posible.

Pero el decoro quedó olvidado cuando Karim le pasó la comida. La princesa atacó las lentejas y el pato con ganas, devorando en minutos todo lo que le dio y repitiendo la operación con la segunda ración que le ofreció. Él la observó, divertido, mientras la princesa se chupaba los dedos uno por uno. Cuando lo pilló mirándola, bajó las manos al regazo y puso la espalda muy recta.

—¿Está bueno? —preguntó él.

—Sí —dijo ella, con delicadeza—. Gracias.

Karim se metió la última cebolla en la boca, dejando que el tallo chamuscado le colgara por la comisura, y la masticó mientras le echaba los últimos restos de la carne a Behkai.

—También hay fruta —dijo él, sacando las uvas y aquella cosa esférica de color rosa—. No sé muy bien qué es esto, pero se me ha ocurrido probarlo.

Estaba a punto de darle un bocado, pero la princesa se lo arrancó de las manos.

—¡Es una granada, bobo! No se come a bocados. Hay que abrirla.

Sacó una fina daga del interior de su túnica e hizo cuatro cortes largos en torno al tallo de la fruta; a continuación, la abrió como una flor y se la devolvió a Karim. El interior de la granada brillaba como si estuviera lleno de joyas rojas.

—¡Mira eso! —exclamó el joven, asombrado ante la sorprendente belleza de aquella fruta—. Es como un puñado de rubíes pequeñitos.

Le dio un bocado tímido y los granos le estallaron en la boca, llenándosela de un dulzor magnífico.

—¡Está buena!

Sitamón se quedó mirándolo, intrigada.

—¿De dónde eres, Karim? Tu acento… no lo reconozco.

Karim se relamió el jugo carmesí de los labios. Estaba preparado para revelarle su nombre, pero… ¿todo lo demás? Aún no.

—Soy un viajero —respondió sin precisar—. Nadie importante, a diferencia de ti. Y hablando de eso… ¿Por qué huye una princesa de la guardia real? ¿No estaba a punto de acceder al trono tu hermano? Yo diría que en una ocasión así te necesitarán en el palacio.

La princesa entornó los párpados: se había dado cuenta de que Karim había cambiado de tema deliberadamente. El joven tuvo la sensación de que no estaba dispuesta a dejar el asunto.

—Bueno, Karim, el viajero misterioso. Es una larga historia, y no se la voy a contar a alguien a quien acabo de conocer. Por agradable que sea su compañía.

Karim se ruborizó.

Sitamón ladeó la cabeza, mirando a Behkai. El perro estaba sentado a sus pies, contemplándola con devoción.

—Me refería al perro, por supuesto.

Karim se cruzó de brazos. «Desde luego, esta mujer es tremenda», pensó.

Al verlo, Sitamón cedió un poco.

—Digamos, simplemente, que no estaba segura en el palacio. ¿De acuerdo? —Miró por encima del hombro de Karim, en dirección al río—. Y tampoco estoy segura aquí.

Karim se giró y siguió su mirada: se les acercaba un barco elegante con la imagen de un carnero negro y rojo en la vela. En la cubierta había un grupo de guardias vestidos igual que los del mercado, escrutando la orilla a su paso. Un grupo de mujeres que lavaban ropa algo más allá los tenían distraídos, pero a poco que se acercaran verían a Karim y Sitamón sentados junto al esquife.

La princesa se puso en pie de un salto y se subió la capucha sobre la cabeza.

—Gracias por todo lo que has hecho —le dijo—, pero debo irme.

Karim meneó la cabeza.

—No lo entiendo. Tu hermano va a ser rey. ¿De quién tienes que huir?

La princesa se vino abajo, y en su rostro se hizo patente la angustia.

—De él. Estoy huyendo de él.

Sorprendido, Karim pensó en la imagen de Meriamón en el oráculo: un atractivo joven con la piel bronceada y una cobra roja sobre la cabeza. ¿Qué habría hecho para que su propia hermana hubiera tenido que huir si quería salvar la vida?

«Ha huido del palacio para cruzarse en mi camino».

—¿Dónde piensas ir? —le preguntó.

—Pensaba viajar al sur, hacia Bubas. Es el pueblo más cercano lo bastante grande como para pasar desapercibida. Pero tendré que ir a pie. Los guardias están registrando todas las embarcaciones que salen de Tonis.

Karim resopló.

—¿Un mujer como tú, completamente sola, a pie? ¡No lo conseguirás, *sena*! Entre el calor, los leones y los bandoleros...

—Te agradezco los ánimos —respondió Sitamón, cortante, y echó a andar.

—¡Oye, oye, espera un momento! —dijo Karim, corriendo tras ella, con Behkai trotando a sus pies. Se giró a mirar el barco que se acercaba y tuvo que pensar a toda velocidad.

«Tendría que abandonar el esquife, y apenas tengo comida suficiente para el perro y para mí; no hablemos de una mujer de voraz apetito sin ninguna habilidad para la supervivencia. Y si los hombres del príncipe me encuentran con ella, probablemente me rebanen el pescuezo allí mismo. Si fuera listo la dejaría marchar —pensó—. Ya tengo una boca que alimentar. No necesito otra».

De pronto le apareció en la mente el rostro de Djet, poniendo cara de corderito, con los ojos llenos de admiración.

«No serás capaz de abandonar a una princesa para que se enfrente sola a los peligros del desierto, ¿verdad, Karim-sen? —se imaginó que decía el chico—. ¿Especialmente una princesa tan inteligente y tan guapa?».

Por algún motivo desconocido, Djet siempre había estado convencido de que Karim era un héroe. No lo era. Ni mucho menos.

Y aun así... Karim no podía dejar de sentir la presencia del muchacho, observando todos sus movimientos.

Soltó un improperio entre dientes, se echó la bolsa al hombro y le cogió la mano a Sitamón.

—¿Q-qué estás haciendo? —dijo ella, balbuciendo y haciendo esfuerzos por seguirlo mientras echaba a correr hacia el desierto.

Behkai, que pensaba que se lo estaban pasando en grande, fue tras ellos al galope.

—¡Te estoy ayudando, mujer! —respondió Karim, girándose para asegurarse de que los guardias del barco no los habían visto—. ¡Ahora corre un poco más rápido!

Sitamón se agarró la túnica para no tropezar con ella y aceleró el paso.

—Pero ¡conmigo corres peligro!

Karim soltó una carcajada sarcástica sin dejar de correr, con los oscuros rizos al viento.

—No te preocupes, *sena*. ¡Ya te darás cuenta de que tú corres un peligro aún mayor estando conmigo!

29

RAE

Rae permaneció de pie junto a la orilla del río, descalza, contemplando los barcos que navegaban mientras se ponía el sol. Habría preferido sentarse, pero la herida de flecha aún era reciente y le resultaba algo difícil.

El contacto de la fresca brisa sobre la piel y el murmullo del agua del río tendrían que haberle dado una sensación de paz. Pero su mente seguía en el Jardín de los Muertos. Aún se veía corriendo para salvar la vida, ocultándose en la oscuridad, sangrando, mientras los hombres iban cayendo como espigas de trigo cosechadas a su alrededor. Cada vez que cerraba los ojos lo veía todo: los cuerpos, los ojos abiertos, mirando el vacío, la cabeza cortada de Asim...

En cierto modo era como si no hubiera salido de ahí.

Se preguntó si algún día lo conseguiría.

Un ruido repentino le hizo dar un respingo..., pero no era más que el golpeteo de la puerta del corral al cerrarse. Su padre ya se había ocupado los cebús.

—Entra en casa, Raetaui —dijo, acercándose—. Tienes que descansar.

La noche anterior, cuando había vuelto a casa tras la reunión de

Horizonte, su padre aún estaba despierto, a pesar de lo tarde que era. Al entrar, cojeando, sucia, cubierta de lágrimas y con una flecha clavada en la cadera, se lo había encontrado sentado a la mesa del comedor. En el momento en que la vio, simplemente se había levantado y había ido a por el ungüento y las vendas.

Afortunadamente, el sanador había dejado suficientes provisiones para tratar los latigazos que le había propinado el nomarca, y aún quedaban para esta herida. Durante todo el rato que tardó en curarla, Ankhu no pronunció más que un puñado de palabras, y no le preguntó por lo sucedido. Cuando terminó, la ayudó a acostarse en su esterilla y se acomodó en la silla. Rae no podía conciliar el sueño, así que se quedó mirándolo: su padre respiraba agitadamente en sueños y alargaba la mano buena como si quisiera agarrar algo.

La herida de flecha le dolía mucho, pero ver la cara de pena que había puesto su padre le dolía aún más.

Al llegar a la orilla, Ankhu se paró y se apoyó en la vara de madera que usaba para azuzar a los cebús y hacerlos entrar en el redil. Tenía el torso desnudo, la piel curtida de tanto trabajar al sol y el tosco shenti que llevaba estaba salpicado de fango. Había algo en él que le recordaba a Asim: dos hombres golpeados por la vida, vestigios de otro tiempo, empeñados en proteger lo poco que les quedaba. No era de extrañar que el jefe rebelde le hubiera gustado nada más verlo.

Volvió a sentir el dolor de la pérdida.

Era mejor no pensar en Asim.

Su padre habló en voz baja:

—Sé lo que ocurrió anoche. Uno de los pescadores me lo ha dicho. Su hijo... —Guardó silencio un buen rato antes de acabar—. Hoy muchos están de luto. Doy gracias por no ser uno de ellos.

Rae quería que se enfadara. Que le gritara y la castigara por escabullirse de noche y arriesgarse a que la mataran.

Otra vez.

Pero su voz solo transmitía cansancio.

—Lo siento —susurró ella.

Ankhu se estremeció como si hubiera recibido un golpe y meneó la cabeza.

—¿Qué vas a hacer ahora? —preguntó, sin responder a la disculpa, que quedó flotando en el aire, entre los dos.

Rae se giró y dirigió la mirada al río, contemplando cómo se fundía el sol con el horizonte.

—No lo sé. No sé muy bien cómo va a sobrevivir la rebelión sin Asim. Pero ¡tiene que hacerlo! Especialmente después de lo que oí anoche. Los hombres del nomarca decían que el faraón está muerto.

Ankhu abrió más aún los ojos.

—¿Muerto?

Rae asintió.

—Muy pronto coronarán a su hijo, Meriamón... y, por lo que parece, es aún peor que Amenmose. Aún no ha subido al trono y ya ha dado órdenes de acabar con nosotros. Lo de anoche no fue más que el principio. El nuevo rey quiere aniquilar cualquier atisbo de rebelión en Sakesh. Si no hacemos algo, podríamos perder la poca libertad que aún tenemos.

Ankhu dejó caer la cabeza y suspiró.

—No debes cargarte este peso sobre los hombros, Rae. Hemos sobrevivido a tiempos duros antes y volveremos a hacerlo... mientras sigamos juntos.

—No sé si puedo dejarlo estar, *yati* —murmuró Rae, con la voz temblorosa—. Tú no estabas ahí. No viste lo que sucedió.

—He visto ya mucho, Raetaui —respondió Ankhu con dureza—. Lo suficiente como para saber que, si sigues por ese camino, la persona que eres ahora desaparecerá. La guerra te cambia. ¿Eso lo entiendes? La violencia te cambia. Una vez que has pisado ese lúgubre terreno, no hay vuelta atrás. —Se apoyó la vara en el pecho para tener la mano libre y agarrarla del hombro—. Vamos dentro, por favor. Podemos seguir hablando de esto en casa. Está oscureciendo.

—Aún no.

Su padre suspiró, pero no discutió. Ella volvió a girarse hacia el río y oyó cómo se alejaban sus pasos lentamente.

La luz del horizonte había desaparecido casi por completo.

Se quedó allí de pie un poco más, perdida en sus pensamientos, agarrando con la mano el amuleto de Sejmet que llevaba colgado al cuello. Se habría quedado allí hasta la noche de no ser porque otro sonido la sacó de su ensoñación: el inesperado balido de una oveja.

Rae se giró a mirar. Había un carnero en la orilla, observándola con sus extrañas pupilas rectangulares.

—¿Qué estás haciendo tú aquí? —le preguntó al animal.

Como era de esperar, el carnero no le dio ninguna respuesta.

«Probablemente será uno de los de Baki», supuso Rae, acercándose a él. No era raro que el pastor perdiera a alguno de sus animales a la hora de meterlos en el redil para pasar la noche, pero nunca se alejaban mucho.

—Venga —dijo—. Es hora de ir a casa.

El carnero no opuso resistencia. Dejó que lo agarrara del cuerno y lo llevara hacia el terreno de Baki, y a medio camino se encontraron al pastor, que ya había detectado la desaparición del carnero y había salido en su busca.

—¿Rae? —exclamó Baki al verla. Se le veía turbado, sin lavar ni afeitar—. Oh, gracias a Ra. ¡Pensaba que estabas muerta! He oído lo sucedido cuando he ido a la ciudad esta mañana. No me lo podía creer. ¡Aún no me lo puedo creer! Asim y los otros…

Rae parpadeó y en ese instante se vio transportada de nuevo.

La sangre.

Los gritos.

El zumbido de las flechas pasando junto a su cabeza.

Cogió aire y sintió un dolor en el pecho, pero enseguida ahuyentó los recuerdos, que desaparecieron de nuevo en la oscuridad.

—Sí —consiguió decir.

—No me lo puedo creer —repitió Baki, como si no supiera qué más decir.

—¿Dónde estabas anoche? —preguntó Rae—. Faltaron muchos a la reunión.

Intentó apartar cualquier resentimiento o sospecha, pero necesitaba saber la verdad. En aquel momento la ausencia de tantos de los miembros de Horizonte les había parecido razonable: la reunión se había convocado con poco tiempo, no les habría llegado el mensaje, o quizá habrían decidido no acudir por prudencia. Pero tras la emboscada había empezado a preguntarse si habría algo más.

—Recibí el mensaje, y pensaba ir —le dijo Baki—. Pero más tarde me encontré con el cervecero y me dijo que no fuera. Dijo que era demasiado peligroso reunirse tan pronto después del ataque y que era mejor mantener la discreción hasta que las cosas se calmaran.

—¿Qué? —exclamó Rae, airada—. ¿Eso te dijo?

Baki asintió.

—Me pareció bastante sensato, así que me quedé en casa. Debió de hablar también con otros, porque anoche me encontré con varios de ellos en la ciudad. Sabiendo lo que sé ahora, me alegro de haberle hecho caso. —El pastor bajó la mirada, avergonzado—. Pero al mismo tiempo no puedo evitar sentirme culpable por haber sobrevivido cuando tantos han muerto. Esta noche abrazaré a mi hijo un poco más fuerte.

Rae no respondió. Se había quedado rígida y con el cuerpo tenso. Sentía una emoción que quemaba por dentro, que abrasaba su sensación de vergüenza y de dolor como un fuego descontrolado.

Furia.

—Quizá hayamos sobrevivido para poder vengarlos —dijo, calzándose las sandalias.

Baki agarró los cuernos del carnero que le tendía Rae y frunció el ceño mientras ella echaba a andar.

—¡Rae, espera! —dijo—. ¿Adónde vas? ¡No es seguro ir por ahí tan tarde!

—Voy a hacerle una visita al cervecero —respondió, ante la mirada atónita de Baki y de su carnero.

Cuando llegó a la ciudad procuró ocultarse en las sombras, colándose entre los edificios y pasando por el callejón donde se organizaban peleas cada día. Las calles estaban vacías y reinaba un silencio pesado, lúgubre. Pasó junto a la panadería a oscuras; sus trabajadores se habrían ido a casa para dormir unas horas antes de volver a amasar las hogazas para el nuevo día.

En la puerta de al lado estaba la cervecería.

Unos finos estores de junquillo cubrían las ventanas, pero a través de ellos Rae vio la temblorosa luz de una lámpara y una figura que se movía por el interior. La puerta de entrada estaba abierta.

La empujó sin llamar.

Un desagradable olor agridulce se le coló por la nariz al entrar en la sala alargada, que estaba casi en penumbra. El cervecero estaba de pie, de espaldas a ella, junto a una serie de altas cubas colocadas sobre un montón de brasas, todas ellas llenas hasta el borde de un líquido borboteante. Los estantes junto a la pared estaban llenos de vasijas de cerveza herméticamente cerradas, listas para la venta.

—Está cerrado —dijo el cervecero, sin girarse a mirar quién era. Metió una jarra dentro de una de las humeantes cubas—. Vuelva mañana.

Rae pasó junto a los cedazos para tamizar el grano y a los coladores de cerámica, y se situó donde brillaba la luz de la lámpara. El cervecero era un tipo achaparrado, de complexión no muy diferente a la de sus barricas de cerveza, y Rae le sacaba una cabeza.

—Has sido tú —dijo.

La jarra se quedó a medio camino de los carnosos labios del cervecero, que la sostuvo en aquel punto un momento. Luego, muy despacio, la posó sobre la mesa.

—Cuando te vi saliendo de la casa del nomarca ese día —prosiguió Rae, que seguía estando a sus espaldas—, no estabas entregando cerveza, ¿verdad? Estabas entregando información. ¿Cuánto tiempo llevas trabajando para él? ¿Días? ¿Semanas? ¿O ya estabas con los altokhetaranos desde el principio?

El cervecero se giró.

—Raetaui, qué decepción ver que no estás muerta.

—Debería haberme dado cuenta de que eras un traidor —dijo, haciendo caso omiso del comentario—. Siempre eras el que más alzaba la voz en las reuniones, abogando por la cobardía, disfrazándola de sentido común, haciendo todo lo posible para evitar que los hombres lucharan por la libertad...

—¡Estaba protegiéndolos! ¡Y lo cierto es que lo estaba haciendo estupendamente hasta que apareciste tú, pedazo de estúpida!

—¿Protegiéndolos? —exclamó Rae, que no se lo podía creer—. ¡Informaste al nomarca sobre la reunión! ¡Caímos en una emboscada por tu culpa! ¡Todos esos hombres han muerto por tu culpa!

—¡Sus muertes son responsabilidad tuya, Raetaui, no mía! —replicó el cervecero—. Intenté advertirles. ¡Incluso intenté advertirte a ti! Los que me escucharon aún siguen vivos. Y los que no... —Alzó las manos—. ¿Qué puedo decir? Se cosecha lo que se siembra.

Con un rugido Rae se lanzó sobre él, lo agarró de la túnica y lo sacudió con fuerza.

—¿Cuánto te pagó el nomarca a cambio de las vidas de esos hombres? ¿Por los antiguos soldados? ¿Por el hijo del pescadero? ¿Por Asim? ¿Cuánto te ha pagado?

El cervecero se la quitó de encima y Rae salió trastabillando hasta dar con la espalda contra una de las cubas, de la que cayó una salpicadura de cerveza caliente al suelo.

—Lo habría hecho gratis —replicó, socarrón, escupiendo unas gotas de baba al hablar—. Asim era un loco peligroso. ¡Se lo estaba buscando!

Rae sintió que la rabia la dominaba y vio cómo su campo de visión se reducía. Quería golpear al cervecero, una y otra vez, y no parar de hacerlo. Fue a por él de nuevo, pero en ese momento notó un movimiento en la puerta. Se giró de golpe para ver quién era.

Tres hombres encapuchados, con el rostro oculto entre las sombras, se habían colado en la cervecería.

—¿Rae? —dijo el más grande—. ¿Qué estás haciendo?

Ella entornó los párpados y lo miró.

—¿Omari?

—Baki ha venido a buscarnos a mí y a Menk. Nos ha dicho que venías hacia aquí, pero no sabía por qué. ¿Ha pasado algo?

—¡Nos ha traicionado! —dijo ella, señalando al cervecero—. Ha estado trabajando para el nomarca todo este tiempo. Por eso sabían que estaríamos en el Jardín de los Muertos anoche. ¡Se lo contó todo!

Los tres hombres guardaron silencio.

—¿Es eso cierto? —preguntó Baki por fin al cervecero—. ¿Sabías lo del ataque?

El cervecero se alisó la túnica.

—Tú sabes, Baki —dijo, suavizando la voz—, que siempre me has caído bien. No eres muy listo, pero tienes buenas intenciones. Por eso te dije que no fueras a esa maldita reunión.

Baki meneó la cabeza, horrorizado.

—¿Cómo has podido hacer esto? —le preguntó—. ¿Cómo has podido estar con nosotros todo este tiempo y traicionarnos? Pensaba que eras mi amigo.

—¡Y soy tu amigo! —dijo el cervecero, golpeando la mesa con el puño—. Te he salvado, ¿no? ¡Y a los otros! Estaba todo bajo control hasta el ataque a los *medjay*. Había conseguido convencer al nomarca de que Horizonte era algo inofensivo, solo un puñado de descontentos gruñones. Pero vosotros teníais que ir a robarles las armas...

»Después de eso, bueno..., el nomarca quería venganza. Así que tuve que escoger: sacrificar a unos pocos para salvar al resto. Los hombres que acudieron a aquella reunión eran demasiado estúpidos o tozudos como para poder salvarlos. Recibieron su merecido. —Se giró hacia el pastor—. ¿Lo ves ahora, Baki? Te hice un favor. Es hora de que nos olvidemos de esto y pasemos página.

—¿Y qué hay de nosotros? —preguntó Omari—. ¿Qué hay de los estúpidos y tozudos que sobrevivieron a tu carnicería?

El cervecero se encogió de hombros y señaló la cuba de burbujeante cerveza.

—Solo hacen falta unas cuantas semillas malas para arruinar todo el lote. Como no habéis tenido la cortesía de morir, me veré obligado a dar vuestros nombres al nomarca, como traidores a la corona. Anoche conseguisteis libraros de la ejecución, pero eso no volverá a ocurrir.

Se acercó a Rae, esta vez curvando el labio en una sonrisa socarrona.

—Estoy seguro de que el nomarca se tomará su tiempo contigo. Es un hombre al que le gusta saborear los placeres de la vida. Quizá incluso te deje mirar cuando los guardias atrapen a tu padre y lo liberen por fin de sus miserias.

Al oír mencionar a su padre, algo que ya estaba muy tenso en el interior de Rae se quebró por fin.

En un abrir y cerrar de ojos ya tenía la daga en la mano. Con la otra, agarró al cervecero por el hombro, tiró de él y le clavó la hoja entre las costillas.

El cervecero abrió los ojos como platos y emitió un ruidito ahogado de sorpresa.

—¡Rae! —exclamó Baki.

Ella aguantó el cuchillo con firmeza, apretándolo contra el pequeñajo. Siempre había pensado que le costaría apuñalar a alguien. Que requeriría mucho esfuerzo clavar un cuchillo entre los músculos y las vísceras. Pero no fue así. De hecho, le resultó muy fácil, demasiado.

En realidad no le costó ningún esfuerzo.

Al cabo de un momento que a ella le pareció larguísimo, soltó al cervecero y retiró la daga. El hombre retrocedió trastabillando, como si estuviera borracho. Rae y los otros se quedaron mirando en silencio mientras él chocaba contra la mesa y derribaba la jarra de cerveza, que cayó al suelo. Ya tenía la túnica empapada de sangre. Se presionó la herida con la mano, pero la sangre le empapó los dedos. No había modo de parar la herida. Y nadie dio un paso para ayudarlo.

El cervecero levantó la vista y los miró, con los ojos brillantes de odio.

Abrió la boca para decir algo, pero no le salió ninguna palabra.

Cayó al suelo de tierra.

Nadie se movió.

Rae tanteó el cuerpo del cervecero con la punta del pie. No hubo respuesta. Bajó la vista y la posó en la daga que llevaba en la mano, ensangrentada hasta la empuñadura. El ojo *uadyet* grabado en el mango la miraba entre sus dedos.

Se quedó esperando su propia reacción de horror. De arrepentimiento. De repulsa, la misma que había sentido al matar a aquel hombre en la Casa de los Medjay. Pero no sintió ninguna de esas cosas. Si antes se sentía mal incluso por la muerte de los malvados, eso ya formaba parte del pasado.

«Si sigues por ese camino, la persona que eres ahora desaparecerá».

Se oyó un murmullo en la rebotica, donde el cervecero tenía su vivienda.

—Tenemos que irnos, Rae —dijo Omari, en voz baja pero con urgencia—. Tenemos que irnos ya.

—Que Ra nos perdone —murmuró Baki, sin poder apartar la vista del cadáver.

Menk soltó un escupitajo.

—El hijo de perra se lo merecía.

—¿Padre?

Una joven salió de entre las sombras. Tenía el pelo y la ropa revueltos, como si se acabara de despertar de un sueño profundo.

Posó la vista en la daga ensangrentada que llevaba en la mano Rae, y luego en el cuerpo tendido en el suelo.

Rae reconoció a la hija del cervecero. Su mujer lo había abandonado años atrás, pero la muchacha tenía la edad de Rae más o menos, y se había encontrado con ella muchas veces en el mercado.

Ahora la capucha ya no le cubría el rostro, así que la hija del cervecero también la reconoció.

La joven levantó las palmas de las manos en señal de rendición. Rae se esperaba una reacción de odio o desesperación, pero lo único que vio fue miedo.

—Por favor, no me hagas daño —dijo la joven.

Rae se vio arrollada por mil emociones diferentes, y de pronto sintió que se mareaba. Se apartó de la muchacha y fue junto a Omari.

—Llévame a casa —le pidió.

—No puedes ir a casa, Rae —dijo Omari, llevándosela a la puerta—. Esta noche no.

—¿Entonces cuándo?

Omari no respondió. Agarró una capa colgada junto a la puerta, se la puso a Rae sobre los hombros, le cubrió la cabeza con la capucha y salieron, sumergiéndose en la oscuridad de la noche.

«Una vez que has pisado ese lúgubre terreno, no hay vuelta atrás».

Ya en la calle, pasaron junto a un anciano sentado en el suelo, apoyado en el quicio de la puerta de una casa abandonada. Estaba tarareando algo y recitando sus oraciones a los dioses que quisieran escuchar.

—El cordero —canturreó—. El cordero, el cordero, el cordero…

30
SITA

Sita vio muchas cosas maravillosas durante su viaje desde Tonis: campos de trigo dorado, rebaños de jorobados cebús grises, pirámides que cortaban el horizonte como afilados dientes... Pero lo que más le gustó fueron las flores.

En su jardín de recreo había flores preciosas, algunas procedentes de tierras lejanas como regalo personal al rey, y otras tan delicadas que solo podían sobrevivir en el terreno modificado que cuidaban los jardineros reales. Cada planta crecía en su espacio asignado, y cualquier brote rebelde que se aventurara a salirse de sus límites era arrancado de raíz. Sita siempre había pensado que era el lugar más espléndido del mundo, pero eso cambió a las pocas horas de caminar con Karim por los campos de Khetara.

Él la había llevado lejos del río para evitar que los vieran desde los barcos de Meriamón, pero sin salirse de la franja de tierra fértil que flanqueaba las dos orillas del Iteru, siguiendo hacia el sur. Por el camino encontraron montones de flores: acianos de un morado intenso; flores de cáñamo de río, de un amarillo dorado, y delicados crisantemos blancos, naranjas y rojos. Crecían sin control, mezclándose con las matas de belladona y de hierbas silvestres.

Sita observó que, al fin y al cabo, tampoco había tanta diferencia.

Todas eran bonitas, y las plantas silvestres merecían un respeto especial por tener la fuerza necesaria para crecer hasta en los terrenos más duros. Le pareció asombroso que todas aquellas plantas pudieran crecer sin nadie que se ocupara de ellas, y que se enredaran las unas con las otras buscando el sol, arrastradas por los caprichosos vientos. Las flores silvestres no tendrían la perfección de las del jardín de recreo, pero prefería el paisaje natural, por muchas razones. Sin pensárselo, arrancó un crisantemo amarillo y se lo colocó entre el pelo.

Habían estado caminando en silencio desde que habían salido de la ciudad: Sita, Karim y el perro negro. Con el calor de la tarde era más fácil avanzar en silencio y, además, Sita necesitaba tiempo para pensar.

Los últimos días habían sido como una tormenta violenta que había traído la devastación a una velocidad sorprendente. El caso era que ya lo veía venir. Había percibido los primeros indicios durante el Festival de Bastet. Pero no había hecho nada para evitarlo. Nada en absoluto.

«Y ahora están todos muertos».

Maet.

Padre.

Toda la corte del faraón.

Por voluntad de un hermano en el que había confiado y al que había querido. Un hermano que iba a apoderarse del trono. Un hermano que había planeado —¿durante días, semanas, años?— llevársela a su cama.

Aún no podía creérselo.

¿Cómo podía ser que alguien con quien se había criado, alguien a quien creía conocer como a sí misma, pudiera convertirse en tal monstruo? Aquella revelación había sumido todas sus convicciones en el caos. Mientras caminaba fue repasando sus recuerdos, viéndolos con otros ojos, y le sorprendió encontrar indicios del plan de Meri por todas partes.

El hecho de que le gustara escoger los vestidos que ella debía ponerse para los banquetes, y de que se quedara a charlar mientras ella se los ponía.

La forma en que le acariciaba la mano sobre la mesa cada vez que jugaban a *mehen* o a perros y chacales.

El modo en que se le iluminaron los ojos aquella vez que la pilló con Femi en el camarote del barco, la noche del festival.

Ahora que lo pensaba, tampoco había ocultado su objetivo. No del todo. Pero ¿cómo iba a imaginarse ella lo que iba a pasar? Nadie habría podido imaginarlo.

Aunque no es que importara demasiado, porque la culpa era solo suya. No era tonta. Siempre aprendía las lecciones rápidamente y muchas veces ganaba a Meri en sus juegos. Era tan lista como su hermano, a pesar de lo que la corte —y su propia familia— pudiera pensar.

Pero Meri conocía todos sus puntos débiles, sus carencias, su candidez.

«Sitamón, Sitamón... Miras el tablero, pero de algún modo no lo ves».

Se giró hacia los enormes pilares blancos del palacio, ya apenas visibles en el horizonte.

«A Meri nunca le importó ganar las partidas que jugábamos —pensó—. La única partida que le importaba ganar era esta».

Con un suspiro profundo, volvió a levantarse las faldas y echó una carrerita para ponerse a la altura de Karim y Behkai, que no se habían dado cuenta de que ella había bajado el ritmo.

—¡Esperadme! —dijo.

Tenía los pies cansados. No estaba acostumbrada a caminar tanto tiempo bajo el sol, y sus sandalias estaban hechas para deslumbrar, no para caminar.

Karim se detuvo y se giró a mirarla. Bajo la oscura capucha asomaba su rostro curtido, pero aún juvenil.

—¿Fatigada, princesa? —preguntó, en un tono que a Sita le pareció algo frívolo.

—En absoluto —replicó ella, levantando la barbilla. Hizo un esfuerzo para alcanzarlo y luego lo superó.

A modo de respuesta, Karim también aceleró el paso hasta que ambos se quedaron sin aliento. Por fin adoptaron un paso más tranquilo, uno al lado de la otra.

Sita lo observó con el rabillo del ojo. Un poco antes se había quitado su túnica blanca y se había puesto una ropa oscura más voluminosa que había cogido del esquife antes de iniciar su huida, algo parecido a lo que llevaba ella. Era delgado, un poco más alto que ella y peludo. A pesar de su desaprobación inicial por la falta de higiene del forastero, tenía que admitir que ya no le importaba tanto. Había una audacia en sus ademanes que casi le resultaba atractiva.

Pero también estaba envuelto en un gran secretismo. Se mostraba alegre y desenvuelto, pero Sita notaba cierta tensión tras esa fachada y se preguntaba a qué se debería. Lo había visto girarse a mirar por encima del hombro varias veces y sobresaltarse al oír cualquier ruido entre la maleza. ¿Qué era lo que le daba tanto miedo?

La respuesta más obvia era la guardia real. Era poco probable que Meri hubiera enviado a sus soldados tan lejos, pero tenía sentido que Karim estuviera alerta. Por mucho que Sita temiera que la atraparan y se la llevaran de nuevo al palacio, a ella seguro que se la llevaban viva. Karim, en cambio, era otra historia. No tenía dudas de que, si los encontraban juntos, a él lo ejecutarían al momento.

El perro negro, igual que su dueño, parecía estar también en guardia. A menudo oteaba el horizonte, olisqueando, y luego volvía corriendo hacia ellos, con la lengua colgando. Estaba haciendo eso precisamente cuando se acercó a Sita corriendo y, con evidente orgullo, dejó a sus pies una musaraña muerta.

—Vaya, ¿y eso? —dijo Karim, dándole una patada al animalillo muerto y sacándolo del camino—. Al menos encuéntranos algo que podamos comer.

Pero Sita estaba agradecida por el regalo y le dio unas palmaditas al perro en la cabezota.

—Gracias, Behkai —dijo, sonriendo.

Karim soltó un gruñido y siguió caminando.

Era evidente que estaba en deuda con él por haberla ayudado a salir de Tonis, pero después de mucho pensárselo había empezado a preguntarse si sus acciones eran puramente altruistas. Al fin y al cabo, la estaba alejando cada vez más de la civilización: si al final de todo aquel viaje se encontraban con una banda de ladrones del desierto, una princesa fugada sería un buen botín. Por muchos encantos que tuviera Karim, podía ser tan traicionero como cualquier otro.

Si había aprendido algo de las últimas experiencias, era que tenía que dejar de ser tan confiada. Se llevó la mano a la daga sujeta al cinto. Si llegaba el momento, haría lo que tuviera que hacer.

—Pararemos aquí, *sena* —anunció Karim, con los brazos en jarras. Habían superado una pequeña loma y se habían encontrado con un canal de irrigación en el extremo de una granja, rodeada por unos cuantos sauces llorones—. Tenemos que descansar, y aquí podremos rellenar las botas de agua.

Sita asintió: estaba sedienta. Imitando los movimientos de Karim, se agachó para meter la bota de cuero en el canal y la sostuvo bajo el agua hasta que se llenó. Luego echó un buen trago. Estaba fría y fresca, y se la bebió toda. Seguramente era la mejor agua que había bebido nunca: probablemente porque nunca había tenido tanta sed. Se apresuró a rellenar la bota de nuevo para volver a beber.

—Tómatelo con calma —la regañó Karim—. Si bebes demasiado rápido, la vomitarás.

Sita hizo un mohín, pero obedeció y bebió más despacio.

Karim se quitó la capucha y se refugió del sol bajo las ramas de uno de los árboles. Tomó un buen trago de agua, llenando la boca hasta que el agua se le salió y le mojó la garganta y el pecho. Luego se echó el resto sobre la cabeza, cerrando los ojos mientras el agua le empapaba los oscuros rizos y se le pegaba a la barba corta de las mejillas en forma de gotitas. Ella se quedó mirándolo, sin apartar los labios del brocal de la bota.

Karim abrió los ojos, tal vez porque había intuido que ella lo observaba. Sita apartó la mirada.

—Solo tenemos unas horas más hasta que caiga la noche. ¿Es seguro quedarse tan cerca del río?

—Nos adentraremos algo más para montar el campamento —respondió Karim—. Pero necesitas una pausa.

—Ya te he dicho que estoy bien —respondió molesta, al tiempo que se agachaba junto al canal y se salpicaba la cara con agua fresca.

Parpadeó al ver su reflejo. Tenía el pelo alborotado, la piel del rostro quemada y los labios cuarteados. En otras circunstancias ver aquella imagen la habría turbado, pero lo cierto era que no le importaba en absoluto.

Behkai acudió corriendo a su lado y se agachó para beber con sonoros lametones. Luego sacudió la cabeza, salpicando de baba por todas partes.

—¡Puaj —exclamó Karim, dándole un golpetazo al perro.

Behkai lo interpretó como un juego y se puso a dar saltos a su alrededor.

Sita no pudo evitar reírse. No recordaba cuándo había sido la última vez que se había reído. Al principio le resultó liberador, pero luego se sintió mal. «¿Cómo puedes reírte tras esta tragedia? ¿Cómo puedes sonreír siquiera?».

Recobró la compostura. Con una mano mojada, intentó alisarse el pelo despeinado. Hasta que no consiguió gobernarlo no volvió a girarse hacia Karim.

Él estaba sentado, observando un papiro traslúcido de color amarronado que había extendido sobre una roca, delante de él. Mostraba unos toscos dibujos de montañas, valles y unas pequeñas estrellas rojas.

—¿Eso qué es? —le preguntó.

Karim se giró hacia ella y, por un momento, Sita pensó que volvería a enrollar el documento y que le daría alguna respuesta vaga, como cuando le había preguntado de dónde era. Pero él tensó la mandíbula y respondió:

—Es un mapa.

Interesada, Sita se sentó a su lado, desde donde pudo ver el papiro. Era un mapa parcial de Khetara, que mostraba territorios al sur de Tonis. Algunos de los nombres de pueblos y ciudades le eran familiares, otros menos..., y muchos lugares que habrían tenido que estar indicados en el mapa no estaban.

—Esto es antiguo —señaló, intrigada—. Muy antiguo. ¿De dónde lo has sacado?

Karim tensó el cuerpo.

—¿Puedo confiar en ti? —le preguntó al fin.

Sita frunció el ceño. Era la pregunta que menos se esperaba.

—¿Que si tú...? —Lo señaló, con aquella barba de tres días y sus ropas toscas, y luego se señaló a sí misma—. ¿Que si puedes confiar en mí? ¡Por Amón! ¡Yo soy de la realeza de Khetara!

—Sí, exactamente —dijo él, torciendo un poco el gesto—. Aun así, ¿puedo confiar en ti?

Sita levantó las cejas.

—Hum... ¿sí?

—No pareces estar muy segura.

Ella suspiró, exasperada.

—Sí, Karim. Puedes confiar en mí.

—*Sena*, rezo a tus dioses y a los míos para que tu palabra sea de fiar.

—La palabra es la acción —recitó Sita.

—¿Qué?

—¿No has oído eso antes? Es una frase habitual en Khetara, algo que se dice al final de una oración. Significa que las palabras tienen un gran poder. Cuando dices algo en voz alta, va de tus labios a los oídos de los dioses, y así consigues que suceda, lo haces realidad. —Ladeó la cabeza—. Desde luego, tú no eres de aquí, ¿no?

Karim negó con la cabeza.

—Yo procedo… de las Tierras Rojas.

Sita levantó las cejas de golpe.

—¡Las Tierras Rojas! ¡Por supuesto!

Había oído hablar de las tribus del desierto, pero nunca había visto a uno de sus miembros. Su padre los consideraba poco más que bandas de rufianes sin dioses ni escrúpulos que se pasaban la mayor parte del tiempo luchando entre ellos. Alguien como Karim nunca habría sido invitado ni a kilómetros del palacio.

—No pareces un guerrero.

—No lo soy. En mi tribu la mayoría son pastores, no guerreros. Pero yo tampoco soy pastor. Yo soy… soy…

—¿Qué?

Karim vaciló.

—Suéltalo, ¿quieres? —dijo Sita, impaciente.

Él se ruborizó.

—Soy un ladrón de tumbas, ¿vale? —dijo, levantando quizá demasiado la voz.

Behkai soltó un gemido y aplastó las orejas contra la cabeza.

—Formaba parte de un grupo llamado los Chacales. Buscábamos tumbas khetaranas en el desierto, nos llevábamos los objetos de valor y vendíamos el botín. En cuanto al mapa…, lo robé del Templo de Amón. Pero en realidad eso es una excepción. Normalmente les robo a los muertos, no a los vivos. Eso es. Ya lo sabes.

Sita echó el cuerpo atrás. Karim le había soltado todo aquello tan rápido y con tanta rabia… para luego callarse. Había oído hablar de hombres —khetaranos o foráneos— que saqueaban tumbas, pero por algún motivo tenía la impresión de que Karim no encajaba en el perfil.

—Tu gesto de repulsa no significa nada para mí, *sena* —dijo Karim, endureciendo el tono—. Si tu pueblo accediera a comerciar con el mío y no nos tratara como apestados, quizá no tendríamos que recurrir a ese tipo de actividades, ¿no te parece? Os creéis tan superiores, con vuestro fértil río, vuestros cientos de dioses y...

—¡No es repulsa! —lo interrumpió Sita—. Estoy... sorprendida.

Karim cruzó los brazos sobre el pecho.

—Yo no tengo derecho para juzgarte a ti ni las cosas que has hecho para sobrevivir —añadió. La confesión de Karim, por extraña que fuera, resultaba refrescante e hizo que ella también quisiera ser sincera—. Tú has robado joyas a los muertos. Pero yo... —La sensación de culpa casi la dejó sin aliento—. Yo he robado vidas de inocentes.

La rabia de Karim se transformó en perplejidad.

—¿Has matado a alguien? ¿Por eso estabas huyendo?

—No, no exactamente —respondió Sita, y de pronto se encontró contándole la verdad—. Mi hermano envenenó al rey, nuestro padre, para hacerse con el trono.

En cuanto empezó, la verdad fue brotando de su boca como si fuera agua.

—Lo hizo poco a poco, a lo largo de mucho tiempo, para que pareciera una enfermedad. Nadie sospechaba nada, aunque sin querer mató a una niña durante el proceso. Después, en cuanto murió mi padre, mi hermano mató a toda la corte para poder sustituirla por la suya.

Karim hinchó las mejillas.

—¡Y yo que pensaba que los khetaranos erais civilizados!

Sita lo fulminó con la mirada.

Se quedaron sentados un momento en silencio hasta que Karim lo rompió:

—No entiendo qué quieres decir con eso de que has robado vidas de inocentes. Es tu hermano quien mató a toda esa gente, no tú.

—Pero yo sabía lo del veneno —replicó Sita—. Lo descubrí cuando aún había tiempo para salvar a mi padre y a Maet. Sin embargo, me daba demasiado miedo hablar. Quería creer que Meri estaba haciendo lo correcto, aunque en el fondo de mi corazón sabía que no era así. Mi hermano habrá asestado los golpes mortales, pero mi silencio ha sido igual de letal.

Se rodeó el cuerpo con los brazos y bajó la voz.

—El mismo día en que murió mi padre —prosiguió—, Meri me dijo que yo debía ser su reina. Era una antigua costumbre real, la de que el rey se casara con su hermana, igual que la de matar a toda la corte para que el faraón se los pudiera llevar consigo a la otra vida..., pero cayó en el olvidó hace ya mil años. Todo forma parte del plan de Meri para devolverle su antigua gloria a Khetara. Está obsesionado con eso: cree que es su destino. Sé que será faraón, y un faraón es como un dios, y aun así... tengo miedo de lo que pueda hacer, de adónde esté dispuesto a llegar para alcanzar la grandeza que busca. —Tragó saliva—. No todos los dioses son buenos.

—Así que... ¿huiste?

—Uno de los guardias me ayudó a escapar —respondió, con la voz quebrada al pensar en Femi—. Rezo para que Meri no lo haya matado también a él. No podría soportar el peso de otra muerte en la conciencia.

—Bueno, *sena* —dijo Karim, pasándose una mano por el pelo—. Eso, al menos, es algo que tenemos en común.

—¿Qué quieres decir?

—Yo también he tomado decisiones cuestionables últimamente. ¿Ves esto? —preguntó, mientras señalaba una estrella roja en el mapa, en las profundidades de un valle de montaña—. Esta estrella indica una antigua tumba. Yo la encontré, intacta, llena de tesoros. Me acompañaba un chico, Djet..., y estábamos en pleno saqueo cuando sucedió.

—¿Qué es lo que sucedió?

Un velo de terror cubrió los ojos de Karim.

—Algo... se despertó. Se levantó de la tumba y mató a Djet.

Sita se mostró incrédula.

—Debes de equivocarte. Pudo ser un animal, o...

—No, yo también lo pensé al principio, pero no. Lo vi con mis propios ojos, *sena*. Eres la primera persona a la que se lo cuento. No... no puedo guardarme este secreto más tiempo.

Sita había leído papiros sobre magia *heka* y sobre la existencia de poderosos hechizos de reencarnación, pero no tenía muy claro cómo iba a usarlos un hombre de las tribus de las Tierras Rojas.

—Así que me estás diciendo que una momia mató a tu amigo. ¿Qué pasó después?

—Intenté evitar que saliera de la tumba. Pero me siguió y volvió a matar... a un anciano sacerdote, en el Templo de Janum.

—¿Janum?

Sita tuvo de repente la sensación de que la cabeza le daba vueltas al recordar el extraño encuentro con la anciana que la había visitado en el palacio antes de la muerte de su padre. La mujer hablaba como si fuera la diosa Heket, consorte de Janum, el dios creador con cabeza de carnero que a veces se presentaba en forma de cordero.

Karim le explicó que el anciano sacerdote le había enseñado a leer el nombre del hombre que habían sepultado en la tumba: un rey olvidado llamado Sethnajt. Y que había viajado hasta el Templo de Amón en busca de más información sobre el faraón, y allí había robado el mapa de la Casa de la Vida.

—¿Has conocido a Bakenamón? —preguntó Sita cuando acabó su relato—. Y esa joven sacerdotisa que has descrito..., creo que sé quién es. —Recordó a la extraña niña que la había mirado fijamente durante el Festival de Bastet, y que Meri afirmaba que le había salvado la vida con una premonición. ¿Sería la misma persona?—. Qué extraña coincidencia.

—Esa es la cuestión —dijo Karim—. Que no sé si es una coincidencia. En el Templo de Janum vi algo más. El anciano sacerdote me explicó que la pintura que había en la pared era un antiguo oráculo. Lo llamó el Oráculo del Cordero.

Sita sintió un escalofrío en la espalda.

—Había cuatro figuras pintadas —prosiguió Karim—, que rodeaban la imagen de un cordero ensangrentado. Una de ellas era yo.

—¿Tú? ¿En un oráculo khetarano?

Karim asintió.

—La segunda era una guerrera, la tercera una sacerdotisa... —Tragó saliva y buscó la mirada de Sita—. Y la última eras tú.

—¿Qué? —Sita se estremeció al notar una fresca brisa entre los sauces, que traía un extraño olor: dulce, ahumado y embriagador.

Behkai levantó el morro, olisqueando, pero el olor no duró mucho—. ¿Cómo puedes estar tan seguro?

—Nacieron tres príncipes —explicó Karim—. Tus dos hermanos y tú. Tu cara. Tus ojos. No podía ser nadie más. —Se quedó pensando un momento y luego añadió—: Tenías un corazón en las manos.

Sita meneó la cabeza. Todo aquello era increíble. Aun así, la llenó de asombro pensar en su imagen con un corazón en las manos, sopesándolo, como hacían los dioses el día del juicio. Meri y ella llevaban en la conciencia varias vidas humanas. ¿Qué castigos tendrían que afrontar por contravenir la voluntad de los dioses?

—¿Y qué auguraba ese oráculo? —preguntó.

Karim torció el gesto.

—Nada bueno. Destrucción. Traición. Guerra. Un río convertido en sangre.

De la garganta de Sita brotó una risa histérica. Apoyó una mano en la cabeza de Behkai y el perro se arrimó a su pierna, como para consolarla. La risa histérica desapareció.

—Naturalmente —dijo con un hilo de voz tras recuperar la compostura.

—Dado que aparecéis tanto tú como tus hermanos, quizá la ascensión de tu hermano al trono tenga algo que ver con el oráculo. Y ese asunto de Sethnajt... también tiene algo que ver. La pintura me representaba abriendo su tumba.

Karim echó una mirada por encima del hombro.

—Yo pensaba que había acabado con el monstruo, o la «momia», como la llamas tú, pero desde que nos hemos alejado de la ciudad, de la multitud y de sus distracciones, no me puedo quitar de encima la sensación de que me observan. Es como si esos eventos estuvieran relacionados... como arroyos que desembocan en un mismo río.

«Así que ese es el motivo por el que se sobresalta con cada ruidito», pensó Sita. Aun así, no lo tenía claro. Al no haber visto personalmente eso que él llamaba oráculo, solo podía apoyarse en unas cuantas coincidencias y en la palabra de Karim.

—¿Y qué se supone que tenemos que hacer al respecto nosotros cuatro? ¿Eso no lo mencionaba el cordero?

Karim negó con la cabeza.

—No, claro —dijo Sita.

—No me crees.

Sita le lanzó una mirada de disculpa y se encogió de hombros.

—Pues escucha, princesa..., son tus dioses los que me han metido en esto, ¡no los míos! Esa joven sacerdotisa ya lo sabía todo. Había tenido visiones de todo esto. Por eso me ayudó en el templo. ¡Yo tampoco quería creérmelo! Vine a Tonis únicamente porque se lo prometí a ese anciano sacerdote antes de que muriera. Y justo cuando pensaba que las cosas no podían ponerse más raras, de pronto apareces tú. Cuando he descubierto quién eras, he sabido que nuestro encuentro no podía ser una coincidencia.

Sita dejó caer la cabeza entre las manos y se quedó mirando el mapa que tenían entre los dos. Huir de Meri y pensar en cómo detenerlo ya era bastante difícil. ¿Y ahora esto? La mera idea de que pudiera estar involucrada en una especie de profecía antigua era algo inconcebible.

Concentró la mirada en un texto escrito junto a la estrella roja, la que indicaba la localización que Karim había identificado como la tumba de la momia.

—«Aquí yace Sethnajt» —leyó en voz alta—. «De espíritu indestructible, poderoso como un dios. Si él te ordena morir, morirás. Si él te ordena vivir, vivirás. Su palabra es la acción».

Karim se quedó mirándola.

—¿Sabes leerlo? —preguntó, y luego se dio una palmada en la frente—. Por supuesto que sí. Probablemente eres la mujer más culta del reino. ¿Hay más?

Ella entornó los párpados y examinó las siguientes palabras, que estaban borrosas y eran más difíciles de descifrar.

—«No viajará al oeste, porque no ha acabado su labor. A través de la...». —Hizo una pausa—. No tengo muy claro qué es este símbolo. ¿Sangre? ¿Carne?. «A través de la... carne de un acólito, vivirá de nuevo».

Se hizo el silencio entre los dos.

Karim se había quedado pálido.

—No ha acabado su labor... ¿Qué labor?

—A menos que encontraras más información sobre él en el templo, supongo que nunca lo sabremos —observó Sita.

—Había una carta —dijo Karim—. De un embalsamador que

había participado en la sepultura del rey. No decía mucho, pero mencionaba que Sethnajt había abandonado Tonis y había construido su propia capital en el desierto, lejos del resto del reino. ¿Sabes dónde es?

Sita negó con la cabeza.

—Nunca he oído hablar de un lugar así. Pero eso no es de extrañar. Si borraron todo rastro de Sethnajt de los libros de historia, su ciudad probablemente también quedaría abandonada. Han pasado mil años... El desierto debe de haberla engullido de nuevo.

Karim empezó a animarse.

—Quizá, o quizá no. ¿Tú crees que podrías encontrarla en este mapa?

Sita examinó las otras localizaciones indicadas. Pasó por alto las que ya conocía y repasó los nombres que no conocía uno por uno. La mayoría estaban demasiado cerca del Iteru como para que hubieran podido pasar desapercibidas todo aquel tiempo, y otras parecían simples nombres antiguos de ciudades nuevas. También aparecían indicados unos cuantos yacimientos fúnebres. No obstante, uno le llamó la atención: estaba más aislado que el resto, a medio camino entre la Alta y la Baja Khetara, en las profundidades del desierto del este. Los símbolos escritos junto a la estrella eran un cuadrado abierto —el símbolo de casa— y el animal Set. Sita señaló el nombre.

—«Perset, la Casa de Set».

Karim se quedó mirándola, con los ojos como platos.

—Tiene que ser eso, princesa. Perset. ¡Ahí es adonde tenemos que ir!

Sita apartó el mapa, y su momentánea fascinación por la historia de Sethnajt se diluyó de pronto al ver la decisión con que hablaba Karim.

—No, no, no. Nosotros no vamos a ningún sitio. Si tú quieres adentrarte en el desierto para encontrar esta ruina, tú mismo. Pero yo no te acompaño.

—Pero ¡el oráculo, *sena*! —protestó Karim—. Si es cierto, estamos destinados a afrontar esto juntos.

—¿Y si no es cierto? —replicó Sita—. Podría perder semanas persiguiendo fantasmas mientras mi hermano refuerza cada vez más su control del reino. Si mata a más gente inocente en su campaña por conseguir cada vez más poder... —La voz se le quebró—. Gente a la que quiero. Si les pasara algo mientras me dejo distraer por un desconocido que se me ha cruzado en el mercado, no me lo perdonaré nunca.

Karim se vino abajo.

Sita sintió una presión en el corazón, pero no se dejó llevar. Acababa de conocer a Karim, y a pesar de lo fácil que era hablar con él, y de que lo que decía sonaba a verdad, no podía permitirse confiar en él por completo. No tenía claro que pudiera volver a confiar por completo en alguien nunca más.

—Ese «oráculo» tuyo hace que parezca que cada encuentro tiene una gran importancia, que forma parte de un plan superior —dijo ella, endureciendo la voz—. Pero la vida real no es así, ¿sabes? Cada uno toma sus propias decisiones. La vida real no es un cuento, Karim.

Se puso en pie, aunque le temblaba todo el cuerpo.

—Hubo un tiempo en que creía en los cuentos. No volveré a cometer ese error. Permaneceremos juntos esta noche, pero cuando se haga de día nos separaremos. Ya encontraré el camino a Bubas yo sola.

Karim también se puso en pie.

—Como desees, *sena*.

Se fue a recoger sus cosas, y ella intentó pasar por alto el gesto de decepción en su rostro. Hasta el perro parecía abatido.

Se alejaron del canal, y Behkai se situó al lado de ella, trotando con el rabo entre las piernas. Caminaron en silencio unos minutos, hasta que Karim volvió a hablar.

—Lo cierto es que, hasta ayer, yo habría estado de acuerdo contigo. Mi vida antes de esto era ardua y, a veces, parecía vacía de significado. Este oráculo ha traído cosas terribles a mi vida, pero también me ha proporcionado experiencias que sin él nunca habría vivido. He hecho una travesía por el río. He comido una granada. He heredado a Behkai. —El perro ladeó la cabeza al oír su nombre. Karim miró a Sita de reojo—. Te he encontrado a ti.

Sita no podía girarse a mirarlo a la cara.

—Estos últimos días he empezado a plantearme si mi vida sería diferente si dejaba de huir de las cosas y empezaba a ir a por ellas.

¿Sabes lo que quiero decir? —Sita no respondió, y Karim se aclaró la garganta—. Lo único que intento decir, *sena*, es que, aunque no volvamos a encontrarnos..., para mí nada de todo esto ha sido inútil. Y, aunque quizá para ti no suponga nada, espero que tu historia tenga un final feliz.

Sus palabras la conmovieron; Sita no podía negarlo. Y, aunque pareciera una aberración, tampoco podía negar que había algo en su historia del oráculo que sonaba sincero. Sin embargo, Sita sabía que no debía dejarse llevar por una fantasía así, por la idea romántica de que estaba predestinada, con los otros tres, a salvar el reino de la destrucción. Como mucho podía aspirar a reparar de algún modo el daño que había causado ella misma, y hasta eso le parecía una misión imposible. Pero tenía que intentarlo.

Aunque sabía que debía hacerlo, no sentía el menor deseo de separarse de sus compañeros, el perro y el chacal. Eran de lo más diferentes a ella, y aun así le resultaban familiares: dos peones que se movían por el terreno, esperando llegar de una sola pieza al final de su viaje.

Sita esperaba estar interpretando el tablero correctamente, para variar. No quería cometer otro error.

Caminaron el resto del trayecto en silencio.

31

RAE

Durante las horas siguientes, Rae se vio arrastrada por un torbellino de actividad. Al salir de la cervecería, Omari, Menk y Baki se la llevaron a la granja del pastor, con cuidado de tomar las calles más oscuras hasta que salieron de la ciudad. Ella al principio protestó, diciendo que su presencia ponía en peligro a la familia de Baki, pero el pastor no le hizo ni caso.

—Tengo una deuda contigo, Raetaui. Lo menos que puedes hacer es permitirme pagarla.

A partir de entonces, se dejó llevar sin más protestas. Todo parecía avanzar muy despacio, como si estuviera bajo el agua. Hasta las voces de sus compañeros le llegaban como amortiguadas.

Cuando llegaron a la granja, Baki la dejó en el establo, prometiéndole que haría guardia en el exterior, mientras Omari y Menk volvían a la ciudad para reconocer el terreno.

—Lo que ha pasado esta noche tendrá consecuencias —le dijo Menk antes de marcharse—. Más vale que sepamos en qué consistirán antes de que se nos echen encima.

Y, desde ese momento, se encontró sola, con sus pensamientos como única compañía.

O, al menos, pensaba que estaba sola.

Una lámpara de aceite ardía sobre una mesa, junto a la puerta del establo, y proyectaba sombras temblorosas en las paredes. En la penumbra vio a una docena de ovejas amontonadas. Los animales la miraban con desconfianza, pero no hicieron ningún movimiento para acercarse o alejarse de ella. Rae se sentó en una bala de paja. La herida de flecha le dolía, pero estaba demasiado cansada como para seguir de pie.

El aire del establo estaba cargado del olor terroso y almizclado de los animales, pero no era desagradable. Muy pronto las ovejas parecieron perder interés en ella y se retiraron a los rincones para dormir. El único indicador del paso del tiempo era el movimiento de la luna. Cuando había decidido ir a la ciudad la noche apenas acababa de caer, pero ahora la luna ya había cubierto casi la mitad de su recorrido.

Intentó no pensar en su padre.

Pensó en su padre.

Al final debió de quedarse dormida porque, de repente, se vio de nuevo en la cervecería.

La daga en la mano...

La hoja que atravesaba la piel, el músculo y las vísceras...

El cálido chorro de sangre que le empapaba los dedos...

La sorpresa en los ojos del cervecero...

Todo aquello era tan vívido, tan real, que al despertarse no pudo recordar dónde estaba ni cómo había llegado hasta allí.

Desorientada y jadeando, levantó la cabeza e intentó serenarse. La llama de la lámpara de aceite temblaba, arrojando extrañas sombras por las paredes. Una le recordó la silueta de lo que le pareció un carnero con cuatro cabezas, cada una de ellas apuntando en una dirección diferente. Pero en el momento en que parpadeó para despejarse, vio que no eran más que las sombras de cuatro ovejas que estaban juntas, atentas por si aparecía algún depredador.

Rae se puso en pie, renqueante, se acercó al abrevadero y se remojó la cara con agua fría, intentando mantener la mente bajo control.

No había matado al cervecero solo para vengar a los hombres que habían muerto en el ataque, sino para protegerse a sí misma y a sus seres queridos. Pero ¿de verdad era eso lo que había hecho? ¿O había empeorado la situación? Se estaba secando las manos con la ropa cuando oyó pasos que se acercaban. Se retiró a las sombras a toda prisa y pegó la espalda a la pared, junto a la puerta del establo. Un momento más tarde la puerta se abrió lentamente. Contuvo la respiración.

—¿Rae? —susurró Omari.

Soltó el aire contenido y volvió a la luz.

—Estoy aquí —dijo.

Omari entró y cerró la puerta tras él. Se movía con cierta torpeza: Rae notó que le habían vendado el hombro, bajo la túnica. Tenía el gesto grave.

—He relevado a Baki para que pueda atender a su familia —dijo Omari, bajando la vista.

Rae se quedó rígida.

—Ha pasado algo, ¿verdad?

Omari frunció el ceño.

—¿Qué pasa, Omari? Dímelo.

Aun así, Omari no dijo nada.

Rae sintió un fogonazo de rabia.

—¡Cuéntamelo, maldito seas! —gritó, zarandeándolo—. ¿Qué ha pasado? ¿Qué han hecho?

Fue entonces cuando olió el humo que se colaba por la ventana.

—Los hombres del nomarca han quemado tu granja —dijo Omari, con la voz ronca—. Los campos, la casa..., todo. La mayoría de los cebús escaparon al quemarse el cercado, y algunos de los hombres están intentando recuperarlos, pero...

Rae soltó un grito y se lanzó hacia la puerta, pero Omari la agarró por la cintura y la retuvo.

—¡No hay nada que hacer! —exclamó—. Si vas allí ahora, los *medjay* te atraparán. ¿De qué te servirá?

—¡No! —gritó, debatiéndose—. ¡Déjamc ir!

Pero Omari la agarró con fuerza.

Con un aullido, dejó de forcejear. Fijó la vista en la ventana del establo, a través de la cual se veía un resplandor rojo a lo lejos. Oía los gritos de los hombres y los mugidos de las reses asustadas.

—Omari... —susurró Rae.

—Lo siento mucho, Ay —respondió él—. La hija del cervecero te reconoció y debe de haberles contado lo sucedido a los hombres del nomarca. Enseguida se han presentado con antorchas. Yo conseguí entrar en la casa antes que ellos y he conseguido salvar esto.

Sacó de su bolsa la túnica de Rae, con la cual había envuelto la armadura dorada con alas y el cetro de piedra que habían robado durante el ataque. El anillo de oro que le había dado el Chacal también estaba allí, y Rae se lo puso en el dedo para no perderlo.

—Omari... —dijo otra vez, con la armadura y el cetro en las manos.

—Te están buscando —añadió él—. Pero no tardarán mucho en venir también a por mí. Todo el mundo sabe que somos amigos. Ya he evacuado a mi familia: van a quedarse con unos parientes en Per-Abu hasta que pase el peligro. Si es que pasa...

Se puso a caminar arriba y abajo, y las ovejas fueron apartándose.

—¿Qué vamos a hacer, Rae? ¿Qué vamos a...?

—¡Omari!

La dureza de su voz lo hizo callar de golpe. Se quedó inmóvil.

—¿Dónde...? —empezó a decir, incapaz de pronunciar las palabras—. ¿Dónde está mi padre?

Omari suspiró, y fue como si alguien hubiera robado el sol y se lo hubiera llevado del cielo. Todo el mundo de Rae se fundió a negro.

Un gemido se le atravesó en la garganta al recordar la última vez que había visto a su padre, aquel rostro amable, curtido por el sol, iluminado por los últimos rayos del sol del atardecer.

¿Qué era lo que le había dicho?

«Vamos dentro, por favor. Está oscureciendo».

Ojalá lo hubiera escuchado.

Le había prometido que lo protegería. Le había prometido que no le ocurriría nada malo. Y ahora... y ahora... No podía respirar. Se tambaleó y estuvo a punto de caer de rodillas, pero Omari la agarró a tiempo.

—Está vivo, Rae. Está vivo. Pero... se lo han llevado.

Rae lo agarró de los brazos, aferrándose a él y a sus palabras como a una tabla de salvación.

—¿Adónde?

Omari se humedeció los labios.

—Los hombres del nomarca se lo han entregado a los *medjay*. Los refuerzos de Tonis han llegado hace apenas unas horas y piensan volver a la capital con Ankhu y algunos de los otros prisioneros bajokhetaranos. Tenemos suerte de no estar entre ellos.

Rae lo soltó y se apoyó en la pared. Aquella noticia... era mejor, y a la vez peor.

—¿Por qué iban a querer llevárselos a Tonis? —preguntó.

Omari se encogió de hombros.

—No estoy muy seguro. Pero sabemos que el príncipe Meriamón planea cargar contra los insurgentes del sur, así que probablemente querrá sacarles información a los prisioneros... o quizá quiera darles un castigo ejemplar.

Rae dejó caer la cabeza entre las manos. Ejecución.

Su padre seguía vivo, pero probablemente no lo estaría mucho tiempo.

—Podemos vengarlo, Rae —dijo Omari—. Podemos vengarlos a todos. Tenemos las armas que les quitamos a los *medjay*. Si nos armamos y les devolvemos el golpe, podemos arrasarlos.

—¿Y cuántas vidas perderíamos al hacerlo? —preguntó Rae—. Eso es exactamente lo que esperan los *medjay*. Es justo lo que quieren. ¿Qué te hace pensar que no destruirán Sakesh igual que han hecho con mi granja? —Meneó la cabeza—. No podemos arriesgar la vida de todos los habitantes de la ciudad con esta cruzada, al menos hasta que hayan decidido formar parte de ella.

—¿Cómo quieres que no estén de acuerdo? —protestó Omari, señalando el fuego a lo lejos—. ¿Cómo quieres que no vean que esta lucha nos concierne a todos?

—No todo el mundo piensa como tú. No podemos hablar por todos los hombres, las mujeres y los niños. Si lo hacemos, ¿en qué nos diferenciaremos de los altokhetaranos?

Omari resopló, rabioso.

—Entonces ¿qué propones, Ay? ¿Que no hagamos nada?

—¡No! —replicó Rae, elevando el tono—. Eso no es en absoluto lo que estoy diciendo. ¿No eres tú siempre el que me dice que piense antes de actuar? ¡Esta noche he dejado que la rabia me dominara y mira lo que ha pasado! ¿De verdad quieres repetir eso a gran escala y por toda la ciudad? No puedo ser responsable de la muerte de más gente inocente.

En cuanto pronunció aquellas palabras se dio cuenta de lo ciertas que eran. La acusación del cervecero había dado en la diana y se le había clavado en la mente.

«Sus muertes son responsabilidad tuya, Raetaui, no mía».

—Ese perro merecía morir —replicó Omari, furioso—. Si no lo hubieras matado tú, lo habría hecho yo.

Rae frunció el ceño. Era cierto, el cervecero no le había dejado otra opción que la de silenciarlo, y se había ganado lo que le había pasado. Pero en el tono de Omari notaba algo nuevo: nunca lo había oído hablar con aquella rabia.

—Las cosas valiosas tienen un precio, Rae —prosiguió él—. Y la libertad exige el pago del precio más alto de todos. No podemos tener miedo a pagarlo.

Eran casi las mismas palabras que le había dicho Asim en el taller de las tejedoras. Pero cuando lo había dicho Asim, ella pensó que significaba sacrificar su propia vida por la causa, no la vida de otros. Lo que parecía sugerir Omari le provocaba escalofríos. Estaba a punto de responder cuando oyeron un ruido en el exterior.

Omari se llevó un dedo a los labios y señaló la puerta.

Se acercó alguien.

Las ovejas se apartaron, balando.

Rae apretó los labios y se quedó inmóvil, con la mano sobre la daga que llevaba al cinto.

Alguien habló en voz baja:

—El halcón surca el cielo.

Ambos soltaron un suspiro de alivio. Rae entreabrió la puerta y susurró:

—Iremos a su encuentro en el...

La última palabra se le quedó atravesada en la garganta cuando vio la silueta del exterior, enmarcada en el resplandor del fuego lejano.

—¿Horizonte? —dijo, acabando la frase.

—Hola, Raetaui —saludó Tamerit.

La tejedora llevaba una capa no muy diferente a la de Rae, con una capucha que le cubría los oscuros rizos. A su lado estaba Menk, con una sonrisa casi socarrona en el rostro.

—¿Hay sitio para más? —preguntó el hombre, con voz ronca.

Rae asintió y les dejó paso a los dos. Solo que no iban solos. Tras ellos entraron una docena más, entre ellos *mamet* Mut y varias tejedoras, algunos de los supervivientes de Horizonte y un viejo soldado al que Rae había visto muchas veces pidiendo limosna en la calle. También había varios jóvenes que Rae reconoció de las peleas callejeras, incluido Buto, nada menos.

El luchador saludó a Rae con un movimiento de la cabeza. La miraba con respeto. Rae nunca se había fijado en lo torcida que tenía la nariz. Otros debían de habérsela roto antes de que ella hubiera tenido ocasión.

—Hola, Rae —dijo.

—Buto —respondió ella, absolutamente perpleja—. ¿De qué va todo esto, Menk? Pensaba que era demasiado peligroso convocar reuniones.

—No pasa nada —la tranquilizó Menk—. Los *medjay* y los hombres del nomarca están en la orilla, preparándose para volver al norte. He apostado a un guardia. Si alguien se acerca, dará la voz de alarma.

Rae cruzó una mirada con Omari, que parecía tan perplejo como ella ante aquella reunión de gente entre las ovejas.

—El caso, Rae, es que, mientras iba recopilando información, se me ha ido uniendo gente —dijo Menk—. Gente que quería verte después de enterarse de lo que ha ocurrido esta noche. Y no aceptaban un no por respuesta. Había más que querían venir, pero he conseguido convencerlos de que se queden en casa para no llamar demasiado la atención. La mayoría de esta gente ha perdido a algún familiar o amigo en la emboscada del Jardín de los Muertos.

Los presentes confirmaron lo que decía Menk con un murmullo.

—Mi padre —dijo un hombre.

—Mi hijo —dijo otro.

—Mi tío —dijo Buto—. Cuando me enteré de que los *medjay* lo habían asesinado, juré vengarlo. Fue a pedirle consejo al cervecero: al fin y al cabo, él estaba metido en todas partes, conocía a todo el mundo. ¡No tenía ni idea de que era un traidor! Si no lo hubieras descubierto y lo hubieras parado, Rae… Bueno, supongo que también me habría entregado a mí. —Buto se aclaró la garganta—. Supongo que te debo una.

—Me debes más de una —gruñó Rae.

—Está bien —dijo Buto, con esa sonrisa socarrona tan suya—. Dos.

—Menk me ha dicho que también diste la cara por las tejedoras —intervino Tam, acercándose a Rae—. Por eso ha venido a vernos. Hemos intentado decirles a los hombres que queremos ayudar, muchas veces, pero nadie ha conseguido nunca que nos hicieran caso. Solo tú.

Tam buscó la mano de Rae y se la apretó.

—A-aún no lo entiendo —balbució Rae—. ¿Por qué habéis venido?

—Nunca ha sido más evidente que ahora que Horizonte debe resistir —respondió Menk—. Lo que antes era un grupo con ideas se ha convertido en un grupo de acción, y Sakesh necesita pasar a la acción ahora más que nunca. —Hizo una pausa—. Es lo que habría querido Asim.

Rae volvió a sentir un nudo en la garganta al oír su nombre.

«Yo estaría orgulloso de tener una hija como tú», le había dicho.

Pero ahora él ya no estaba, y su padre tampoco. ¿Seguiría estando orgulloso de ella Asim si supiera lo que había hecho? ¿Y Ankhu?

—He traído a esta gente porque quería que vieras que, a pesar de las bajas, aún son muchos los que quieren dedicar su vida a la causa —dijo Menk.

—¿Querías que yo lo viera? —repitió Rae, que echó una mirada fugaz a Omari. En él vio una expresión inescrutable, que no podía identificar.

—Sí, tú —insistió Menk—. Ahora que Asim no está, necesitamos un nuevo líder. Él creía en ti, Rae. Tú has sido el catalizador que lo ayudó a iniciar esta lucha. Y si tenemos suerte, serás la que le ponga fin. —Señaló con la barbilla el arma de piedra que tenía en la mano—. Además, eres tú la que lleva el cetro *sejem*.

Rae levantó el arma.

—Se lo robé a los *medjay*. En realidad no es mío.

—Tampoco era suyo —le dijo Menk—. La diosa leona actúa de forma misteriosa. Se aseguró de que acabara en buenas manos.

Rae sintió un cosquilleo en la nuca al tocar el amuleto de Sejmet que llevaba colgado del cuello, el que había escogido de entre la bolsa de tesoros del Chacal. Quizá no fuera una elección tan aleatoria, a fin de cuentas.

—Así pues... ¿Qué dices? —preguntó Menk.

Todos se giraron hacia ella, expectantes.

Rae sintió que se le encogía el estómago.

—Pero, Menk —susurró, tirándole del brazo y dándoles la espalda a los demás—, yo no soy soldado. Yo sé cultivar trigo, cuidar el ganado y pelear para ganar unas monedas. ¿Cómo voy a liderar una rebelión?

Menk meneó la cabeza.

—Raetaui, lo que necesitamos es alguien que pueda ayudarnos a crecer en número, conducirnos a pastos más verdes, y que no se arrugue ante las adversidades. Piénsalo, piensa en lo que acabas de decir. Tú puedes hacer todas esas cosas. Lo que no sepas, lo aprenderás por el camino. —Le puso una fornida mano sobre el hombro—. Nadie está nunca listo para liderar, Rae. Lo único necesario es estar dispuesto. ¿Estás dispuesta?

Rae resopló. «Esto es una locura», pensó. Debía rechazar la oferta de Menk de liderar el grupo y decirle que lo hiciera él, o algún otro; alguien de más edad y más experimentado. Al fin y al cabo, la supervivencia de la rebelión no dependía de quién la liderara.

Paseó la mirada por los rostros que tenía alrededor, todos expectantes.

De pronto tuvo la estremecedora sensación de que todo lo que había hecho, cada decisión que había tomado, la había llevado a aquel momento. La decisión de defender a Baki ante el nomarca. La decisión de pedirle a Omari que la llevara a aquella primera reunión de Horizonte. La decisión de alzar la voz. La decisión de rebelarse. Si hubiera hecho alguna de esas cosas de otro modo, nada de todo aquello habría ocurrido.

Bajó la mirada y la posó en los cuatro lados del anillo de oro —la serpiente, la pluma, el ojo y el escarabajo—, y recordó una vez más lo que le había dicho el Chacal sobre la inexorable fuerza del destino, que marca nuestro futuro. Rae se preguntó si sería cierto. ¿Estaba escrito su destino en las estrellas, desde antes incluso de que naciera? ¿O realmente tenía la capacidad de decidir su camino?

Quizá se tratara un poco de ambas cosas.

«Quizá los dioses nos ofrecen la oportunidad de elegir nuestro destino —pensó—, pero en el fondo depende de nosotros aceptarlo o no».

La corriente del río tiraba de ella, y ahora le pedía que hablara.

—¿Y bien? —preguntó Menk, propinándole un golpecito con el codo.

Rae cerró los ojos, respiró hondo y dejó que la corriente la arrastrara.

Se giró hacia los presentes y dijo:

—Si me aceptáis, prometo hacerlo lo mejor que pueda.

Menk le dio una palmada en la espalda y muchos otros lo imitaron. Algunos de los hombres parecían aún desubicados, pero Rae solo tenía ojos para una persona. Tam estaba en el centro de la multitud, con las manos apoyadas en el pecho y una mirada de orgullo en los ojos.

—¡Así pues, luchamos! —dijo Omari—. ¡Nos enfrentaremos a los *medjay* y les demostraremos que no vamos a rendirnos!

Los hombres empezaron a murmurar, mostrando su acuerdo, pero Rae elevó la voz:

—¡No!

Se hizo de nuevo el silencio y todos se giraron hacia ella.

—El ataque a los *medjay* tuvo éxito porque Asim tenía un plan inteligente que minimizaba la violencia y se centraba en un objetivo específico. Si vamos a recuperar Sakesh, tenemos que hacer lo mismo, solo que a una escala mucho mayor. No podemos llevarlo a cabo con una docena de guerreros. Horizonte debe extenderse hasta el último rincón adonde llegue la luz.

Rae paseó la mirada por el establo sin demasiada seguridad, pero nadie protestó. Siguió adelante.

—Primero debemos hacer llegar la voz a todas partes. Las tejedoras nos ayudarán a conseguir que alcance hasta el último rincón de la ciudad, pero debemos hacerlo con cautela. No podemos permitirnos que alguien vuelva a traicionarnos. —Se giró hacia Menk—. Trabaja con ellos para reunir a nuestras fuerzas y empezar a trazar los siguientes pasos del plan. Si debe haber derramamiento de sangre, que así sea..., pero intentemos que no sea más de la necesaria.

Menk asintió, con el ceño fruncido.

—Es un buen plan, Rae. Pero ¿por qué yo? ¿No deberías ser tú la que dirigiera la misión?

Rae negó con la cabeza.

—Omari, yo y algunos otros, siempre que estén de acuerdo, por supuesto, estaremos ocupados con otra misión.

Omari estaba escuchando con los brazos cruzados, aparentemente molesto hasta ese momento, pero al oír aquello reaccionó.

—¿Qué misión? —quiso saber.

Rae agarró el cetro con la mano y sintió que su peso la aplastaba contra el suelo. Se giró a mirar por la ventana, donde ardían las brasas de su antigua vida, de lo que era antes.

—Si queremos ganar, no podemos limitar nuestra lucha a Sakesh únicamente —afirmó—. Todas las ciudades y todos los pueblos sufren el dominio de la Alta Khetara, no solo nosotros. Si el rey quiere lanzar un mensaje secuestrando y ejecutando a los nuestros..., bueno, pues nosotros también tenemos que enviar un mensaje.

Hizo una pausa, emocionada y a la vez aterrada por lo que iba a decir a continuación:

—Debemos hacer llegar nuestra lucha hasta el propio faraón.

El establo se quedó en silencio. Hasta las ovejas parecían haberse dado cuenta de que estaba pasando algo importante, y todos fijaron la mirada en ella, desconcertados.

—Menk, Tam: necesitamos toda la información que podamos conseguir, y rápido. Crear una fuerza de resistencia en Sakesh nos ayudará a ganar la batalla, pero tenemos que golpear en el corazón del reino si queremos ganar la guerra. —Agarró el cetro con fuerza—. En cuanto estemos listos, embarcamos hacia Tonis.

Pasó un momento, y Rae temió haber ido demasiado lejos.

Haber pedido demasiado.

Entonces alguien habló. Era Buto.

—Yo estoy contigo.

—Y yo también —dijo Tam.

—Y yo —dijo el viejo soldado.

Fueron apuntándose cada vez más hasta que todas las voces acabaron uniéndose al coro, respondiendo a su llamada. Y con cada voz nueva, Rae sentía que se le aligeraba algo más el espíritu.

Una mano corpulenta la agarró del hombro. La de Omari.

—A Tonis —le dijo, asintiendo.

Rae también asintió, y los otros empezaron a hablar todos a la vez. De pronto las tragedias recientes se transformaron en acción, como si de un hechizo se tratara. Rae cerró los ojos y lanzó un mensaje al cielo de la media noche, con la esperanza de que llegara a su destinatario.

«Padre, ya voy».

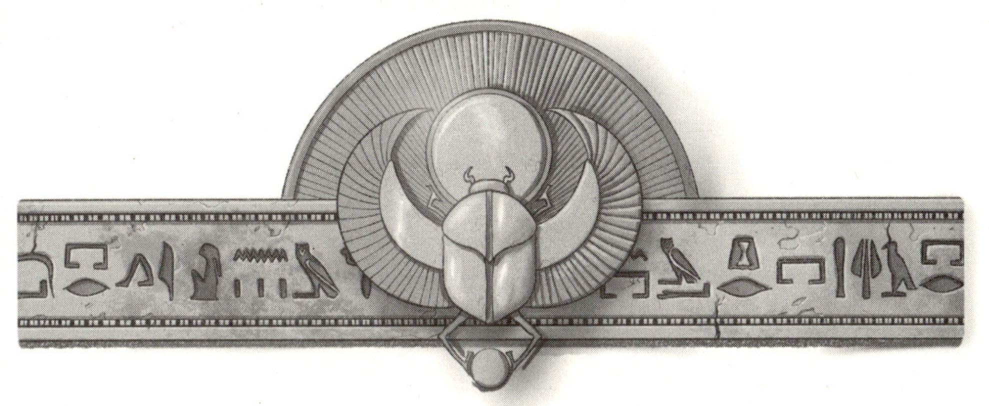

32

KARIM

Montó guardia mientras la princesa dormía.

Al atardecer habían llegado a un valle poco profundo y habían decidido que era un buen lugar para hacer un alto y pasar la noche. Las montañas rocosas a ambos lados los ocultaban, así que quien pasara por el río no podría ver el fuego. Habían comido algo, y él se había ofrecido a montar guardia la primera mitad de la noche para que ella pudiera descansar. La princesa había accedido sin protestar, se había acostado sobre la arena y se había dormido, acurrucada como un gato sobre la manta que Karim había comprado en el mercado de Tonis. Para tratarse de alguien que hasta aquel momento solo había dormido en mullidas camas, no se quejaba demasiado de la dura vida del desierto.

Behkai dormía a su lado, con su enorme cabezota negra apoyada sobre las piernas de la princesa. Era como si el perro supiera que les quedaba poco tiempo juntos, por lo que intentaba aprovechar la presencia de Sitamón todo lo posible.

Karim azuzó el fuego de la hoguera que había encendido y alimentado con estiércol hasta que las brasas se iluminaron.

«Mañana volveré a estar solo», pensó. No podía culpar a la princesa por querer separarse. La había ayudado a escapar de Tonis, pero no dejaba de ser un extraño para ella. Él mismo se sorprendía de lo mucho que deseaba que lo acompañara en su viaje a Perset. Quizá llevara demasiado tiempo solo y por eso ansiaba tanto contar con algún compañero de viaje que no le lamiera la cara.

Aunque si Sitamón decidiera hacer algo así, probablemente no se quejaría demasiado.

Un escarabajo trepó al hombro de Sitamón y Karim se acercó para apartarlo. Ella se movió un poco y resopló, pero no se despertó. Él se inclinó sobre ella y le ajustó la manta, cubriéndole hasta debajo de la barbilla, asegurándose de que no se le cayera el crisantemo amarillo del pelo.

Cuando habían parado junto al canal no pensaba acabar siendo tan sincero con ella. Al fin y al cabo se acababan de conocer, y ella no solo era khetarana, sino también una de las mujeres más poderosas de la tierra. Al igual que el propio faraón, los miembros de la familia real como la princesa Sitamón representaban todo lo que él odiaba del reino del río.

Y, sin embargo, se había sentido atraído por ella. Era como si esa misma cuerda invisible que había tirado de él, llevándolo al tesoro enterrado, lo empujara ahora hacia Sitamón. Por eso se había sincerado con ella. Por eso había sacado el mapa para examinarlo, sabiendo que se daría cuenta, sabiendo que querría verlo ella misma.

Sitamón era testaruda y arrogante, pero también despierta e inteligente. Pese a los lujos que habría tenido en el palacio, seguía siendo capaz de apreciar las cosas más sencillas. Una comida caliente. Las flores silvestres. Y habría tenido que ser muy valiente para dejar atrás el palacio y ponerse en marcha sola, con una bota de agua y una daga como únicas posesiones.

Ella también había sido muy sincera con él. Ambos habían cometido errores que habían provocado la muerte de personas inocentes. Y ambos buscaban el modo de enmendarlos. A Karim se le había ocurrido que podrían seguir su búsqueda juntos, pero quizá aquello no fuera más que una ilusión. Su camino lo llevaba a Perset, y el de ella a Bubas y más allá. Quizá el oráculo solo quisiera que se encontraran y se ayudaran mutuamente —como había ocurrido con Raetaui y con Nefermaat— antes de separarse una vez más.

Suspiró, enojado al pensar que, a fin de cuentas, no era tan diferente del perro. Le gustaba la princesa, y lo cierto es que no quería que se fuera.

—Bueno —le murmuró a Behkai, dándole una palmadita en la grupa—, al menos te tengo a ti, chico.

Behkai abrió los ojos y luego se sentó, sobresaltado. Al principio, Karim pensó que era él el que lo había asustado al despertarlo, pero Behkai vio a Karim sentado a su lado y aun así no se relajó. Tenía los ojos clavados en el saliente rocoso que tenían justo encima, con las orejas enhiestas y el cuerpo rígido.

—¿Qué pasa? —le preguntó Karim. Entornó los párpados, mirando a la escarpadura, pero solo vio oscuridad—. ¿Qué ves?

Behkai emitió un gruñido profundo. Karim aguantó la respiración, aguzando el oído.

Solo oía el crepitar del fuego.

Karim cerró los ojos, bloqueando todos los sentidos salvo el del oído.

Aun así, nada.

Y entonces… un suave murmullo. El roce de una tela áspera. Pies que se movían por la arena.

Karim reaccionó a toda prisa y echó arena sobre el fuego hasta que no quedó nada más que brasas. Hizo callar a Behkai y se agazapó junto a Sita, agarrándola de los hombros y sacudiéndola con suavidad.

Ella se despertó con un resoplido y se quedó mirándolo, parpadeando, aún adormilada.

—¿Ya es mi turno?

Karim se llevó un dedo a los labios. Señaló un punto sobre las rocas y luego indicó, con un movimiento de la cabeza, una abertura poco profunda en la pared del valle. Esperaba que el mensaje fuera claro. «No digas nada y escóndete».

Sitamón lo entendió. Con gesto asustado, se levantó de donde dormía y se metió en la cueva.

Karim acarició al perro en el cuello y se agachó para susurrarle al oído.

—Tú también, chico. Protégela, ¿de acuerdo?

El perro vaciló, aparentemente reacio a abandonar a su dueño, pero Karim le dio una palmadita y le indicó la cueva con un gesto. Behkai siguió a Sitamón y desapareció entre las sombras.

Karim volvió a girarse hacia el saliente rocoso, preguntándose a qué amenaza podría enfrentarse. No parecía normal que los hombres del príncipe estuvieran buscando a aquellas horas de la noche..., pero todo podía ser. Quizá fueran viajeros o gente de las tribus, como él, buscando un lugar donde acampar y pasar la noche. La mano se le fue a la daga que llevaba al cinto.

Observó y esperó. El valle estaba sumergido en una oscuridad mayor que la del desierto que lo rodeaba. Quizá el viajero pasara de largo sin verlo siquiera.

El ruido de pasos se fue acercando.

Karim sintió un escalofrío de miedo que le subía por la columna. El instinto le dijo que había algo raro en aquel sonido. Era demasiado leve. Tras haber caminado un largo trecho por el desierto, cualquiera respiraría pesadamente, jadeando.

Pero no se oía ninguna respiración, ningún jadeo. Eran solo los pasos, tan firmes como el latido de un corazón y tan persistentes como una maldición.

«No —pensó Karim, al barajar *aquella* posibilidad—. No puede ser».

Sobre la escarpadura apareció una cabeza. No tenía pelo y reflejaba un brillo blanco a la luz de la luna.

Karim se quedó mirando, perplejo, y vio aparecer la figura, poco a poco, paso a paso.

Aquellos ojos brillantes.

Aquellas vendas deshilachadas.

Los huesos que asomaban entre los tendones.

Y luego, como el recuerdo de una pesadilla, el agujero de bordes irregulares donde se le había clavado el tocón de aquel árbol, en lo que habría tenido que ser un golpe mortal.

Karim sintió que le temblaba todo el cuerpo. Deseaba con todas sus fuerzas que la aparición se desvaneciera, que quedara reducida a una ilusión transitoria.

Pero seguía ahí.

«Está vivo», pensó, cada vez más asustado.

«Sethnajt está vivo».

Behkai ladró una vez —un gañido agudo, de miedo— y Karim se giró un momento hacia la cueva, temiéndose que Sitamón y el perro pudieran salir al exterior. No lo hicieron. Pero cuando se giró de nuevo y levantó la mirada hacia el saliente rocoso, Sethnajt había desaparecido.

Frunció el ceño. ¿Se lo habría imaginado todo? ¿Sería una especie de espejismo?

Oyó otro paso, y la vista se le fue hacia delante. El monstruo ya estaba en el valle, a su altura, y seguía avanzando.

Karim contuvo una exclamación y retrocedió, trastabillando, hasta casi caer sobre los restos de la hoguera. ¿Cómo había podido moverse aquella criatura tan rápidamente, y sin hacer ningún ruido? Lo había tocado en la orilla del río, así que sabía que tenía forma y peso. ¿Cómo podía moverse igual que el humo arrastrado por el viento?

—No te acerques más —dijo, aunque sabía que no serviría de nada.

Sethnajt no respondió. El monstruo dio otro paso adelante. Y otro más.

Estaba lo suficientemente cerca como para que Karim pudiera ver los agujeros en su piel cubierta de manchas. Los labios habían quedado consumidos, dejando a la vista una sonrisa permanente de encías y dientes marrones. La aparición alargó una mano hacia Karim: algunos de los dedos aún estaban cubiertos de una carne fina como el papel; otros eran solo huesos. El movimiento hizo que parte de la piel seca se agrietara y se desprendiera.

El instinto le decía que debía salir corriendo. Si se quedaba, tanto él como Sitamón acabarían como Djet y Pasenhor. ¿Y realmente quería darle aún más poder a aquel monstruo devolviéndole el amuleto del escarabeo que era su corazón?

«Si hago eso, o si sigo huyendo, ¿cuántos más morirán? —pensó—. Yo empecé todo esto el día que abrí la tumba. Quizá debiera empezar a seguir mis propios consejos. A lo mejor lo que tengo que hacer es dejar de huir de las cosas e ir a su encuentro».

Tenía a Sethnajt casi encima. Su paso no aumentaba de ritmo, se frenaba. Se acercaba a él como si tuviera todo el tiempo del mundo.

Apretando los dientes, Karim se dispuso a desenfundar la daga, pero se lo pensó mejor. No, su cuchillo no le serviría de nada. Ni empalando a aquel monstruo en un árbol había conseguido detenerlo. Necesitaba algo más. Algo que destruyera a Sethnajt definitivamente.

La vista se le fue a las humeantes brasas. Aún había unas cuantas encendidas. Ya había conseguido quemar a la momia antes. Esta vez tenía que asegurarse de completar el trabajo.

Se envolvió una mano con un extremo de la túnica y esperó a tener los huesudos dedos de Sethnajt al alcance de la mano. El cuerpo del monstruo crujía al caminar y desprendía un olor como a sal y a vino, a polvo y a mirra.

De pronto, Karim se agachó, agarró un puñado de brasas al rojo de la hoguera y se lanzó adelante, introduciéndolas en el interior del pecho de aquella bestia.

La respuesta fue inmediata.

Sethnajt se puso a gritar, con un chillido penetrante que resonó por las paredes del valle. Abrió la boca hasta tal punto que Karim pensó que las finas tiras de tejido que mantenían unida la mandíbula al cráneo iban a desgarrarse. Retrocedió violentamente, intentando zafarse, pero Karim lo agarró del hombro y lo inmovilizó.

—¿Me buscabas? —gruñó—. ¡Pues aquí estoy, *sen*! ¡Aquí estoy!

En pocos segundos las brasas quemaron la tela de su túnica y le abrasaron la piel. El dolor era insoportable, pero Karim aguantó. El fuego prendió en las vendas secas y la resina que cubría el cuerpo de la momia, y a los pocos segundos ya habían aparecido unas llamas que se extendieron por los jirones de tela, calcinándolos.

Sethnajt estaba en llamas.

Incapaz de soportar el dolor ni un momento más, Karim soltó las brasas e intentó apartarse. Pero el monstruo lo agarró del hombro, igual que había hecho él antes. Karim gritó al sentir el contacto de las llamas. Los pulmones se le llenaron de humo y empezó a toser, con los ojos llenos de lágrimas. Todo era calor y miedo y dolor, mientras el monstruo y él se agarraban el uno al otro en una versión macabra del abrazo de unos amantes.

Karim golpeaba al monstruo con las manos quemadas, pero con ello solo conseguía extender más las llamas, que consumieron la manga de su túnica en busca de la carne que había debajo. Cuando el fuego le llegó a la piel del brazo, el dolor fue como el de mil mordeduras de serpientes, mil picaduras de abeja: profundo, ardiente y penetrante. Karim hizo un esfuerzo por no chillar para no inhalar más humo.

No podía respirar. La oscuridad empezaba a avanzar por las comisuras de sus ojos.

Pensó en el oráculo.

«Quizá así es como se supone que acaba mi historia», pensó.

En el momento en que empezaba a perder la conciencia, lo invadió una sensación de paz. Por lo menos había acabado con lo que él mismo había empezado, y pondría fin a la maldición.

Les dedicó un último pensamiento a su madre y sus hermanos, y deseó haber podidohacer algo más por ellos.

Aunque, por otra parte, seguro que pensaban que ya estaba muerto, así que no llorarían otra vez su pérdida.

Por encima del hombro de Sethnajt, más allá de las llamas, Karim juraría que había visto a Djet, observándolos a la luz de la luna. Estaba tal como lo recordaba Karim, con las mejillas redondeadas y los ojos brillantes, sonriendo a pesar de la tragedia.

«Siento lo ocurrido —le dijo Karim al espectro de su amigo—. Siento no haber podido protegerte. Pero al menos ahora ya ha acabado todo. Se acabó».

De pronto Karim sintió que la mano de la momia le presionaba el pecho, como si Sethnajt quisiera sentir el latido de su corazón. Pero entonces sus huesudos dedos empezaron a clavársele en la piel.

Karim quiso dar un paso atrás, pero no podía huir. ¿Qué estaba haciendo? ¿Es que no podía morir sin más? Debía de saber que se acercaba el fin, y estaba intentando abrirlo en dos antes de que el fuego lo consumiera.

Pero ¿por qué sonreía?

La boca medio podrida del monstruo se curvó en una sonrisa esquelética mientras clavaba los dedos en el pecho de Karim.

Karim se habría esperado rabia, odio, desesperación..., pero lo único que vio en el rostro de la criatura fue triunfo.

Aquello no tenía sentido. A menos que... La verdad lo sacudió de pronto como una descarga.

La sangre que había derramado sobre el ataúd de Sethnajt.

Las palabras de aquella carta: «¿No es justo lo que se merece?

¿Viajar hasta el Oeste, y que a la hora del juicio los dioses no lo acepten? ¿Que su miserable *ka* vague sin rumbo durante toda la eternidad?».

«Un hombre sin corazón en vida y sin corazón en la muerte».

La oración en el mapa: «No viajará al oeste, porque no ha acabado su labor».

Había sido la sangre de Karim la que había despertado a la momia, conectándolos, pero la sangre no bastaba para traerlo de vuelta. No era suficiente.

Sethnajt necesitaba más. No era el amuleto; era otra cosa. «A través de la carne de un acólito, vivirá de nuevo».

Sitamón no tenía clara la traducción. Ahora lo sabía. La palabra no era «carne», ni «sangre».

Karim por fin soltó un chillido cuando los dedos del monstruo le atravesaron el pecho.

Era «corazón».

La momia le atravesó la piel y, luego, el músculo y las costillas. De la herida brotó un chorro de sangre que chisporroteó al contacto con las llamas, pero la bestia no se detuvo.

Karim siguió chillando, consumido por el dolor agónico. No había fuego, ni luna, ni suelo bajo sus pies. Solo existía el dolor.

Tuvo la percepción algo difusa de que Behkai salía corriendo de la cueva para cargar contra el monstruo. Se lanzó sobre él, gruñendo como un demonio, pero Sethnajt bajó la mano y se la puso al perro encima. Karim oyó que Behkai soltaba un gemido.

Luego se hizo el silencio.

«Perro insensato», pensó Karim, con el rostro cubierto de lágrimas.

Mientras tanto, sentía que los dedos de Sethnajt se cerraban en el interior de su pecho, como una trampa.

Con cada jadeo, salía cada vez más sangre del pecho y de la boca de Karim. Estaba ahogándose en su propia sangre, borboteando, ya incapaz de gritar.

¿Había dejado de arder el fuego?

La cabeza se le cayó hacia atrás, con los ojos bien abiertos. Su desesperanza era tan negra y vasta como el cielo nocturno. Habría podido parar todo aquello. Si se hubiera tirado al río o se hubiera cortado la garganta, el monstruo no habría podido conseguir su objetivo. Y en cambio le había dado exactamente lo que quería.

Si Karim no hubiera encontrado esa tumba, la momia no se habría despertado... Todos los acólitos de Sethnajt llevaban muertos mucho tiempo.

Si Karim no hubiera derramado su sangre sobre el ataúd, el ritual no habría empezado. Y si se hubiera suicidado, el monstruo nunca habría podido hacerse con su corazón aún vivo.

Todos los pequeños arroyos, la fuerte corriente del río, habían llevado a Karim hasta aquel momento. Solo que el destino final no era en absoluto el que se esperaba. Él esperaba morir siendo un héroe y, en cambio, se había convertido en el cordero del sacrificio, muerto en nombre de un dios en el que no creía. Se había equivocado. Con aquello no acababa nada. La profecía del oráculo no había hecho más que empezar.

Las imágenes fueron pasando por su mente mientras se le paraba el corazón.

Behkai durmiendo sobre su regazo, en el esquife.

Sitamón agachándose a oler las flores por el camino.

Djet sonriéndole en un valle lejano. «¡Voy contigo!».

«Lo siento —pensó—. Lo siento. Lo si...».

Sintió un desgarro atroz, y Sethnajt le arrancó el corazón del pecho.

Karim no vio lo que pasó a continuación.

Ni vio al monstruo metiéndose el corazón ensangrentado en la cavidad de su propio pecho. No vio el brillo rojizo que emanó del cuerpo de la momia, envolviéndolo, uniendo huesos y ligamentos y piel, y devolviéndole el color de la vida.

Muy pronto las heridas, las quemaduras y los agujeros se llenaron de carne, y se cerraron, como si nunca hubieran existido. Los tendones y cartílagos crecieron y ocuparon su sitio, como guiados por una mano invisible.

Karim no sintió nada cuando Sethnajt dejó caer su cuerpo al suelo y se quedó allí de pie, convertido no en un hombre de carne y hueso, pero sí en algo muy parecido. No pudo oír la voz del antiguo rey cuando por fin habló, con una garganta nueva y una lengua que había estado callada durante mil años.

Mejor para él.

Oír aquel sonido, un sonido que recordaba las fantasmagóricas vibraciones del viento sobre las colinas del desierto, habría sido como oír la voz de la muerte.

—Como acólito no has demostrado tu valía —dijo Sethnajt, posando la mirada en los grandes ojos de Karim, que ya no podían verlo—. Pero tu corazón es fuerte. —Levantó la vista hacia las estrellas, como si estuviera tomando nota de su posición en el cielo—. Han pasado muchos años, pero nunca es demasiado tarde para volver a empezar.

Las últimas brasas ya se habían apagado cuando Sethnajt se alejó del valle. A sus espaldas, el desierto quedó en silencio, salvo por el llanto de una mujer a lo lejos.

33
NEFF

Neff observó su reflejo en el disco de bronce bruñido. Por segunda vez desde su llegada a Tonis, la habían transformado.

Desde el momento en que se había despertado por la mañana, en una lujosa estancia del palacio, Neff no había tenido ni un minuto para sí misma.

No había bajado siquiera de la cama cuando llegaron cuatro doncellas cargadas con bandejas de deliciosa comida y una jarra de zumo de uva recién exprimido. Habían esperado con impaciencia mientras ella disfrutaba de la mejor comida de su vida, y luego le habían dado un baño deliciosamente caliente con un agua que olía a jazmín. Después de eso, la habían secado y le habían aplicado aceites aromáticos, para después vestirla. Era, en todos los aspectos, mucho más agradable que el ritual de iniciación del templo con las *wabet*, pero le resultaba igual de extraño. En lugar de limpiar cualquier rastro de su vida anterior, era como si le implantaran una nueva, usando finas telas, maquillaje y joyas.

En su casa, en Bubas, normalmente tardaba un minuto en arreglarse. Se ponía su *kalasiris*, se peinaba con los dedos, y eso era todo. Sus abluciones en el templo le llevaban algo más de tiempo, pero aun así no era mucho. En el palacio, a pesar de contar con cuatro personas que la ayudaban, tardaba horas en vestirse.

Cuando por fin acabaron, las doncellas se fueron a toda prisa, para seguir con su lista de tareas previas a la ceremonia de coronación del príncipe. Ya sola en sus aposentos, Neff se quedó sentada en un taburete de madera de acacia, junto al tocador, mirándose al espejo, atónita.

Casi no podía creerse lo que veía.

«¿De verdad soy yo?».

Tenía los labios y las mejillas maquillados, y los grandes ojos perfilados con kohl negro. Sobre la cabeza, afeitada, le habían puesto una peluca negra que le caía hasta la barbilla, con trenzas tejidas con brillantes canutillos de oro en un complicado patrón. No se parecía en nada a su pelo natural, rizado y de color castaño. La peluca era vistosa, elegante y llamativa.

El resto de su vestuario no era menos impresionante. Tenía brazaletes dorados en las muñecas y los tobillos, y le habían colgado un collar con una imagen de Bastet en torno al cuello, un tributo a la diosa que la había llevado hasta Tonis. Por ultimo, le habían puesto un vestido plisado de color azul cielo rematado con unas flores de loto bordadas en hilo dorado.

«Estoy subiendo de posición —pensó, recordando las palabras de su padre— y tengo que dar una imagen acorde. ¡Si quieres que la gente te respete, tienes que imponer respeto!».

Ya había completado el primer paso de su plan. Se había ocultado, escondiendo a la vez sus verdaderas intenciones, tras una pantalla de joyas, kohl y vaporosos vestidos. Esa era la parte fácil. Lo siguiente era aprovechar el puesto que le había ofrecido Meriamón en su corte para influir en él. La profecía que le había salvado la vida había servido para demostrar su importancia, y el príncipe confiaba en ella, al menos de momento. Pero con que él creyera en ella no bastaba. Todo el palacio tendría que aceptarla, si quería ejercer su influencia. Y para conseguirlo tenía que creer en el producto. Tenía que creer en sí misma.

Neff irguió la cabeza, echó los hombros atrás y ensayó varios gestos de seguridad, mientras repasaba la lista de normas para el éxito de su padre.

«Mira siempre a los clientes a los ojos, para que sepan que vas en serio».

«Dile lo que quiere oír».

«Háblale con claridad y no des excesivas explicaciones».

«No aceptes un no por respuesta».

Era casi como si oyera la voz de Pepi al oído, como si un dios travieso le estuviera impartiendo sus enseñanzas. Echaba de menos a sus padres más que nunca, quizá porque nunca los había sentido tan lejanos. Pensó en lo simple que era su vida antes, cuando vendía papiros con hechizos en el mercado de Bubas, y se preguntó qué pensaría su padre de los actos de magia que había presenciado. Jamás olvidaría la imagen de aquel bastón serpiente en la mano del sacerdote *heka*, que había pasado de ser madera a convertirse en carne ante sus propios ojos. Unos poderes ocultos, accesibles solo para unos pocos elegidos en todo el reino, las personas de más confianza del faraón.

Neff contuvo la respiración al darse cuenta.

—No, no podría hacerlo —murmuró.

«La boca dice no —le susurró la voz de su padre al oído—, pero el corazón grita ¡sí!».

«Bueno —pensó ella—, ¿por qué no?».

Dejó el espejo de mano sobre el tocador, junto a las paletas de cosméticos, los cepillos y las botellas de aceite, y se puso las sandalias que le habían dejado las doncellas. Después de toda una vida llevando sandalias de junco tejido que le hacían llagas, aquel calzado de fino cuero era como una caricia para los pies. Echó una última mirada a su vestido blanco del templo, abandonado en una esquina como una vieja piel de serpiente, y salió de la habitación, abriéndose paso por el palacio en dirección a los aposentos reales.

Los pasillos estaban llenos de criados y cortesanos que se preparaban para la ceremonia de coronación, que debía empezar al cabo de dos horas. Se abrió paso entre ellos, aliviada al ver que pasaba desapercibida. Flotaba una sensación de excitación en el ambiente, pero Neff también percibió tensión. Algunas de las sonrisas parecían forzadas, y las conversaciones, contenidas. Neff aguzó el oído para ver lo que oía al pasar.

—Esta mañana he ido a buscar a Tadia —decía una mujer de mediana edad a otra—. No estaba..., ni tampoco ninguna de las otras esposas. ¡E Ineni! La favorita del rey. ¡Y tan joven! No me hago a la idea, Nebet. El príncipe dice que todos decidieron acompañar a su rey al Duat, para servirle en la otra vida, pero yo hablé con Tadia esa noche, antes de que saliera. No me dijo nada fuera de lo común. Ni siquiera se despidió...

La otra mujer le cogió la mano a su amiga y se la apretó.

—Todos esos pensamientos debes guardártelos para ti, ¿me oyes? No sea que alguien pueda usarlos en tu contra. Venga, no debemos entretenernos —dijo, y se llevó a su amiga de allí.

Neff se quedó mirándolas y sintió un escalofrío que le recorrió la espalda. Ya sabía lo de la matanza de la corte del rey, pero oír hablar de ello otra vez le servía de claro recordatorio de a quién había prometido lealtad.

A un asesino a sangre fría.

Se estremeció.

«Si Meriamón llega a descubrir lo que estoy haciendo, si se da cuenta de que le he mentido, me matará. Muy bien, pues —se dijo—. Entonces habrá que asegurarse de que no se entere».

Levantó la barbilla, adoptando un gesto decidido, como si todo el mundo debiera tener claro lo importante que era, y siguió caminando.

Pasó junto a un grupo de guardias y entró en un pasillo vacío con suntuosas baldosas verdes en el suelo y las paredes pintadas de negro y dorado. A los lados de un portal cubierto por una cortina fina ardían dos braseros. Neff siguió caminando, mostrando la máxima confianza posible, como si aquel fuera su entorno natural.

Por supuesto, nadie la detuvo ni le hicieron ni una pregunta. Se limitaron a asentir a su paso. Por lo que se veía, el príncipe había dejado claro que gozaba de su protección y que era libre de circular por donde quisiera.

Paró ante la cortina y oyó voces del otro lado.

—Los barcos de Sakesh estarán a punto de llegar —decía una voz ronca—. Si todo ha salido bien, traerán prisioneros bajokhetaranos que pueden aportarnos información sobre la insurgencia.

—Deja eso ahora —respondió el príncipe, impaciente—. ¿Ella dónde está?

—¿Perdón, mi príncipe? —dijo el otro hombre, confundido.

—¡Mi hermana, idiota! ¿Dónde está?

Se oyó un golpetazo, como si hubiera dado un puñetazo en la mesa.

—Yo... He enviado a mis mejores hombres en su busca, lo juro. Han peinado Tonis de arriba abajo. Me temo que la princesa habrá contado con ayuda para abandonar la ciudad.

Meriamón gruñó, rabioso.

—¿Qué hay de ese guardia..., Femi? ¿Os ha dicho algo?

—Desgraciadamente no, mi príncipe. Afirma no saber nada de la huida de la princesa Sitamón, aparte de algún comentario diciendo que quería viajar al norte. Pero hemos registrado a fondo todos los barcos que se dirigían al norte.

—¿Y le habéis dado suficiente... aliciente para hablar, supongo?

—Si le damos más, no vivirá para ver un nuevo día. —Se hizo el silencio—. Pero no hemos abandonado la búsqueda. La encontraremos, mi príncipe. Os doy mi palabra.

—No me des tu palabra, maldita sea —replicó Meriamón—. Mantenla.

Neff se apartó de la entrada justo en el momento en que el guardia salía atravesando la cortina, tan absorto en sus pensamientos que no la vio.

Neff se quedó mirando las sombras que se movían tras la cortina y cogió aire antes de apartarla y entrar.

—Príncipe Meriamón, disculpadme si...

Las siguientes palabras se le quedaron atascadas en la garganta.

Meriamón se giró hacia ella. Estaba tendido sobre un diván de madera pulida, vestido únicamente con un taparrabos. Dos criadas, que llevaban poca ropa más de la que llevaba el príncipe, estaban arrodilladas a su lado, masajeándole las manos y los pies. El cuerpo de Meriamón era esbelto y ligero, y su piel de un marrón dorado. Los ojos de Neff siguieron la curva de su pelvis, en forma de V, hasta el borde del taparrabos, y se ruborizó.

—Oh, lo... lo siento —balbució, y se dispuso a retroceder, pero él la frenó.

—Nefermaat —dijo con voz suave—. No te vayas. Eres bienvenida.

No sin esfuerzo, Neff se giró a mirarlo. Él mandó a las mujeres que se retiraran con un gesto de la mano y ellas se fueron sin decir palabra, dirigiéndose sigilosamente a una cámara contigua.

Neff y el príncipe estaban solos.

Se le aceleró el pulso y bajó la mirada al suelo.

«Mira siempre a los clientes a los ojos, para que sepan que vas en serio».

Levantó la vista.

Meriamón sonrió y se puso en pie. Se acercó a ella descalzo.

—Tienes un aspecto extraordinario. ¿Has venido para que te vea?

Neff se lo pensó un momento mientras él se acercaba, trayendo consigo un olor balsámico a madera y especias.

«Diles lo que quieren oír».

—Sí, mi príncipe —respondió ella—. Me honráis con estas ropas y estas joyas.

Meriamón soltó una risita, complacido.

—¿Y esto? —dijo él, apartándole un poco el vestido y dejando a la vista los tatuajes de ojos *uadyet* a los lados del torso. A su alrededor, la piel seguía estando un poco rosada—. ¿Te ha dolido?

Nada más llegar al palacio, Meriamón había ordenado a un sacerdote que le hiciera aquellos tatuajes, que la señalaban como alta sacerdotisa, sagrada para la corona. Había tenido que estirarse sobre una mesa mientras el hombre mojaba una aguja afilada en un cuenco de hollín mezclado con agua y luego la había usado para introducirle la tinta en la carne. Le había dibujado uno a cada lado del pecho y dos más en la parte baja de la espalda, idénticos a los que tenía la alta sacerdotisa de Bubas. Había sido una tortura.

—No demasiado, mi príncipe —dijo ella.

Meriamón se rio.

—Se te da fatal mentir.

«¿De verdad?», pensó Neff.

Meriamón resiguió con el pulgar el perfil del ojo que tenía junto al hombro derecho, y Neff tuvo que hacer un esfuerzo para no estremecerse.

—Ahora todo el mundo sabrá que gozas de la protección de los dioses, no solo de la mía —dijo—. Todo lo que hagan en tu presencia tendrá un testigo divino. Estas marcas se hacen con la ceniza de las llamas sagradas. ¿Lo sabías? —Se acercó un poco más—. ¿Lo ves? Ya no necesitas ir al templo, querida. Tú eres un templo.

Neff tragó saliva. «Es tu oportunidad. Habla claro y no des excesivas explicaciones».

—Hablando del templo... Dado que no puedo seguir con mis clases con el maestro Montuhotep...

Meriamón soltó un bufido.

—No lo necesitas. Y la verdad es que yo tampoco. Me fue útil un tiempo, pero ahora que te tengo a ti... se ha vuelto bastante innecesario.

«Me fue útil...», observó Neff. Quizá Montuhotep estuviera al corriente de los planes del príncipe y le mintiera al rey con la esperanza de así contar con el favor de Meriamón. Debía de estar muy molesto con Neff por haberle quitado el puesto, pero ese era un problema para otro día.

—Como digáis, mi príncipe —dijo Neff, agachando la cabeza—. No obstante, deseo proseguir con mi educación.

El príncipe se quedó mirándola, intrigado.

—Ya tienes contacto directo con los dioses. ¿Qué otra cosa podrías necesitar aprender?

—Querría aprender la *heka*.

Meriamón frunció los párpados.

—¿Magia?

Neff asintió.

—¿De qué vale conocer el futuro si no tengo el poder de cambiarlo?

El príncipe se quedó mirándola con un gesto inescrutable.

—Desde luego —murmuró.

Pasaron los segundos y Neff empezó a sudar. ¿Había pedido demasiado, demasiado pronto?

«No aceptes un no por respuesta».

—Os lo pido porque deseo serviros lo mejor posible —dijo, llenando el silencio—. Para ser no solo la voz de los dioses, sino también su mano. Con el poder de la profecía y la *heka*, no habrá nada que no podamos conseguir. —Hizo una pausa deliberada—. Pero si el acceso al conocimiento está prohibido...

—¡No hay nada prohibido! ¡Al menos para mí! —exclamó Meriamón, justo como Neff esperaba.

Él se quedó mirándola con aquellos ojos intensos, y el calor que irradiaba su cuerpo era como un aura a su alrededor.

—Si te concedo ese conocimiento, ¿lo usarás para dar mayor gloria a mi reino?

Neff pensó en «Los cuarenta y dos ideales de Maat», el papiro que había recitado una y otra vez en la Casa de la Vida. Eran juramentos hechos a una diosa que compartía su mismo nombre y cuya esencia era la verdad.

Había jurado que no era culpable de pecado alguno, y que no había hecho ningún tipo de magia perversa dirigida contra el faraón.

Neff respiró hondo y envió un mensaje al cielo.

«Perdóname, diosa».

—Todo lo que hago —dijo— lo hago para serviros, mi príncipe.

El príncipe se humedeció los labios.

—Entonces no hay nada que quede fuera de tu alcance, pequeña sacerdotisa. Todo lo que desees, considéralo tuyo.

—Gracias, mi príncipe.

Neff hizo una reverencia, bajando la cabeza lo suficiente como para que Meriamón no pudiera ver la batalla emocional que se libraba en su rostro: la lucha de una contadora de verdades que había dicho una mentira que arraigaría en su alma, daría fruto y se multiplicaría.

—Siento interrumpir, príncipe Meriamón —dijo una voz tras ella.

Neff se sorprendió al ver dos figuras en la entrada, a su espalda. Uno de los hombres llevaba una máscara de halcón y el otro, la máscara de un ibis de pico largo. Cada uno cargaba una gran vasija de cerámica en las manos.

«Los sacerdotes *heka* —pensó, alarmada—. Si antes los menciono, antes aparecen».

—No temas, Nefermaat —dijo Meriamón, tomando su gesto de alarma por un miedo infantil ante aquellos hombres de aspecto extraño—. Los sacerdotes *heka* han venido a ejecutar mi purificación ritual antes de la ceremonia.

Les indicó con un gesto que entraran.

—Agua fresca del Iteru, mi príncipe —dijo el que llevaba la máscara de halcón, mostrándole la vasija para que la inspeccionara. Posó la mirada en Neff, pero solo por un segundo. O no la recordaba o sabía perfectamente que no debía cuestionar a nadie que gozara de la protección del príncipe.

—Muy bien —respondió el príncipe, y se acercó a la brillante bañera de cobre que había junto a la ventana.

Se metió dentro y se arrodilló mientras los dos sacerdotes volcaban el contenido de las vasijas sobre él, pronunciando las palabras sagradas. Neff se quedó mirando el agua que le caía sobre los hombros y luego le bajaba por la espalda y el pecho, limpiándole el cuerpo y el alma.

«¿Tan fácil es borrar los pecados?», se preguntó. Su mentira era la primera de muchas, de eso estaba segura. Se regañó mentalmente por ello. «Debes hacer lo que sea para pararlo. Por Kenna. Por Bubas. Por Khetara». Aun así, no podía evitar pensar que nunca más volvería a sentirse limpia.

Volver al Templo de Amón aquella tarde le resultaba extraño. Solo había pasado un día desde su partida, pero eran muchas las cosas que habían cambiado. El ambiente era parecido al del Festival de Bastet, pero multiplicado por cien. Los festivales se celebraban cada año, pero la coronación de un faraón era, para la mayoría, un evento que podían ver una vez en la vida.

Nada más llegar la llevaron con un nutrido grupo de sacerdotes y sacerdotisas que estaban completando los preparativos de última hora a toda prisa. Vio pasar a algunas de las *wabet*, vestidas con faldas transparentes y vestidos de cuentas. Las saludó con la mano, pero ellas se limitaron a mirarse entre ellas, cuchichearon algo y aceleraron el paso.

También se cruzó con Nehshi, y el joven sacerdote al menos tuvo la cortesía de saludarla.

—¿Nefermaat? —dijo, con los ojos como platos—. ¿Eres tú?

«¿Lo soy?», pensó ella, pero asintió.

Por el rostro de Nehshi desfilaron toda una serie de emociones, pero al final apartó la mirada y se agachó en una profunda reverencia hasta que ella se fue.

Neff sintió las mejillas rojas. «Creo que prefería que me ignorasen».

Sus ayudantes se la llevaron hacia un lado del templo, donde habían preparado una amplia plataforma para la celebración de la ceremonia. Mientras Meriamón recibía las bendiciones de Amón en el santuario y lo ungían con los óleos sagrados, ella y el resto de la comitiva se reunieron en el espacio adyacente a la plataforma, ocultos del público por unas grades cortinas que colgaban del alto techo. Al otro lado de las cortinas se oía el murmullo de una enorme multitud emocionada.

Sus ayudantes le dieron los últimos retoques al maquillaje y al pelo, y luego se dispersaron para asistir a otros cortesanos. Una vez sola, Neff miró a su alrededor. La tensión que había sentido en el palacio seguía presente entre la multitud, o quizá incluso era mayor. Las concubinas y los criados que se habían salvado, junto a los incorporados después, y los más próximos a Meriamón, se arracimaban en grupitos, sonriendo nerviosamente. Los cortesanos y familiares próximos y lejanos del rey y la reina parecían inseguros, como a la espera de ver el desarrollo de los acontecimientos. En cambio, varios de los visires y funcionarios de palacio parecían más tranquilos: bebían vino con un gesto de satisfacción en el rostro y levantaban las copas discretamente, como si se felicitaran unos a otros por el trabajo realizado. Neff se preguntó cuántos de ellos sabían desde el principio lo que iba a suceder.

Entre todos los reunidos, en el espacio vacío entre un grupo y el siguiente, Neff percibió a los fantasmas de los fallecidos. Se preguntó cuánto tardaría Meriamón en llenar su espacio con nuevos acólitos. Recordó su imagen en sus aposentos, recibiendo las aguas benditas sobre el reluciente cuerpo, y pensó: «No mucho. Seguro que no mucho».

La reina Bintanat estaba allí cerca, con una de las dos doncellas de mediana edad que Neff había visto antes. Lucía un espléndido vestido de color azafrán, que acompañaba de un collar en forma de buitre con las alas abiertas, decorado con amatistas. Su bello rostro, sin embargo, no mostraba ninguna emoción. Su doncella le ofreció una copa pintada, que cogió y bebió, pero su gesto no cambió.

Tenía el mismo aspecto que cuando el príncipe le había presentado a Neff a su llegada al palacio. Y en realidad no era de extrañar. En pocos días había perdido a su esposo, su hija había desaparecido y su hijo —que había masacrado a la mayor parte de la corte— se disponía a subir al trono.

Ahora que la examinaba, Neff tuvo la impresión de que la reina no era tan diferente de la copa que llevaba en la mano. Ambas eran bonitas y ambas estaban vacías. En realidad, solo había una persona a la que Neff deseara ver, y la encontró algo apartada de la multitud.

A pesar de ser príncipe, el atuendo de Kenna era el más austero de todos. Había cambiado su túnica de sacerdote por otra más elegante pero también blanca, y la única concesión a la magnitud de la ocasión era un poco de kohl en torno a los ojos y un pectoral de oro con la imagen de Anubis, el dios de los muertos. A su alrededor, los cortesanos charlaban en voz baja, pero Kenna, que estaba muy serio y callado, parecía ajeno a todo. Cuando se dio cuenta de que Neff lo miraba, se hizo evidente el malestar en sus ojos, y enseguida apartó la vista.

Teniendo en cuenta el modo en que se había ido del templo, probablemente Kenna pensara que Neff había interpretado la oferta del príncipe como un modo de ascender y dejar la vida monástica, como si la amistad entre ellos no significara nada.

Neff ya había previsto aquel momento y había dado un rodeo a los jardines del templo para coger algo antes de unirse a los demás en el patio. Se acercó a Kenna sosteniendo el objeto en la mano. Notó como él la miraba al acercarse, pero ella no miró, como si simplemente fuera a coger una copa de jugo de una mesa que había tras él. No quería que la vieran hablando con Kenna ni cerca de él, por miedo a despertar sospechas. Pero cuando pasó a su lado alargó la mano y dejó caer el pequeño objeto en la de él.

Después cogió la bebida de la mesa y se retiró. Solo entonces miró en dirección a Kenna, que, por supuesto, estaba examinando el objeto, extrañado.

Era una granada minúscula, aún verde.

Él la miró de nuevo y ella juntó las manos, con la esperanza de que entendiera el mensaje. «Confía en mí, hermano —pensó—. Aún estoy contigo».

La perplejidad desapareció del rostro de Kenna, como si el sol hubiera asomado entre las nubes. Casi imperceptiblemente, sonrió.

Justo en ese momento se extendió una oleada de emoción entre la multitud.

Se acercaba Meriamón.

Los cortesanos se hicieron a un lado para dejar paso a los tres sacerdotes *heka* que se dirigían a la plataforma. Tenían el torso descubierto, la piel brillante, ungida de aceites, y llevaban elegantes *shentis* plisados.

La multitud los acogió con un murmullo reverente. Cada uno llevaba un objeto sagrado en las manos:

El de la máscara del ibis llevaba el cayado real.

El sacerdote con máscara de halcón llevaba el mayal.

Y, por último, el sacerdote Herihor, que lucía la máscara del carnero, llevaba la doble corona de Khetara.

Tras ellos, resplandeciente con su *shenti* azul y rojo con franjas doradas, y con una piel de león sobre los hombros, apareció el príncipe de la corona.

Era impresionante. Los brazaletes que llevaba en las muñecas y en los tobillos, así como el collar dorado en forma de alas extendidas, tenían incrustaciones de rubíes y zafiros que reflejaban la luz del sol. El rostro, ya atractivo de por sí, se lo habían pintado con maquillaje rojo, kohl y polvo verde de malaquita, que resaltaba el color de sus ojos. Su nariz era imponente; sus labios, tentadores. Ya no era solo un hombre; parecía alguien descendido de los cielos para caminar entre los hombres e irradiar su luz dorada.

La mera visión del príncipe pareció aliviar gran parte de la tensión que flotaba en el aire. Los hombres lo miraban con admiración; las mujeres, con deseo. Pero todos compartían un mismo sentimiento: una embriagadora mezcla de asombro, veneración y temor.

Los intimidaba.

Neff también lo sintió. Le habría sido muy fácil dejarse caer a sus pies, confesarle todas las cosas horribles que había dicho y hecho, y venerarlo. La tentación era enorme. El hechizo del baile sinuoso e hipnótico de una serpiente.

«Blinda tu corazón —se dijo, apretando los puños a los lados del cuerpo—. Recuerda por qué estás aquí».

El rey se detuvo a su lado, inclinándose para situar su luminoso rostro al nivel del de ella, y dijo:

—¿Estás lista, pequeña diosa?

Neff temió por su alma y, con labios temblorosos, respondió:

—Sí, mi príncipe.

La multitud se agitó al ver llegar a un hombre nervioso y aturullado que se abría paso a través de la gente.

—¡Príncipe Meriamón! —exclamó.

Neff casi no podía creérselo: era el maestro Montuhotep.

«¿Qué demonios le habrá pasado?», se preguntó.

—He traído el mazo ceremonial —se apresuró a decir el sacerdote, levantando un arma con la cabeza en forma de pera y cubierta de inscripciones—. Habría llegado antes, pero no se me ha convocado. Debe de haber habido algún malentendido. ¿Es que vuestros mensajeros no sabían dónde encontrarme? Estaba supervisando los últimos trabajos de la tumba de vuestro padre.

—No has sido convocado porque no te necesito, gran sacerdote —dijo Meriamón, con voz suave—. Creía haberlo dejado claro en nuestro último encuentro. Aunque te agradezco que hayas traído la maza. La necesitaremos para el ritual de la unificación —añadió, y le cogió el arma de la mano.

Montuhotep parpadeó varias veces, como si le hubieran dado un bofetón.

—¿No me necesitáis? —repitió—. Pero, mi príncipe, como gran sacerdote es mi deber participar en la coronación. Vuestro padre...

—Mi padre —lo interrumpió el príncipe— está muerto. Igual que sus normas. Hoy se pone el sol sobre la Khetara de Amenmose. —Se giró, dándole la espalda al maestro, y colocó la maza en las manos de Neff—. Y amanece en la mía.

Montuhotep se quedó mirándola, anonadado.

Neff siguió a los sacerdotes *heka* y al príncipe hacia la plataforma, y la última imagen que vio de Montuhotep fue la del corpulento gran sacerdote de pie, solo, con el rostro congestionado por la indignación.

Meriamón le indicó a Neff que se situara a su lado, tras los sacerdotes.

—Es la hora —dijo a sus ayudantes, que bajaron la cabeza y apartaron las cortinas.

Neff se quedó sin aliento.

Tras su experiencia en el Festival de Bastet, pensaba que lo había visto todo. Pero nada habría podido prepararla para el enorme rugido de la multitud, que se extendía hasta donde le alcanzaba la vista.

La mirada de Neff se paseó por la gente como una mariposa en pleno vuelo, incapaz de posarse en ningún sitio ni un instante.

Un mar de rostros —hombres, mujeres, niños sobre los hombros de sus padres—, boquiabiertos y con las manos extendidas.

Todas las estatuas a la vista estaban engalanadas con flores moradas de aciano y jazmines blancos.

Sobre la plataforma había palmeras en tiestos y enormes braseros encendidos. Varios músicos tocaban y las *wabet* bailaban, moviendo el cuerpo con elegancia.

Era como si todos los habitantes del reino se hubieran reunido para celebrar la ocasión y suplicarle a su glorioso dios en la tierra que los condujera hacia un mañana brillante.

De pronto, Neff distinguió un rostro entre la multitud. Le parecía imposible ser capaz de diferenciar a una sola persona entre la multitud, pero así fue. Quizá porque todos los demás estaban mirando al príncipe, mientras él la miraba a ella. Se quedó paralizada.

—*¿Yati?* —murmuró.

Cuando su padre la vio, agitó el brazo con fuerza y zarandeó a su mujer, agarrándola del hombro.

—¡Ahura! —le dijo—. ¡Nos ha visto!

Neff observó cómo a su madre se le iluminaba el rostro. Ella también se puso a agitar el brazo.

Tímidamente, Neff levantó una mano y devolvió el saludo. Sentía un torbellino de emociones por dentro. Por un lado, aquel gesto de orgullo en el rostro de su padre era lo que siempre había deseado. Lo vio dando codazos a todos los que tenía alrededor, señalándola, y leyó en sus labios las palabras que no dejaba de repetir:

—¡Esa es mi hija! ¿La veis? ¡Es mi niña!

Su madre, en cambio, no tenía tan buen aspecto. Estaba demacrada, como si no hubiera comido en semanas. Era como si le hubieran quitado lo único que le daba la vida.

—*Mamet* —susurró Neff, sintiéndose de pronto como una niña

pequeña, deseando más que nada en el mundo dejarse caer entre los brazos de su madre.

«Blinda tu corazón —volvió a pensar, sonriéndoles a sus padres mientras contenía las lágrimas—. Recuerda por qué estás aquí».

Entonces Herihor, el sacerdote que llevaba la máscara de carnero, dio un paso adelante y levantó los brazos al cielo. La multitud calló de golpe.

—Alabado sea Amón, rey del aire, de forma misteriosa, dios de todo lo visible e invisible. Hoy celebramos la ascensión de tu humilde servidor y mensajero al trono de Khetara.

Meriamón dio un paso adelante, con la barbilla en alto y el cuerpo reluciente.

—Yo te nombro Horus de Oro —dijo el sacerdote con máscara de halcón—, de aspecto divino, señor de las Dos Tierras.

Y le dio el cayado.

—Yo te nombro Toro Poderoso —dijo el sacerdote con máscara de ibis—, señor de Tonis, el de las Dos Reinas, soberano de la corona.

Y le entregó el mayal.

Neff estaba observando aquel intercambio cuando un brillo en la multitud la distrajo, justo por debajo de la plataforma. Había tres mujeres juntas, tres mujeres muy extrañas. Lucían tres curiosos vestidos muy elaborados, uno blanco, uno negro y el otro verde. La mujer de blanco tenía la piel del color de la arena y los ojos pálidos, y cuando vio que Neff la miraba, agachó la cabeza a modo de saludo. La mujer de negro era un reflejo sombrío de la primera mujer, con los ojos como pozos sin fondo y el pelo como la medianoche. Cuando vio que Neff posaba la vista en ella se llevó un dedo a los labios. Las dos tenían el pelo teñido de un azul intenso. La de verde era una mujer corpulenta con el rostro cubierto de verrugas, que sonrió ostentosamente al ver a Neff y le guiñó un ojo.

«¿Serán intérpretes? ¿Bailarinas? Si es así, ¿por qué no están en la plataforma con el resto?».

Era la primera vez que veía a aquellas tres mujeres, y, sin embargo, había algo en ellas que le resultaba familiar. Neff sintió que la mente se le iba a aquel lugar intermedio entre el cielo y la tierra, al centro de la llama de donde nacían sus visiones.

Con la mente dispersa, como si estuviera soñando despierta, se giró hacia el ritual de la coronación, que ya casi había acabado.

—Yo te nombro Meriamón —declaró el sacerdote con la máscara de carnero, que a sus ojos había adquirido una dimensión aún mayor—, Hijo de Amón, aquel cuyo rostro es el sol.

Acto seguido el príncipe agachó la cabeza, y el sacerdote le puso la doble corona sobre la frente.

Neff vio que el rostro del sacerdote cambiaba: en lugar de ser una cara con máscara de carnero, su cabeza se convirtió en la de un carnero de verdad, con dos largos cuernos retorcidos y unos extraños ojos horizontales. Amón, pensó. ¿O sería Janum? Al fin y al cabo, ambos eran carneros. Quizá uno hubiera dado origen al otro, o quizá fueran la misma cosa: dioses ocultos tras otros dioses, arroyos que fluían hacia el mismo río.

«Es mucho lo oculto».

—¡Levanta, rey de Khetara! —gritó el sacerdote.

«Y mucho lo que se revelará».

El rey Meriamón se acercó a Neff, que aún estaba sumida en aquella ensoñación y se estremeció. El rey brillaba con una luz tal que le dolían los ojos al mirarlo.

«El sol ilumina —dijo una voz en su interior—, pero también quema».

¿Había oído esa voz antes? ¿Esas palabras? No podía estar segura.

Meriamón le cogió el mazo ceremonial de las manos y se giró hacia Kenna, que había avanzado hasta el centro de la plataforma. A pesar de lo luminoso que era el día, Kenna se quedó envuelto en sombras.

La suya era una tenue luz interior, como la de la luna. Dos hermanos: uno de un brillo cegador, el otro en la penumbra. Neff se dio cuenta de que estaban incompletos. Sin la princesa, estaban desequilibrados.

«¿Dónde estará? —se preguntó Neff, y la mente se le fue al oráculo—. ¿Dónde está Sitamón?».

—Tal como marca la tradición —anunció Herihor—, el rey y su hermano realizarán la ceremonia de la unificación. Con este ritual honramos a nuestros ancestros con una recreación del nacimiento de nuestro reino, cuando el primer gran faraón sometió a su enemigo y unió las dos tierras. ¡Que este ritual propicie las victorias de Khetara sobre sus enemigos para siempre!

Kenna se acercó y se arrodilló ante el nuevo rey. Colocó las manos tras la espalda, como si fuera un prisionero a la espera de ejecución. Disfrutando del momento, Meriamón agarró a su hermano del pelo y tiró, obligándolo a levantar la vista y mirarlo. Luego alzó la pesada maza por encima de la cabeza.

Kenna cerró los ojos, como si fuera a rezar.

Neff sintió que se le aceleraba el corazón. «Es fingido —se dijo—. No le hará daño».

Pero vio el deleite en los ojos de Meriamón, y le dio miedo, y a punto estuvo de chillar cuando la maza cayó con fuerza..., aunque antes de que pudiera aplastarle el cráneo a Kenna, se detuvo, rozando únicamente la cabeza de Kenna, como un beso.

Meriamón le soltó el pelo a su hermano y Kenna dejó caer la cabeza, fingiendo su muerte.

La multitud rugió, emocionada.

Neff dio un respingo, aliviada.

Meriamón dejó la maza y recogió su cayado y su mayal. Levantó los brazos en dirección a las masas, disfrutando de su veneración. Cuando los bajó, todo el mundo guardó silencio.

—Pueblo de Khetara —dijo con voz potente—. Hoy me presento ante vosotros no solo como faraón, sino como portador de la verdad. ¡Prestad atención! Durante mucho tiempo, la verdad ha sido una extraña en esta tierra, así que vuestros oídos no están acostumbrados a ella. Pero yo creo en vosotros. Yo creo que sois lo suficientemente fuertes como para que podáis templaros, sin quebraros, al calor de la verdad. ¿Tengo razón, Khetara? ¿Sois lo suficientemente fuertes como para oír mis palabras?

La multitud gritó, entregada.

Neff echó el cuerpo adelante, preguntándose qué era lo que estaba a punto de decir el rey.

—Pues aquí está. Aquí tenéis la verdad —dijo Meriamón, con cierto dramatismo—. Mi padre, que viva por siempre en el oeste, era un buen hombre, y lamento profundamente su pérdida. Pero, pueblo de Khetara, ¡un buen hombre no siempre es un buen rey!

Un murmullo de asombro se extendió entre el público.

—Era, como lo soy yo ahora, un vehículo sagrado —prosiguió Meriamón—. No obstante, creo que en sus últimos años hizo caso omiso a la palabra de los dioses. Se dejó arrastrar por la debilidad y la desidia, y permitió que este reino, antes tan grande, se echara a perder. ¿Por qué creéis que la tierra no da tantos frutos como antes? ¿Por qué no fluye el río con la misma fuerza que en el pasado? ¿Por qué sufrís, cuando antes todo era prosperidad?

»Porque, cuando no ofreces nada a los dioses, no recibes nada a cambio. Hemos olvidado que este reino solo puede alcanzar su máximo potencial a través del trabajo y el sacrificio. Khetara ha sufrido esta sequía demasiado tiempo. Pero mañana esa sequía se acaba. Mañana empieza la temporada de las crecidas.

Neff notó que aquella sensación extraña, como de otro mundo, se intensificaba. De pronto volvía a estar en Bubas, de pie ante el palanquín de Bastet, con la mente saturada por aquellas visiones de sangre.

«Tened cuidado, porque muy pronto el Gran Río de Khetara se convertirá en sangre».

—¡Mañana, las olvidadas esclusas del poder se abrirán de par en par para que todo el poder de este reino vuelva a fluir!

La multitud volvió a gritar y aplaudir.

—¡Mañana, quien ose oponerse a nuestra gran misión se ahogará en las aguas de la guerra!

Entre los vítores de la gente, Neff oyó las tristes palabras del cordero.

«Donde había orden, se impondrá el caos».

—¡Mañana —gritó Meri— nacerá una nueva Khetara!

Neff se tambaleó, sintiéndose de nuevo sumida en su visión, ahogándose entre las palabras y la sangre.

«¡Escucha, Tonis, Gran Casa de Amón!».

«¡Escucha, Sakesh, Gran Casa de Ra!».

«¡Llegan la ruina y la perdición para los Niños de las Dos Tierras!».

Neff cogió aire de golpe y el sueño se desvaneció. Parpadeó, sobrecogida por aquella sobredosis de ruido, de color y de movimiento. La multitud empezaba a dispersarse. Miró hacia donde antes estaban aquellas tres extrañas mujeres, pero habían desaparecido.

La ceremonia de coronación había acabado.

Meriamón se giró hacia ella y le apoyó una mano cargada de joyas sobre el hombro.

—¿Estás bien, Nefermaat? Te veo pálida.

Ella asintió.

—Es solo el calor, mi rey.

—¿Demasiado tiempo al sol? —dijo Meriamón, que seguía emitiendo un brillo cegador.

—Eso creo.

—Entonces ven. Aún tenemos mucho que hacer —dijo, y le indicó con un gesto que volviera con los demás al templo—. La fiesta y las celebraciones se alargarán toda la noche, con un banquete como no has visto nunca, baile, música...

Neff lo siguió, aturdida y asustada. El pueblo de Khetara, desesperado por alcanzar la salvación, ya adoraba a su joven y deslumbrante rey. La verdad sobre la perversidad de Meri le pesaba en el corazón como una piedra que necesitaba quitarse de encima.

Pensó en lo que querría decir cuando hablaba de sacrificios... y se estremeció.

—Ahora nos toca divertirnos, pequeña vidente —le susurró Meriamón al oído—. Mañana por la mañana empieza el trabajo.

Neff cerró los ojos, apretando los párpados, y se aferró a la verdad. Porque la verdad no solo era un arma, sino un pilar.

«Sí, mi rey —pensó Neff—. Mañana empieza el trabajo».

34
SITA

Sita lo vio todo.

Cuando Karim la envió a la cueva, se esperaba que aparecieran un par de guardias en el valle, o quizá una banda de forajidos que hubieran olido el humo de la hoguera. Se había agazapado en la oscuridad, abrazada a Behkai, rezando para que Karim se hubiera equivocado en cuanto al ruido, que fuera un animal o una mala jugada de su imaginación.

Pero su oración debía de haber caído en saco roto.

El monstruo había aparecido de la nada, como una imagen creada por la misma noche. Era una figura desgarbada, grotesca, hecha toda ella de harapos, piel y huesos. Y, aun así, avanzó hacia Karim con pasos lentos e implacables. ¿Sería la momia que Karim afirmaba haber despertado de su sueño eterno? ¿Era Sethnajt?

«Amón, perdóname —pensó—. Tendría que haberlo creído». Behkai se debatía, quería soltarse, pero Sita lo agarró con fuerza.

—No, chico —le susurró, con suavidad—. Por favor, no salgas ahí...

Vio a Karim lanzándose contra la criatura. Behkai se le escapó y salió corriendo de la cueva hacia ellos. A punto estuvo de soltar un chillido cuando oyó el ladrido del perro un momento más tarde.

Todo lo demás ocurrió muy deprisa.

El fuego.

La sangre.

Los gritos.

La luz carmesí.

Se preguntó si se había imaginado lo que pasó después. ¿Cómo, si no, podía explicarlo? La forma en que la carne seca de la momia se había cerrado en torno al corazón ensangrentado de Karim, que aún latía... El modo en que el monstruo estiró los brazos y las piernas una vez apagada la luz, como un hombre despertándose de un largo sueño... ¿Cómo podía ser eso real?

Sita se quedó observando a aquel hombre, vestido solo con harapos, que se arrodillaba junto a Karim. Lo oyó murmurar algo, pero en voz tan baja que no pudo entenderlo.

Entonces, el hombre se puso en pie, y juraría que había detectado su presencia. Fijó los ojos en la oscura abertura de la cueva lo suficiente como para que a Sita le temblaran las piernas. La princesa se pegó a la fría pared de piedra, sin atreverse siquiera a respirar.

Pero el hombre se dio media vuelta y no se giró a mirar atrás mientras subía por el despeñadero y abandonaba el valle.

Sita esperó un buen rato, sumida en la oscuridad. Tenía el cuerpo rígido del miedo y no se atrevía a mover un solo músculo, por si aquel hombre monstruoso regresaba e iba a por ella.

El sol despuntó en el horizonte. Sita entornó los párpados, miró hacia allí y pensó: «No puedo quedarme aquí escondida para siempre. Tengo que salir. Tengo que ver». Así que hizo un esfuerzo para mover los pies y salió lentamente de entre las sombras.

Avanzó, tambaleándose, hacia aquella escena macabra. En la hoguera, unas cuantas brasas aún emitían un brillo anaranjado entre las cenizas.

Un poco más allá vio algo negro, hecho un ovillo.

—¿Behkai?

El perro movió una oreja al oír su voz y levantó despacio la cabeza.

Sita contuvo una exclamación. Behkai tenía una quemadura en el lado izquierdo del rostro, que le había dejado el pelo del color del hueso y el ojo nublado y pálido. Tenía el tamaño y la forma exactos de la mano de un hombre. Sita se puso en cuclillas frente al perro y le agarró la cabeza con las manos.

—¿Qué te ha hecho ese monstruo? —preguntó, con voz temblorosa.

Behkai la olisqueó y le lamió la cara despacio durante unos instantes, como si quisiera consolarla a pesar de ser él el que estaba herido.

Observó los ojos del perro —uno negro y uno blanco— y lo vio dirigirlos hacia el cadáver que tenía detrás. Behkai arrugó el morro. Luego, no sin esfuerzo, se puso en pie y se acercó a su dueño. Con el rabillo del ojo Sita vio que el perro se sentaba junto al cuerpo de Karim, hasta que por fin apoyó su enorme cabezota sobre uno de sus pies y se quedó inmóvil.

Sita no quería mirar. No creía que pudiera soportar verlo de cerca.

«Es como lo de Maet otra vez —pensó—. Pero peor. Mucho peor».

El sol derramaba su luz por el valle, iluminando cada roca, cada hoja, cada hebra de la manta en la que había dormido acurrucada. Muy pronto no quedó oscuridad que pudiera esconder lo que había pasado allí.

Sita cerró los ojos con fuerza.

«Me volveré loca. No puedo hacerlo. No puedo. ¡No puedo!».

Pero lo hizo.

Miró.

Karim estaba tendido boca arriba, con los brazos a los costados del cuerpo.

Su rostro, con la barba corta y salpicado de sangre, estaba orientado hacia el cielo. Tenía los ojos abiertos, mirando a la nada.

Solo unas horas antes, aquel mismo rostro estaba vivo, iluminado por la luz de la hoguera.

«Puedes irte a dormir —le había dicho—. No te preocupes. Yo haré guardia».

Sita bajó la mirada. Le habían arrancado la capa y la túnica, dejándole el pecho al descubierto.

Sintió un nudo en el estómago y tuvo que apoyar las manos en las rodillas para no caer al suelo.

Contuvo una arcada y se llevó una mano a la boca para no gritar. Había mucha sangre.

Le cubría todo el torso y le caía en regueros oscuros por el vientre y las curvas de las caderas. Le había empapado las clavículas hasta crear un charquito en el hueco de la garganta. Y en el centro, entre costillas rotas y tejido rosado hecho trizas..., había un agujero.

Ese monstruo, ese hombre..., le había arrancado el corazón a Karim y había dejado tirado el resto del cuerpo, como una carcasa inútil.

De pronto Sita recordó el texto que había traducido del mapa que había robado Karim.

«Aquí yace Sethnajt. De espíritu indestructible, poderoso como un dios».

«No viajará al oeste, porque no ha acabado su labor».

Sita palideció al recordar la última línea.

—«La carne de un acólito» —murmuró—. ¿O quizá «el corazón»?

Siguió con la vista las huellas de Sethnajt por la arena, que se dirigían al desierto. Si el antiguo e indómito rey había obtenido lo que quería, si volvía a estar vivo, ¿cuál sería su siguiente objetivo?

Sita pensó en lo que le había dicho Karim sobre el Oráculo del Cordero, y en sus deprimentes presagios de ruina, traiciones y guerra. De un río convertido en sangre. Repasando sus últimos días en el palacio, que habían sido el preludio de los eventos de aquella misma noche, tuvo la impresión de que ese río de sangre ya había empezado a fluir.

Aquello era tan cruel... Por fin había confiado en alguien, y ese alguien había confiado en ella. E incluso después de que se hubiera negado a ayudarlo en su búsqueda, se había portado bien con ella.

«Espero que tu historia tenga un final feliz».

Sita se acercó a él descalza. Sobrecogida por el dolor, la vergüenza y la desesperanza, se dejó caer de rodillas junto al cuerpo destrozado de Karim y se echó a llorar.

Empezó a arrancarse mechones de pelo: su hermosa melena, de la que tan orgullosa estaba... ¿De qué le servía ahora? El dolor era bueno. Necesitaba que su cuerpo sufriera con su espíritu. Balanceó el cuerpo, adelante y atrás, contando los segundos, los minutos, la eternidad de su duelo. No solo por Karim, sino por todos los que había perdido.

Mientras se balanceaba, sus dos amuletos se movían al ritmo de su movimiento, recordándole la oración de Nebet.

«La sangre de Isis».

«Los hechizos de Isis».

«Las palabras mágicas de Isis».

Nebet, Nebet... ¿Dónde estaría ahora? ¿Estaría a salvo? ¿Y Kenna? ¿Volvería a verlos?

Maldijo sus amuletos. Todo ese tiempo, se suponía que el escarabeo y el nudo de Isis la protegerían de todo dolor. Pero ¿qué es el sufrimiento sino dolor? ¿De qué sirve un cuerpo fuerte con un corazón roto?

«Reina del trono. Diosa de la magia —rezó Sita—. ¿Por qué me has abandonado?».

Sita pensó en la niña que había sido, tendida junto al estanque de los peces, contemplando el agua y soñando con el amor. Echaba de menos a aquella niña. Estaba tan muerta como todos los demás.

Al cabo de un buen rato, el torrente de lágrimas se convirtió en un goteo.

Ya volvía a respirar normalmente. No tenía ni idea de qué debía hacer a continuación, pero tenía que hacer algo. Behkai la necesitaba. El reino la necesitaba. El problema, por supuesto, era que ella no tenía ni idea de qué hacer. Era una princesa, pero ¿de qué le servía eso ahí, sola en el desierto? ¿De qué servía la sangre real, sin el poder de la corona?

«Paso a paso. Lo mínimo que puedo hacer es darle una sepultura decente», pensó.

Se enjugó las lágrimas y se sorbió la nariz. Consumida por la tristeza, agarró el borde de la capa de Karim, rota y empapada de sangre, para cubrirlo, cuando de pronto algo cayó de entre los pliegues de tela al suelo, a su lado.

Un gran amuleto de lapislázuli, en forma de escarabeo.

Lo recogió. Otra de las piezas de su tesoro, supuso, robada de alguna tumba antigua.

Limpió la arena de la superficie con la mano y vio que a un lado había un *shenu* tallado, el óvalo alargado que rodeaba los nombres de los faraones. Esos símbolos ya los había visto antes. Bastante recientemente, de hecho.

—Sethnajt —susurró.

El amuleto no era de una tumba cualquiera. Era de su tumba.

Con manos temblorosas, le dio la vuelta al amuleto y encontró otros símbolos tallados en la parte trasera.

Decía: «Este es el corazón de un rey».

Sita se quedó mirando la piedra azul que tenía en la mano, como si fuera un pedazo de cielo que se hubiera separado del firmamento. De pronto, palabras e imágenes empezaron a pasarle por la mente; recuerdos a los que, en otro momento, no había dado demasiada importancia, pero que ahora se combinaban y ganaban fuerza, como arroyos que se unían a un río de gran caudal.

Su padre, ya enfermo pero vivo: «Cuando estés de mierda hasta arriba, debes buscar algo inesperado en tu interior».

Meri, con la mano en su mejilla: «Los sacerdotes tienen que pasarse la vida con la nariz metida entre papiros para aprender la *heka*. Pero nosotros no. Tú y yo, nuestra carne es la carne de los dioses. Llevamos la magia en las venas».

Karim, hablándole de un oráculo perdido en un templo remoto: «Tenías un corazón en las manos».

Y esa mujer anciana con la cara llena de verrugas, que sonreía exageradamente a la luz de la tarde: «Tus palabras tienen poder. Cuando llegue el momento, recuerda que la palabra es la acción».

«La palabra es la acción».

Sintió un escalofrío que se le extendió por la columna y el vientre hasta el pecho, como una tormenta empujada por los vientos del oeste, y la inundó con una sensación deliciosa y sobrecogedora a la vez.

Sita se estremeció ante aquella sensación cada vez más intensa, y cuando pensaba que ya no podía soportarla, se volvió aún más fuerte.

¿Le brillaba la piel? ¿O era simplemente la luz del amanecer?

Soltó un chillido, arqueando la espalda, pero no dejó caer la piedra.

La luz se volvió más intensa. Como un fuego blanco que calentaba, pero no quemaba.

Le encantaba aquella sensación y a la vez la odiaba. Quería que parara y no quería que parara nunca.

Y entonces... la energía en su interior se calmó. Ya no oía ningún sonido, ni un pájaro, ni un murmullo al otro lado de las dunas.

La embargó una paz inimaginable. Se sentía ligera, tanto de peso como de energía. Era ella misma, pero también algo más. Bajó la vista y contempló el cuerpo destrozado y vacío de Karim, y de pronto esa paz se vio alterada. Verlo allí tirado le molestaba profundamente. Le habían robado un pedazo de sí misma. Un insulto como ese merecía respuesta. Un vacío así tenía que llenarse de nuevo.

Levantó la vista y contempló el valle, y una voz la llamó desde el interior de la tierra y desde el cielo. La voz de una madre. No la suya, sino la madre de todos. La primera voz que había oído, la voz de quien le había puesto nombre.

«El cordero».

«El cordero».

«El cordero».

«El...».

—Estoy cansada de muerte —dijo, y sus propias palabras le sonaron extrañas.

Bajó la mirada a la piedra azul, que vibraba en su mano, como si estuviera viva.

Se giró de nuevo hacia Karim.

—No puedes morir, ladrón de tumbas. Ya te lo dije, no puedo cargar con otra muerte en la conciencia —dijo con una calma casi sobrenatural—. No puedo hacer esto sola, Karim de las Tierras Rojas. Tu historia no ha acabado. Este reino te necesita.

La piedra empezó a latir a la par con su propio corazón.

Trum. Trum. Trum.

—Te necesito.

Sita metió el amuleto en el oscuro orificio abierto en el pecho de Karim.

—¡Vuelve conmigo! —le ordenó.

Hubo un destello, y la luz del sol se reflejó en el horizonte. Behkai soltó un gañido, asustado, en el momento en que un anillo de energía explotaba desde el centro del valle, levantando oleadas de arena. Sita gritó y salió despedida hacia atrás. En el momento en que cayó al suelo, se golpeó la cabeza con el canto de una roca.

No supo nada más.

Sita parpadeó, confundida. Estaba tendida en el suelo del valle y le dolía la cabeza. ¿Cuánto tiempo había pasado? No podía ser demasiado. No parecía que el sol se hubiera movido.

Intentó recordar lo sucedido, pero tenía lagunas de memoria. Recordaba aquella sensación arrolladora, palabras e imágenes, el amuleto...

«¡El amuleto!».

Con un grito ahogado, se apoyó en los codos para ponerse en pie.

Karim estaba sentado frente a ella, contemplando la luz del horizonte. Aún tenía el cuerpo empapado en sangre, pero la enorme herida de su pecho se había cerrado y le había dejado una cicatriz en forma de escarabeo.

Al oírla moverse, Karim se giró hacia ella y la miró con unos ojos que brillaban como si fueran de otro mundo.

—Sitamón —dijo, en voz baja, asustado—. ¿Qué es lo que has hecho?

EPÍLOGO
GARRAS

Últimamente había mucho ruido en el palacio, y a la gata no le gustaba. Estaba acostumbrada al ritmo de la vida de antes, pero recientemente le habían alterado el sueño, el apetito y hasta las abluciones matinales. Se oían voces todo el día y toda la noche, y no dejaban de pasar hombres que marchaban con paso firme, sin prestar atención a patas o colas. Peor aún, nadie se paraba ni un minuto a rascarle el lomo.

Aquello era una tremenda falta de consideración, desde luego. Por parte de todos.

Echaba de menos la compañía de las jóvenes que antes dormían en los aposentos de las mujeres, y de la pequeña que solía llevarle algún plato de carne a escondidas tras la cena. Todas habían desaparecido, y ahora tenía que dormir sola en aquellas camas vacías y frías.

Tras una noche especialmente movida en los antiguos aposentos, la gata decidió salir por fin en busca de un nuevo hogar. El palacio era grande; sin duda, encontraría algún sitio que valiera la pena.

El salón del trono no le servía. Se llenaba constantemente de gente que parloteaba de la guerra y del comercio, y de una princesa perdida. Además, el hombre de ojos brillantes y los dientes blancos estaba allí. Los depredadores saben muy bien que no deben invadir el territorio de otros depredadores.

Las estancias de abajo tampoco eran aptas para sus necesidades. Una de ellas olía demasiado a muerte, incluso para su gusto, y las otras estaban llenas de hombres y mujeres harapientos, vigilados y amontonados como si fueran ganado. Uno de ellos, de hecho, olía a ganado y a tierra. Ese le gustaba. Le faltaba una mano, pero solía usar la otra para acariciarla detrás de las orejas. Aun así, aquel lugar estaba sucio y oscuro, y olía a miedo... Desde luego, no era el sitio indicado para una gata.

En el jardín de recreo hacía demasiado calor.

En el salón principal no había superficies blandas en las que dormir.

Ya casi había perdido la esperanza cuando encontró un dormitorio recién ocupado. Colando la cabeza bajo la cortina, echó un vistazo. Había una niña sentada sobre un cojín, en el suelo. Ya la había visto antes, en el templo. La niña estaba rodeada de todo tipo de curiosidades. Había montones de papiros enrollados, minúsculas vasijas de alabastro y botellas de caliza rosa, amuletos rojos, azules y verdes, trozos de cera, una lámpara de aceite, un colmillo de hipopótamo...

La gata tensó el morro. Allí olía a poder. Olía a humo, a miel y a vino.

La niña tenía un papiro en las manos, pero no lo estaba mirando. De hecho, miraba por la ventana, con la vista perdida en el horizonte. Delante tenía una ramita retorcida, tal vez el único objeto cotidiano de la habitación.

La niña no salió de su ensoñación hasta que la gata pisó uno de los papiros, que crujió.

—¡Oh! —le dijo a su visitante—. Bueno, hola otra vez. Qué gatita más bonita.

«Pues sí —pensó la gata—. De hecho, lo soy».

—¿Quieres quedarte un rato conmigo? —preguntó la niña—. Aún no conozco a nadie aquí y no me iría mal tener una amiga.

La gata se quedó mirando a la niña. No tenía pelo en la cabeza, lo cual era raro, pero no desagradable. Quizá necesitara cuidados, como un cachorrito recién nacido. La olisqueó. A pesar de su calvicie, tenía algo extrañamente felino. Todos los gatos habían sido tocados por la diosa, y por el olor se diría que aquella niña también. Tras pensárselo un poco, la gata agitó la cola en señal de asentimiento y froto el rostro contra la mano extendida de la niña.

—¿Puedo decirte algo? —preguntó la niña, acariciándole el lomo justo como le gustaba a ella.

Contar secretos a los gatos era algo natural, por supuesto. Se les daba muy bien guardarlos. La gata sospechó que a la niña, a su modo, también se le daría bien guardar secretos.

—Anoche tuve un sueño rarísimo —dijo la niña—. Había un león con alas, una serpiente que cambiaba la piel y un escarabajo azul que brillaba con luz propia... ¿Tú qué crees que significa?

La gata se limitó a ronronear.

La niña agitó la mano, como para sobreponerse a un escalofrío, y volvió a fijar la atención en el papiro que tenía en la mano.

—Bueno, no puedo pensar en eso ahora. Tengo trabajo.

Y, tras encender la lámpara de aceite, cogió el colmillo de hipopótamo y se puso a leer.

—Amón —recitó—, muéstrame tus lugares ocultos. Bastet, muéstrame tu poder y tus secretos. Maat, muéstrame la verdad de todas las cosas. Isis, muéstrame los nombres de todas las cosas. Heka, muéstrame las palabras y los caminos de la magia. Ábreme los ojos, bendíceme con tu sabiduría, y seré tu humilde vehículo en esta tierra.

La niña siguió leyendo, moviendo el colmillo sobre la ramita con elaborados gestos, haciendo pausas y siguiendo otra vez.

La gata levantó las orejas, intrigada. «Este es un buen lugar», pensó. La niña de blanco era acogedora, cálida y, sobre todo, curiosa. Y esa curiosidad..., bueno, era irresistible.

Por fin la niña escupió en la ramita y esperó.

Al cabo de un largo momento de tensión, la ramita empezó a agitarse con movimientos sinuosos, serpenteantes.

Luego se paró.

La niña sonrió, pletórica, con los ojos iluminados de emoción, y volvió a empezar.

La gata saltó a un cojín, dio vueltas sobre sí misma hasta encontrar la posición y se sentó a observar. Estaba impaciente por ver qué ocurría a continuación.

GUÍA DE LA SERIE

LUGARES

KHETARA: Reino unificado compuesto por dos territorios, la Alta Khetara, en el norte, y la Baja Khetara, en el sur. La Alta Khetara se compone de la región del delta, y la Baja Khetara es un territorio más montañoso y árido.

EL RÍO ITERU: Arteria vital de Khetara que fluye de sur a norte por el centro del reino, alimentando los campos a ambos lados de sus orillas. También es una vía comercial para viajar a otros reinos.

TONIS: Capital de la Alta Khetara, sede del palacio real.

BUBAS: Pueblo al sudeste de Tonis, hogar sagrado de la diosa Bastet, que tiene allí su templo.

SAKESH: Ciudad de la Baja Khetara que aún sufre las secuelas de la unificación.

LAS TIERRAS ROJAS: Desierto occidental fuera de las fronteras de Khetara, poblado por tribus nómadas.

PERSONAJES
(EN ORDEN DE APARICIÓN)

DE TONIS:

REINA BINTANAT: Gran esposa de Amenmose y madre de los trillizos Sita, Meri y Kenna.

NEBET: Doncella de la reina y, más tarde, de la princesa.

PRINCESA SITAMÓN, «SITA»: Hija de Amenmose y Bintanat, de diecisiete años, hermana de Meri y de Kenna.

FEMI: Joven guardia de palacio.

REY AMENMOSE: Faraón de Khetara, esposo de Bintanat (y de otras esposas menores), padre de los trillizos.

MAET: Hija de Amenmose y de una de sus esposas menores, de seis años, y hermanastra de los trillizos.

PRÍNCIPE MERIAMÓN, «MERI»: Hijo de Amenmose y Bintanat, de diecisiete años, hermano de Sita y de Kenna.

MAESTRO MONTUHOTEP: Gran sacerdote de Amón y horólogo.

HERIHOR: Gran sacerdote *heka* en el Templo de Amón.

PRÍNCIPE BAKENAMÓN, «KENNA»: Hijo de Amenmose y Bintanat, de diecisiete años, hermano de Meri y de Sita, y sacerdote *sem* en la Casa de Amón.

TADIA: Concubina favorita de Amenmose.

REY SEMATAUI (FALLECIDO): El Gran Unificador: rey khetarano que precedió a Amenmose. Declaró la guerra a la Baja Khetara y mató al rey del sur, Rahotep, para unir ambos territorios bajo la doble corona.

NEHSHI: Joven sacerdote novicio.

DE BUBAS:

NEFERMAAT, «NEFF»: Niña plebeya de trece años.

AHURA: Madre de Neff.

PEPI: Padre de Neff, vendedor de conjuros.

HENHEN E ISTARA: Amigas de Neff.

MAESTRA KARO: Poderosa gran sacerdotisa a cargo del Templo de Bastet.

DE SAKESH:

RAETAUI, «RAE»: Granjera de diecinueve años, hija de Ankhu y luchadora ocasional en peleas callejeras.

BUTO: Luchador en peleas callejeras.

OMARI: Mejor amigo de Rae, carpintero de diecinueve años y rebelde.

TAMERIT, «TAM»: Tejedora de veinte años.

***MAMET* MUT:** Jefa de las tejedoras que conoce todos los chismes de la ciudad.

ANKHU: Padre de Rae, exescriba y ahora granjero. Cultiva trigo y tiene ganado.

EL NOMARCA: Gobernador de Sakesh a las órdenes del rey Amenmose.

BAKI: Pastor local con un hijo pequeño.

ASIM: Líder de los rebeldes de Horizonte.

MENK: Mano derecha de Asim.

REY RAHOTEP (FALLECIDO): El último rey de la Baja Khetara antes de la guerra de unificación. Asesinado por el rey Semataui, junto a la mayoría de su corte.

DE LAS TIERRAS ROJAS:

KARIM: Ladrón de tumbas de diecinueve años, perteneciente a la banda de los Chacales.

HAGER: Uno de los Chacales.

BABU: Líder de los Chacales, de veintiún años de edad.

DJET: Chico de trece años recién incorporado a los Chacales.

PASENHOR, «PA»: Anciano sacerdote de Janum.

BEHKAI: Perro de Pa y luego de Karim.

SETHNAJT: Antiguo faraón cuyo nombre se borró de la historia, redescubierto mil años tras su muerte.

DIOSES

AMÓN: Dios de piel azul, creador invisible del aire y del misterio, también conocido como el Oculto. Al igual que Janum, a veces se presenta con cabeza de carnero.

ANUBIS: Dios de los ritos funerarios, con cabeza de chacal, y guía al inframundo.

BASTET/SEJMET: Diosa del placer y de los secretos de las mujeres. Suele aparecer con cabeza de gato, pero con cabeza de leona se convierte en Sejmet, diosa de la guerra, que defiende y protege del mal.

HEQET: Diosa de la fertilidad y de las últimas fases de la infancia, con cabeza de rana. Esposa de Janum.

HORUS: Dios con cabeza de halcón, hijo de Isis y Osiris, que vengó la muerte de su padre derrotando a Set en la batalla. El Ojo de Horus (o *uadyet*) es considerado un símbolo protector.

ISIS: La gran madre, diosa de la magia y de la realeza, protectora del reino. Es hermana de Neftis y esposa de Osiris.

JANUM: Dios con cabeza de carnero, el Divino Alfarero, que se dice que moldeó al hombre de la arcilla en el gran torno. Se le puede representar como un cordero.

KHEPRI: Dios de la creación y del tránsito del sol a través del cielo, con cabeza de escarabajo.

NEFTIS: Diosa protectora de la oscuridad, del nacimiento y de la magia. Hermana de Isis y esposa de Set.

OSIRIS: Dios de los muertos, de piel verde, juez y señor del inframundo. Esposo de Isis, que lo hizo resucitar después de que lo matara su hermano, Set.

RA: Dios del sol del mediodía, del orden y de los reyes, considerado el primer faraón de Khetara. Se le representa de muchas formas diferentes, entre otras como halcón, como escarabajo, como hombre y, si está en el inframundo, como carnero.

SET: Dios del caos, de las tormentas, del desierto y del color rojo. Se le retrata con la cabeza de un animal negro de aspecto canino. Considerado el dios «malo», pero venerado por ciertas sectas.

SOBEK: Fiero dios del río Iteru, con cabeza de cocodrilo.

TERMINOLOGÍA

CEBÚ: Res jorobada típica de Khetara.
HEKAT: Medida khetarana para el grano de las cosechas.
KALASIRIS: Sencillo vestido ajustado.
KHAMSIN: Viento del desierto, cálido y seco.
MAMET Y YATI: Mamá y papá.
MEDJAY: Cuerpo de policía de Khetara.
MUTU: Espíritu que no pasa a la otra vida y que vaga errante por la tierra.
NUNU: Bebé o niño muy pequeño.
SEN/SENA: Hermano/hermana.
SHEDEH: Jugo de granada fermentado.
SHEMSU HOR: Evento durante el cual el faraón viaja por Khetara para visitar al pueblo y pasar revista al reino.
SHENTI: Falda plisada corta usada por los hombres khetaranos.
SISTRO: Instrumento como una carraca usado en las ceremonias y rituales sagrados.
UADYET: El protector Ojo de Horus.

TIPOS DE SACERDOTES:

HEKA: Los que utilizan conjuros, varitas y rituales con fines mágicos.
HORÓLOGOS: Los que interpretan los sueños y hacen predicciones sobre el futuro.
SEM: Los que ejecutan rituales funerarios y embalsaman a los muertos, conocidos también como «Hombres de Anubis».
WAB (WABAU/WABET): Sacerdotisas o sacerdotes novicios, a veces sanadores, del rango más bajo.

NOTA DE LA AUTORA

Este libro es producto de la pasión que he sentido por el antiguo Egipto toda mi vida. Mis padres y tres de mis abuelos y abuelas nacieron en Egipto, así que crecí rodeada de imágenes sepia de mi familia en El Cairo y Heliópolis, comiendo platos egipcios y oyendo anécdotas de su vida allí. Desde muy joven empecé a aprender todo lo que pude sobre el antiguo Egipto, una historia llena de luz, misterio, logros increíbles y mucha magia. Mientras trabajaba en este libro he aprendido mucho, pero lo que sé ahora no es más que una minúscula fracción de la historia de un reino que se extendió a lo largo de cinco milenios, apenas una chispa de luz en una constelación de momentos épicos. Agradezco profundamente que esta serie me haya permitido dedicar tiempo a seguir con mi educación.

El reino de Khetara es un mundo de fantasía, pero su religión, cultura, geografía e historia están basados en el propio Egipto. Me inspiré en fuentes directas e indirectas, como las historias del Papiro Westcar, del Papiro de Ani (actualmente la mejor versión del *Libro de los muertos*); el período Amarna y Akenatón, el «rey hereje»; los adoradores de Set, en Avaris, y, sobre todo, el Oráculo del Cordero, un antiguo texto profético del año 4 d. C. Gracias a los magníficos egiptólogos cuyo trabajo a lo largo de los siglos permitió que estos textos llegaran al lector moderno. He usado muchos libros diferentes y fuentes digitales en mi investigación, pero quiero reconocer especialmente el trabajo de Bob Brier, tanto por su serie de conferencias sobre la historia del antiguo Egipto como por su libro *Secretos del antiguo Egipto mágico*, y a la gran Barbara Mertz (alias Elizabeth Peters) por su libro *Red Land, Black Land: Daily Life in Ancient Egypt*. Estas tres fuentes fueron fundamentales en el desarrollo de esta novela y, sin duda, fueron las chispas que encendieron el fuego de mi imaginación.

Dicen que debes escribir el libro que querrías leer, y desde luego es lo que he hecho con *Su rostro es el sol*. Como humilde estudiante de egiptología, lo he escrito, entre otras cosas, con la esperanza de que los lectores encuentren entre sus páginas su propia pasión por la historia del antiguo Egipto, e inspiración para aprender más sobre uno de los reinos más grandes que han existido nunca.

Como leer y escribir eran cosas reservadas a los religiosos y los poderosos, los antiguos egipcios veían a los que escribían como magos. Al igual que los dioses, creaban vida de la nada, y no cualquier tipo de vida, porque, a diferencia de las personas, las palabras viven para siempre. Estoy increíblemente agradecida por el hecho de haber tenido la oportunidad de hacer llegar mis palabras al mundo, y mi gran esperanza es que sigan llegando a los lectores dentro de muchos años, para que ellos también puedan oler el aroma a humo, miel y vino en el viento y que —aunque solo sea por un momento— crean en la magia.

Michelle Jabès Corpora
Mayo de 2025

AGRADECIMIENTOS

¡Desde luego, esto es un sueño hecho realidad! Aunque es la décima novela que publico, y aunque todas me encantan, *Su rostro es el sol* es la historia más ambiciosa y personal que he escrito en mi vida. Son muchas las personas con las que estoy en deuda por darme la oportunidad y el valor necesario para escribir este libro.

La primera, la persona que estaba conmigo en el momento en que nació esta idea, es mi increíble agente, Allison Hellegers. Alli, sin tu gran fe y tu profesionalidad, nada de todo esto habría sido posible. Muchas gracias a ti y a todo el equipo del Stimola Literary Studio por vuestro apoyo incondicional. También quiero dar las gracias a Annette Pollert-Morgan, Jenny Lopez, Karen Masnica, Lia Ferrone, Delaney Heisterkamp y todo el equipo de Sourcebooks por creer en el trono de Khetara desde el primer día.

Annette, tu dominio del trabajo editorial y tu contagioso entusiasmo me han hecho sonreír durante los días más duros del proceso creativo y me han enseñado a ser mejor escritora. Muchísimas gracias también a Lizzie Clifford y a todo el mundo en Hachette UK por su gran dedicación a la serie, y al resto de editores de todo el mundo que han apostado por Khetara y por mí. En ese sentido, quiero dar un gracias enorme a Clementine Ahearne, Elizabeth Guess y a todo el mundo en la Intercontinental Literary Agency, así como a Friedericke Belder y a todo el equipo de la Schlueck Agency, por haber hecho un trabajo fantástico representando a Khetara en el mercado internacional. Y a Jason Dravis, gracias por ver algo especial en esta serie y por cobijarme bajo tu excepcional ala. A Tom Roberts y Micaela Alcaino, gracias por darle a este libro un aspecto tan bonito: vuestros diseños de cubierta me hacen llorar de emoción cada vez que los veo. Admiraré vuestras obras de arte el resto de mi vida. Y a los artistas Gerralt Landman y Bassel Elkadi, ¡gracias por ilustrar el mundo y los personajes de Khetara de forma tan brillante! A mi entregada lectora beta, Heather Allen, gracias por tus agudas observaciones y sugerencias, y por ser una de las primeras en leer el borrador de este libro y decirme que era algo especial. A mis compañeros y entrenadores de jiu jitsu en Crazy 88 MMA, especialmente a mi entrenador y gran amigo Nathan Allen, gracias por convencerme de que podía hacer cosas imposibles, por hacerme fuerte y por enseñarme lo que se siente cuando te tiran al suelo una y otra vez. (¡Dicen que hay que escribir de lo que conoces!). A mi hermana, Nikki, gracias por ser a la vez una lectora beta y una animadora y defensora de la serie. Te quiero, hermanita. Y al resto de mi fantástica familia, por ambos lados —todos los Jabès, Stone, Finkelstein, Corpora, Mszanski y Rihns— y a mis amigos de toda la vida, gracias por estar siempre ahí, apoyándome como escritora todos estos años. A mi madre y a mi padre, gracias por vuestro amor constante e incondicional, y por ser la inspiración para esta serie. Espero que sepáis que en todas las páginas hay algo de vosotros. Y, mamá, nunca olvidaré ese almuerzo que tomamos juntas en el Memories, el día en que recibí «la llamada». Gracias por estar a mi lado en cada paso del camino. A mis preciosas hijas, Gwen y Ellie, gracias por vuestros besos y abrazos, por las tazas de té y por traerme siempre mi cocodrilo de peluche cuando más lo necesitaba. Espero que un día recordéis todo esto y penséis que, cuando tienes un sueño, todo es posible. Y por último a mi marido, Adam, gracias por los discursos motivacionales, los *brainstormings*, las celebraciones; gracias por presumir de mí ante cualquier desconocido en el centro comercial; gracias por encontrar siempre mis libros en las librerías y enviarme vídeos en los que apareces señalándolos; gracias por pasar el aspirador, hacer la colada, limpiar los baños y llevar a las niñas a sus actividades cuando yo estaba demasiado ocupada o demasiado cansada; gracias por ser el mejor socio comercial y compañero que podría desear, y por darme el espacio que necesitaba para crear un mundo en nuestro pequeño salón de arriba. Elk te quiere, cariño. ¡Lo conseguimos!

SOBRE LA AUTORA

Michelle Jabès Corpora es autora de diez novelas juveniles, incluida la duología *Holly Horror*, y de cinco novelas de misterio escritas por encargo mundialmente famosas. Bibliófila empedernida, Michelle ha trabajado durante dieciocho años como editora y creadora de conceptos de ficción infantil. En su tiempo libre, Michelle entrena jiu jitsu brasileño en Crazy 88 MMA —es cinturón azul— y juega con sus amigos a *Dragones y Mazmorras*. En la actualidad vive en Maryland con su marido, sus dos hijas y un perro llamado Charlie. Más información en michellejc

LAS TIERRAS ROJAS
RÍO ITERU
SAKESH
TUMBA DE SETHNAJT
CASA DE
JANUM
PER-ABU
HURWAR